U0871590

王勇剧作集

英子

黄梅戏

◎ 王勇 著

中国戏剧出版社
CHINA THEATRE PRESS

图书在版编目（CIP）数据

王勇剧作集 / 王勇著. — 北京 : 中国戏剧出版社，
2022.6
ISBN 978-7-104-05123-7

Ⅰ.①王… Ⅱ.①王… Ⅲ.①剧本—作品综合集—中
国—当代 Ⅳ.①I230

中国版本图书馆CIP数据核字（2021）第171113号

王勇剧作集

策划编辑：肖　楠
责任编辑：邢俊华
责任印制：冯志强

出版发行：中国戏剧出版社
出 版 人：樊国宾
社　　址：北京市西城区天宁寺前街2号国家音乐产业基地L座
邮　　编：100055
网　　址：www.theatrebook.cn
电　　话：010-63385980（总编室）　010-63381560（发行部）
传　　真：010-63381560

读者服务：010-63381560
邮购地址：北京市西城区天宁寺前街2号国家音乐产业基地L座

印　　刷：保定市铭泰达印刷有限公司
开　　本：787mm×1092mm　1/32
印　　张：42.25
字　　数：846 千
版　　次：2022年6月　北京第1版第1次印刷
书　　号：ISBN 978-7-104-05123-7
定　　价：458.00 元（全 18 册）

时　间：一九三六年至二〇〇一年。

地　点：青海湖。

人物：

英　子——女。十八岁到八十多岁。江西兴国人，山歌唱得津甜。随红军西路军西征，遭马匪重创，被俘。后拼死逃出，流落青海湖畔，被藏人收留。

桑　杰——藏族。二十多岁到八十多岁。像雪山上的雄鹰，像高原上的牦牛，粗犷，剽悍，又心地善良，为人淳朴。

卓　玛——藏族。年龄从二十多岁到八十多岁，恨起来像太阳一样炽热，爱起来像月亮一样温柔。

刘子明——男，年龄从二十多岁到四十多岁。曾是红军某医院的医生。文质彬彬的读书人。对爱情执着，真诚，无悔无怨。

阿　妈——藏族。女，六十多岁，桑杰的阿妈。手中转着转轮，嘴里念着“俺嘛呢叭咪吽”，虔诚的佛的信徒。也许是佛光的泽润，赋予了她圣洁的灵魂。

小思红——七八岁，英子与刘子明的孩子。

喇嘛若干。

藏族姑娘若干。

藏族小伙若干。

一

[二〇〇一年。

[青海湖畔——天边的雪山在阳光照耀下，煜煜生辉；雪山下，清澄的青海湖水像绿色绸缎，天水一色；湖水边，绿色草甸铺展开去，接天连地。

[天苍苍，野茫茫，风吹草低见牛羊。

[“玛尼堆”边，老年英子手转转轮，口念“俺嘛呢叭咪吽”，绕“玛尼堆”一圈又一圈地转……

[雪山下，身穿藏袍的英子呈剪影状——远远地，从天际似乎隐隐地传来悠远、空旷的藏族歌谣：

爱人把心给了我，
轻轻放在我心窝；
就算走得再远再久，
一样的心跳，
一样的脉搏。

[与身穿藏袍的英子遥望相对，呈剪影状的是身穿红军土布军装的英子。

[——远远地，从天际亦似乎隐隐传来悠扬、清脆的兴国山歌：

哎呀嘞，
白云（里格）——
给了（介支个）蓝蓝天，
绿树（里格）——
给了（介支个）青青山，
碧水（里格），
给了（介支个）深深海，
我的娘（里格）——
给了我（介支个）人间。

[“俺嘛呢叭咪吽”的念经声、祈祷声由弱渐强，充斥了整个空间……

[灯光渐暗。

二

[一九三六年。

[青海。雪域高原——

[马蹄声声踏碎雪域高原的宁静，一阵紧似一阵的狂呼滥叫追杀声远远地传出……

[英子内唱：

马蹄紧声声踏——

[英子上。她身着褴褛的红军装，遍体鳞伤，手抚腹部，步履踉跄地在雪原上奔跑……

英 子 （接唱）踏碎神往，
雪飞溅层层凝凝结心房。

[幕内传出急促的马蹄声。

[英子在雪原上跌，仆，滚，爬……

英 子 （接唱）西路军西征路上多悲怆，
天地惊鬼神泣大雪纷纷扬扬。

马匪兵如狼似虎天良丧，
拼一死拼一个清白亮堂堂。

［英子奔至山崖边，前面已经无路可走。
［幕内传出马匪的狂叫声：
［——“你跑不了了！”
［——“前面已经无路可走了！”

英　子　（接唱）大雪漫天天迷惘，
冰原雪地地茫茫。
退一步——
苟且偷生生有望，
跨一步——
雪花做伴埋衷肠。

［英子既痛楚又幸福地抚摸着腹部……

英　子　（接唱）乖崽多原谅，
莫怪你的娘。
不曾看一眼世间模样，
不曾嘬一口奶水香，
不曾啼一声地动山响，
不曾尿一泡山高水长，
不曾见东边走太阳，西边出月亮，
就随娘去了另一方。

［幕内传出马匪的烂叫声：

［——“跳啊！”

［——“跳下去啊！”

［英子掏出一个铜制火柴盒，凝望着。

英　子　红军啊，我的亲人，你们在哪儿？子明啊，我的爱人，你在哪儿？

（接唱）睹物思人我的郎，
铜盒火柴心里装。
火柴不划心也亮，
照我走路走中央。

（喃喃自语地）走路走中央，老鬼小鬼躲一旁；走路走中央，五云托我上天堂。

［幕内传出马匪的狂呼烂叫声：

［——“不是说红军不怕死吗？怎么不跳啊？”

［——“不敢跳了吧！怕死了吧！”

［——“怕了！怕了！哈哈……”

［幕内男声伴唱：

歌声像小河流水淌，

英　子　（接唱）听见流水想家乡；

［幕内男声伴唱：

歌声像天上星星亮，

英　子　（接唱）看见星星想家乡。

好大的雪啊！

[英子纵身跳下山崖。

[幕内传出马匪的惊呼声：

[——“跳了！”

[——“跳了！她真的跳了！”

[切光。

[灯光暗转。

[晨。风停了，雪住了。

[一轮旭日正从青海湖上冉冉升起……

[幕内传出桑杰的歌声：

蜜蜂和山花相爱，
春风是媒人；
小伙与姑娘相爱，
山歌是媒人。

[歌声中，桑杰骑马上。

[一声婴儿的啼哭声响起，一柱红光投在匍匐在地的英子身上，她手里托举着刚刚出世的婴儿。

[桑杰大惊，翻身下马，飞奔过去，单腿跪在英子身边，双手托起婴儿。

[婴儿的啼哭声响彻雪原。

[桑杰与英子一道高高托举起婴儿，与冉冉升起的太阳叠印在一起。

[幕内伴唱：

哎呀嘞，
我的娘（里格），
给了我（介支个）人间。

[灯光渐暗。

三

[青海湖，风平浪静。

[青海湖畔，蓝天白云下，孤零零地坐落着一座帐房——桑杰的家。帐房不远处，矗立着一座“玛尼堆”，经幡在风中招展。

[阿妈机械地围着“玛尼堆”打圈圈，手转转轮，“哗啦啦”的转轮声，混合着“俺嘛呢叭咪吽……”的念经声，似乎从天宇滚滚传来，绵绵不绝。

[帐房前，思红躺在吊床上；英子身穿一件缝缝补补的红军土布军服，一边摇晃着吊床，一边哼唱着摇篮曲哄着孩子。

英 子 （哼唱）摇摇摇，
摇啊摇，
摇着乖宝宝。
汪、汪、汪，
狗子你莫叫；
喵、喵、喵，
猫子你莫笑。
宝宝歇一觉，
摇摇摇，
摇啊摇……

［英子从怀中取出铜火柴盒，出神地凝望着东方。

英　子　太阳总是从东边升起，月亮总是从西边落去，眼睛总是向远方眺望，红军在哪里？心儿总是把爱人牵挂，爱人在哪里？

阿　妈　（绕“玛尼堆”念念有词地）风神曾经从这里走过，俺嘛呢叭咪吽；雨神曾经从这里走过，俺嘛呢叭咪吽；神灵们都曾从这里走过，俺嘛呢叭咪吽……

英　子　阿妈，（指“玛尼堆”）这是……

阿　妈　是玛尼堆。

英　子　玛尼堆！

阿　妈　孩子，许下一个愿望，交给风神，你就成了风；交给雨神，你就成了雨；交给远方的亲人，你的心儿就伴随着亲人！

英　子　真的吗？

阿　妈　心诚则灵！

英　子　（喃喃自语地）交给远方的亲人，心儿就伴随着亲人！（凝望着铜火柴盒，念念有词地）心诚则灵，心诚则灵……

［幕内传出一阵急促的马蹄声，马的嘶鸣声伴着桑杰一道“哦哦哦……”的悠长的呼喊声，在草原上回荡……

［桑杰上。

桑　杰　（朗声地）我回来了！

［英子朝桑杰摆摆手，又指了指吊床上的思红，示意小点声儿。

［桑杰憨厚地一笑，走到吊床前，慈爱地凝望着吊床上的思红。

桑 杰　小太阳会从这里升起，小雄鹰会从这里飞起。

英 子　山鹰飞得再高，影子会映在地上；山泉流得再远，会记得源头在何方；小思红长得再强，恩人的恩情不会忘。

［桑杰从怀里掏出一朵雪莲花。

英 子　（欣喜地）雪莲花，美丽的花儿！

桑 杰　（迟疑了一下，生硬地给英子递去）给。

英 子　（不敢相信地）我？

［卓玛悄悄地上。

桑 杰　骏马送给草原的英雄，雪莲送给心爱的姑娘。

英 子　不不不！

桑 杰　英子！

（唱）不管放牧到什么地方，
我心里总有一顶白帐房；
不是白帐房不能忘，
帐房里有我心爱的姑娘。
不管打猎到什么地方，
有两盏酥油灯照亮我心房；

不是酥油灯不能忘，
那就是姑娘的眼睛水汪汪。

英　子　（震惊之余，随即镇静下来）桑杰大哥，我的好大哥！
（唱）雪莲花雪里生来雪里长，
冰作心玉作叶该给雪姑娘。

桑　杰　（接唱）你就是雪姑娘雪崖生长，
你就是冰心玉洁的雪姑娘。

英　子　（接唱）我是迷途的羔羊，
在这里歇歇，
在这里疗伤。
我是离群的孤雁，
总有一天要飞翔。
我心迷失了方向，
总有一天去远方。
我的心——
飞过了一道道山一道道岗，
飞到了队伍，
飞到了爱人身旁。

桑　杰　（接唱）风啊——
刮落天边的月亮，
雪啊——
遮住天边的太阳，
住下吧，
住个一个月，
住个一整年，

住个一辈子，
高原人家久久长。

［桑杰再次将雪莲花递给英子；英子躲闪开去。

［卓玛冲出，从桑杰手中一把抓过雪莲花。

卓 玛 骏马送给勇敢的人，雪莲送给纯洁的人。

桑 杰 卓玛，你……

［桑杰欲从卓玛手中夺回雪莲花；卓玛将雪莲花藏在身后。

卓 玛 （唱）昨夜做了一个梦，
梦见一匹好骏马，
天亮了，
马蹄声还回荡高原。

昨夜做了一个梦，
梦见一朵雪莲花，
天亮了，
雪莲还开在心间。

昨夜做了一个梦，
梦见我的好阿哥，
天亮了，
痴情话还在耳边回旋。

［卓玛凝望雪莲花，深情地向往。

［桑杰从卓玛手中一把夺过雪莲花。

桑　杰　前面的大路有十条，只能走一条；美丽的姑娘有十个，只能爱一个。

［英子、卓玛愣住了。

阿　妈　（突如其来地）一箭不能射双鹿，一线不能穿双针。俺嘛呢叭咪吽……

［随后，阿妈又旁若无人地念念有词。

桑　杰　喷泉的水堵不住，爱情的火扑不灭。

［英子缓缓上前，从桑杰手中拿过雪莲花。

［桑杰又惊又喜。

［卓玛震惊不已。

［英子持雪莲花走近卓玛，将雪莲花缓缓地递过去。

英　子　骏马是草原牧民的魂，雪莲是雪山姑娘的心。卓玛，好姑娘！

（唱）愿你们的心紧相连，
像十五的月亮挂天边，
纯洁的心儿啊！

圆月一样圆；
愿你们的话情绵绵，
像淙淙的泉水流不完，
贴心的话儿啊！
泉水一样甜；
愿你们的爱永不变，
像悬崖顶上的雪莲，
美丽的爱情啊！
雪莲一样鲜。

卓　玛　情人的哭声也好听，仇人的笑脸也难看！

［卓玛一把抓过雪莲花，摔在地上。

桑　杰　（制止地）卓玛！打猎不打金鹿马，射箭不射相思鸟，砍柴不砍连心树，对歌不把人心伤。

卓　玛　你，看见大河忘小溪；你，看见新人忘旧人！

［卓玛一扭头，捂脸哭着跑下。

英　子　（呼喊）卓玛！卓玛！羔羊的创伤能医治，姑娘的心伤难医治。（对桑杰）去吧，去安慰卓玛的心；去吧，去给卓玛疗伤。

［“砰”，幕内枪声响起。

桑　杰　枪声响！

阿　妈　（急转着转轮）俺嘛呢叭咪吽……

英　子　风雨骤！

阿　妈　（转轮转得更急）俺嘛呢叭咪吽……

［幕内火光闪闪，传来马匪的烂叫声：

［——“搜。”

［马嘶。羊咩。

桑　杰　来了！

英　子　来了！

阿　妈　俺嘛呢叭咪吽……

桑　杰　过来了！

英　子　过来了！

阿　妈　俺嘛呢叭咪吽……

桑　杰　我把他们引开。（脱下藏袍，披在英子身上）英子，等着我回来！（喊）哦哦哦……我在这儿。来呀。

［桑杰转身急下。

［紧接着，从幕内传出一阵急促的马嘶声，马匪的狂呼烂叫声：

［——“有人跑了！”

［——“追！”

［幕内又是一阵杂乱的马蹄声，狂乱的马嘶声传出，夹杂着“砰、砰、砰……”枪声大作。

英　子　（关切地眺望远处）桑杰大哥！

阿　妈　俺嘛呢叭咪吽。

英　子　（猛然想起了孩子）思红，小思红，我的崽！

［英子扑向阿妈，从阿妈藏袍里抱出孩子；思红已经无声无息。

英　子　（摇晃着孩子）思红！崽崽！

［“哇……”思红发出一声惊天动地的啼哭。

英　子　（笑着哄孩子）哦哦哦……

阿　妈　俺嘛呢叭咪吽。

［英子将思红放回到吊床上，摇晃着，哼唱着摇篮曲。

英　子　（哼唱）摇摇摇，摇啊摇，摇着乖宝宝……

［思红的啼哭声渐渐地停歇下来。

英　子　松柏不能离土长，鲤鱼不能离河塘，孩儿不能离爹娘，红军不能离开党。我该走了！该走了！

（唱）再吃一口娘的奶，
再亲一口崽的腮。
不管走到天边外，
总有一天娘会找回来。

雪山不化心还在，
崽心挂在娘心怀。
湖水不枯心不改，
娘把崽心随身揣。

我的乖崽崽，
娘会找回来；
我的乖崽崽，
等着娘回来。

［阿妈的念经声由弱渐强……

阿　妈　俺嘛呢叭咪吽，骏马在哪里找到清泉，哪里就是家；俺嘛呢叭咪吽，羊群在哪里找到青草，哪里就是家。俺嘛呢叭咪吽……

英　子　草枯了，心子还存一滴露；人走了，恩情还记在心头。

［英子跪倒在阿妈跟前。

英　子　（唱）磕头恩人拜，
恩情心底埋。
像雪莲一百年开不败，
像冰川一千年化不开。
青海湖水潮澎湃，

心潮起伏拍。

[英子给阿妈磕头，随后，她起身脱下桑杰的藏袍，叠好，放在阿妈面前，转身欲走。

[吊床上传来思红的啼哭。

[英子回身，迟疑着，注视着吊床。

[幕内伴唱：

哎呀嘞，
我的娘（里格），
给了我（介支个）人间。

[猛然，英子冲下。

[幕内传出一阵急促的马蹄声，桑杰上。

桑 杰 我回来了！（寻找）英子！英子！

阿 妈 俺嘛呢叭咪吽。

[桑杰从地上拾起藏袍，抖开。

桑 杰 走了？走了！

[阿妈的念经声声声不绝……

[吊床上，思红的啼哭声声声入耳……

阿　妈　俺嘛呢叭咪吽，缰绳拴不住奔腾的骏马；俺嘛呢叭咪吽，帐篷留不住寻梦的人。

桑　杰　缰绳虽然拴不住奔腾的骏马，但心能留住；帐篷虽然留不住寻梦的人，但情能留住。英子！

[桑杰呼喊着，冲下。

[切光。

四

[夜。

[雪原。风呼啸，雪纷飞。

[远远地，青海湖水潮涨潮汐。天蒙蒙，地蒙蒙，雪蒙蒙，水蒙蒙。

[英子顶风冒雪上。

英　子　（唱）呼呼风啸啸，
纷纷雪飘飘。
风再大，
血在燃烧心在跳；
雪再大，
湖水依然起波涛；
山再高，
隔不断心的呼叫；
路再远，
挡不住匆匆脚步路迢迢。
红军啊，
落伍战士一路找，
寻遍天涯与海角。
红军啊，

一头扑入你怀抱，
儿不离娘泪滔滔。

［英子顶风冒雪，下。
［桑杰策马疾上，寻找……

桑　杰　英子！
（　唱　）隔山喊，
喊你一千遍，
雪花落下一千个无言；
隔水唤，
唤你一万遍，
湖水挡回一万个波澜。
英子，你在哪里？
（接唱）太阳被风吹远，
月亮被雪遮颜。
风啊，
给我一双风的翅膀，
飞到心爱的姑娘身边。

［桑杰扬鞭策马，疾下。
［灯暗。
［幕内伴唱：

火柴不划心也亮，

照我走路走中央。
走路走中央，
老鬼小鬼躲一旁；
走路走中央，
五云托我上天堂。

［灯光暗转。

［寒风呼啸，一束追光投在瑟瑟发抖、蜷缩在一块巨石后的英子身上。

［英子掏出铜火柴盒，凝望着。随后，她慢慢地抽开火柴盒，拿出一根火柴，划着，一点火光跳动着，人笼罩在一团暖暖的光芒之中……

英　子　（唱）望着暖暖的火光，
看见我的爱人我的郎。
在那山坡上，
在那小溪旁，
我们一起山歌唱，
唱落了月亮，
唱起了太阳。
在那竹海里，
在那林涛中，
我们一起悄悄话，
月亮云里钻，
太阳红脸庞。

怎么忘?
不能忘,
你送我铜火柴,
我把它贴心藏。
这火柴——
给我活的力量,
这火柴——
给我生的坚强。
火柴不划心也亮,
照我走路走中央。

[火光渐渐熄灭,暖暖的光芒渐渐消逝。

[英子又划了一根火柴,火光跳动着,又笼罩在暖暖的光芒之中。

英　子　(唱)望着暖暖的火光,
看见可爱的家乡。
潺潺溪水山涧淌,
汇成大河向东方。
袅袅炊烟随风荡,
飘啊飘在我心房。
家乡远,
远在千山万水水长长;
家乡近,
近在心里泪汪汪。

[火光熄灭。

[英子又划了一根火柴，火光跳动着。

英 子 （唱）望着暖暖的火光，
生命最后的光芒。
只要还有一线光亮，
希望就在前方。
星星火会越烧越旺，
越烧越亮堂。
青海湖烧得滚烫，
高山雪烧得化清凉。
黑夜会烧尽，
迎来天光光。

[火光闪动着，越来越弱，暖暖的光芒正在渐渐地消逝……

英 子 别！别！别！
（接唱）别消逝，希望，
别熄灭，火光。
希望就像那月亮，
火光就像那太阳。
别消逝，梦想，
别熄灭，火光。

[火光消逝，英子眼中的光芒也随之消失。

[风呼啸，雪纷飞。

[英子在风雪中一动不动，似乎成了一尊雕塑。

[幕内传出一阵马蹄声，声音由弱渐强……桑杰上。

桑　杰　英子!

[桑杰脱下藏袍，裹住英子，抱起。

[幕内伴唱：

哎呀嘞，
我的娘（里格），
给了我（介支个）人家。

[灯光渐暗。

五

[青海湖。

[天高云淡，碧波荡漾。

[青海湖畔——天苍苍，野茫茫，风吹草低见牛羊。

[英子摘下红军帽，散开如瀑布一般的长发，细细地梳理着……

英 子 （唱）哎呀嘞，
好酒要用好缸装，
好妹就恋红军郎；
好歌唱来听得醉，
同志哥——
好花一朵满园香。

[英子用木瓢舀水，冲洗头发……

[桑杰悄悄地上，在不远处爱慕地注视着英子。

桑 杰 （唱）别人瞅我半天，
我没有心不安；
你只瞧我一眼，

心就像火煎。
别人唱半天，
我一句没听见；
你只唱一遍，
就像刀子刻心间。

山上的鹿子，可用绳索套；姑娘的爱情，只能用心交。
（走近英子）英子！来，我帮你！

［桑杰接过木瓢，舀湖水，给英子冲洗头发。

桑　杰　（　唱　）舀一瓢青海水——
英　子　（接唱）洗我风尘，
桑　杰　（接唱）再一瓢青海水——
英　子　（接唱）润我心灵。
英子、桑杰
（重唱）心啊——
英　子　（接唱）平静地心——
桑　杰　（接唱）那么不平静；
英子、桑杰
（重唱）心啊——
桑　杰　（接唱）不平静的心——
英　子　（接唱）怎么不平静？
桑　杰　（接唱）像闪电划头顶，
英　子　（接唱）像小鹿呦呦鸣，
桑　杰　（接唱）像雪崩天地动，

英 子 （接唱）像山歌动人心。

英子、桑杰

（重唱）心啊，

不平静的心！

心啊，

不平静的情！

［桑杰呆呆地看着英子，一手托着她的头发，一手举着空瓢，停在了半空。

［英子歪着头，也呆呆地望着桑杰。两人长久地相视。随即，英子不安地避开桑杰的目光。

英 子 桑杰大哥，水洒了。

［桑杰清醒过来，为英子拧干头发。随后，他拿出一件藏袍。

桑 杰 佛要金装，人要衣装。

英 子 （欣喜地）给我的？

桑 杰 穿藏袍，喝奶茶，吃糌粑，你已经是我们藏人了！

英 子 月亮和太阳都是同一个阿妈的孩子，藏族和汉族也是同一个妈妈的孩子。

［桑杰惊喜地点点头，为英子穿上藏袍。

桑 杰 脱下旧军装，换上新藏袍。

英　子　军装虽旧心依旧，新装不能忘旧装。

［英子穿上藏袍，焕然一新。

桑　杰　看见青海湖就口渴，看见心上人就快活！
英　子　七色的彩虹虽然美丽，却不能缝衣。
桑　杰　英子！

［桑杰火辣辣地看着英子，猛然，他一把抓住英子的手。
［英子迟疑着，从桑杰手中挣脱开。

英　子　不！珍珠藏在大海里，爱情埋在心底里！桑杰大哥。
（唱）我的爱已经化作一片云，
伴我爱人去远行。
我的心已经化作一个梦，
与我爱人梦里逢。
我知道爱人远在云天外，
也知道他就活在我心中。
桑　杰　英子，你看！
（唱）这里的山——
英　子　（接唱）山青青，
桑　杰　（接唱）这里的水——
英　子　（接唱）水清清，
桑　杰　（接唱）这里的人——
英　子　（接唱）人亲亲！

桑 杰 （接唱）山不留人水留人，
水不留人人留人！
留下吧，
留下你的爱，
留下你的情。

英 子 （接唱）你是一个好人，
给了我一片晴空，
躲过了血雨，
躲过了腥风。
你是我的恩人，
给了我一次新生，
沐浴日和月，
数呀数星星。

桑 杰 （接唱）上天把你给了我，
从此你我不离分。

英 子 （接唱）如果把心分两份，
同样重与轻。
一瓣给爱人，
千山万水把他寻；
一瓣给恩人，
报答再生情。

桑 杰 （接唱）不要你报恩，
只要你的心！

英 子 一只戒指里，伸不进两个指头；一个忠诚的人，不会有两颗心。

桑　杰　天上星星多，只有北斗星最明亮；地上姑娘多，只有你英子最可爱！

（唱）如果有天梯去天堂，
我就顺着攀上太阳。
借那灿烂的阳光，
找我心爱的姑娘。

（冲动地）英子！

［桑杰一把抓住英子，火辣辣地看着。突然，他一把抱住了英子；一开始，英子还挣扎着，渐渐地，一动不动了！

［桑杰抱着英子，向草原深处走去……

［幕内伴唱：

圆不过十五的月亮，
红不过黎明的太阳，
听不够动人的歌嗓，
美不过爱人的脸庞。

［卓玛上，登高看见桑杰抱着英子向草原深处走去的身影，只觉天旋地转，不能自持。她抱着头，仰天大喊：“啊……”

［幕内伴唱：

啊……

卓　玛　（接唱）太阳也黑了，

鸟儿不见了，
牛羊不见了，
草原都空了。
不是草原空了，
是我的心空了。

[一身藏族打扮的思红上。

思　红　阿爸！阿妈！

[思红发现卓玛，忙上前拖住。

思　红　卓玛姑姑，我阿爸、阿妈呢？

卓　玛　（没好气地）不知道！

思　红　姑姑，好姑姑！伙伴们都欺负我，不带我玩，说阿爸不是我的阿爸！告诉我，快告诉我！阿爸是不是我的阿爸？

卓　玛　（气急，脱口而出地）没错！桑杰不是你的阿爸！

思　红　你骗人！

卓　玛　没人告诉你吗？你是英子生的野孩子！

思　红　你胡说！

卓　玛　胡说？雪山牦牛生不出马驹，草原骏马生不出羔羊。你叫什么？叫思红，是汉族。桑杰是藏人，你和你的阿妈根本就不属于高原。

思　红　那我到底是谁的孩子？

卓 玛 思红，思念红军，你当然就是红军的孩子！

思 红 我的真阿爸在哪儿？我的红军阿爸在哪儿？

卓 玛 我怎么知道？问你阿妈去！

思 红 阿妈在哪儿？

卓 玛 她在她不该在的地方，她在做她不该做的事。

思 红 阿妈！我要找阿妈！

卓 玛 去找吧！让你阿妈带你离开这儿，离开这不属于你们的高原。去吧！去吧！

思 红 （委屈地哭着）我要找阿妈！我要找我的红军阿爸！

[思红哭喊着冲下。

[“砰”幕内传出一声枪声，夹杂着马匪的叫声：

[——“长官，发现一个红军小崽子。”

[——“拿下！”

卓 玛 （大惊。急唤）不好！我……

[英子、桑杰冲上。

英 子 思红，崽崽！我的崽崽！

[切光。

六

[紧接前场。

[草场上——思红被长长的绳索各绑一只手，随着马嘶声，在地上翻滚……

[马嘶声、马蹄声及马匪的狂呼烂叫声从幕内传出，不绝于耳：

[——“说，你的红军阿爸在哪儿？”

思　红　不知道！我不知道！

[英子、桑杰、卓玛上。

[幕内马匪的声音：

[——“不说！不说就拖死你！拖！”

[思红被拖得在草地上翻滚……

思　红　（挣扎着）我不知道我的阿爸在哪儿！真的不知道！

英　子　崽崽！

[英子一声唤，欲上前，被桑杰一把捂住了嘴。

[幕内马匪的声音：

[——“那你的红军阿妈在哪儿？”

思　红　我没有阿妈！

英　子　（悲痛欲绝地）天哪！

[幕内马匪的声音：

[——“拖！拖死他！”

[思红被拖得在地上翻滚……

[幕内伴唱：

哎呀嘞，

我的娘（里格），

给了我（介支个）人间。

[伴唱声中，英子悲痛欲绝，一次又一次欲上前去救小思红。

[桑杰、卓玛一次又一次拉住英子，制止她去救小思红。

[英子要救，桑杰、卓玛制止，死死地架住英子。三人呈舞蹈化的跌、扑、滚、爬……

[英子挣脱开桑杰，直奔小思红，一把抓住了绳索。

英　子　我是孩子的阿妈！我是……

[死一般的肃穆，“呦”一声湖鸟凄厉的哀鸣划过，“嚯啦啦”一道闪电划过。

[幕内马匪的声音：

[——“抓到了！抓到了！”

[——“拖！”

［英子、思红被拖得在草场上翻滚……

英　子　（唱）要死就让娘去死，
能活就给崽崽留。
崽崽一切才开始，
就像早上的日头。
难道就这样匆匆走，
太阳阴影心里投。

卓　玛　我才是孩子的阿妈！

［卓玛冲上前，跃起抓住绳索，与思红、英子一道，被拖得在草场上翻滚……

［“嚯啦啦”又一道闪电在天宇划过。

卓　玛　（唱）献上生命所有，
鲜血我来流。
让思红青海湖边笑着走，
洗我心里愧疚。

桑　杰　我就是孩子的阿爸！

［桑杰冲上前，跃起抓住绳索，与思红、英子、卓玛一道，被拖得在草场上翻滚……

［“呦呦”湖鸟凄厉的哀鸣，乱纷纷响起；“嚯啦啦”闪电撕开沉重的天宇……

桑　杰　（唱）献上生命所有，
　　　　鲜血我来流。
　　　　还恩红蓝天白云笑永久，
　　　　从此没有忧愁。

英子、桑杰、卓玛

（重唱）要死就让娘（我）去死，
　　　　能活就给崽崽（孩子）留。
　　　　风停停，雨歇歇，风停雨歇后，
　　　　给崽崽（孩子）一个好春秋。

［幕内马匪哇哇狂叫："开枪！打死他们，全都打死！"

［阿妈转着转轮，念着"俺嘛呢叭咪吽"上，径直走去。

［幕内传出马匪的狂叫声：

［——"老太婆，你想干什么？"

阿　妈　天上，太阳最宝贵；地上，孩子最宝贵！

［幕内马匪的烂叫声：

［——"哈哈哈……这个老不死的，也敢冒充红军呢！找死啊！"

阿　妈　飞过的大雁，影子留在湖滩；做过的事情，好歹留在心间。我有九只羊，三桶酥油，这是我的所有。俺嘛呢叭咪吽。我愿意全部捧出，换孩子一条性命。

[一片寂静。

阿　妈　如果，如果你们还不满足，就让你们的马拖着我，在生育我的高原上，在养育我的青海湖边奔跑。俺嘛呢叭咪吽。我将化作高原上的一株草；俺嘛呢叭咪吽，我将化作青海湖的一滴水！俺嘛呢叭咪吽。

[阿妈上前解下小思红手腕上的绳索，随后，又将绳索绑在自己的手腕上。

[幕内马匪的惊呼声：

[——“疯了！她们都疯了！”

[——“开枪！开枪！开枪！”

阿　妈　俺嘛呢叭咪吽。

[“哦哦……”幕内传出急骤的马蹄声，一群剽悍的藏民骑马冲上，嘴里不住地发出喊声，围绕着英子等人奔跑……

[幕内传出马匪的吆喝声：

[——“不好，藏人都来了。”

[——“跑！快跑啊！”

[一时间，幕内一片人呼马叫。

[思红一动不动地躺在地上。

[沉重的鼓声一下又一下地砸响。

[英子、桑杰、卓玛一步又一步走向小思红，将小思红围住。

英　子　思红，我的崽！

[英子一把抱住小思红。

思　红　阿妈，我冷！

[灯光渐暗。

七

[喇嘛庙里——佛像两侧，喇嘛肃立。

[星星点点的酥油灯闪烁着……灯雾中，经幡飘动，一尊巨佛隐隐约约。

[远远地，“哗哗”的转轮声传来。阿妈转转轮上。

阿　妈　俺嘛呢叭咪吽……

[阿妈回身看身后无人，躬身转着转轮。转轮声由缓渐急，由弱渐强。

[在转轮“哗哗”旋转声的引领下，英子拖着灌铅似的腿，一步一挪地上。

[喇嘛吹响了法号……号声空旷，悠远，肃穆，令人震撼。

[猛然间，英子感到一阵阵恐惧，她抱着头，不住地扭动身子挣扎着。最终，她挣脱出来，转身欲走。

[阿妈挡在英子面前，转着转轮……

[英子左躲右闪，被吹法号的喇嘛包围，法号声一阵阵地传来。

阿　妈　热爱天空的是太阳和月亮，疼爱孩子的是阿爸和阿妈。

[阿妈念着“俺嘛呢叭咪吽……”急促地转着转轮，在英子面前舞动。

[在转轮“哗哗”的旋转声中，英子似乎听到一种遥远的召唤，一种不可抗拒的感召，她渐渐地平静下来，随着阿妈的转轮走向巨佛。

[“呜……”喇嘛的法号长鸣，绕着英子转。

[英子单腿缓缓地跪倒在巨佛面前。

英　子　（唱）心儿忧，
佛前叩首；
心儿抖，
佛前磕头。

[幕内伴唱：

怎能叩？

[英子挣扎着欲站起身来。

[阿妈一手转着转轮，一手放在英子头上，轻轻地往祭坛上按去。

[幕内隐隐地传来《国际歌》的旋律……

英　子　（接唱）不能叩！
低下高贵的头。

[英子抓住阿妈的手，慢慢地站起身。

英 子 （接唱）国际歌儿心中流，
那歌声悠悠。
神仙哪里有？
救世主哪里求？

[幕内伴唱：

共产党人啊！
怎能去叩首？
怎能去磕头？

英 子 （接唱）不能去叩首！
不能去磕头！

[英子面前佛像一步一步地往后退去。

[喇嘛的法号鸣。

[突然，从幕内传出思红的呼喊声："阿妈，我冷！救我！救救我！"

英 子 （心如刀绞地）崽崽！

[幕内伴唱：

呼喊把心揪，
呼唤把心揉。

［阿妈转着转轮，在英子眼前舞动……

［卓玛冲上，扑跪在佛像面前，不住地磕头。

卓　玛　（唱）佛祖啊——
叩首叩首再叩首，
磕头磕头再磕头。
吻你的脚，
吻你的手，
献上全部的酥油。
如果还不够，
奉上生命的所有，
换思红站着走，
鲜血让我一人流。

［卓玛深深地磕头。

［阿妈的转轮在不住地转动，“哗哗”作响。

阿　妈　（念念有词地）俺嘛呢叭咪吽……

［幕内传来思红的呼喊：“阿妈！阿妈……”

［法号鸣。转轮响。

［卓玛“咚咚咚”地磕头。

[思红的呼喊从幕内一阵阵地传出。

[英子向巨佛走去，仰视着。

英 子 （接唱）你不过泥塑的偶，
我却向你磕头；
你也不是救世主，
我却向你祈求。
为崽崽——
跪下这不屈的膝盖，
低下这高贵的头。
为崽崽——
从此背负亵渎信念的负疚，
从此让宣誓的誓言蒙羞。

[猛地，英子“扑通”跪倒在巨佛前。

[静场。

[幕内伴唱：

俺嘛呢叭咪吽，
祭坛上叩首；
俺嘛呢叭咪吽，
血在祭坛流。

[伴唱声中，英子深深地磕头，匍匐在地上。

[桑杰抱思红，呼喊着上。

桑　杰　英子！英子！

英　子　崽崽！

思　红　阿妈，我要找我的红军阿爸！我……

［思红头一歪，去了。

英　子　崽崽！崽崽！

［英子摇晃着思红……

阿　妈　最后的晚霞和最初的朝霞一样，都是太阳的辉煌，俺嘛呢叭咪吽。最后的死和最初的生一样，都是美好的时光，俺嘛呢叭咪吽。

［英子从桑杰怀里抱过思红。

［桑杰朝卓玛走去，怒目以视。

桑　杰　不放牛奶的茶是黑的，不透阳光的帐房是黑的，昧心人的肚肠是黑的！

卓　玛　（悔恨交加地）摘一片白云，擦不掉心中的悔恨；捧一捧白雪，洗不去心里的罪孽。

桑　杰　乌云遮住太阳。

卓　玛　妒忌让我疯狂。

桑　杰　你有罪！

卓　玛　我有罪！路长长，通往拉萨；路长长，跪向布达拉。

为了孩子把罪赎，祈求佛祖的宽恕。

[卓玛一步一磕头一匍匐，下。

英 子 （哼唱）摇摇摇，

摇啊摇，

摇着乖宝宝。

汪、汪、汪，

狗子你莫叫；

喵、喵、喵，

猫子你莫笑。

宝宝歇一觉，

摇摇摇，

摇啊摇。

阿 妈 让风吹散魂魄，洒向天空；让云托起身体，交给苍穹！俺嘛呢叭咪吽。

[英子怀抱着思红，木然地摇晃着，嘴里哼唱着兴国山歌，一时间似乎苍老了许多。

[幕内伴唱：

哎呀嘞，

我的娘（里格），

给了我（介支个）人间。

[灯光渐暗。

八

[青海湖畔——

[天边的雪山在阳光的照耀下，熠熠生辉；雪山下，清澄的青海湖水像绿色的绸缎，天水一色；湖水边，绿色草甸铺展开去，接天连地。

[天苍苍，野茫茫，风吹草低见牛羊。

[玛尼堆边，老年英子手转转轮，口念“俺嘛呢叭咪吽”，绕玛尼堆一圈又一圈地转……

[雪山下，身穿藏袍的桑杰呈剪影状——远远地，从天际似乎隐隐地传来悠远、空旷的藏族歌谣：

爱人把心给了我，
把它放在我心窝；
就算走得再远再久，
一样的心跳，
一样的脉搏。

[与身穿藏袍的桑杰遥望相对，呈剪影状的是身穿解放军军装刘子明——远远地，从天际亦似乎隐隐传来悠扬、清脆的兴国山歌：

哎呀嘞，
白云（里格）——
给了（介支个）蓝蓝天，
绿树（里格）——
给了（介支个）青青山，
碧水（里格），
给了（介支个）深深海，
我的娘（里格）——
给了我（介支个）人间。

［念经声、祈祷声由弱渐强，充斥了整个空间……

［灯光渐暗。

九

[一九五一年。

[青海湖畔，喇嘛庙前。

[幕内隐隐传出藏族新歌谣：

北京金山上光芒照四方，
毛主席就像那金色的太阳，
……

[刘子明内唱：

春夏秋冬——

[刘子明身着解放军军装上。

刘子明 （接唱）十五载，
东南西北找过来。
寻找歌中爱，
山歌绕心怀。
蓝天白云不曾改，

青海湖水日夜拍。

[喇嘛庙里传出悠长的钟声……

[英子一脸风霜，一身原汁原味的藏族打扮，躬身驮着一只巨大的木桶，蹒跚而上，“哗啦啦”手转转轮，口念“俺嘛呢叭咪吽……”

[刘子明朝英子走去。

刘子明 大嫂。

英　子 俺嘛呢叭咪吽。

刘子明 （提高嗓门）大嫂，跟你打听个人儿。

英　子 俺嘛呢叭咪吽。

刘子明 听说，你们这儿有个红军女战士，叫英子。

[突然间，转轮从英子手中“哗啦啦”掉在地上。

[刘子明、英子几乎同时俯身欲拾转轮，两个喇嘛手转转轮鱼贯而上，从刘子明、英子中间穿过，径直下。

[刘子明拾起转轮，给英子递去。

刘子明 大嫂，英子你认识吗？

英　子 我……认、识。

刘子明 在哪儿？

英　子 她、她……

[幕内伴唱：

远在那天边，
近在那眼前。

英　子　雨神流走了她的容颜，风神吹走了她的年华，苍鹰带走了她的灵魂。

刘子明　（惊呆了）不！她、她她她……（仰天长啸地）英子！我刘子明来迟了！

[刘子明背过身，被巨大的悲痛笼罩，不住地抽搐着。

英　子　（接唱）近在眼前相见不能见，
远在天边思念多少年？
抹开你的泪眼，
难道看不出过去的容颜？
你的泪点点，
滴滴洒心尖。
让风别吹干，
品味这思念的苦，相逢的咸。

刘子明　大嫂，英子有没有留下什么？

英　子　有……

[钟声响。

刘子明　是不是一个铜火柴盒？

英　子　（下意识地捂住胸口）是……

［钟声再响。

［英子迟疑着掏出铜火柴盒；刘子明一把抓过铜火柴盒，颤抖着。

刘子明　她还没忘了我！还在等着我！

英　子　她说，她对不起你！

刘子明　不！是我对不起她！

英　子　她常常、常常……

（唱）哎呀嘞，

白云（里格）——

给了（介支个）蓝蓝天，

刘子明　（接唱）绿树（里格）——

给了（介支个）青青山，

英　子　（接唱）碧水（里格）——

给了（介支个）深深海，

英子、刘子明

（重唱）我的娘（里格）——

给了我（介支个）人间。

英　子　（背唱）真想对你大声喊，

我是英子站面前。

刘子明　（背唱）恍惚间时光倒转，

就好似回到当年。

英　子　（背唱）不能喊，不能唤，

话到嘴边口难言。

刘子明 （背唱）山歌那么悠远，
似见英子容颜。
你就是英子！
（接唱）水千条走过，
山万座寻遍。
日月交替心不变，
春秋轮回情依然。
这一刻终于相见，
冰雪消融见真颜。
千言万语，
万语千言。

英　子 （一震，随即转起转轮，冷静地）俺嘛呢叭咪吽。我……
不、是、英、子！

刘子明 那英子在哪里？

英　子 蓝天下，草原上，雪山边，青海湖畔。

［幕内伴唱：

岁月抹不去思念，
风霜遮不住爱怜。

［桑杰兴冲冲地上。

桑　杰 我回来了！英……

英　子 天边飞来苍鹰，远方来了客人。

桑　杰　英……

英　子　端糌粑，捧美酒，招待朋友！

刘子明　英子！

［刘子明一把抓住英子的手。

［桑杰疑惑地注视着。

［几个喇嘛手转转轮上。喇嘛从英子、刘子明、桑杰中间穿过，下。

英　子　（飞快地转着转轮，念念有词地）俺嘛呢叭咪吽。我不是你要找的英子。

刘子明　你就是英子！（抓住桑杰）你说！她是不是，是不是当年的女红军战士英子？

桑　杰　你……

刘子明　我是她的丈夫。

桑　杰　刘子明？

刘子明　就是我！

桑　杰　（内心复杂地）两山虽远，云雾可相连；两人虽远，有情能相见。

英　子　俺嘛呢叭咪吽……

刘子明　英子，为什么不说话？

英　子　俺嘛呢叭咪吽……

［幕内伴唱：

湖面虽然冰冻，

湖底急流奔涌。

刘子明 （接唱）为什么不敢承认你的姓？

桑　杰 （接唱）为什么不敢承认你的名？

英　子 （转着转轮，念念有词地）俺嘛呢叭咪吽……

［幕内伴唱：

歌如当年歌依旧，
人非当年人不同。

刘子明 （接唱）为什么相见不相认？
爱人似路人。

桑　杰 （接唱）日日夜夜今日等，
花期等春风。

刘子明 （接唱）叫英子——
切切呼回应；
叫英子——
真真唤回声。

桑　杰 （接唱）情真意切心感动，
欲言又止诉实情。

［桑杰对刘子明欲言又止。

［英子插在桑杰与刘子明之间，念叨着“俺嘛呢叭咪吽”，制止桑杰。

刘子明　英子，你听！

（唱）礼炮响彻苍穹，

英子，你看！

（接唱）烟花绽放夜空。

新的中国已诞生，

革命成功东方红。

从今往后续缘分，

生生死死不离分。

桑　杰　（接唱）让我告诉你……

［刘子明期待的目光。

桑　杰　（接唱）让我告诉你……

英　子　（心潮起伏地）俺嘛呢叭咪吽……

桑　杰　（接唱）让我告诉你——

刘子明、桑杰

（同唱）告诉我（你）实情，

眼前人……

就（不）是我（你）要找的人。

英　子　（既欣慰又痛苦地）俺嘛呢叭咪吽。

刘子明　（好似一瓢冷水浇顶，呆呆地）为什么会这样？为什么！

桑　杰　（背唱）话到嘴边一忍再忍，

又只怕从此失去心上人。

张嘴说瞎话，

我是什么人！

刘子明 （对桑杰）你……你是……

英　子 他是呵护受伤人儿的雪山使者，他是陪伴孤雁独行的高原雄鹰。子……子明同志。

［英子双手捧出一条哈达，给刘子明献上。

英　子 （　唱　）送上草原的骏马，
献上雪山的哈达。
奔腾的骏马伴你走天下，
祝福你啊，
找到属于自己的家。
纯洁的哈达飞扬在月光下，
祝福你啊，
幸福吉祥好年华。

［英子将哈达挂在刘子明胸前。

［幕内伴唱：

不再说，不再问，
一切尽在不言中。
英子啊，
你在哪里？

刘子明 （接唱）在风中，在雨中，在歌声中；

[幕内伴唱:

英子啊,
你在哪里?

刘子明 (接唱)在我梦中,在我心中。

[刘子明将铜火柴盒递给英子。

刘子明 (语意双关地)留下吧,留在雪山下,高原上,青海湖畔……

[刘子明扭头冲下。

桑　杰 英子,你、你等的不就是这一天?等的不就是这个人?你……

英　子 (转着转轮,念念有词地)俺嘛呢叭咪吽……

桑　杰 解放军同志,我送你!

[桑杰追下。

[英子追出,又停下脚步。

英　子 子明!子明!(双手捧着铜火柴盒,感慨万分)火柴不划心也亮,照我走路走中央。走路走中央,老鬼小鬼躲一旁。走路走中央,五云托我上天堂。

[英子朝远处眺望，一阵马蹄声渐渐远去。

英 子 （唱）远去了，
已不见人影，
耳边还回旋马蹄声。
盼这天早来临，
怕这天俩相逢。
英子早不是当年的英子，
青海湖畔负旧情；
英子也不是当年的战士，
脱离红军雁独行；
信念动摇不坚定，
佛祖面前拜神灵。
我不是好妻子，
又不是好母亲，
也不是好女性，
更不是真正的共产党人！

[幕内马蹄声由强渐弱……

[幕内伴唱：

远去了，
已不见人影，
耳边还回旋马蹄声。

[英子一把捂住脸，扭过头去，身子不住地抽搐着，抽泣声隐隐地传来。

[幕内伴唱：

爱人把心给了我，
轻轻放在我心窝；
就算走得再远再久，
一样的心跳，
一样的脉搏。

[伴唱声中，英子手中的转轮掉在地上。

[灯光渐暗。

十

[二〇〇一年七月一日。

[远处，青海湖波光粼粼，夕阳西下。

[帐房里——英子坐在氆氇上，斜靠在桑杰的身上。

英 子 今天是什么日子？

桑 杰 今天是“七一”。

英 子 七一！一九二一，二千零一……（掰起手指算，感慨地）八十年了！

桑 杰 八十年？

英 子 党的生日！

桑 杰 是啊！是啊！（笑）你瞧瞧，我们都老了！

英 子 桑杰，我们在一起也已经有……

桑 杰 六十五年了。

英 子 不对！一千年！

桑 杰 一千年。对，一千年了！

[英子掏出铜火柴盒，划着一根火柴，霎时间，满天的星斗都亮了。

桑　杰　（仰望星空）看啊，你把满天星星都点亮了。

英　子　（仰望星空，孩子似的笑）星星都亮了！亮了（像孩子似的数星星）一颗星、两颗星、三颗星……

桑　杰　知道吗，你就是心的女儿！

英　子　星星的女儿吗？

桑　杰　不！心灵的女儿。

英　子　心——的女儿！

桑　杰　（藏语）心的女儿！（汉语）心的女儿！

英　子　月牙出来两头尖，星星一对挂两边。桑杰，我要做你的女人，做你真正的女人！

桑　杰　（笑）嘿嘿……我的女人！我的好女人！

［英子咳起来，大口大口地喘气；桑杰为英子捶背。

［一群手捧酥油灯的藏族小伙，藏族姑娘们上，围绕在桑杰、英子周围，酥油灯光闪烁着。

［卓玛上。

卓　玛　吉祥！人们都这样祝贺，爱情像水乳不可分离；吉祥！人们都这样祝贺，夫妻像雪松万年长青。

众　（唱）太阳格外红，
月亮格外亮，
瞧啊，
一位多么温柔的新娘。
舞步格外轻，
篝火格外旺，

看啊，
一位多么英俊的新郎。

[英子与桑杰相偎相依在一起。

英　子　（掏出铜火柴盒递过去）桑杰，把这个交给组织，告诉组织，我就是他们要找的英子。

桑　杰　留下吧，留下来垒起我们藏人心中的“玛尼堆”。许下一个愿望：交给风，你就成了风！交给雨，你就成了雨！交给党，你就永远伴随着党！

英　子　心诚则灵！

[铜火柴盒从英子手中滚落在地。

[酥油灯一盏接着一盏熄灭……

[桑杰轻轻地放下英子，拾起一块石头放在铜火柴盒上。

[幕内伴唱：

哎呀嘞，
白云（里格）——
给了（介支个）蓝蓝天，
绿树（里格）——
给了（介支个）青青山，
碧水（里格）——
给了（介支个）深深海，
我的娘（里格）——

给了我（介支个）人间。

［伴唱声中，卓玛拾起一块石头，垒在铜火柴盒上；藏族小伙子与藏族姑娘们一人拾起一块石头垒在铜火柴盒上，垒起了一座“玛尼堆”……

［灯光渐暗。

［剧终。

本剧分别由江苏省演艺集团京剧院和湖北省地方戏曲剧院黄梅戏剧团演出。

文本发表于《新剧本》杂志2004年第2期、《戏剧之家》杂志2007年第2期。

剧名书写　肖文飞

王勇剧作集

路魂

上党梆子

◎

王勇 著

中国戏剧出版社
CHINA THEATRE PRESS

图书在版编目（CIP）数据

王勇剧作集 / 王勇著. — 北京 ：中国戏剧出版社，
2022.6
ISBN 978-7-104-05123-7

I.①王… II.①王… III.①剧本—作品综合集—中
国—当代 IV.①I230

中国版本图书馆CIP数据核字（2021）第171113号

王勇剧作集

策划编辑：肖 楠
责任编辑：邢俊华
责任印制：冯志强

出版发行：中国戏剧出版社
出 版 人：樊国宾
社　　址：北京市西城区天宁寺前街2号国家音乐产业基地L座
邮　　编：100055
网　　址：www.theatrebook.cn
电　　话：010-63385980（总编室） 010-63381560（发行部）
传　　真：010-63381560

读者服务：010-63381560
邮购地址：北京市西城区天宁寺前街2号国家音乐产业基地L座

印　　刷：保定市铭泰达印刷有限公司
开　　本：787mm×1092mm 1/32
印　　张：42.25
字　　数：846 千
版　　次：2022年6月 北京第1版第1次印刷
书　　号：ISBN 978-7-104-05123-7
定　　价：458.00 元（全 18 册）

时　间：二十世纪八十年代初。

地　点：一个叫旮旯沟的偏僻小山村。

人物：

山　凤——三十六七岁，旮旯沟村妇女主任。

石　柱——四十多岁，旮旯沟村村主任。

小　草——十九岁，石柱的女儿。

铁　蛋——二十岁出头，小草的恋人。

陈二两——四十岁左右，村民。

老支书——六十多岁，旮旯沟村老支书，山凤的爹。

周老贵——六十岁，退休工人，造炸药的师傅。

九奶奶、土旺、大嫂、大爷、老大娘、村民若干人。

第一场

［腊月三十，大雪纷纷扬扬。

［旮旯沟的老虎嘴——修路工地上，人影憧憧，众村民正在开山凿石。

［幕内伴唱：

大雪漫天紧，
炮声轰隆隆。
打开山门严冬送，
敞开心扉艳春迎。

［石柱内唱：

除夕临爆竹传山鸣谷应——

［石柱上。

石　柱　弟兄们，收工啦！

众村民　（内声）噢——收工啦！

石　柱　（接唱）遥见那袅袅炊烟唤亲人。

几多灯火翘首等，

几多泪水望相逢。

弟兄们，一年啦，回去和家人团聚吧——大婶大嫂们包好了饺子，就等你们回家下锅呢！

土　旺　村主任，你也快回吧，小草一人在家等爹都要急哭了。

陈二两　还有一个人哪——

众村民　谁？

陈二两　咱们的妇女主任山凤呀。她想石柱哥想得偷偷地抹眼泪呢！

石　柱　去你的！你陈二两还没喝酒就说胡话了。

众村民　哈哈……

陈二两　一年了，滴酒未沾，真想来它二两。

石　柱　老支书留守工地，看来过年也回不了家。我去看看，大伙儿都回去吧！

[众村民欲下。

石　柱　哎，都回来。看你们一个个这模样，家里人还当是“野人”下山了呢！

[众村民互相观看，哈哈大笑。

石　柱　记住，进屋前你们给我好好收拾收拾。

众村民　遵命。噢，回家过年哄！（兴高采烈地下）

[山凤上。

石　柱　山凤。

山　凤　（大惊）你、你是……

石　柱　咋了，认不出来了？

山　凤　（害怕地）别、别过来，我喊人啦！

石　柱　山凤，我是石柱啊。

山　凤　（疑惧地）你……你是石柱？

石　柱　山凤！

山　凤　（又惊又喜地）石柱！

石　柱　山凤！

石柱 / 山凤

（唱）离别相思托云梦，
朝朝暮暮对孤星 / 灯，
蓦然相见心头热 / 痛，
千滋百味说不清。

石　柱　（打量了一下自己，不禁大笑）哈哈……这模样连我自个儿都不认识了。在山里，弟兄们迎着太阳东升起床，枕着月亮西沉睡觉；口渴了，抓一把积雪润润嘴唇；胃空了，啃两口干粮填填肚子；衣服破了，光着膀子接着干——漫天大雪，刺骨寒风，可大伙儿的心却是滚烫的！

山　凤　（感动地）石柱，开山修路，可苦了你们男人！

石　柱　地里活儿也苦了你们女人啊！

山　凤　（情不自禁地）柱哥！

石　柱　（惊喜地）柱哥？多少年没听到你这么叫我了。

山　凤　我……

石　柱　（动情地）凤妹……

［幕内伴唱声起：

月亮弯弯两头尖，
一对星星挂两边。
妹心挂在哥心上，
哥心挂在妹心间。

［石柱和山凤将手缓缓伸向对方，两人的手猛地握在一起。

［小草上。

［石柱与山凤慌忙分开。

小　草　爹，凤婶也在这儿。爹，快回家去刮刮胡子吧，看你胡子拉碴的！刚才一见铁蛋哥，我给吓了一大跳。

山　凤　嘀，铁蛋回去不是去看他娘，先去看你了。怪不得人家说娶了媳妇忘了娘，这还没过门呢……

小　草　（羞涩地）凤婶，你坏、你坏！

石　柱　都大姑娘了，还不好意思呢。

山　凤　小草，你爹常说，等路修通了，他要亲自驾着第一辆汽车开进咱旮旯沟。到那时候你和铁蛋坐上你爹的汽车，也学城里人那样叫什么来着……噢，对了，去旅游结婚。

小　草　叫旅行结婚。爹，从我记事起，咱旮旯沟就在修路修路，可这么多年过去了，咱村里人连汽车是个什么模样都没见过。这一次，能修通吗？

石　柱　（自信地）能。豁上老命也要把咱旮旯沟的路修通！

小　草　那太好了！

石　柱　山凤，大伙儿的热情和干劲倒挺高，可是炸药又用完了，眼下的关键问题是钱。

山　凤　石柱，看来只有贷款啦。

石　柱　走，（对山凤）和你爹商量商量去。

小　草　我也去。

［突然，远处传来“轰隆”一声巨响，石柱、山凤、小草震惊。

［切光。

［“当当当……”响起急促的钟声。

［幕内喊声响起：“不好了，老鸹洞出事了！”“炸药爆炸了！”

［猛地，各种音响戛然而止，死一样的寂静。

［灯光渐亮。

老支书　（躺靠在石柱和山凤的手臂上，两眼望天，艰难而缓慢地举起手，最终举过头顶，猛地握成一个紧紧的拳头，嘴里吐出一个字）路……路……（随即，两眼一闭，拳头仍高举在头顶）

石　柱　老支书——

众村民　老支书！

山　凤　（撕心裂肺地大喊）爹！（扑在老支书身上，拼命地摇晃着）

［幕内伴唱声起：

老虎嘴前泪潸落，
攀天路上苦求索。
旮旯沟人命坎坷，
一块巨石压心窝。

［伴唱声中，大山爷、九奶奶、铁蛋、小草等默默地上。

［四村民抬起老支书的遗体缓缓地走着……

［唢呐声凄楚悲凉。

［大山爷扬撒着纸钱。

九奶奶　（手拄拐杖，念念有词地）老支书啊老支书，走路走中央，大鬼小鬼躲一旁；走路走中央，五云托你上天堂；走路走中央……

石　柱　（痛心地呼喊）路，路！攀天路啊！

［切光。

第二场

［清明前后。

［老支书的墓前，香烟缭绕，纸钱纷扬。

［山凤洒酒祭奠老支书。

山　凤　（唱）朦胧间似浮现爹爹模样，
心悲怆生死别两处茫茫。
难忘你临死嘱托寄厚望，
石柱他挑重担为款奔忙。
但愿得攀天路长龙飞降，
爸爸你九泉下如愿以偿。

［九奶奶在小草的搀扶下与众村民上。

九奶奶　支书兄弟，我和乡亲们看你来了——

众村民　老支书，我们来看你了！

九奶奶　兄弟，你为旮旯沟操劳一辈子，如今为了修路，连命也搭上了。

山　凤　（伤心地）九奶奶！

九奶奶　山凤，你劝劝石柱，这路不修了。没有路，咱祖祖辈辈不也熬过来了?

村民甲 是啊,别修了。

山　凤 二十年,咱修了整整二十年的路,怎能前功尽弃?

九奶奶 山凤,你听我说——

（唱）为修路二十年好梦已破,
山神怒把你爹爹性命夺。
只恐怕再修路又惹灾祸,
常言道听天由命免风波。
还有一把火,

众村民 （接唱）人人冻不着;

九奶奶 （接唱）还有一勺米,

众村民 （接唱）人人有汤喝;

九奶奶 （接唱）只求家家不挨饿,

众村民 （接唱）半温半饱就凑合。

土　旺 （激愤地）凑合?我凑合不下去了!我也不怕大伙儿笑话,我家老小四口人一直伙盖着一条破被子。一条像样点的裤子,我和我老婆出门还得替换着穿。这穷日子熬到啥时候才算到头?不修路,还有啥盼头?

山　凤 土旺哥说得对,不修路咱就没有盼头,咱旮旯沟穷就穷在出山没路啊!

老大爷 山凤,如今家家穷得叮当响,连买酱油的钱都没有,还拿什么修路?

众村民 是啊,钱又在哪儿呢?

山　凤 钱会有的,石柱已经去贷款了。

小　草　（向远处眺望，发现地）我爹回来了！爹——

［石柱垂头丧气、疲惫地上。

山　凤　石柱，你回来得正好，快告诉乡亲们，贷款……

众村民　（关切地）怎么样？

石　柱　（面对乡亲们，痛苦地）我、我无能啊！

（　唱　）一分钱逼死那英雄好汉，
为贷款四处碰壁鞋磨穿。
要抵押咱没有值钱财产，
托关系谁又愿为咱把保担。
这个说，“路通实在太遥远”，
那个讲，“老虎嘴修路难，难于上青天”。
纵然是苦求情嘴皮磨烂，
也难把有钱财神搬。
空怀壮志叹叹叹，
回天无力难难难。

（猛地面向老支书的墓跪下）老支书，我对不住你！

［一片压抑的沉默……

陈二两　（苦笑）嘿嘿，这穷地方，我待不下去了，还不如接着干老本行，走街串巷卖老鼠药。

九奶奶　二两，都说的什么话？狗不嫌家贫，儿不嫌母丑，你……

村民甲　九奶奶，我都是奔四十的人了，可连个老婆也没有。咱旮旯沟穷得出了名，谁又愿意嫁到咱这儿来？原只想修通了攀天路，好日子也就不远了，可眼下……没指望了，还不如车走车道，马走马路，各奔前程。

村民乙　对，我也走。

石　柱　不怨天，不怨地，只怨我这个村主任没本事！你们想走，那就走吧，都走吧！

陈二两　走！

［陈二两等人欲走。

山　凤　不能走。二两兄弟，你们不能走！没钱可以想法子，可人都走了，这路还怎么修？乡亲们——

（唱）无路走如蚕吐丝自作茧，
无路走半温半饱待救援。
无路走面对群山长兴叹，
无路走脱贫致富成空谈。
咱也有政府撑腰党领导，
好政策咱该迎头赶上前。
端着金碗去讨饭，
满山宝藏却换不成钱。
大理石，垒猪圈，
药材把把当柴燃。
红果黄梨遍地烂，

土产山货难出山。
推着那石碾子一圈又一圈，
赶着那小毛驴一年又一年，
唱着那旧歌谣一遍又一遍，
熬着那穷日子一天又一天。
朝思暮想怀夙愿，
沟里沟外路相连。
开上三轮嘣嘣嘣，
县城里边转它一圈。
那宽宽的大街咱也遛一遛，
瞧一瞧外面的世界外面的天。

［大山爷和几位年长的村民背着家什上。

大山爷 好，山凤这话算是说到我老汉心坎上了。

［众村民见大山爷身背木匠家什，大惑不解。

石　柱 大山爷，你们这是……
大山爷 石柱，我们要走了。
石　柱 去哪儿？
大山爷 走南闯北，四处奔忙；为筹钱款，余热发光。石柱啊！
（唱）我身为老党员心雄志壮，
带领这老弱病残走他乡。
怎忍看你们修路血汗淌，

怎忍心安坐家中袖手一旁?
凭手艺靠勤劳江湖闯荡,
我木匠,他瓦匠,还有他能描会刻很在行。
省吃俭用多赚钱尽我们微薄力量,
捎回家支援修路表衷肠。
修通路,兴家乡,别退让,莫收场,
群策群力,奋发图强。

石　柱　(感动地)大山爷,你们这么大年纪,我怎忍心让你们背井离乡去闯荡江湖……

众村民　大山爷,你们不能走啊!

小　草　(扑上前)我不让你走,不让你走!(哭)

大山爷　孩子,别哭,我们还会回来的。乡亲们,我们会回来的。(走到老支书坟前)大兄弟,你在的时候就爱抽口烟,可你为了省下钱来修路,连烟也戒了。这包烟叶你就大口大口地抽吧。(打开一包用毛巾包着的烟叶撒在老支书坟前)烟不好,先凑合着,等我回来的时候,一定给你捎两盒带把儿的。(深情地环顾故土)

(接唱)惜别离回头看故乡模样,
山山水水心里装。

[大山爷颤巍巍地用毛巾包起一捧黄土。

[幕内伴唱声起:

一寸寸肝肠断,
一缕缕情更添;

一步步行将远，
一滴滴泪斑斑。

[伴唱声中，大山爷等人依依不舍地下。

山　凤　（唱）白发老人去飘荡，
金石之言响耳旁。
倘若不思再开创，
石　柱　（接唱）愧对乡亲与上苍。
千难万险迎头上，
攀天路步步攀天——
众村民　（接唱）接春光。
石　柱　各位好弟兄，再给我一次机会，我就是豁出老命，也要弄到贷款！求你们留下来，给我最后一次机会吧！（猛地跪倒在众村民面前）
众村民　（震惊地）村主任！

[切光。

第三场

[半个月后。

[追光中，小草与铁蛋背靠背坐在石碾上看星星。

小　草　铁蛋哥，听老人说，一颗星星一个人。

铁　蛋　是呀，地上有多少人，天上就有多少星星。

小　草　那咱旮旯沟的乡亲都有自己的星星吗？

铁　蛋　有啊，只是无名无姓。

小　草　我是哪颗？

铁　蛋　你是……那颗最亮的。

小　草　那你呢？

铁　蛋　我嘛，你旁边的那颗就是。

小　草　真的？（幸福地）真好！（突然发现）哎呀，不好，乌云来了，我们的星星不见了！

铁　蛋　别急，别急，等乌云过去，星星会回来的。

[一阵沉默，突然流星划过。

小　草　铁蛋哥，你看——

铁　蛋　那是流星。

小　草　（自语）流星，消失了，看不见了，就像老支书……

［切光。暗转。

［村口。一棵遮天蔽地的老槐树，树上挂一口古钟。

［“噹、噹、噹……”村民甲在敲钟。

［众村民陆陆续续上。石柱与陈二两随后上。

老大爷　村主任，款贷上了没有啊？
石　柱　答应给咱们贷啦。

［众村民情绪顿时高涨。

陈二两　乡亲们，乡亲们！款是答应给贷了，可信用社韩主任有一个条件。
众村民　条件？什么条件啊？
陈二两　韩主任有个外甥，想在咱沟里找个媳妇儿。
老大爷　找媳妇儿？咱沟里人嫁山外，这是好事啊！
老大娘　就让我家胖胖去吧。
大　嫂　二两啊，我家桃花心灵手巧，模样长得也俊，我看呀，嫁给韩主任外甥配得上。
老大爷　我家小翠呀，别看个头低了点，今年也十八了。还是让我家小翠去吧。

［众村民为此事争着吵着。

陈二两　（高兴地）乡亲们，乡亲们！看来咱贷款的事儿没问题啦。

老大爷　二两啊，韩主任的外甥今年多大啦？

陈二两　年龄嘛，也不算太大，四十来岁。

众村民　（惊）啊，四十来岁？

老大爷　怕是有什么毛病吧？

陈二两　这毛病嘛……

石　柱　乡亲们，咱是明人不做暗事，韩主任的外甥小的时候得过小儿麻痹症。

众村民　小儿麻痹？

老大爷　谁愿意嫁给一个四十多岁有毛病的人！

众村民　是啊，谁肯做这种傻事！（议论纷纷）

石　柱　乡亲们，乡亲们！咱开山修路需要大批炸药。县政府每年拨给咱们的修路款是远远不够用，可咱们也不能躺在国家身上呀！为了修通攀天路，大伙儿是勒紧裤带，省吃俭用，连酱油都舍不得买。咱大家集资买的炸药也用完了，现在唯一的办法就是贷款。谁家愿意把闺女嫁给韩主任的外甥，村里可以按军烈属照顾，每年优先享受乡政府拨给咱们的救济款。

［众村民交头接耳，窃窃私语。

陈二两　乡亲们，你们不知道啊，现在贷款可难啦。村主任和我跑断了腿，磨破了嘴，韩主任才答应了咱的贷款。不答应人家的条件，咱贷款的事不就吹灯了吗？这也是没有办法的办法呀。乡亲们，你们说话呀！

[众村民沉默不语。

陈二两 大家说话呀！

[依然是一片沉默。

陈二两 说话呀！

[大嫂拉着女儿向石柱走去。

石　柱 大嫂，你……（满怀期望地迎上前去）

大　嫂 （吞吞吐吐地）村主任，我家里有事，先走了。（拉着女儿赶紧下）

老大娘 村主任，我们也走了。（拉着孙女急下）

[老大爷用拐杖敲着地，唉声叹气下。

[众村民以各种借口离去。

石　柱 （声嘶力竭地）回来，都给我回来！（发疯地敲钟）

[钟声“当、当、当”地响起。

石　柱　唉！

（唱）乡亲们一心想摆脱贫困，

盼家乡忽一日面貌全新。

想富裕又不愿付出牺牲，

事临头一个个各顾自身。

陈二两　（劝慰地）石柱哥，天要下雨了，走吧。

石　柱　让我一个人静静地待一会儿。

陈二两　该想的法子都想了，不该想的法子也想了。唉！（不放心地下）

小　草　爹。

［石柱转回身紧紧盯着小草。

小　草　（顿觉不安）爹，你怎么了？别这样看着我，我害怕！

石　柱　（喃喃自语）不，我不能……我不能……（猛捶自己的头，努力驱赶什么念头，强迫自己不去看小草）

小　草　爹，你这是何苦呢？修不通路，不修算了。你看你，才四十来岁的人，头发都白了。

［石柱一声不吭。

小　草　爹，天黑了，走，回家。（伸手去拉石柱）

石　柱　（反手一把抓住小草）家？嫁！小草——

［隆隆的雷声从远处滚滚传来……

小　草　（不安地）爹！（被石柱盯得一阵发虚，害怕地步步退却）

石　柱　（一步紧似一步朝小草逼去）小草！

小　草　（　唱　）爹爹他看得我浑身发冷，

我不敢看、不敢瞧，这不是爹爹的眼睛。

石　柱　你早不叫回家，晚不叫回家，咋偏偏这个时候叫爹回家呀？

（接唱）难道说这都是命中注定，

竟让我丧尽那天地良心。

小　草　（接唱）我心里颤巍巍阵阵发紧，

莫非要送女儿与那人成亲？

石　柱　（接唱）不信命偏偏被命运捉弄，

打碎门牙肚里吞。

小　草　（接唱）我不敢想、不敢信，

爸爸他绝不是绝情绝义人！

石　柱　小草，来，到爹身边来！

小　草　（怯怯地）爹！

石　柱　你过来，爹有话对你讲。过来，过来呀！

［小草迟疑地走上前，蹲在石柱身边。

石　柱　你朝这边看。

小　草　哪儿？

石　柱　东山坡上。

小　草　那不是娘的坟吗？

石　柱　左边呢？

小　草　是凤婶的丈夫。

石　柱　你再看这边。

小　草　是老支书爷爷。

石　柱　他们在看着我呢。你娘生下你得了产后风，我心里着急，可出山没路，只能眼睁睁看着你娘死在山梁上。那年腊月，你凤婶的丈夫出了山，用党参换了三十斤煤油往家背，想让咱沟里人过一个明晃晃的年，路过老虎嘴，一脚踏空，连人带油直掉进一眼望不到底的阎王谷，连尸首也没找回来。还有，老支书高高举起拳头，嘴里喊着“路”，眼睛望着天断了最后一口气，他是死不瞑目啊！小草，攀天路修不通，他们都死不瞑目啊！

小　草　别说了，为修路，你和大伙儿常年住在山上，年三十才回家。地里活儿全靠凤婶领着全村的妇女干。可路修了二十多年，整整两代人，路又在哪里？爹，我怕你提修路的事！

石　柱　不说了，爹不说了。你也大了，该懂事了。

小　草　爹，你……

石　柱　老话说，“男大当婚，女大当嫁”，你也该嫁人了！

小　草　嫁谁？

石　柱　嫁、嫁、嫁……

小　草　铁蛋哥？

石　柱　不。

小　草　那，是谁？

石　柱　是、是、是韩主任的外甥！

[一道炸雷响起，一道闪电划过。

小　草　（震惊）天哪！

（　唱　）霹雳一声响当头，

只觉得天旋地转，日月昏悠悠。

怕听的话儿他偏讲出口，

一字字一句句字字句句把魂儿勾。

爹爹呀！（跪下）

（接唱）磕头磕头再磕头，

女儿磕头把你求。

儿只求与铁蛋两相厮守，

今生今世家中留。

爹爹呀——

你饿了，我端吃端喝称心合口，

你累了，我洗脚搓背把你侍候。

你穿新来我穿旧，

我喝稀来你吃稠。

哪怕受尽苦中苦，

莫把女儿火坑丢！

石　柱　（　唱　）声声泣句句求，我的心在抖，

泪水不尽肚里流。

石头听了也开口，

斑鸠听了叫啾啾。

怎忍心出卖亲骨肉，

让一对有情人隔山泪相流！

（伸手去扶）小草！

小　草　（满怀期望地）爹！

石　柱　（又一把将小草推开）不！

（接唱）莫开口，莫伸手，

强把泪水咽下喉。

切不可露真情痛心疾首，

抛开那当爹的一腔温柔。

装出一副凶模样，

把女儿当作捡来的妞。

天不助我，

地不助我，

神不助我，

鬼不助我，

不求女儿助，

又向哪个求？

小草！

（接唱）爹爹一语说出口，

驷马难追，覆水难收。

小　草　（哭天喊地）爹爹！女儿不嫁！女儿不嫁！

石　柱　回家收拾，三天后，出嫁！（转身急下）

小　草　爹！爹——

［石柱一去不回头，小草呆若木鸡。

［铁蛋上。

铁　蛋　小草，你怎么了？

小　草　铁蛋哥！爹爹他……（扑向铁蛋怀里）

铁　蛋　（一怔）是不是逼你嫁……

小　草　（哭着）我好命苦啊！

铁　蛋　小草！

［小草与铁蛋流泪眼观流泪眼，不禁抱头痛哭。

［天下起了小雨。

［幕内伴唱声起：

一串串珠泪滂滂，
一片片苦雨茫茫。
泪水和着雨水淌，
揉碎了铁石心肠。

［山凤上。

山　凤　（吃惊地）你们这是咋了？

小　草　婶，救救我，救救我！

山　凤　到底咋了？

铁　蛋　山凤婶，我和小草求你了！

［铁蛋与小草猛地跪倒在山凤面前。

［切光。

第四场

[当天夜里。

[石柱引几个村民手持马灯、火把，喊着小草的名字，寻找着过场。

[少顷，灯亮——阎王谷悬崖峭壁，怪石林立，山路崎岖险峻。

[山凤内唱：

"阎王谷闹嚷嚷——"

[山凤与小草和铁蛋急急忙忙退上。

山　凤　（接唱）一声声喊小草，山鸣谷应，四方回荡，
扰醒沉睡小村庄。
难舍难分在山岗，
何日还家伴月光。
到他乡捎书托信道无恙，
免得家人牵肚肠。

小　草　（唱）背井离乡心迷惘，
故土难舍情思长。
从今后，

爹想与儿说句话，
我不能甜甜搭句腔；
爹若有病倒炕上，
我不能为他煎药汤；
爹爹在家中受点苦，
我几回梦中愁断肠。
一丝怨恨，两缕牵挂，
丝丝缕缕堵胸膛。

凤婶，本来说好，一边嫁女，一边娶娘，热热闹闹，红红火火办喜事，可如今……凤婶，我舍不得呀！

山　凤　你爹有我照顾，你和铁蛋就放心地走吧。

铁　蛋　小草，我们走！

（唱）莫怀想，休悲怆，
广阔天地去翱翔。
你是小车我是轮，
我是扁担你是筐。
扁担挑你去闯荡，
车轮载你走四方。

走！

小　草　等等！

（接唱）我要等东方发白天见亮，
再看看生我养我的故乡。

铁　蛋　（接唱）怕只怕霎时你爹追赶上，
跌入泥潭难脱缰。

［幕内喊“小草”的声音渐近。

铁　蛋　（心急火燎地）小草，再不走，想走都来不及了。快走吧！（拉小草欲下）

山　凤　等等，让我再看你们一眼。

小草、铁蛋

山凤婶！

山　凤　（唱）左右瞅，瞅不够，

瞅不够，泪先流。

泪先流，流泪瞅，

流泪瞅，瞅不休。

（猛地，一把推开小草和铁蛋）走吧！

［小草含泪与铁蛋欲下，慌忙中小草的包袱被遗落在地。听见脚步声渐近，小草和铁蛋急躲于巨石后。

［石柱冲上，四处搜寻，发现地上的包袱。

石　柱　（问山凤）人呢？

山　凤　谁？

石　柱　你是哑巴吃汤圆，心里有数。说，人在哪儿？

山　凤　走了。

石　柱　你——（奚落地）是她爹？

山　凤　不是。

石　柱　是她娘？

山　凤　不是。

石　柱　（气愤地）你，你……你狗拿耗子，多管闲事。你，误我大事了！（狠狠地甩给山凤一巴掌）

［小草欲上前，被铁蛋死死拉住，两人又躲入巨石后。

石　柱　（后悔莫及地）山凤，我……

山　凤　石柱！

（　唱　）你明知小草铁蛋情似火，

却为何棒打鸳鸯两分割？

用女儿做交易主意拿错，

你不该一盆清水阴沟泼。

怎忍心亲生女儿咽苦果，

怎忍心一对情人泪滂沱，

怎忍心他二人效仿当年你和我，

怎忍心悲剧重演唱老歌？

平心静气细思索，

好村主任，我的石柱哥！

（接唱）苦苦相逼却为何？

石　柱　唉！

（接唱）多少怨藏在心底，

多少泪点点滴滴。

坠崖强抓沟边草，

哪管野藤与荆棘。

不是我天地良心被狗叼去，

无奈何撕心裂肺血淋漓。

[小草从巨石后急出，铁蛋追上。

小　草　爹！

石　柱　（又惊又喜）小草？你回来了！好闺女，爹知道你会回来的。走，回家去！

铁　蛋　小草，你不能去！

小　草　爹，你别逼我，我……

山　凤　石柱，你就放他们走吧！

石　柱　这是我的家事，不要拦我！（欲拉小草走）

山　凤　（急中生智）等等，小草她已经有了。

石　柱　什么？

小　草　（不解）凤婶你……

山　凤　小草已经怀上铁蛋的孩子了！

石　柱　啊……（跌坐在地）

[山凤缓缓走到石柱面前，猛地跪倒在地。

山　凤　石柱，我替小草和铁蛋求你了。

石　柱　（又是一惊）你……

铁　蛋　大叔！（跪）

小　草　爹……

石　柱　（无可奈何地）走吧！

铁　蛋　大叔，你放心，我决不会亏待小草。

小　草　爹，我走了。

石　柱　走吧！

小　草　走了。

石　柱　（声音越来越低沉）走吧！

小　草　（欲走，又返回，扑向石柱）爹！

（唱）女儿不敬又不孝，
抛却爹爹弃旧巢。
从今后，
孤枝只剩独飞鸟，
面对四壁苦苦熬。
从今后，
残月半轮孤影照，
烟袋一根把愁消。
从今后，
早祝福、晚祈祷，
愿爹爹福寿年高。
我与铁蛋早相好，
浪迹天涯落叶飘。
莫伤心、莫气恼，
你气坏身子，我心里火燎燎。
只当女儿是路边草，
任凭那风吹雨打野火烧。

山凤婶！

（接唱）盼你与爹合锅灶，
并头共枕入梦宵。
和子饭哪怕只半饱，
胜似那各自泪暗抛。

爹爹有伴你有靠，
破房旧屋能避风潮。
婶啊婶，
小草声声把你叫，
只求你点点头莫把头摇。

山　凤　婶……答应你，你们快走吧！

［幕内伴唱声起：

漫漫秋夜长，
冽冽北风凉。
悠悠多悲思，
绵绵恋故乡。

［小草一步三回头地与铁蛋下。
［山凤含泪朝远去的小草、铁蛋挥手。

石　柱　小草，小草！你不能走，你回来，你回来！

山　凤　（劝慰地）石柱，他们已经走远了。

石　柱　完了，全完了！我怎么向乡亲们交待？我许过愿，夸过海口，如今什么都完了。我对不起死去的老支书，对不起旮旯沟的乡亲，对不起大山爷！我不该，我不该放小草走，我不该啊！（朝自己头上乱捶）

山　凤　石柱，你别这样，别这样！
（唱）我知你剜肉补疮为大伙，

　　我知你逼小草心如刀割。
　　你痛苦，我难过，
　　我该帮你来解脱。
　　为柱哥、为爹爹、为家乡山和水，
　　这杯苦酒我来喝。
柱哥……你好好看看我。

[石柱困惑地望着山凤。

山　凤　我老了吗？

[石柱莫明其妙地摇摇头。

山　凤　好看吗？

[石柱点点头。

山　凤　柱哥，你曾经对我说过，我打扮打扮就像三十岁的样子。
石　柱　（预感不祥地）山凤，你……
山　凤　我去。
石　柱　（一震）什么？
山　凤　我去！
石　柱　（惊呆了）不！
山　凤　柱哥，你、你就忘了我吧！（扭头急下）

石 柱　　天哪！

[切光。

第五场

［远处又一次传来放羊老汉的山歌声：

山高坡陡哟无路走，
旮旯沟世代哟难出头。
姑娘悲嫁哟心伤透，
男儿有泪哟暗自流。

［三天后。

［老虎嘴。

［幕内伴唱声起：

“啊……”

［山凤着一身大红衣裳缓缓走上。

山　凤　（唱）峰叠叠山重重云遮雾障，
情绵绵思缕缕寸断柔肠。
临行别步步回头故乡望，
满山野一草一木心里装。

这里有我的父老和乡党，
这里有我遮风避雨的青石房，
这里有我耕种的山坡地，
这里有我喂养的鸡鸭与牛羊。
这里的山果味甜美，
这里的小米分外香。

[众村民内喊“山凤”，上。

大　嫂　（递上一碗山泉水）山凤！
（接唱）再饮一口家乡水，

众村民　（接唱）情深意厚味更长。

[九奶奶、陈二两内喊“山凤——”，上。

九奶奶　山凤，我的好孩子，九奶奶不让你走，不让你走啊！

陈二两　是啊，山凤，老支书为了这条路连命也搭上了，我们怎忍心眼睁睁看着你……

山　凤　别说了，假如我爹还活着，他也会答应的！

[突然，幕内传来石柱的笑声，“哈……”，他手提半瓶“北方烧”，摇摇晃晃醉醺醺地上。

石　柱　老支书走了……小草、铁蛋走了……山凤也走了……死了的，活着的，都走了……走吧，都走吧……哈哈……

陈二两　石柱哥，你别这样。

石　柱　今天是大喜的日子，二两兄弟，来，咱哥儿俩喝它个痛快。别老是二两二两的，要喝就喝它个一醉万事休！

陈二两　石柱哥，别喝了。

石　柱　（狠狠地将酒瓶摔在地上）老天爷，你为什么这样对我——你不公啊！

山　凤　（难以抑制地）柱哥！（一阵头晕目眩）

众村民　（急忙搀扶）山凤！

石　柱　（惊醒，哭喊）山凤，凤妹！

山　凤　（唱）石柱哥疯癫癫仰天呼喊，
这喊声划破地，刺破天，穿透我的心，撕裂我的肝，我胸中犹如万箭穿。

［众村民同情地摇头叹气，悄悄离去。

山　凤　（接唱）石柱哥——
咱自幼儿拉勾上吊百年不变，
过家家骑竹马把那花轿颠。
你为我梳小辫，
我为你唱曲欢。
我帮你把羊赶，
你为我把菜剜。
日出日落形影伴，

两小无猜笑声甜。
长大后情不改时时望相见，
手牵手漫步在月下泉边。
出双入对人人羡，
只等花好月儿圆。
谁料想风云起天塌地陷，
霜摧雪打并蒂莲。
我的娘为换亲情义不念，
任我哭任我闹毫不惜怜。
强把我绑上轿天高地远，
锣鼓喧唢呐欢新娘泪涟涟。
那一日，
暮色也是这么暗，
也是这片云雾天，
你也是喝得醉醺醺，
也是这样疯癫癫。
你呼着地喊着天踉踉跄跄撵，
我哭着爹唤着娘珠泪湿衣衫。
你情切切意绵绵含悲忍泪魂欲断，
我声嘶哑泪哭干如鲠在喉话难言。
刚刚过门一年半，
不幸丧夫度日艰。
夜间枕头湿一片，
日里挑水泪不干。
一场噩梦难排遣，

那情景时刻浮现在眼前。
总算等到偿夙愿，
重系红线续旧缘。

［幕内伴唱声起：

月亮弯弯两头尖，
一对星星挂两边。
妹心挂在哥心上，
哥心挂在妹心间。

［伴唱声中，众村民缓缓上。

山　凤　（接唱）事与愿违天公怨，
奋旯沟里起波澜。
不忍见一对恋人泪洗面，
无动于衷袖手观。
明知脚下是深涧，
从从容容情坦然。
为修路山凤本当作奉献，
为修路舍身取义我心甘。
路通接我回家转，
到那时，
我再来看一看，咱奋旯沟的岭、奋旯沟的山、
奋旯沟的地、奋旯沟的天，

再尝尝旮旯沟的山泉水，滋润我心田。

石　柱　（哽咽地）山凤，只要我们还活着，旮旯沟的攀天路就一定会有修通的那天！（激动地）乡亲们！你们说是不是？

众村民　（哽咽地）是！

石　柱　到那天，我……我一定接你回来。

［沟外传来迎亲的锣鼓声。众村民为之一震。

老大爷　吉时到！

［众村民个个伤心落泪。

九奶奶　乡亲们，咱旮旯沟不能哭着送山凤。（流着眼泪）来，咱们红红火火，热热闹闹送新人！

众村民　送新人！

［锣鼓、鞭炮齐鸣。众村民组成浩浩荡荡的送亲队伍。灯笼、火把照亮了旮旯沟的崇山峻岭。

老大爷　九奶奶，按老规矩，新娘子出嫁，得新娘子的兄弟背出沟。

九奶奶　山凤上无兄，下无弟，老规矩就免了。

山　凤　等等！（走向石柱）柱哥，背我！

[石柱一震，默默地注视着山凤。随后他背起山凤，摇摇晃晃地走向远方。

[灯光转暗。

第六场

[时间紧接前场。

[旮旯沟沟口。

[幕内伴唱声起：

哥哥背妹走，
妹妹泪花流。
难舍旮旯沟，
一步三回头。

[伴唱声中，石柱背山凤缓缓走上。

石　柱　（唱）身背凤妹山外走，
犹如巨石压心头。
山　凤　（接唱）柱哥背我山外走，
寸断柔肠心如揪。
石　柱　（接唱）怕分手，偏分手，
山　凤　（接唱）盼聚头，难聚头。
石柱、山凤
（接唱）狂风折断路边柳，

浪打孤舟任漂流。

[石柱背山凤下。

[切光。暗转。

[通往旮旯沟的山路上。

[幕内传来周老贵的声音：“小草，咱们快走啊！”

[小草内声：“老周师傅，你老慢着点！”

[周老贵与小草上。

周老贵 （唱）听小草讲实情心急如火，
旮旯沟去阻亲上山爬坡。
骂妹夫以权谋私事丑恶，
伤天害理缺大德。

小　草 （接唱）周师傅人忠厚闻情惊愕，
撕婚约要阻亲不由分说。
实庆幸船到弯处转了舵，
世上还是好人多。
周师傅，快要进沟了，路不好走，你可要小心些。

周老贵 好闺女，你放心。咱们快赶路吧！

[石柱背山凤上，与小草、周老贵相遇。

石柱、山凤
（惊喜地）小草！

小　草 爹！（发觉山凤的穿着有些异样，不解地）凤婶，你这是……（突然明白）凤婶，我的好凤婶！

周老贵 （感慨且愧恨地）嗨，不该啊不该！

小　草 爹、山凤婶，这就是韩主任的大舅子周师傅。

山　凤 周师傅，我准备好了，走吧。

周老贵 小草，你……（欲上前）

山　凤 （误会，忙护住小草）周师傅，你弄错了。不是她，是……是我。

小　草 凤婶，你弄错了。

山　凤 （不解地）小草，别胡说。周师傅，这事一点不错。当初石柱答应从旮旯沟给你外甥找个媳妇，可并没说就是小草。

周老贵 不错，不错。

山　凤 那你为啥要苦苦逼小草呢？

周老贵 嗨！错了，错了，你错了！

山　凤 我错了？

周老贵 不，是我……

石柱、山凤

（不解）你？

周老贵 （惭愧地）是我，是我啊。

（　唱　）错错错，我家的错，

多亏小草来诉说。

此事缺德万不可，

要不然人人唾骂我老面难搁。

石柱、山凤

周师傅，你……

周老贵 嗨，这婚事从今往后就别再提啦！

石　柱 （误解，着急地）周师傅，有话好商量。

周老贵 别说了！

小　草 爹，凤婶，老周师傅为这事，跟妹夫韩主任吵翻了。他今天是上山来阻亲的，还要帮咱旮旯沟制造炸药。

石柱、山凤

（不敢相信）有这事？

周老贵 石柱，山凤，我在厂里造了一辈子炸药，就让我来帮你们造土炸药吧！

石柱、山凤

周师傅……

周老贵 放心，修不通攀天路，我周老贵决不下山！

山　凤 （激动）周师傅，你真是个好人哪！

石　柱 （感动地）周师傅，我替旮旯沟的父老乡亲谢谢你！

［石柱、山凤欲拜。

周老贵 （制止地）石柱，山凤！

［幕后伴唱声起：

一片片真情恸肺腑，

一滴滴热泪肚中流。
一缕缕春风扫阴霾——

[周老贵扶起山凤、石柱。大家都不由得热泪盈眶。

周老贵　石柱，山凤，进山！
石　柱　等等，周大伯，我背你。
周老贵　（感动）不。
山　凤　（恳求）大伯！
小　草　（恳求）爷爷！
周老贵　孩子……

[幕内伴唱声：

一声声亲情呼唤人间留。

[石柱背着周师傅，山凤、小草扶持，造型。
[灯光渐暗。

第七场

［又是一年，盛夏。

［老虎嘴的修路工地。近处红旗猎猎，远处炮声隆隆。

［远处再一次传来放羊老汉的山歌声：

太阳出来哟满山红，
照得咱旮旯沟哟暖融融。
绿水青山哟家乡美，
山欢水乐哟情更浓。

［九奶奶、老大爷领两个小孩抬水上。

九奶奶　（吹哨子）乡亲们！休息一会儿，喝一碗绿豆汤，消消暑，解解渴。

［石柱上。

石柱九　奶奶，你老怎么来啦？

九奶奶　我怎么不能来，我不老。

[陈二两上。

陈二两 村主任，乡亲们，告诉大伙儿一个好消息。

众村民 什么好消息？

陈二两 自从报上登了咱旮旯沟修路的事，四方八邻捐来了不少钱款和物资。

[众村民议论纷纷。

九奶奶 （感动得擦泪）村主任，外乡人给咱捐钱，你一定要替咱旮旯沟人好好谢谢人家的大恩大德啊！

众村民 是啊！

陈二两 对了，这儿还有县长给咱旮旯沟写的信。

山　凤 （接过信，激动地）石柱，县长亲自给咱写的信，快给大伙儿念念吧。

石　柱 好！我把县长的信念给大伙儿听听。（念信）“旮旯沟村乡亲们：你们辛苦了！为了脱贫致富走出大山，你们坚持修路二十余年。这种精神实在可嘉，这种毅力令人敬重。县政府决定给你们拨款三万元……”

[众村民群情振奋。

山　凤 乡亲们！有了县里的大力支持，有了四方八邻的热情捐助，看来明年通车不成问题。

土　旺　真恨不得一下子把老虎嘴打通。

村民甲　咱们这叫老虎嘴里拔牙。

石　柱　对呀，老虎嘴里拔牙！土旺，准备点炮。

土　旺　遵命！（领二村民下）

九奶奶　哎，怎么不见小草和铁蛋？

山　凤　他俩进城买电钻和柴油机去了。

九奶奶　我说呀，这俩孩子，对了，还有山凤和石柱的婚事啥时候办呀？

石　柱　九奶奶，不远了，等通车剪彩那天，我们父女俩的喜事与村上的大喜事一块办。

陈二两　好啊，到那天咱们喝他个一醉方休。

众村民　对，喝他个一醉方休。

[大山爷等人上。

大山爷　好，我也喝它两盅。

众村民　大山爷！

石　柱　大山爷，你们可算回来啦！

大山爷　（从身上掏出一沓人民币）石柱，这是我们几个人一年多来在外边挣的。拿去修路吧！

石　柱　（感动地）大山爷——（双手捧着钱包）这不仅仅是钱哪，这是你们滚烫的心啊！

众村民　（感动地）大山爷！

石　柱　（对幕内）土旺，点——炮！

[幕内传来喊声："点——炮——喽！"隆隆炮声响起。

村民甲 村主任，有一炮没响！

石　柱 我去看看。（急下）

[突然，幕内传来一声巨响。

众村民 主任，村——主任！

山　凤 石柱！石——柱！（顿觉天旋地转，跑下）

[幕内传来山凤撕心裂肺的哭喊声："石柱，我的柱——哥！"

[二村民扶惊呆了的山凤缓缓上。

[众村民欲语无言，欲哭难泣，面对山凤，强压悲痛。

[小草内喊"爹——"上，铁蛋随上。

小　草 （高兴地）爹，乡亲们！电钻和柴油机买回来了，大伙儿快去抬吧。

[众村民目光避开小草。

小　草 （发现山凤异样，不解地）凤婶，你这是怎么了？

[山凤无语。

小　草 （预感不祥，寻视）凤婶，我爹呢？

［山凤仍无反应。

小　草　二两叔，我爹呢？

［陈二两回避。

小　草　乡亲们，我爹呢？快告诉我，我爹呢？

［众村民回避。

九奶奶　（一把将小草抱在怀里）孩子！你爹他、他、他……

小　草　（半晌，朝天哭喊）爹……

山　凤　（强压悲痛，自语）他不会死，不会死！他还要带着旮旯沟的乡亲们到外面的世界去。他还活着，他会回来的，会回来的！

［幕内伴唱声起：

啊……
亲人一去啊，不复返，
血迹斑斑啊，染杜鹃。
青山作证天作证，
路魂撼人寰。

［伴唱声中，山凤揩干眼泪，继续修路。

［小草、铁蛋揩干眼泪，继续修路。

［陈二两等村民揩干眼泪，继续修路。

[大山爷、九奶奶、老大爷、老大娘等揩干眼泪，继续修路。

[造型。

[剧终。

本剧与冯来生、梅晓合作，部分情节取材于万克玉小说《老谎》。

由山西省晋城市上党梆子剧院演出。

文本发表于《剧本》杂志1996年第6期。

剧名书写　魏广君

王勇剧作集

海殇

吕剧

◎

王勇 著

中国戏剧出版社
CHINA THEATRE PRESS

图书在版编目（CIP）数据

王勇剧作集 / 王勇著. — 北京 ： 中国戏剧出版社，
2022.6
ISBN 978-7-104-05123-7

Ⅰ.①王… Ⅱ.①王… Ⅲ.①剧本－作品综合集－中国－当代 Ⅳ.①I230

中国版本图书馆CIP数据核字（2021）第171113号

王勇剧作集

策划编辑：肖　楠
责任编辑：邢俊华
责任印制：冯志强

出版发行：中国戏剧出版社
出 版 人：樊国宾
社　　址：北京市西城区天宁寺前街2号国家音乐产业基地L座
邮　　编：100055
网　　址：www.theatrebook.cn
电　　话：010-63385980（总编室） 010-63381560（发行部）
传　　真：010-63381560

读者服务：010-63381560
邮购地址：北京市西城区天宁寺前街2号国家音乐产业基地L座

印　　刷：保定市铭泰达印刷有限公司
开　　本：787mm×1092mm　1/32
印　　张：42.25
字　　数：846千
版　　次：2022年6月　北京第1版第1次印刷
书　　号：ISBN 978-7-104-05123-7
定　　价：458.00元（全18册）

这是不可忘却的历史记忆。

这是不可重复的民族悲剧。覆巢之下，焉有完卵？落后注定要挨打。

这是流在国人心头的海，海水是咸的、涩的、苦的。

中国海就是一滴泪，就是一瓢油，就是一颗心，惊涛骇浪还跳在国人胸膛。

时　间：公元一八九四年（旧历甲午年）·秋。

地　点：中国·胶东半岛。

人物：

方伯谦——北洋水师副将，济远舰管带。

丁汝昌——北洋水师提督。

林履中——杨威舰管带。方伯谦留学英国的同学。

葛惠芸（方夫人）——烟台女。方伯谦之妻。

薛瑞春（邓夫人）——经远舰管带邓世昌之妻。

柳如花（林夫人）——扬威舰管带林履中之妻。

海　娃——方伯谦、葛惠芸之子。

吴大田——致远舰兵勇。

灯塔老人、管带夫人若干。

副官、执行官、练勇、水手、渔民、渔家女若干。

序

[一八九四年・秋。

[胶东半岛。烟台山上，灯塔放射的光芒，顽强而艰难地刺破夜的海空。

[海。海浪拍岸声、海鸥鸣叫声远远地传来，又渐渐地传远去……

[灯塔爷手举火捻，颤巍巍地向灯塔走去。

灯塔爷　（嘟囔着）点灯喽！点灯喽……

[灯光渐暗。

一 盼海

[透过一张巨大的渔网望去——天上乌云翻滚，海上浊浪排空。

[葛惠芸、薛瑞春、柳如花等管带夫人眺望大海。

[幕内伴唱：

山花花，地花花，
比不过大海白浪花；
浪花洗脚丫，
赶海找婆家；
婆家那个他呀，
风里浪里走天下。

薛瑞春 世昌他们率舰出港都已经三十多天了。

葛惠芸 听说水师在黄海又跟倭鬼子打上了……

夫人甲 打上了，噩梦也来了。

柳如花 唉，履中在家的时候，总嫌他睡觉打呼噜，可他不在身边，听不到他的呼噜，睡得更不安生……

[一阵静默，压抑、忐忑中透着焦躁不安。

葛惠芸　做管带夫人哪，真说不出是啥滋味！

柳如花　惠芸，你跟俺们可不一样。你家方管带丰岛海战得了朝廷旌表，你可是英雄夫人。啥时候俺家履中也立个大功，俺也能好好风光一回。只怕等不到他建功那天，人已经先……

薛瑞春　住口！看你都瞎说些什么？

葛惠芸　（恐慌地）不吉利！

众夫人　不吉利！不吉利！

柳如花　（惶恐地跪下）我瞎说，我瞎说！

薛瑞春　（虔诚地）咱北洋水师有海神保佑，保佑……

众夫人　海神保佑！海神保佑！

葛惠芸　（幽幽地）嫁给水师，就嫁给大海了。

［葛惠芸手持单筒望远镜眺望大海，随后，又将望远镜递给薛瑞春。

［薛瑞春持望远镜眺望大海……

薛瑞春　（唱）水师驰骋天水间，

众夫人　（合唱）——天水间；

葛惠芸　（接唱）好叫亲人心儿悬，

众夫人　（合唱）——心儿悬。

柳如花　（接唱）日日望海盼归舰，

众夫人　（合唱）夜夜辗转难入眠。

薛瑞春　（接唱）望海——

众夫人　（合唱）望海……

柳如花 （唱）望穿双眼；

葛惠芸 （接唱）盼归——

众夫人 （合唱）盼归……

双眼盼穿。

薛瑞春 （接唱）北洋水师英雄汉，

众夫人 （合唱）打败倭寇奏凯旋。

薛瑞春 姐妹们，记不记得上次丰岛海战，方管带指挥济远舰，只用尾炮，就差一点儿把倭寇的吉野舰击沉大海。这一次丁军门亲率北洋水师全军出动，定能马到成功！

葛惠芸 对，咱北洋水师天下第一，他们一定能打败倭寇，胜利凯旋！

柳如花 北洋水师又要打胜仗了！我家履中就要回家了！

葛惠芸 如花妹妹，瞧你，想男人都想急了吧！

柳如花 你！（举手欲打葛惠芸）看我不撕了你的嘴！

［葛惠芸笑着跑开，柳如花欲追，被管带夫人们挡住去路。

夫人甲、乙

想男人想急了！想急了！

［柳如花羞涩地扑到薛瑞春肩上，跺着脚。

柳如花 瑞春姐，她们欺负我！

薛瑞春 好啦，别闹了。

一老者　各位夫人，我这儿就去招呼锣鼓队，敲锣打鼓就等北洋水师回来！

［老者下。

［海娃拖一副渔捞，沿海滩背上。

海　娃　（喊）娘，娘，快来帮忙！

众夫人　海娃?!

［众人七手八脚，帮海娃拖渔捞。

葛惠芸　海娃，风急浪高，你咋下水啦？你！

海　娃　我下水捞虾，给俺爹准备慰劳品啊！娘。（学说山东快书）

当那个当，当那个当——
济远舰是龙王，
（那个）吉野舰是小虾；
龙王打瞌睡，
小虾想当家；
当那个当，当那个当——
小虾诓进渔捞里，
挤呀挤，爬呀爬；
爬到我家灶台上，
变成一盘白煮虾。

众夫人　说得好！好哇！

薛瑞春　海娃，跟谁学的山东快书？

海　娃　邓妈妈，你猜——

柳如花　（将海娃一把搂进怀里）邓夫人，你还不知道吧，海娃可是我家履中的徒弟。

海　娃　林妈妈，我学得像吗？

柳如花　像。都要赶上你师父啦。

薛瑞春　好聪明的孩子！

小金锣　我还背诵了一首新诗，要念给爹爹听。

薛瑞春　哦！什么诗？

葛惠芸　刚学了一首《壮怀》。

薛瑞春　是戚继光，戚大帅的那首《壮怀》吗？好诗呀！

柳如花　海娃，快念念。

海　娃　（摇头晃脑地念）

万众一心兮，泰山可撼。

惟忠与义兮，气冲斗牛。

上报天子兮，下救黔首。

杀尽……杀尽……

葛惠芸　（提示）倭奴。

海　娃　（念）杀尽倭奴兮，觅个封侯。

众　人　（齐念）杀尽倭奴兮，觅个封侯！

［众人情绪亢奋起来。

［“呜……”远处传来汽笛声。幻影——凯旋而归的水师将领的英武形象时隐时现。

柳如花 （惊喜地）啊，履中的扬威舰回来了！
薛瑞春 致远。那是世昌的致远舰回来了！
众夫人 （惊喜地）哦，水师回来啦，水师真的回来啦！

［“呜……”一声悲愤的汽笛声响起。幻影消失，水师将士的英武形象变成几组残兵——吴大田等兵勇满身血迹，或拄拐或吊臂，踉踉跄跄而上。

［众夫人急忙上前。

柳如花 （不无担忧地）你们是哪艘舰的？哪艘舰回来了？
一练勇 （木然地）济远。
葛惠芸 （惊喜）济远舰？是伯谦的济远回来了！

［葛惠芸急忙跑上高坡眺望。

柳如花 那扬威呢？看见扬威舰没有？
薛瑞春 还有致远……
众夫人 经远……超勇……广甲……
柳如花 （抓住一练勇，心急如焚地）扬威舰回来了吗？林履中林管带回来了没有？
薛瑞春 （抓住一练勇，心急如焚地）致远舰回来了吗？邓世昌邓管带回来了没有？
众练勇 不知道！我不知道！

［众练勇木然地离去。

[悲鸣的海浪，呜咽的汽笛。

柳如花、薛瑞春

（将吴大田一把拉住）你说！你说！你说呀！

吴大田　（悲怆地）败了！败了！

[吴大田几乎是嚎叫着跑下。

众夫人　败了！

薛瑞春　（预感不祥地）世昌……

柳如花　履中……

[众夫人呼喊着，朝海岸奔去。

[满身是血的方伯谦，从岩石后爬出。

方伯谦　（喃喃地）回来了，终于回来了！

葛惠芸　伯谦！伯谦……

方伯谦　（一惊）惠芸，你来了！

葛惠芸　来了，来接你回家呀！

方伯谦　回家好！回家好！

葛惠芸　自从你出海作战，我和管带夫人们就用这支你送的望远镜天天望海，盼你、盼水师将士们平安回家呀。

方伯谦　回家了……回家了！

海　娃　爹！

方伯谦　海娃，儿子！（一把抱住海娃）

海　娃　爹爹一定又打胜仗了。娘，我背《壮怀》给英雄爹爹听。（大声地）万众一心兮，泰山可撼……

方伯谦　（急忙制止，掩饰地）海娃……别念了！咱回家再听。（一手牵葛惠芸，一手牵海娃）惠芸，走。咱回家，回家……

［副官内声：“站住！”率兵勇们疾上，挡住了方伯谦的去路。

副　官　奉丁军门之命，拿方伯谦回大营。

［兵勇上前将方伯谦五花大绑。

方伯谦　（惊）你们想……（心虚地）想、想干什么？

副　官　干什么？（凶狠地）你心里最明白！带走！

众兵勇　走！

方伯谦　我要回家！我要回家！回家！

［方伯谦被兵勇押下。

葛惠芸　伯谦，伯谦！

海　娃　爹，爹爹……

［葛惠芸、海娃欲追，被副官挡住。

［突然间，一束光柱中，薛瑞春仰天大喊，撕心裂肺地：“世昌，我的夫！难道你就这样去了吗？天哪！”

[紧接着，又一束光柱中，柳如花仰天大喊，同样撕心裂肺地：“履中，我的夫，你死得冤啊！我不能没有你，不能没有你啊！”哀莫过心死，柳如花彻底崩溃了，她突然笑了，笑了：“不会的。你还活着，还活着！”

海　娃　（抓着葛惠芸）娘，他们怎么把爹爹抓走了？

葛惠芸　（惊恐不安地）怎么了？究竟怎么啦?!

[切光。

二　问海

[刘公岛。北洋水师提督府前。

[海边，礁石嶙峋。烟台山上，灯塔的灯光不住地闪烁。

[丁汝昌面海而立——海涛声声，海鸟鸣叫。

[副官上。

副　官　禀军门，黄海海战实录拟毕。

丁汝昌　念。

副　官　（念）黄海一战，我致远、经远、超勇、扬威、广甲五艘战舰壮烈沉海，林履中、林永生、邓世昌等五位管带与舰共亡。定远舰 27 人，镇远舰 25 人，来远舰 20 人，济远舰 7 人，经远舰 146 人，广甲舰 119 人，超勇舰 132 人，扬威舰 158 人，致远舰 193 人。我北洋水师共 827 名将士为国捐躯！

丁汝昌　（激愤地）世昌！北洋水师啊……

[丁汝昌一个踉跄，“哇”地大吐一口血；副官急扶。

副　官　军门，你吐血了！

丁汝昌　北洋水师将士的血都快流完了，我吐几口血又算得了什么！

副官 军门不必自责。如果不是方伯谦临阵脱逃，战局绝非如此。

丁汝昌 （摇头）胜败早成定局了！

副官 （愤怒地）即便败，也要败得有骨气！堂堂大清北洋水师副将悬挂白旗，临阵脱逃，丧我水师军威，辱我大清国威！

丁汝昌 方伯谦啊方伯谦，你……（痛苦而无奈地）俱实上报，等候圣裁。

副官 是。

［副官下。

［丁汝昌环顾大海，满腹感慨和悲痛化为了一声悲凉的惨笑和深深的悲叹。

丁汝昌 嘿嘿嘿……避战保船，避战保船，倭寇不宣而战，占朝鲜，袭兵船，大兵压境，虎视眈眈，都已经欺到咱头上来了。（仰天长啸地）中堂大人呀，你，你一纸密令，避战保船，可树欲静而风不止，北洋水师欲罢不能啊……（欲言又止。无奈地）汝昌无能，有负重托啊……

（唱）欲哭无泪泪作浪，浪滔滔，
欲喊无声声化风，风萧萧。
恨倭寇不宣而战掀狂潮，
风和日丽的海，一时间风急浪高。

建水师富民强国梦未了，
忽喇喇毁损竟在一夕一朝。
有多少铁甲舰折戟在风暴，
有多少好儿男血肉海中抛。
灯塔呀，
你虽将黑洞洞的海空照，
我为何找不到归航的目标？
海鸟啊，
你搏击长天冲云霄，
却为何功亏一篑风雨飘摇？
大海呀，
你本是大清的屏障、拒敌的城堡，
却为何反助倭寇起狂飙？

［幕内传来嘈杂之声。一兵勇急上。

兵　勇　（束手无措地）丁军门，方夫人不听阻拦，她……

［葛惠芸冲上。

葛惠芸　方伯谦之妻葛惠芸，拜见军门大人！

丁汝昌　擅闯帅营，大胆！

葛惠芸　军门大人，方伯谦乃北洋水师副将，济远舰管带。他率舰征战，迎腥风，沐血雨，九死一生。如今海战归来，征衣未卸，征尘未洗，军门不分青红皂白将伯谦抓进大营，他究竟身犯何罪？

丁汝昌　他……

葛惠芸　夫妻本同命，荣辱相依存。军门！

（唱）方伯谦我的夫为妻最懂，
对朝廷对水师一片精忠。
忧大海暂时的风平浪静，
时刻把惊涛骇浪放在心中。
都只为大清国辉煌重振，
建水师，练兵勇，购战舰，研敌情，
他鞠躬尽瘁，克己奉公。

丁汝昌　（接唱）再不见他当年意气风发的踪影，
可恨他雄心壮志化作烟云已成空。

葛惠芸　这话什么意思？

丁汝昌　（接唱）海战中蛟龙沙虫两自清，
方伯谦攘败局罪不容情。

葛惠芸　（接唱）常言道，胜败乃兵家之常事，
又岂能让伯谦一人担承。

丁汝昌　（接唱）败要败得有血性，
生当作人杰，死亦为鬼雄。

葛惠芸　伯谦怎么了？

丁汝昌　（接唱）中日舰队短兵相接黄海上——

葛惠芸　伯谦到底怎么了？

丁汝昌　（不屑、不齿地直摆手）他，他他他……
（接唱）他临阵脱逃当了逃兵。

葛惠芸　（惊诧）逃兵？！不，不不不，我不信！丁大人！

（接唱）战丰岛他也曾机智勇猛，
承皇上赐旌表喜获殊荣。
他本是水师英雄人中龙凤，
又怎会临战场怕死贪生？

丁汝昌　（接唱）黄海战有实录毋庸置辩，
众将士抗倭寇血雨腥风。
济远舰临阵脱逃战局被动，
北洋水师风风雨雨飘摇中。

葛惠芸　（急切地）军门，方伯谦现在哪里？我要去找他，当面问个清楚明白！

［副官急上。

副　官　禀告军门，致远舰水手吴大田有邓管带遗物呈上。

丁汝昌　世昌的遗物？传。

葛惠芸　（惊）怎么，世昌哥他……

副　官　（沉痛地）牺牲了！只有方伯谦苟且偷生！

葛惠芸　啊……

［吴大田内喊："丁军门啊！"随即，他双手捧刀冲上。

吴大田　（猛地跪在丁汝昌面前）丁军门，丁军门呀，这是邓管带留下的军刀。他死得英勇，死得壮烈！（大哭不止）

丁汝昌　男儿有泪不轻弹，起来说话！

吴大田　丁军门！（慷慨激昂）邓管带率我们与倭寇激战，全舰官兵人人奋勇，个个当先。直打到弹药用尽。可眼见倭舰集中火力围攻定远和镇远，尤以“吉野”最凶。邓大人发话：“苟沉吉野，可以成事！”大家齐喊：“以死相拼！”遂开足马力猛撞倭舰。吉野惊惶，施放鱼雷，命中我舰……邓大人坠入海中……他的爱犬衔其发辫使其不沉，小人递上救生圈。可大人眼见致远沉没，誓不独生。他溺死爱犬，将救生圈甩还给我。（泣不成声地）他、他、他自沉于滚滚的黄海波涛之中啦！

［众人震撼不已。

葛惠芸　世昌大哥……

丁汝昌　他实现了与兵舰共存亡的诺言。我恨哪！

［丁汝昌大喊一声，抽刀劈在礁石上，寒光凛冽。

［灯光暗转——丁汝昌等隐去。

［葛惠芸神情恍惚，像风一样游走……

葛惠芸　（唱）浪滚滚鸥呦鸣椎心左右，

不敢听不敢信天塌地陷水倒流。

灯塔啊，难道你也看不透，

伯谦他到底是蛟龙出水还是海蜇软骨头？

大海啊，你不要这样吼，

忽悠推我上浪尖，忽悠摔我到谷底，

忽悠悠把我心又搓又揉。
问大海，
你风平浪静万般秀，
莫不是一时的海市蜃楼？
问大海，
你波涛汹涌千重浪，
却为何托不起一面龙旗展神州？
问大海，
你纳百川容万物，
却为何载不动大海女儿哀与愁？
大海啊！
亲你敬你又爱你，
怕你惧你更恨你，
——恨悠悠。

［海浪声声，海鸟哀鸣……

［葛惠芸在沙滩上击水，在沙滩上跺脚，在沙滩上砸拳……

葛惠芸　怎么会这样？怎么会是这样啊……

［葛惠芸痛苦地跪倒在地，拳头软绵绵地砸在沙滩上，一下、一下又一下……

［柳如花手提一盏红灯笼，失魂落魄地上。

柳如花　履中……回来呀！回来听我给你唱歌啊！“山花花、

地花花……”

[柳如花凄迷地唱着，舞动着……她一个踉跄，跌坐在地。

[薛瑞春奔上。

薛瑞春　如花妹妹，咱们回家。

[薛瑞春搀扶起柳如花。

柳如花　回家……回家听我唱歌……

薛瑞春　回家听……（哽咽地）回家听！

[薛瑞春和柳如花相互搀扶着，下。

[红灯笼遗落在沙滩上，泛着暖暖的光芒……

[葛惠芸慢慢举起红灯笼，久久地凝视着。一盏红灯笼似乎转换成无数盏红灯笼，闪烁的光芒就像海天的星辰……

[灯光暗转。

三　忆海

［海边。梦幻般的烟台山下——高挂的喜字，红色的灯笼。

［幕内伴唱：

蓝天当罗帐，
大海是婚床，
红灯高挂照新人，
渔家女儿嫁北洋。

［伴唱声中，葛惠芸头盖红盖头，在伴娘薛瑞春牵引下，上。

［薛瑞春给葛惠芸抻一抻盖头，整一整婚衣，左瞧右瞅端详着。

薛瑞春　（拉着惠芸的手）惠芸妹妹，今天可是你大喜的日子，也是一个女人最美、最幸福的日子。从今往后啊，你不再是渔家的女儿，你已经是北洋水师的女人，管带的夫人，我们的好姐妹。嫁水师管带好啊，当看着他们指挥铁甲舰驰骋在大海，就像一轮太阳在海的尽头升起，那是管带夫人最骄傲的时候！嫁水师管带也不容易啊，变天了，起风了，打浪了，那是管带夫人最揪心的时候……瞧我，高兴的日子都说什么了！（摇晃着葛惠芸的手）妹妹，你可别怪我话多！

众　人　（内声）贺方管带大喜！贺方管带大喜！贺方管带大喜！

［方伯谦在林履中、副官等人簇拥下，上。他不住地向四向拱手致意。

柳如花　方管带，你可是娶了烟台城里最漂亮的姑娘！

林履中　诸位，我北洋水师乃是世界一流舰队，娶媳妇么，当然也应该是一流的。哈哈哈……

柳如花　（推一把方伯谦）新郎官，快找你的新娘子去吧。

薛瑞春　（推一把葛惠芸）惠芸妹妹，去吧。

［方伯谦与葛惠芸轻轻撞在一起，又显得羞涩地分开。

众　人　（欢呼）哦……哦……

柳如花　瞧呀，新郎新娘好亲热呢！

副　官　哎，听说林管带的山东快书唱得好，来一段怎么样呀？

众　人　好啊。

林履中　（手打铜板）我今天可是有备而来咧！（说山东快书）

当那个当，当那个当那个当——
哎，（这个）新娘盖头盖，
好似月儿云中藏。

她本是烟台山下（一个）俏姑娘，
长得好看又大方。
贤淑正直性格爽，
（　白　）她若张口一说笑哇——
（说书）就像那风铃响四方；
（　白　）哎，谁要是无理惹了她呀……

众　人　怎么样？

林履中　（说书）你当心早晚准得撞南墙。
她自幼就把英雄敬，
了心愿坐上花轿嫁到北洋——做了新娘！

［欢笑声、叫好声汇成一片。

柳如花　（上前拉住林履中）好样的，听你媳妇也亮一嗓子！（唱山东小曲）
哎，瞧了新娘瞧新郎。
新郎这里喜洋洋。

众夫人　（接唱）新郎闯天下，
日头出东方。

柳如花　（接唱）他就是济远管带方副将，
才华横溢誉四方。
先入了福州的水师学堂，
后又到英国那个什么什么什么……

林履中　（插话）格林尼治皇家海军学院。

柳如花　对。

（接唱）又到那个地场留了洋。
驾战舰风里浪里闯天下，
戍边保国豪情壮。
这正是郎才女貌两相当，
美姻缘白头偕老山高水长！

众 人 哦……好哇！

［方伯谦持望远镜撩开葛惠芸的红盖头，两人默默相视……

葛惠芸 （拉住方伯谦的手直晃）伯谦！（欣喜地发现望远镜）望远镜！

方伯谦 这是我留学英伦获得的奖品，曾随我经历了四海风云。

［葛惠芸兴奋地举望远镜远眺。

葛惠芸 （惊喜地）看呀，大海就在前面，北洋水师就在眼前！
（唱）北洋水师威风凛凛真气派，
天兵天将乘风破浪天上来。

方伯谦 （接唱）你看那济远舰顶天镇海气概，

葛惠芸 （接唱）致远、镇远、扬威舰就像龙头抬。

方伯谦 （接唱）滚滚浓烟遮住了天边的云彩，

葛惠芸 （接唱）遮不住直指国门外的炮台。

方伯谦 （接唱）雷鸣的汽笛响彻云天外，

葛惠芸 （接唱）高奏水师戍边守疆的壮怀。

管带们塔前矗立豪情在，
好似那托塔天王转世胎。

方伯谦 （接唱）海潮滚滚西来，
守国门，雄心壮志显英才。
金鞭点江山，
玉勒驭四海，
龙旗展，大清帝国气派，
北洋水师壮哉！

葛惠芸 （接唱）渔家女嫁水师三生有幸，
做一个英雄妻一世光彩。

方伯谦 （一把将葛惠芸搂入怀中）惠芸！

［方伯谦、葛惠芸亲密地相拥。

［“砰、砰、砰……”六声炮响。随着炮声响，红灯笼一盏一盏，又一盏地熄灭……

葛惠芸 如花妹妹……履中兄弟……世昌大哥……

［灯塔爷一声呐喊：“祭海喽——”

［灯光变幻：人影憧憧，烧香秉烛，祭奠英魂。

［灯光暗转。

四　祭海

［海边。祭坛。白幡、祭品、香炉，护卫的兵丁及百姓们跪倒在沙滩上，黑压压一片。

［宏大的海祭——飘扬的祭幡，经远、致远、扬威、超勇、广甲五舰舰名格外醒目，迎风翻飞。

［汽笛长鸣，海鸟哀嚎，浪潮滚滚。

［丁汝昌正将邓世昌的遗物军刀递交给薛瑞春。

［薛瑞春背立，伸出双手捧过军刀，跪倒在地，又将军刀慢慢举起，高高举过头顶。

［丁汝昌注目军刀，悲痛交加，扭头、转身奔下。

众　人　邓大人、各位管带大人、北洋水师将士们，走好啊！走好啊！

（合唱）呼号的海啸呀，你静一静，
让英雄听一听百姓的呼声；
狂奔的浪涛哇，你停一停，
让英灵慢些走啊慢些行。

薛瑞春　世昌，我的夫啊！你，你为什么……为什么……

（接唱）为什么面对敞开的生之门，
却那么坦荡荡去拥抱死神？

你心里你梦里只有这片海，
心碎梦破也要埋在海中。
你忘了海岸边有妻儿的心痛，
还有亲人流不尽泪水的眼睛。
恨不得用军刀劈开一条水路，
我要把活生生的夫君生死相迎。
为妻不能没有你，水师不能没有你，
百姓不能没有你，
海水再冷冷却不了你血热的忠魂。

众 人 （合唱）排天巨浪——

薛瑞春 （接唱）就是你不倒的身影，

众 人 （合唱）海鸟长鸣——

薛瑞春 （接唱）就是你回荡的声音。
你与天地永存，我的夫君，
你与日月同辉啊，我的水师英灵！

众 人 （合唱）你与天地永存，我们的英雄，
你与日月同辉啊，水师的英灵！

［众人虔诚地叩头，烧香，敬酒。

［吴大田呆呆地看着大海，扒开祭奠的人群，跑上高岩。

吴大田 （悲伤已极地）邓管带，林管带，死去的水师弟兄们呀，我吴大田没能跟你们一起殉国，有愧北洋水师的称号。我再没脸面活在这世上了！弟兄们，等着我……大田我来了！

[吴大田纵身跳下高岩。

众 人 （呼喊着扑上）大田兄弟呀——

[浪涛声声，随即归于沉寂。

[“咯咯咯……”柳如花银铃般的笑声传出，她手舞足蹈地上，茫然地走上高岩，一脚悬空跨出。

薛瑞春、众人
（大为震惊地）如花妹妹……林夫人！

柳如花 （示意噤声）嘘……（捉迷藏地寻找着什么）你藏在哪儿呢？在哪儿呢？

[柳如花一边唱一边走下高岩，像一阵风似的在人群中寻找着，飘忽着……下。

[葛惠芸手提酒坛，牵着一身重孝的海娃上。

葛惠芸 如花妹妹！

[葛惠芸远远地朝柳如花深深地鞠躬施礼，当她抬起头，只见众人冷漠、愤怒、鄙视的目光。

[葛惠芸羞愧地低下头，牵着海娃走向祭坛。夫人甲从人群中走出，冷冷地挡在葛惠芸面前。

[葛惠芸绕过夫人甲，往祭坛走去……众人一一上前，挡在葛惠芸面前。

葛惠芸　（痛苦不堪地）我……

［葛惠芸无奈地跪下，捧酒坛倒酒入碗，准备祭奠。

兵勇甲　你……逃将之妻，有什么资格祭奠水师英魂！

兵勇乙　让她滚！滚！

［几兵勇架起葛惠芸往祭台外拉扯。

海　娃　娘！（哭叫着拉住兵勇）叔叔、叔叔，我和娘是来给邓伯伯和林叔叔磕头的。邓伯伯最喜欢海娃，林叔叔还教我山东快书，求求你们让海娃给邓伯伯林叔叔敬碗酒！求求你们啦！

［一片肃穆。海娃突然站起，冲向祭坛。

一兵勇　（一脚将酒坛踢翻）小崽子，滚开！

海　娃　（大喊着扑过去）那是给邓伯伯林叔叔的祭酒呀……

众　人　（义愤填膺地）打这逃兵的儿子！

葛惠芸　海娃——

薛瑞春　（上前用身体护住海娃）住手！

［兵勇们被镇住。

薛瑞春　不能这样！不能啊！

（唱）女人无辜，孩子无罪，
迁怒妇孺竟何为？
是与非，尊与卑，女人孩子的心碎，
胜与败，屈与威，女人孩子的心泪，
跪天跪地跪水师，欲洗内心愧，
女人的恨、孩子的痛，
有谁懂？有谁知？又能诉与谁？

海　娃　（扑到薛瑞春怀里）邓妈妈！

葛惠芸　（感动地）大姐！

［内声：“圣旨下！”

［薛瑞春等跪接圣旨，海滩上黑压压一片。

［海风猎猎，海浪滔滔。

［庄严的声音响起：“我大清北洋舰队与倭寇在黄海大东沟一战，九百壮士为国捐躯。致远舰管带邓世昌奋勇赴死，义不独生，实乃我朝精魂所在；钦赐邓世昌‘壮节’谥号，追封太子少保。朕亲笔题挽，予以祭奠。济远舰管带方伯谦临阵脱逃，挂白旗，辱国威；将其就地正法，以儆效尤！钦此。”

众　人　万岁！万万岁！

葛惠芸　（绝望地）天哪！

［切光。

五　诀海

[海边。乌云翻卷，雷鸣电闪，浪涛滚滚。

[葛惠芸内唱：

山呼海啸——

[葛惠芸跌跌撞撞地上。

葛惠芸　（接唱）狂风巨浪，
乾坤倒转日月也无光！
方伯谦啊方伯谦，你……
（接唱）本是天本是地本是妻遮风避雨的海港，
你本是妻心中铮铮铁骨的英雄郎。
爱英雄是女人一辈子的梦想，
可怜好梦付汪洋。

[葛惠芸似听见人们的声讨，铺天盖地而来：“方伯谦害了北洋水师！”“方伯谦死有余辜！”

葛惠芸　（接唱）破了，

海破了，
有多少水师英魂黄海飘荡，
就像那血淋淋的太阳。
破了，
网破了，
网破了还能补，
国破了赴国殇。
破了，
心破了，
万念俱灰成绝望，
化一朵浪花花大海里消亡。

［葛惠芸登上礁石，欲投海。

［薛瑞春急上。

薛瑞春 惠芸！

葛惠芸 （惊回头）瑞春姐！

薛瑞春 惠芸，咱可不能走上那条绝路啊！

［海涛阵阵，海鸥鸣叫，螺声呜咽……

葛惠芸 （望天长叹）天地无情多冷暖，人生荣辱两重天！我该走了！

薛瑞春 惠芸，要走我们一起走。

葛惠芸 你！（苦笑地摇头）你可是英雄的夫人，我却是罪人之妻……

薛瑞春　惠芸！惠芸哪……你曾经不是说过，咱嫁给水师就嫁给大海了！是啊，自从咱嫁到北洋水师那天起，咱姐妹的命运就跟大海……跟大海拴在一起啦！什么英雄夫人，什么罪人之妻……不，咱都是大海的女儿，都是蒙受大难的水师眷属啊！我这心里和你一样的痛，和你一样的苦啊……世昌他命丧大海，尸首骨骸也不知漂流何处，也不知魂归何处（止不住一阵哽咽却极力抑制）……我也想过死，想去大海陪伴世昌，可是不能啊！一死难以百了哇！这身前事，身后情，咱抛得开吗？难道这大海波涛就能洗尽咱今天的屈辱、痛苦和国仇家恨吗？

[海娃奔上。

海　娃　娘——（跪下呼喊）娘！

葛惠芸　海娃！

海　娃　娘，你不是说，孩儿就是沙滩上的一颗小贝壳，被风吹，被浪打，是娘捡回来养大……现在你又不要我了吗？娘，你不是最喜欢听孩儿说山东快书吗？海娃说给你听，说给你听！（手打铜板，泣不成声地说山东快书）

当那个当，当那个当，
济远舰是龙王，
（那个）吉野舰是小虾；

龙王打瞌睡，
小虾想当家。
当那个当，当那个当……

葛惠芸　海娃，苦命的儿呀！

海　娃　娘！

［葛惠芸再也抑制不住，快步扑上前，将海娃一把抱在怀里。

葛惠芸　（唱）小海娃嫩声稚语声声唤，
风拉袖呀把你匆匆脚步牵。
回头看山河破碎人还在，
那也是生你养我的故土家园。
身托水师嫁管带，
命与大海生死拴。
同守海滩盼归舰，
同为水师祈平安。
虽说命运已改变，
荣辱悲欢心相连。
祸祸福福这片海，
生生死死这方天。
纵然是，
心中的太阳暗淡了灿烂，
海上的太阳陨落在天边。
太阳落去了，
我们还有一副柔肩，

扛起太阳还给蓝天。

［柳如花上，梦呓一般朝大海走去……

柳如花　咯咯咯，好凉快好凉快的海水哟！履中，你冷吗？我来了，陪你来了！咯咯咯……（梦呓似的哼唱）“山花花，地花花……”

葛惠芸、薛瑞春
（震惊地）如花妹妹！

［葛惠芸、薛瑞春奔下礁石，抱住了柳如花。

柳如花　嘘……别出声，他们都睡着了！听……（波涛声）我家履中又在打呼噜，就像唱歌一样，可真好听啊……他呀，太累了，让他多睡一会儿，咱们等着，他一会儿就醒，一会儿就醒。

葛惠芸、薛瑞春
如花……

柳如花　你是谁？你……（似乎清醒了过来，突然，一把抓住薛瑞春）你家男人活着，我家履中在哪儿？你给我找回来，把我男人找回来！

［柳如花雨点般的拳头砸在薛瑞春身上。

葛惠芸　如花，你要打你就打我吧！

薛瑞春 打吧！打吧！

海 娃 林妈妈！林妈妈！

[海娃趴在地上，朝柳如花深深地叩头。

柳如花 该死的还活着，不该死的死了！

[薛瑞春一边抱住柳如花，一边搂着葛惠芸。

[一片肃穆、凝重、圣洁的氛围。

[突然间，柳如花“咯咯”笑了。

柳如花 （唱）山花花，地花花，
比不过大海白浪花。

柳如花、薛瑞春、葛惠芸
（合唱）浪花洗脚丫，
赶海找婆家，
婆家那个他呀，
风里浪里走天下。

[海娃忽闪着眼睛，默默地注视着。

[灯光渐暗。

副 官 （内声）丁军门有令，将济远舰管带方伯谦押赴刑场，就地正法！

[暗转——刑场，戒备森严。

[丁汝昌面海而立。海浪拍打礁石，溅起阵阵浪花。

[刽子手押身戴枷锁的方伯谦上。

执行官 丁军门，方伯谦押到。

丁汝昌 送他上路吧。

方伯谦 丁军门，丁军门，我有话要说。

丁汝昌 （转身凝视方伯谦，冷冷地）事到如今……还有何话可说？

方伯谦 人之将死，其言亦善；鸟之将死，其鸣亦哀。骨鲠在喉，我不吐不快！

丁汝昌 好一个其言亦善，好一个其鸣亦哀！好，你说。

方伯谦 我说！（长叹一声）多年来，我们一直以拥有亚洲最强大的海军而自豪。可北洋、南洋、湖广三大舰队却互不买账，各自分阵。我曾上书朝廷，建议统一指挥，却石沉大海，无人采纳。眼看着日本舰队日益壮大，我朝却未置一舰，未添一炮，敌我力量悬殊，才酿成了今天的败局呀！

（唱）黄海大战血雨降，
惊涛骇浪鬼仓皇。
水师鏖战遭重创，
面对顽敌怎逞强？
看日本——
天皇内帑购战舰，
节衣缩食填炮膛。

看我朝——
谁为国家想？
谁为水师忙？
海军经费造石舫，
颐和园里听皮黄。
炮弹填沙打不响，
军备交易饱私囊。
老佛爷，六十华诞刮银两，
国将不国、积贫积弱、屈辱条约墨汁凉。
我何苦血肉之躯海中葬？
又何苦匹夫之勇火中亡？
战也败，罢也败，
到头来做了替罪羊。
倒不如捕鱼捞蚌，
夫唱妇随回家乡！

丁汝昌 （接唱）海疆破，何处捞鱼蚌？
国土丧，家又在何方？
正当民族多危难，
更需铁血好儿郎。
你报国之心既不存，
当初何苦去留洋？

想当年，你们从海外归来，一个个热血男儿，意气风发。转眼间，烟消云散，物是人非了！

方伯谦 时至不迎，反受其殃！我一直遵循中堂大人"避战保船"之意，带回了济远，那可是有着 2300 吨排水量的铁甲巡洋舰！

丁汝昌　（摇头）那又如何？日本联合舰队已经封锁威海卫，还有一支日本海军陆战队已经从旅顺、大连登陆，正疾驰而来，欲占我东泓炮台。

方伯谦　大事不好！军门，东泓炮台可万万不能丢。若日本人占了东泓炮台，我北洋水师岂不是坐以待毙？

丁汝昌　我已经派出敢死队，抢在日本人赶到之前，炸了东泓炮台。

方伯谦　（略为放心地）哦，那就好！（又急切地）军门，舰船在，我们还可以一战……

丁汝昌　舰船虽在，可邓世昌死了，林永升死了，林履中死了……他们都死得英勇，死得壮烈！可你……

方伯谦　是啊，我还活着……那你呢？

丁汝昌　我……

方伯谦　丁军门，北洋水师乃当今世界首屈一指的海军，而你……你不过是淮军的骑兵总兵，只懂骑射，哪懂得海战？可中堂大人偏偏让你指挥，滑天下之大稽啊！中堂啊，国之兴亡，族之存亡，非家事，非儿戏啊！

丁汝昌　不错，我是不懂海军，可……（惨然一笑地）可当中堂大人委任我水师提督之时，汝昌就把这七尺之躯交给大海啦！

方伯谦　大海……（苦笑）覆巢之下，焉有完卵！

丁汝昌　人之过也，在于哀死，而不在于爱生！咱们……到那个世界再见吧！

[丁汝昌拂袖欲去。

方伯谦 （大叫）不，丁军门，你听我说。丁汝昌，丁汝昌……

[丁汝昌止步，背身而立。

丁汝昌 念在咱们同朝效命，曾经浴血作战，出生入死的份上，今天破例，特许你跟你的妻儿再见最后一面。

[丁汝昌疾下。

方伯谦 （下意识地）惠芸！

[葛惠芸牵海娃上。

方伯谦 （惊回首）惠芸……惠芸，你看我来了！儿呀，快到爹这儿来……

海　娃 你……逃兵！（扭头跑开）

方伯谦 （大叫）海娃！海娃……惠芸，我不是逃兵，我冤枉啊！我带济远舰鏖战三个时辰，军舰遭受重创，这才退出战场。我……我给北洋水师保住了铁甲舰呀！

葛惠芸 （义正辞严地）可你丢掉了做人的气节！

方伯谦 气节?!

葛惠芸 那可不是一艘铁甲舰就能换回来的！

方伯谦　（深深吸了一口气，无言地低下头去）……

葛惠芸　你知道世昌大哥是怎么死的吗？

方伯谦　（探询地）他……

葛惠芸　海战中，致远舰遭受重创，世昌大哥和将士们誓言与敌同归于尽，可恨敌舰发射鱼雷，击中致远舰。世昌大哥落海，水手们给他套上救生圈，可他却将救生圈甩还给他人，自沉于大海了！

方伯谦　（震惊地）啊！

葛惠芸　世昌大哥他可以活着，可他选择了死！

［汽笛哀鸣，祭海之声又起。

［幕内伴唱：

啊——

此日漫挥天下泪，

有公足壮海军威！

［庄严的祭奠队伍，浩浩荡荡而来。薛瑞春被众人簇拥着，朝大海抛撒花瓣。众人呼喊着："邓大人，回来吧！""水师英灵啊，回来吧！"

葛惠芸　世昌大哥虽然死了，可他还活着！你活着，可你……

方伯谦　（百感交集地）世昌兄先我而去了，还有永升、履中也阵亡了……兄弟们，你们都走了，北洋水师完了！

葛惠芸 （义正辞严地）事到如今，你还有何话可说？

（唱）你和世昌一个样，

同朝为臣守海疆；

你们两个不一样，

一个苟且生，

一个赴国殇。

方伯谦 夫人！（愧悔地跪倒在葛惠芸跟前）

葛惠芸 （接唱）邓夫人和我一个样，

同是夫人同断肠；

我和邓夫人不一样，

一个蒙羞耻，

一个伴忠良。

更可怜稚儿无辜遭连累，

屈辱一生更凄凉……

方伯谦 （意外地）怎么，海娃……

葛惠芸 （凄苦地）你做了罪人，我和海娃也就永远成了罪人家眷了……海娃想给世昌大哥、给履中兄弟敬一杯酒，却被人家往外赶，我们母子连祭祀水师阵亡将士的资格都没有啊！

方伯谦 （大叫）别说了……

葛惠芸 海娃这辈子，他……他都是个逃兵的儿子！

方伯谦 （万分懊悔地）噢……天哪！我活着，可给你们、给你们……世昌兄，你死得值啊！老天爷哪，让我重来一回吧！（嚎啕大哭起来）

［海浪拍天……

［海娃似被父亲的哭声感动，从岩石后慢慢探出头来。

葛惠芸　海娃，去看看你爹。

海　娃　（慢慢挪步到方伯谦面前）我……

葛惠芸　再叫一声你爹。

方伯谦　（哀求地）儿呀，爹爹还想听你念诗呀……

［海娃强忍眼泪，咬着嘴唇，把头扭向一边。

方伯谦　海娃……

［方伯谦跪步向前，将海娃一把抱进怀里。

方伯谦　（唱）椎心泣血，悲声难放，
　　叫一声海娃呀，我的骨肉亲儿郎。
　　从今后，甲午之恨永不忘，
　　莫学你爹软脊梁……

［海娃再也忍不住，跑到一边啜泣起来。

［海浪拍天，鸥鸟悲鸣……

［内喊：“时辰到。”

执行官　方伯谦，准备上路吧。

葛惠芸　等等。

［葛惠芸端酒坛倒酒。

葛惠芸　（举着碗）海娃，给你爹敬酒！

［海娃像意识到什么，慢慢走过来，端起海碗，送到方伯谦面前。

［方伯谦颤巍巍地捧起海碗，仰脖大口喝下。随即，又直喷出来。

方伯谦　咳咳咳咳……（惊骇地）海水！

葛惠芸　这就是养育咱、见证咱相识相恋的海水！她曾经给了我幸福，给了我梦想，也给了我太多失望和悲伤……喝吧。

方伯谦　（无言以对地）我……

［葛惠芸又倒了一碗海水，双手捧给方伯谦。

方伯谦　（惊愧地）惠芸？！

［方伯谦颤抖着伸手又抽回，迟迟不敢去接海碗。

葛惠芸　这海水致远舰邓世昌邓管带喝过了，扬威舰林履中林管带喝过了，超勇舰黄建勋黄管带喝过了，经远舰林永升林管带喝过了，北洋水师多少将士都喝过了！你、你也喝吧！

方伯谦 （猛地跪在妻子面前）我、我喝！

［方伯谦捧起海碗，一仰脖，大口地喝下，又将海水吐了出来。随后，他喝一口，吐一口……

方伯谦 （惨呼）苦啊！咸啊！涩啊！再、再来。

［方伯谦递过碗去。葛惠芸又舀一碗海水。海娃捧海碗，欲递方伯谦又止，他凝视着手中"酒"，突然，捧海碗欲喝。

［方伯谦、葛惠芸见状，同时上前去夺海碗。

［幕内伴唱声划破长空：

黄海水呀，
就是一滴泪——

葛惠芸 （唱）又咸又苦又涩，
流过心头更悲凉。

［幕内伴唱：

黄海水呀，
就是一瓢油——

葛惠芸 （唱）又滚又烧又烫，
浇进腹中断肝肠。

[幕内伴唱:

黄海水呀,
就是一颗心,
惊涛骇浪跳动在国人胸膛。

[葛惠芸端过"海碗",将海水一饮而尽。

葛惠芸 (唱)黄海潮啊,黄海浪!
只盼着后辈儿孙,
再不把这又咸又苦又涩的海水尝。

[浪涛滚滚,天哀地泣。

执行官 时辰到……

方伯谦 (大叫一声)等等!(转过身来)夫人,我送你的望远镜带了吗?

[葛惠芸默默地递上望远镜。

方伯谦 让我再看一眼大海吧!

[方伯谦拿起望远镜,恋恋不舍地远望辽阔的大海。
[远处响起了海螺声,哀怨而凄厉……

方伯谦 （一字一句）覆巢之下，焉有完卵！

葛惠芸 （爆发地）方伯谦，你对不起祖宗，对不起子孙后代啊！

［海娃突然爬上了岩顶，哭喊着朗诵。

海　娃 （念）万众一心兮，泰山可撼。

杀尽倭奴兮，觅个封侯。

杀尽倭奴兮……

［切光。

六　蹈海

[海边。沙滩。

[众人惊呼："小日本登陆了！小日本来了！"

[幕内伴唱：

苦涩涩的水呀，
咸腥腥的风；
滚烫烫的血呀，
冷冰冰的心。
苍天欲哭何无泪？
大地当吼怎无声？

[炮声隆隆，火光映天，硝烟弥漫，折戟的龙旗。破损不堪的渔网前，葛惠芸正在织补渔网，海娃在一旁抻线……

[薛瑞春及众夫人相互搀扶着，寻觅而上。

薛瑞春　惠芸，惠芸……

众夫人　（喊叫）惠芸，惠芸！

薛瑞春　惠芸！倭寇占领了刘公岛，丁军门服毒自尽，北洋水师全军覆没啦！

众夫人 全军覆没啦！

葛惠芸 网破了！海破了！国破了！

[神情呆滞的柳如花上，“咯咯咯”疯癫地笑。

柳如花 北洋水师回来了！北洋水师打胜仗了！

[无声的炮火起，百姓、水手、兵勇发出无声的呐喊，前仆后继……一个个倒下……

[残阳如血，灯塔闪烁。

[无声炮火中，夫人们跌倒，又相互搀扶着爬起，跌倒再爬起，挣扎着站起……

柳如花 （哼唱）山花花，地花花，

比不过大海白浪花。

……

[柳如花的歌声凄婉揪心。歌声中——葛惠芸、海娃、薛瑞春、柳如花等管带夫人一个接一个倒下……沙滩上、礁石旁、渔网前，高高低低躺满了尸体。

[海天一片血红。

[内声：“中日甲午海战，最终以北洋水师覆灭和清王朝的失败而告终。1895年4月17日，李鸿章代表清政府与日本签订《马关条约》，赔偿日本军费白银二亿两，割让辽东半岛、台湾全岛及附属岛屿、澎湖列岛……”

[灯塔爷举火捻，颤颤巍巍地向灯塔走去。

灯塔爷 （喃喃地呐喊）点灯喽！点灯喽……

[血红的大海，不灭的灯塔。

[“啪”，一支望远镜从天落下，顺坡滚过，直向台口。

[海娃从尸堆中一步一步爬出来……他捡起了那支望远镜，艰难地站起身，举望远镜眺望着，眺望着大海……

[突然间，海之上，蔚然壮观的百帆迎面而来……

[剧终。

本剧与习志淦、王明月合作。

由山东省烟台市吕剧院演出。

获国家舞台艺术精品工程2004—2005年度“优秀剧本”。

文本发表于《戏剧丛刊》杂志2006年《海殇》专刊。

剧名书写　魏广君

王勇剧作集

赣剧

等你一百年

◎

王勇 著

中国戏剧出版社
CHINA THEATRE PRESS

图书在版编目（CIP）数据

王勇剧作集 / 王勇著. — 北京 : 中国戏剧出版社, 2022.6
ISBN 978-7-104-05123-7

I.①王… II.①王… III.①剧本－作品综合集－中国－当代 IV.①I230

中国版本图书馆CIP数据核字（2021）第171113号

王勇剧作集

策划编辑：肖　楠
责任编辑：邢俊华
责任印制：冯志强

出版发行：中国戏剧出版社
出 版 人：樊国宾
社　　址：北京市西城区天宁寺前街2号国家音乐产业基地L座
邮　　编：100055
网　　址：www.theatrebook.cn
电　　话：010-63385980（总编室）　010-63381560（发行部）
传　　真：010-63381560

读者服务：010-63381560
邮购地址：北京市西城区天宁寺前街2号国家音乐产业基地L座

印　　刷：保定市铭泰达印刷有限公司
开　　本：787mm×1092mm　1/32
印　　张：42.25
字　　数：846 千
版　　次：2022年6月　北京第1版第1次印刷
书　　号：ISBN 978-7-104-05123-7
定　　价：458.00 元（全 18 册）

时　间：1934—2005 年。

地　点：江西・兴国。

人物：

杜　鹃——女。二十三岁到九十四岁。

童养媳。逃婚出走，与红军战士永生成亲。新婚之夜，急促的军号集合声破碎了她新婚的宁静，男人永生便这样随红军长征去了。临行前，永生对她说："等着我！"于是，等待就成了她生命中的全部。她的一生，正是等待的一生。她的梦、她的记忆、她的生命状态都伴随着漫长的等待，在流淌的时间里、流逝的等待中始终不曾更改。以她为中心辐射开去，勾连着她的白天和黑夜、她的春的萌动和冬的寂寥、她的悲哀和无奈、她的情和爱，还有她等待中的生命状态和生命中的等待。

养蜂人——男。二十多岁到七十多岁。

外乡来的养蜂人。漂泊的人，漂泊的心，渴望着停泊在杜鹃的港湾，至死等待着一个爱的允诺。

等　等——男。五六岁到二十多岁到六十多岁。

被杜鹃所收养的一个不知姓名的红军的遗孤。

梅　子——女。十八九岁到六十岁左右。

杜鹃的儿媳妇，等等的妇娘。

诗　诗——男。二十岁左右。

杜鹃的孙子，等等的儿子。

永　生——男。二十多岁（1934 年时的年龄）。

杜鹃的男人，新婚之夜的第二天拂晓便随红军长征，从此杳无音信。

春妹子、崔干部、红军战士、红军传令兵、乡里乡亲若干。

一　圆镜子

［朦胧、缥缈的天光里，远远地，有一面圆圆的、圆圆的镜子在晃动……

［“咯咯咯……”传来一阵银铃般的笑声。

［天光渐渐明朗起来，少女杜鹃仰着头，手捧圆镜子正比照着天空——一轮太阳从天宇划过，圆镜子将太阳的光芒折射出来……一弯月亮从天宇划过，圆镜子将月亮的光芒折射出来……

［幕内伴唱：

日子好像镜子，
长长短短细细。
春夏秋冬过去，
抹也抹不掉的记忆。
日月星辰更替，
等你一百年的朝夕。
日子像空空的镜子，
镜子照长长的日子。

［伴唱声中——太阳与月亮更替，最终胶着在一起，形成一轮巨大的镜子光柱……

［镜子光柱中——少女杜鹃走近了，又走远了；中年杜鹃走近了，又走远了；老年杜鹃走近了……

［老年杜鹃拄拐杖，凝视远方追忆着……

［另一个表演区——少女杜鹃踉踉跄跄地奔上。

［内声："逃婚啊！逃婚啊！"

［一队举白灯笼的老俵追上。

［身着红军军装的永生上。

少女杜鹃　永生！

［少女杜鹃扑入永生的怀抱。

少女杜鹃　永生，我逃出来了！他、他们要抓我！

永　生　不怕！中华苏维埃政府已经颁布法律，废除童养媳。我们自由恋爱，走到哪儿也不怕！

［永生张臂护住少女杜鹃，两人相拥在一起，呈剪影。

［远远地，隐约传来喜庆的歌谣："踩筛子，入新房……"

［白灯笼转化为红灯笼。

［灯光渐暗。

二　等着我

[1934 年秋。

[赣南兴国山村。远山如黛，山那边，隐隐约约地传出枪炮声……

[一幢青石瓦房，大红“喜”字张贴在门扉。

[婚礼——新郎永生披红挂彩，接受着乡里乡亲和红军战友们的祝福。

众乡亲　（唱）送上一双红筷子，
头靠头，
脚并脚，
一个枕头百年长；
送上一把红枣子，
早生儿，
早生女，
一对儿女绕身旁。

永　生　生儿干什么？

众乡亲　（接唱）生个儿子当红军，
扛枪打仗上战场。

众　人　生女干什么？

众乡亲 （接唱）生个女儿嫁红军，
唱支山歌送情郎。

一乡亲 新娘子来了！

众 人 来了。来了。

［众人争相去拿筛子，轮番去垫筛子。

众 人 （接唱）踩筛子，
入新房；
右边是新娘，
左边是新郎。

［杜鹃头盖红盖头，在伴娘春妹子的搀扶下，上。她脚不沾地，一步步踩着筛子往前走……

春妹子 （接唱）踩筛子，
入新房。

众乡亲 （合唱）新娘盖头盖，
月儿云中藏。
新郎天下闯，
日头出东方。

［幕内传出一阵马蹄声……红军传令兵奔上。

传令兵 集合。

［永生与战友们迅疾列队，一边脱下外衣，露出红军军装，一边报数："一、二、三……"

传令兵　紧急命令，全体归队，明天拂晓出发。
杜　鹃　（惊呼一声，几欲晃倒）永生！你……
永　生　（一把搂住杜鹃，从心底深深地喷出一句伤别）杜鹃！
杜　鹃　就……就要走了，不看我一眼就走吗？

［杜鹃欲掀盖头，永生伸手制止。

传令兵　永生。
永　生　到。
传令兵　团长说了，你先成亲，天亮后再归队。
永　生　是。
传令兵　集合归队。

［《十送红军》的兴国山歌响起："一送（里格）红军（介支个）下了山……"
［歌声中，乡亲们与其他或父子或母子或夫妻的红军战士依依不舍地话别……三三两两分头下。

永　生　（　唱　）踩筛子，
杜　鹃　（接唱）入新房；
永　生　（接唱）鞋不沾地的新娘，
杜　鹃　（接唱）干干净净给新郎。

永　生　（接唱）踩筛子，

杜　鹃　（接唱）入新房；

永　生　（接唱）牵手走上日月床，

杜　鹃　（接唱）高山流水天地长。

［永生一边垫筛子，一手牵杜鹃，踩着筛子一步步入新房……

［新房的烛光灭了，夜空里一轮晕红的月。

［幕内伴唱：

让我们相会在梦里，
风作笛，
雨作琴，
雷作鼓，
在梦里歌唱；
让我们相会在梦里，
星儿当灯笼，
月牙儿当船，
风儿当船桨，
在梦里徜徉。

［伴唱声中，月亮往西边飞快地划去，天尽头泛起鱼肚白……

［晨，破晓。枪炮声隐隐传来……军号声远远地传来……人呼马嘶，队伍的集合声、行军的脚步声一阵阵传来……

［“喔……”公鸡打鸣声打破了梦的宁静，唤醒了新婚人。

［杜鹃内唱：

好短好短的梦，

［杜鹃紧紧拉扯着永生的衣下摆，依依不舍地从新房出来。

杜　鹃　（接唱）鸡叫驱梦香。
好短好短的梦，
梦醒回味长。

永　生　杜鹃，我的妇娘！
（接唱）天亮有话对你讲，
昨夜的新娘今日的妇娘。
马上又要上战场，
你看好屋子守在大后方。
分的地勤耕作莫要撂荒，
分的牛与人方便莫争强，
熏腊肉就挂在堂屋墙上，
那几坛老冬酒就埋在柴房。

［永生掏出镜子递给杜鹃。

杜　鹃　（惊喜万分地）镜子！

［杜鹃与永生依偎着照镜子……

杜　鹃　（唱）照一照，
镜子照娇羞的新娘，

杜鹃花编织最美的嫁妆。

永　生　（接唱）照一照，

镜子照太阳升起的地方，

生你养我的故乡。

永生、杜鹃

（重唱）照一照新人模样，

莫忘了你的新郎（娘）。

永　生　（接唱）想我了——

杜　鹃　（接唱）想你我就镜中望，

当你就在我身旁。

永　生　（接唱）想我了——

杜　鹃　（接唱）想你我就山歌唱，

当你跟我同开腔。

永　生　（接唱）等我前线打完仗，

杜　鹃　（接唱）风风光光回家乡。

永　生　（接唱）听你为我山歌唱，

杜　鹃　（接唱）再吃家里饭菜香。

[轰隆隆的枪炮声传来，由远及近……嘹亮的军号声远远地传来，由弱渐强……

永　生　该走了。

杜　鹃　鸟儿飞得再高再高，总记得飞回出生的地方；鱼儿游得再远再远，总记得游回温暖的家乡。这一走，你、你什么时候转来哩？

永　生　不知道……

杜　鹃　不知道！

永　生　（叮嘱地）等着我，我会回来的！

杜　鹃　我等你，等你回来！

［急促的军号声传来……

［永生转身欲走。

杜　鹃　等等。

［杜鹃拿出一双草鞋，蹲下身为永生换鞋……

杜　鹃　（唱）穿上草鞋天下闯，
一双大脚走四方。
走在我的心坎上，
高山流水水长长。
怕你忘了回家路，
草鞋带你回家乡。

［急促的军号声再次响起。

永　生　等着我！

杜　鹃　等你！

［永生转身急下。

杜 鹃 等你一百年！

[杜鹃脱口而出，又一把捂住嘴。

[幕内伴唱：

一送（里格）红军（介支个）下了山，

……

[《十送红军》的山歌声中，杜鹃手握镜子，目送着永生远去、远去……

[灯光渐暗。

三　还活着

[1935年。赣东北某地。

[枪炮声大作，火光映天。永生等红军战士正在冲锋，一阵阵枪声响起，永生等红军战士中弹。每倒下一个红军战士，便盛开一簇杜鹃花。随即，一切归于沉寂。在沉寂中，永生慢慢地倒下，又一簇杜鹃花盛开……

[幕内伴唱：

杜鹃花哪里去了？
被杜鹃摘走了；
杜鹃哪里去了？
嫁给红军永生了；
永生哪里去了？
躺到坟里去了；
坟头哪里去了？
被杜鹃花盖住了。

[荒郊野外，山坡上矗立着鳞次栉比的坟头。伴唱声中，一小男孩正将一枝又一枝杜鹃花插在坟头上……

[山坡下，养蜂人独自坐在蜂箱旁。“嗡嗡嗡……”蜜蜂嗡鸣

声忽近忽远，时强时弱。

［幕内伴唱：

惨烈——

养蜂人　（接唱）红军血染红了天边的月，
血滋养杜鹃花花艳似蝶。

［幕内伴唱：

惨烈——

养蜂人　（接唱）红土埋红军的壮怀激烈，
花正开引蜜蜂纷纷迭迭。
蜂酿蜜不知是蜜还是血？
喝一口铁石心肠也溶解。
（舞动双手，驱赶着蜜蜂）去去去，你们这些小畜生，就不能飞得远一些？要采蜜到别处去采，为什么非到这儿来不可？去啊！走啊……

［蜜蜂“嗡嗡……”的嗡鸣声更强。养蜂人气馁地一屁股坐在青苔石上。

［小男孩在坟头间到处爬，将杜鹃花插在每一个坟头上……

小男孩　爹，这枝杜鹃花给你。这枝杜鹃花最好看，娘，是你的。

[杜鹃内唱：

天塌了——

[杜鹃跌跌撞撞、踉踉跄跄地上。

杜　鹃　（接唱）地裂了，
天塌地裂，
踉踉跄跄，撞撞跌跌。

[杜鹃跌倒在地，爬起，又跌倒，匍匐着朝坟头爬去。

杜　鹃　（接唱）三百六十五个日夜，
却等到生死茫茫阴阳别。
一步步奔向爱人穴，
要用手一捧一捧把坟掘。
看一个清清楚楚真真切切，
我不信你将我世间独自撇。

[杜鹃疯也似的用手刨坟……

小男孩　姨，你干什么呀！我爹我娘睡着了，你别把他们吵醒了！

[小男孩上前去拉杜鹃，被杜鹃一甩手甩开；小男孩跌坐在地。

杜 鹃 吵醒了才好！醒一醒，你醒醒！你们都醒醒！

（接唱）恨不能大喊一声地开裂，

把爱人还给我依然矫捷。

就当你睡一觉梦游天界，

睡醒了就随我回家好好歇。

[杜鹃继续刨坟……

小男孩 （哭）不许你去吵我爹娘！

[养蜂人不忍卒看，上前将一把锄头递过去。

养蜂人 妹子，你要挖，就用这个挖吧！

杜 鹃 那怎么行？不行，不能用锄头！

（接唱）我只怕锄头碰出他的血，

他痛了他伤了我心如刀切。

用手挖轻一些再轻一些，

我就要我的爱人毫发不缺。

[杜鹃刨啊，刨啊……

养蜂人 妹子，别挖了，你的手都出血了。

杜 鹃 我流点儿血不算什么，只要我男人不流血就好！

［杜鹃刨啊，将杜鹃花抛到半空……

［幕内伴唱：

杜鹃花上点点血，
血染杜鹃花更洁。

小男孩　姨，别动我的杜鹃花，这些花都是给我爹给我娘的！他们都在睡觉觉，我要把杜鹃花当被子给他们盖上。

杜　鹃　杜鹃花啊杜鹃花！
（接唱）你要开就开在我的团圆夜，
莫盖住我爱人开放在山野。

［幕内伴唱：

惨烈——

养蜂人　（接唱）看不下去的是天边的月，
杜鹃花又染上女人心血。

［小男孩跟在杜鹃后面，捡起撒落在地的杜鹃花，一枝枝重新插上坟头。

［杜鹃刨累了，坐在一座坟头前直发呆。

［风，烈烈地吹……远远地，隐约传来《十送红军》的山歌声：“一送（里格）红军（介支个）下了山……”

［猛然，杜鹃站起身，扑向坟头，疯也似的刨着……

杜　鹃　我挖，我挖，一定要把你挖出来。

［养蜂人冲上前，一把抱住杜鹃。

养蜂人　妹子，别挖了！别挖了！

杜　鹃　（挣脱开）放手！你放手！

［养蜂人几乎抓不住杜鹃。

养蜂人　（脱口而出）妹子，你男人没死！

［杜鹃一震，随即一把抓住养蜂人的手。

杜　鹃　真的?！他人呢?

养蜂人　他、他走了！一个月前，这里打了一仗，有的红军倒下了，就躺在这儿；有的红军走了，像云一样走了。你男人肯定走了，不知道去了哪儿，也不知道还会不会再回来。

杜　鹃　你骗我！你根本就不认识我男人，怎么知道他活着?怎么知道他走了?

养蜂人　我……反正、反正你男人还活着，信不信由你！

杜　鹃　那你说，我男人长什么样?

养蜂人　他……

杜　鹃　是不是右眼下面有一颗痣?

养蜂人　（借驴下坡地）对对对，他右眼下面有颗痣，我看得清清楚楚。

杜　鹃　你还看到什么?

养蜂人　他骑一匹白马，威风八面，一声令下，带着队伍往西去了。

杜　鹃　(信以为真地)哦，他还骑着白马。

养蜂人　对，骑的就是一匹白马。

杜　鹃　他说过，等着他。哎呀，我该转回去了，要不他不见我，他会着急的。

养蜂人　对，你赶紧回去，说不定这会儿他都到家了。

杜　鹃　(喃喃自语地)回去，我这就回去等他，等着他!

[小男孩将杜鹃花插在每一个坟头……

小男孩　(自言自语地)爹，这枝杜鹃花给你。这枝杜鹃花最好看，娘，是你的。

[小男孩一个趔趄，摔倒在地。杜鹃上前，扶起小男孩，与小男孩一道去拾撒落一地的杜鹃花。

养蜂人　(伤感地)可怜的孩子，他爹他娘都躺在这儿了。我是个养蜂人，一年四季追着春天走，赶着花期跑，四海为家，四海无家。想带上这个可怜的孩子，可孩子跟了我还是没家啊!

[杜鹃默默地听着，默默地点头。

小男孩　（举一枝杜鹃花）姨，这朵杜鹃花好看吗？

杜　鹃　好看！

小男孩　好看的留给我娘。嘘……我爹我娘都睡着了。

杜　鹃　嘘……让他们好好睡吧，你跟姨回家等着！

小男孩　（天真无邪地）姨，杜鹃花我还没插完呢！

杜　鹃　姨帮你一起插杜鹃花。

[杜鹃与小男孩一道在坟头前插杜鹃花……

[《十送红军》的山歌声响起："一送（里格）红军（介支个）下了山……"

杜　鹃　孩子，你叫什么？

小男孩　等等。

杜　鹃　等、等！

[灯光渐暗。

四　蜜蜂来了，又走了

[一个天光蒙蒙的早晨。村口，一条小河蜿蜒流过；河岸边，一架水车“哗哗”地转；河滩上，杜鹃花一簇一簇地开了。

[远处，朦胧中似乎可以看见杜鹃正在搓草绳，打草鞋……

[幕内伴唱：

漫山遍野杜鹃开，
天亮红军转回来。
搓根草绳打草鞋（读“hai”），
走遍天下还回来。

[杜鹃远远地走过来，将草鞋插在腰间，伸手去接水车车出的溪水，轻轻地拍在头发上，照着圆镜子细细地抚平，嘴里哼着山歌《十送红军》……她一边唱，一边眺望远方。

杜　鹃　（唱）走了，
心上人走了，
屋子好像空了；
高高的屋子怎么会空哟?
是心儿空了。

走了，
心上人走了，
河水好像空了，
滚滚的流水怎么会空哟？
是心儿空了。

走了，
心上人走了，
镜子好像空了，
圆圆的镜子怎么会空哟？
是心儿空了。

［养蜂人内唱：

小小蜜蜂——

［养蜂人上。

养蜂人 （接唱）黄翅膀，
一气飞到妹胸膛，
在妹心头咬一口，
看你想郎不想郎？

杜　鹃 养蜂大哥，你来了？

养蜂人 杜鹃花儿开，蜜蜂引路来。杜鹃妹子，你还在等吗？

杜　鹃 他是好人！他革命去了！

养蜂人　要是他不回来……

杜　鹃　他会回来的！你不是看见他骑着白马走了吗？

养蜂人　（语塞）我……

杜　鹃　他对我说过，等着我。

养蜂人　妹子……

杜　鹃　他还对我说过，七八年就回来。

养蜂人　（感慨地）你……妹子，你是好人，是个好女人！

（唱）走了多少黑夜路，
摸了多少冷墙根。
头碰多少蜘蛛网，
脚踢多少牛屎墩，
手拍蚊虫有四两，
脚踩蚂蚁有半斤。
说什么养蜂人眼中只有春，
养蜂人心里从来没春风；
说什么养蜂人总是追花季，
养蜂人心里从来花不红。

妹子！

（接唱）不管是千山万水去远行，
总渴望身背后有一双眼睛。
那就是家里等待的长明灯，
还有那唠哩唠叨的叮咛。
你就是背后的眼睛，
你就是家里一盏灯。

杜　鹃　大哥！

（接唱）莫非你是头发昏，
只怕昏头又昏心。
我在这里爱人等，
你话中有话给谁听？
我的爱已经化作一片云，
伴我爱人去远行。
我的心已经化作一个梦，
与我爱人梦相逢。

养蜂人　（接唱）你说你爱一片云，
风吹云走云飘零；
你说你心一个梦，
鸡鸣梦醒梦朦朦。

杜　鹃　（接唱）镜子光光没有缝，
韭菜开花一条心。
爱人远在云天外，
他就活在我心中。

养蜂人　（欲言又止地）可是，可……

杜　鹃　（接唱）我是爱人的长明灯，
爱人是我等待的黎明。

杜鹃花败了，来年还会开；小鸟飞走了，小鸟的影子会留在地上；爱人走远了，等待的思念会印在心上。

养蜂人　（接唱）影子都是假，
等待也是空。
把假的丢在风中，

抓住现在才是真。

杜　鹃　（接唱）影子是活生生的影子，

风吹不走，风也刮不动；

十送红军把爱人送，

等待是空，等待更是真。

养蜂人　（几乎忍不住脱口说出实情）杜鹃，你老公他……

杜　鹃　（冷静地）他对我说过的，等我！

养蜂人　（强忍着）他他他……

杜　鹃　我对他说："等你！"

养蜂人　（震惊又无奈地）等、等你！

［养蜂人无言以对，与杜鹃面对面相望。

［《十送红军》的山歌声响起："一送（里格）红军（介支个）下了山……"

［春妹子风风火火地上。

春妹子　哎，养蜂的，买蜂蜜。（对杜鹃）杜鹃，你又到村口等男人了！（心直口快地）嗨，别等了。我家男人跟你家男人一起走的。我看哪，我家男人是回不来了，你家男人也不会再……

杜　鹃　瞎说！（指养蜂人）养蜂大哥都看见了，我家永生骑一匹白马走了。不信，你就问问养蜂大哥。养蜂大哥，是不是？

养蜂人　（勉为其难地）是、是啊。他骑了一匹白马，走得很远很远，一直走到天边去了。

春妹子　天边……杜鹃，这话你也信，都是骗你的，你……

杜　鹃　（简直不敢相信）骗我的……

养蜂人　（制止地）大嫂！（一把攥住春妹子的手）有些话可不能乱讲！

春妹子　哎哎哎，你抓疼我了！

养蜂人　（加重语气地）大嫂，（话中有话地）有些话讲了要害死人的。

杜　鹃　（一把抓住养蜂人）养蜂大哥，你骗我？

养蜂人　（心虚得不敢正视）我……我怎么会骗你！没、没有！难道你连我也不相信了？我……

［养蜂人挣脱开，背过身去。

杜　鹃　（傻愣着）骗我的！

［春妹子明白了什么，预感不好，赶紧拉住杜鹃。

春妹子　杜鹃，姐姐瞎说了。你家男人会回来的，我家男人也会回来的，他们都会回来的。

杜　鹃　我要去找他，我现在就去找！

［杜鹃欲走，被养蜂人挡住。

养蜂人　杜鹃，兵荒马乱，你上哪儿去找呀？

杜　鹃　不管上哪儿，活要见人，死要见尸。

［春妹子一把拽住杜鹃。

春妹子　杜鹃妹子，你不能走。

杜　鹃　别拦我，别拦我！

［养蜂人也一把拉住杜鹃。

养蜂人　杜鹃，不！不能走！

杜　鹃　放手！放手！

［等等跑上。

等　等　姨，好多好多的蜂子蜇我。

［“嗡嗡嗡……”蜜蜂嗡鸣声中，等等绕杜鹃跑，躲闪着蜜蜂。

［杜鹃被养蜂人、春妹子拉住，一动不动。

等　等　（伸出被蜜蜂蜇红的手）姨，蜜蜂蜇我了，痛，帮我吹吹。

养蜂人　你走了，这可怜的孩子怎么办？

［养蜂人、春妹子放开手。

等　等　走？姨，你要上哪儿去？

［杜鹃一震。少顷，她蹲下身来，轻轻地抱着等等。

[养蜂人、春妹子默默地注视着。

杜 鹃　姨、姨要出远门去找人。
等 等　姨不要我了！
杜 鹃　我……
等 等　我不让姨走！姨不要丢下我！

[等等抱住了杜鹃的腿。

杜 鹃　不，姨不会丢下你不管的！来，让姨看看。

[杜鹃小心地给等等拔蜂刺，又轻轻地吹拂……

等 等　（突如其来地）你像我娘呢！
杜 鹃　（简直不敢相信自己的耳朵）我、我像……
等 等　像我娘！
杜 鹃　再说一遍。
等 等　娘！
杜 鹃　哎！

[杜鹃头抵在等等的额头上，激动得直摆。

等 等　娘，你不走了吧？
杜 鹃　走，娘带你一起走，一起去找。

养蜂人、春妹子

杜鹃。

杜　鹃　走，我们走。

[杜鹃牵等等欲走。

养蜂人　杜鹃！

[杜鹃驻足。

养蜂人　你留下，我帮你去找。

杜　鹃　养蜂大哥！

[猛地，杜鹃跪倒在养蜂人跟前。

[切光。

[灯光暗转。

[水车"哗啦啦"地转着……

杜　鹃　走了！

养蜂人　走了。

杜　鹃　你上哪儿去找我家永生？

养蜂人　你家永生是革命人，我就到革命队伍去找。

杜　鹃　你也去革命吗？

养蜂人　革命了！革命了！

杜　鹃　什么时候转来哩？

养蜂人　不知道。

杜　鹃　（失声叫起来）不知道！（幽幽地）当年我家永生也是这样说的。

养蜂人　一直以来，我真的羡慕你家永生，羡慕他是革命人，羡慕他背后永远有一双等待的眼睛，有一个等待的人。可是他、他、他他他……

杜　鹃　他是好人！他革命去了！

养蜂人　我也像你家永生一样，也要革命去了！

杜　鹃　（迟疑片刻，轻声地）你也是好人！

[《十送红军》的山歌声响起……

养蜂人　可没有等我的眼睛，等我的人。

[水车“哗啦啦”地转……

[灯光渐暗。

五　一样的新房一样的窗

［幕内伴唱：

日子好像镜子，
长长短短细细。
日子像空空的镜子，
镜子照长长的日子。

［镜子光柱里，等等连蹦带跳地走来……

等　等　（回头喊）娘。

［等等转身跑出光柱……当他再次走来时，已经长成大人了，手里牵着梅子。两人新人打扮。

等等、梅子
（回头冲幕内喊）娘！

［杜鹃的内应：“哎，娘就来，就来。”
［灯光暗转。

[1949 年——还是那幢青石瓦房，门扉上张贴着大红喜字。墙壁上刷写下“天亮了，解放了！”巨幅标语。

[婚礼——新郎等等、新娘梅子被春妹子等乡亲簇拥着。

众　人　哦！闹新房喽！闹新房喽！

[等等与梅子在众人簇拥下，朝新房走去。

[崔干部上。

崔干部　好热闹啊！

等　等　崔干部来了。今天是我的大喜日子，来得好不如来得巧。

崔干部　（似有难言之隐）我、我来得可不好，更不巧。等等，你看——

[崔干部勉为其难地将一本烈士证书递过去。

等　等　烈士证书？

[杜鹃手持两筛子兴冲冲地上，闻声止步，静静地躲在一边。

崔干部　杜鹃同志的老公永生早在 1935 年赣东北战场上就阵亡了，这是烈士证书，我代表党组织……

[众人震惊不已，一时间，压抑、沉重笼罩着。

崔干部 今天是你的好日子，杜鹃同志等老公等了这么多年，如今解放了，可等到的……我、我真的说不出口。

等　等 不、说、了！就让它成为永远的秘密。这样，我娘还有想头，还有盼头，还有等头。

[杜鹃一阵晕眩，身子一闪，筛子掉在了地上，整个人半蹲在地上。

等　等 （发觉杜鹃）娘！

众　人 杜鹃！

[杜鹃迟疑一下，随即，站起身来。

杜　鹃 （强装欢颜地）只顾高、兴了……腰扭了。

[众人默默地注视着杜鹃。

杜　鹃 怎么了，怎么都这样看我？出什么事了吗？（指着等等身后的烈士证书，佯作不知地）孩子，手里拿着什么呀？

等　等 （下意识地将烈士证书藏在身后）娘！没、没什么……

杜　鹃 你藏什么呀？给娘也看看……

等　等 （痛苦不堪地）娘……

［杜鹃一步一步走去，等等一步一步往后退。

杜　鹃　娘看看……

春妹子　杜鹃！

［春妹子上前，欲阻止；杜鹃将春妹子轻轻拨开。

众乡亲　杜鹃……

［众乡亲慢慢地上前，欲拦阻，被杜鹃轻轻地拨开，径直朝等等走去。

杜　鹃　（伸出手，执着而恳切地）等等，让娘看看吧！

［春妹子跨步走到等等身后，将什么塞到他手上。

［等等慢慢地从身后抽出手，递给杜鹃。

［杜鹃接过，展开——是一个大红"喜"字。

杜　鹃　（笑中带泪，泪中带笑地）大、红、喜！今天可是我儿子等等大喜的日子，大家都该高兴啊！（招呼梅子）新娘子，来来来，踩筛子，入新房。

等　等　（强忍悲痛地）娘……

杜　鹃　娘结婚的时候，就是踩筛子，唱喜歌入的新房。还是春妹子垫的筛子呢。春妹子，你还记得吧！

春妹子　（忙不迭地应声）记得，记得！

杜　鹃　来，梅子，踩筛子，入新房。

［梅子愣着，迈不出步子。

杜　鹃　（慈爱地招手示意）梅子，过来呀！

梅　子　（欲言又止）婆婆，我……

［梅子强忍悲痛，将头埋在等等的肩膀上。

杜　鹃　你！（笑容渐渐凝固起来）你不听婆婆的话，你……

等　等　（不知所措地）娘，不是的！不是的！

春妹子　杜鹃，现在跟过去不一样了，老规矩能免就免吧！

杜　鹃　一样的，结婚都是一样的！

［杜鹃凝视着远方，目光似乎穿透时空，回到遥远的过去……

［幕内伴唱：

踩筛子……

杜　鹃　（清唱）踩筛子，
入新房；
右边是新娘，
左边是新郎。

［杜鹃一边唱，一边举着两个筛子，期待甚至恳切的目光注视

着梅子。

[众人被杜鹃的歌声感染。等等轻轻地将梅子推了一把，梅子迟疑着。

春妹子 （哽咽着）唱起来！

崔干部 （哽咽着）唱起来！

众 人 （哽咽着）唱起来！

（合唱）踩筛子，

入新房，

……

[在一种悲喜交错的氛围中——众人轮番垫筛子……

[杜鹃给梅子示范踩筛子，她显得那么投入，那么痴迷，一种新娘的感觉；梅子亦步亦趋，身子战栗着。

杜 鹃 （接唱）踩筛子，

入新房。

新娘盖头盖，

月儿云中藏。

新郎走天下，

日头出东方。

众 人 （合唱）踩筛子，

入新房；

右边是新娘，

左边是新郎。

[新娘梅子牵手新郎等等，踩着筛子，脚不沾地，在春妹子、崔干部和乡亲们的簇拥下，一步一步入新房。

[杜鹃看着等等牵新娘梅子入新房……新房窗户里透出暖暖的灯光。

[夜空，一轮晕红的月。

[幕内伴唱：

让我们相会在梦里，
风作笛，
雨作琴，
雷作鼓，
在梦里歌唱；

杜　鹃　（唱）一样的新房一样的窗，
一样的山歌一样的灯光，
一样的夜色一样的月亮，
月牙儿云中悄悄藏。
今夜昨夜一个样，
一样的新郎新娘。
今夜昨夜不一样，

[杜鹃一直强撑着，终于支撑不住，一阵晕眩，摔坐在地上。那面圆镜子从身上滚落出来……

杜　鹃　（接唱）生死阴阳两茫茫。

［幕内伴唱：

让我们相会在梦里，
星儿当灯笼，
月牙儿当船，
风儿当船桨，
在梦里徜徉。

［伴唱声中，杜鹃挣扎着，伸手抓住圆镜子，轻轻一晃，圆镜子映照太阳梦幻一般的光芒……

杜　鹃　听——

［杜鹃似乎感觉到什么，侧耳聆听。

［静场——远远地，一个脚步声传来，越来越近，由弱渐强。

杜　鹃　（接唱）听啊，脚步走在心坎上；
来了，我的爱人我的郎；
近了，心跳跳得地动山响；
想啊，想在心里泪汪汪。

（激动地）他转来哩！

［红军战士们鱼贯而出，绕杜鹃转……

杜　鹃　永生!

［杜鹃在红军战士们中间寻找着永生……她抓住一个红军战士，不是永生又放手；随后，她又紧紧拽住一个红军，以为是永生，不是又放手……

杜　鹃　（摩挲着手上的圆镜子）转来哩！转来哩！
（接唱）想你想在每一个朝夕，
一直把你放在心里珍惜。
想你想在春夏秋冬四季，
你就是我的心泪一滴滴。
还记得你眼角的痣，
火一样开放，梦一样依稀。
你留下的镜子，我照空空的日子，
那也是你给我的唯一。
只记得你讲过的话一句，
等着我，刻满了我的记忆。
我要告诉你，我一直在等你，
等待的日日夜夜不容易。
我要告诉你，我一直在等你，
那等待就是我活下去的意义。
可等你等到一捧空气，
摸不着抓不到却闻到你气息。
等你等你等到一张纸，
烈士证上写满了我的悲戚。

（不相信地）不！不不不！你骑一匹白马，威风八面，一声令下，带着队伍往西去了……往西去了……

（接唱）说什么也不信人走魂去，
你就在我眼前不言也不语。
太阳落去，月亮又升起，
那就是你留在我心里的踪迹。
云彩散去，云彩又相聚，
那就是你给我团圆的美丽。

［养蜂人身穿解放军军装，胸佩大红花、勋章，支着一副拐杖上，从众红军战士间走来。他的一条裤腿晃晃荡荡，静静地一步一步挪到杜鹃的身后。

［众红军战士隐去。

［杜鹃从镜子里看见了养蜂人从身后慢慢走来，简直不敢相信，定了定神，确信无疑了，猛地，她转过身。

杜　鹃　养蜂大哥，你、你转来哩！

养蜂人　转来哩！

［杜鹃上前去，摩挲着养蜂人，从上而下，一把抓住了养蜂人的裤腿。

杜　鹃　（惊呼）你的腿呢?!

［切光。

六　等诗就是最美

[若干年后。

[又一个天光蒙蒙的早晨。村口，一条小河蜿蜒流过；河岸边，一架水车“哗哗”地转；河滩上，杜鹃花一簇一簇地开了。

[远处，朦胧中似乎可以看见杜鹃正在搓草绳，打草鞋……

[幕内伴唱：

早上爬起雾不开，
村边树下打草鞋（读 hai）；
如果爱人认不得路，
穿着草鞋回家来。

[杜鹃歇下手，嘴里哼唱着“一送（里格）红军（介支个）下了山……”的调子，又掏出那面圆镜子，照了又照……

[养蜂人窝棚，周围堆放着空空的蜂箱。

[养蜂人坐在蜂箱上；杜鹃将一碗红糖水递上。

杜　鹃　自从你参军革命了，村里就没放蜂人了，也喝不上你酿的蜂蜜了。这里有一碗红糖水，喝了吧。

养蜂人　（接过碗，小口喝着红糖水，喃喃地）甜哪！（将碗递给杜鹃）

你也喝点儿。

杜 鹃 我不喝，你喝。

养蜂人 你喝。

[杜鹃接过碗，浅浅地抿了一小口。

杜 鹃 （又递还碗）你喝，你喝，多喝点儿。

养蜂人 （感动地）嗯。

杜 鹃 养蜂大哥，我给你打了一双草鞋，来，试试脚。

[杜鹃蹲下身，给养蜂人试穿草鞋。

养蜂人、杜鹃

（重唱）心啊，

杜 鹃 （接唱）那么不平静！

养蜂人、杜鹃

（重唱）心啊，

养蜂人 （接唱）怎么能平静？

杜鹃妹子！

（接唱）红糖水似蜂蜜滋润心灵，

那草鞋像炭炉从脚暖到心。

杜 鹃 （接唱）你一样出生入死去革命，

似当年我十送红军送爱人。

（沉浸回忆中）当年，我家永生走的时候，他送了我一面圆镜子，我送了他一双草鞋。他对我说，等我！

我对他说——

［幕内远远地传出缥缈的歌声：

穿上草鞋天下闯，
一双大脚走四方。
走在我的心坎上，
高山流水水长长。
怕你忘了回家路，
草鞋带你回家乡。

杜　鹃　养蜂大哥！
（接唱）等爱人脚穿草鞋回家中，
等啊等，等不见他的影踪。
我给你换草鞋就当为永生，

［杜鹃给养蜂人换上一只草鞋，欲再换另一只草鞋时，她抓着养蜂人那晃荡荡的空裤腿，百感交集。

杜　鹃　（接唱）你却是一脚踩地一脚空。
养蜂人　（接唱）我独脚还活在春夏秋冬，
有多少好战友化为烟尘一缕魂。
（激动地）杜鹃，你不知道，你不知道啊！（又不堪回首地）他们、他们……

［养蜂人激动得站起身来，迈步欲走，却摔倒在地。

杜　鹃　养蜂大哥！

养蜂人　（冷静下来）蜜蜂再也飞不动了，养蜂人再也走不动了！

杜　鹃　（脱口而出）我扶你，扶你走一辈子！陪你走一辈子！

养蜂人　（震惊不已地）杜鹃！

杜　鹃　（同样震惊不已地）我……

杜鹃/养蜂人

（重唱）连自己也不敢相信/
说什么也不敢相信，
终于喊出一句话，那么惊心/
终于听到一句话，那么震惊。

杜　鹃　（接唱）你也是革命人，
就像我家永生。
让我扶你走得稳，
像拐杖将那日月来支撑。
你们都是革命人，
前仆后继革命才成功。
让我来陪伴你，
就当陪伴永生。

养蜂人　（一把抓住杜鹃的手，激动地）杜鹃……（随即放开手）不！

杜　鹃　养蜂大哥！

［杜鹃反而一把抓住养蜂人的手，那面圆镜子从杜鹃上衣兜里

“哗啦”滚落在地上。

[一时间，杜鹃与养蜂人愣住了。

[养蜂人轻轻地抽出手，弯下身拾起圆镜子，在身上擦了擦，又递还给杜鹃。

[杜鹃接过圆镜子，默默地凝视着。

养蜂人　（自言自语地）妹子，你听我给你讲个故事吧。（沉浸在回忆之中）在队伍的时候，我们连的连长是个老红军、老八路、老解放。他从江西出发一直打到东北，又从东北一直打到了海南岛。他总跟我们说，他很走运，因为他还活着；他更知足，因为江西老家有他的妇娘在等他。一提起家里的妇娘，老连长眼睛里满满的都是泪水在打转。他说，他妇娘受苦了，让她等自己等了这么久。他还说，看着战友们一个个倒在自己的面前，他恨不得也随战友们一起去死。可当他想到家里的妇娘一直在等着自己，又觉得自己该好好活着，活着。等革命胜利了，就能跟妇娘团聚了。

杜　鹃　他们团聚了吗？

养蜂人　（悲伤地摇头）……

杜　鹃　那老连长……

养蜂人　他在海南岛的天涯海角阵亡了。

[《十送红军》的山歌声隐隐地传来……

养蜂人　老连长临死的时候，拉着我的手说。他对不起家里的妇娘，他人回不去了，可他的魂一定会回去……

［杜鹃上前去，小心地扶养蜂人坐起。

养蜂人　杜鹃，记住，你家永生骑马往西边去了，总有一天、总有一天，他还会转回来。

杜　鹃　（愣住了，噎住了，片刻之后）对，往西去了……他还会转回来，还会转回来……

养蜂人　你家永生总有一天会转回来，我的老连长，还有战友们也总有一天会转回来！

杜　鹃　转回来，转回来……

养蜂人　我陪你一起等，等他们转回来。

杜　鹃　等他们转回来，等他们转回来……

养蜂人　杜鹃！

（唱）你的等待就是最美，
就像风中蜜蜂翩翩飞，
就像山里清澈的泉水，
就像坡上杜鹃迎风吹。
杜鹃开，花开遍野年年岁岁，
蜜蜂飞，冬去了春又归。
你的等待就是最美，
美得心碎，美得无怨，美得无悔。

杜　鹃　养蜂大哥……

[杜鹃感动得抽泣不已。

养蜂人　杜鹃妹子，你哭什么？不哭，不哭啊，大哥唱个调子给你听好不好？

杜　鹃　（哽咽着点头）嗯。

养蜂人　（唱）小小蜜蜂黄翅膀，
一气飞到妹胸膛，
在妹心头咬一口，
看你想郎不想郎？

[灯光渐暗。

七　等你等了一百年

［八十年代初。

［远处，影影绰绰中，等等在蜂箱间忙碌……

等　等　（唱）妹是花开香千里，
哥是蜜蜂万里来。
蜜蜂见花团团转，
花见蜜蜂朵朵开。

［养蜂人斜躺在窝棚里，不住地咳嗽。

［“嗡嗡”的蜜蜂声由弱渐强，由远及近地传来。

［养蜂人显得开心地伸手去抓蜜蜂……又一阵锥心的咳，他手捂胸口。

等　等　（手捧一碗蜂蜜，）养蜂大叔，养蜂大叔，快尝尝我酿的蜂蜜。

养蜂人　好，我尝尝，我尝尝。

［养蜂人尝蜂蜜。

等　等　怎么样？

养蜂人　（咂巴咂巴嘴）又香又甜。

等　等　（憨厚地笑）名师出高徒咧！

养蜂人　等等，你娘呢？

等　等　她到村口去了。

养蜂人　又去了。

等　等　几十年了，一天也没落下。每天大清早，手里拿着那面圆镜子，嘴里哼着《十送红军》，就那么望着！等着！

养蜂人　望眼欲穿哪！等等，记住了，要对你娘好，你娘不容易，不容易啊！

等　等　（重重地点头）我懂。

［杜鹃上。

杜　鹃　养蜂大哥，身体好点儿吗？还咳吗？

养蜂人　（咳着）好多了，好多了！

等　等　娘，你照顾一下养蜂大叔，我先忙着。

杜　鹃　去吧，忙你的去吧。

［等等下。

杜　鹃　来，养蜂大哥，我帮你拍拍。

［杜鹃上前，轻轻地为养蜂人捶背。

[远远地，一阵蜜蜂的嗡鸣声传来……

养蜂人　又听见嗡嗡的蜜蜂叫了，好听！

杜　鹃　你把养蜂的手艺都传给了等等，他现在越来越忙了，大家都叫他蜂王。

养蜂人　蜜蜂又飞回来了，又可以尝到新酿的蜂蜜了。

杜　鹃　现在改革开放了，日子只会越来越好，越过越好！

养蜂人　杜鹃，你家永生快转来哩。

杜　鹃　快了呢！

养蜂人　快了！

杜　鹃　（喃喃自语地）其实，我都已经等习惯了！

养蜂人　等习惯了！等……等吧！可我不能陪你一起等了！（突然地）杜鹃，我时间不多了，我要跟你说实话，你家永生他、他、他早就已经死了！

[杜鹃一震，被巨大的悲痛笼罩着，身子在晃动，但强撑着，强撑着……

养蜂人　都是我骗了你！是我，是我骗了你！

杜　鹃　（爆发地）我知道！我早就已经知道我家永生不在人世了……

养蜂人　（愣住了）杜鹃！

[一阵静默——《十送红军》的山歌声隐隐地传来……

杜　鹃　（冷静而娓娓道来）从一开始，你就在骗我，后来，后来你们都在骗我，要让永生的死成为一个永远的秘密。你们守着这个秘密，守得好累好累；我守着这个秘密，守得更累更累……后来、再后来我也不再觉得累了，只觉得不能对不起永生！是我把活生生的他送去了革命，他去革命不是为自己，是为了我们都能过上好日子！现在我们过上好日子了，可永生……还记得你的老连长说的吗：“我的人回不去了，我的魂一定会回去……”我真的、真的只觉得永生就在不远的地方看着我，迟早有一天会转来哩。你是不是觉得我自己骗自己？可我就是这样想的，也就这样等着……越想越等，越等越想，到最后，我已经不觉得自己骗自己了，我觉得永生真的没有死，他真的还活着！还活着……他骑一匹白马，威风八面，一声令下，就带着队伍往西去了。

养蜂人　西去了！

杜　鹃　他是好人！他革命去了！

养蜂人　革命去了！革命去了……

［养蜂人慢慢平静下来。

养蜂人　杜鹃，让我靠靠吧！

杜　鹃　靠吧。来，靠靠……

［养蜂人依靠在杜鹃腿上。

[杜鹃手捧圆镜子，在手里摩挲着……

杜　鹃　（喃喃自语地）日子像镜子，镜子照日子。

[杜鹃晃着圆镜子，映照出太阳的梦幻一般的光芒……

[远远地，脚步声由弱渐强地传来。

杜　鹃　（唱）听啊——

[幕内伴唱：

脚步走在心坎上；

杜　鹃　（接唱）来了——

[幕内伴唱：

我的爱人我的郎；

杜　鹃　（接唱）近了——

[幕内伴唱：

心跳跳得地动山响；

杜 鹃 （接唱）想啊，

想在心里泪汪汪。

［永生从镜子光柱里慢慢地走出，走近杜鹃。

永 生 杜鹃！

杜 鹃 （激动地）永生！

［杜鹃又惊又喜地奔上前去，在即将扑入永生怀抱的一刹那，猛地止步，凝视着永生，一时间千言万语无从说起。

杜 鹃 转来哩。

永 生 转来哩。

杜 鹃 回家的路你记得哩！

永 生 记得哩。（一抬脚，亮出脚上的草鞋）穿了你打的草鞋，就忘不掉回家的路。

杜 鹃 鞋烂了，脚破了，我帮你换换。

［杜鹃蹲下身，伸手去抓永生的脚，却抓空，又抓，又空，再抓，再空。倏忽间，杜鹃哭了，不住地抽泣着。

永 生 杜鹃，我这不是转来哩？不哭！不哭！

［永生欲给杜鹃擦泪，手伸过杜鹃，摸在空中。

杜　鹃　转来哩！转来哩！

[杜鹃也伸手去抓永生的手，却一次次地抓空。最后，两人举着手，中间却总隔那么一层空。

杜　鹃　永生，我、我等你，等你等了一百年了！
（唱）等啊，等了这么久，
等啊，等了这么长。
等到忘了你模样，
等过春风到秋凉。

[杜鹃举手去摸永生，永生也举手去摸杜鹃，两人手对着手，中间却隔空。杜鹃与永生相互左瞧右瞅。

杜　鹃　（接唱）让我从头到脚看你看个够，
再摸一摸我的爱人我的郎。
等着我——
这句话我从来不敢忘，
一句话一辈子心底深深藏。
你呀！你——
闻到你的味，靠在你胸膛，
等你一百年，再长也不长。

[杜鹃掏出圆镜子。

杜　鹃　（接唱）圆镜子越摸越圆像月亮，
圆镜子越摸越滑像月光。
你给的圆镜子一直空空望，
现在不再空，你在我身旁。

［杜鹃用圆镜子去照永生。

杜　鹃　（接唱）照一照，
镜子照新郎天下闯，
像日头升起在东方。
照一照，
镜子照娇羞的新娘，
杜鹃花编织最美的嫁妆。

［杜鹃用镜子照自己，震惊不已，“啊”地大叫一声，镜子掉在地上。

杜　鹃　那是谁？镜子里的人是谁？
（　唱　）不是我，
那不是我，
那不是我花的脸庞，
那不是我春的目光。
新郎还是那个新郎，
新娘不是那个新娘。
新郎官十八岁模样，

新娘子已经白发苍苍？

［杜鹃伸出颤巍巍的手，烫手似的抓起镜子。

杜　鹃　镜子啊镜子！

（接唱）你就像他的心脏，

跳动在我的胸膛。

为什么要照出真相？

给我一刀致命伤！

［杜鹃举起镜子掼在地，“哗啦”，镜子碎了。

［永生随之消失。下。

杜　鹃　（下意识地）镜子，我的镜子！

［杜鹃扑上前去，匍匐在地上，将碎镜片一一拾起，执着地拼凑着……

［刹那间，碎镜片辉映出无数个太阳，天地间光柱交错，显得更加绚烂，更加辉煌。

［绚烂、辉煌的光柱中，永生和红军战友们纷纷出现，围绕着杜鹃……

［幕内伴唱：

打碎一面镜子，

辉映出无数太阳。

[杜鹃追寻着永生……

杜　鹃　（呼唤着）永生！永生！

[“咳咳咳……”一阵养蜂人的咳嗽声传来，将杜鹃从梦幻拉回到现实。

[永生及红军战友们随光柱消失。

[灯光暗转。

[窝棚里，杜鹃轻轻地拍着养蜂人的后背……

杜　鹃　（轻轻地拍着养蜂人）养蜂大哥，你……歇歇吧！歇歇吧……

[灯光渐暗。

八　杜鹃花开了

［二十一世纪初。

［幕内伴唱：

日子好像镜子，
长长短短细细。
日子像空空的镜子，
镜子照长长的日子。

［镜子光柱里——老年杜鹃走来，后面跟着中年等等、梅子，还有青年待待和怀抱婴儿的妇娘。

［当她们再次走过来时，杜鹃已经是白发苍苍的老人，等等、梅子也已经进入了老年，待待和妇娘已经是中年人了。

［——重孙孙内喊：“爹，娘。”

［重孙孙已经长成十一二岁的大孩子，他连蹦带跳地跑上……

重孙孙　（对杜鹃）太婆婆！

杜　鹃　哎。重孙孙！

［杜鹃慈祥地搂着重孙孙。

[灯光暗转。

[幕内新婚喜庆的歌谣传来："踩筛子，入新房；左边是新郎，右边是新娘……"

[杜鹃上，身后拖着一串长长的草鞋。

[等等内声："娘啊，你重孙孙要踩筛子，入新房了。"

杜　鹃　好啊！好！

[杜鹃将草鞋一双、一双，在地上一字摆开去……

杜　鹃　一、二、三……

[幕内伴唱：

日子好像镜子，
长长短短细细。
春夏秋冬过去，
抹也抹不掉的记忆。
日月星辰更替，
等你一百年的朝夕。
日子像空空的镜子，
镜子照长长的日子。

杜　鹃　（摆草鞋）六十九、七十、七十一。

[伴唱声中，杜鹃举着圆镜子，一边照，一边用手抚弄白发。

[“踩筛子，入新房；左边是新郎，右边是新娘……”的歌声从幕内传出。

杜　鹃　（喃喃自语地）转来哩！转来哩！

[《十送红军》的山歌声响起……

[杜鹃眺望着、眺望着……

[突然间，砰、砰、砰的脚步声由远及近，由弱渐强地传来……一束光柱骤亮，永生出现在光柱里——他瞩目着远处的杜鹃，默默地敬礼。

[灯光渐暗。

[字幕：2005年5月，一个杜鹃花开的夜里，杜鹃走了，享年九十四岁。

[剧终。

本剧由江西省赣剧院演出。

文本发表于《影剧新作》杂志2005年第3期。

剧名书写　肖文飞

王勇剧作集

琼剧

百年苍翠

◎

王勇 著

中国戏剧出版社
CHINA THEATRE PRESS

图书在版编目（CIP）数据

王勇剧作集 / 王勇著. — 北京 : 中国戏剧出版社,
2022.6
ISBN 978-7-104-05123-7

Ⅰ.①王… Ⅱ.①王… Ⅲ.①剧本—作品综合集—中
国—当代 Ⅳ.①I230

中国版本图书馆CIP数据核字（2021）第171113号

王勇剧作集

策划编辑：肖 楠
责任编辑：邢俊华
责任印制：冯志强

出版发行：中国戏剧出版社
出 版 人：樊国宾
社　　址：北京市西城区天宁寺前街2号国家音乐产业基地L座
邮　　编：100055
网　　址：www.theatrebook.cn
电　　话：010-63385980（总编室） 010-63381560（发行部）
传　　真：010-63381560

读者服务：010-63381560
邮购地址：北京市西城区天宁寺前街2号国家音乐产业基地L座

印　　刷：保定市铭泰达印刷有限公司
开　　本：787mm×1092mm 1/32
印　　张：42.25
字　　数：846 千
版　　次：2022年6月 北京第1版第1次印刷
书　　号：ISBN 978-7-104-05123-7
定　　价：458.00 元（全 18 册）

时　间：二十世纪初叶。

地　点：海南岛·琼海一带。

人物：

海若兰——女。四十多岁。玉石、玉书之母。在那个父母之命、媒妁之言的年代，她与玉石的父亲阿凯私自相恋，为家族所不容；身怀六甲，更为族规所不耻。孩子何罪？孩子无辜！一首情歌丢在天涯海角，从此，天各一方。后再嫁，又有了玉书。

玉　石——男。二十多岁。海若兰之子。出生不久就随父阿凯远走南洋，成人后在橡胶园里当割胶工，虽已剪去辫子，但岁月的沧桑雕刻在脸上。遵父遗嘱，携一坛掺橡胶种子的骨灰，回国认祖归宗，葬父，寻母，种树。

玉　书——男。二十岁出头。海若兰之子，玉石同母异父之兄弟。留学东洋，革命党人。已然去发易服，意气风发，慷慨激昂。

阿　春——女。十八岁。黎族阿妹，寨主之女，善良而美好。

海　公——男。六十多岁。海若兰之父。

谢知县——男。四十多岁。琼海县知县，虽腐朽、顽固，但尚存民族自尊感。

寨　主——男。四十多岁。黎族寨主，性情豪爽、率真。

蔡波渇——男。四十多岁，传教士。

阿　凯——男。二十多岁。玉石爹。海若兰曾经的恋人。

青年海若兰。黎族男女若干。海姓族人若干。衙役、捕快若干。

一

[暮色下，天涯海角。

[海公内声："好端端的人家你不嫁，非跟阿凯这个穷打鱼的，还生个野种，海家的脸都让你丢尽了。"

[族人们内声："吊死这个奸夫！"

[海若兰抱婴儿与阿凯仓皇逃上。

[族人们内声："别让奸夫奸妇跑了，抓住他们！"杂沓的脚步声由远及近地传来……

海若兰　孩子何罪？

阿　凯　孩子无辜！

海若兰　阿凯，抱上咱们的孩子，远走他乡下南洋。

阿　凯　若兰，我不能丢下你不管！

海若兰　海枯石烂，总有见面的时候，一定要把孩子带大，快走！

阿　凯　若兰！

海若兰　（悲泣着哼起歌谣）

痛分离，叹分离，
不知别哥到几时？

阿 凯 （痛泣唱和）

痛分离，叹分离，

今日一别何日归？

海若兰 （接唱）妹今离哥失了伴，

好比孤雁独自啼。

阿 凯 （接唱）哥今离妹成孤雁，

天涯海角无所依。

[阿凯、海若兰哭喊着扑向对方，抱头痛泣。

[族人们内声："你们跑不了了！"

海若兰 （取出一对玳瑁）这有一对玳瑁，一人一只，若能再相见，以此为凭。（一把推开阿凯）走！快走！

阿 凯 （接过一只玳瑁）若兰，等着我。我就是做了他乡的鬼，也一定让孩子回来找他的亲娘！

[阿凯抱孩子转身消失在茫茫夜色之中。

海若兰 （悲呼）孩子，我的孩子……

[海若兰跌扑在地。

[灯光渐暗。

二

[二十年后——公元一九零六年。

[海南岛。春光如酒，木棉灼灼。

["呜……"一声船鸣响起。码头上，迎接归人的人们顿时欢呼雀跃起来："船来了！船来了！"

[海若兰、海公按捺不住内心的激动，翘首以待。

海若兰　爹，船来了！

海　公　在哪儿，我孙儿在哪儿？

海若兰　就要靠岸了。

海　公　孙儿回家了！

海若兰　书儿回家了！

（唱）鸟儿飞得再高再高，
总记得飞回出生的地方；
鱼儿游得再远再远，
总记得游回温暖的家乡。
孩儿走得再久再久，
总记得回到母亲的身旁。

["呜……"船靠岸，归人上，与亲人相见，分外热烈；海若兰、

海公在人群中寻找玉书。

[玉书去发易服，意气风发地上。

玉　书　娘！外公！

海若兰　书儿！

海　公　孙儿！（几乎不敢相信地）你，你的长辫呢？

玉　书　剪了！

海　公　你的长衫呢？

玉　书　烧了！

海　公　（气噎）你！你你你……

海若兰　爹，头发剪了还会再长，长衫烧了还可以再做，只要人回来了就好！

海　公　妇人之见！马褂长辫，乃我大清国体！

玉　书　丧权辱国，大清国体早已荡然无存！

海　公　放肆，大清国也是你可以信口雌黄的吗？（对海若兰）当初就是你呀！非送他去东洋读什么洋学堂，你瞧瞧，瞧瞧……

[“知县大人到，闲人闪避！”衙役吆喝着开道，引谢知县上。

[众人纷纷退避，下。

海　公　（忙迎上施礼）谢大人！

[谢知县不予理会，径直而过。同时，蔡彼得上。

谢知县　啊呀呀，神父大人不远万里传经布道，卑职有失远迎，失敬！

蔡彼得　哦，仁慈的主啊，拯救这些愚昧的孩子，宽恕他们的罪孽吧。（画十字）阿门。

谢知县　（无措地）阿阿阿、门。

玉　书　（鄙视地）卑躬屈膝！

谢知县　（侧目怒视）嗯。

海　公　谢大人，这是孙儿玉书，刚东渡扶桑归来。书儿，快拜见本县父母！

谢知县　（假惺惺地）哦，海公，你乃大清秀才，如今海家又添洋秀才！这不光是海家的荣耀，也是本县的荣耀，更是我大清的荣耀！

海　公　谢大人惜才爱民，实乃百姓之福。

玉　书　（不屑地）一年清知县，十万雪花银，不知是福是祸！

谢知县　（闻言，怒）你……

海若兰　（制止）书儿！

海　公　（诚惶诚恐地）大人，童言无忌！童言无忌！

谢知县　（语带双关地）后生可畏啊！

［“回家了！”幕内一声呼喊，玉石身背包袱、胸挂玳瑁，蓬头垢面地冲上，“扑通”跪倒在地，颤巍巍地捧起沙土。

玉　石　（仰天长啸地）爹，我们终于回家了！

［幕后伴唱：

这就是我的家，
捧起梦中雪一样的沙。
回家，回家了，
浪花花化作泪花花。

[海若兰凝望着玉石胸前的玳瑁，迟疑地上前。

海若兰　孩子，你从哪里来？
玉　石　从马来来。
海若兰　（指玉石胸前的玳瑁）这个是……
玉　石　是爹娘相约再见的信物。
海若兰　你爹他、他他他叫什么？
玉　石　叫阿凯。
海若兰　你爹他人呢？

[玉石捧出骨灰坛。

玉　石　（哽咽地）他已经不在人世了……
海若兰　他！（欲上前去，又强抑悲痛和冲动）不、在、了……
玉　石　（急切地）大婶，你认得我爹？
海若兰　（痛楚地点头）……
玉　石　那你也认得我娘吧？
海若兰　我……
海　公　（呵斥地）若兰！（冷冷地对玉石）你娘我认识。
玉　石　阿公，我娘在哪儿？

海　公　她死了。

海若兰　爹，你……

海　公　哪来的疯子？疯言疯语！我说了，她已经死了！

玉　石　（悲痛地）娘，孩儿玉石来晚了！

海　公　都走了二十年了，还回来做什么？

玉　石　爹爹在马来当割胶工半辈子，攒下一笔血汗钱，买了四千棵橡胶树种，临终前再三嘱咐我，带上橡胶树种和他的游魂回家，认祖宗，寻娘亲，种橡胶。

海若兰　（悲痛欲绝地）寻娘亲，种橡胶。

玉　石　对，种出属于我们大清国的橡胶树！

蔡彼得　（若有所思地）橡胶树！

谢知县　好啊！种橡胶树，实业救国，本县自当鼎力相助。

玉　书　可笑！国将不国，种树何为！我们需要的不是橡胶，而是革命！

谢知县　什么？你敢造反！（上下打量）有一小撮不自量力的革命乱党，欲在广州武装暴动，被巡抚大人一举平息。你从广州来，你、你不会是……

海　公　大人，不可乱猜疑，要杀头的。孙儿年少，但天地君亲师还是懂的，断不会做出这种无君无父的勾当。

谢知县　（冷笑一声）哼，谁敢造反，那我要……

玉　书　你想怎么样？

谢知县　（杀人状）就地正法，格杀勿论！

海　公　（拉住玉书）小祖宗，还不住口！（对海若兰）看你教出来的好儿子！（对谢知县赔笑着）孙儿无知，切莫见怪！今日府中摆酒，还望知县大人赏脸。

谢知县 （冷笑）不敢！多谢！（对蔡彼得点头哈腰地）大人，请！

蔡彼得 主啊，宽恕这些有罪的人吧！（画十字）阿门。

［蔡彼得走向玉石，目光直视对方，玉石疑惑不已。谢知县走向玉书，冷笑着注视对方，玉书坦然面对。

［蔡彼得下。谢知县及衙役随下。

海　公 （诚惶诚恐地作揖）大人好走！好走啊！

海若兰 爹，他就是……

海　公 二十年前的毛病又犯了吗？（一字一句地）你的儿子已经从东洋回来了，还不回去给他摆酒洗尘。

海若兰 （情不自禁地上前去）孩子，我就是……

海　公 （挡在海若兰面前，威严地）你还不走！

玉　书 娘，你还是那样见不得可怜的人，我们几万万同胞都在受苦，总有一天会好起来的！走吧。

［海公拖海若兰，玉书搀海若兰，海若兰一步三回头地下。

玉　石 （茫然地）娘，孩儿找你来了！

［空荡荡的码头，远远地传来潮汐声和鸥鸣，平添几许凄凉。

［阿春内唱：

哎咯喽——

[阿春背背篓，上。

阿　春　（接唱）白云给了蓝蓝天，
绿树给了青青山，
碧水给了深深海，
阿妈给了我人间。
（发现哭泣的玉石，上前询问）阿哥，你、你哭了？

玉　石　（忙擦泪）我……（掩饰地）我想我娘了。

阿　春　阿哥，你是外乡人吧，从哪里来？

玉　石　很远很远的地方。

阿　春　比天涯海角还远？

玉　石　比天涯远，比海角远。可再远也回家了。爹说了，就让他的魂和橡胶树种子一起播撒在脚下这块土地上，魂归故里，叶落归根！

阿　春　橡胶树？

玉　石　等橡胶树长大，用带钩的弯刀刺进橡胶树的树干，橡胶树就会流出白色的胶汁，胶汁能卖好多的钱，能造出好多有用的东西。反正，有了橡胶树，大清国就能富强起来。

阿　春　（似懂非懂地）不管什么树，只要是树就好！我跟你讲个树的故事吧，你想听吗？

[玉石点头。

阿　春　从前，一个孩子总在椰树下玩耍，渴了摘椰子喝椰水。后来，孩子大了要盖房子，就来找椰树。椰树说：“孩子，把我拿去盖房子吧。”再后来，孩子的孩子也大了，他又来找椰树。椰树说：“孩子，把我拿去给你的孩子盖房子吧。”后来的后来，孩子老了，又来见椰树。（模拟老者的声音）椰树说：“孩子，我什么也没有了，只剩下一个树墩了。”很老的孩子对椰树说“我什么也不要了，就想在树墩上歇歇。”

玉 石 （喃喃自语地）就想在树墩上歇歇。（神思中泪水盈眶）娘，我就想在你怀里歇歇。

阿 春 阿哥，你想你娘了？

玉 石 （被阿春的纯真打动）阿妹，你叫什么名字？

阿 春 我叫阿春，你呢？哎，对了，我就叫你橡胶阿哥吧！（将背篓里的椰子递去）橡胶阿哥，给，刚刚摘的，拿着。

玉 石 阿春阿妹，我还能见到你吗？

阿 春 三月三，到黎寨。咯咯咯……

［阿春洒下一串银铃般的笑声，飘然而下。

［玉石捧着椰子，看着渐渐远去的阿春，怅然若失。

玉 石 （喃喃自语地）三月三，到黎寨？

［灯光渐暗。

三

[海角一线，海浪滔滔，远远地不时传来涛声及鸥鸣。

[海若兰凭风临海，凝视远方。

[幕内伴唱：

望散了朝云，

海若兰 （接唱）望淡了暮星；

[幕内伴唱：

望谢了春花，

海若兰 （接唱）望凉了秋风。
望得海送孤魂归，
阴阳相隔梦不同。
望得船载游子回，
咫尺天涯隔万重。

（失神地自语）走了……一走就是二十年哪！阿凯，你走后，玉书的爹做了海家上门女婿，一年不到又患急病离开了人世，抛下我独自养育玉书长大成人。可我心里明白，还有一个孩儿漂泊海外，生死未卜。如今，孩儿回家了，我……（啜泣着）

［玉石手提锄头，抱瓦罐上。

玉　石　大婶，你来了。

海若兰　（惊醒，冲动地一把抓住玉石，欲言又止地）孩子……你、你受苦了！

（接唱）亲生骨肉不能认，
兄弟如同陌路人。
有什么比这更心痛？
有什么比这更伤心？
多少次儿在梦中把娘唤，
伸手去抱却抱空；
多少次娘在梦里把儿叫，
涛声无情把梦惊。
天下最爱是母爱，
世上最亲骨肉亲。
那最爱就近在眼中，
却远在万水千山山重重；
那最亲就远在心中，
却近在咫尺天涯泪冲冲。
我要喊，喊一声山摇地动，
我不是你大婶，我是儿娘亲。

（抑制不住地）孩子，我就是你的……

［远处，人影憧憧……脚步声、喧嚣声传来……

［海姓族人冲上，将玉石按住。

玉　石　你们、你们什么人？想干什么？

［海公上。

海　公　我倒要问你，你想干什么？

玉　石　开荒种树。

海　公　种树？你也不打听打听，你站在谁家的土地上。

玉　石　这只是一块无主的荒地。

海　公　笑话！清平世界，哪来的无主荒地？来人，把这个疯子从海家的地界上轰出去！

［海姓族人架起玉石往外拖。

玉　石　（痛苦地大叫）我不是疯子，我是来寻母种树的。

海若兰　（欲阻止）爹……

海　公　不知廉耻！（一巴掌打在海若兰脸上）给我打！

［海姓族人接着殴打玉石……玉石在地上翻滚……

海若兰　（上前阻止）不，不能！

[海若兰趴在玉石身上，以身体挡住棍棒，众族人急忙收手。

海 公 （恼怒）想在这儿种树，永远死了这条心吧！

[海公举起骨灰坛欲砸。玉石见状，推开海若兰，挣扎而起。

玉 石 别碰它！我……（哭着跪地）我求你了，阿公！

（唱）求你不要碰，

那里面颗颗都是爹的心。

求你不要动，

那里面装着叶落归根的情。

我爹爹在马来忍辱负重，

二十载背井离乡割胶工。

血汗钱换来四千胶树种，

人虽去，留遗愿，让魂魄越洋过海，

但只求埋在故乡红土中。

爹爹临终前再三嘱咐我，我的人回不了家，我的魂要回家！

（接唱）求阿公圆爹爹绿色橡胶梦，

化作他生死不变故乡魂！

海 公 呸，玷污海家门风，还想埋在我们海家的地里，做梦吧！

[海公将骨灰坛砸在了地上，骨灰、种子撒了一地。

玉　石　不！我的种子！我的种子！

［玉石趴在地上，张臂去拢骨灰与种子。

海　公　给我打！

［海姓族人的棍棒再次雨点般落在玉石身上。

海若兰　（不顾一切地呐喊）住手！他……他是我的孩儿！

［众人惊呆。

海　公　（气结，怒指）你……
玉　石　（震惊地）大婶，你……
海若兰　（欲前又止，悲泣中哼起了歌谣）

痛分离，痛分离，
不知离哥到几时；
妹今离哥失了伴，

［海若兰哽咽失声，再也无法唱下去。

玉　石　（悲泣着续唱）

好比孤雁独自啼。

（热泪盈眶地）在马来，每当夜幕降临，爹爹常常坐在海边，面对家乡的方向唱起这首歌谣。（取下玳瑁）

爹还说，以此为凭找娘亲。

［海若兰也掏出一只玳瑁，与玉石的玳瑁合二为一。

玉　石　（呼喊地）娘！

海若兰　（一把将玉石搂入怀中）儿呀！

（唱）你是娘魂牵梦绕的悲和愁，

你是娘牵肠挂肚的苦与忧。

二十年生死离别苦同受，

血泪难洗心愧疚。

从今后骨肉相认长相守，

还孩儿一个好春秋。

［玉书冲上。

玉　书　（惊呆地）娘！你、你这是怎么了……

玉　石　从前，一个孩子总在椰树下玩耍，渴了摘椰子喝椰水。后来，孩子大了要盖房子，就来找椰树，椰树说："孩子，把我拿去盖房子吧。"再后来，孩子的孩子也大了，他又来找椰树。椰树说："把我拿去给你的孩子盖房子吧。"后来的后来，孩子老了，又来见椰树。椰树说："孩子，我什么也没有了，只剩下一个树墩了。"很老的孩子对椰树说："我什么也不要了，就想在树墩上歇歇。"我就想在娘的怀里歇歇！

海若兰　（痛苦地）可娘不是那棵椰树，没有椰子给你，没有木材给你，也没有树墩给你呀！

玉　石　不！你给了我生命！你给了我生命啊！（跪）娘！

海若兰　（抱住玉石）石儿！

海　公　你！你真的要认这个孽种？

海若兰　二十年，我等了、忍了二十年哪！爹，你就成全我们母子吧！

海　公　（一把拉过玉书）看，这才是你的儿子。

海若兰　是我的儿子，都是我的儿子！玉书，他是你的亲哥哥。

玉　书　（惊愕，不敢相信地）不……这、这这这不可能！

海若兰　（欲上前解释）玉书，听娘说……

玉　书　（退缩到海公身后）外公，这不是真的！

海　公　你要认这个孽种，就别想再进海家门。孙儿，我们走。

海若兰　（拖住父亲，求恳）爹！书儿！

海　公　我没你这个女儿！

［海公将海若兰推倒在地，随即拉玉书下，众人随下。

玉　石　（搀扶起海若兰）娘！

海若兰　（悲怆地）石儿！

玉　石　（仰天长啸地）爹，我找到了，找到娘亲了——

［幕后伴唱：

回家，回家了，
割不断骨肉亲情世间撒；
回家，回家了，
抛不开情天恨海浪花花。

[合唱声中，海若兰与玉石匍匐在地，默默地收拢和着泥土的骨灰、种子……

[灯光渐暗。

四

［海岸边。

［远处，矗立的教堂投下巨大阴影。“当当当……”，蔡彼得踏着教堂钟声上。

［谢知县匆匆而上。

谢知县　（作揖）大人！大人！

蔡彼得　来了，我的孩子。

谢知县　（哭笑不得地）孩子……（无奈地）小官来了，不知大人有何吩咐？

蔡彼得　有罪之人携橡胶树种登岛种植，你可知道？罪孽啊罪孽！

谢知县　橡胶无非一木而已，种之无妨，何罪之有？

蔡彼得　万能的主告诉我，橡胶是魔鬼撒旦的化身，会给这块土地，还有他的孩子带来灾难。

谢知县　（旁白）哼，魔鬼的化身，骗谁呀？骗大头鬼呢！

蔡彼得　大头鬼！孩子，你嘀咕什么呢？……

谢知县　没、没什么。

蔡彼得　主啊，你是那么的仁慈，不忍心他的孩子受到伤害，不愿看到魔鬼附体的橡胶树生根发芽！（话锋一转）

　　　　橡胶树不能种！你懂吗？

谢知县　（无奈而又敷衍地）懂，我懂！

蔡彼得　我的孩子，去吧，去查禁橡胶树，仁慈的主会宽恕你的罪孽！哦，不，菩萨会保佑你的！（画十字）阿门！

谢知县　（下意识地合掌，又改为画十字）阿、阿、阿门！

［蔡彼得下。

谢知县　（虚情假意地）大人好走！（看蔡彼得走远，这才直起腰板，鄙夷地）什么东西？假洋鬼子！

［捕快急上，呈上密函。

捕　快　大人，广州巡抚衙门发来密函。

谢知县　（拆阅密函，大怒）不出所料，玉书果真是革命党。

［衙役急上。

衙　役　大人，海秀才差人密告。

谢知县　速速讲来。

衙　役　马来流民玉石流窜本岛，私自种植橡胶树，意欲散播瘟疫，贻害子孙。是可忍，孰不可忍？

谢知县　是可忍，孰不可忍！哼哼哼……

捕　快　大人，革命乱党玉书如何处置？

谢知县　如何处置？都要造反了，还不快去抓人！

捕　快　喳。

[切光。

五

[海府，后院。远处大海上，乌云蔽日，海潮翻滚……

[玉书正在阅信——

[内声：“玉书吾弟，自广州武装暴动功亏一篑，已有不少革命同志为此牺牲。你虽暂避海南，但已被通缉，望你远避海外，以图东山再起。情形紧急，望你速速启程，切切！”

玉　书　速速启程！（喃喃自语地）可我就是放心不下，放心不下娘亲你呀！

（唱）天大的秘密在你心头锁，
海那边踏浪走来种树哥。
儿才知这些年娘过得不容易，
人前笑依旧，人后多少泪滂沱？
儿也知这一切不是娘的错，
情感与理智，相认与否该如何？
兄弟俩手心手背都是肉，
二十个指头连在娘心窝。
不认哥只怕娘难过，
欲认哥心中犯琢磨。
革命风潮我可以不避不躲，

家庭变故却叫我如何解脱？

[海若兰牵玉石，在管家的领引下，上。海若兰见玉书，欲叫，被管家摆手阻止，示意海若兰暂避一旁，不要声张。

玉　书　管家，管家。

管　家　哎。少爷。

玉　书　快，快带我去找我娘，我要接娘回家。

海若兰　书儿！

玉　书　（激动地）娘，你回来了。

海若兰　（伤感地）娘无处可去啊。

玉　书　哪儿也不去，这儿就是娘的家呀！

海若兰　是娘的家，是你的家，也是你玉石哥哥的家！

玉　书　（百味杂陈地）他……

海若兰　（拉玉书）快来见见你玉石哥哥。

玉　书　（犹疑地）我……

玉　石　（期许地）玉书兄弟……

玉　书　（矛盾地制止）叫我玉书。

玉　石　（被噎，无言以对）……

海若兰　（难过地）书儿，你不能这样对哥说话。

[海公拄拐杖上。

海　公　（威严地甩出一句话）怎么不能这样说话？

海若兰　（意怯地）爹，女儿求你发慈悲，收留我们母子吧！

海　公　我不是你爹，我也没你这个女儿！哼，你回家也就罢了，还想把这个孽种领进海家门吗！

海若兰　爹，玉石也是女儿的亲骨肉，你的外孙啊。

海　公　（气恼地）住口！不知廉耻的东西，管家，管家，谁让她们进来的？还不赶出去！

玉　石　慢！不要为难我娘！（上前）娘，你回到家就好……孩儿该走了。（欲走）

海若兰　（一把拖住）石儿，娘不会再让你孤零零在外漂泊了，要走，娘陪你一起走！

［海若兰牵手玉石，欲走。

玉　书　等等。外公，你可以不认娘，可娘还是你的女儿；你可以把娘赶出门，但这儿还是娘的家！天大地大不如家大，外公，答应孙儿好吗？让娘回家来。你老了，娘留下也好照顾你，我也就能放心地走了。

海公、海若兰

走?!

海若兰　（大惊地）书儿，你要上哪儿去？难道你就不能原谅娘的过去？

玉　石　（误会）娘，是我不该来。

玉　书　不！我不是不能原谅娘的过去，也不是不愿守在娘的膝前，只是我……我必须走！

海　公　都不要这个家了，这个家也没有你们！走，都走，都滚！

玉　书　外公，谁不想有个家，可我们还有一个更大的家，一个几万万人共同的家呀！

海　公　你说什么？我听不懂。

海若兰　书儿，娘也越听越糊涂。

玉　书　娘！外公！

（唱）我还有一个家，
名叫大中华。
五千年凄风苦雨心牵挂，
九百万山川海河情遍洒。
走在她的大地上，
我是风，自由地刮；
长在她的天空下，
我是树，坚强挺拔。
若生命能换来她的强大，
我愿化春雷，催生人间最美的花。

海　公　（突然间有几许胆怯）你变了，变得外公都好像不认识你了。

玉　书　我是变了，不仅我在变，世界也在变，宇宙也在变！

海若兰　书儿，自从你回国以后，你说的话、做的事都让娘看不明白，你在外面都做些什么？

玉　书　育种，播种。

海若兰　你也像玉石一样种橡胶树？

玉　书　种几株非花非草的橡胶，办一个十亩百亩的胶园，岂是新时代青年所为？我们要做的是惊天动地的大事情，华夏神州才是我们育种、播种的土地。

海　公　（似乎预感着什么，但仍然不敢相信）你、你是不是、是不是……

海若兰　书儿，你到底种什么？

玉　书　革命。

海　公　革命！你、你你你……你可不要吓唬外公！

玉　书　外公，实话对你说吧，这个苟延残喘的朝廷再也不能让它存在下去了，我们要革命！

海　公　（上前一把捂住玉书的嘴，大惊失色地）我的小祖宗，广州武装暴动你是不是也参加了？

玉　书　（点头）可惜功亏一篑。

海　公　你不要命了！朝廷的命也是你革的吗？你！你不光害自己，海家百年书香门第也将毁于一旦了！（仰天长叹地）我前世造的什么孽，对朝廷，我不忠！对祖宗，我不孝啊！

玉　书　外公，孙儿让您担惊受怕了，可革命者有家无国，有国无家。（跪拜）外公，娘，原谅我的不孝。（起身毅然决然地欲走）

海若兰　（一把抓住玉书）不！你不能走！（一手拉住玉书，一手拉着玉石）你们都是娘的亲骨肉！娘不管你们种什么，只求你们留在身边，一家人和和睦睦，就知足啊！

海若兰　（唱）一个不能少，一个不能走，
都是娘的心头肉。

玉　书　（接唱）好男儿志在四方天下走，
苟且偷生蝼蚁尚知耻和羞。

玉 石 （接唱）要走还是让我走，

怎忍心看娘亲有家难投？

海 公 （接唱）家门不幸百年书香万事休，

一世忠孝却换来大祸临头。

玉 书 娘！

（接唱）原谅儿有国无家难尽孝，

让娘亲担惊受怕添忧愁。

玉 石 娘！

（接唱）原谅儿无国无家尽忠孝，

愿娘亲颐养天年免烦忧。

海若兰 （接唱）娘亲母爱天高地厚，

天知道地知道娘的内疚。

莫让娘心伤透，

可知娘情伤够？

娘有一颗心，早已分两瓣，

玉石儿在左，玉书儿在右。

一左一右跳在胸口，

亲情血脉心上滚滚流。

玉书、玉石

娘！

（重唱）但等革命（橡胶）成功（成林）日，

一家人和和美美乐悠悠。

[管家奔上。

管　家　老爷，老爷，不好了！知县大人率捕快抓少爷来了！

海　公　（手足无措地）来啦！完了！全完了！

玉　书　（坦然地）来吧，都来吧！外公放心，孙儿不会牵连你的！

海　公　海家都要被你害得满门抄斩了，你！

［海公举拐杖欲打玉书，却迟迟落不下。

海　公　你跑！（放下拐杖）跑得越远越好！

玉　石　娘，我认识一个黎族阿妹，不如到黎寨去躲一躲。

海若兰　（点头）只能如此了。

海　公　家门不幸，我愧对列祖列宗啊！

［海若兰、玉书双双跪倒在海公跟前。

海若兰　爹，你老人家保重！

玉　书　外公，我走了。但等革命成功，我会回来的！

海　公　（扭过头去，大喊）走！

玉　石　娘，快走吧！

海若兰　走！

［海若兰牵玉石、玉书急匆匆地下。

［谢知县率捕快上。

谢知县　海公，本县奉广州巡抚之令，缉拿革命乱党。搜！

[捕快四下搜查……

[谢知县“嘿嘿”冷笑着逼近海公。

谢知县 窝藏乱党，你可知罪?

海　公 大人，老朽对大清忠心耿耿，没有二心啊!

[海公跪地不住地磕头。

谢知县 海公，海秀才，你差人密告玉石私自种植橡胶树，自以为忠心耿耿，没有二心，你糊涂，可本官不糊涂!

捕　快 大人，钦犯跑了。

谢知县 跑了?天涯海角就在这儿，他还能跑到哪儿去?给我追!

捕　快 喳。

[谢知县率众捕快急下。

海　公 老朽真的没有二心啊!

[灯光渐暗。

六

［夜。黎寨。

［幕内伴唱：

海上生明月，
皎洁洒人间。
相约在春天，
相会“三月三”。

［悠扬、隽永的鼻箫远远地传来，黎族少男少女们身着节日的盛装，持竹杠或三两成群，或成双成对，你追我赶，嬉笑着走过。

［阿春眺望远方，似乎期待着什么，随后，落寞地下。

［海若兰内唱：

夜漫漫——

［海若兰、玉石和玉书上。

海若兰 （接唱）山莽莽一路仓皇，
躲追捕避祸害黎寨求身藏。

玉石儿不远万里承父望，
赤子心伴树种入土家乡。

玉　石　（接唱）了夙愿得见慈颜心欢畅，
却害娘无家可归去奔忙。

海若兰　（接唱）玉书儿惹官司祸从天降，
只吓得三魂五魄惊飞丧。

玉　书　（接唱）儿不能膝前承欢多奉养，
却连累娘随儿山野逃亡。

海若兰　（接唱）高一脚浅一脚步履踉跄，

［海若兰一个踉跄，跌倒滚落，玉石、玉书同时上前扑救，合力将海若兰搀起。

玉石、玉书
（合唱）怎忍心娘遭罪寸断肝肠？

海若兰　（接唱）看一双孝顺儿左右相傍，
再遭罪再受难心里也安详。

［一黎人巡查上，发现海若兰等人，随即敲竹梆子示警。

黎　人　有人闯寨了！

［寨主、阿春等众黎人急上。

寨　主　什么人私闯黎寨？

阿　春　（惊喜地）橡胶阿哥，你真的来了！阿爸，他就是我跟你说起的……

寨　主　（有意地）说什么呀？他是……

阿　春　他就是橡胶阿哥。（娇羞地）阿爸，你装糊涂……

［寨主开怀大笑。

海若兰　（施礼）见过寨主。今日海若兰带孩儿玉石、玉书进山，求一锥之地栖身，望寨主成全。

寨　主　来的都是客，住下吧，想住多久，就住多久。

海若兰　孩儿正遭衙门通缉，恐怕连累寨主。

寨　主　这个我不管，我只知道你现在是黎家的客人。

海若兰、玉石、玉书

（感激不已地）谢寨主！

阿　春　橡胶阿哥，你的橡胶树种下了吗？

玉　石　（苦苦一笑，无言地摇头）……

阿　春　怎么了？

寨　主　哦，听阿春说，（指玉石）这个小伙子要种树，种什么……

阿　春　（抢白）橡胶树。橡胶阿哥，对吧？

玉　石　对，橡胶树。

海若兰　这是玉石他爹飘零海外二十载，魂归故里的心愿。寨主，还有一事相求，能不能在这儿种植橡胶树，了却孩子他爹死不瞑目的遗愿？

寨　主　唉，种树就要动土，可狮子山是我们黎家的祖山，让汉人在山上动土种树，黎家祖先不会答应的。

玉 石 寨主，就成全我爹死不瞑目的心愿吧！

寨 主 你的心思我懂，可我真的无能为力。

阿 春 （摇晃寨主胳膊）阿爸，你就答应了橡胶阿哥好不好哇！

寨 主 阿春，别闹！祖制不可违啊。

玉 石 （喃喃自语地）种子不能落地，害爹爹一缕孤魂无处安身。我就是走遍天涯海角，也要为爹爹找一处种橡胶树的土地。娘，（指玉书）衙门正通缉他，你就留下来好好照顾他吧。我走了。

海若兰 （喊住）石儿！

阿 春 （上前拉住）橡胶阿哥，要走我陪你一起走！

玉 石 （激动地）阿春阿妹，谢谢你！这儿是生你养你的土地，是你的家啊！

（唱）多谢阿妹白云情，
天涯海角愿同行。
有朝一日了父愿，
唱支山歌给妹听。

阿 春 （又摇又晃地）阿爸，你就帮帮他吧！

玉 石 寨主，我的娘和我的兄弟就拜托你了！

［玉石向寨主磕头，随即毅然决然地起身欲走。

海若兰 等等。

[海若兰从玉石肩上的包袱里取出骨灰坛，久久地凝望着。猛跪在地，手捧骨灰坛一步步跪向寨主。

寨　主　（震惊地）大嫂……

玉书、玉石

娘！

海若兰　寨主！

（唱）种橡胶是黄泉人临终遗愿，
四千颗橡胶种把生死相连。
碧波万顷，关山万重隔不断，
化成一捧灰，化作橡胶种，
阴阳终团圆。
种在家乡红土里，
也种在思念的心田。
让春雨和泪水种子浇灌，
怀念的根深深扎在家园。
听种子发芽，
就像听见他呼吸；
看树苗成长，
就像看见他躯干。
有一天种子长成参天树，
他也就永远活在我身边。
有一天橡胶树山野成片，
我也就永远守在他身边。

寨　主　（搀海若兰）大嫂，快起来。

玉石、玉书
（搀海若兰）娘！

海若兰 （拉住玉石）石儿！
（接唱）二十载与玉石骨肉离散，

玉 石 （接唱）二十载想娘亲依稀梦间。

海若兰 （接唱）哭春秋泣朝暮母子相见，
转瞬间又分离泪眼潸然。

玉 石 （接唱）多么想娘亲身旁长相伴，
橡胶种难入土愧对九泉。
寨主，你就成全海外游魂叶落归根的梦吧！

［玉石跪地。

海若兰 寨主，无家可归的女人替孩子他爹求你了！

［海若兰再跪。

海若兰、玉石
寨主！
（接唱）求一处扬灰撒种安魂地，
望寨主义薄云天来成全。

寨 主 你们难，我也难哪，我……

阿 春 （跪地）阿爸！
（接唱）怎能视而不见？
眼看着齐跪地痴情拳拳；

怎能袖手旁观？
耳听着苦哀求心意怜怜。
求阿爸发善心慈悲一片，
老祖宗天上有知情有可原。

众黎人　（齐跪）寨主，我们也求你了！

寨　主　这……

［竹梆子敲击声急促地响起，巡寨黎人奔上。

黎　人　寨主，知县带人闯进寨子里来了。

海若兰　来抓玉书儿了。

黎　人　还有一个假洋鬼子，要搜查什么橡胶树种。

海若兰　还要抓玉石儿！

玉　石　假洋鬼子的背后是红毛，红毛不让中国人干这个干那个，连橡胶树也不让种，就是见不得中国人好起来。

寨　主　什么，又是红毛在背后搞鬼！红毛不让干的事儿就一定是好事，他不让干，我偏要干。大嫂，祖先的规矩不能改，但狮子山下有一块靠海的荒地，就暂借给你们种树。

海若兰　寨主，你是我们全家的恩人啊！

［幕内衙役们的吆喝声四起。

寨　主　这是黎家的地界，谁敢胡作非为！阿春，快给他们装扮起来。孩子们，唱起来，跳起来吧！

[黎人们跳起了竹竿舞……

[海若兰、玉石、玉书换穿黎装上，随即汇入歌舞中。

[谢知县、蔡彼得率众衙役、捕快上，欲搜查，被竹竿舞弄得人仰马翻……

衙 役 大人，歌山舞海，无从搜查。

谢知县 嘿嘿……躲得了初一，躲不过十五。三月三过后，自有机会。大人，你看……

蔡彼得 橡胶树种子一定要找到，绝不能落地生根，否则，我主会不高兴的。主啊，饶恕这些愚昧的人吧，阿门。

谢知县 阿阿阿、阿门。

[切光。

七

[夜。一弯月牙儿挂在天边。

[狮子山下，远处是浩瀚的大海。

[幕内伴唱：

哪座山有树？
哪面坡有竹？
树高千丈根扎土，
儿行千里心留屋。

[玉石正在开荒垦地……

玉　石　爹爹，娘已经找到了，地也已经有了，你总算可以入土为安了！

（唱）娘就是五指山上的红土，
柔柔的软软的在儿脚下铺。
爹就是橡胶种不远万里路，
一头扎进土的心腹。
有一天种子长成参天树，
遮风挡雨把土地呵护。

有一天胶刀割在树干上，
娘亲的乳汁会汩汩流出。
再痛再苦你也抗得住，
连哭也是无声的哭。
种子从来离不开土，
像爹爹与娘亲恩爱如初。

［阿春捧椰子上，递给玉石；玉石喝椰子水。

阿　春　橡胶阿哥，喝口椰子水，歇一歇吧。橡胶阿哥，这荒地能种出橡胶树吗？

玉　石　（自信地）能！只要坚持，一定能种出橡胶树的。

阿　春　种出了橡胶树，橡胶阿哥就不走了，是吗？

玉　石　不走了。

阿　春　（兴奋得几乎跳起来）好啊！

玉　石　等橡胶树都长出来了，我就是橡胶王。阿春！
（唱）头顶蓝天做新房，
脚踩大地做龙床，
橡胶围起是宫墙，
我是宫中橡胶王。
只可惜……

阿　春　可惜什么呀？

玉　石　（接唱）可惜没有新娘，
你是否愿意当？

阿　春　橡胶……玉石阿哥！

［玉石拉起阿春的手，两人含情脉脉地凝视着……

［月上中天，月色如水。

［幕内伴唱：

风停在树上，
雨歇在云上，
心爱的人啊，
你刻在我的心上。

［玉书急匆匆上，海若兰追上。

海若兰　书儿，你别走！（上前，拉住玉书）

玉　书　娘，还是让我走吧，外面的同志正经风历雨，我怎么能躲在山里呢？

海若兰　你正被衙门通缉，娘不能眼睁睁看你飞蛾扑火，自投罗网啊。

玉　石　（上前劝阻）是呀，留下吧，和我一起种橡胶树。

玉　书　种橡胶树？如今国将不国，种树何用？你醒醒吧！

（　唱　）橡胶救国痴人梦，
国将不国烂朝廷。

玉　石　（争辩地）种橡胶怎么不能救国？等国家富裕了，国家也就强大了！

（接唱）办起胶园华工梦。
大清国总有一天会复兴。

玉　书　（接唱）大清国积贫积弱气数尽，

丧权辱国民不聊生。

玉　石　（接唱）你可知四千颗橡胶树种，

每一颗都凝结华工救国心。

玉　书　（接唱）要救国理应革命求暴动，

改朝换代做新人。

玉　石　你、你是洋秀才，我说不过你。

玉　书　有理走遍天下，你说不过我，那是我占着理呢。娘，我说得对吗？

玉　石　娘一直都在为橡胶园操心，一定站在我一边，娘，是吧？

海若兰　对，你们都说得对，橡胶和革命的事娘不懂，娘只知道，一家人在一起好不容易，我们这一家人再也不能分开了！

玉书、玉石

娘！

海若兰　（无比喜悦）哎，哎！

（唱）声声喊声声应心比蜜甜，

年年等月月盼终有今天。

忍住了辛酸泪将儿手牵，

看不够爱不够母子团圆。

儿是娘一生的思念，

儿是娘一世的挂牵。

但愿得——

从今后相守相依到永远，

亲人团聚、和和睦睦、

不离不散意绵绵。

[海若兰一手牵玉石，一手牵玉书，欲将兄弟二人拉近。玉石、玉书相近又退。海若兰仍拽着两人不放，恳切的目光左顾右盼。玉石、玉书在亲情的感召下，不由自主地走向对方……

["砰"，幕内传出一声枪响，刺破了夜的宁静。

[谢知县内声："包围起来，一个不许放过！"

[衙役内声："喳。"

海若兰 （急）不好！谢知县又抓你来了！

阿　春 我去告诉阿爸。

[阿春急下。

玉　书 我跟他们拼了

玉　石 玉书，快快藏起来！

海若兰 对！留得青山在，不怕没柴烧。快走！快走！

玉　书 我能走到哪里去？

海若兰 回东洋避过风头，我们一家人总有团圆的那一天。

玉　石 玉书，娘说得对，快走，再不走就来不及了！

[玉书转身欲行又止，跪。

玉　书 娘，孩儿不孝，让娘受苦了。（转对玉石）娘就拜托你了！

海若兰、玉石

（托起玉书）快走！

［玉书下。

［一队捕快急上。谢知县点头哈腰地引蔡彼得上。

［黎寨里一阵“咣、咣、咣”的锣声破空传来，阿春、寨主率手持长矛、大刀的黎人们急上。

谢知县　大人请！

蔡彼得　开始吧！

谢知县　好的，好的。（对捕快）搜。

捕　快　喳。

谢知县　回来。（对捕快话中有话地）记住，仔细地搜！

捕　快　喳。

［捕快们四处搜寻橡胶种……

海若兰　大人，你们这是干什么？

谢知县　搜查！

海若兰　搜查什么？

蔡彼得　橡胶种子。

玉　石　为什么不让种？

寨　主　我们黎人的土地，想种什么就种什么！

众黎人　（异口同声地）对！我们想种什么就种什么！

海若兰　谢大人，你不是亲口说过，种橡胶你将鼎力相助吗？

谢知县　此一时，彼一时。

［捕快上。

捕快们　大人，没有找到橡胶种。

谢知县　（对蔡彼得低声下气地）大人，你看，你看看，嘿嘿……这橡胶树种实在找不到。

［蔡彼得推开知县，眼睛紧盯着草棚前的骨灰坛。

蔡彼得　哼！那又是什么？（欲上前）

谢知县　（急忙抢前一步）对对对，这个坛子还没搜。我来，我来。

［玉石上前护住坛子。

谢知县　你干什么？不要命了！

［谢知县上前，伸手坛子里摸索……他先是露出不易察觉的警觉，随即，释然地抽出拳头，似乎抓着什么。

蔡彼得　（凑上前，急切地）什么？

谢知县　灰。

［谢知县一扬手，撒出一把灰，呛得蔡彼得咳，直躲闪……

蔡彼得 （恼怒）你……（转而虚伪地）哦，仁慈的主啊，让这个有罪的人安息吧！阿门。哼！

［蔡彼得拂袖而去。

谢知县 （喊）大人，好走！（跟刚才判若两人，对远去的蔡彼得鄙夷地）你还以为我真的会给你查什么橡胶树种子，蠢！

海若兰 多谢大人！

谢知县 你也别高兴得太早。

［一捕快急上。

捕　快 大人，人已经找到了。

谢知县 嘿嘿，这才是我想要的！带过来。

捕　快 是。（对内喊）带过来。

［捕快带五花大绑的玉书上。

［海若兰扑向玉书。

海若兰 书儿！

玉　书 娘！

玉　石 你们不能随便抓人！

寨　主　在我们黎人的地界上，谁敢？

众黎人　谁敢！谁敢！

［黎人一阵骚乱……

谢知县　反了！反了！

［“砰”，谢知县鸣枪示警。一时间，平息了下来。

海若兰　（恳求地）知县大人，小儿无知……

谢知县　无知？你还蒙在鼓里呢！令郎参加乱党，私制炸弹，意欲造反，已经犯下死罪！

海若兰　求求你，求你放过他！大人刚才橡胶树种子的事……

谢知县　你们听好了，假洋鬼子逼我搜查橡胶树种，我也就睁一只眼闭一只眼装糊涂装孙子了，我容易吗？说起来种橡胶对大清国总是好事，我也希望大清国有一天强大起来，再不受红毛的欺负。可他……（指玉书）他要革大清朝的命，革朝廷的命就是革我的命！是可忍，孰不可忍？就地正法，带走！

玉　石　谁敢！（从黎人手中夺过一把大刀，挺身挡住玉书面前）我就跟谁拼了！

［清兵将玉石团团围住。

谢知县　（冷笑）哈，还有一个不要命的，我劝你把刀放下。（手托装有橡胶树种的骨灰坛）看，这可是老子帮你保下来的橡胶树种，你还是老老实实种你的橡胶树吧。（凌空抛起骨灰坛）

玉　石　不！（下意识地丢下刀去接骨灰坛，捧在手中久久凝望着）如果因为种橡胶树而失去亲人，我、我、我宁愿不种！（举骨灰坛欲摔）

［海若兰、玉书扑上前一把抓住玉石。

海若兰、玉书

不，不能啊！

玉　书　那可是你爹的魂，咱娘的梦啊！玉石……大哥！

玉　石　（惊呆地）你、你你你叫我大哥？（激动不已地，颤巍巍地伸出手去，猛地，一把握住玉书的手）兄弟！

玉　书　（唱）危难时见亲情此情难忘，

多谢你好男儿热血肝肠。

今生无缘再聚首，

来世再做兄弟叙短长。

玉　石　（接唱）刚刚握手又分手，

未曾开口泪先流。

兄弟呀，我的好兄弟！

（接唱）要死何不让哥死？

给兄弟海风一样的自由。

玉　书　（悲泣地）大哥，我的好哥哥！我们都是从很远的地方来，带来的都是种子。不过，你带来的是橡胶树种子，我带来的那是革命的种子（痛心疾首地）可惜，我这革命的种子没能生根发芽，而你，你一定要把橡胶树种子种在这块土地上，让它长成参天的大树，还你爹一个叶落归根的梦，还兄弟一个未了的梦，还咱娘一个团圆的梦！

海若兰　（痛声呼喊）我的儿呀！

玉石、玉书

娘！

［海若兰紧紧搂住玉石、玉书。

［幕后伴唱：

啊……

大海都哑了，

山石都碎了。

不是山石碎了，

海若兰　（接唱）是娘的心碎了。

心碎了，

就像那浪花朵朵海中抛；

心碎了，

就像那乱云片片风中飘。

娘有儿子才称娘，

哭哭笑笑，

家有团圆才是家，
暮暮朝朝。
二十载玉石儿孤雁路迢迢，
现如今玉书儿哀鸿影渺渺。
原以为兄弟俩从此膝前绕，
得一个，失一个，得这个，失那个，
好像梦一宵。
月亏了，只把残缺空空照，
悲欢离合，生离死别几时了？
大海都哑了，
山石都碎了。
不是山石碎了，
是娘的心碎了。

玉石、玉书
娘！

［海若兰搂玉石、玉书痛哭。

阿　春　（强忍悲泣，轻吟）从前，有个孩子总在椰树下玩耍，渴了就摘椰子喝椰水；后来，孩子大了要盖屋子，来找椰树。

海若兰　椰树说：“孩子，把我拿去盖屋子吧。”

玉　石　再后来，孩子的孩子也长大了，也要盖屋子，他又来找椰树。

海若兰　椰树说：“孩子，把我拿去给你的孩子盖屋子吧。”

玉　书　后来的后来，孩子已经很老了，又来见椰树。这时候，椰树只剩下树墩了。

海若兰　椰树对很老的孩子说……（泣不成声地）书儿……

众　椰树说："孩子，我什么也没有了，只剩下一个树墩了。"

玉书、玉石

很老的孩子对椰子树说："我什么也不要了，我就想在树墩上歇歇。"娘，我真的想在你怀里歇歇！

海若兰　天哪！

玉　书　娘，大哥，乡亲们！就把我的灰撒在橡胶地里吧！我要在那参天的树上看着大清国的灭亡！

谢知县　（歇斯底里地）你！……带走！

［海若兰、玉石扑上前去，欲阻不能。衙役押玉书下。

［"砰、砰"，幕内传出两声枪响。

海若兰　（仰天惊呼）书儿！

玉　石　兄弟！

［天地一片血红。

［海若兰、玉石等人惊住了——静默。

［海公摇摇晃晃，茫茫然地上。

海　公　孙儿，走！快走！皇上，我们海家没有二心啊！孙儿还是孩子，他还是孩子！孙儿，你快走！……

海家没有二心，真的没有二心，没有……没有啊……

[海公与急上的蔡彼得撞个满怀。

海 公 （一把抓住神甫）孙儿，快走，快走！

蔡彼得 （推开海公，气急败坏地）疯子，全是疯子！（紧盯骨灰坛）嘿嘿……想骗我，橡胶树种子就在里面。

[蔡彼得直扑过去，欲夺骨灰坛。海若兰紧紧抱住骨灰坛。

海若兰 我的书儿没了！你、你还想要我石儿的命吗？（绝望而几乎崩溃地笑起来）不错，这里面就是你想要的橡胶树种，嘿嘿、嘿嘿嘿……好，给你！都给你！（猛地，举起骨灰坛砸在地上）

[众人惊呆，怒对蔡彼得。

蔡彼得 （害怕地）疯子，都是疯子。（惊恐地下）

[幕内伴唱：

啊……
回家，回家了，
抛开了情天恨海浪花花，

捧起了梦中雪一样的沙，
回家，回家了，
割不断骨肉亲情世间撒，
浪花花化作了泪花花。

［幕后伴唱声中，海若兰抓一把拌着骨灰和泥土的橡胶种子扬撒着……

海若兰 回来喽！

［玉石也抓一把拌着骨灰和泥土的橡胶种子扬撒着……

玉　石 回来喽！

［众人纷纷抓起拌着骨灰和泥土的橡胶种子扬撒着……

众 回来喽！

海若兰 入土喽！

［海若兰将拌着骨灰和泥土的橡胶种子，扬撒在了天地间。

玉　石 入土喽！

［玉石将拌着骨灰和泥土的橡胶种子，扬撒在了天地间。

众　　入土喽！

[天宇间回荡着海若兰母子的呼唤……

[灯光渐暗。

八

[蓝天。碧海。白沙。绿树。

[百年橡胶树昂然挺立，铁干虬枝，蓊郁葱茏。树身刀瘤累累，如拳，如石。绿，似漆的绿，瀑流而下。

[海之上，潮涨潮落。海鸥的呦鸣声隐隐地传来。

[幕内童声伴唱：

天涯一片土，
那是妈妈的躯体；
海角一棵树，
那是爸爸的身躯。
根与根团聚，
叶和叶相依。

[幕内伴唱：

苍翠百年，
百年苍翠，

[幕内童声伴唱：

你是人间最美的奇迹。

[伴唱声中，众人匍匐在地。

[一声橡胶树胶汁的“滴答”有如天籁，“滴答”声由弱渐强，与阵阵海涛声汇成天地间最恢宏的交响。

[灯光渐暗。

[字幕：公元一九零六年，海南岛第一次引种橡胶树，打破了西方的垄断；公元一九一一年，辛亥革命的爆发推翻了清王朝，结束了中国两千多年的封建统治。当年引种的四千棵橡胶树，至今尚有三百多棵饱经风霜，历百年屹立不倒，依然活着……

[剧终。

本剧与任永新合作。

由海南省海口市琼剧团演出。

文本发表于《剧本》杂志2008年第4期。

剧名书写　王厚祥

王勇剧作集

淮剧

小裁缝

◎

王勇 著

中国戏剧出版社
CHINA THEATRE PRESS

图书在版编目（CIP）数据

王勇剧作集 / 王勇著. — 北京 : 中国戏剧出版社,
2022.6
ISBN 978-7-104-05123-7

I. ①王… II. ①王… III. ①剧本—作品综合集—中
国—当代 IV. ①I230

中国版本图书馆CIP数据核字（2021）第171113号

王勇剧作集

策划编辑：肖 楠
责任编辑：邢俊华
责任印制：冯志强

出版发行：中国戏剧出版社
出 版 人：樊国宾
社　　址：北京市西城区天宁寺前街2号国家音乐产业基地L座
邮　　编：100055
网　　址：www.theatrebook.cn
电　　话：010-63385980（总编室） 010-63381560（发行部）
传　　真：010-63381560

读者服务：010-63381560
邮购地址：北京市西城区天宁寺前街2号国家音乐产业基地L座

印　　刷：保定市铭泰达印刷有限公司
开　　本：787mm×1092mm 1/32
印　　张：42.25
字　　数：846千
版　　次：2022年6月 北京第1版第1次印刷
书　　号：ISBN 978-7-104-05123-7
定　　价：458.00元（全18册）

时　间：1900 年义和团运动前后。

1911 年辛亥革命前后。

1915 年冬至 1916 年夏，袁世凯称帝前后。

地　点：江南某镇，上海。

人物：

草　根——男，十七岁（出场年龄），小裁缝，秀的“陪嫁”。

秀　——女，十六岁（出场年龄），顾天俊之妻。

顾天俊——男，二十岁（出场年龄），留日生。

阿　宝——男，顾天俊与秀之子，九岁左右（出场年龄）。

顾张氏——女，顾天俊的姆妈，五十多岁，寡居多年。

婚礼司仪，众亲友，店伙计甲、乙，顾客，革命党人若干。

清兵头目，清兵，民国卫兵若干。

一

［朦胧、缥缈的天光，远远地传来草根的声音：

草　根　很久很久以前，人是不穿衣裳的，后来，人要保暖防冷就有了衣裳，也就有了裁缝；穿上了衣裳，人也就不一样了……

［剪刀的裁剪声由弱渐强。

［天光明朗起来，草根手执剪刀，在巨案子上裁剪纸样……他身形矫健，神情显得专注、投入，伴着“咔嚓”的裁剪声，就像一个书者在书案上飞龙走凤一般……

［草根执剪刀走向一幅绸缎料子，欲剪又止；再举，仍迟疑着。他慢慢地转过身来，凝视远方……

［一束聚光中，童年草根与童年秀面对面盘腿而坐。

童年秀　草根哥哥，你是我的小裁缝，我要你给我做一辈子衣裳。

童年草根　一辈子？你要我给你做一辈子衣裳？

童年秀　对，一辈子。

[幕内童谣：

摇橹，
叽哑，
摇在月光下。
月光光像面纱，
轻轻笼罩我的家。

[远远地传来喧腾的锣鼓声，伴着喜歌："花轿到，新娘瞧；新娘长得美不美，新娘长得娇不娇……"

[灯光暗转。

二

[1900年前后，冬末春初。

[江南某镇冯府——红灯高挂，红喜张贴；府门前，一条小河流过。

[台阶上，吃喜酒的亲友们正在翘首张望……

司　仪　（唱）花轿来得好，

众亲友　（合唱）——白头并偕老；

司　仪　（接唱）花轿来得早，

众亲友　（合唱）——富贵节节高。

司　仪　（接唱）接花轿，

一亲友　（接唱）争相瞧——

众亲友　（合唱）新娘长得美不美？
新娘长得娇不娇？

[顾张氏从亲友们身后走出，焦急地眺望。

顾张氏　（接唱）接花轿——
新娘慢点到；
望新郎——

正在归途路迢迢。

［顾天俊内唱：

心急懒看枫林醉——

［顾天俊剪辫去发，洋装革履，上。

顾天俊　（接唱）电报频催游子归，
东渡求学经岁月，
故土依旧人已非。

一亲友　大少爷回来了！新郎官，你可赶回来了！

顾张氏　天俊在哪儿呢？在哪儿呢？

顾天俊　姆妈！

［顾天俊奔至顾张氏跟前；顾张氏欲前又退，几乎不敢相认。

顾天俊　姆妈，我是天俊。

顾张氏　你这、这、这衣裳……

顾天俊　衣裳换了。

顾张氏　还、还、还有你的辫子……

顾天俊　辫子剪了！

顾张氏　你、你都成假洋鬼子了！

顾天俊　（疑惑地）姆妈，你身子不是有病吗？

顾张氏　不这么说你会回来？

顾天俊 骗我！你骗我回来做什么？

顾张氏 成亲。

顾天俊 成亲？这么大的事儿，姆妈也不跟我商量！

顾张氏 有啥好商量的？父母之命，媒妁之言。

顾天俊 我不干！

顾张氏 （震惊地）什么？门当户对，你有啥不愿意？

顾天俊 封建包办婚姻，我不干。

［顾天俊欲走，被顾张氏紧紧拉住，被亲友围住……

顾张氏 要死喽。新娘子都要上门了，还说这种话。

一亲友 新娘子来了。新娘子来了。

［众人眺望开去——“叽哑……”摇橹声传来，一艘送亲乌篷船摇上，船上一顶花轿，轿旁一边是嫁妆笼箱，一边是盘腿背向而坐的草根。

［幕内伴唱：

慢慢摇，
摇过七七四十九；
乌篷荡，
荡过鹊桥上码头。
桃子熟了有人摘，
闺娘大了百家求。

［送亲的乌篷船摇下。

司 仪 奏乐。

［喧腾的锣鼓敲起来……

［一担担嫁妆或抬或挑，上。最后一副担子一头是笼箱，一头是盘腿背向而坐的草根。

［众亲友面对丰盛的嫁妆，或羡慕或震惊。当草根出现，引起一阵骚动，既惊诧又新奇，上前将草根围住。

顾天俊 （指草根）他他他，他是啥东西？

顾张氏 裁缝。嫁妆。

顾天俊 （又震惊又恼怒）嫁妆！裁缝！

［众亲友围着草根，呈半圆，评头论足。

一亲友 喂喂喂，都过来看哪！小裁缝这双手——啧啧啧……白白嫩嫩的，细细长长的，比女人还女人呢！

一亲友 咦，他手里抱着啥东西？还包得严严实实的。

众亲友 看看！让我们看看！

［众亲友饶有兴趣地凑前围观；草根背向而坐，高举起一把剪刀。

众亲友 （齐声地）剪刀。

草 根 （ 唱 ）阳为刀，阴为剪，阴阳合一做剪刀。
哎哟喂，
裁缝祖宗轩辕氏，
一把剪刀传今朝。

［草根转过身来，手持剪刀，边唱边舞……

草　根　（接唱）剪一块青草青，
——青秀秀，
剪一段香葱绿，
——绿油油，
剪一朵桃花红盖头，
盖着那美丽的新娘脸庞娇羞。

顾天俊　啥乱七八糟的！封建！落后！

司　仪　迎花轿，新娘到。

［花轿抬上，

众亲友　（合唱）接花轿，
争相瞧——
新娘长得美不美？
新娘长得娇不娇？

［草根碎步上前，掀轿帘。秀头戴红盖头款款走出轿厢。

草 根　秀，你当心点。

秀　（悄悄掀起红盖头一角，小声而关切地）你也当心点！

顾张氏　天俊，拜堂成亲了，快把你身上这不三不四的东西给脱了。

顾天俊　轻点儿，洋装都被你扯破了，这可是我在东京专门定做的。

顾张氏　啥东京不东京，我就是看不顺眼。

［顾张氏脱下顾天俊的洋装，顺手扔在地上，随即又从下人手中接过一件长袍给他换上。

司 仪　迎新人喽。

［顾张氏将红绸塞到顾天俊手中。顾天俊无奈地牵起红绸，也牵起秀，被簇拥着，下。

［草根在台阶前停下脚步，转身拾起洋装，前襟后背地观看起来……

草 根　这件衣裳好古怪喽！老远老远见洋人穿过，还从来没摸过呢。（爱不释手，喜滋滋地）嘻嘻……

［灯光渐暗。

三

[新婚之夜，顾府洞房。

[秀头戴红盖头，端坐在喜床上。

[顾张氏拉勉强又无奈的顾天俊上，将他一把推进洞房。

顾天俊　姆妈……

[顾天俊欲追出，顾张氏关上房门，转身喜滋滋地下。

顾天俊　唉！

（唱）说到底你是小脚太太，
怎识我壮怀激烈海外归来。
一根长辫连根剪，
脱下长袍变西崽。
不拜菩萨把耶稣拜，
立潮头顺应潮流抒胸怀。
大丈夫何患无妻志在四海，
这一桩包办婚姻有什么情有什么爱？
硬绑硬拽可悲可哀。
怕听见姆妈人前长吁叹，

怕看见姆妈脸上堆阴霾。
木已成舟空感慨，
无可奈何任安排。

［顾天俊伸手欲揭红盖头之际，草根举洋装，兴冲冲地上，欲推洞房门，住手，欲高喊，又噤声。

草　根　（低声轻唤）少爷，我给你送衣裳来了。少爷！
秀　草根来了。（少不更事地扯下红盖头，打开房门，拉草根入房）草根哥哥闹洞房来了。
草　根　秀，盖头可不能随随便便就揭下来，快戴上。

［草根为秀戴红盖头，发现一根线头，赶紧掏出剪刀去剪。
［顾天俊隐忍不发，一声“咳”，重重地砸下。

草　根　（似觉不妥地）少爷，我把你的衣裳修好了。
顾天俊　你！（强忍着恼怒）知道了，放下吧。
草　根　少爷，这衣裳怎么这么古怪呀？
顾天俊　（鄙夷地）少见多怪！
草　根　少爷！
（唱）这件衣裳好古怪，
比长袍难剪，比马褂难裁。
顾天俊　（接唱）堪笑你井底之蛙少见多怪，
只看得舌头发直眼发呆。

［秀又一次扯下红盖头。

秀　（接唱）草根哥裁缝手艺也不赖，
行行都出状元才。

草　根　少爷，（举洋装）你瞧瞧，瞧瞧——
（接唱）袍子没有长下摆，
走路步子甩得开。
领口系条红丝带，
刚中见柔显身材。
前襟扣子安得巧，
就像蝌蚪排两排。

秀　（接唱）草根哥哥说得妙，
不如试试穿起来。

［秀旁若无人似的给草根穿洋装。

顾天俊　（接唱）洞房花烛闯无赖，
岂容忍无知无识弄巧乖。
放下！

［顾天俊冲上前，将洋装从草根身上扒下。

顾天俊　（接唱）你、你、你人贱手脏把我的西装扯坏，小裁缝小修小补上不了大作台。
出去！

草　根　我……秀，我走了。

［草根欲走。

顾天俊　站住！秀也是你叫的？你也配！

草　根　（似被击打）我！（委屈地）小姐……

顾天俊　叫少奶奶！

草　根　（更为震动地）少、少奶奶……

顾天俊　还不快滚！

［顾天俊将草根推出洞房，推倒在地。

秀　草根！

［秀欲追，被顾天俊抓住。

顾天俊　（接唱）如今你是少奶奶，

再也不是小女孩。

（狠狠地）你要学会懂规矩！

［顾天俊又将秀一把推倒在地，随即，他转身吹灭蜡烛，洞房黑暗下来。

［草根爬起身，欲喊，见洞房灯暗，噤声。

［“摇橹……”的童谣隐约地传来。

［灯光渐暗。

四

[秋。顾府草根住所，远远可见教堂的尖塔。

[草根持剪刀正投入地裁剪衣裳，“咔嚓……”裁剪声像音乐般流动。

[幕内伴唱：

春去秋来岁更替，
时光似剪裁朝夕。
多少童稚随风去，
美好记忆赋新衣。

[秀挺大肚子上。

秀　（唱）春去秋来，
春华秋实且期待；
春去秋来，
萌动生命腹中怀。
又听见裁剪之声像天籁，
又看见宽宽大大裁剪台，
那剪刀似蛟龙出水云天外，

那缎子像蝴蝶满天飞彩。
飞过童年到现在，
美好纯真任剪裁。

［草根举剪刀，思绪飞荡。

秀　　草根。
草　根　（清醒地）哦，少奶奶你来了！
秀　　又叫我少奶奶，不是说好了，没人的时候就……
草　根　叫、叫……少奶奶。
秀　　你还叫。
草　根　草根不敢。
秀　　（伤感地）唉！（换话题）草根，你怎么不剪了？
草　根　剪不下去。
秀　　什么衣裳还能难住你？给谁做的？
草　根　你！
秀　　我？（一笑）我的衣裳不都是你做的吗？
草　根　可这一件衣裳不一样。
秀　　一样的人，一样的手，一样的剪刀，一样的缎子，剪出一样的衣裳，又有什么不一样？
草　根　不一样就是不一样哪！

［草根拿缎子在秀的身上比量，时而目测，时而冥想……秀配合草根摆姿势，从娇羞到嬉笑。突然，她握住草根的手，轻轻地摩挲着……

秀　　好神奇的手啊！

［顾天俊暗上，在一旁窥视。

［幕内伴唱：

怎样一双手？

秀　　（接唱）像上天白云出岫，
像水底草儿一样柔。

［幕内伴唱：

怎样一双手？

秀　　（接唱）巧夺天工裁锦绣，
美丽画卷眼底收。

［幕内伴唱：

怎样一双手？

秀　　（接唱）让秀变得更加秀，
心儿放飞画中游。

草　根　（抽手）少奶奶，从前你是小姐，我是裁缝！现在你是少奶奶，我也是裁缝。

秀　（天真地）你是小裁缝，是我的小裁缝！我要你给我做一辈子衣裳！

[顾天俊冲出，横在了秀与草根之间。

顾天俊　（冷冷地笑着）哼，哼，哼哼哼……

草　根　少爷，我……

顾天俊　（冲草根横眉怒指）我诅咒你！

（唱）我诅咒你那一双手，
女人心被你引诱被你偷。
让女人不再纯，让秀不再秀，
让正人君子脸蒙羞。
我诅咒三把尖刀扎胸口，
裁剪、修脚和剃头。
马上给我滚，马上给我走，
此地不准你停留。

[远处，只见一股浓烟在教堂上空腾起，“当当当……”的钟声鬼哭般敲响。

[顾张氏急匆匆地上。

顾张氏　天俊，不好了！蒙秀才造反，一把火烧了教堂，要杀洋鬼子，还有假洋鬼子！

顾天俊　义和团真的闹起来了。

顾张氏　天俊，走，快走，走得越远越好。

草　根　不能这样走！

顾天俊　（愠怒地）怎么，难道你还想看我任人欺辱，任人宰割？你安的什么心！

草　根　不是的，不是这样的。（指顾天俊身上的洋装）少爷，蒙秀才要抓假洋鬼子，你穿成这个样子出去，不等于自投罗网，飞蛾扑火吗？

顾天俊　（恍然地）这……

秀　天俊，孩子即将出世，他不能没有爸爸啊！

顾天俊　难道、难道我就困死在这儿？

顾张氏　（欲叫）天……（呼喊）天哪！

［顾张氏急火攻心，晕厥倒地。

顾天俊、秀

（慌作一团地）姆妈……

［幕内伴唱：

呼喇喇祸从天降，
昏惨惨祸起萧墙。

草　根　呀！

（接唱）她流泪都好像淌在我心上，
妻失夫子失父前景茫茫。
她心痛我感同身受没两样，

月欲破家欲碎独守凄凉？
怎忍看一家人生离死别？
怎忍见少奶奶愁苦脸庞？
愁再多小裁缝一人担当，
苦再多小裁缝独自品尝。

少爷，要不这样吧……

顾天俊 怎么样、怎么样？还能怎么样？（不屑地）去，闪一边去！

秀 草根，有什么好办法你快说。

草 根 要不就让我换上少爷的洋衣裳，扮成少爷的模样，等我引开了蒙秀才，少爷再走。

顾天俊 （眼睛一亮地）你！

顾张氏 好办法！天俊，还愣着做什么，快把洋装给脱了！

［顾张氏一骨碌爬起，从顾天俊身上扒下洋装给草根换上。

秀 草根，把你当成了假洋鬼子，你……

顾天俊 草根，你忠仆救主，我还你自由之身，从此，你就是自由人了。

草 根 还我自由身……（苦涩一笑）谢谢少爷！少爷，这件衣裳我穿走了……

顾天俊 你喜欢就送你了。

顾张氏 走，快走！

草 根 就走，这就走。

[草根从案子上拿起剪刀，用布一层层包起。随后，他走到秀跟前。

草　根　少奶奶，衣裳还没做完，以后也不能再给你当裁缝了，我走了。

秀　（欲拦阻）草根……

[秀欲上前，被顾天俊一把拉住。

[草根转身，下。

[远处教堂的钟声越敲越响……

[顾张氏给顾天俊换上长袍。

顾张氏　儿呀，你快走！

顾天俊　（指秀）姆妈，她可要好好看住了！姆妈，我走了。

[顾天俊反向匆匆奔下。

[远处，教堂钟声敲得更响，火光映红了宅子，映红了天际。草根奋力摇船橹上，摇向未知的远方……

[灯光渐暗。

五

[1911 年秋，辛亥革命前夕。

[上海滩裁缝铺。铺前，俩伙计头挂皮带尺，正迎来送往。

[幕内伴唱：

十里洋场上海滩，
小小衣铺美誉传。
一把剪刀裁天地，
春去秋来已十年。

[俩伙计送走客人，关店门。

伙计甲 师父都已经一天一夜没合眼了，啥衣裳让他这样费神？

伙计乙 （神秘地）听说——师父要做革命党衣裳。

伙计甲 革命党衣裳！那可是……

伙计乙 （噤声）嘘……

[伙计乙做杀头状；伙计甲打寒噤，直吐舌头。俩人交头接耳地下。

[秀牵阿宝，衣衫褴褛，步履沉重地上。

阿 宝 姆妈，上海这么大，我们上哪儿去找爸爸？

秀 姆妈也不知道。

阿 宝 我们回家吧！

秀 （悲怆地）家……已经无家可归了。

[秀潸然泪下，阿宝为姆妈拭泪。

阿 宝 姆妈，别哭。阿宝给姆妈唱支歌吧。

（哼唱）摇橹，
叽哑，
摇在月光下。
月光光做面纱，
轻轻笼罩我的家。

[草根循声而上，迟疑片刻，猛地，打开大门。

草 根 （简直不敢相信，脱口而出）秀！

秀 （一把紧紧抓住草根）草根！

[“摇橹”歌谣远远地响起，荡漾着……

阿 宝 你是哪个？

秀 阿宝，快叫草根叔叔。

阿 宝 你就是草根叔叔呀！姆妈常说起你，还有你的手？

草根叔叔，快让我看看你的手！

［阿宝抓着草根的手，摩挲着。

阿　宝　真软和！
草　根　饿了吧。伙计，伙计。

［伙计应声跑上。

草　根　快领孩子到里面去吃点心。
伙　计　哎。
阿　宝　姆妈。
秀　去吧。

［伙计领阿宝下。
［草根与秀久别重逢，千言万语却无从说起。

草　根　孩子都这么大了。
秀　十年了。
草　根　你，变多了。
秀　老了。
草　根　家里都好吧？
秀　家！家……

［倏忽间，秀抽泣起来。

草 根 （手足无措地）秀……出什么事了？

草 根 到底怎么了，秀？

秀 （唱）未曾开口泪先淌，

无言凝噎无限惆怅，

欲诉往事痛断肠。

顾天俊参加革命党，

妄谈维新语癫狂。

衙门传来通缉令，

当差的抄家似虎狼。

烟笼秋水残月冷，

乌篷船悄悄送他出钱塘。

老天又把灾难降，

无名大火起柴房。

一把火漆黑夜空都烧亮，

烟散去只剩断瓦与颓墙。

青砖老宅成火烬，

婆婆葬身在火场。

阿宝襁褓嗷嗷哭，

我忍向西风独自伤。

投娘家兄弟恶言当头棒，

半间房一个炊饼两碗汤。

风来尽扫梧桐叶，

霰雪交飞益感伤。

粗衣疏食难温饱，

细雨青灯伴夜凉。

卷一张铺盖去流浪，
走过多少平川，
翻过多少山梁，
跨过多少石桥，
绕过多少河塘，
一路辛酸一路苦，
不知身是在他乡。
人到上海浑似梦，
看高楼，绾夕阳，
彩灯闪，歌舞场，
衣正单，断饥肠，
宿街头，堪凄凉，
车水马龙，熙来攘往，
举目无亲，困窘备尝，
欲寻天俊，人海茫茫，
大海捞针，我心迷惘。
伫立江岸有谁问？
只听那海关钟响，
声声撞击我心房。

草　根　少奶奶。

（接唱）她那里点点泪水不甚悲，
恰似那啼鸟声声叫杜鹃。
重相逢恍如在梦里，
热泪盈眶心里甜。
看草根还是你孩提的好伙伴，

童谣一唱到今天；
看裁缝拿的还是阴阳剪，
剪出彩霞舞翩跹。
这辈子为你裁衣我情愿，
千金诺言记心间。
莫说亲人寻不见，
小裁缝胜似亲人站面前。
衣铺当家知冷暖，
遮风挡雨莫挂牵。
夏有葛麻冬有被，
粗茶淡饭可周全。
住下吧，
住下一整月，
住下一整年，
等少爷来迎你，
夫妻庆团圆。

秀　（感动不已地）草根……

［阿宝手拿糕点上。

阿　宝　姆妈，我们还走吗？
草　根　到家了，不走了！
阿　宝　真的不走了吗？
草　根　不走了！到家了！
阿　宝　这儿就是家吗？

草　根　是啊，这里就是家。

阿　宝　姆妈，你吃。

秀　阿宝吃。

阿　宝　姆妈吃。

[阿宝举着糕点伸过去。

草　根　（感慨而欣慰地）吃吧，吃吧！

[秀在草根和阿宝的注视下吃糕点……

[灯光渐暗。

六

［裁缝铺。夜。

［衣案前，草根凝神屏气地举着剪刀，却迟迟放不下去。

草　根　（唱）凝住神屏住气剪刀举，
举起轻，放下迟。
要做的这衣裳实在了不起，
让小裁缝看到新天地。

［秀手捧茶盅上，在一旁观望……

秀　草根，给谁做的衣裳？
草　根　革命党人。
秀　天俊就是革命党，他要穿的衣裳，快让我瞧瞧。（举衣裳前襟后身审看）
草　根　听客人说，这衣裳里面的学问可大了。
秀　这衣裳好古怪，不像洋装，也不像中装。你瞧——
（接唱）竖翻领直挺挺紧贴脖子，
草　根　（接唱）显得那么伟岸挺拔志不移。
秀　衣裳外有四个口袋。

草 根 革命党派来定做衣裳的人跟我说：四个口袋的意思是礼、义、廉、耻。

秀 礼、义、廉、耻？

草 根 是啊。

秀 衣袋上面弧形中间突出的袋盖就像、像……

（接唱）四贴袋袋盖就像笔架子，

草 根 （接唱）如椽笔一撇一捺写“人”字。

秀 （接唱）前襟处缝五颗扣子。

草 根 （接唱）来人说那就是五种权利。

秀 五种权利！什么权利？

草 根 是啊，意思是行政权、立法权、司法权、考试权，还有监察权。

秀 监察权？不懂。

草 根 秀，你瞧这儿——（指袖口）

秀 （接唱）袖口上还钉有三颗扣子，

草 根 （接唱）民族民权民生三合为一。

秀 民族民权民生……那又是什么意思？

草 根 我也不懂，可我知道这件衣裳会给小裁缝、给老百姓带来从来没有过的好处。秀！

（接唱）小裁缝不晓得五权分立，
只晓得从今不再被人欺；
小裁缝不晓得三民主义，
只晓得人不分贵贱高低。
小裁缝安身立命靠手艺，
求只求人人互敬一般齐。

[幕内伴唱：

江山难裁衣难裁，
欲换江山先换衣。

[草根手起剪落，一气呵成地裁剪……秀观望，感慨不已。

秀　（接唱）剪刀下剪出理想新世界，
衣裳里藏着向往的未来。
未来不是遥远的梦，
灿烂的美景又展开来。

[“摇橹……”的歌谣隐隐约约地传来……

[草根举起一件缝制好的“革命党衣裳”。

草　根　秀，你看。
秀　好体面的衣裳！（给草根试穿衣裳）快穿上试试。

[伙计甲上。

伙计甲　师父，有人来取衣裳。
草　根　不是说过闭门谢客吗？
伙计甲　说过了。可客人说，跟你说好的，今天取货。
草　根　（猛拍脑门）哦，对对，快快有请！

[伙计甲下，随即，引革命党人上。

革命党人 草根师傅，不知衣裳做好了没有？

草 根 （递衣裳）做好了，也试穿过了。

革命党人 （接衣裳，迭声地）谢谢！革命不会忘记你的！

草 根 先生，你穿上试试吧。

革命党人 没时间了。我来的时候，好像有人跟踪……

秀 先生，我家男人跟你一样，也是革命党，他叫顾天俊，他……

[伙计乙匆匆跑上。

伙计乙 师父，外面来了好多当差的。

革命党人 不好！一定是冲我来了！我得赶紧走！

草 根 先生别急，跟我来。

[草根、秀领革命党人下。

[俩伙计随下。

[顾天俊被持枪的清兵押着，在一个头目的带领下，上。

顾天俊 （唱）革命壮志尚未酬，

身为满清阶下囚。

严刑拷打不堪忍受，

苟且偷生朝廷投。

识时务者为俊杰，

留得青山在，迟早还出头。

清兵头目　是不是这家裁缝铺子？

顾天俊　（谦卑地）大人，正是这家裁缝铺子

清兵头目　好！抓住了革命党有赏。（手一挥）

［清兵砸开店门。

［草根冲上，欲阻止，被清兵推了个趔趄，俩清兵径直冲入内室。

草　根　你们都是什么人？凭什么搜我的裁缝铺子？

［草根与顾天俊照面，不禁一愣。

草　根　顾少爷……

顾天俊　（讪讪地）小、小裁缝……

草　根　你不是革命党吗？

清兵头目　现在已经替朝廷当差了。

草　根　（震惊不已）你……

顾天俊　嘿嘿……

清兵头目　（凶狠狠地）哼，你窝藏革命党，杀头的死罪！掘地三尺，也要把革命党人给我搜出来。

草　根　一间小小的裁缝铺子，哪里藏得下革命党？

［俩清兵押秀上。

清　兵　大人，抓到一个女革命党！

草 根 她不是革命党！

顾天俊 秀……

秀 （奔上前去）天俊，你接我来了！

顾天俊 （下意识地躲开，对秀始终以背相对，不敢面对）我、我不认识你！

秀 （一愣）天俊，你……

顾天俊 （对秀话中有话地）大人在此，可不要胡言乱语！

草 根 少奶奶，跟你说话的人，现在可是朝廷的差爷了，来抓革命党！

秀 （震惊不已地）不！

清兵头目 （对顾天俊）革命党是不是她？

顾天俊 （欲言又止地）她……

[众清兵拥上，将秀一把按住。

草 根 她不是革命党，你们抓错了！

清兵头目 不是革命党？（冲顾天俊）那她到底是谁？

顾天俊 （支吾着、犹豫着）她、她她她……

顾天俊、草根、秀

（背唱）一语说出口，
大祸便临头。

草 根 （背唱）顾天俊举止让人猜不透，
凶多吉少为秀忧。

顾天俊 （背唱）命中注定再聚首，
不是冤家不碰头。

秀　（背唱）多少苦难都忍受，
多少泪水暗自流。
以为彩虹风雨后，
夫妻团圆余生求。

顾天俊　（背唱）革命党人已逃走，
难辞罪咎只怕把性命丢。

草　根　（背唱）顾天俊是做人还是做狗？

顾天俊　（背唱）谋求生路是第一筹。

秀　（背唱）宁愿清贫伴左右，
平平安安度春秋。

顾天俊　（背唱）又只见秀与裁缝在一起，
妒火中烧满腔仇。
索性将秀投火坑，
一不做，二不休，
哪怕良心被鞭子抽。
她……

草　根　她不是革命党，她是这位顾天俊顾少爷的太太。

清兵头目　什么？

秀　对！（手指顾天俊）我正是他的太太。

清兵头目　姓顾的，你好大胆子，竟敢糊弄本大人！

顾天俊　不不不！她就是你们要找的革命党！

秀　哈哈哈……嘿嘿嘿……（随即，又抽泣起来）

草　根　顾天俊，你太卑鄙！
（　唱　）敢做敢当全无有，
如今只剩软骨头。

秀　（接唱）美好憧憬都空付，

如今为你只觉羞。

一清兵　（对清兵头目耳语）大人，我看她不像是革命党。

清兵头目　管她是真是假，抓一个凑数领赏。

顾天俊　大人，（指草根）还有他，革命党衣裳可都是他一针一线缝出来的！

清兵头目　私通革命党，窝藏革命党人……（吆喝着）一起带走！

［清兵上前绑了草根。

［阿宝跑上。

阿　宝　姆妈，你上哪儿去？不要阿宝了吗？

秀　（挣脱开，一把搂住阿宝）阿宝，不是你姆妈不要你，是你爸不要你了！

阿　宝　爸爸……（走向顾天俊）你就是我爸？

顾天俊　谁、谁是你爸了？

阿　宝　爸，你不管姆妈了吗？不管阿宝了吗？家里房子被烧了，外婆被烧死了，我跟着姆妈一路要饭到上海找你，可现在找到你了，你又不认我们，你……

秀　不要求他，他不是你爸，你爸死了！

清兵头目　走，带走！

众清兵　走！

［众清兵押秀和草根下。

[有清兵一边封门，一边驱赶伙计。

[阿宝扑上前去，捶打着顾天俊。

阿　宝　你是坏人！你是坏东西！

顾天俊　去你的！

[顾天俊一把将阿宝推倒在地。

清兵头目　你真够狠的！哈哈……

顾天俊　（猥琐地）嘿嘿……

清兵头目　走，领赏去。

[顾天俊随清兵头目等，下。

阿　宝　姆妈！草根叔叔！

[阿宝在地上爬着，呼喊着……

[灯光渐暗。

七

［上海城郊监狱外。秋。

［幕内伴唱：

辛亥惊雷风云起，
摧枯拉朽驱满夷。
改朝换代新天地，
总把新装换旧衣。

［伴唱声中——监狱大门洞开，革命党政治犯人涌出，与狱外迎候的亲人或同志相拥，欢呼雀跃：“革命成功了！”“革命胜利了！”“满清完了！完了！”众人相携而下。

［一时间显得空荡荡，一切又归于寂静。

［草根衣衫褴褛，步履沉重地从监狱走出。秀一步一挪地随后从监狱走出，“啪”的一声，秀支撑不住，摔倒在地上。

［草根回头，发现了秀，挣扎着上前扶起秀。

草　根　（又惊又喜地）秀！

秀　（又惊又喜地）草根！我们还活着?!

草　根　活着！活着！我们都活着！

［草根与秀仰望天空，尽情地呼吸自由的空气。

秀 （唱）活着真好——
看阳光在眼睛里舞蹈，

草 根 （接唱）活着真好——
看小鸟自由自在欢跃在树梢。

秀 （接唱）看见你真好——
劫后余生情未了，

草 根 （接唱）看见你真好——
死里逃生两情交。

草 根 （激动地）秀！

草根、秀 （重唱）老天爷把你（我）送到我（你）怀抱，
人相拥情到极处泪双抛。
从今后同声相求伴到老，
伴到老啊，鸳梦再不隔星桥。

草 根 我们回家。

秀 回家。

草 根 对，回家。

秀 草根，要找到阿宝。

草 根 对，先找阿宝，找到阿宝，我们一起回家！

秀 回家！

［草根与秀背靠背坐着……

［两个民国卫兵上，引身着中山装的顾天俊上。

顾天俊　（唱）革命成功扬眉吐气，
顾天俊又得志，心里美滋滋。
中山装穿在身上倒也得体，
管什么政治投机不投机。
革命者革命形象要树立，
富贵岂能忘了糟糠妻。
人前我要做君子，
人生如戏，要演得出奇。
秀。

草　根　（猛见顾天俊，愣住了）顾少爷……

［顾天俊上前一把推开草根，随即将秀拉了过来。

顾天俊　秀，我接你回家来了。（假惺惺地）革命成功了，你可以回家了！

秀　你！

顾天俊　（尴尬地）秀，你受苦了！

秀　为什么？为什么只要你一出现，带给我的只有不幸！

［顾天俊又震惊又恼怒，强忍着。他上前去欲拉秀。

［草根趋身挡在秀的面前，伸手去摸顾天俊的“中山装”。

顾天俊　你要干什么？

［顾天俊鄙夷地拉开距离。

草　根　你又穿上革命党的衣裳了！

顾天俊　这是中山装，革命者都穿中山装。

草　根　革命者！你？（冷笑地）呵呵……

顾天俊　（恼羞成怒地）住口！小裁缝，别以为革命成功了，你就能怎么样！你听好了，革命是我们的，你做裁缝的还是裁缝，天生就是下人！

草　根　（当头一棒地）天、生、就、是、下、人！

顾天俊　来呀！有请夫人！

［两卫兵推开草根，架住秀。

秀　草根，带我走！

草　根　（依然呆呆地）裁缝！下人！裁缝！下人！

顾天俊　（用手套抽打秀）贱人！带走。

秀　草根，你要找到阿宝，找到阿宝！

［两卫兵将秀架下。

顾天俊　（鄙夷地看着草根）哼！哼哼哼！哈哈……

［顾天俊扬长而去，下。

草　根　（清醒过来，呼喊着）秀！秀！秀，我帮不了你！我无能！我没用！我是个裁缝，只会裁衣裳，只会裁衣裳……

[草根坐在地上，呆呆地。

[阿宝上。

阿　宝　草根叔叔。

草　根　阿宝，你怎么在这里啊？

阿　宝　草根叔叔，你跟姆妈被抓走后，我天天在这里要饭等你们。哎，草根叔叔，（张望）姆妈呢？

草　根　你姆妈被你爸抓走了。你快去找他们，还来得及，快去。

阿　宝　不！他是坏人，我不跟他走，你带我回家吧！

草　根　你愿意跟我回家？

阿　宝　我愿意！你对我好，对我姆妈好！

草　根　可是，你爸爸说，我是裁缝，天生就是下人！

阿　宝　他不喜欢你，他看不起你，我偏要做个裁缝！草根叔叔，你收我为徒吧！师父！

[猛地，阿宝跪倒在草根跟前磕头……

草　根　阿宝！

[草根一把抱住阿宝，紧紧地抱着。

草　根　很久很久以前，人是不穿衣裳的，后来，为御寒就有了衣裳，也就有了裁缝；穿上衣裳，人也就不一样了……

[灯光渐暗。

八

[1915年冬，上海。

[冯府。客厅——正中悬挂着袁世凯的巨幅画像。

[顾天俊仰视着画像，踌躇满志。

顾天俊 （唱）端阳一过又重阳，
岁月跟着节气忙。
大清玩儿完是民国，
青天白日挂上墙。
龙椅宝座轮流坐，
你方下台我上场。
袁世凯本是大总统，
要把洪宪皇帝当。
一会儿剪去鞭子穿洋服，
一会儿脱下洋服换新装，
这会儿新装换了找旧袍，
翻遍了几只大皮箱。
登基大典莫错过，表忠心、
莫延宕，献龙袍，顺者昌，
须知有奶便是娘。

[仆人上。

仆 人 老爷，上海滩鼎鼎有名的草根大裁缝已经带来了。

顾天俊 裁缝就是裁缝，大裁缝再大也是下等人！叫他进来。

仆 人 是。

[仆人下。

[幕内一声吆喝声：“走！”

[草根内唱：

一路上卫士开道前呼后拥，

[草根被两个荷枪的卫兵押上。阿宝夹一个包袱随上。

草 根 （接唱）小裁缝从未有过如此威风。
顾天俊荷枪实弹请宾客，
他德行果然与人大不同。
本不想见到他嘴脸，
更不想踏进他门中。
都只为心里把秀来惦记，
但不知她过得可轻松？
顾天俊今天请裁缝，
倒要看这乌篷船东南西北到底扯的什么风。

[顾天俊迎上前。

顾天俊　小裁缝。

草　根　顾少爷。

顾天俊　现在叫你小裁缝已经不合适了，应该叫你老裁缝了！

草　根　老也好，小也罢，还是裁缝。

顾天俊　（冷冷一笑）知道就好！（打量着阿宝）这就是你的儿子吗？

阿　宝　你！你这个……（头一扭，不屑地）哼！

草　根　顾少爷，有话就说吧。

顾天俊　那好，那我就直说了。这次叫你来，是让你给我做件衣裳。

草　根　做衣裳本是小裁缝安身立命的手艺，你派下人到铺子里告知一声就好，何必如此兴师动众呢。

顾天俊　我要你做的这件衣裳可不是一件平常的衣裳。

草　根　都已经民国了，连龙袍也没什么稀奇。

顾天俊　我要你做的就是龙袍！

草　根　龙袍？

顾天俊　对。民国完了，袁大总统要当皇帝，再过几日就是他的登基大典，我要你做一件龙袍，我要亲手送给新的真龙天子。

草　根　怎么又变了，又变回去了？变了！

顾天俊　小裁缝！现在就看你的手艺了。

草　根　不！这件衣裳我做不了。

顾天俊　什么？

草　根　我不会做。即便会，我也不做！

顾天俊 （欲怒）你……（随即，话锋一转，堆起笑容）当然，你给我做衣裳，我会给你报酬的。

草 根 不管你给我多少钱，我也不做。

顾天俊 你不要钱，可有一样东西你最想要。（拍掌）

［秀身着粗布衣衫，目光呆滞地端茶上。

草 根 秀！

阿 宝 姆妈！

秀 （茶盅砸落在地）阿宝，我的儿！

［阿宝扑上前去，一把抱住秀。

草 根 秀！

［草根走上前去，面对秀，千言万语，百感交集。

［远远地，“摇橹，叽哑，摇在月光下，月光下我的家……”的歌谣隐隐约约地传来……

顾天俊 你要是给我做好了龙袍，秀嘛，你可以领回去，我送给你！

［草根猛地转身，直瞪着顾天俊。

秀 草根，不能答应他！

阿　宝　师父，我要跟姆妈在一起！

顾天俊　（冷冷地）怎么样？

草　根　（痛苦而激愤地）我答应……我……答应了！

顾天俊　好，摆上。

［灯光暗转。

［一束追光中，草根将严严实实的包剪刀的包裹一层层地展开。

草　根　（唱）往日里运剪自如随心智，

今日里放也放不下，

举也举不起。

一阵恍惚 一阵战栗，

别样滋味在胸臆。

说不清是悲还是喜，

抚今追昔忆儿时。

我与秀总角相交成知己，

我学裁缝学手艺，

她读诗书敲琴棋。

秀要我为她裁衣一辈子，

一辈子啊，

草根为秀量体裁衣。

儿时情景如昨日，

童言稚语萦耳际。

这记忆被流逝岁月剪成碎片，

丝丝缕缕 点点滴滴

如梦如幻　埋藏心底，
数十年牵我魂魄动我神思。

［远远地，传来“叽哑”摇橹声……

（接唱）想当年随秀陪嫁顾家府第，
大帆船小乌篷顺风顺水到城西。
船艄头笼箱上坐着小裁缝，
美滋滋，迎亲乡邻站满堤。
全不知自己不过是陪嫁礼，
小裁缝当作嫁奁堪称奇。
能为秀裁衣我乐意，
每一件每一款亲手为秀披。
孩提的伙伴在一起，
无猜疑，亦亲亦友存灵犀。

［远远地，传来教堂的钟声……

（接唱）救少爷不顾生与死，
只愿秀无忧无虑做人妻。
我一把剪刀走异地，
走异地啊，心中牵挂有谁知。
想今日秀有委屈我有恨，
悔当初帮他脱逃乱换衣。

［远远地，从黄浦江上传来汽笛声……

（接唱）顾天俊一句话如同芒刺扎心里，
说什么小裁缝天生下人低贱坯。
我享誉上海靠手艺，
何曾向人把头低。
他攀附权势逐名利，
断脊断梁没脸皮。
道貌岸然伪君子，
卑劣行径人不耻。
诬陷秀横受牢狱罪，
亲生儿流落街头席地乞讨，
号寒忍饥掩面啼。
辛亥风云新天地，
我与秀走出牢门迎晨曦。
否极泰来额手庆哪，
总以为相携相伴两情依。
不料想反复小人仍得势，
卑鄙之徒人不耻。
顾天俊太无耻，
要做龙袍逼草根，
秀作筹码换我良知，
换我良知。

［阿宝内白："师父，求求你，救救我妈妈。"

[秀内白："草根，不要管我，这龙袍不能做！"

草　根　（接唱）怎忍听阿宝相求情哀戚？
怎忍秀声声相告情悲凄？

[草根欲剪又止。

草　根　（接唱）欲罢不能欲剪又止，
这剪刀剪不断我心中层层涟漪。

[远远地传来"摇橹……"童谣。

草　根　（接唱）多么想与秀永远在一起，
抚慰我半世难舍、眷恋、
痴迷和心仪。
多么想用剪刀把秀剪裁更美丽，
心上人朝朝夕夕永不分离，
如形如影相偎相依。

[草根慢慢举起了剪刀。

草　根　（接唱）做龙袍会让我回到过去，
又把人分成为贵贱高低。
世上还有老爷和皇帝，
小裁缝依然是被人凌辱被人欺。

顾不得小阿宝双膝跪地，
顾不得秀的泪水湿透布衣。
莫让他人指我脊梁，
莫让他人骂我畜牲，
我不能没心没肺、没廉没耻、
曲意奉承、依附权势、卑躬屈膝，
小裁缝也能够顶天立地。

［草根一边慢慢地举起了剪刀，一边慢慢举起了右手……
［幕内伴唱：

这是一双怎样的手？

［秀的伴唱：

裁锦绣，美的画轴眼底收。

［幕内伴唱：

这是一双怎样的手？
……

草　根　秀，我对不起你！

［猛地，草根举剪刀扎手。

草 根 （大叫一声）啊！

［切光。

九

[1916年年。夏。

[上海。裁缝铺。

[朦胧、缥缈的天光，远远地传来草根的声音：

草　根　很久很久以前，人是不穿衣裳的，后来，人要保暖防冷就有了衣裳，也就有了裁缝；有了衣裳，人也就不一样了……

[一道剪刀的裁剪声：咔嚓咔嚓咔嚓……裁剪声渐弱。

[天光渐渐明朗，一幅绸缎料子被缓缓地悬挂起来……草根执剪刀上前去，欲剪又止；再举，仍迟疑着。

[秀缓步走上。

秀　（唱）怎么剪不下去？
草　根　（接唱）有一种美丽——
尽尺天涯的距离；
秀　（接唱）怎么裁不下去？
草　根　（接唱）有一个记忆——
萌动在每一个朝夕。

阿　宝　　师父。

［草根凝视远方，追忆着……

草　根　　秀！秀，是你吗？

秀　　草根，洪宪皇帝归天了，顾天俊跑了，跑到国外去了，又把我丢下了。

草　根　　不走了吧？

秀　　不走了。

草　根　　真的不走了。不走好啊！

［草根与秀步履蹒跚地走到了一起，相互搀扶着，走在裁剪案子前。

秀　　还在做衣裳呢。

草　根　　记得吗，我答应过你，要给你做一辈子衣裳。

秀　　做好了吗？

草　根　　做好了。做好了。

［草根扯下那块绸缎料子，先是对秀左瞧右瞅，又拿绸缎料子在秀的身上比画，最后，将绸缎料子缠裹在秀的身上……

草　根　　好看吗？

秀　　好看！好看！

[秀一边说，一边捧起草根的手，轻轻地摩挲着……

[一束聚光中，童年草根与童年秀面对面盘腿而坐。

童年秀　草根哥哥，你是我的裁缝，我要你给我做一辈子衣裳。

童年草根　你要我给你做一辈子衣裳？

童年秀　一辈子！

[幕内伴唱：

摇橹，
叽哑，
摇在月光下。
月光光像面纱，
轻轻笼罩我的家，
家里住着一个她。

[灯光渐暗。

[剧终。

本剧与孙仰芳合作。
由上海淮剧团演出。

剧名书写　魏广君

王勇剧作集

河北梆子

人民英雄纪念碑

◎

王勇 著

中国戏剧出版社
CHINA THEATRE PRESS

图书在版编目（CIP）数据

王勇剧作集 / 王勇著. — 北京 : 中国戏剧出版社,
2022.6
ISBN 978-7-104-05123-7

I.①王… II.①王… III.①剧本—作品综合集—中
国—当代 IV.①I230

中国版本图书馆CIP数据核字（2021）第171113号

王勇剧作集

策划编辑：肖　楠
责任编辑：邢俊华
责任印制：冯志强

出版发行：中国戏剧出版社
出 版 人：樊国宾
社　　址：北京市西城区天宁寺前街2号国家音乐产业基地L座
邮　　编：100055
网　　址：www.theatrebook.cn
电　　话：010-63385980（总编室） 010-63381560（发行部）
传　　真：010-63381560

读者服务：010-63381560
邮购地址：北京市西城区天宁寺前街2号国家音乐产业基地L座

印　　刷：保定市铭泰达印刷有限公司
开　　本：787mm×1092mm　1/32
印　　张：42.25
字　　数：846 千
版　　次：2022年6月　北京第1版第1次印刷
书　　号：ISBN 978-7-104-05123-7
定　　价：458.00 元（全 18 册）

谨以此剧献给千百万有名的或无名的
为新中国成立而牺牲的人民英雄们。

时　间：一九五二年春。

地　点：河北大石村。

人　物：石老爹、玉琴、村主任、张大娘、玉石、小石头、石富、石贵、小荷、李会计、村民若干、石匠若干。

序

[天与地之间，天安门广场之上，巍然的人民英雄纪念碑矗立……

[幕内伴唱：

开天辟地新中国，
一座丰碑问苍穹。
人民创造历史，
历史造就人民英雄。

[灯光暗转。

[一九五二年，初春。

[大石村。黎明时分，天光朦胧，隐隐约约显现出石老爹抡锤和小石头掌钎，爷孙俩正在雕凿的身影。铁石击打之声不时地传来，忽强忽弱，或近或远……

石老爹 （边抡锤边说）从前啊，有个石匠上山采石头，被天上的太阳晒得头昏眼花。他说：“太阳可真厉害！我要是变成太阳多好啊！”

小石头 这话让一位过路的神仙听见了，神仙就把他变成了太阳。

石老爹 （接着说）忽然飘来一朵云，把太阳遮住了。他说……他说……

［石老爹似乎看到了什么，又好像期待着什么。

［石贵、小荷夫妇推一辆插着小三角红旗的支前独轮车上，车上装载着粮食包和弹药箱。

石　贵 他说："云比太阳厉害，我要是变成云多好啊！"

小　荷 话刚落地，他就变成了云。

石老爹 （喃喃地）石贵、小荷……

［石老爹踉跄着向石贵、小荷走去，小石头冲到石老爹跟前。

［石贵、小荷隐。

小石头 （接着说）忽然又刮来一阵风，把云吹散了。他说："好厉害的风啊……"

石老爹 "我要是、我要是变成风多好啊！"接着，他就变成了风……

［远远地，天边似乎传来轰隆隆的雷声，又好似连天的炮声……

［石富一身戎装上，头上扎着绷带，手拿一面写有"打过长江去，解放全中国"字样的旗帜。

石　富　（接着说）可风被山挡住了，他又说："还是山厉害，我还是变成山吧！"说着，他又变成了山。

石老爹　（喃喃地）石富……

［石老爹又踉跄地向石富走去，小石头又冲到石老爹的跟前。

［石富隐。

小石头　这时候，来了几个石匠，拿起锤子就在山上叮叮当当地凿起来。那变成山的石匠痛得大叫："唉哟！神仙快来救救我，天底下还是石匠最厉害，快把我变回石匠吧！"哈哈哈……爷爷，天底下石匠最厉害！那你说，谁是天底下最厉害的石匠呢？

石老爹　咱家小石头就是天底下最厉害的石匠啊……

小石头　哈哈哈……我是天底下最厉害的石匠……我是天底下最厉害的石匠……

［小石头欢快地喊着、跑着……石老爹欣慰地看着。

［石老爹、小石头隐。

［"咣当、咣当"的钟声传来……

［切光。

一

[大石村村口。

[一棵大槐树下，悬挂着一面钟，钟下是一盘石碾，村主任正站在石碾上敲钟："咣当、咣当……"

[众村民上。

村主任 老少爷们，静一静！我有话说，我有话说。

（唱）老少爷们闭上嘴，

往前凑凑莫挤推。

郑重宣布一件事，

北京招人去刻碑。

众 什么碑？

村主任 （接唱）名字起得来头大，

这碑就叫——

（接唱）人民英雄纪念碑。

众 人民英雄纪念碑?!

[众村民叽叽喳喳议论开了："纪念碑？""纪念谁？""那碑上有名字不？""人、民、英、雄……""无名无姓，这到底是什么碑？"……

村主任 不要吵！安静，静一静！这次北京派人到村里来挑选石匠，采办石材，那是咱的光荣、天大的光荣啊！

玉　石 不就是刻碑么！不管什么碑，都难不倒咱。

村主任 那倒是，咱大石村可是古今传名、天下闻名的石雕之乡，咱村里哪一家、哪一户祖祖辈辈不是以雕刻为生？

村民甲 那还用说！想当年，北京紫禁城太和殿前的石龙就是我家祖上雕刻的。

村民乙 十三陵知道吗？园子里大大小小的石碑，哪一块不是我家太、太、太高祖雕刻的？

[众村民啧啧点头称是。

张大娘 玉石，说几句。

玉　石 可不是呢。你们听着！

[玉石一步蹿到石碾上。

玉　石 （唱）天安门前金水桥，
张家高祖亲手雕。
形似玉带祥云绕，
雕龙塑凤连九霄。
北京西南卢沟桥，
张家列祖亲手雕。
桥上的狮子到底有多少，

你数也数不清记也记不牢。

[石老爹本来在一旁蹲着，不满地站起身。

石老爹 不说卢沟桥的石狮子倒也罢了，说起那石狮子，我倒想问问，你们张家祖上是靠什么拿到这单生意的？

张大娘 当然是凭手艺。

石老爹 凭手艺？（鄙夷地哼了一声）你们心里最清楚！

张大娘 哎——你什么意思？

石老爹 没、意、思……

张大娘 你……

小石头 爷爷，你也去说几句。

石老爹 （直摆手）说那些个干什么？有什么好说的！

小石头 爷爷，要不说说咱们石家，人家会看不起我……

石老爹 哦，看来我不说几句都不成了！那就说说。

（接唱）天安门内外两对华表，
石家天祖亲手凿。
云纹缠，龙纹绕，
龙纹云纹飘柱腰；
朝天犼，仰天兽，
承露祥盘在柱梢。
精雕细凿，细凿精雕，
老石家威震永乐青史名标。

小石头 （接唱）洨河水上赵州桥，
石家祖先亲手雕。

石老爹　（接唱）从隋朝到如今千年不倒，
　　　　石家人一出手地动山摇。

村主任　老哥哥，老将出马，一个顶俩！有您出手，保准是马到成功！

石老爹　放心吧，这刻碑的活儿，缺了谁也缺不了我啊，手拿把掐的事儿！

张大娘　哎哎哎，还有我家玉石呢！

村主任　去，去，都去！

石老爹　村主任，丑话讲在前头，他们张家去，我可不奉陪！

张大娘　你……

石老爹　我怎么了？

［石老爹与张大娘欲争吵……

村主任　好啦！你们哪还像是儿女亲家，我看倒像是前世冤家！

石老爹　什么亲家?!都是他们张家的姑娘，把我们家石富给拐走了！

张大娘　你胡说！

村主任　（打断地）好啦好啦！你们那陈糠烂谷子的事，就别提了成不成？老少爷们哪，现在解放了，日子过好了。这好日子可都是新政府给的，如今政府要刻碑，咱们说什么也该为政府出把子力是不是啊？

［众村民纷纷表态："那是！那是！""我报名参加刻碑。""我

也参加。”“还有我。”……

村主任 别急别急，一会儿大家伙先到村委去报个名，等北京的军代表来了，还要筛选筛选！咱可先说好，没那金刚钻，别揽这瓷器活，省得给咱大石村丢人。去吧，先报名去吧！

［众村民跃跃欲试，一哄而下。

玉　石 村主任，我报名，算我一个。

村主任 算不算，那就看你的能耐了！（看看一旁的石老爹）老哥哥，你看，我就先给您把名报上了啊！

石老爹 你掂量着看着办吧！

［石老爹看一眼玉石，不屑地“哼”一声，牵小石头下。

玉　石 （噎住）你……

［李会计跑上。

李会计 （激动地）村主任，北京派的军代表来了，这会儿，人都已经到村口了。

村主任 哟！快！快“接驾”！玉石，你跟我一起去。

［村主任、玉石、李会计急下。

［玉琴内唱：

艳阳照山风伴我乡里归——

［玉琴着双排扣老式军装，背挎包、提行囊上。

玉　琴　（接唱）身轻如燕步履飞。
又见家乡山和水，
依稀如同梦里回。
又闻家乡乡音美，
一言一语清风吹。
远处声声凿石脆，
叮叮当当入心扉。
招石匠办石材肩负使命，
雕一座人民英雄纪念碑。
进村来百感交集含热泪，
多少事一幕幕形影相随。
（无限感慨地）石富，咱回家了……

［村主任奔上，玉石跟上。

村主任　（试探地）您就是军代表吧？我是这个村的村主任！欢迎你！欢迎欢迎！

［村主任激动得一把拉住玉琴的手直摇。

玉　琴　叔，您不认识我啦？

［玉石上前去，对玉琴左瞧右瞅。

玉　石　姐?!

玉　琴　玉石!

玉　石　姐！娘，娘！我姐回来了，我姐玉琴回来了！

［玉石喊着跑下。

村主任　真是大侄女回来啦！一走十几年，可是大变样啊，我都认不出来了。你回来太好了！那……

玉　琴　（拉起村主任的一支空袖管）叔，您这是……

村主任　支前路上让国民党的炸弹炸飞了！

［张大娘内喊：玉琴——

［张大娘在玉石的搀扶下急切地上。

张大娘　玉琴?!（不敢相信自己的眼睛）真、真的是玉琴！（颤巍巍地拉住玉琴，喜极而泣地）闺女啊！

（唱）似梦似幻难相信，

玉　琴　（接唱）眼含热泪唤娘亲。

娘!

张大娘　（接唱）一声呼唤心欲碎，

玉　琴　（接唱）一声呼唤情温存。

张大娘　（回过神来，兴奋不已地）乡亲们啊，我家闺女回来了！

［众村民上，将玉琴团团围住，嘘寒问暖……

［石老爹牵小石头随上。

村主任　（激动地）大侄女！不不不，军代表。

玉　琴　叔，还是叫我玉琴吧。

村主任　那可不行！你可是招募石匠、采办石材的军代表，还是从北京来的，是大领导！军代表……

玉　琴　叔，就不要一口一个军代表了，叫玉琴。

村主任　那我叫你大侄女吧。呃，还是军代表吧！听说北京要来选石匠，乡亲们可积极了。

玉　琴　叔，我先去看公爹，回头就到村委去谈正事。

村主任　不急，不急。

张大娘　玉琴，先跟娘回家去。

玉　琴　娘，我还是先去看公爹吧！

［石老爹不知何时已站在一旁，他重重地“咳”了一声。

［玉琴见了石老爹，忙朝石老爹走去，正要说话，石老爹摆手止住，环视左右。

石老爹　（直愣愣地）你回来啦，石富呢？怎么不见石富和你一起回来？

玉　琴　（先是一愣，随即强作镇静地）石富他……

石老爹　他什么？三年前他来信说，等打下了南京就回来！

后来又来信说，等全国都解放了就回来！再后来又来信说，队伍上工作忙，走不开。现在都解放三年了，还不见他回来，他到底在哪儿呢？

玉　琴　他，他他……部队上有任务，走不开，这次……

石老爹　（话中带怨地）这次就不回来了，对吧？这个臭小子！要我说，他这一辈子也别回来了！

［石老爹牵小石头径直离去，下。

玉　琴　爹……

［玉琴欲追，被张大娘一把紧紧地拽住。

张大娘　闺女，跟娘回家去，走！

［玉琴被张大娘紧紧地拉住，却扭身回望着石老爹远去的方向……

［切光。

二

［张大娘家——炕桌上摆满了菜肴。

［玉石坐在离土炕不远处，正雕刻着一件石像……

［张大娘端菜上。

张大娘 （唱）俺家闺女衣锦还乡我喜出望外，
做娘的心里头——
喜滋滋乐滋滋美滋滋甜滋滋眉开眼笑。
备下一桌家乡菜，
有荤菜有素菜青菜青豆腐白，
还有那鸡蛋炒蒜薹，
还有那地瓜萝卜柿饼红枣、
木耳蘑菇花生核桃，
久别重逢我乐开怀、乐开怀。
哈哈哈……哎哟，岔气了。玉石，快快快扶我一把……

玉　石 （上前赶忙扶住地）娘，我看你对闺女——
（接唱）就是偏爱。

张大娘 （拿一个红枣塞到玉石嘴里）就你话多。

[村主任上。

村主任　哟，吃着呢！

张大娘　村主任来了。

村主任　（看着桌子上的食物）哟，这是把“家底儿”全翻出来了！你们吃着，我找军代表汇报工作……哎，军代表大侄女呢？

张大娘　在东屋写东西呢，我去叫她。

村主任　不急！我知道，她任务重。老嫂子，你看，闺女也回来了，我说你们这儿女亲家，还跟仇人似的，这可不好，这不是让儿女们作难么？

张大妈　老话说，同行是冤家。还不是咱们两家祖上为了卢沟桥雕狮子的那点儿恩怨！

（唱）两家人为抢生意红了脸，
不得已寺庙门前来抽签。
俺祖上吉星高照把签中，
老石家认定俺们必藏奸。
就为这两家祖上结恩怨，
生意场不相来往年复年。

所以，这雕刻的活儿，张家去石家不去，石家去张家又不去。这还不算，这个石老头，当初玉琴跟石富成亲，他一百个不同意！两个孩子走后，他把什么账都算在咱家姑娘头上了，再加上他家……

[玉琴上。

玉　琴　娘，如今都解放了，是新社会了！

村主任　可不是的。

玉　琴　叔，您来了。坐。

村主任　不坐了，说完就走。军代表，咱村里的采石队已经组织起来了，说走就能走。

玉　琴　太好了！

村主任　报名去北京刻碑的石匠特别多，让谁去不让谁去，可是个麻烦事，这是名单。

张大娘　我家玉石也报名了，在上边吧？

村主任　那还少得了。（指给张大娘看）

［玉琴接过村主任递来的名单，细细地浏览……

玉　琴　我公爹怎么不在名单上？

村主任　他去不去，那可难办啊！

玉　琴　为啥？我公爹的人像浮雕巧夺天工，出神入化，堪称一绝。这次雕刻纪念碑，重点就是人像雕。

村主任　说得是啊，要是人像雕刻，那还真的离不开老石头，不过……

玉　琴　不过什么？早年间的恩恩怨怨他还是放不下？

张大娘　何止呢。（叹了一声气）唉，想想这么些年，石老头过得也不容易啊！三年前过江打南京的时候，石老头、石贵、石贵媳妇一起参加了支前队，还有你叔（指村主任）和村里的十几个年轻人，为解放军运送物资……

村主任　在长江边上，遇上了敌人的轰炸……

张大娘　石贵和石贵媳妇为了保护石老头，将石老头扑倒在地，压在自个儿身体下，可他俩却被炸死了……

玉　琴　（震惊不已地）什么！石贵两口子也……牺、牲、了？

张大娘　打那以后，他一把屎一把尿把孙儿小石头拉扯大，手把手教小石头雕刻手艺，爷孙俩儿相依为命……

村主任　玉琴，听说石富当了团长，这次咋不跟你一块儿回来呢？

玉　琴　他……

［玉琴转身拿起书包欲走。

张大娘　玉琴，你干嘛去？

玉　琴　我去见公爹！

张大娘　玉琴，听娘一句话……你看他刚才甩的那个大长脸，我怕他……

玉　琴　他是我公爹，我是他的儿媳妇，更何况石富他……

张大娘　可你这个儿媳妇还没正式上门，还没给你的公爹正式磕头、敬茶呢！

玉　石　姐，村里能刻人像的石匠多得是，缺了他石老爹也不碍事！你看我雕的人像怎么样？

［玉石欲将一尊石像递给玉琴。

玉　琴　这个不急，等我回来再看。有些事情，你们还不知道，（欲言又止地）我……娘，我先走了！

[玉琴急切地下。

张大娘 （喊）玉琴，这饭还没吃呢！

[玉石搀扶着张大娘，与村主任一道在门口远眺……

[灯光渐暗。

三

[夜，月洒清辉。

[石老爹家，院子里——窗纸上，烛灯映照着正在雕刻的小石头，还有在一旁指教的石老爹身影。

[石老爹内声：“这尊岳飞像雕得好，好啊！”

[小石头内声：“都是爷爷教得好！”

[石老爹内声：“真不愧是爷爷的好孙子！将来一定能做个好石匠！”

[小石头内声：“爷爷才是最好的石匠！”

[石老爹从室内走出，上。

石老爹 （唱）喜只喜小孙儿聪明伶俐，
叹只叹老与小冷冷戚戚。
玉琴归想石富杳无踪迹，
不由得心酸痛暗抹泪滴。

[石老爹从怀中掏出石富寄来的书信，摩挲着……

[小石头手拿一尊雕好的石像，上。

小石头 爷爷，你看……

［石老爹悄悄擦拭泪水……

小石头　爷爷！您怎么又抹眼泪了？

石老爹　（掩饰地）没有，爷爷是眯了眼了……

小石头　甭骗我！这天儿，一丝风都没有，（从石老爹手中一把抢过书信）又在看大伯的信，您准是又想我爹娘和我大伯了！爷爷，你别不开心了，听我给您讲个故事吧。

石老爹　好啊！

小石头　从前有个石匠上山采石头，被天上的大太阳晒得头昏眼花，他说："太阳可真厉害！我要是变成太阳多好啊！"这话让一位过路的神仙听见了，真的就把他变成了太阳。

石老爹　（接着讲）忽然飘来一朵云，把太阳遮住了。他说："云比太阳厉害，我要变成云。"

小石头　（接着讲）忽然又刮来一阵风，把云吹散了。他说："还是风厉害，我要变成风。"

石老爹　（接着讲）可风又被山挡住了，他说："还是山厉害，我要变成山。"

［玉琴上。

小石头　这时候……

玉　琴　这时候……

石老爹　（见玉琴，一时不知如何应对）……

玉　琴　（接着讲）这时候，来了几个石匠，拿起锤子就在山上叮叮当当地凿起来。那变成山的石匠痛得大叫——

小石头　唉哟，神仙快来救我！

玉　琴　“天底下还是石匠最厉害，快把我变回石匠吧！”

小石头　（不禁好奇地）姨，你也会讲这个故事？

玉　琴　咱大石村的人，只要是石匠的后代，谁不会讲这个故事？

石老爹　石头，进屋去！

小石头　（不乐意）爷爷，我……

［小石头显得不情愿，被石老爹推进屋。

玉　琴　（轻声地呼喊）爹。

［石老爹别过头去，给玉琴一个后背。

小石头　（从屋里探出头）爷爷，姨叫你呢。

石老爹　睡觉去！

［小石头不满地下。

玉　琴　（片刻之后，恭敬地）爹！

石老爹　（冲玉琴鞠了一躬，显得生分地）军代表……

玉　琴　（背唱）借月光看清了老人的颜面，

石老爹　（背唱）借月光看清了玉琴的容颜。

玉　琴　（背唱）深皱纹，黪鬓发，

石老爹　（背唱）锁眉头，泪眼含。

玉　琴　（背唱）他浸透着心酸，

石老爹　（背唱）她流露着畏难！

玉　琴　（背唱）本应该把实情讲在当面，

石老爹　（背唱）急切切将石富近况打探。

玉　琴　（欲言又止，接唱）

话到唇边——

石老爹　（接唱）他有来语——

玉琴/石老爹

（背唱）怎忍明言/我再回言。

玉　琴　（接唱）老人家身体可康健？

小石头四季可缺单棉？

石老爹　（接唱）军代表回乡来另有公干，

到家中嘘寒问暖我实不敢担。

玉　琴　（接唱）老人家面带愠色仍有积怨，

我只得将真情一瞒再瞒。

那一年鬼子蹂躏中原失陷，

我与石富赴国难同奔延安。

抗大同桌共勤勉，

战火之中结姻缘。

原谅我二人离家走远，

自古忠孝难双全。

石老爹　（接唱）难双全，不求全，

不辞而别理不端。
实指望石富把家业掌管，
谁料想这一去不再回还。

玉　琴　（接唱）冬去春来望飞燕，
父子母女心相牵。
夫妻日夜常思念，
更把慈父挂心间。

［石老爹站起身，质问地。

石老爹　（接唱）挂心间？心惦念？
却唯有只字半语的家书带回家园。
看起来父子亲情已割断，
他、他、他——
早已忘祖宗坟茔就在大石山。

玉　琴　（接唱）我的公爹啊……
公爹莫把石富怨，
石富本是好儿男。
千错万错错在我，
一切罪过玉琴担。
请公爹原谅儿媳上门晚，
这一声公爹我迟叫了十年。

［玉琴欲跪。

石老爹　（见玉琴欲跪，忙阻止）你干什么？只要石富不回来，我是不会认你这个儿媳妇的！

玉　琴　爹，石富他……

石老爹　他人呢？他为什么不回来？

玉　琴　他、他他他……回来了！

石老爹　回来了？在哪里啊？

玉　琴　石富他、他……他在这里！

［玉琴从书包里拿出一尊残缺的汉白玉岳飞小石像，上面血迹斑斑。

石老爹　（大惊地）岳飞像！石富他……

［刹那间，石老爹全明白了，却难以承受突如其来的打击，浑身颤抖不已……

玉　琴　这一尊岳飞像，还是爹在石富小时候，手把手教他雕刻的。石富一直带在身边，如今我把岳飞像带回来了，石富他、他他他……

［玉琴双手奉上岳飞小石像。

［石老爹仍不愿相信，颤颤巍巍地从怀里掏出一沓书信。

石老爹　这、这这这信……

玉　琴　石富牺牲三年来，我怕爹受不了，一直不敢告诉爹，这些信都是我替石富写的。

[石老爹又似遭到一记重击，他几欲摔倒；玉琴连忙搀住。

石老爹 他、他、他是怎么走的……

玉　琴 三年前，渡江战役——

（唱）那一年，

百万雄师集结在长江岸，

号令响万船齐发如箭离弦。

石富英勇船头站，

身先士卒勇当先。

惊涛骇浪漫天堑，

枪林弹雨飞满天。

石富首先跳上岸，

冲锋陷阵勇往直前。

炮弹飞来鲜血溅，

战场殒命把身捐。

没有留下一句话，

硝烟散尽草地眠。

尸首无处寻装殓，

只留下一尊石像血斑斑。

石老爹 （猛然间，失态地爆发）你！都是你！

（接唱）去时成双又成对，

来时就你站眼前。

带回一尊石头像，

魂魄飘散到天边。
欲哭无泪泪风干，
欲语无言空对天。

[石老爹撕书信，一把撒向空中……

玉　琴　（惊呼）爹……

[随即，石老爹似乎被惊醒，又匍匐在地拾捡书信……

[玉琴也奔上前去，与石老爹一道跪倒在地拾捡着书信……

[灯光渐暗。

四

[大石村村口。

[石碾上，“咣当、咣当……”村主任正在敲钟。

[玉琴上，一步迈上石碾。

[玉石等众石匠、众村民随上。

村主任 大侄女军代表，要不，你先讲几句。

玉　琴 大叔，您老就直接说吧。

村主任 好。老少爷们，今天我把报名去北京雕刻人民英雄念碑的石匠都召集来了，谁去，谁不去？我说了不算，是骡子是马拉出来遛遛。闲话少说，各位，都露一手吧！

[玉石与众石匠拿出各自的绝技，争相斗技……

[众村民在一旁“观战”……

石匠甲 我雕过的那可多了去了！

（念）石窟摩崖和宫殿，

园林宅邸和陵园，

经幢庙宇和寺院，

精雕细刻惊眼帘。

［众人喝彩。

石匠乙　（接念）石阙牌坊和祭坛，
石人石马石栏杆，
石头狮子威风显，
玲珑宝塔棱中圆。

众石匠　（合念）我们雕过那——
石桥雕、碑书雕、走兽雕，纪念雕、人物雕、飞禽雕——

玉　石　（唱）三天三夜都说不完那嗬呀呼嗨。
（念）石雕要先“捏”——

众石匠　（念）就是打坯样。

玉　石　（念）画草图、捏泥坯，

众石匠　（念）模型还要做在前。

石匠乙　（念）然后再去“镂”，

石匠丙　（念）接着再去“剔”，

石匠丁　（念）最后才是“雕”。

玉　石　（念）线雕圆雕不眨眼，
浮雕沉雕非一般；
微雕镂雕线不断，
镂空雕法是难上难。
悬暂巧雕连环巧，
影透链雕巧连环。

众石匠 （合唱）匠心独具精工见，
石破天惊、破石惊天。

［小石头跑上。

小石头 （ 念 ）人物、动物、花盆、栏杆、凉亭、栏板，胸像、壁炉、门套、柱头、石凳、喷泉。
石匠甲 （领合）龙亭龙柱、琼楼玉阁，
石匠乙 （领合）飞禽走兽、争奇斗艳。
玉　石 （接唱）琳琅满目，包罗万象，
祖传的石雕石刻气象万千。

［众村民不住地叫好……

玉　琴 （喝彩）好！
村主任 大侄女军代表，你看这去北京参加雕刻的人选……

［众村民显得有些紧张。

玉　琴 大家先到村委等一下，我一会儿去宣布参加雕刻的人选。
村主任 好，听军代表的。

［众石匠下。

玉　琴　玉石，你先留下。大叔，时间紧，咱是不是先把采石队拉上去？

村主任　大侄女，您就把心放肚子里好了。我亲自带采石队上采石场，误不了刻碑的大事！

玉　琴　大叔，您上了年纪，再说……（摸了摸村主任的一支空袖管）我想……玉石年轻力壮，还是让玉石带队上采石场。

玉　石　什么？（嚷嚷起来地）姐，你不公平！你不就是想让石老头去刻碑吗？他不愿意去，你非求着他干什么？石老爹岁数都大了，腿脚也不灵了，眼神也不济了，缺了他，我们还不是一样刻碑？要是我石富哥还活着，他也会支持我去的。

［玉石一言既出，玉琴一愣。

村主任　（制止地）玉石！（为难地）玉石，你……你这个混账小子……你咋能……

玉　琴　……

村主任　大侄女，石富牺牲的事，我们大家都知道了！孩子，苦了你了……

［村主任看着玉琴，不知怎么办才好。

玉　石　（懊悔地）姐，我……

玉　琴　（沉痛地）玉石，公爹一家，大儿子石富，小儿子石贵，还有儿媳妇小荷，为了新中国的解放都牺牲了。他老人家要是能去雕刻人民英雄纪念碑，才更加有意义……

玉　石　我懂，可是我……唉！

［玉石委屈地转身跑下。

村主任　军代表，石老爹去北京刻碑的事，他……

玉　琴　老人家受到的打击太大了……

村主任　是啊，这事搁谁身上也难扛啊！可现在……说起来，这一片十里八乡的石匠都在我心里装着呐，雕刻人像的精致活儿，离了你公爹不灵啊！

玉　琴　再等等吧，我相信他老人家一定能走出来，挺过来！

［远处，隐约传来雕凿石碑的叮当声……

［灯光渐暗。

五

[大石村外，墓地——坟头林立，石贵、小荷的墓碑雕刻精致，特别显目。

[石老爹手捧岳飞石像，从崎岖的山路上踉踉跄跄走来，朝石贵、小荷墓走去，在坟前坐下。

石老爹 石贵啊！小荷啊！你们看看谁来啦……你哥石富和你们作伴来了……（捧起岳飞石像）石富，你这个臭小子，一走就是十年整，来个信也是只言片语……这些年我怨你！我恨你！我天天骂……可是……爹也想你啊！夜夜想，天天盼，盼你能早点回来……现在……你可算是回来了……都回来了！孩子们啊……都回来吧！

[冥冥中，石富飘忽而上。

石　富 爹……

石老爹 石富，我的儿……

[石老爹上前伸手去拉，却抓了一个空，两人擦肩而过。

石　富　（ 唱 ）唤声爹——

石老爹　（接唱）叫声儿——

石富、石老爹

（接唱）未语泪千行，

生死两茫茫。

［石富欲给石老爹擦泪，却只能空空地擦拭；再为石老爹捶背，却也只能是空空地捶……

［石老爹欲摸石富，却只能是空空地摸索……

石　富　（接唱）还记得爹爹教我刻石像，

一刀一凿免不了流血受伤。

石老爹　（接唱）还记得对你打骂是家常，

就盼你一块好铁炼成钢。

石　富　（接唱）真希望还能像儿时一样，

再听爹责骂声心里也安详。

石老爹　（接唱）真希望还能够摸到你身板，

父慈子孝把祖传石刻发扬，

石　富　（接唱）不孝子已经让爹爹失望，

不能把祖传家业继承担当。

求解放不做石匠去打仗，

让石匠站着做人更亮堂。

［石富飘忽着，隐去……

石老爹 （呼唤着）石富，别走，回来！别走，别……

［冥冥中，石贵、小荷飘忽而上。

石贵、小荷

爹！

石老爹 石贵！小荷！

［石老爹与石贵和小荷相互欲拉对方，却扑了个空……

石老爹 （接唱）泪未干，接着淌，

石老爹、石贵、小荷

（接唱）生生死死隔阴阳。

［小荷欲为石老爹梳发，却摸了个空；石贵欲为石老爹整衣，却在空空中摸索……

石老爹 （接唱）要死怎不让我先去死？
我不过是下山的夕阳；
要生怎不给你们夫妻俩？
你们还是早上的朝阳。

石　贵 （接唱）别哭泣，

小　荷 （接唱）莫心伤，

石贵、小荷

（接唱）为爹挡弹理所应当。

小　荷　（接唱）小石头拜托爹爹来抚养，

石　贵　（接唱）将来把祖传石刻光大发扬。

［石贵、小荷飘忽，隐去……

石老爹　石贵、小荷，别走，你们快回来！回来，回来……

［石老爹看着石贵、小荷的墓碑，又看着手上的岳飞石像，悲痛再也难以抑制，眼泪倾泻而出……

石老爹　（　唱　）扶石碑捧石像心儿碎了，

我的儿啊……

石富、石贵、小荷！孩子们啊！回家咯！回来吧！

［石老爹将岳飞石像放入空穴之中。

石老爹　（接唱）不由得老汉我痛哭悲嚎。

常言道养儿教子为防老，

谁不想子孙承欢乐陶陶？

现如今兄弟俩——

一个江南死，一个江北倒；

兄弟隔江望，鲜血汇江涛。

再不能享天伦膝前环绕，

老石家只剩下血脉一条。

我定把小石头抚养长大，

传技艺学英雄承载祖业世代英豪。
待等石碑树立好，
我丢锤断钎挂斧封刀。

［石老爹举起大锤，把插在墓穴边的钢钎一砸两段。

［幕内伴唱：

手捧家乡土，
一缕英雄魂；
空坟清幽冷，
英魂伴永恒。

［伴唱中，石老爹给空穴填土……

［玉琴牵小石头上，赶紧上前去与石老爹一起给空穴填土……

［小石头又在石贵墓碑和石富空穴前摆放祭品。

小石头　爹！娘！大伯！小石头给你们磕头了！

［小石头跪地磕头……

［玉琴和石老爹扶起小石头。玉琴发现墓前被石老爹砸断的钢钎，捡起来捧在手上。

玉　琴　爹，您这是……

石老爹　等给石富把墓碑刻了，从今以后啊，我就不雕了，不刻了！

玉　琴　爹，如果石富还活着，他也不愿意看见你这个样子。

石老爹　不再雕了，不再刻了！

玉　琴　爹，如果你不愿意跟玉石一起去雕刻纪念碑，我去做玉石的工作，他可以不去，您不能不去！

石老爹　无所谓了。张家去也罢，不去也罢，我都不争了，不去了！我就在这儿守着他哥儿俩，一家人再也不分开了！

［石老爹欲走。

［玉琴情急之下，上前挡在石老爹面前。

玉　琴　爹，我想问您一句话。

石老爹　你说。

玉　琴　石富、石贵和小荷都是为新中国牺牲的烈士，他们是您的好儿子，也是我的好丈夫，好兄弟！可是，您想过没有，自从革命战争以来，千百万烈士都牺牲在战场上了，他们和石富、石贵一样，都是父母的好儿子、妻子的好丈夫、孩子的好父亲，他们每一个人都能像石富、石贵一样，有一块属于自己的墓碑吗？

石老爹　这……

玉　琴　要是请您为天下每一个牺牲的烈士刻一块墓碑，您刻得过来吗？

石老爹　这、这……

玉　琴　爹，你已经为石富、石贵，还有小荷刻了墓碑，那只是小碑，我更希望你去北京刻纪念碑，那是一块大碑！

石老爹 （一震地）大碑！小碑……小碑！大碑……

[石老爹一边不住地嘟囔着“大碑……小碑……”一边向远处走去……

[玉琴默默地注视着石老爹远去……

[远处，“砰、砰、砰”锤砸钎凿的声音传来……

[灯光渐暗。

六

[大山里，采石场。

[玉石等采石工正拖拉着一块巨大的汉白玉石材，此起彼伏的采石号子，粗重、低沉……

众石匠 （唱）嘿佐……嘿佐……嗨哟佐……
对面那个大嫂你看过来哟，
石工那个号子响遍几座山哟。
嘿佐……嘿佐……嗨哟佐……
对面那个大嫂你莫笑哟，
石工那个力气使也使不完哟。
用劲搬噢！使力拗噢，
石工那个力气使也使不完哟。

[玉琴内唱：

炮声隆呼号响群山震荡——

[玉琴上，村主任、玉石搀着张大娘随上。众人登高望远，群情振奋。

玉　琴　（接唱）采石场钎锤响群情高涨。
众石匠紧握钢钎挥舞臂膀，
数十里山摇地动豪气昂扬。
憧憬着纪念碑英雄群像，
众英烈舍生取义谱写华章。

［小石头惊慌地跑上。

小石头　大娘！大娘！
玉　琴　小石头，你咋跑来了？爷爷呢？
小石头　爷爷一大早就到后山去了，

［玉琴、村主任和张大娘相互对视一眼。

村主任　后山？后山山高坡陡，太危险了！
玉　石　前山放炮采石，后山常有碎石滚落啊！
小石头　大娘，我害怕……
玉　琴　玉石，找几个熟悉后山的石匠，和我一起去找我公爹。
玉　石　好！
张大娘　对，快去！

［灯光暗转。

七

[后山——

[远远地，从前山不时地传来放炮炸山的轰隆声……

[石老爹内唱：

山高坡陡——

[石老爹踉踉跄跄地上。

石老爹 （接唱）步踉跄，
心急意切奔山梁。
为石富刻墓碑寻找石料，
为我儿精雕细凿才相当。
又想起玉琴话语耳边回响，
大碑小碑蕴意深长。

[石老爹在崎岖、陡峭的山路上攀爬……

[众石匠内喊：“老爹！石老爹……”

[众石匠引玉琴奔上。

[玉琴与石老爹一前一后，在崎岖、陡峭的山路上攀爬……

［玉琴渐渐追上石老爹……猛然间，石老爹一个趔趄，差点摔倒；玉琴紧赶几步，一把搀住。

玉　琴　爹，后山危险……

［远处又传来“轰隆”炸山声……

玉　琴　不好，有石头滚下来！爹，快闪开！

［玉琴推开石老爹……

［“轰隆”一声巨响，乱石纷飞……玉琴被滚石砸中。

众　（惊呼地）军代表！

石老爹　玉琴啊……（冲上前去）

［玉琴挣扎着站起身，村主任、玉石一左一右将玉琴搀扶住。

玉　琴　爹，您看。（从书包里掏出人民英雄纪念碑石刻画稿）这是人民英雄纪念碑的石雕画稿！

［村主任与玉石接过画稿，徐徐展开……

玉　琴　爹，天安门内外的华表有多高？

石老爹　（自豪地）我当然知道，三丈！

玉　琴　爹，这座碑，通高 37.94 米。

石老爹　（心里默念，不禁脱口而出）有十二丈多……

玉　琴　（点头）正面碑心镌刻着毛主席题写的“人民英雄永垂不朽”八个鎏金大字；背面碑文由毛主席起草，周总理书写。十幅巨大的汉白玉浮雕：“虎门销烟”“金田起义”“武昌起义”“五四运动”“五卅运动”“南昌起义”“抗日游击战”和“胜利渡长江，解放全中国”。两侧还有两幅“支援前线”和“欢迎人民解放军”。

石老爹　（被震撼地）这、这……可真是一块大碑啊！

玉　琴　所以，我才请您去北京，去刻人民英雄纪念碑！一个有希望的民族不能没有英雄，一个有希望的民族更不能忘记英雄。有了这块碑，天底下所有为新中国牺牲的烈士们就有了灵魂的归宿；有了这块碑，他们从此不再飘泊，不再孤单；有了这块碑，他们从此就有了家——

（唱）有多少父母送儿上战场，
有多少妻子为国舍夫郎。
有多少英雄儿女赴国殇，
有多少烈士遗骨未还乡。
一家家都与咱石家一样，
人民英雄永垂不朽万古流芳。
纪念碑矗立在天安门广场，
英雄们也活在人民的心房。
从此后，
让英灵与亲人长相守；

从此后，
让英雄精神永驻地久天长。
人民刻人民英雄不一样，
自古以来第一桩。

[玉琴已然支撑不住，几欲晕厥，身体欲倒。

村主任 不说了！快，快送县医院！

玉　琴 （将书包递给石老爹）爹，拜托您了！

石老爹 （下意识地接过书包）我……

村主任 快！快走！

[村主任、玉石等众石匠搀扶玉琴急下。

石老爹 玉琴，我、我、我还等着你敬茶磕头呢！

[石老爹手捧玉琴留下的书包，愣愣地望着玉琴远去的方向……

[铁与石的撞击声不时传来，或强或弱，或近或远……

[石老爹孤零、佝偻的身影，似乎被铁石的撞击一点点牵引起来，他似乎听到了什么，又似乎寻找着什么……

[空中，石富、石贵、玉琴、小荷、小石头的声音重叠、交汇："从前啊，有个石匠上山采石头，被天上的太阳晒得头昏眼花，他说：'太阳可真厉害，我要是变成太阳多好啊！'"

[石富画外音："神仙就把他变成了太阳……"

［石富举一面写有“打过长江去，解放全中国”字样的红旗上。

石老爹 （喃喃地）石富……

［小荷画外音：“他就变成了云……”

［小荷推一辆插有小红旗的支前独轮车吱呀吱呀地上。

石老爹 （喃喃地）小荷……

［石贵画外音：“他又变成了风……”

［石贵上，与小荷一道推车。

石老爹 （喃喃地）石贵……

［石老爹紧紧抱着玉琴留下的书包。

［玉琴画外音：“他又变成了山……”

石老爹 （急切地）玉琴……

［石富、石贵、玉琴、小荷画外音：“快把我变成石匠吧！”冥冥中，众人的笑声在空中飘荡着、飘荡着……

石　富 爹，等全中国都解放了，我就回家和您老一起做个石匠！

石老爹 （应声）哎……

小　荷　爹，小石头就拜托您啦！

石　贵　就让他跟爹一样，做一个好石匠！

石老爹　（应声）哎哎……

玉　琴　爹，您老一定要去刻那块大碑啊！

［远远地，小石头出现在高处，玉石等众石匠簇拥在小石头周围。

小石头　（大喊）爷爷，天底下石匠最厉害！你就是天底下最厉害的石匠！

玉琴、石富、石贵、小荷　、玉石、众石匠

（大声地）你就是天底下最好的石匠！

［玉琴、石富、石贵、小荷、小石头、玉石、众石匠隐去。

石老爹　（备受激励，血脉偾张地）我……我就是天底下最好的石匠！

（唱）我就是天底下最好的石匠，
似听见儿孙的呼唤萦绕在耳旁。

［石老爹从书包里掏出人民英雄纪念碑浮雕画稿，慢慢地展开……

（接唱）刻不尽皇家的至高无上，
却不知英雄儿女就在身旁。
似看到石富我儿船头站，

似看到石贵夫妻支前忙，
似看到玉琴她英姿飒爽，
似看到英雄们无悔的脸庞。
铁锤声声重、心儿咚咚响，
钢钎当当紧、手儿颤颤慌。
再不是卑躬屈膝的石匠，
顶天立地挺脊梁。
石匠老爹何其幸，

众石匠 （合唱）塑造英雄铸辉煌。

石老爹 （接唱）汉白玉石何其幸，

众石匠 （合唱）雕刻英雄永颂扬。

石老爹 （接唱）英雄从人民中走来——

众石匠 （合唱）英雄从人民中走来，

石老爹 （接唱）人民雕人民英雄相得益彰。

［玉石、老村主任、小石头、众石匠上。

［叮叮当当的凿石声由弱渐强，汇成了交响……

［人民英雄纪念碑八幅浮雕一一呈现……

石老爹 （接唱）雕一幅“虎门销烟”，

众石匠 （合唱）且看那千百艘待发战船。

村主任 （领唱）刻一幅“金田起义”，

众石匠 （合唱）呼喊着太平天国好儿男。

玉　石 （接唱）雕一幅“辛亥革命”，

众石匠 （合唱）一把火烧出朗朗一青天。

五四运动，五卅运动，
内除国贼，外争主权。
坚决打倒帝国主义
勇往直前！勇往直前！

石老爹 （接唱）刻一幅“八一起义”，

众石匠 （合唱）打响第一枪响彻天边。

石老爹 （接唱）雕一幅“抗日游击战”，

众石匠 （合唱）艰苦卓绝前仆后继十四年。

［巨幅浮雕“胜利渡长江，解放全中国”徐徐呈现……

石老爹 （接唱）刻一幅“战船乘风破浪”，
百万雄师气昂昂。

众石匠 （合唱）前进，前进，前进！
解放全中国，胜利渡长江。

［雕像前，石老爹带领众石匠肃然而立。

［切光。

尾　声

[一座人民英雄纪念碑赫然矗立。

[远远地，从天际传来毛泽东主席深沉、凝重，带有浓重湘音的声音："三年以来，在人民解放战争和人民革命中牺牲的人民英雄们永垂不朽！三十年来，在人民解放战争和人民革命中牺牲的人民英雄们永垂不朽！由此上溯到一千八百四十年，从那时起，为了反对内外敌人，争取民族独立和人民自由幸福，在历次斗争中牺牲的人民英雄们永垂不朽！"

[幕内伴唱：

开天辟地新中国，
一座丰碑问苍穹。
人民创造历史，
历史造就人民英雄。

[灯光渐暗。

[剧终。

人民英雄纪念碑

本剧由北京市河北梆子剧团演出。
获第九届北京市文学艺术奖；
2020 年度国家舞台艺术精品创作
扶持工程重点扶持剧目。
本文发表于《新剧本》2019 年第 4 期。

剧名书写　王厚祥

王勇剧作集

京剧

项羽

◎

王勇 著

中国戏剧出版社
CHINA THEATRE PRESS

图书在版编目（CIP）数据

王勇剧作集 / 王勇著. — 北京 : 中国戏剧出版社,
2022.6
ISBN 978-7-104-05123-7

I. ①王… II. ①王… III. ①剧本—作品综合集—中
国—当代 IV. ①I230

中国版本图书馆CIP数据核字（2021）第171113号

王勇剧作集

策划编辑： 肖　楠
责任编辑： 邢俊华
责任印制： 冯志强

出版发行： 中国戏剧出版社
出 版 人： 樊国宾
社　　址： 北京市西城区天宁寺前街2号国家音乐产业基地L座
邮　　编： 100055
网　　址： www.theatrebook.cn
电　　话： 010-63385980（总编室） 010-63381560（发行部）
传　　真： 010-63381560

读者服务： 010-63381560
邮购地址： 北京市西城区天宁寺前街2号国家音乐产业基地L座

印　　刷： 保定市铭泰达印刷有限公司
开　　本： 787mm×1092mm 1/32
印　　张： 42.25
字　　数： 846 千
版　　次： 2022年6月 北京第1版第1次印刷
书　　号： ISBN 978-7-104-05123-7
定　　价： 458.00 元（全 18 册）

时　间：公元前206—前202年。

人物：

项羽、虞姬、范增、刘邦、韩信、子婴、刘太公、吕雉。

传令官、宦官、楚卒、汉兵、宫女等若干。

一

[咸阳。阿房宫逶迤、巍峨、壮观。

[传令官上。

传令官 秦皇暴政，民心尽失。陈胜、吴广发难反秦，各路豪杰蜂拥而起，争夺天下者，不可胜数。然，上将军项羽，力能扛鼎，气压万夫，虽无尺寸可依权势，自吴中起兵反秦，领八千江东子弟兵，率五国诸侯，纵横吟啸，经雍丘，历巨鹿之战，直指秦都咸阳。上将军驾到！

[幕内呼应：“上将军驾到！”

[楚旗招展，楚军浩浩荡荡地上。

[子婴自缚上，匍匐于地。

[刘邦率众上，手捧玉玺，恭立。

[项羽内唱：

力拔山兮气盖世——

[项羽戎装铠甲，气宇轩昂地上。

[范增等文臣武将随上。

[楚军将士挥刀舞盾，齐声欢呼。

项 羽 （接唱）彼可取而代也在此时。

[刘邦率众参拜。

刘 邦 参拜上将军！

众 参拜上将军！

项 羽 （接唱）出江东伐暴秦八千子弟，
巨鹿鏖战天地惊、鬼神泣，
残阳似血，漫卷旌旗。
重瞳项羽易青史，
改天换日四海一。

项 羽 子婴何在？

子 婴 罪人在。

项 羽 推出去斩了！

[子婴惊呼，跌坐。

子 婴 （抓刘邦衣袖）武安侯救我！

刘 邦 （心慌地拂袖）与我何干？

范 增 上将军不可莽撞！

项 羽 莽撞？无道秦嬴，暴虐江山，天地不容。

范 增 此一时，彼一时。子婴不杀，可获秦人之心。刘邦入关，不杀秦皇后裔，封子婴为相，籍吏民，封库藏，约法三章，秋毫不犯，尽得秦人拥戴。

项　羽　（不屑地）笼络人心，雕虫小技罢了。

刘　邦　上将军说的是。

范　增　非小技，乃大谋。

刘　邦　何言大谋，刘邦愚钝，非不杀子婴，但等上将军亲处。

子　婴　（指刘邦）刘邦，你好歹毒！

项　羽　楚虽三户必亡秦，国仇家恨，今朝一并雪耻。杀！

［一声虎狼之吼，两壮士不由分说，推子婴下。

刘　邦　上将军神勇！

众　上将军神勇！

项　羽　（脸色一沉，不愠而怒）刘邦，你可知罪？

刘　邦　我……何罪之有？

项　羽　你自封关中王，怎言无罪？

刘　邦　哎呀，冤枉啊！你我兄弟合力攻秦，贤弟河北作战，愚兄战于河南，我虽入关在先，从未曾想过关中为王啊。

项　羽　函谷关设防阻我入关，又做何解释？

刘　邦　把守函谷关，防范贼人作乱。

项　羽　鸿门宴上，为何不辞而别？

刘　邦　急于返回咸阳，安民告示，迎贤弟大军入城。

项　羽　窃取秦皇玉玺，意欲何为？

刘 邦 这秦皇玉玺么……

［刘邦趋步躬身，奉上玉玺。

刘 邦 上将军在上，传国玉玺在此，今完璧呈献！

项 羽 （抓过玉玺，念其铭文）“受命于天，既寿永昌”。哈哈，彼可取而代也！彼可取而代也！

刘 邦 玉玺乃愚兄为贤弟监护，岂容他人觊觎染指？

项 羽 噢……

刘 邦 哦……

项 羽 噢……

刘 邦 哦……

［项羽、刘邦心照不宣地哈哈大笑……

刘 邦 恭请上将军入宫。

众 恭请上将军入宫。

［项羽大氅一甩，冷眼环顾阿房宫。

项 羽 此乃阿房宫么？

刘 邦 正是。

项 羽 秦贼父子，驱十万之众，合四海之力，建三百里阿房宫，筑天上人间福地，五步一楼、十步一阁、百里相望，好威风！好气派！依我看，都是六国民脂民膏筑成。烧!

[众将士火烧阿房宫……

刘　邦　上将军英明!

范　增　上将军不可!

（唱）大火燃起冲天恨,

刘　邦　（接唱）秦心焚烬显我仁。

项　羽　（接唱）非是仇恨不可泯,

毁秦可赢六国心。

刘　邦　（接唱）人心向背有公论,

范　增　（接唱）刘邦奉承心机深。

刘　邦　（接唱）韬光养晦万般忍,

项　羽　（接唱）要做旷世第一人。

[项羽、刘邦、范增隐去。

[阿房宫呼喇喇熊熊燃烧起来……

[虞姬、众宫女被楚兵追杀上,四散奔逃亡命,已走投无路,蜷缩相泣,听天由命。

虞　姬　（唱）九月秋凉兮——

四野飞霜,

天高水长兮——

离雁望乡。

众宫女　（合唱）天高水长兮——

虞 姬　（接唱）孤女思娘。

［楚歌声牵引着项羽上。循声发现虞姬。

项 羽　（接唱）忽闻楚歌唱，
缥缥渺渺、悠悠荡荡、凄凄惨惨切切，
勾起无尽情思长。
九月秋凉兮——
四野飞霜，
日月征战兮——
孤立沙岗。

虞 姬　（接唱）天高水长兮——
孤女思娘。

［项羽循声发现虞姬。

项 羽　歌者何人？

［虞姬跪倒在项羽面前。

虞 姬　楚女虞姬。

项 羽　楚歌！楚女！

宦 官　（阿谀、献媚地）始皇、二世，搜罗天下奇珍异宝，征召七国美人佳丽，充斥阿房宫，以供淫欲享乐。纤腰楚姬、蛾眉齐娇、柔荑燕女、云鬓赵娥，嫣然韩丽、冰肌魏佳，还有那如玉秦妃……

项　羽　住口！（震怒之下，敕令）秦女格杀勿论，六国女子各自遣返归籍。

［虞姬等众宫女感恩戴德地齐跪倒在地。

众宫女　将军大恩！

虞　姬　（长呼）虞姬叩拜将军大恩哪……

［虞姬呼喊着，一溜跪步至项羽跟前，深深地叩首。

项　羽　（伸手去搀）虞姬请起。

［幕内伴唱：

九月秋凉兮——
四野飞霜，
天高水长兮——
离雁望乡。

［楚歌声中，项羽久久地凝视着虞姬，饱含怜惜之情。虞姬仰视项羽，忐忑、激动、感恩、仰慕，百感交集，随后，她匍匐于地。

［项羽甩氅，转身率众下。

［众宫女四散离去。

［虞姬起身，项羽已去，遥望远处，无尽怅然。

虞　姬　（唱）去也，
去也，
来去似风烈，
盖世人中杰。
阿房宫阙，灰飞烟灭，
巨掌一挥埋残虐。
去也，
去也，
将军回眸瞥，
怅然若失魂被劫。

[灯光渐暗。

二

[楚营大帐内。

[项羽背向面对巨幅军事地图。

项　羽　（唱）极目楚天江东望，
慷慨激昂意气扬。
浴血沙场春秋往，
杀入咸阳如愿偿。
从此后暴秦灭风清气朗，
从此后诸国立固若金汤。
乾坤霸业手中掌，
功成名就衣锦还乡。

[传令官上。

传令官　启禀大王，历阳侯求见。

项　羽　快快有请亚父。

传令官　有请历阳侯。

[范增上。

范 增　（欲拜）参见大王。

项 羽　（搀住）亚父，你我情同父子，不必拘礼。

范 增　大王，天下未定，万不可分封各路诸侯，收回成命，犹未晚矣！

项 羽　暴秦已灭，何言天下未定？论功评赏，情在理当。如今，天下将封为十八路诸侯。

范 增　十八路诸侯就似那十八只猛虎，虎视眈眈。

项 羽　依你之见？

范 增　天下一统，才是正道。

项 羽　我已号令诸侯，雄霸天下！

范 增　天下分封，各自为政。春秋战国，五霸更替，朝廷羸弱，乱自分封始。大王三思！

项 羽　哼！项羽在，谁敢作乱？

范 增　作乱者首当汉王刘邦！

项 羽　刘邦？哈哈哈……（自信地）鸿门宴上他臣服于我，咸阳城里他奉上玉玺。虽封他为汉王，却身居巴蜀荒陋之地，外有雍王章邯、翟王董翳、塞王司马欣，四分关中钳制，我量他不敢踏入中原！

范 增　大王哪！

（唱）刘邦他贪财好色本无赖，
入关后处心积虑恶性埋。
可见他志向远大不可测，
切不可掉以轻心后患埋。

项 羽　亚父不必多虑，择日随我回转江东！

范 增　怎么讲？

项　羽　回转江东！

范　增　（大惊地）大王不可！你来看哪！（在地图上指画）咸阳乃关中要地，粮草充足，易守难攻，当据此以控天下，怎能回转江东？

［韩信上。

韩　信　执戟郎中韩信求见。

项　羽　何事？

韩　信　（朗声地）启禀大王，关中以山河为屏障，地势险要，土地肥沃，可建都城立帝业。

范　增　说得好！

韩　信　韩信有良策呈上，容觐见。

项　羽　官不过郎中，位不过执戟，区区门官，岂可登堂入室？（喝令）退下。

韩　信　大王，你……

［韩信羞愤而下。

范　增　大王，忠言逆耳，不可回转江东啊！

项　羽　富贵不归乡里，有如衣锦夜行，何人知晓？

范　增　夺大王天下者，汉王刘邦也！我等迟早束手就擒，为他所虏！

项　羽　你……（欲怒，强忍）我意已决，你退下吧。

范　增　大王……

项　羽　退下！

［亚父无奈，垂头叹气出帐，下。

项　羽　亚父，我自有道理。

［传令官手捧大氅上。

传令官　大王，楚女虞姬进献大氅一件。
项　羽　（摩挲大氅）甚是精美！虞姬何在？
传令官　就在帐外。

［虞姬奔上。

虞　姬　大王！
项　羽　虞姬……你为何不曾返乡？

［虞姬“扑通”跪倒在霸王面前。

虞　姬　大王，大王啊……
（唱）未曾开言泪双流，
再生恩德天高地厚。
莫嫌虞姬容貌陋，
恳请大王且收留。
行走在你身影后，

此生今世无忧愁。
相伴在你左和右。
生死相随无所求。

项 羽 （接唱）戎马奋战几春秋，
铮铮铁骨遇温柔。
莫名悸动涌胸口，
不禁身颤心儿抖。

虞 姬 （接唱）叩首叩首再叩首，

项 羽 （接唱）执子之手贴心头。

［项羽牵起虞姬之手，轻轻贴近心头。

项 羽 传令下去，分封诸侯，东归彭城！

［灯光暗转。

［西楚大军东归，旌旗招展，浩浩荡荡……

［传令官宣读诸王分封令。

传令官 暴秦崩溃，天下已定；论功行赏，分封诸王。魏豹为西魏王，都平阳；韩成为韩王，都阳翟；赵歇为代王，都邯郸；田都为齐王，都临淄；臧荼为燕王，都蓟城；刘邦为汉王，都南郑；申阳为河南王，都洛阳；司马印为殷王，都朝歌；张耳为常山王，都襄国；黥布为九江王，都六县；吴芮为衡山王，都邾城；共敖为临江王，都江陵；田市为胶东王，都即墨；田安为济北王，都博阳；韩广为辽东王，都无终；章邯为雍王，都废丘；司马欣为塞王，都栎阳；董翳为翟王，都高奴；怀王为义帝，徙于郴；项羽共尊为西楚霸王，都彭城。晓示天下。

[切光。

三

[夜。月笼寒沙。

[韩信孑然而上。

韩　信　（唱）月笼寒沙照孤影，

悄然出营孑身行。

忆昔家贫陷困顿，

胯下之辱恨终生。

天下大乱群雄涌，

慷慨仗剑去从军。

追随霸王平天下，

指望脱颖建奇功。

满怀热忱遭冷讽，

凌云壮志转头空。

谁人识我天才纵，

夜茫茫路漫漫何去何从？

[项羽上。四将士随上。

项　羽　深夜何人在此？

韩　信　在下韩信。

项　羽　执戟郎中韩信?

韩　信　正是。

项　羽　看你身背行囊，莫非要走?

韩　信　此处不留人，自有留人处。

项　羽　我已号令诸侯，天下莫不攀附!

韩　信　不错，当今大王确实不可一世，可在我看来，不过是明日黄花……

项　羽　(震惊地)住口!

(唱)竖子狂妄不要命，

信口雌黄脑发疯。

你听了……

(接唱)试问你暴秦灭天下已定，

十八路诸侯王谁是英雄?

韩　信　小人不敢言讲。

项　羽　但讲无妨。

韩　信　实不敢言。

项　羽　讲。

韩　信　大王!

(接唱)汉刘邦避锋芒忍辱负重，

觊乾坤觎天下尽藏于胸。

大丈夫能屈能伸真本性，

中原逐鹿，鹿死谁手未分明。

项　羽　(接唱)看惯了阿谀与奉承，

此人却是大不同。

性情耿直一腔勇，
谋略眼界有几分。
韩信。
（接唱）眼识你怀胆略堪当大任，
在帐前跟随我大有前程。

韩　信　（接唱）历阳侯辅霸王尽责尽忠，
你尚是言不听来计不从。
更何况韩信我人微言轻，
岂不是自取其辱被欺凌。

项　羽　（接唱）好风助你上青云，

韩　信　（接唱）心灰意冷万事空；

项　羽　（接唱）好言善语你不听，

韩　信　（接唱）去意已决任飘零。

项　羽　（背唱）既然不能为我用，
转投他人岂能容。
（脸色阴沉地）来呀。

［四武士冲上，站立在韩信身后。

项　羽　（接唱）不知你今离去何处投奔？
是不是拜刘邦去往汉营？

韩　信　（背唱）项羽陡然杀机动，
脸色突变目光凶。
大王。
（接唱）远走高飞山林隐，

不问世事蓑笠翁。

项　羽　（接唱）是真是假我怎能信？

［四武士对韩信拔刀相向，步步相逼。

［猛地，韩信跪倒在地。

韩　信　大王！

（接唱）苍天可鉴言由衷。

［韩信恐惧而绝望地仰视霸王。

项　羽　（倏忽间，仰天大笑不已）哈哈哈……

（接唱）西楚霸王任驰骋，

天下尽在掌握中。

人各有志，你去吧！

韩　信　（简直不敢相信地）大王，你真的让我走吗？

项　羽　你即便是投奔了刘邦，又能掀起多大的风浪！

韩　信　谢大王不杀之恩！

项　羽　去吧。

韩　信　谢大王！

［韩信跪地磕头，起身疾下。

［传令官急上。

传令官　报……禀大王，韩相张良投奔刘邦去了。

项　羽　因何投汉？

传令官　韩王成私通汉王刘邦，大王将其问斩。张良怨恨大王，故而投奔刘邦。

项　羽　离心离德之人，由他们去吧！

［楚歌声传来……

项　羽　楚歌，又闻楚歌……

传令官　大王，我们离楚国家乡不远了。

项　羽　回乡了……

［项羽眺望远方，无限向往。

［灯光渐暗。

四

[彭城。霸王宫，后花园。

[项羽正教虞姬一招一式地舞剑……

[幕内伴唱：

一柄杀戮剑，
化作舞翩跹。
朝朝复暮暮，
春风雨露间。

[范增上。

范　增　（呼喊着）大王哪大王。

项　羽　亚父，何人惹你烦恼？

范　增　你！

项　羽　我？

范　增　九江王英布在义帝熊心去往郴县的路上，将其斩杀，可是你授意于他？

项　羽　（不以为然地）正是。

范　增　此事独我不知，为何不与我商议？

项　羽　亚父，你年事已高，操劳一生，实不愿讨扰你的清闲。

范　增　糊涂呀糊涂！

项　羽　（不悦地）亚父，你才是真的糊涂！你忘了？当年，你曾与我叔父项梁建言，拥立楚怀王之孙熊心为王，以号令各路反秦大军。我与秦军鏖战，那刘邦不费刀枪之力，却趁机抢先入关，熊心小儿言道“先入关者定为王”。即便如此，我仍奉他为义帝，却骨鲠在喉，不能释怀，英布除之，正合我意。

范　增　正合你意？你可又曾想过，义帝亡，各路诸侯师出有名，天下必将大乱啊！

项　羽　各路诸侯各得其所，乱自何来？

范　增　适才快马来报，齐相田荣不满分封，起兵造反，连击齐王田都、胶东王田市、济北王田安，自立为齐王了。

项　羽　哇呀呀！来来来，抬我霸王戟，牵我乌骓马，平定田荣造反。

范　增　大王，三思而行！

项　羽　是可忍，孰不可忍？

范　增　齐地无须多虑，老夫最为忧心的还是汉王刘邦，如他趁机杀出关中，我等岂不腹背受敌？

项　羽　巴蜀险地，我量他插翅难飞。（不耐烦地）亚父，忧来忧去，好不耐烦。

范　增　大王……

项　羽　速去准备，上马杀敌。

范　增　（无奈地）遵命。

[范增无奈地下。

[项羽欲上马。

虞 姬 （难舍而忧心忡忡地）大王，你又要出征了么？大王啊……

（唱）虽是霸王力举鼎，

箭矢无情梦里惊。

项 羽 （接唱）虞姬莫念心放定，

速战速决返彭城。

虞 姬 （接唱）须臾不见情难静，

一日不见心难宁。

项 羽 （接唱）天下诸侯已分封，

虞 姬 （接唱）战乱又起伤离情。

项 羽 （接唱）拼杀换得太平景，

虞 姬 （接唱）愿随大王沙场行。

项 羽 （接唱）沙场之上刀剑影，

岂忍虞姬染血腥？

虞 姬 （接唱）大王苦衷虞姬懂，

万语千言泪盈盈。

去亦好生生，

回亦好生生。

虞姬逢君得重生，

从此离你也不能。

生是你的人，

死是你的魂。

项　羽　（接唱）沙场生死不为动，
此刻字字撞心胸。
难分难离情不忍，
携姬上马同出征。
带马！

［项羽携虞姬上马。
［灯光暗转。
［幕内伴唱：

诸侯纷战风云荡，
马踏戟挑楚霸王。
血浸征袍驰沙场，
但见楚旗迎风扬。

［项羽率楚军与齐军厮杀……
［齐军败。“齐”帜飘落。“楚”旗飘扬，项羽伫立于旗帜前。

项　羽　撼江山易，撼项羽难！

［传令官上。

传令官　禀大王，田荣降卒如何发落？
项　羽　坑杀。
传令官　老弱妇女又如何发落？

项　羽　流放北海，自生自灭。

传令官　再禀大王，汉王刘邦趁大王剿齐平乱之际，明修栈道，暗度陈仓，倾巢而出，挥师东进。

项　羽　呀……果如亚父所言，何人为谋？

传令官　谋者，韩信。

项　羽　执戟郎中韩信么？他、他、他他他……果真投奔刘邦去了！一个沛县无赖，鸿门宴上饶过性命，咸阳城里封为汉王；一个寂寂无名之辈，剑下讨饶，得以活命，如今全不念恩情道义。今日对阵，我定取你等性命。杀！

［幕内伴唱：

九月秋凉兮——
四野飞霜，
日月征战兮——
血泪千行。

［灯光渐暗。

五

[广武山。

[项羽率范增等，刘邦率众将分头上。

[楚、汉两军对峙，战鼓雷动，旌旗招展。

项　羽　刘邦，我以区区三万人马，杀得你五十六万大军望风而逃。你为何坚守不出？

刘　邦　项羽，我岂能与你一般见识，逞匹夫之勇。

项　羽　手下败将，嘴上痛快。

刘　邦　胜负未分，何言败将。

项　羽　若分胜负，摘下免战牌，放马过来。

刘　邦　坚守不战，你奈我何？

项　羽　你……

范　增　来呀！将人推上来。

[楚卒将绑缚的刘太公、吕雉推上。

范　增　刘邦小儿，你看绑缚者何人？

刘　邦　阿爹！夫人！

刘太公　三儿救我！

刘 邦 历阳侯，如此阴损之招，想必出自你手，难道不怕玷污了霸王的磊落英名?!

项 羽 （轻声嗔怪地）亚父，出此阴招，岂不污我名声?

范 增 大王，无毒不丈夫。如不能与刘邦速战速决，战机稍纵即逝。

刘太公 三儿，快快降了吧，不打了，随爹回家种地去。

吕 雉 刘三，别管我，也别管你爹，你就好好地打，我还指望你当皇帝，我当皇后呢!

项 羽 还想当皇帝、做皇后，真乃天生一对，地造一双的好伉俪! 刘邦，你就不怕我烹了你父。

刘 邦 霸王，你我曾为兄弟，我爹就是你爹，莫忘分我一杯羹。

刘太公 （气得发抖地）逆子!

项 羽 你住口! 你这无君无父,不忠不孝的无赖之徒! （气极）好好好，两军交战，不论他人之事，你我一对一个，决一胜负。

刘 邦 （讪笑地）我与你斗智，不与你逞勇。

［项羽气急，弯弓搭箭。

项 羽 看箭。

［刘邦“啊”地中箭倒地，汉军急护刘邦下。

［灯光暗转。

［汉营——刘邦手护伤臂，倚床榻之上。

刘　邦　痛煞人也！

（唱）中原逐鹿楚汉争，
以多击少占上风。
楚军反败转为胜，
流星箭下险丧生。
霸王面前莫逞勇，
以退为进避交锋。
至亲被掳亦心痛，
平安无事意料中。
项羽为人义气重，
妇人之仁误前程。
两军相持陷危境，
胜败输赢未分明。
缓兵之计和约订，
只待韩信发救兵。
楚项羽有勇无谋、刚愎自用，
自以为高人一等，
大丈夫忍辱负重、能屈能伸，
时机一到覆手云。

（隔空喊话）我的霸王兄弟，愚兄自知不敌，甘拜下风，特修和书……

［灯光暗转。

［楚营，中军大帐。项羽正阅刘邦遣使送至的和约书。虞姬在一旁缝补战袍。

项 羽 鸿沟为界，罢兵休战；以东为楚，以西为汉，仍奉我为西楚霸王，永不再战……（大笑）

虞 姬 大王，看你连日愁眉不展，焦虑不安，虞姬惟恐服侍不周。今已三更，为何开怀大笑？

项 羽 我愁的是刘邦坚守不出，我焦的是楚汉战事未明。这笑么……虞姬啊。

（唱）夜深不禁笑声放，

自请求和汉刘邦。

虞 姬 刘邦求和了么？

项 羽 （接唱）名为议和实则降，

俯首甘拜楚霸王。

虞 姬 罢兵休战，好啊！只不过……

项 羽 不过什么？

虞 姬 （接唱）汉王莫测性善变，

应与亚父两相商。

项 羽 虞姬言之有理。有请亚父。

传令官 有请历阳侯。

［范增上。

范 增 更深急召见，战机瞬息现。参见大王。

项 羽 亚父，刘邦已然罢兵乞和……

范 增 哎呀，大王，刘邦求和乃缓兵之计，一为救父救妻，二为等待援军，不可中计哪！

项 羽 哦？

范　增　当务之急，务必强攻刘邦。

项　羽　汉军不出，我奈如何？

范　增　可将刘邦之父和妻子推出阵前，先斩其父，还不出战，再斩其妻，一个一个地斩首，激他出战，胜算在握！

虞　姬　亚父，怎能如此心狠？

项　羽　正是。此等龌龊行径，岂是大丈夫所为！

范　增　这……

虞　姬　亚父哪！

（唱）干戈杀戮无义战，

老幼妇孺最可怜。

范　增　（接唱）助霸王打江山不择手段，

非是老夫本性残。

虞　姬　（接唱）苍天有眼不忍看，

将心比心情何堪。

范　增　（接唱）虞姬姑娘心良善，

眼不见来心不烦。

虞　姬　（接唱）刀光剑影英雄汉，

连累无辜有何干？

范　增　妇人之仁！

项　羽　虞姬言之有理。

范　增　大王，彭城之战，刘邦竟将一双儿女推下车去，独自仓皇逃命。人言虎毒不食子，可见其人意在天下，无所不为。

项　羽　刘邦禽兽不如，我怎能效仿于他？杀他的老父妻子，岂不被天下人耻笑？

范　增　大王，成大事者，岂在乎身前非议、身后骂名？

项　羽　刘邦已然俯首。

范　增　那不过是欺天罔地。

项　羽　楚河汉界，未尝不可？

亚　父　（大惊）大王，鸿门宴上，老夫劝你杀刘邦，你不听；咸阳宫里，老夫阻你不杀秦子婴，不烧阿房宫，你又不听；老夫再劝你诸侯不可封，你还是不听！若听我之言，焉有今日的楚汉相争？霸王哪，广武山下，刘邦孤立无援，已成困兽，正是我军的战机，不可一错再错了！

项　羽　错！错在何处？那刘邦五十六万大军，被我杀得大败而乞和，他若再反，我再跨乌骓马，手执霸王戟，叫他心服口服。

（接唱）无敌战神上天降，
何惧刘邦老儿郎。
亚父不必再彷徨，
项羽自然有主张。

来人！

［传令官上。

传令官　在！

项　羽　明日遣使到汉营，签约放人结联盟。

传令官　遵命！

[传令官下。

范　增　大王，你这等所为，真、真是刚愎自用。

项　羽　你夸夸其谈。

范　增　你有勇无谋。

项　羽　我胸怀磊落。

范　增　你妇人之仁。

项　羽　我顶天立地。

范　增　你！你你你……竖子不可为谋！

项　羽　（怒而拔剑相向）你……

虞　姬　（阻止）大王不可！

项　羽　竖子不可为谋……亚父，你……老、朽矣……

范　增　大王……

项　羽　歇息去吧……

[项羽拂袖而下。

[虞姬追项羽下。

[范增身摇腿晃，欲倒。

范　增　（悲怆地）老、朽、矣……（呼喊）大王！大王！大王哪……

（接唱）再难见楚霸王雄风抖擞，
再难见八千子弟驰九州，
再不能为霸王帐前运筹，
再不堪楚衰汉兴心似抽。

跟跟跄跄走，
千言万语休。

［虞姬返上。

虞 姬 （接唱）一步三回首，
身影悲怆投。
亚父不能走，
霸王身边留。
亚父。
（接唱）你与霸王相交久，
胜似父子情义厚。
霸王他意气用事秉性拗，
虞姬我替他赔罪来叩头。

［虞姬欲向范增叩首。

范 增 （搀虞姬）虞姬姑娘……
虞 姬 （接唱）唯你为他天下谋，
披肝沥胆无所求。
唯你为他万事愁，
食不甘味心搓揉。
范 增 知我者，虞姬也。
虞 姬 亚父哪亚父！
（接唱）你是他的眼和眸，

风云变幻眼底收；
你是他的左右手，
决胜千里写春秋；
你是他的主心骨，
此一去大王前途更堪忧，
此一去大王前程风雨骤，
此一去大王前景更心揪。

范　增　虞姬，不要再说了。大王为人，老夫最知。既已如此，无力回天啊！（长叹一声）天下没有不散的筵席，只是……只是……只是放心不下大王哪！无敌敌不过权谋，老夫拜托虞姬时时刻刻提醒大王，拜托哪，老夫拜托哪！

［范增跪拜于地。

虞　姬　亚父，虞姬谨记！

［虞姬跪地相扶。

亚　父　老夫该走了……大王哪，不知何时能否再见？老朽走了……走了……拜别了！

虞　姬　亚父……

［范增拜别再三，踽踽独行。

［项羽上，远眺范增渐行。

项　羽　虞姬，备轿赠银送亚父！

［幕内伴唱：

别离椎心痛，
泣血父子情。
楚河汉界梦，
能否得太平？

［灯光暗转。

［韩信内声：“众将官，设下十面埋伏！”

［一面“齐”旗舞动上。

［韩信内唱：

出齐地——

［韩信率齐军上。

韩　信　（接唱）救汉王对阵旧主，
狭路逢智者胜胸有成竹。
在楚营土掩玉视若无睹，
楚项羽逞蛮勇有眼无珠。
汉刘邦忍常人难忍之辱，
与韩信性情相似大丈夫。
拜齐王领大军封疆列土，

援汉王平天下大展宏图。

早已经设计下十面埋伏，

看霸王霸气荡然化尘雾。

众将官，将霸王团团围住了。

将　士　杀！

[切光。

六

［楚营，中军大帐。

［虞姬上，焦急、牵挂地眺望。

虞　姬　（唱）东讨西伐历沙场，
相伴霸王遂衷肠。
我赞他性直爽心地坦荡，
我慕他大丈夫英勇无双。
安危冷暖系心上，
夜深人静祷上苍。
将身帐外四顾望，
心儿忐忑意儿惶。

［内喊：“大王回营。”

［项羽上。

虞　姬　大王，胜负如何？

项　羽　虞姬啊！
（接唱）水来土掩兵来将挡，
十面埋伏防不胜防。

汉刘邦来者不善气势涨，

这一战力不从心陷迷茫。

虞 姬 大王，休得气恼。虞姬备得有酒，饮上几盅，以消烦闷。

项 羽 有劳虞姬！

[远远地传来楚歌声……

白发老母兮——

盼断肝肠。

虞 姬 （聆听）大王，你可曾闻听楚歌之声？

项 羽 何来楚歌？待我听来！

[楚歌声由弱渐强地传来……

日月征战兮——

终归刘邦。

项 羽 吒、吒、吒、吒、哇呀呀……虞姬，四面尽是楚歌之声，莫非刘邦已得楚地么？

虞 姬 群雄兵起，逐鹿中原，偶遭不利，也属常情。稍捱时日，等候江东救兵到来，再与敌人交战，尚不知鹿死谁手！

项 羽 虞姬啊，各路诸侯各自为战，我可扑灭一池、再战一池，如今各路人马一起来攻，八千子弟兵虽勇猛刚强，怎奈敌众我寡，难以取胜。

虞　姬　垓下高冈绝岩，不易攻入，候得机会，再图破围求救，也还不迟……

项　羽　垓下兵少粮尽，是万不能守。大势去矣！

虞　姬　大王！

项　羽　虞姬！

虞　姬　大王！

项　羽　虞姬！

（唱）叫虞姬——
一阵阵战栗，

虞　姬　（接唱）叫霸王——
一阵阵心悸。

项　羽　（接唱）看红烛燃欲烬似泪垂泣，

虞　姬　（接唱）不忍见伟英雄长叹短吁。

项　羽　（接唱）曾与你楚歌中相知相遇，
今日里闻楚歌无尽悲凄。

虞　姬　（接唱）得见你获新生重睹天日，
相伴随承恩泽无限欢愉。

项　羽　（接唱）原本想相依傍一生一世，

虞　姬　（接唱）多少情又岂在一朝一夕。

项　羽　（接唱）不舍情难弃，

虞　姬　（接唱）虞姬不足惜。
惟指望楚霸王东山再起，
切不可儿女情长江山失。

[虞姬掩面而泣，随即，强装笑颜。

虞　姬　大王，酒尚未冷，虞姬陪大王对饮几杯。

项　羽　如此，酒——来——

虞　姬　大王，请。

[虞姬斟酒。项羽掷杯。

项　羽　想俺项羽乎……

（唱）力拔山兮气盖世，
时不利兮骓不逝，
骓不逝兮可奈何，
虞兮虞兮奈若何？

虞　姬　大王……

项　羽　虞姬，难道今日就是你我分别之日了么？

虞　姬　大王慷慨悲歌，使人泪下。待虞姬歌舞一回，聊以解忧如何？

项　羽　有劳虞姬！

[虞姬持双剑，背对项羽抹泪……半晌，她暗喊一声“罢”，转身舞剑……

虞　姬　（唱）劝霸王饮酒听虞歌，
解君忧闷舞婆娑。
盖世英雄嬴秦破，

时不我待整山河。
劝霸王饮酒听虞歌，
解君忧闷舞婆娑。
生是大王军中伴，
死为大王一魂魄。

[虞姬一曲舞毕。

[传令官疾上。

传令官 报……启禀大王，汉军四面来攻，情形危机。

项　羽 四面迎敌。

传令官 八千子弟兵伤亡殆尽。

项　羽 （一震）这个……（随即，镇静）暂且退下吧。

[传令官下。

项　羽 （急切地）虞姬，快快随我杀出重围。

虞　姬 大王啊，此番出战，倘能闯出重围，退往江东，还有望东山再起，复兴楚国。虞姬若是同行，岂不牵累大王杀敌？

项　羽 虞姬啊，大丈夫英雄一世，我怎能抛弃于你。

虞　姬 大王仁义，虞姬今生足矣！大王……（指帐处）那汉兵他，他、他、他杀进来了！

项　羽 待我看来！

[项羽不知有诈，转身看去。

[虞姬旋即自刎。

项 羽 （猛回头，惊呼）啊！这……哎呀，虞姬啊……

[项羽顿足不已，抱起虞姬。

[楚歌声再起……

何不思故兮——
各奔家乡，
举家团圆兮——
永得安康。

[灯光渐暗。

[“汉”旗与“楚”旗招展，上。

[楚汉混战——楚军败，汉兵追下……

[切光。

七

[乌江岸边，大雪纷飞，一面折戟“楚”旗。

[项羽内唱：

乌江呜咽——

[项羽上。

项　羽　（接唱）雪霏霏，
苍天垂泪心里飞。
十面埋伏大军溃，
功败垂成顷刻亏。
四面楚歌壮志毁，
故土家园何处归。
霸王别姬无言对，
生离死别彻心扉。

[范增披蓑衣，戴竹笠上。

范　增　（百感交集地）大王！

项 羽 （未曾识得，细察，简直难以置信地）亚父……

［范增跪地。

范 增 大王，老夫迎你来了！

［项羽直扑过去，两人跪地相拥。

范 增 大王，你消瘦了……

项 羽 亚父，你也老了……

范 增 大王，老夫等您久矣，江东父老莫不盼你归乡，快，快跟我回江东吧。

项 羽 多蒙家乡父老垂怜，我又有何颜面去见那……

范 增 大王无敌天下，回转江东之后，再率八千子弟重整旗鼓，东山再起，刘邦岂能匹敌？

项 羽 八千子弟兵俱已丧尽，我愧对家乡父老，来生再报了！

范 增 当年，刘邦身处巴蜀鄙陋之地，韬光养晦，不也卷土重来了吗？

项 羽 刘邦！（愠怒地）刘邦小儿，怎能与我相提并论？亚父，休得再提他的名姓！

范 增 大王，大丈夫能屈能伸方显英雄本色。只待大王一声令下，老夫鞍前马后，肝脑涂地在所不惜。大王，老夫求你……老夫求你……老夫求你了！

项 羽 亚父，晚矣……

范　增　犹未晚矣。大王，难道你就不能听我最后一言吗？

项　羽　你说也说够了，我听也听够了，霸王就是霸王！

范　增　江山易改，禀性难移……（悲怆地）大王哪，大王……

［乌骓马嘶，项羽摩挲乌骓马。

项　羽　乌骓啊乌骓，你随我百战百胜，未曾败北，今被围乌江岸边，你也无用武之地了。亚父，拜托你将我这乌骓宝马渡过江去，好生安待。

［乌骓马嘶鸣不已……

范　增　乌骓马也不愿独自离去啊！

项　羽　亚父，你就成全了我吧！拜托了！

范　增　（悲痛地）老、夫、遵、命……

［范增牵马登船。

［项羽眺望。

［乌骓马嘶声愈烈，不住地传来……乌骓马投江。

范　增　大王，乌骓马投江而死！

项　羽　哎呀！

范　增　大王哪，保重！

[范增投江。

项　羽　（惊呼地跪奔）亚父哪亚父……

[天地肃穆，大雪纷飞。远远地，一阵阵“杀”声传来。

项　羽　自我起兵以来，至今八载，身经七十余战，从未败北。挡我者，破；被击者，服。尊为西楚霸王，雄霸天下。而今，被困乌江岸边，此乃天亡我楚，非项羽不能战也！

（唱）乌江水冷浸寒雪，
故土依稀从此别。
忆昔往日干戈烈，
血染沙场映日斜。
起兵征讨暴秦灭，
分封诸侯烽火歇。
相安无事好世界，
太平光景美时节。
刘邦卑鄙犹作孽，
兴风作浪行卑劣。
不杀之恩全忘却，
养虎为患悔不迭。
不听亚父箴言诫，
一错再错向自绝。
空有举鼎霸王业，

四面楚歌闻之竭。
怀抱虞姬沾碧血，
乌骓殉死江中诀。
彷徨江岸问天地，
为何难容孤身子。
三十一载春秋写，
能否迈步从头越。

好大的雪！

（接唱）傲立雪中真如铁，
生生死死一人杰。

（掏出玉玺）“受命于天，既寿永昌”，可苍天负我项羽！苍天负我啊！

［项羽将玉玺抛入乌江。

［一面“楚”旗飘落于地。

［楚歌声响起……

九月秋凉兮——
四野飞霜，
日月征战兮——
孤立沙岗。

［灯光渐暗。

［剧终。

本剧由山东省济南市京剧院演出。

获第十四届“文华大奖特别奖”、第二十一届“中国戏剧奖·曹禺剧本奖”。

文本发表于《剧本》杂志2014年第11期。

剧名书写　魏广君

王勇剧作集

京剧

墙头马上

京剧

藏羚羊

◎ 王勇 著

中国戏剧出版社
CHINA THEATRE PRESS

图书在版编目（CIP）数据

王勇剧作集 / 王勇著. — 北京 ：中国戏剧出版社，2022.6
ISBN 978-7-104-05123-7

I.①王… II.①王… III.①剧本—作品综合集—中国—当代 IV.①I230

中国版本图书馆CIP数据核字（2021）第171113号

王勇剧作集

策划编辑：肖　楠
责任编辑：邢俊华
责任印制：冯志强

出版发行：中国戏剧出版社
出 版 人：樊国宾
社　　址：北京市西城区天宁寺前街2号国家音乐产业基地L座
邮　　编：100055
网　　址：www.theatrebook.cn
电　　话：010-63385980（总编室） 010-63381560（发行部）
传　　真：010-63381560

读者服务：010-63381560
邮购地址：北京市西城区天宁寺前街2号国家音乐产业基地L座

印　　刷：保定市铭泰达印刷有限公司
开　　本：787mm×1092mm 1/32
印　　张：42.25
字　　数：846 千
版　　次：2022年6月 北京第1版第1次印刷
书　　号：ISBN 978-7-104-05123-7
定　　价：458.00 元（全 18 册）

目录

京剧

墙头马上

时　间：古代。

地　点：长安/洛阳。

人　物：

李千金（青衣）、裴少俊（小生）、裴行俭（净）、李世杰（老生）、张千（丑）、梅香（花旦）、乳娘（彩旦）、端端（娃娃生）。

众仕女、家院、轿夫等若干。

一

[月，似冰轮一般。

[幕内伴唱：

夜未央，
流影照古今。
花前月下脉脉爱，
墙头马上悠悠情。
梦里梦外寻。

[伴唱声中，众仕女长袖善舞，似欲冲破高墙，终无奈。

[灯光渐暗。

二

[洛阳，长安。

[裴行俭、李世杰分头上。

裴行俭 老夫工部尚书裴行俭是也。

李世杰 老夫洛阳总管李世杰是也。

裴行俭 夫人柳氏，早已下世。孩儿少俊，三岁能言，五岁识字，七岁草字如云，十岁吟诗应对，智量过人！如今年当弱冠，未曾娶妻。

李世杰 夫人张氏，早已下世。女儿千金，尤善女红，深通文墨，容颜出众！如今年方二八，尚未婚配。

裴行俭 曾与当今皇族、京兆留守使李世杰联姻，倒也门当户对。

李世杰 只因我讽谏当今皇上，故而谪降洛阳总管。宦海沉浮，那裴行俭竟然悔婚，好不叫人羞愤！

裴行俭 适才万岁降旨，命我前往洛阳，选拣奇花异卉，趁时栽接。只是我年事已高，已然奏明朝庭，命我儿少俊代为前去。（对内）少俊。命你替为父去往洛阳，挑选奇花异卉。一路之上，非礼勿视，非礼勿听，非礼勿言，非礼勿动，不得贪玩惹事！

[裴少俊内白：孩儿遵命。

李士杰 今当三月三日上巳佳节，洛阳花开之季，左司马唤我前去观花赏景。（对内）千金。为父要出门几日，我走之后，儿须“大门不出，二门不迈”，多做女红，谨守闺阁！

[李千金内白：女儿遵命。

[灯光渐暗。

三

[闺房。

[李千金上。

李千金 （唱）恰似那笼中鸟啾鸣幽怨，
只羡一飞上云天。
好似那盆中景弱不禁风，
但慕悠然山水间。
多少无奈藏心尖，
多少桎梏伴身边。
何日得偿遂人愿，
挣脱藩篱绽欢颜。
梦里寻觅梦辗转，
梦醒时分意凋残。

[梅香一溜碎步，上。

梅　香　小姐您听，外边好热闹啊！

李千金　今日乃是三月上巳，良辰佳节，自然是好景致！

梅　香　小姐，这几天，您越发消瘦了。

李千金　（长叹地）唉。不曾染疾病，宽褪旧时衣。

梅　香　小姐不快时，少做女红，胜服汤药。

李千金　有道是心病难医。

梅　香　小姐一定是想姑爷了。

李千金　（嗔怒地）休得胡说！

梅　香　梅香知错了。

李千金　（怨叹地）唉，流落男儿游别郡，耽搁淑女锁深闺。

梅　香　小姐，那些王孙仕女，宝马香车，都到郊外观景去了，不如让梅香陪小姐出去散散心，梅香也想好好玩耍一番。

李千金　爹爹临行之时，再三叮嘱，多做女红，谨守闺门。

梅　香　老爷的家规也太严啦！要不，咱们去后花园看一看。

李千金　（心动，犹豫地）这……

梅　香　小姐，就看一会儿。

李千金　只怕乳娘看见如何是好哇？

梅　香　梅香不说，没人会知道。小姐，走吧！

李千金　如此我们去去就回？

梅　香　去去就回，去去就回。

李千金　梅香，带路。

梅　香　是啦。

［梅香搀李千金出闺房。

李千金　（唱）出绣房斜穿过荼蘼架底，

绕池塘踏曲径芳草萋萋。

到花园探外界恍若隔世，
豁然间心开朗杏眼迷离。

[李千金与梅香相携登上墙头。

梅　香　小姐，您瞧这墙外的景致多好看哪！

李千金　好一派春光也！

（唱）春来也，
红男绿女踏青去，
万紫千红春色弥。

春来也，
一堵高墙隔天地，
春光如酒醉心脾。

春来也，
来去匆匆如过隙，
惜芳菲莫辜负明媚花期。

[裴少俊上，张千随上。

裴少俊　（唱）洛阳城果然是花锦之地，
古楼台名庭园座座称奇。

张千，这洛阳美景果然名不虚传，真叫人流连忘返、乐不思归！

张 千 少爷，老爷吩咐叫您莫要贪玩，还是快买花栽子，回去向老爷复命吧。

裴少俊 （接唱）遵父命莫贪恋催马离去，

[裴少俊猛然见李千金，惊喜不已。

裴少俊 呀，墙头之上好一位俊俏的小姐！

李千金 （接唱）玉骢嘶举目观是何端倪。

（同时发现墙外的裴少俊）墙外马上好一位英俊少年！

[李千金、裴少俊相互痴望着……

裴少俊 （接唱）似画非画疑是梦，

李千金 （接唱）似梦非梦梦依稀。

裴少俊 （接唱）情难持，

李千金 （接唱）情不已，

裴少俊、李千金

（合唱）从此相思再难医。

[裴少俊、李千金双目凝视。

张 千 （叱喝一声）少爷。

梅 香 小姐不要看了。

[李千金羞下。

张　千　少爷，老爷吩咐，不要贪玩惹事，咱快出城去吧。（打马）走罢。

裴少俊　（下马）张千，快取纸笔过来。

张　千　要纸笔干什么？

裴少俊　我要题诗一首，送与小姐，看她可理会么。

张　千　少爷，这儿没有书案，您怎么写呀？

裴少俊　这……借你的脊背一用。

张　千　得，拿我当书桌啦！您可快点写，不然我的椎间盘犯了病，可没人伺候您啦。

裴少俊　（书写诗文）张千，将这简帖儿交与那位小姐去。

张　千　少爷叫老奴去送帖，我怎么和人家说呀？弄不好非挨顿打不可，老奴不去。

裴少俊　有人若问，你就说是买花栽子的，自然无事。那位小姐若问，就说是我叫你送的。

张　千　是。

裴少俊　张千。

张　千　知道还有事，没敢动地儿。

裴少俊　那位小姐见帖若是欢喜，你便招手唤我，我便回来；若是抢白，你便摆手，我便走去。

张　千　知道了。

［裴少俊下。

［张千上前去。

张　千　哎，这花园里有卖花栽子么？

梅 香 （上墙头）谁要买花栽子？

张 千 我家公子要买。

梅 香 你家公子？

张 千 这是买花栽子清单。

梅 香 拿来吧！

［梅香扔过一个花篮，张千将诗稿放进花篮。

张 千 我在那边候着，请早点回个话。

［张千下。

梅 香 小姐快来呀！

［李千金上。

梅 香 墙外边有个公子要买花栽子，这是清单。梅香不识字，不知写了什么？

李千金 （看帖儿）这哪里是清单，乃一首诗句。

梅 香 诗句？您快念念。

李千金 （念）“只疑身在武陵游，流水桃花隔岸羞。咫尺刘郎肠已断，为谁含笑倚墙头。裴少俊题。”梅香，取笔砚来。

梅 香 您等着。

［梅香下，复端笔墨上。

［李千金写诗。

李千金　梅香，你将这帖儿交与那位公子。

梅　香　小姐，你叫我把这帖儿交给那位公子，要是被人撞见可怎么办哪？

李千金　梅香，求你送去吧。

梅　香　你往常总骂我，今个为什么求我？

李千金　梅香啊！

（唱）你道情词寄与谁，
奴题新诗权做媒。
我映丽日墙头望，
他又岂肯马上归？
不出深闺爹叮嘱，
全然已被春风吹。
失一礼求梅香成人之美，
墙头马上诉心扉。

梅　香　（故意地）这简帖……我先送与乳娘，再送与老爷去。

李千金　（又惊又慌地）啊，梅香！

梅　香　您慌什么呀，我逗您玩呢。

李千金　顽皮的丫头！

梅　香　你等着，我这就送去。（对张千）哎，我家小姐回复公子了。

［李千金下。

[张千上，梅香将诗稿放进花篮，扔给张千。

张　千　公子，这家小姐回复了。

[裴少俊上。

裴少俊　怎么回复了？（念诗）“深闺拘束暂闲游，手拈青梅半掩羞。莫负后园今夜约，月移初上柳梢头。李千金作。”

梅　香　我家小姐说，今夜后花园赴期，不得失信约定。

张　千　（传话）她家小姐说，今夜后园赴期，不得玩命。

裴少俊　哎！张千，我打从哪里进去？

张　千　（对梅香）哎……我家公子说，他从哪进去？

梅　香　叫你家公子跳墙头。

[梅香下。

张　千　（传话）她家小姐说，让您去打酱油。

裴少俊　哎！跳墙头！妙哇……

[裴少俊恋恋不舍地眺望墙头。

裴少俊　偶然间两相窥望，引逗得春心荡漾。今夜里早赴佳期，成就了墙头马上。

[灯光渐暗。

四

[幕内伴唱：

马踏四方路，
墙迎八面风。
马上墙头，
墙头马上，
一见钟情。

[夜。

[起更，乳娘提灯上。

乳　娘　老爷吩咐，小心看守门户。我说家院们哪！
（数板）关了大门儿关二门儿，
关了前门儿关后门儿，
再关了澳门儿厦门儿龙门儿海门儿热门儿
冷门儿窗门儿柴门儿小门儿高门儿，
还要紧紧关好花园门。
是门你们就都关紧，
怕的是小姐出闺门。

关门哪关门！

[乳娘下。

[梅香引李千金上。

梅　香　小姐，下雾了。

李千金　妙哇！

（唱）只怕夜露惊宿鸟，
窃喜云遮雾霭霭。
且把嫦娥深深拜，
拜你佑我锁云埋。

梅香，你去看上一看，他来了无有哇。

梅　香　小姐，到这后花园就一条直线，您还怕他迷路吗？

李千金　（接唱）你道方径如直线，
也须穿巷过长街。
这里是幽砌闲阶深宅院，
比不得琴堂酒舍看书斋。
悄步苍台分翠柳，
莫惊起鸦喧犬吠引得乳娘来。

梅　香　小姐，你可想得真细！乳娘早就睡啦，我这就接姑爷去。

[裴少俊上，“砰”地跳下墙来。

梅　香　（闻声观见裴少俊）相公，你可来了，再不来，我们小姐啰唆得我耳朵都生老茧了。小姐,姑爷来了。(千金、少俊见面各自羞涩)你俩个说话,我到那边去看着点。

[梅香下。

裴少俊 (痴痴地)小生来迟、小姐莫怪!

李千金 (也痴痴地)我……不怪!

裴少俊 小生一介寒儒,承蒙不弃,月夜相会,终身难报。

李千金 (二人身影映在水中)啊公子,你来看,这池塘之水、映出我们的身影——

裴少俊 我的影儿叠着小姐的影儿,形影不离!

李千金 形影不离!

(唱)形影不离,
惟惟情多。

裴少俊 (接唱)情多处,
浓似火。

李千金 (接唱)形影不离,
我中有你,

裴少俊 (接唱)你中有我。

李千金、裴少俊

(合唱)我与你,
生同一个衾,
死同一个椁。

[梅香上。

梅 香　小姐，小姐，不好了，乳娘来了。

[乳娘暗中随上。

乳 娘　我早就来了。(见少俊，不禁大叫起来)哎呀，有贼啊！有强盗啊！

[梅香一把捂住乳娘嘴。

梅 香　妈妈，别嚷嚷！
乳 娘　你憋死我啦！(指少俊)你！你是谁呀？
裴少俊　小生姓裴，是寄客的书生。冒昧至此，望乞宽恕。
乳 娘　宽恕？你还以为这里是嬴奸买俏的肮脏之地！(指梅香)八成是你这小贱人勾引来的，看我怎么收拾你……
梅 香　(躲闪)不是我！不是我！

[李千金挡乳娘，护梅香。

李千金　乳娘啊
(唱)此事莫怪小梅香，
　　墙头马上惹下爱。
乳 娘　不怪这小奴才又怪谁哪？
梅 香　小姐在墙头，相公在马上，他们是自己好上的。
乳 娘　一个在墙头，一个在马上，刚见面就好上啦？比电视剧闪婚还快，一定是你勾引我们小姐！（拉住裴少俊）走，我拉你去见官！

李千金 妈妈，此事与他无关！

（接唱）女儿家也不过浊骨凡胎，

送春情禁不住眼去眉来。

乳　娘 小姐呀，您真是昏了头了，为了这个穷酸，糟蹋自己的名声。我把他送官，还不是想还你一个清白！

李千金 （接唱）清者自清浊自浊，

有情儿女天安排。

乳　娘 不能便宜了这小子。走，见官去。

李千金 妈妈若带他见官，女儿情愿一死！

裴少俊 小姐，使不得！

李千金 （接唱）逼得紧女儿我自残伤害，

你如何爹爹面前去交差。

乳　娘 你真的铁了心了！

李千金 （接唱）舍残生也要还却鸳鸯债，

再辩是非到泉台。

裴少俊 （突然跪地）妈妈开恩，成全我们这千里姻缘，小生此心三生不变！

乳　娘 这么说，你是非她不娶？

裴少俊 非她不娶！

乳　娘 你是非他不嫁？

李千金 非他不嫁！

乳　娘 那你不如先进京求官，金榜题名回来，再迎娶我家小姐。

裴少俊 等我回来，小姐若被别家聘去呢？

乳　娘 可也是啊。

李千金 （决断地）妈妈！事到如今，我倒有个主意。

乳　娘 你有什么主意呀？

李千金 倒不如放我二人逃走了吧！

乳　娘 私奔！

李千金 妈妈成全了吧！

（接唱）女儿家本是寄居堂上客，
哪见过相守爹爹到头白？
老妈妈大恩大德多担待，
放女儿远走高飞畅情怀。

乳　娘 哎，刚才闪婚，现在私奔，生米已经做成了熟饭，见了老爷我可怎么交待……

裴少俊 我给妈妈跪下了！

李千金 我也给妈妈跪下了！

乳　娘 罢了，看这小两口多恩爱，我要是再不放他们走，观众非骂我不可。好啦，事到如今也只好给你们开绿灯放行！

裴少俊 （简直不敢相信地）妈妈！真的放我们出逃？

乳　娘 我说秀才，得了官别忘了回来认亲！你们快走吧！

李千金、裴少俊

多谢妈妈成全！

［李千金携手裴少俊欲走，又止步回身。

乳　娘　怎么又回来啦？

李千金　妈妈……

（接唱）爹爹年老人高迈，
百转千回意徘徊。
不孝之女负慈爱，
天高地厚心底埋。

梅　香　（不舍地）小姐……

李千金　梅香！

（接唱）替我向爹深深拜，
他日回乡尽孝来。

梅　香　梅香知道。

乳　娘　快走吧，再不走，说不准我就改主意了！

李千金、裴少俊

拜别了！

[李千金、裴少俊下。

梅　香　妈妈，老爷回来可怎么交待呀？

乳　娘　梅香，老爷问起，就实话实说，反正连姑老爷姓什么、叫什么都不知道，上哪儿找去。且此事老爷也不敢声张，待他们日后抱着个大胖小子来认亲，不就全OK了吗！

梅　香　老天爷，保佑我家小姐平安无事吧！（跪地）

[灯光渐暗。

五

[众侍女引李千金、裴少俊上。

[众仕女围李千金与裴少俊长袖善舞……

[一声清脆的婴儿啼哭声响起。

[灯光暗转。

[七年后。

[长安，裴府后花园。

[幕内伴唱：

一梦逾七载，
惟愿莫醒来。
朝夕酿恩爱，
偎依共头白。

[裴行俭上。

裴行俭 我儿自洛阳买花栽子归来，已然七载。老夫常去公差，少在家中。且喜少俊颇有大志，每日里只在后花园中苦读圣贤之书，但等功成名就，方才娶妻。只是……前三年后三年，两试不中，思想起来，甚是烦闷。今当清明时节，命他代我前去祭祖，趁他不在，且到后花园中一探究竟，窥视少俊做下的功课。

［端端摇拨浪鼓跑上，险些与裴行俭撞个满怀。

裴行俭 哎哟，这是谁家娃娃？娃娃，过来过来！

端　端 老爷爷！

裴行俭 你叫我什么？

端　端 老爷爷！

裴行俭 哈哈哈！我早就想有个孙儿了！啊娃娃，你是谁家的孩童？

端　端 裴家的。

裴行俭 哪个裴家？

端　端 裴尚书家。

裴行俭 哪个裴尚书？

重　阳 裴行俭，裴尚书。

裴行俭 （大惊）啊！（急呼）张千快来！

［张千跑上见端端。

张　千 坏了！这回要露馅喽。老爷。

裴行俭 老畜生，裴家何来的孙儿？

张　千 老爷，他、他、他是隔壁家的孩子。

裴行俭 你父是谁？你母又是谁？你到底是谁？

端　端　（害怕地）娘！娘！

［李千金上。

端　端　娘，这个老头儿，好凶啊！

张　千　夫人，这是老爷到了。

李千金　大祸临头了！既然花园撞见，理当实言禀告。（对裴行俭叩拜）媳妇拜见公爹。

裴行俭　（震惊不已地）呀呸！谁是你的公爹！你、你是谁家女子？从实讲来。

李千金　我名李千金，乃是少俊的妻室，（指端端）这是您孙儿。在此七载未曾拜见，望公爹恕罪！

裴行俭　妻室？孙儿？七载？你！你……住口！胆大疯妇，自称少俊妻室！不知何人为媒证？谁是主婚人？

李千金　天地为媒证，明月主婚姻。墙头马上两相悦，七载夫妻情意深。

裴行俭　呀呀呸！自古婚姻大事乃是父母之命，媒妁之言！哪似尔等私自苟合？分明是一狂妇，张千与我轰了出去！

端　端　（害怕地）娘……

李千金　儿媳出自清白名门，与少俊相亲相爱，乃是天赐姻缘！

裴行俭　怎么讲？

李千金　天赐姻缘！

裴行俭　好啊，既是天赐，老夫就与你一个凭天而断！

李千金 如何凭天而断？

裴行俭 取下你头上发簪，磨成绣针一般，若是玉簪不断，便是天赐，我就成全与你。

李千金 若是折断呢？

裴行俭 （绝情地）若是折断么，你就速速离开此地！

李千金 若能与裴郎相伴终生，我情愿一试！

裴行俭 好，你与我磨来，你与我磨来。

［李千金从头上拔下玉簪，磨针。

张 千 不好啦，我赶紧禀告公子去。

［张千暗下。

李千金 （唱）心祈天，意怯怯；

愁万缕，闷千叠。

轻轻儿拈掇，

慢慢地捻捏。

哎呀！

（接唱）玉簪终折却，

断为两三截。

裴行俭 玉簪折断，这便是天意！你还有何话讲？

李千金 想这玉簪乃是脆物，焉能不断。

裴行俭 听你之言，敢是不服？

李千金 正是！

裴行俭　好，我再与你做个了断！家院快取银瓶过来！

李千金　要银瓶何用？

裴行俭　用你的青丝系住银瓶，井中汲取清泉。若青丝不断，银瓶不落，便是夫妻。

李千金　若是丝断瓶落呢？

裴行俭　若是丝断瓶落么，你即刻滚出裴府！

李千金　想这青丝焉能系住银瓶？

裴行俭　哈哈哈哈……量你也不敢试！

李千金　若能与相公长相厮守，我愿再试。

裴行俭　好，且看你如何汲水？

［李千金用青丝系瓶汲水……

李千金　（接唱）似陷人坑千丈穴，
更胜滚浪千堆雪。
恰才石上损玉簪，
又教水底捞明月。
冰弦断，便情绝；
银瓶坠，永离别。
公公啊，分明是你故意刁难于我！

［李千金把瓶儿掷地。

裴行俭　说得好，我就是刁难于你，那又如何？来，将这贱人轰了出去！

［裴少俊急上，张千随上。

裴少俊 爹爹！

裴行俭 小奴才，你来得正好！

［裴行俭掌掴裴少俊。

裴行俭 我至今方知，你为何屡考不中，名落孙山？原来你在花园之中藏污纳垢，自甘堕落！你即刻写下休书，将她休了！

裴少俊 哎呀！

（唱）听一言来魂魄散，
大祸临头在眼前。
拜求爹爹发恩典，
无故休妻心何安？

张 千 老爷，千不念，万不念，念在孙少爷的份儿上，您老高抬贵手，饶过他们了吧！

裴行俭 孙儿乃裴家骨肉，自然留在裴家。

裴少俊 爹爹，孩儿与娘子成婚七载，若是将她无故休弃，叫她孤身女子置身何地？何以为人？

裴行俭 呀呀呸！你二人分明是苟合，怎道是无故休弃！小奴才，纸、笔在此，快写休书！

裴少俊 爹爹，恕孩儿万难从命！

裴行俭 小奴才！

（唱）欺天瞒地将父骗，

私定姻缘已七年。
无媒无证纲常乱，
一世英名被辱玷。
快写休书迷途返，
金榜题名再回还。
若再执迷动邪念，
裴世家无有你这不肖男。
（威逼地）你与我写！你与我写！

［裴行俭将纸笔掷地，气得坐于井台之上。

裴少俊　（悲痛地拾起纸笔）娘子！
李千金　官人！

［一家三口抱在一处。

李千金　官人，七年哪……
（唱）卿卿我我何其短，
裴少俊　（接唱）恍若一梦弹指间。
李千金　（接唱）恩恩爱爱忆无限，
裴少俊　（接唱）一朝离别五内煎。
李千金　（接唱）公爹不认骤翻脸，
裴少俊　（接唱）苦情哀求亦徒然。
李千金　（接唱）不忍见你父子义绝恩断，
裴少俊　（接唱）不忍心弃娘子形只影单，

李千金　（接唱）不忍见耽误你蟾宫折桂，

裴少俊　（接唱）不忍心千般苦楚你承担，

李千金　（接唱）更不忍儿唤娘声声嘶喊，

骨肉分离心似剜。

裴少俊　（接唱）覆水难收，

李千金　（接唱）天可怜见，

李千金、裴少俊

（接唱）有情人无情天情何以堪。

李千金　官人，这休书……你、你、你就写了吧！

裴少俊　娘子，我不能啊！

李千金　（接唱）山水有缘终相见，

墙头马上亦结缘。

惟愿有情到永远，

柳暗花明望团圆。

裴行俭　我说你写，无媒苟合，已违纲常，淫奔贱女，逐出裴门，立此休书，永无瓜葛！

［裴少俊悲痛地写下休书，裴行俭一把夺过。

裴行俭　张千，与这个奴才收拾行装，即刻进京赶考，若再不中，不必回来！

裴少俊　娘子……

李千金　官人……

［裴行俭命家院抢走端端，推走裴少俊，将休书扔在地上。下。

[李千金拾休书，无限悲苦。

李千金　天哪！天……哪……

[切光。

六

［天边外，一弯冷月。

［洛阳。李府外。

［乳娘挥帚清扫落叶上。

乳　娘　唉，眼睛眨巴眨巴，小姐都已经走了七年，也不知道现在哪里？过得好不好？小姐啊小姐，你走后，老身被老爷打了个半死，怪我没看住你。这种事情，老爷也不敢声张，对外只说小姐得了急症，离开了人世。只是可怜了老身，被老爷罚做杂役，每天清扫院子内外打发日子。小姐啊，姑爷得了官没有，我们不是说好，只要姑爷得了官，一定带你回家。等小姐回了家，老身的苦日子也就熬到头了。这七年呀，我是一边扫地一边等小姐，小姐啊，姑爷啊，你们快回来吧！我把地扫得这么干净，就等着小姐姑爷回来啊！

［乳娘扫地下。

［李千金上。

李千金 （唱）离长安回洛阳时过境迁，
步颤颤来至在自家门前。
七年前不辞而别私奔远，
七年后失魂落魄返故园，
七年来怀愧疚回肠九转，
不孝女意悬悬拜见慈颜？

［李千金晕倒，乳娘上见状忙上前扶起。

乳　娘 这是谁家的女眷，怎么晕倒在这啦？哟！这不是小姐吗？

李千金 （轻呼）乳娘！

乳　娘 您回来啦？老爷想您都快想疯啦，我赶紧去请老爷。老爷快来呀！

［梅香搀扶着李世杰上。

李世杰 何事吵闹？

乳　娘 老爷，小姐回来啦！

［李千金整衣冠，上前叩拜。

李千金 不孝女拜见爹爹！

李世杰 （佯装地）你是哪个？

李千金 儿是千金。

梅　香　　老爷，是小姐回来了。

李世杰　　是哪家的小姐？

乳　娘　　是我家大小姐回来啦！

［李世杰瞪眼相望。

李世杰　　女儿……老夫何来女儿？梅香，快快将她赶走！

梅　香　　老爷……

［李世杰转身欲下。

［猛地，李千金一溜跪步上前，一把抱住李世杰。

李千金　　爹爹！

（接唱）泪如泉涌一声唤，
无依无靠苦千般。
夫妻诀别两折散，
母子割舍天各一边。
公爹刁难将我赶，
走投无路路艰难。

爹爹，女儿已经走投无路，投奔你来了！

［李世杰一震，心有所动。

李世杰　　这……

（接唱）字字撞心坎，

句句动心间。
有意相认心颤颤，
毕竟骨肉情相连。
伸手欲挽却难挽，
曾经屈辱浮眼帘。

李千金 （接唱）儿曾害爹失颜面，
儿曾伤爹彻骨寒。

李世杰 （接唱）家风尽污毁一旦，
愧对祖宗羞开言。

李千金 （接唱）恳求爹爹抛宿怨，
收留家中女儿怜。

李世杰 （接唱）铁石心肠不能软，
三纲五常大如天。
你是哪里来的乞妇？你、你、你你你……你听好了！
（接唱）我也曾有一女绕膝相伴，
知三纲晓五常温良淑贤。
原以为老有所依享天年，
未料她驾鹤西去已归天。
（狠心地）我家女儿她、她、她她她……她已经死了！

李千金 爹爹，你道女儿已然死……了……么？

李世杰 看你可怜，罢了，梅香，施粥一碗，让她速速离去！你们关好看住府门，不许这个乞妇进入！若敢违命，打断你们的狗腿！

［李世杰拂袖而下。

李千金　爹……

（接唱）无路可走，
路在天边；
无家可归，
家在眼前。

[远远地，寺庙的钟声伴随着咏经声，由弱渐强，滚滚地传来……

[李千金一步步循钟声而去。

梅　香　小姐……

[梅香上前拉住李千金，欲挽留；李千金轻轻推开梅香，踉踉跄跄地下。

乳　娘　作孽啊！

[俩差官边敲锣边吆喝上。

差　官　裴少俊金榜题名，状元及第啦……

[灯光渐暗。

七

[青云庵外。

[裴行俭、李世杰分头上，张千与梅香随上。

裴行俭　（唱）悔不该将儿媳赶出门外，

李世杰　（接唱）悔不该将女儿逐离府台。

裴行俭　（接唱）少俊儿得中归往事难解，

李世杰　（接唱）慰佳婿迎千金转回家来。

裴行俭 / 李世杰

（同唱）叫张千 / 梅香忙引路青云庵外，

张　千　哎，这不是梅香姑娘吗？

梅　香　这不是老管家吗？

张　千　你怎么到这儿来啦？

梅　香　我和我们老爷来接我们小姐回府。

张　千　巧来，我也是和我们老爷迎接少夫人回家。

裴行俭 / 李世杰

张千 / 梅香，你与哪个讲话？

[裴行俭与李世杰相见。

裴行俭 原来是亲家公。

李世杰 亲家公一向可好？

裴行俭 嗯……好好好！

裴行俭、李世杰

亲家公因何来到青云庵？（两人一时语塞）这个……

张千、梅香

我们都是来接少夫人 / 小姐的。

裴行俭 / 李世杰

（同唱）请你家少夫人 / 大小姐快出庵来。

（命张千、梅香）快去传话。

张千、梅香

是。里面哪位师父当值，请传报一声。

张　千 工部尚书裴行俭。

梅　香 洛阳总管李世杰。

张千 / 梅香

迎接李夫人 / 李小姐回府，现在庵外等候。

［李千金尼姑打扮，上。

李千金 （ 唱 ）忽听得叩门急惊扰佛界，

何人叩门？

张千 / 梅香

少奶奶 / 小姐，老爷备了花轿接您来了。

李千金 （接唱）世外人苦修行尘缘了却。

［李千金打开庵门，款款走出。

李千金 （施礼）施主，有礼了。

张千 / 梅香

少奶奶 / 小姐。

李千金 贫尼法号了尘。

裴行俭 / 李世杰

贤媳 / 女儿，为父接你来了。

李千金 佛门之中，既无贤媳，亦无儿女，施主错认了吧。

李世杰 儿呀！

（接唱）好女儿你莫怪爹爹作孽，
害得你有家难归父女离别。

裴行俭 贤媳啊！

（接唱）望贤媳莫记恨老夫卑劣，
害得你无路走心痛欲绝。

李世杰 （接唱）从此后父女们相互体贴，

裴行俭 （接唱）从此后一家人团圆和谐。

李千金 施主哇！

（接唱）晨钟暮鼓伴清月，
身入空门俱了结。
墙头马上两情悦，
义无反顾似飞蝶。

生儿育子园中匿，
不求名分求齐偕。

玉簪磨针刁难烈，
银瓶汲水更决绝。
施粥一碗情断却，
父女亲缘全抛撇。
三纲五常心肺裂，
有情反被无情削。

心似穴，
情枯竭，
就让那枯灯伴自生自灭，
任凭着月圆月缺。

施主，请回吧！

[李千金进庵堂，关庵门，背身倚门。

裴行俭、李世杰

羞煞我也！

[裴行俭、李世杰以袖遮面，分下。

[裴少俊着官服，牵端端上。

裴少俊 娘子，少俊接你来了！

端　端 娘，端端接您来了！

李千金 （背吟）苦命的儿呀……

端　端 娘，端端好想你呀！娘！

［裴少俊、端端不住地敲门，庵门纹丝不动。

裴少俊　娘子！

（唱）形影不离，
惟惟情多。
情多处，
浓似火。
形影不离，
我中有你，
你中有我。
形影不离，
我与你
生同一个衾，
死同一个椁。

娘子，少俊给你跪下，求你随我回家！如若不回，我长跪不起。

［裴少俊跪地，端端亦跪地。

端　端　（撕裂肺地哭喊）娘……

［李千金回身，欲开庵门又未开庵门……

［幕内伴唱：

夜未央，

流影照古今。
花前月下脉脉爱，
墙头马上悠悠情。
梦里梦外寻。

[伴唱声中——天上的月，不断地变幻：从月牙，到月缺，最后是一轮圆月。

[灯光渐暗。

[剧终。

本剧根据元·白朴同名杂剧改编创作。

由天津市青年京剧团演出。

文本发表于《新剧本》杂志2015年第2期。

剧名书写　李晓军

京剧

藏羚羊

时　间：并不遥远的时间。
地　点：在那遥远的地方。

人物：

赛　珍（藏语意为“明灯”）——藏族少女，十六岁。随身携有一支转经筒。

赛姆吉吾毛（藏语意为“心的女儿”）——藏族少女，十三四岁。赛珍的阿妹。

吴　楚——男，盗猎人。二十岁出头。

才　让——男，牧人之子。十六岁。

阿　姆——走失的藏羚羊，被赛珍、赛姆吉吾毛姐妹收留，并取名为“阿姆”（藏语意为“美丽可爱的小姑娘”）。

冬格尔——同样走失的藏羚羊，同样被赛珍、赛姆吉吾毛收留，并取名为“冬格尔”（藏语意为“白色的小螺号”）。

阿　妈——女，赛珍、赛姆吉吾毛姐妹的阿妈。五十多岁。

老喇嘛——男，六十多岁。

羊阿妈、羊阿爸——藏羚羊，阿姆、冬格尔的羊阿妈、羊阿爸。

藏羚羊、藏民、盗猎人、雪狼若干。

序

[青藏高原，大雪纷扬，远远的昆仑山圣洁而高远。雪岩上，一只藏羚羊正仰天鸣叫……

[幕内伴唱：

一滴水，
太阳把你升华，
成了天上雪花。
轻轻地飘洒，
化作冰，
化作泉，
悄悄地回家。

[灯光渐暗。

一

[山崖路，赛珍牵阿姆，赛姆吉吾毛拉冬格尔，上。

[阿姆一步一挪，低头、弓身，抵住不动，赛珍去推，阿姆又躲，跟她转圈圈；冬格尔撒腿跑，赛姆吉吾毛紧追。

赛姆吉吾毛

回来，回来。

[赛姆吉吾毛抱住冬格尔，赛珍抱住阿姆，姐妹俩摩挲着藏羚羊。

赛姆吉吾毛

记得么——

赛　珍　一个月前，就在这个地方，你们身上都是血，趴在地上叫——

赛姆吉吾毛

不是叫，是哭——

赛　珍　是啊，你们哭得好伤心——

赛姆吉吾毛

不知道是走丢了，还是被雪狼咬伤了——

赛　珍　我和赛姆吉吾毛阿妹带你们回家，给你们喂羊奶，阿妈给你们疗伤——

赛姆吉吾毛

（对阿姆）赛珍阿姐还给你取了一个好听的名字，叫“阿姆”，美丽可爱的小姑娘——

赛　珍　（对冬格尔）阿妹叫你“冬格尔”，白色的小螺号。好了，你们现在全好了，该回家了，该去找羊阿妈、羊阿爸了。可爱的藏羚羊，回家吧。

［阿姆、冬格尔不舍，鸣叫着跃起，又匍匐在赛姆吉吾毛、赛珍身边蹭头……

赛姆吉吾毛

阿姆、冬格尔都舍不得走。阿姐，好阿姐，我们把它们留下来吧！

赛　珍　好阿妹，藏羚羊不能跟我们在一起，时间长了会生病！

赛姆吉吾毛

我知道，我……（一手抱阿姆，一手抱冬格尔）我就是舍不得！

赛　珍　阿姐也舍不得，可这儿不是藏羚羊的家，它们的家在那遥远的地方。（指）

［远处，一只藏羚羊，又一只藏羚羊，一只又一只……或奔跃，或聆听，或嬉戏，或梳理，显得那么优雅，那么悠然。

［羊阿爸、羊阿妈见阿姆、冬格尔，鸣叫召唤；阿姆、冬格尔奔跃，

与羊阿爸、羊阿妈相互摩挲。

赛姆吉吾毛

阿姐，瞧它们找到羊阿爸、羊阿妈那高兴的样儿。

［阿姆、冬格尔又转回赛姆吉吾毛身边跳跃着。

赛姆吉吾毛

（突然抱住阿姆、冬格尔，伤感而不舍地）你们真的要回家啦？

赛　珍　谁都有个家，谁都有阿妈。好阿妹，（轻轻地推阿姆、冬格尔）就让阿姆、冬格尔回到自己的家，回到羊阿妈的身边去吧！

［羊阿妈、羊阿爸鸣叫不已。

［藏羚羊群幕内伴唱：

回来吧，
家里有阿妈……

赛　珍　（接唱）在那遥远的地方，
藏羚羊家乡。
就像白云一样，
飘在蔚蓝天上。

[藏羚羊群幕内伴唱：

回来吧，
家里有阿妈。

赛姆吉吾毛

（接唱）在那遥远的地方，
藏羚羊家乡；
就像江河一样，
流在大地胸膛。

赛珍、赛姆吉吾毛

（合唱）在那遥远的地方，
藏羚羊家乡。
孩子不再流浪，
依偎阿妈身旁。

[在羊阿妈、羊阿爸的召唤下，阿姆、冬格尔一步步走向羊群，又一步一鸣一回头，依依不舍。

赛珍、赛姆吉吾毛

再见了，阿姆。再见了，冬格尔。

赛　珍　（接唱）心里空空荡荡，

赛姆吉吾毛

（接唱）泪水打湿衣裳。

[才让手挥牧羊鞭上。

才　让　（接唱）天上精灵是月亮，
带给人间安详。
地上精灵藏羚羊，
带给雪原吉祥。

赛姆吉吾毛、赛珍、才让
（重唱）天上人间，
人间天上，
吉祥相伴久久长。

赛姆吉吾毛、赛珍
才让阿哥。

才　让　闪烁的星星月亮，都是天空的孩子；奔跑的人儿羊儿，都是大地的孩子。

[阿姆、冬格尔与藏羚羊群慢慢上前，将赛姆吉吾毛、赛珍、才让围绕。

["砰"的一声枪响，一只藏羚羊应声倒下。

[吴楚等盗猎人冲上，枪声四起，一只只藏羚羊应声倒下。

[藏羚羊群四下奔逃……

赛珍、赛姆吉吾毛
不能啊，不能！

才　让　住手！

［赛姆吉吾毛、赛珍上前去推，去挡，去拽盗猎人，反被推倒在地。

偷猎人 （数板）一两羊绒一两金，
一张羊皮一幢楼。
山再高，水再深，风再冽，雪再狂，
挡不住发财路，
哪怕羊血遍地流。

［赛珍挡在盗猎人面前，口诵“俺嘛呢叭咪吽……”欲感召对方，反被推搡到一边。才让阻挡吴楚，被吴楚推倒在地。

吴 楚 别挡我的发财路，滚开。

赛姆吉吾毛
（驱赶藏羚羊）阿姆，快跑！冬格尔，跑啊，都跑啊！

［盗猎的枪声不止……藏羚羊们四散而去。

［转经筒在赛珍手上摇得更快，更急。

［突然间，天边传来“轰隆隆”的声音。

才 让 老天发怒了！要雪崩了！

［阿姆、冬格尔绕赛姆吉吾毛奔跃，又用头去抵，示意快走；赛姆吉吾毛反过来去推阿姆，又去推冬格尔。

［盗猎人置若罔闻，疯狂地猎杀藏羚羊……

才　让　　疯了，你们都疯了！

[阿姆、冬格尔悲鸣长嘶，跑开去。

[才让拉起赛姆吉吾毛、赛珍，欲跑。

[“轰隆隆……”雪崩了。

[切光。

二

[灯光暗转。

[一堵雪墙横亘着。阿妈、老喇嘛与藏民们四奔而上，被雪墙阻隔，手刨雪墙……

阿　妈　孩子，我的孩子！

（唱）一千遍呼唤，

雪花落下一千个无言；

一万次嘶喊，

风雪刮起一万个回旋。

一堵雪墙隔生死，

生死未卜各一边。

太阳啊，

露出你的灿烂，

让冰山化流泉。

母女重相见，

亲人再团圆。

赛珍，赛姆吉吾毛，你们在哪儿？

老喇嘛　雪崩阻隔归途，孩子生死未卜……

阿　妈　快救救孩子！救救我的孩子……

老喇嘛　祈祷吧！祈、祷、吧……

阿　妈　佛祖保佑！

老喇嘛　俺嘛呢叭咪吽……

阿　妈　俺嘛呢叭咪吽……

众　人　俺嘛呢叭咪吽……

［祈祷声由弱渐强，响彻天宇。

［雪墙那边一片雪白，一切死寂。

［阿姆、冬格尔仰头悲鸣，声音哀婉。它们似乎嗅到了熟悉的气味，俯身去蹭雪，一边蹭一边叫。藏羚羊群闻声上前一道蹭雪。

［赛珍、才让从雪中被蹭出，两人匍匐着爬向对方，手握在了一起。

赛　珍　阿妹呢？赛姆吉吾毛，你在哪儿？（嘶喊地）阿妹……

［阿姆似乎嗅到了赛姆吉吾毛气味，冲赛珍鸣叫示意。

［赛珍、才让奔上前去，跪地扒雪，将赛姆吉吾毛从雪里刨出。赛姆吉吾毛被阿姐紧搂在怀中，才让不住地揉搓她的手脚。

赛姆吉吾毛

（“哇”地叫出声来）冷！阿姐，我冷。

赛　珍　（激动不已地）阿妹！好阿妹！

［吴楚从雪中伸出一只手，又伸出一只手，接着，探出了头。

吴　楚　（不住地呼喊）救我！救救我！

［藏羚羊群“哄”地四下散去，远远地挤在一块，惊恐地注视着。

赛姆吉吾毛

（心有余悸地指着吴楚）阿姐，才让大阿哥，他、他他他是坏人！

赛　珍　坏人的影子，湿木的烟子。俺嘛呢叭咪哞……

才　让　天上最宝贵的是星辰，地上最宝贵的是生灵。阿妈说过，不能见死不救！

［才让上前去刨雪……

［赛珍欲上前，被赛姆吉吾毛拉住。赛珍轻轻地拿开妹妹的手，与才让一道刨雪，合力将吴楚从雪中拖出。

吴　楚　（神志不清地）我在哪儿？

才　让　在你不该来的地方。

赛　珍　做了你不该做的事儿！

吴　楚　我想回家。

才　让　家，已经回不去了。雪崩已经阻断了回家路，我们都回不了家了！

吴　楚　（傻愣地）回不去了！回不去了！

赛姆吉吾毛

（扑入赛珍怀里哭泣）阿姐，我想家，想阿妈！

［风，呼呼地刮……

［阿姆幕内伴白："阿妈，她脸上有闪闪发亮的东西。"

［羊阿妈幕内伴白："那是泪花。"

［冬格尔幕内伴白："阿爸，她为什么会流泪？"

［羊阿爸幕内伴白："因为她回不了家。"

［阿姆、冬格尔幕内伴唱：

天空是星星家，
雪原是羚羊家，
她帮我找到家，
却失去自己家。
她不能没有家，
我们帮她去找家。

［藏羚羊群幕内合唱：

谁都有个家，
我们帮她去找家。

［藏羚羊群将赛珍、赛姆吉吾毛和才让团团围住，呜叫着。阿姆去推赛姆吉吾毛，冬格尔用头去抵赛珍，示意跟着走。

赛姆吉吾毛

阿姐，阿姆、冬格尔好像有话说，它们想说什么？

赛　珍　藏羚羊说，跟它们走，它们会带我们回家。

才　让　藏羚羊还说，绕过这座大雪山，我们就能回到家。

吴　楚　畜生怎么会说话？即便真的说话，又怎能信以为真？

才　让　不，它们是高原的精灵，跟着它们走，我们一定能回家。

赛珍、赛姆吉吾毛

才让大哥，我们走。

才　让　走。

［阿姆、冬格尔和藏羚羊群一齐仰天鸣叫。

［藏羚羊幕内伴唱：

走吧，
去找你的家。

才　让　（接唱）就在那雪山下，
找到阿妈找到家。

［藏羚羊幕内伴唱：

走吧，
让我们都回家。

赛　珍　（接唱）回家的路很远，
路上风雪很大；

才　让　（接唱）回家的路很长，
经筒相伴响天涯。

吴　楚　（接唱）没有家的方向，
只有满天雪花。

赛姆吉吾毛
（接唱）就在那雪山下，
找到阿妈找到家。

众　人　（合唱）走吧，
找到阿妈找到家；
回家，
家里住着老阿妈。

［藏羚羊群向雪原尽头走去，下。

［赛珍、赛姆吉吾毛与才让相互搀扶着，随藏羚羊群走去；吴楚欲跟上。

赛姆吉吾毛
阿姐，坏人跟着我们呢。

吴　楚　我……

赛　珍　俺嘛呢叭咪吽，随他去吧。

赛姆吉吾毛
坏人，离我们远点儿。

［赛珍、赛姆吉吾毛、才让下。

吴　楚　　哎，等等。别丢下我。等等、等等我！

[吴楚踉踉跄跄地追下。

[盗猎人一个接着一个从雪中探头，挣扎着爬出，聚拢在一起。

[切光。

三

[雪原，风雪呼啸。

[幕内伴唱：

借一双风翅膀，
飞到亲人身旁。
借一朵云飘荡，
飘进阿妈帐房。

[藏羚羊群顶风冒雪上，阿姆、冬格尔跳跃着，召唤着。

[赛珍内唱：

呼呼风啸啸——

[赛珍踉踉跄跄地上。

赛　珍　（接唱）纷纷雪飘飘。
风再大，
隔不断心跳的呼叫。

［才让上。

才　让　（接唱）雪再大，

挡不住回家脚步路迢迢。

［赛姆吉吾毛呼喊着“阿姐”奔上，摔倒在地。

赛　珍　（抱住赛姆吉吾毛）阿妹。

赛姆吉吾毛

（接唱）想阿妈温暖怀抱，

不见阿妈泪滔滔。

［藏羚羊将赛珍、赛姆吉吾毛、才让紧围在一起。赛姆吉吾毛紧抱住阿姆、冬格尔，相互依偎着。阿姆往赛姆吉吾毛怀里钻，冬格尔在赛姆吉吾毛身上蹭。

［幕内伴唱：

抱一抱，
温暖你，
也温暖我；
抱一抱，
你的温度，
暖在我心窝。

［吴楚上，在风雪中跌，仆，滚，爬……

吴　楚　（唱）风啊，

一片片将我撕裂；
雪啊，
一点点将我冻结。
天寒地冻风雪原野，
跌跌撞撞，撞撞跌跌。
风狂雪怒杀戮烈，
天诅地咒老天爷。
人间地狱雪窟冰穴，
怎样走出这生死劫？
冷啊！

［藏羚羊群见了，四散躲闪。

赛姆吉吾毛

坏人，站远一点儿。

［吴楚疯也似的抱住冬格尔，冬格尔呜叫着挣脱开；随即，吴楚又死抱住阿姆不放手，阿姆凄厉地呜叫着。

赛姆吉吾毛、赛珍

放开它！放手！

［赛姆吉吾毛、赛珍、才让在与吴楚的拉扯中，一张带血的藏羚羊皮从他怀里掉在了地上。

[冬格尔惊恐的幕内伴白:“血!”

[阿姆惊恐的幕内伴白:“血!”

[藏羚羊鸣叫着，乱成一团，幕内伴白:“血!”

赛珍、赛姆吉吾毛、才让

血羊皮!

[震栗之后的死寂。

吴 楚 我的，我的羊皮。

[赛珍手捧血羊皮，颤抖着。

赛 珍 （唱）擦也擦不掉的血，

从此脏了雪的洁。

血羊皮已将你心儿冷却，

赛姆吉吾毛

（接唱）你就是身披人皮一魔邪。

[藏羚羊群一齐仰天哀鸣不已。

吴 楚 给我!

[才让从赛珍手上接过血羊皮，激愤不已。

才　让　罪孽！俺嘛呢叭咪吽。

（接唱）六字真经杀戮戒？

天怒地怨心哀绝。

藏羚羊也流淌人一样的血，

会疼痛会害怕人一样感觉。

（指远处藏羚羊）你看！

（接唱）它就像美精灵高原舞跃，

抖落下纷纷雪漫天遍野。

你听！

（接唱）呦呦鸣唤醒那天边日月，

从此雪原不再空旷，山野不再寂寥，一片和谐。

谁忍心将美好毁灭。

玷污那人间的纯洁？

［才让扔下血羊皮，吴楚急切地披在身上，蜷缩一团。

吴　楚　天哪，可怜可怜我吧！

（接唱）就像冰一坨，

冻结在心窝。

就像山一座，

千斤背上驮。

雪崩底下性命躲，

冰雪如刀把心戳。

报应从来有因果，

造孽最终难逃脱。

[远远地，狼的嗥叫传来……

赛姆吉吾毛

听，你们听。

才 让 不好！羊皮的血腥引来了饥饿的雪狼。

吴 楚 （一骨碌爬起）雪狼！那那那……那可是雪原上最凶狠的动物。

[藏羚羊群蠢蠢欲动，躁动不安。

赛 珍 怎么办？

才 让 快，快把血羊皮扔掉。

[才让从吴楚身上扯下血羊皮。

吴 楚 你、你还给我！

才 让 你不要命了！（刨坑掩埋血羊皮）只有埋了血羊皮，雪狼闻不到血腥，才找不到我们。

[狼嗥声不住地传来。

吴 楚 雪狼近、近近近了！

[藏羚羊群跳跃着，向高处奔去。

才　让　　快走！

[才让、赛珍、赛姆吉吾毛与吴楚随藏羚羊群向远处走去。

[灯光渐暗。

四

［雪原。

［藏羚羊群上，在风雪中奔腾、跳跃。

［赛珍、赛姆吉吾毛、才让、吴楚上，在风雪中跌，仆，翻，滚……

［山涧前，藏羚羊群挤成一团；赛珍、才让、赛姆吉吾毛、吴楚面对山涧，显得一筹莫展。

［狼嗥声由远及近，由弱渐强，一声紧似一声。

赛　珍　（唱）雪狼嗥一声更比一声高，

赛姆吉吾毛

（接唱）羊哀叫一阵更比一阵焦。

吴　楚　（接唱）一声嗥伴一阵心惊肉跳，

才　让　（接唱）涧横断身陷绝境无路逃。

赛珍／才让／吴楚

（重唱）恨不能／恨不能／恨不能——

像阵风／像只鸟／像老鼠——

吹过山涧／飞过山涧／钻过山涧——

赛姆吉吾毛

（接唱）到那山、到那角，

雪狼再也无处找。

吴　楚　雪狼越来越近了，说什么跟着藏羚羊走就一定能回家，它们都是畜牲，怎么可以相信这些畜牲？

赛姆吉吾毛

没有你，我们也不会这样。

吴　楚　（无言以对）我……

赛　珍　俺嘛呢叭咪吽，俺嘛呢叭咪吽……

才　让　佛祖保佑吧！

［赛珍盘腿而坐，边摇转经筒，边念念有词。才让、赛姆吉吾毛也盘腿坐下，一道口诵"俺嘛呢叭咪哞……"

［吴楚见状，显得不知所措，又合掌作揖，又画十字祷告，最后，他也盘腿坐下，照葫芦画瓢口诵"俺嘛呢叭咪哞……"

［狼嗥声一阵阵传来。

［藏羚羊群幕内伴白："孩子！"

［藏羚羊群幕内伴唱：

阿爸阿妈远去了，
就像雪花天上飘。

［羊阿妈幕内伴唱：

雪花飘一片片将你围绕，
那都是阿爸阿妈在祈祷。

［羊阿爸幕内伴唱：

要当心有陷坑不要摔倒，
摔倒了爬起来越长越高。

［羊阿妈幕内伴唱：

提防狼扑过来把你撕咬，
打不过要学会撒腿就跑。

［羊阿爸幕内伴唱：

人群中有险恶也有美好，
学会用雪亮眼睛仔细瞧。

［老藏羚羊与小藏羚羊生离死别。
［羊阿爸、羊阿妈幕内伴唱：

我们都老了，
你们还太小。
老的化作平安道，
小的走过彩虹桥。
老的托起小，
小的踩着老。
走一步，摇一摇，

通往太阳的怀抱。

[狼嗥叫传来。

[一只老藏羚羊跃起，跳入山涧……

赛姆吉吾毛

阿姐，你看，藏羚羊跳下去了，它们、它们……

[藏羚羊群一齐仰天鸣叫。

[又一只藏羚羊跃起，跳入山涧……

吴　楚　狗急了撞墙，兔子急了咬人，藏羚羊急了跳崖。（下意识地）可惜了，多好的皮毛啊……

才让、赛珍、赛姆吉吾毛

（怒视吴楚）你！

吴　楚　（自知失言，心虚地）我不是那个意思，我、我说漏嘴了……不，我说错了，我、我……

赛　珍　你说这种话，你还是人吗？

赛姆吉吾毛

你比雪狼还坏！

[一只接一只的藏羚羊跳下山涧……

赛姆吉吾毛

又跳了一只，又一只、又……才让大阿哥，藏羚羊这是做什么呀！

才　让　　老藏羚羊跳下去，为小藏羚羊搭起一座桥。

赛珍、赛姆吉吾毛、吴楚

（简直不敢相信地）桥！

才　让　　也为我们搭了一座生命桥。

吴　楚　　一只只老藏羚羊跳下去，尸叠尸，填满山涧，小藏羚羊就踩在羊尸上走过山涧，我们也得救了！（震惊地）太、太让人震惊了！

赛　珍　　俺嘛呢叭咪吽。

［羊阿爸、羊阿妈依依不舍地摩挲着阿姆、冬格尔。

［羊阿妈幕内伴白："孩子，快快长大。"

赛姆吉吾毛　　羊阿爸、羊阿妈，别跳！别……

［羊阿爸、羊阿妈已纵身跳下雪崖。

［阿姆、冬格尔仰头鸣叫。

［赛珍、赛姆吉吾毛、才让与吴楚震撼不已。

［幕内伴唱：

啊……
生死桥，
一头连天堂，
一头接人间。

［山涧下，藏羚羊群羊叠羊，筑起一座羊尸桥。

［一片死寂。

［阿姆、冬格尔走上羊尸桥。它们走一步，俯下身，摇着头在羊阿爸、羊阿妈身上摩挲，又仰天长鸣。

［赛珍、才让、吴楚欲行又止，不忍踏羊尸桥。

赛　珍　（接唱）生死桥，
血浇筑，肉搭建，
血浇肉筑生死连。

才　让　（接唱）前仆后继添山涧，
再生留在尸上边。
只觉得一步步腿脚发软，

赛　珍　（接唱）只觉得一阵阵头晕目眩。

吴　楚　（接唱）打猎的何曾惧尸横血溅，
此情景心颤身抖不忍见。

［赛姆吉吾毛扑入赛珍怀中。

赛姆吉吾毛
阿姐，我不走了，就让雪狼吃了我吧！

［狼嗥声一声紧似一声。

［阿姆、冬格尔鸣叫不已。

才　让　（痛苦地大喊）走，我们走！

赛姆吉吾毛、赛珍、才让、吴楚

（合唱）生死桥，

一头连天堂，

一头接人间。

［赛珍、才让、吴楚走上羊尸桥。

赛　珍　风啊，吹散了你们的魂魄，撒向天空；云啊，托起了你们的身体，交给苍穹……

［羊尸桥“轰然”倒塌。

［狼嗥声传来。

［灯光渐暗。

五

[夜。寺庙里。

[老喇嘛和众藏民摇转经筒依次上，口诵：“俺嘛呢叭咪吽……”

[阿妈手摇转经筒上，“咚咚咚……”转经声在月夜里传远。

[夜。雪原。

[凌空的雪岩下，赛珍与赛姆吉吾毛依偎着，才让盘腿坐一旁。阿姆、冬格尔与藏羚羊群匍匐在四周。吴楚缩着脖子来回跑动驱寒。

[赛珍摇起转经筒，“咚咚咚”转经声与阿妈的转经声隔空呼应。

[夜。寺庙里。

阿　妈　（唱）不管走到什么地方，
有一顶白帐房不能忘；
不是白帐房不能忘，
那里有阿妈白发苍苍。

[夜。雪原。

赛　珍　（接唱）不管走到什么地方，

有两盏酥油灯不能忘；
不是酥油灯不能忘，
那是阿妈不眠的目光。

［夜。寺庙里。

阿　妈　（接唱）在风雪的路上，
不见天上月光；
启明星在心上，
那是阿妈目光。

［夜。雪原。

赛姆吉吾毛
（接唱）目光连接家的方向，
目光映照家的天堂。
家乡远，
远在天边路长长；
家乡近，
近在心里泪汪汪。

赛姆吉吾毛、赛珍
（合唱）回家，天边白帐房，
回家，心上的目光。

赛姆吉吾毛
阿姐，你哭了！别哭，别哭啊！

［赛姆吉吾毛伸手去给赛珍擦泪，赛珍将赛姆吉吾毛拥入怀中。

赛　珍　赛姆吉吾毛，好阿妹！

才　让　山高的地方夏天下雪，伤心的时候夜晚流泪。

［吴楚也不禁沉浸在对家乡的思念之中，哼唱起江南民谣——

吴　楚　（哼唱）摇橹，
叽哑，
摇在月光下，
月光下我的家，
家里有妈妈。

赛姆吉吾毛
阿姐，坏人也想家了。

才　让　日月的家乡在天上，儿女的家乡在心上。

赛姆吉吾毛
坏人，你的家在哪儿？

吴　楚　在很远的地方。

赛姆吉吾毛
你有家，阿姆、冬格尔也有家；你有阿妈，阿姆、冬格尔也有羊阿妈。为什么，为什么你们还要杀藏羚羊？

才　让　欲望像山涧一样不测。

赛　珍　贪婪像毒草一样茂盛。

吴　楚　（无言以对）我……别说了！老天爷不是正在惩罚

我吗？

[阿姆、冬格尔呦呦地鸣叫。

赛姆吉吾毛

（摩挲着阿姆、冬格尔）阿姆、冬格尔也想羊阿爸、羊阿妈了！

[天边，一轮圆月升起。

[阿姆登上雪岩，仰月鸣叫，冬格尔仰月鸣叫，藏羚羊群一齐仰月鸣叫，响彻月夜……随后，阿姆与冬格尔跳着，蹦着……藏羚羊群也一齐跳着，蹦着……最后，阿姆匍匐，冬格尔匍匐，藏羚羊群一齐匍匐，百羊齐喑。

[风，呼呼地刮……

[一声雪狼嗥传来。

[雪狼上，将才让、赛珍、赛姆吉吾毛、吴楚团团围住，嚎叫不止。

[阿姆、冬格尔及藏羚羊群跳跃着，欲转移雪狼目标。

赛姆吉吾毛

阿姆，冬格尔，快跑！你们都快跑！

[雪狼一步步地逼近……

[才让、赛珍、赛姆吉吾毛、吴楚紧紧地依靠在一起。

赛姆吉吾毛

阿姐！

赛　珍　（紧攥赛姆吉吾毛的手）阿姐跟阿妹在一起，别怕！

吴　楚　这该死的地方，我不该来的，我不该啊！

［吴楚腿一软，跪倒在地上。

才　让　起来！（将吴楚拽起）你还像是男人吗？你杀藏羚羊的能耐都哪儿去了？都使出来对付雪狼啊！

吴　楚　（心悸地）我、我……

［赛姆吉吾毛跌倒在地，一只雪狼逼近。阿姆、冬格尔将雪狼撞开。

［雪狼掉头逼向阿姆、冬格尔。

赛姆吉吾毛、赛珍

（推阿姆、冬格尔）阿姆，快跑！冬格尔，快跑！

［雪狼逼向吴楚；吴楚又喊又叫，又踢又打，仍被雪狼步步紧逼。才让见状，猛地，挥鞭作响。

才　让　（大喊）来吧，都来吧！

赛珍、赛姆吉吾毛、吴楚

才让阿哥！

吴　楚　才让！

才　让　走，快走！

（唱）圣人曾经舍身饲虎，
小小喇嘛将身喂狼。
填饱你们辘辘饥肠，
换来伙伴逃生时光。

赛珍、赛姆吉吾毛
才让阿哥！

才　让　不要过来，快走！

［赛珍、赛姆吉吾毛欲上前，被吴楚死死拉住。

吴　楚　听他的，我们走！

赛姆吉吾毛
要走你走。

才　让　走！

赛　珍　我们不能丢下你！

才　让　走啊！
（接唱）这是最后一线希望，
不要辜负牺牲死亡。
佛祖召唤我的前往，
冥冥已经看见天堂。
来啊！

［雪狼群嗥叫着一齐扑上，撕扯着将才让拉下，牧羊鞭掉在了地上。

赛姆吉吾毛、赛珍

才让阿哥！

吴　楚　（“扑通”跪倒在地，不堪地）才让兄弟！

［藏羚羊群哀鸣不已，鸣叫声悠长。

［赛姆吉吾毛拾起牧羊鞭，猛地，挥鞭对吴楚狂抽，鞭声在寂寥的夜里空空地响起……

赛姆吉吾毛

是你害了才让大哥，是你，是你！都是你这个坏人！

吴　楚　打吧！打吧！打吧！

［赛珍上前夺下鞭子，一把扔在吴楚身上。赛姆吉吾毛扑入阿姐怀中伤痛地抽泣。

［狼嗥再起，雪狼群返上，蠢蠢欲动。

［藏羚羊群一齐仰天鸣叫。

［陡然间，吴楚喷发出一股豁出去的勇气，大喊一声，抓起才让遗留下的牧羊鞭，“啪”地抽响。

吴　楚　来吧！

［雪狼群嗥叫着，将赛珍、赛姆吉吾毛与吴楚团团围住。

赛姆吉吾毛

阿姐，阿妈等我们回家呢！

赛　珍　（哽咽地）回家，回、家……

［听天由命之际，“砰”的枪声响，一只雪狼中弹倒地。紧接着，枪声四起，雪狼群惊散四奔……下。

赛　珍　有人来了！

吴　楚　是我朋友来了，来救我了。（下意识地）我在这儿。我在这儿。

赛姆吉吾毛

坏人又来了，又来杀藏羚羊了。

赛　珍　（驱赶藏羚羊）快跑！

赛姆吉吾毛

跑啊，阿姆！快跑，冬格尔！

吴　楚　大哥，我在这儿。

［吴楚奔上高处，挥手朝盗猎同伙示意。

［藏羚羊四散奔逃……下。

［赛珍与赛姆吉吾毛驱赶着藏羚羊。下。

［灯光渐暗。

六

[紧接前场。

[阿姆、冬格尔与藏羚羊群奔逃上。

[赛珍、赛姆吉吾毛奔上。

赛　珍　（唱）躲过凶狠的雪狼，
人比雪狼更凶狂。
连雪崩也压不住的贪婪，
还有那欲火喷射的猎枪。
难道就躲不过杀戮屠宰场？
昆仑神啊！
（接唱）求求你帮羚羊遇难呈祥。

[赛姆吉吾毛挥手驱赶着藏羚羊。

赛姆吉吾毛
跑呀！快跑呀！
（接唱）跑到天边去躲藏，
一个没人的地方。
不闻枪声响，

只闻青草香。
雪花飘飘荡荡，
给你披上洁白衣裳。
山风伴你南来北往，
自由自在高原徜徉。

［阿姆、冬格尔鸣叫着，在赛姆吉吾毛身边跳跃。

赛姆吉吾毛　阿姆，快跑。冬格尔，别管我，跑呀！

赛　珍　你不走，阿姆、冬格尔也不会走。快带阿姆、冬格尔先走。

赛姆吉吾毛　阿姐不走我也不走。

赛　珍　那谁也走不了，你就忍心眼睁睁看着阿姆、冬格尔被杀掉？看着一只只藏羚羊被杀掉？

赛姆吉吾毛　不！

赛　珍　那还不快走！走得越远越好！

赛姆吉吾毛　阿姐，好阿姐……

［“砰、砰、砰”，枪声不断。

赛　珍　哭什么？（将赛姆吉吾毛推远）走啊！

[赛姆吉吾毛哭着甩头奔下。

[阿姆、冬格尔与藏羚羊群跳跃着，下。

[众盗猎人冲上。吴楚随上。

吴　楚　（喋喋不休地）大哥，回吧，回家吧，不打了，咱们再也不打了！

盗猎人　（七嘴八舌地）藏羚羊都往那边跑了。

盗猎人　跑不了。

[盗猎人举枪欲射藏羚羊。

吴　楚　（欲阻止）别开枪！

盗猎人　滚一边去。

[盗猎人推开吴楚，欲举枪再射。赛珍冲上，挡在了猎枪前。

盗猎人　你找死啊！你……

赛　珍　藏羚羊不能打！

（唱）枪声响已打破宁静，
连雪花也簌簌受惊。
藏羚羊性温顺高原精灵，
冰天生雪地长戈壁主人。
藏羚羊也同样天赋生命，
皮毛下血肉相连一缕魂。
不速客杀红眼不请闯进，

藏羚羊血染天边落日红。
什么是贪婪？
什么是残忍？
什么是恶煞？
什么是凶神？
剥下皮毛买卖人性，
可曾闻到熏天血腥？
可曾夜夜噩梦惊醒？
可曾跳动血肉良心？

盗猎人 少啰唆，闪一边去！

［盗猎人将赛珍推倒在地，赛珍紧抱住一个盗猎人的腿。

赛 珍 （接唱）可问我答应不答应？
除非是——

盗猎人 怎么着？

赛 珍 （接唱）血洒雪原溅我身。

盗猎人 你以为我不敢！

［盗猎人枪指赛珍，赛珍一把抓住枪杆。

盗猎人 再不撒手，我真的开枪了！

吴 楚 别别别，千万别这样，放下，把枪放下！咱们别再作孽了，会遭报应、会遭报应的。

盗猎人 再碍手碍脚的，连你也一块干了。滚！

[两个盗猎人上前将吴楚架开。

盗猎人　撒手！

赛　珍　把枪放下！

盗猎人　（色厉内荏地）撒手，我真的开枪了。

[阿姆向盗猎人撞去；盗猎人闪躲，“砰”地枪响。阿姆中弹，硬撑着站立不倒。

[赛珍呆住了，吴楚呆住了。

[赛姆吉吾毛奔上，见状，呆住了。

[冬格尔跃起，仰天哀鸣。

[死寂。

[雪，大雪纷飞……

[少顷，阿姆身子一晃，仰面摔倒在地。

赛珍、赛姆吉吾毛、吴楚

（撕心呼喊）阿姆！

[赛珍、赛姆吉吾毛、吴楚扑上前，疯也似的摇晃着阿姆。

[远处，冬格尔不住地哀鸣……藏羚羊群上，不住地哀鸣……

盗猎人　藏羚羊，好多好多的藏羚羊。

[盗猎人举枪欲射。

[赛珍、赛姆吉吾毛疯也似的对盗猎人又拽又推又踢又打……

赛珍、赛姆吉吾毛

凶手！凶手！

[一盗猎人用枪托砸赛姆吉吾毛，天边一声炸雷滚过，赛姆吉吾毛倒地。接着，赛珍又遭盗猎人枪砸，天边又一声炸雷滚过，赛珍倒地。

吴 楚 （喃喃自语地）会遭报应的……会遭报应的……

盗猎人 弟兄们，发财了！还等什么，大开杀戒哪！

[突然，吴楚“啊”地大喊，疯也似的从一盗猎人手中夺过猎枪，挥动在手上。

盗猎人 （震惊之下，心悸地）兄弟，把枪放下。兄弟，你、你疯了吗？

吴 楚 疯了，我们都疯了！大哥，为了我们贪婪的欲望究竟还要伤害多少生灵？为了藏羚羊，多少兄弟死了；为了藏羚羊，多少美丽枯竭了；为了藏羚羊，多少生灵都消逝了；为了藏羚羊，我吴楚的心都快变黑了！就算藏羚羊是畜生，但就是这些“畜生”把我从死亡线上拉了回来。我双手沾满了藏羚羊的血，可救我性命的却是藏羚羊！不杀了，不能再杀了，决不能再杀害这些高原上的精灵了！

[吴楚激愤得几乎丧失理智，一阵开枪扫射，吓得盗猎人连蹦

带跳。

盗猎人　　疯了，他疯了！

［盗猎人抱头蹲下。

赛姆吉吾毛

坏人阿哥。

吴　楚　（几乎不相信）什么？你叫我什么？

赛姆吉吾毛

坏人阿哥，你好勇敢！

［吴楚扑通跪倒在地。

吴　楚　（捂着脸）我、我混蛋！

［冬格尔徘徊在阿姆身边哀鸣。

赛珍、赛姆吉吾毛、吴楚

（爬向阿姆，呼唤着）阿姆！

［赛珍、赛姆吉吾毛与吴楚捧起一捧又一捧雪，糊在阿姆身上。

［冬格尔、藏羚羊群扬蹄，扬起了纷纷雪花，洋洋洒洒。

［幕内伴唱：

一滴水，
太阳把你升华，
成了天上雪花。
轻轻地飘洒，
化作冰，
化作泉，
悄悄地回家。

[阿姆被糊成一尊雪雕，笼罩在一片红霞之中。

[藏羚羊群一齐仰天长鸣……

[灯光渐暗。

七

［雪原。

［冬格尔、藏羚羊群上。

［赛珍、赛姆吉吾毛、吴楚相互搀扶着上，在雪地里艰难地行进……

［幕内伴唱：

回家吧，
家里有阿妈。
就在那雪山下，
找到阿妈找到家。
走吧，
回家，
让我们都回家。

［赛珍、赛姆吉吾毛将吴楚拖上了山崖顶。

［冬格尔鸣叫，蹦跳着。

赛姆吉吾毛

到了。冬格尔告诉我，我们已经到家了。

吴 楚 在哪儿？

赛 珍 就在山崖下面。

［山崖下，一片雪雾。

吴 楚 可什么也看不见。

赛姆吉吾毛

藏羚羊是不会骗人的。

吴 楚 我懂！我真的走不动了。

赛姆吉吾毛

我也走不动了。

［赛珍、赛姆吉吾毛与吴楚背靠着背。

［藏羚羊群静静地匍匐在地上，冬格尔依偎在赛姆吉吾毛身边。

吴 楚 赛珍，你的名字什么意思？

赛 珍 明灯。

吴 楚 明灯！赛姆吉吾毛，你的名字又是什么意思呢？

赛姆吉吾毛

心的女儿。

吴 楚 星星的女儿吗？

赛姆吉吾毛

不！心脏的女儿，心跳的女儿。

吴 楚 也是心灵的女儿。赛姆吉吾毛，心的女儿，明灯的阿妹……真好听！赛姆吉吾毛，你的家乡什么样？

赛姆吉吾毛

你想知道，坏人阿哥？

吴　楚　想。

赛姆吉吾毛

（娓娓地）我的家，在那遥远的地方。晚上，月亮就挂在我家帐房的窗户旁，像梳妆的镜子；到了早上，太阳挂在我家帐房不远的树上，就像一个大红苹果。坏人阿哥，你看，你看——阿姆，它正在天上跑，一会儿不见了，一会儿又出来了，看啊，它正走在彩虹桥上，好漂亮啊！——听，庙里的钟声响了，我看见才让大阿哥了，他摇起转经轮，咧着嘴冲我笑呢。——我又看见阿妈了，她在帐房里熬奶茶，做糌粑，嘻嘻，想一想就觉得香。坏人阿哥，你知道雪莲花吗？阿妈说，雪莲花就开在昆仑神山。阿妈还说，有了雪莲花，魂儿就能找回家。我要去昆仑山找雪莲花，找好多好多的雪莲花，给阿姆吃，给才让大阿哥吃，给羊阿爸、羊阿妈吃，给那些再也不能跳不能叫的藏羚羊吃……雪莲花，我要去找它；昆仑山，雪莲花、雪莲花……

［冬格尔似乎听懂了，藏羚羊群似乎都听懂了，一齐仰天哀鸣着……

［赛姆吉吾毛声音越来越小，气力越来越弱。

赛　珍　阿妹，坏人阿哥，雪地里可不敢睡觉，睡着了就再也醒不过来了。醒醒，听我跟你们唱首歌吧，想听吗？

吴 楚 想。

赛姆吉吾毛

阿姐唱歌最好听了。

赛 珍 （声嘶力竭地）“呀啦嗦，在那遥远的地方……”

[赛珍已无气力再唱，几乎奄奄一息。

[远远地，“哗啦”的转经声和“俺嘛呢叭咪哞……”的念经声隐隐约约地传来……

[冬格尔警觉地立起，藏羚羊群也骚动起来。

吴 楚 赛珍，我好像听见了，听见了……（苦苦一笑）大概是幻听吧。

赛 珍 不，是真的，是真的……

[赛珍摇起转经筒，“哗啦”，随即，远处传来“哗啦”的回应；她接着摇，“哗啦啦”，又传来“哗啦啦”的回应；她再摇，“哗啦啦……”，远远地，“哗啦啦……”的转经筒回应声更清晰。

[在转经筒的呼应声中，雪停了、雾散了，天边升起一轮皓月，与赛姆吉吾毛、赛珍、吴楚叠印在一起。

吴 楚 赛姆吉吾毛，你看哪！

赛 珍 看见了，看见了。那就是我的家！

吴 楚 回家！

赛姆吉吾毛

回家了，真、的、回、家、了……

吴　楚　家……

[升降台慢慢升起，阿妈、老喇嘛与众藏民盘腿而坐，手摇转经筒，口诵“俺嘛呢叭咪哞……”，声音滚滚而来。

赛姆吉吾毛

阿妈！

赛　珍　阿妈！

赛珍、赛姆吉吾毛

（呼喊）阿、妈……

[幕内伴唱：

呀啦嗦——

……

[灯光渐暗。

尾　声

[一队藏羚羊群向雪原尽头走去……

[冬格尔登上雪岩，仰天鸣叫。

[幕内伴唱：

一滴水，
太阳把你升华，
成了天上雪花。
轻轻地飘洒，
化作冰，
化作泉，
悄悄地回家。

[灯光渐暗。

[剧终。

藏羚羊

本剧由青海省京剧院与浙江省京剧团合作演出。

荣获“国家舞台艺术精品工程（2009—2010年度）重点资助剧目”，第四届全国少数民族文艺会演“一等奖”“最佳编剧奖”。

文本发表于《文化艺术研究·戏文专辑》2010年第1期、《剧本》杂志2011年第6期。

剧名书写　李晓军

王勇剧作集

京剧

大漢昭君

◎

王勇 著

中国戏剧出版社
CHINA THEATRE PRESS

图书在版编目（CIP）数据

王勇剧作集 / 王勇著. — 北京 ：中国戏剧出版社，
2022.6
ISBN 978-7-104-05123-7

Ⅰ.①王… Ⅱ.①王… Ⅲ.①剧本－作品综合集－中
国－当代 Ⅳ.①I230

中国版本图书馆CIP数据核字（2021）第171113号

王勇剧作集

策划编辑：肖　楠
责任编辑：邢俊华
责任印制：冯志强

出版发行：中国戏剧出版社
出 版 人：樊国宾
社　　址：北京市西城区天宁寺前街2号国家音乐产业基地L座
邮　　编：100055
网　　址：www.theatrebook.cn
电　　话：010-63385980（总编室） 010-63381560（发行部）
传　　真：010-63381560

读者服务：010-63381560
邮购地址：北京市西城区天宁寺前街2号国家音乐产业基地L座

印　　刷：保定市铭泰达印刷有限公司
开　　本：787mm×1092mm 1/32
印　　张：42.25
字　　数：846 千
版　　次：2022年6月 北京第1版第1次印刷
书　　号：ISBN 978-7-104-05123-7
定　　价：458.00 元（全 18 册）

时　间：西汉汉元帝竟宁元年（公元前 33 年）。

地　点：塞北大草原。

人　物：

王昭君——女。名嫱。公元前 52 年生于南郡秭归。汉元帝竟宁元年（公元前 33 年）出塞和亲，嫁与匈奴呼韩邪单于，受封为“宁胡阏氏”（“阏氏”意为“王妃”）。十九岁（出场年龄）到四十多岁。

伊屠智牙师——男。二十岁。王昭君与呼韩邪单于之子。雕陶莫皋同父异母弟弟。

雕陶莫皋——男。五六岁（出场年龄）到二十五六岁。呼韩邪单于与大阏氏之子，伊屠智牙师同父异母哥哥。后为福珠雷单于。

月　光——女。十九岁左右。左贤王之女，被称之为“月光居次”（“居次”意为“公主”）。

左贤王——男。三十多岁到五十多岁。月光的父王。

大阏氏——女。二十多岁到四十多岁。呼韩邪单于的大阏氏。雕陶莫皋的阿妈。

呼韩邪——男。三十多岁（出场年龄）到五十多岁。匈奴大单于。

大巫师——男。四十多岁到六十多岁。一只独眼。擅吹胡笳。

匈奴武士、匈奴侍女、匈奴百姓若干。

一

［塞北草原——天苍苍，野茫茫，风吹草低见牛羊。

［单于庭外——大巫师背身伫立在高台之上，眺望远方。

大巫师　（转过身来）大汉公主入庭啰！

［幕内回应："大汉公主入庭啰！""入庭啰……入庭啰……入庭啰！"

［匈奴武士手举狼旗，策马疾驰而上；随后，手持长角号的乐人上，众号齐鸣，响彻天野；再随后，匈奴女人捧花篮，一路抛撒着花瓣上。

［呼韩邪单于金冠博带，腰挎金刀，身披貂皮大氅，威风凛凛地上，激动而不失威严地眺望远方。

［大阏氏、雕陶莫皋大王子、左贤王随上。

大巫师　（念）呜——天苍苍，野茫茫；山叠嶂，水长长。草原苍狼仰天望，中原飞来金凤凰。

雕　（小手一指）看啊，来啦！

众　人　来啦，大汉公主来啦！

呼韩邪　　来啦，我的阏氏来啦！

［众人翘首企望前方。

［远处草坡上，大巫师吹起胡笳，乐声绵长……

［王昭君内唱：

山重水复——

［王昭君身披红斗篷，怀抱乌特上。

王昭君　　（接唱）芳草连天野，
长城内外烽火歇。
乌特犹闻江南阕，
胡笳声声奏和谐。

［在西汉武士、西汉侍女的引领下，王昭君犹抱乌特半遮面，移步前行。呼韩邪单于又惊又喜地跨步上前，伸手欲拉王昭君。王昭君乌特一摆，低头侧窥呼韩邪一眼，轻轻一个转身，矜持地给呼韩邪施礼。呼韩邪大氅一摆，双手搀住王昭君，俩人四目凝视。

王昭君　　（　唱　）作别家乡的明月，
呼韩邪　　（接唱）走进苍茫的原野，
王昭君　　（接唱）迎朝阳似血，
呼韩邪　　（接唱）送夕阳西斜。

王昭君　（接唱）单于英武虎胆怯，

呼韩邪　（接唱）公主容颜雁气绝。

王昭君　（接唱）从此后天地为宫山筑阙，

王昭君、呼韩邪

（合唱）守草原望长安万里连接。

呼韩邪　匈奴的武士们，草原的女人们，这就是大汉和亲公主昭君，我呼韩邪大单于的阏氏。胡得之，国安宁。我就封昭君公主为宁胡阏氏。

众　人　胡得之，国安宁！（众人膜拜）呼韩邪大单于吉祥！宁胡阏氏吉祥！

［雕陶莫皋跑上前去，伸手拉住王昭君的衣袖。

雕　宁胡阏氏，你真好看！

王昭君　你是……

大阏氏　（欲制止）雕陶莫皋……

呼韩邪　这是我的大王子雕陶莫皋，从小只知骑射。现在好了，宁胡阏氏来了，往后可以多教他一些汉人的文化和知识。

雕　（抚摩着王昭君的绸缎衣裳）这衣裳真滑，像水……（又手指王昭君怀里的乌特）这个我认得，是乌特。

王昭君　大王子想听吗？

雕　想。

呼韩邪　宁胡阏氏，弹一曲吧，我也想听。

众　人　我们都想听。

呼韩邪　宁胡阏氏，弹吧！

王昭君　（深深地施礼）是。

［王昭君怀抱乌特，轻拢慢拈抹复挑，琵琶声悠扬，响彻草原。

［天边，一轮明月渐渐升起。众人聚精会神地聆听……

（唱）南方北方的云哟，
飘荡不在一方，
都在蔚蓝的天上。

雪山青山的水哟，
源头不在一方，
都流向大海洋。

汉匈是兄弟哟，
家乡不在一方，
都是阿爸阿妈抚养。

［歌声中——汉、匈两族边民正在互市交易……

［呼韩邪大单于与王昭君策马驰骋，奔上高台……呼韩邪挥鞭指点，与王昭君欣喜地观望……

［歌声中——王昭君正又拍又摇地哄着摇篮中的儿子伊屠智牙师，啼哭声一阵阵传来。

［歌声中——成年伊屠智牙师与雕陶莫皋奔上，将肩上的猎物砸在呼韩邪单于面前，随之，兄弟俩专注地盯着对方，躬身甩

手相互绕圈子，一步步逼近又退却，猛扑又收缩，以头、肩、臂、膝相抵，欲摔跤比试……

[呼韩邪单于哈哈大笑起来……

[灯光暗转。

[左贤王仰天大笑。

左贤王　这一天总算来了，终于来了！哈哈哈……

[武士上。

武　士　大单于有令，传大阏氏、宁胡阏氏、大王子雕陶莫皋、小王子伊屠智牙师速速进帐。

[王庭行帐——呼韩邪大单于躺靠在王昭君的怀里，气若游丝。

王昭君　大单于！大单于！

[呼韩邪咳嗽不已。

呼韩邪　宁胡阏氏，年年今日，我都陪你一起放鸽，今、今年，恐怕不能再陪你……。

王昭君　别说了！等大单于身子康复了，我们再放鸽不迟。

呼韩邪　（深情地）二十年前，阏氏出塞和亲，冰河雪路，风狂雨骤，来到了单于庭。胡得之，国安宁！是你给大漠带来了太平，带来了吉祥……阏氏，我的宁胡阏氏，让我再听一曲你弹的乌特。

王昭君 大单于，我弹，给你弹。

[王昭君转轴拨弦，欲弹奏乌特。

[呼韩邪咳嗽不已。王昭君又放乌特，手抚呼韩邪。

呼韩邪 （苦笑地）昆仑神正朝我招手呢，我觉得自己正向他飞去，越飞越近……

王昭君 不，不，昆仑神会保佑大单于的！

呼韩邪 大阏氏和两位王子可否赶到？

王昭君 他们正在赶来行帐的途中。

呼韩邪 只怕是等不及了……

[左贤王奔上。

左贤王 大单于！

王昭君 左贤王，大单于只怕是……是……

左贤王 大单于，匈奴不可一日无君，草原不可一日无主。大单于金刀传给谁，你说，你快说！

王昭君 左贤王，大单于已经命悬一线，你……

呼韩邪 （挣扎着呼唤）宁胡阏氏……

王昭君 大单于，我在，在这儿呢。

呼韩邪 （气息微弱地）虽然不顾虑头会碰到蓝天，但清醒的脑袋还是要放低；虽然不顾虑大地会下沉，但沉重的脚步还是要放轻。大单于金刀传给谁，凭你决断。汉匈要太平，草原不能乱，不能、乱……

[呼韩邪举金刀欲递王昭君；左贤王见了，一把抓住金刀。

呼韩邪　（竭力不放手）你……

[王昭君也伸手一把抓住金刀。

[雕陶莫皋、伊屠智牙师、大阏氏奔上。

雕、伊/大阏氏

阿爸/大单于！

[左贤王见状，撒手放开金刀；金刀握在了王昭君手中。

呼韩邪　阏氏，宁、胡……

[呼韩邪欲言不能，气绝身亡。

雕、伊/左贤王、大阏氏

阿爸/大单于！

[雕陶莫皋、伊屠智牙师、左贤王、大阏氏跪步上前。

[苍凉的胡笳声响起……

[一束聚光中，大巫师跳起“萨满”……

大巫师 呜……（手舞足蹈、念念有词地）风啊，吹散你的魂魄，撒向了天空；云啊，托起你的身体，交给了苍穹。

[切光。

二

[单于王庭内——一片漆黑中，一束天光斜射下来，穿透了深邃，投在象征大单于权威的金刀之上，显得格外扎眼。

[匈奴武士分头上，影影绰绰。

[雕陶莫皋、伊屠智牙师、左贤王、大阏氏分头上，各立一角。

雕　天亮。

伊　天黑。

左贤王　死亡。

大阏氏　诞生。

雕、伊、左贤王、大阏氏

谁也不能阻挡！

左贤王　老单于升天，太阳落下去了。

大阏氏　新单于即位，太阳又升起来。

雕　天黑后，什么都可能发生。

伊　天亮前，最不平静的时辰。

左贤王　晨昏转换——

大阏氏　新旧交替——

[王昭君黑披风一摆，转身，手捧金刀。

王昭君　　谁主沉浮？金刀传给谁，谁就是大草原主宰，匈奴新单于。

雕、伊、左贤王、大阏氏

金刀！

大巫师　　祭刀啰！

［"咚、咚、咚……"鼓点声响起。

［王昭君捧金刀举过头顶。雕陶莫皋、伊屠智牙师、左贤王心态各异地朝金刀顶礼膜拜。

左贤王　　（　唱　）见金刀眼发亮心跳加快，

大阏氏　　（接唱）见金刀血奔涌直上脸腮。

伊、雕　　（接唱）见金刀禁不住心潮澎湃，

从今后大草原由谁统率？

雕　　（接唱）我为长承正统匈奴血脉，

伊　　（接唱）我虽小阿妈亲生十月怀胎。

雕　　（接唱）从来敬宁胡阏氏为人正派，

但愿她不偏不倚公正决裁。

伊　　（接唱）世上大爱是母爱，

好风扶摇单于台。

大阏氏　　（接唱）谁能够看透她内心好歹？

母亲的护犊心思我明白。

左贤王　　（接唱）握金刀登大位草原主宰，

岂在惜血污了白雪皑皑。

众　人　　（哭喊着）大单于——

［众人扑向金刀。

［隐藏的匈奴武士蠢蠢欲动，蓄势待发。

［月光奔上。

月　光　宁胡阏氏，到处都是武士，杀气腾腾……

左贤王　月光，这儿轮不上你说话。

月　光　……

［王昭君拉住了月光，轻轻地摇头，示意不要慌张。

王昭君　匈奴不能乱！草原不能乱！

（接唱）树欲静风不止危机事态，
风云雷电一触即发起阴霾。
大单于太平遗愿不能改，
也是我出塞和亲的衷怀。
怎辜负大单于太平期待？
怎辜负汉长安殷切信赖？
传金刀千钧重柔肩承载，
择单于续太平心意徘徊。

左贤王　宁胡阏氏，传刀吧！如若不公，昆仑神睁眼看吧，匈奴从此不得安宁！

王昭君　来人。

雕、伊　来人呀。

［“在。”大、小王子侍卫冲出，剑拔弩张，一触即发。

左贤王 武士们。

［“在。”众匈奴武士冲出，将大、小王子的侍卫围住。

王昭君 金刀在此，见金刀如见单于！

［王昭君举金刀；众人见金刀，心存敬畏，低首退却。

王昭君 （缓和气氛）月光，敬奶茶。

月　光 （心领神会，连忙应声）哎。

［侍女给众人捧上金碗，月光又给众人一一倒上奶茶。

王昭君 剑戟归田尽，牛羊绕塞多，处处闻牧歌，一曲乌特合。谁忍心草原血雨腥风？谁又忍心匈奴尸横遍野？大巫师，吹起你的胡笳为我伴奏，让大家一边品茶，一边听我一曲乌特。

大阏氏 看白云飘向何方？

左贤王 听雨水落在哪里？

伊 苍鹰巢穴不能被鹞子占。

雕 黄牛卧榻不能被山羊抢。

伊 谁是草原天之骄子？

雕 谁才是匈奴大单于？

［雕陶莫皋、伊屠智牙师将金碗砸在地，剑出鞘、弓上弦。

大巫师　（手舞足蹈地）呜——昆仑神啊！水再长，在桥之下；山再高，在天之下；人再强，在神之下。

王昭君　大巫师，让你的独眼穿透云雾，引领我们去聆听昆仑神的昭示。

大巫师　想挤狮子奶，要有斗狮胆。决斗吧！

左贤王　好，胜负生死但凭昆仑神裁决。

雕　不是你死？

伊　就是你亡？

王昭君、大阏氏

不！不！

［王昭君、大阏氏下意识地各自抓住伊屠智牙师与雕陶莫皋。

王昭君　（合唱）兄弟争位刀枪摆，

生生死死任天裁。

怎忍见两鸟相拼决胜败？

怎忍见羽毛满天子伤母哀？

［王昭君迟疑着、犹豫着、彷徨着……大、小王子虎视眈眈；左贤王高深莫测；众武士剑拔弩张、一触即发。

王昭君　（缓缓举起金刀）金刀为证，无论是大王子雕陶莫皋，还是小王子伊屠智牙师，择日再传金刀，匈奴新单于待定。

左贤王、大阏氏

手掌再大，遮不住太阳的升起。

王昭君 昆仑神，保佑孩子们，保佑匈奴吧！

[王昭君双手举金刀，跪在天地之间。

[切光。

三

［草坡上，大巫师在吹胡笳——“南方北方的云哟”旋律传来……

［几个匈奴孩子或趴或跪正在聆听；匈奴女人手提奶桶、匈奴男人身背猎物分头上，驻足聆听。

［王昭君上，手提鸽子笼的婢女随上。

［匈奴百姓纷纷向王昭君行礼。

大巫师　宁胡阏氏吉祥！

王昭君　吉祥！

匈奴百姓　宁胡阏氏吉祥！

王昭君　吉祥！吉祥！

大巫师　宁胡阏氏，又放鸽了。

王昭君　是啊。

大巫师　今年又给中原老家捎些儿什么？

王昭君　跟往年一样，一百颗种子——

大巫师　放一百只鸽子，衔一百颗种子，飞一百个日子——

王昭君　飞到中原的家乡、南郡的秭归，把塞北的玉米种子种在香溪边的土地上，再等上一百日，玉米便可收获了。

大巫师 年年放鸽子，岁岁享太平。

王昭君 （忧心忡忡地）鸽子年年放，今年放鸽跟往年却不一样。

（唱）鸽哨悠扬，清风习习，
看今朝放鸽子不似往昔。
借放飞将王子深浅探试，
祈天赐人心所向大单于。

［内喊：“雕陶莫皋王子到。”

［武士开道，引雕陶莫皋上。

雕 （行礼）宁胡阏氏，雕陶莫皋来迟了。

王昭君 来得正好，就等你们放鸽了。伊屠智牙师王子来了吗？

婢 女 月光居次已经去请了。

王昭君 ……一边放一边等。

［王昭君从鸽子笼里轻轻地捧出一只鸽子，小心地递给雕陶莫皋。

王昭君 二十年来，从来都是呼韩邪大单于伴我放鸽，（哽咽地）可他、他……来，将今年呼韩邪大单于不曾放飞的鸽子放起来。（对胡笳老人）老人家，大家也一起放吧。

［王昭君双手扬起，将鸽子放飞……悠扬的鸽哨声响起……

王昭君　（ 唱 ）飞啊，
众　人　（合唱）风翅膀托起，
王昭君　（接唱）飞啊，
众　人　（合唱）云伴你偎依。
一千里，
一万里，
梦没有距离。
王昭君　（ 唱 ）放飞一百只鸽子，
衔住一百颗种子，
飞过一百个日子，
飞过山，飞过水，
飞过风，飞过云，飞过梦，
飞到梦里的香溪。
每一颗玉米种子，
都是女儿的消息。
种在家乡土地里，
收获太平的果实。
雕　鸽子啊鸽子，飞吧！
（接唱）每只放飞的鸽子，
都是阏氏的心迹；
把塞北雪捎去，
化作江南雨滴。
滋润长久春绿，
绽放烂漫花期。
阏氏大爱又大义，

　　和亲更胜百万师。

宁胡阏氏出塞和亲，自长安出发，经左冯翊，过上郡、西河、朔方到五原，又渡北河，出高阙，越长城至阴山。从阴山绕翰海到休屯井，北渡车田卢水后，朝西北过夫羊句山峡入范夫人城，再西行，沿浚稽山南小沙漠南缘到涿邪山，再到姑且水南的小泽，一路北上，冰河雪路，风狂雨骤，来到了大漠。先单于曾说，胡得之，国安宁！

（接唱）先单于已留下太平遗志，
　　一字字一句句铭刻心底。

王昭君　（接唱）大王子一番表白令人喜，
　　内心期许他深知。

雕　（接唱）阏氏她借放飞内藏寓意，
　　匈汉和草原和且将后人寄。

王昭君　（接唱）看鸽子自由南去又北抵，
　　只缘长空狼烟熄。

雕　（接唱）继往开来不负希冀，
　　望阏氏且宽心莫再怀疑。

王昭君　（接唱）也不枉朔漠一首乌特曲，
　　春风化雪草离离。

［月光披头散发，扶伊屠智牙师踉跄地上。

伊　阿妈救我！

王昭君　伊屠智牙师，你……

［伊屠智牙师“扑通”跪倒在王昭君面前。

伊　不是聋子的都听见了，不是瞎子的都看见了。阿妈，救我，孩儿朝不保夕，险些儿就再也见不到阿妈了！救救孩儿吧！

王昭君　快跟阿妈说，到底怎么一回事？

月　光　宁胡阏氏。阏氏令我传唤伊屠智牙师王子放鸽，就在我与王子赶来的路上，一支利箭“嗖”地射来，正中王子左臂——

［王昭君抚摩着伊屠智牙师的伤臂。

雕　光天化日下，谁吃豹子胆了？

伊　（冷笑）哼，生的男人的身子，做的女人的事情。

雕　你什么意思？

伊　狼虽然变换了毛色，吃肉的本性不会变。只要杀了孩儿，有人便可名正言顺地接过大单于金刀。

雕　你……

王昭君　没有证据，不可胡乱猜忌。

伊　证据，我有。阿妈，你看。

［伊屠智牙师将断箭递与王昭君。

王昭君　（大惊失声地）雕！

雕　（抓过断箭）我的箭！

伊 睁大眼睛看吧，这箭伤正是拜你所赐。

雕 割开血管纯如奶，划开肚皮洁如螺。

伊 鹰没有动静，鸟何以惊鸣？

王昭君 兄弟之间不可起争端，肚肠之间不要放利刃。

雕 为人要像篝火一样的温暖，做事要像秤星一样公平。宁胡阏氏，我！

伊 狼若在地上跑，鹰就在天上旋。有什么怕的！

王昭君 住口，都住口！（沉吟地）毡放在地上量一量，心放在心腔想一想。

［断箭终被雕陶莫皋、伊屠智牙师折断，各持一截，随即又掷箭于地。

雕、伊 不写了！

［雕陶莫皋、伊屠智牙师转身分头直冲而下。

王昭君 （呼唤）雕陶莫皋，伊屠智牙师……

月 光 回来，阏氏叫你们呢。回来，都回来！阏氏，他们、他们都走了。

王昭君 （思索着）虽然不顾虑头会碰到蓝天，但清醒的脑袋还是要放低；虽然不顾虑大地会下沉，但沉重的脚步还是要放轻。匈奴不能乱，草原不能乱啊！

［灯光渐暗。

四

［夜，一弯镰月。

［牙帐内，金刀架上金刀熠熠生辉。王昭君正在弹乌特——急骤的琴声如疾风骤雨一般……随后，琴声舒缓下来。

王昭君 （唱）心若琴弦，
任凉秋在弦中瑟瑟而过，
凭冷月自弦上寂然漂泊。
琴弦弹，
心弦拨，
琴声穿不透夜色，
心弦回旋起漩涡。
不知道天亮后发生什么，
眉头紧锁，心头焦灼。
琴声抚不灭权力的火，
心弦拨不亮兄弟的和。
更忧更怕汉匈交恶，
草原中原再起风波。
太静了！草原太静了！

［胡笳声远远地传来，王昭君在月色里彳亍……

［草坡上，伊屠智牙师与月光依偎在一起。

［王昭君见了，悄悄地躲闪在暗处。

月　光　王子，月亮也有眼睛吗？

伊　月光就是月亮的眼睛。

月　光　它在看我们吗？

伊　让它看吧。月光！

（唱）没有情人的日子，
就像奶茶没火塘；
不管怎么唱啊，
心里总是冰凉冰凉。

月　光　（接唱）从日出到月落只把你想，
能不能依靠在你的胸膛？
请画师把你画在眼睛上，
看到哪儿都是你的模样。

伊　（激动地）月光！等我做了大单于，一定让你做我的阏氏。

月　光　不，我不求做阏氏，只要能跟你在一起，就是放马牧羊，也不管去什么地方，也愿意。

伊　你就不希望我能早一天当上匈奴新单于吗？

月　光　愿意，又不愿意。

伊　（不解地）为什么？

月　光　我愿意，是因为王子想做的事儿，即使不对也是对的；我不愿意，是因为我更喜欢王子现在这个样子。

我怕……

伊　怕什么？

月光　怕你被欺骗，怕你被伤害，怕……

伊　雕陶莫皋对我不利是吧？宁胡阏氏是我的亲阿妈，左贤王又一直在暗中助我。他们将给我一对鹰的翅膀，一双狼的利爪，单于之位迟早属于我。

月光　（欲言又止地）我阿爸他、他……

伊　他手握重兵，正好为我所用。

月光　你……你对我阿爸就这么信任？

伊　左贤王可是你的亲阿爸，他不帮我帮谁？他帮我就是帮你！

月光　可是……

伊　月光，等我做上了单于，我就带你去看大海。

月光　看大海？我们草原上到处是海子，就像是上天撒落的珍珠。

伊　不，我要带你去看真正的大海，我心里的大海！

月光　（不解地）心里的大海……

王昭君　阿妈也想看看你心里的大海。

［王昭君持乌特从暗处缓步走出。

伊/月光　阿妈/阏氏。

王昭君　说吧，伊屠智牙师，我的孩儿。

伊　（踌躇满志地）阿妈，我们匈奴人总是把湖泊叫作海子，其实，那不是海，不是真正的大海。在我十五岁的那年，阿妈送我到中原游历，我走遍了中原的每一座山，每一条河，每一座城池。我也第一次见到了海，真正的海。如果你见过大海，你才知道什么叫海，什么是澎湃，什么是尘埃，什么是气派，什么是壮哉。大海就像天空一样，就像草原一样，无边无际。海浪就像天上的云朵，不住地翻滚；就像草原上的奔马，奔腾而来。只有见过了大海，你才知道大海有多大。只有去过了中原，见过了中原的三山五岳，大江大河，你才知道中原有多大，你的心有多大。我是匈奴人，也是中原人。总有一天，草原会属于我，大海会属于我，中原也将属于我！我将走出草原，放马中原。

［王昭君又惊又怕，手中乌特“啪”地掉在地上。

［伊屠智牙师、月光拾起乌特给王昭君递上。

伊　阿妈，孩儿说得不好吗？

月　光　王子说的话，我越听越糊涂。

王昭君　阿妈听了害怕！

（唱）你心中大海的辽阔，

却奔腾野心的狂波。

海可以托起红日一轮火，

也可以惊涛骇浪似心魔。

心魔会一片片将你吞没，

让红日一点点暖你心窝。

伊　阿妈，你把大单于金刀传给我，等我当上了大单于，我就可以送你回中原。（孩子似的摇着王昭君）阿妈，温暖在阳光底下，欢乐在阿妈膝下。

王昭君　（下意识地）不！

伊　为什么？阿妈，为什么？我身上流着匈奴的血，也流着汉人的血。

王昭君　正因为你身上流着我的血，汉人的血，又流着大单于的血，匈奴的血！

伊　说到底，你根本不在乎孩儿的前途命运，只在乎出塞和亲千秋万世的英名。

王昭君　（语塞）你！

月　光　（欲制止）伊屠智牙师王子……

［王昭君与伊屠智牙师相互僵持着。

［月光显得不知所措。

［胡笳声传来。

［灯光渐暗。

五

［草原上。

［雕陶莫皋仰首夜空，暗淡的三两点星儿。

雕　阏氏，宁胡阏氏！

（接唱）你就像上天月亮，

半遮掩云中隐藏。

不见你清澈的脸庞，

却投下怀疑的目光，

恨不得剖开我的胸膛，

捧出我血淋淋的衷肠。

［大阏氏急匆匆地上。

大阏氏　孩子，阿妈到处找你。草原上都已经传遍，你指使杀手暗算伊屠智牙师，欲除之而后快。

雕　水流走了，桥仍然在；云飞走了，天仍然在。让他们说吧。

大阏氏　吹走羽毛的是狂风，蛊惑人心的是流言。

雕　流言灭在角落里，太阳藏在云层里。我只求与伊屠智牙师面对面像狼一样地决斗，比高低，分胜负，决生死。

大阏氏 决斗？有决斗就有生死。别忘了，袍子是阿妈缝的，乳名是阿妈取的。哪有不忧心亲儿子生死而袖手旁观的阿妈？哪有不想亲儿子登上单于之位，号令匈奴，主宰草原的阏氏？

雕 别说了！

大阏氏 小小溪水响声大，那是源头有高峰；小小人物傲气大，那是背后有靠山。伊屠智牙师身后除了宁胡阏氏，他的阿妈外，还有手握重兵的左贤王，更不得不防啊。

雕 我该怎么办？

大阏氏 速速调动兵马，先下手为强。

雕 谋反！不，不不不！不能这样做！宁胡阏氏不是偏私的人，如果是，她早将金刀传给伊屠智牙师了。

大阏氏 那她为何迟迟不传金刀？

雕 她在抉择能给汉、匈带来太平的人。

大阏氏 我的雕陶莫皋王子，做大单于的不能妇人之仁！狮子占据了雪山才叫狮子，狮子流落在草滩只配叫狗。

雕 狗！不！

大阏氏 大单于死了，就像是草原上的狼迟早有一天会老去，会死去，但还会有一只更强壮、更勇猛的狼取而代之。

雕 （膨胀地）我才是草原的狼，匈奴的鹰！

大阏氏 不，你是新单于！（激动不已地）昆仑神啊，保佑雕陶莫皋登上大单于之位！雕陶莫皋，我的孩子。

（唱）争大位有多少生死存亡，
争大位有多少母子哀伤。
大单于谁不是搏击苍鹰？
谁不是九死一生的苍狼？
我要你活着做单于，
就像那早上的太阳。
有一天阿妈长眠青草岗，
也一样感受太阳的光芒。

雕（感动地）阿妈！

大阏氏 只要你能做大单于，哪怕阿妈现在就去死，也愿意！

［不远处，一个黑影闪过。

大阏氏（警觉地）有人……有人来了……

［大阏氏警觉地观察四向，循声走上高坡。突然间，一支暗箭射来，大阏氏“啊”地中箭倒地。

雕 阿妈！阿妈！

［雕陶莫皋奔上前，抱住大阏氏。

大阏氏 儿呀，他们动手了。

雕 孩儿知道，孩儿知道。

大阏氏　答应阿妈，一定要做大单于！

雕　孩儿答应阿妈，等孩儿做了大单于，再替阿妈报仇！

大阏氏　这才像我的儿子，有你这句话，阿妈死也瞑、目！

［大阏氏咽气而亡。

雕　（撕心裂肺地）阿妈！（埋头痛泣，随后慢慢抬起头，咬牙切齿地）宁胡阏氏，我雕陶莫皋与你不共戴天！伊屠智牙师，有你没我，有我没你！

［雕陶莫皋一刀扎地。

［远远地，胡笳声传来……

［灯光暗转。

［左贤王急上。

左贤王　王子，我的小王子！

［伊屠智牙师上。

左贤王　雕陶莫皋反了！

伊　什么？

左贤王　他正率兵杀向大单于王庭，宁胡阏氏危在旦夕。

伊　水来土掩，兵来将挡。左贤王，借你兵马一用。

左贤王　我已经调遣兵马，但等小王子一声号令。

伊　（举右拳砸在左胸口上，激动地）左贤王，你的功德，我伊屠智牙师将刻在骨头里！

左贤王 王子，等你当上了大单于，我的女儿月光就是大阏氏，一家人不说两家话。

伊 （自言自语地）阿妈，大单于金刀你现在可以不传我，等我灭了雕陶莫皋，你不给也得给。左贤王，随我一道上马平叛。

左贤王 王子先行抵挡，我速去禀告宁胡阏氏，请她手持大单于金刀赶来坐镇。

伊 有阿妈和你鼎力相助，如给我一双鹰的翅膀，两只狼的利爪。

左贤王 王子快去，我随后赶来。

［月光奔上。

月　光 王子等等……

左贤王 （一把拦住月光）王子，平叛要紧！

伊 月光，等我凯旋。

［伊屠智牙师急下。

［猛地，月光跪倒在地，一步步跪上前去，抱住左贤王，不住地磕头。

月　光 阿爸！毒日，不要把青草晒焦了；沙尘，不要把蓝天弄脏了。

左贤王 你都知道些儿什么？

月　光　阿爸早已觊觎大金刀，是你派人暗算伊屠智牙师，嫁祸雕陶莫皋。

左贤王　你！

大巫师　接着，你射杀大阏氏，逼大王子谋反！

左贤王　你！

月　光　你挑起祸端，伺机夺取金刀……

左贤王　你都知道了，都知道了……你不该知道呀！

月　光　阿爸，打开你的帐房吧，让阳光照进来，一直照进你的心房。

左贤王　你！

［左贤王举刀欲扎月光。

月　光　热爱天空的是太阳月亮，疼爱孩子的是阿爸阿妈。阿爸，你要杀人灭口吗？

左贤王　我……

［左贤王似乎不忍，举刀迟迟扎不下去。

左贤王　我将是草原的主宰，谁也不能阻挡。说，你什么也没听见，什么也没看见，什么都不知道。（凶神恶煞地）说，你说！

月　光　（无奈地）我、我……

［左贤王用刀柄砸在月光头上。

[月光瘫倒在地。

[左贤王狂笑下。

月　光　　阿爸，不能啊！不能！

[月光挣扎着，一步步爬去。

[灯光渐暗。

六

[阏氏牙帐内，刀架上一柄被红绸包裹的金刀。

[左贤王奔上。

左贤王 宁胡阏氏，大事不好。

[王昭君上。

王昭君 左贤王，慢慢说来。

左贤王 雕陶莫皋谋反，率兵已向大单于王庭杀来。

王昭君 什么？（震惊不已地）雕陶莫皋他、他他他……伊屠智牙师在哪儿？

左贤王 小王子正在调遣兵马。雕陶莫皋有备而来，来势汹汹；小王子仓促迎战，恐怕难以支撑。

王昭君 伊屠智牙师身带箭伤，他……快，持金刀随我赶去。或许雕陶莫皋见了大单于金刀，还能悬崖勒马，以草原为重，以匈奴百姓为重。

左贤王 宁胡阏氏行动缓慢，等你赶到，只怕回天无力，小王子他……

王昭君 那、那如何是好？（情急之下）左贤王，你持金刀，速速赶去。

[王昭君转身取下金刀，凝视着。

左贤王　（情非所愿，假意地）宁胡阏氏，大单于金刀……我、我可不敢接。

王昭君　事情紧急，左贤王接刀哪！

左贤王　恭敬不如从命。

[左贤王接过金刀。

[月光冲上。

月　光　阏氏不可！

[左贤王手捧金刀，狂笑不已。

左贤王　握金刀踏草原，草原风劲；握金刀指苍天，苍天雷霆。金刀无刃难杀身，金刀无刃可杀心。天动地动随心动，风云雷电掌握中。大单于，我就是大单于！

[左贤王狂笑而下。

王昭君　昆仑神啊，拯救匈奴吧！

[王昭君跌坐在地，仰天长呼。

月　光　昆仑神啊，我有罪！我有罪！

[月光跪倒在地，不住地磕头。

[灯光渐暗。

七

［草原的天，乌云翻滚……急促的马蹄声由弱渐强地传来……

［伊屠智牙师、雕陶莫皋策马上——驰骋在不同的空间……

伊　（唱）给我狼的力量，

雕　（接唱）给我鹰的翅膀。

伊　（接唱）草原上风云激荡，

雕　（接唱）蓝天下振翅翱翔。

伊　（接唱）草原上只能有一个大王，

雕　（接唱）天空里从没有两个太阳。

伊、雕　（合唱）狼的力量，激荡，

鹰的翅膀，翱翔。

伊　蚂蚁看苍穹妒忌苍鹰，野狗望雪山妒忌雪狼。雕陶莫皋，你竟敢谋反！

雕　（拔出短刀）狮子酣睡了，不要以为它死了；高山雾遮了，不要以为它塌了。还我阿妈命来！还我阿妈命来！

［雕陶莫皋一刀扎去，伊屠智牙师闪开。

［内喊：“大单于到。”

雕、伊　（一愣）大单于！

[伊屠智牙师趁雕陶莫皋分神之际，将其推翻在地。两人趴在地，显得茫然、无措。

[左贤王持金刀，率匈奴武士上。

左贤王　金刀在此，还不拜见新单于。

伊　你……

雕　你……

雕　螳螂捕蝉，

伊　黄雀在后。

雕　嘿嘿……

伊　嘿嘿……

雕、伊　嘿嘿……嘿嘿嘿……

[雕陶莫皋、伊屠智牙师与左贤王剑拔弩张，成对峙之势。

[胡笳响起，哀怨、凄惨……

[王昭君内声：草原上有雪山——

[王昭君上。

王昭君　雪山上有青天。

[大巫师、匈奴百姓们从四面纷纷上，表情是那么愤怒，那么悲伤。

[王昭君一路走来，一步步走向左贤王。

左贤王 你、你想干什么？

[王昭君仍然朝左贤王走去；大巫师、匈奴百姓们默默地朝左贤王走去。

左贤王 大单于金刀握在我手，我就是你们新的大单于！

王昭君 金刀是金子做的，人心却是血肉做的；有金刀不一定是单于，真单于不一定要金刀。

众　人 风力再大，大山吹不走；水力再大，不能往上流。

[“砰”的声接“砰”的声，左贤王身后的匈奴武士不禁扔下了刀剑。

左贤王 （色厉内荏地）站住，不要再靠近，不然，我、我……

[王昭君仍然朝左贤王走去；大巫师、匈奴百姓们默默围住左贤王。

[雕陶莫皋、伊屠智牙师严阵以待。

左贤王 我、我、我……

[月光冲上。

月　光 阿爸，放下金刀，认罪吧！

左贤王　我是大单于，大单于就是我！我……

［左贤王举金刀朝王昭君劈去……

［一阵惊呼之中，月光冲上前挡在了王昭君面前，“啊”地中刀，倒在王昭君怀里。

左贤王 / 众人

女儿 / 月光 / 月光居次！

［雕陶莫皋、伊屠智牙师迅疾出刀，双双砍向左贤王。

［“啊……”左贤王大叫一声，被砍倒地。

伊、王昭君

月光！

月　光　（挣扎着）阏氏，我有罪！

王昭君　月光！

月　光　（凄然地一笑）王子，把我的眼睛留下，让我还能看见你！

伊　月光！

［月光咽气身亡。

众　人　月光！

伊　大单于只有一个，不是你，就是我！

［伊屠智牙师乘雕陶莫皋不备，抽刀刺向对方。

王昭君　（大呼）伊屠智牙师，不可伤害大王子！

［王昭君将金刀朝伊屠智牙师扔去。

［伊屠智牙师被突如其来的金刀打着，短刀飞出了手，人也摔倒在一边。

雕　你暗算我，你！

［雕陶莫皋跃起，骑在伊屠智牙师身上，举短刀欲扎。

王昭君　雕陶莫皋，手下留情！

［雕陶莫皋举刀停在半空。

王昭君　手下留情哪！

伊　杀吧，连我阿妈也不帮我！还不如被你杀了好。

雕　嗷……

［雕陶莫皋嚎叫一声，将短刀扎在了伊屠智牙师脸颊旁的草地上。

伊　雨的源头是水，水的源头是雪，雪的源头是天，天的源头是阿妈。

王昭君　伊屠智牙师，你不是想去看大海吗？不是想走出草原放马中原吗？

伊 阿妈，你不是做梦都想回中原吗？我做了匈奴大单于，就可以带阿妈回你的家乡秭归，回你的故里香溪。阿妈，你在匈奴都已经二十个春秋哪！

王昭君 家……在梦里，阿妈夜夜都梦回秭归，梦回香溪。二十年前，我为什么而来到这儿？二十年来，我为什么守在这儿？为的不就是梦里的秭归，梦里的香溪，梦里的长安，梦里的中原吗？

伊 那只是梦！

王昭君 不！那不是梦，那是实实在在的太平！

（唱）悠悠岁月，
岁月悠悠，
一春一春又一秋。
怀抱琵琶塞北奏，
和谐旋律弦上流。
转轴拨弦春水皱，
大漠胡桃江南柳；
轻拢慢拈夏夜稠，
长城内外明月眸。
大弦嘈嘈秋风骤，
冷暖自知在心头。
小弦切切冬雪秀，
大好河山眼底收。
中原望，草原守，
守望太平九州。

守望家乡天高地厚，
守望塞北芳草绿洲。
守望汉匈和睦长久，
烽火灭，狼烟尽，干戈休。
守尽岁月悠悠，
望尽悠悠春秋。

雕　宁胡阏氏，雕陶莫皋对昆仑神起誓，匈奴与大汉世代和好，永不再战争。

伊　阿妈，你别忘了，新单于即位，他将继承老单于的所有权力，所有财产，还有除生母之外的所有阏氏，就包括你！

［“咚”，一声闷鼓响起。

王昭君　（一震）我……

［王昭君背过身去。

王昭君　阿妈知、道……

雕　宁胡阏氏，我只是一颗寒星，一簇荒火，一点荧光，却崇敬你白鹿般心地善良，爱戴你草原般胸怀宽广，仰望你苍天般仁慈高远！

王昭君　我不求你的崇敬、你的爱戴、你的仰望，只求一个“和”。

雕　草原和、汉匈和！宁胡阏氏，雕陶莫皋铭记于心。

王昭君　雕陶莫皋。

雕　雕陶莫皋在。

王昭君　（转身）接金刀。

雕／伊　宁胡阏氏／阿妈！

王昭君　接刀。

伊　阿妈，不，能啊！

［雕陶莫皋跪接金刀，随即，高高举起金刀。

雕　即日起，我即匈奴福雷珠大单于！

王昭君　（拜见）福雷珠大单于，塔里达！

众　人　（拜见齐呼）福雷珠大单于，塔里达！

伊　不，我才是大单于。

雕　宁胡阏氏，一山难容二虎，伊屠智牙师如何处置？

王昭君　他、他他他……但凭福雷珠大单于决断。

雕　伊屠智牙师，本大单于本可赐你一死，念你是宁胡阏氏独子，不忍阏氏悲痛，死罪可赦，流放北海。

伊、王昭君

（震惊不已地）北海……

王昭君　北海离单于王庭千里之遥，冰天雪地，寸草不生，人迹罕至！他……

［王昭君强忍着，转过身去，仍能感受到她内心巨大的悲痛。

雕　送伊屠智牙师上路。

伊 我才是草原的狼，匈奴的鹰！阿妈，你好狠心哪！阿妈，你回头看着我，你不敢回头看你的孩儿是吧？你不敢，你不敢！哈、哈、哈哈哈……（苦笑着）看海，我要去看海，去看大海！

［伊屠智牙师欲下。

王昭君 等等。伊屠智牙师，我的孩儿，此一去，不知何时再见，最后听阿妈为你再奏一曲乌特。

伊 我不听，不听你的乌特。我去听风的呼啸，去听海的咆哮。（抱起月光）月光，走，跟我去看大海，去看我心里的大海！

［伊屠智牙师抱着月光，踉踉跄跄地下。

王昭君 孩子，我的孩子……

［胡笳响起……

大巫师 呜——天地间的柱子，是远古的雪山。

［王昭君默默地遥望着。

雕陶莫皋 宁胡阏氏，你看，鸽子飞回来了！

众　人 回来了，鸽子回来了！

[鸽哨声响起，由弱及强，响彻天野。

[幕内伴唱：

一千里，
一万里，
梦没有距离。

[灯光渐暗。

八

[若干年后。

[北海——冰天雪地，大雪纷飞。

[伊屠智牙师摇摇晃晃地跑上。

伊　我要看大海，我要看大海！

[伊屠智牙师一边跑，一边将袍子抛在空中。

[王昭君上，怀抱琵琶的婢女随上。

伊　（像孩子似的）哦，看大海啰！看大海啰！

[王昭君拾起袍子，跟在他的身后。伊屠智牙师一个转身，一头撞在王昭君身上。

王昭君　伊屠智牙师，我的孩子。

伊　你是谁？

王昭君　我、我是你的阿妈呀。

伊　我的阿妈！不，你不是我阿妈，我的阿妈早回中原去了。

王昭君 孩子……

伊 你看过大海吗？真正的大海！来，我带你去看大海！

［伊屠智牙师拉住王昭君，指着远处冰封的北海。

伊 你看，我心里的大海！就像天空一样，就像草原一样，无边无际。海浪就像天上的云朵，不住地翻滚；就像草原上的奔马，奔腾而来。只有见过了大海，你才知道大海有多大，你的心有多大。看见了吗？看啊，我的大海，我心里的大海！

［伊屠智牙师癫疯地又喊又叫，又跳又蹦。

［“砰！”王昭君猛然拨响琵琶琴弦，犹如银瓶乍破一般。

［伊屠智牙师震住了，一下子安静了下来。

［王昭君坐岩石上，转轴拨弦弹起琵琶。

［渐渐地，伊屠智牙师被琴声吸引，蹲下静静地聆听。

王昭君 （唱）南方北方的云哟，
飘荡不在一方，
都在蔚蓝的天上。
雪山青山的水哟，
源头不在一方，
都流向大海洋。
汉人匈奴是兄弟哟，
家乡不在一方，

都是阿爸阿妈抚养。

[北风呼啸，大雪纷飞……

[王昭君、伊屠智牙师像一组雪雕。

[灯光渐暗。

[字幕：史籍记载，王昭君出塞和亲，“边城晏闭，牛马布野，三世无犬吠之警，黎庶亡干戈之役”，汉、匈和平达六十年之久。

[剧终。

本剧由内蒙古自治区京剧团演出。

剧名书写　魏广君

王勇剧作集

京剧

别了，迷茫

◎王勇 著

中国戏剧出版社
CHINA THEATRE PRESS

图书在版编目（CIP）数据

王勇剧作集 / 王勇著. — 北京 : 中国戏剧出版社,
2022.6
ISBN 978-7-104-05123-7

I.①王… II.①王… III.①剧本—作品综合集—中
国—当代 IV.①I230

中国版本图书馆CIP数据核字（2021）第171113号

王勇剧作集

策划编辑： 肖　楠
责任编辑： 邢俊华
责任印制： 冯志强

出版发行： 中国戏剧出版社
出 版 人： 樊国宾
社　　址： 北京市西城区天宁寺前街2号国家音乐产业基地L座
邮　　编： 100055
网　　址： www.theatrebook.cn
电　　话： 010-63385980（总编室） 010-63381560（发行部）
传　　真： 010-63381560

读者服务： 010-63381560
邮购地址： 北京市西城区天宁寺前街2号国家音乐产业基地L座

印　　刷： 保定市铭泰达印刷有限公司
开　　本： 787mm×1092mm 1/32
印　　张： 42.25
字　　数： 846千
版　　次： 2022年6月 北京第1版第1次印刷
书　　号： ISBN 978-7-104-05123-7
定　　价： 458.00元（全18册）

时　间：当代。

地　点：一个有山有水的地方。

人物：

曾　黎——女，三十多岁。女子监狱管教。

一个善良、慈祥，富有责任心的女人。

蝴　蝶——女，二十一岁。大学法律系大四学生。

她，花一样的年华，梦一样的青春。善良、单纯、感性、充满理想色彩。感情上的执着甚至执迷就像白色的梦魇吞噬了她的身心，她沉沦、挣扎，最终……

冰火天——男，三十多岁。一家网络公司动漫软件设计师。

他，曾吸毒，后来发展到以贩养吸，获罪入狱。刑满释放后，在网上与蝴蝶相识、相恋。

蓝睡眠、灰靴子、高跟鞋——女，十五岁。中学生。

她们，天使一般纯净的笑容，内心深处却蛰伏着一副魔鬼的面具。性格具有双重性。当魔鬼露出狰狞，她们像换了一个人似的，视生命如同操场上的小草。天使的笑容转化成魔鬼的暴力，如同火山爆发，摧毁了人的良知。

玻璃心——女，十五岁。中学生。蓝睡眠、灰靴子、高跟鞋的同班同学。

她，来自外来务工家庭，说一口异乡话（四川话）。因此，她在学校总受到本地同学的歧视。她显得自卑，是一个老实，甚至有些懦弱的女孩。没有朋友，却是那么强烈地渴望同学的友情。

叶　子——女，十六岁。中学生。

她，父母一直闹离异，由于父爱母爱的缺失，她走进了网吧，走入了虚拟的网络世界，去寻觅爱的虚幻。于是……

梦　梦——男，十四岁。叶子的网友。

他，整天沉湎于网络游戏之中，几乎混淆了游戏世界和现实世界。终于有一天，他产生了游戏幻觉，并且不惜铤而走险。

警察若干。叶子妈、叶子爸。灰靴子的爷爷。高跟鞋的妈咪。蓝睡眠的爹的。网吧老板。

长老、精灵、骑士、牛头、马面等“魔鬼世界”游戏人若干。

[女监。

["砰、砰、砰……"一阵阵刺耳的金属牢门撞击声传来。

[19号、21号、26号、57号…… 严厉的女监管教点名声从空中久久回荡。随着女犯的报到声音，一束束定点逆光亮起，一群身穿囚服的年轻女犯依次站立在冰冷的直束光圈内。

[舞台前区，一束追光中，女监管教曾黎伏在电脑前敲击着键盘。"嗒嗒嗒……"键盘敲击声由弱渐强地响起，随着曾黎的声音，巨幅电脑荧屏上跳出字幕。

曾　黎　（深沉、沉痛地）朋友们，每次面对着这些稚气未脱的面容，我的心总是不住地颤抖。惋惜，哭泣，痛心，显得那么苍白无力。也许这只是另类的故事，另类的青年和少年，却让我不得不直面她们迷茫的青春，惨白的人生。也许这只是灿烂阳光背后的阴影，但，我们希望，总有那么一天，阴影从此会消失，同样的故事从此不再发生。让我们一起来呼吁："孩子们，振奋起来！别了，迷茫！"

[声音回荡着……

一　如果……

[幕内伴唱：

如果没有风，
——树不会动，
叶子怎么会随风飘零？
如果没有雨，
——心不会动，
泪水怎么会流在雨中？
如果白云能擦去悔恨，
风雨后还有没有青春笑容？

[曾黎管教走进舞台边上的定点造型光柱，背身在悬挂墙上的黑板上书写了一个造句："如果……"随后，她转过身来，默默地敬礼。

[另一束光柱中，蝴蝶慢慢地举起一把黑伞，迷茫地注视着远方。

蝴　蝶　如果没有如果，那么，我现在可能正在大学法律系的教室里，风声雨声读书声。等大学毕业，我或许是律师，也许是法官，还可能是……可能是……

[一束又一束光柱依次投在同样慢慢举起黑伞的高跟鞋、蓝睡眠、灰靴子等女犯身上。

高跟鞋　如果没有如果，那么，我现在可能在妈妈身边撒娇呢！等我长大了，我也会结婚，我也能做妈妈，我……

蓝睡眠　如果没有如果，那么，我现在可以放声歌唱，想唱就唱，说不定还能做一个令人羡慕的超级女声。

灰靴子　如果没有如果，那么，爷爷一定又会给我讲故事，讲我耳朵都生茧的故事。可我想听爷爷讲的故事……爷爷老了，很老很老了……

[在厚重的氛围中，蝴蝶、高跟鞋、蓝睡眠、灰靴子茫然地游荡着……

[“咣当”声传来，一道沉重的铁栅栏似乎从天砸下。曾黎背身撑起一把红伞。

蝴蝶、高跟鞋、蓝睡眠、灰靴子

曾管教！

[蝴蝶、高跟鞋、蓝睡眠、灰靴子呼喊着，扑到曾黎身边。

曾　黎　如果没有如果，你们就不会失去自由！

蝴蝶、高跟鞋、蓝睡眠、灰靴子

如果没有如果，我们就不会失去自由！

曾　黎　（唱）自由就像翻开的日历，
每一页写满了快乐点滴。
自由就像雨中溪水，
怀抱着快乐的小鱼。
自由像无所不在的空气，
生命可以尽情呼吸。
自由是云——

蝴蝶、高跟鞋、蓝睡眠、灰靴子
（合唱）天空下展现绚烂的美丽；

曾　黎　（接唱）自由是花——

蝴蝶、高跟鞋、蓝睡眠、灰靴子
（合唱）夜色里飘散醉人的气息。

曾　黎　（接唱）自由的美丽，
自由地呼吸。

蝴蝶、高跟鞋、蓝睡眠、灰靴子
（深切地合唱）
自由，我们渴望自由！
自由，你又在哪里？

［后区女犯群像慢慢切光。

曾　黎　这是一群渴望自由的孩子，这是一群沦落迷茫的后代，一张张青春洋溢的面孔，一个个活泼好动的个性，她们应该在学校里读书，她们应该在父母边撒娇，她们应该在美好的校园中快乐地歌唱，可是她们却因为触犯了神圣的法律而失去了人身的自由！朋友们，当我们看到这一张张渴望自由的脸庞，我们有没有想过，有没有好好反思和扪心自问过，这些人生悲剧的造成，我们有没有应负的一些责任？我们有没有无意间犯下某一些过错……

二

[光起，叶子家。

[远处，叶子爸跟叶子妈正在吵架，呈剪影状。

叶子妈 你说你说，你昨天是不是又跟那个狐狸精在一起鬼混？

叶子爸 是又怎么样？

叶子妈 这个家我不要了，我也不活了！猪，你这头挨千刀的猪！

[叶子妈扑上前去，跟叶子爸撕扯起来。

叶子爸 三天不打，上房揭瓦。疯婆娘，不打你皮痒痒！我打死你！打死你！

[叶子爸殴打叶子妈……

叶子妈 打死好了，我不活了！打死人了！打死人了！

叶　子 妈妈，爸爸，你们别吵了！别打了！

［叶子上前去劝父母，被父亲一把推开，滚落在地上。她挣扎着从地上撑起身子，伤心地抽泣着。

［曾黎走进这乱成一团的舞台画面，看着眼前的情景长长地叹了口气。

曾　黎　大家看到了，这是一个有家但却又好似没有家的孤独女孩，父母无休止的争吵使她根本感受不到家庭的温暖，她就像一片随风飘逸的孤叶，只能在虚无的网络中去寻找一丝温馨、一丝爱意！

［曾黎造型光暗去。

叶　子　（伤心地唱）

摇曳的叶子摇曳在风中，
没有人心痛没有人心疼。
风啊，
让叶子静一静，
流着泪看夜空一颗星星。
那星星是谁的眼睛？
那眼睛又是谁的星辰？

［叶子坐在电脑桌前，噼里啪啦地敲起了电脑。

［幕内伴唱：

发出冬天邀请，

等待春风光临。

叶　子　（唱）吹开心里的冰封，
让绿叶开放在心中。

［噼里啪啦的电脑敲击声越来越强，充斥了空间……

［灯光暗转。

［网吧。

［梦梦正投入地玩“魔兽世界”游戏，大呼小叫……他一边玩，一边有心无心地与网友叶子网聊……

梦　梦　（念）如果有一天，你感到疲倦，只要一转身，我的祝福就在你身边。不管离多远，不管多少年，祝福化为星星点点，闪烁在你生命中的每一寸空间。

［叶子收到梦梦发出的信息，感动不已，惊喜地回应。

叶　子　（念）夜幕有了星辰，显得迷人，大海有了涛声，显得渊博，冬季有了雪花，显得浪漫，朋友有了你，从此不再孤独。梦梦，你好！你在干吗？

梦　梦　我，我在一个非常刺激、有趣的世界里寻找快乐！

叶　子　哦，那是一个怎样的世界？

梦　梦　哈哈，是一个让你不想睡觉不想吃饭的神秘世界，太奇妙了！太刺激了！

叶　子　你能带我一起去吗？

梦 梦 可以。哎，不过现在不行，我要攻击了。拜拜。

[梦梦扑入游戏刺激的决斗之中……

叶 子 嗳，嗳！你怎么这么快就下线了，我还有好多话要说呢！唉，没劲！

[叶子家的定点灯光渐暗。

[梦梦在“魔兽世界”游戏中大呼小叫……

梦 梦 杀死一个，又加一分，离“长老”又近了一步。杀，杀一个，再杀一个！杀呀，杀！

[远处，影影绰绰地出现了一个“魔兽世界”，游戏中的长老、精灵、骑士、牛头、马面群魔乱舞。

[梦梦站起身，不由自主地一步步走向虚幻的“魔鬼世界”——他伸手去抓“魔兽”，却总也抓不到对方；“魔兽”们飘飘忽忽，时隐时现……

[灯光渐暗。

[学校——或操场或教室或走道。

[高跟鞋、蓝睡眠、灰靴子正在相互手机信息聊天……

高跟鞋 青春是什么？

（唱）青春可以胡思乱想，

从天涯一直到天堂。

蓝睡眠　青春是什么？

（接唱）青春没有曾经和以往，

只有现在和未来时光。

灰靴子　青春是什么？

（接唱）青春拒绝化学品化妆，

灿烂阳光是她的衣裳。

高跟鞋、蓝睡眠、灰靴子

（合唱）青春真好！

月牙儿是喝彩荧光棒，

麦当劳不会伤害健康，

青春真好！

网聊短信是时尚。

爱是爱恨是恨没有迷茫。

高跟鞋　（边写手机边念）小猪小猪肚子凸凸，脚小粗粗脸也嘟嘟，一只嘴巴有进不出。小猪小猪身在何处？看着手机气喘呼呼。高跟鞋。

蓝睡眠　（边写手机边念）我把你的名字写在天空，可是被风吹走了；我把你名字写在沙滩上，可是被雨冲走了；我把你名字写在每一个角落，可是，我被警察带走了！蓝睡眠。

灰靴子　（边写手机边念）有两句话，我一直想告诉你，今天我终于鼓起勇气对你说。第一句，爱你很爱你真爱你好爱你真的真的爱爱爱爱爱死你了；第二句，千万不要把第一句话当真，好吗？灰靴子。

[高跟鞋、蓝睡眠、灰靴子开心地笑。

[玻璃心上。

玻璃心　我跟你们一起耍好吗？

高跟鞋　（不屑地）你？！

蓝睡眠　一只猪和一只企鹅被关在零度以下的冷冻库里，三天后，企鹅死了，猪还活着。请问为什么？

玻璃心　为什么？

蓝睡眠　你不知道呀，也对。因为……（对高跟鞋、灰靴子使眼色）因为——

高跟鞋、蓝睡眠、灰靴子

（异口同声地）因为猪也这么想！（开心地）哈哈……

灰靴子　神看见你口渴，他创造了水；神看见你饿，他创造了米；神也看见这个世界上没有白痴，顺便就创造了你！

玻璃心　你们说我笨？

[高跟鞋、蓝睡眠、灰靴子笑得更加开心。

玻璃心　笨就笨，只要你们带我一起耍。你们为啥子不带我一起耍？我想跟你们一起耍！

[灯光暗转。

[大学女生宿舍。

[蝴蝶正在上网。

[冰火天家。

[冰火天正在上网。

冰火天　累了，请把心靠岸；错了，请不要后悔；苦了，才懂得满足；伤了，才明白坚强；醉了，才知道遗忘；笑了，才体会美丽；闲了，就请想想我吧！

蝴　蝶　芭蕉听到雨声，早也潇潇，晚也潇潇；玫瑰听到风声，聚也依依，散也依依；朋友收到祝福，看也开心，想也开心。

冰火天　你好！蝴蝶。

蝴　蝶　你好！冰火天，又见面了。

冰火天　认识你真是很高兴！

蝴　蝶　我也是！网络真是个神奇的天地，这个平台让许多人成为朋友。

冰火天　是啊！网络代表着时代的进步，代表着科学的发展，许多人依靠着先进的网络，成就了自身不凡的事业！我是一个网络公司的动漫软件设计师，对网络的优势有些了解，这几年也在网络的动漫软件的开发上取得了不少经验。嗳！你是做什么？

蝴　蝶　我是大学法律系大四学生。

冰火天　你学法律！（停顿片刻）哦！那有一天，你可能是法官，也可能是律师。做法官，你将惩治犯罪；做律师，你将为犯罪嫌疑人辩护。嗳！你是愿意做一个法官，还是愿意做一个律师呢？

蝴　蝶　我愿意做律师。

冰火天　如果我犯罪，你愿意做我的辩护律师吗？

蝴　蝶　（打趣地）哈，如果有一天你真的犯罪，我更愿意做法官，这样就可以审判你了！（见对方突然无语）不过，这样的玩笑以后不要再开了，不吉利！

冰火天　蝴蝶，几次和你网上接触，我觉得你很善良！你让我可以尽情地向你抒发心中的郁闷和痛苦，近些日子，在你这个网友面前，我真的很开心！蝴蝶，我不想欺骗你，也不想对你隐瞒什么。其实……我、我……我是一个刚刚从监狱刑满释放的犯人。

蝴　蝶　……

冰火天　想知道我是怎么犯罪入狱的吗？

蝴　蝶　没想到你这么直接，倒也显得你的诚实。如果你愿意告诉我，你就说吧！

冰火天　我以前确实在一家网络公司担任动漫软件设计师，有一份十分美好的事业和前途。可我在无意中染上了毒品，吸光了家产，也吸完了事业和前途。后来，我还以贩养吸，结果……

蝴　蝶　……

冰火天　你看，你不说话了。其实，这没什么，我能够理解，谁知道我这种背景，谁都会有这种反应的。自从我沾上了毒品，我就再也没有朋友了，真的没有了朋友，而且已经很长时间没人理睬我了，我能够得到的只有白眼，鄙视！不过还好，我都习惯了，习惯了……好吧，我下线了。再见！

蝴　蝶　等等。

[蝴蝶犹豫、迟疑着。

冰火天　我等着呢。

蝴　蝶　（ 唱 ）几分心动，几分彷徨，

冰火天　（接唱）几分空虚，几分茫茫。

蝴　蝶　（接唱）陌生的你让我感觉异样，

真实虚幻咫尺天涯各一方。

冰火天　（接唱）陌生的你让我充满期望，

真实虚幻只隔一堵屏幕墙。

蝴　蝶　（接唱）陌生的你我能不能去探访？

冰火天　（接唱）但愿你安慰我空虚的心房。

蝴　蝶　我、我现在毕业实习，正在做一个社会犯罪问题的调查，你可以配合我吗？

冰火天　可以，当然可以！

[切光。

三　虽然……但是……

［女子监狱。

［一束光柱中，曾黎背身在黑板上书写了一个造句："虽然……但是……"随后，她转过身来，默默地敬礼。

［又一束光柱中，蝴蝶迷茫地凝视着远方。

蝴　蝶　虽然我不知道结果会怎样，但当时，我真的很想尝试一下……

曾　黎　你想做什么？

蝴　蝶　我想帮他。

曾　黎　蝴蝶，毒魔缠身，苦海无边。帮助一个染上深深毒瘾的人，靠你一个人的微薄之力是远远不够的。一朝吸毒，终身戒毒，这需要政府和全社会的力量帮助他。

蝴　蝶　我想试试，我想在我研究的社会课题实践上有所突破。

曾　黎　如果你不仅帮不了他，而你自己又不能自拔怎么办？

蝴　蝶　不会的，我相信自己的能力！

曾　黎　蝴蝶，你……三思而行啊！

[灯光暗转。

[湖边。

[天，淅淅沥沥下着小雨。垂柳下一张条椅，一把撑起的黑雨伞遮住一个身影。

[不远处，一张背靠背的空条椅，似乎虚位以待。

[幕内伴唱：

雨织远山窗帘，
船泊桥头湖边；
人约伞下相见，
撑开一方晴天。

[蝴蝶撑一把红雨伞上。

蝴　蝶　（唱）湿漉漉一个下雨天，
天地间挂起一道雨帘。
小雨淅沥模糊视线，
湖光山色朦胧容颜。
步加急，湖水起波澜，
步放慢，心里忐忑不安。
网中人走出网络网下见，
似真似假网络人间。
他说他没朋友遭人白眼，
直叫人九分同情一分怜。
他说他找朋友梦一样心愿，

面对面说说话哪怕只语片言。
这也许不过是网络虚幻，
却为何不由人赴约赶上前？
踏积水点点滴滴水花飞溅，
风吹雨雨打伞砸在心间。

[蝴蝶坐在空条椅上，有些矜持地往四处张望，随后，她坐在了椅子的背向，红雨伞遮住了她的身影，红色却显得特别醒目。

冰火天 （接唱）湿漉漉一个下雨天，

[黑雨伞下的冰火天从椅子背向转过身来。

冰火天 （接唱）不寻常的空间和时间。
网络上千百次搜索温暖，
千百次点击奇迹键盘。
都说网络太虚幻，
找朋友你和我鼠标相连。
都说网络太遥远，
找朋友你和我网上连线。
虚幻网络真实再现，
你和我相约在风雨湖岸边。

[冰火天扔开雨伞，任春雨浇洒在身上。

冰火天　（接唱）三月雨飘洒在湖面，
一圈圈荡漾在心田。

[冰火天举起雨伞。
[幕内男女声伴唱：

相约红（黑）雨伞，
撑起一方晴朗天。

冰火天　（接唱）黑雨伞像内心驱不散的黑暗，
抹也抹不去的阴影和冰寒。
蝴　蝶　（接唱）红雨伞就像是跳动的火焰，
驱散你内心的阴影和冰寒。
冰火天／蝴蝶
（重唱）手举一把黑（红）雨伞。
红与黑能否撑起晴朗天？
风雨中红与黑奇特风景线，
风雨中红与黑冰火的语言。

[五颜六色的雨伞飘动着……
[蝴蝶、冰火天在飘动的雨伞中寻找对方，却总是擦肩而过……

蝴　蝶　（接唱）莫非真的是虚幻，
冰火天　（接唱）莫非一场空喜欢。

蝴　蝶　（接唱）互联网不过把虚拟互联，
说到底只是美丽的谎言。
冰火天　（接唱）又是一场梦一样的欺骗，
再多一次已经不以为然。
蝴　蝶　（接唱）回去吧，
没有遗憾只有伤感，
能不能多点真诚在人间？
冰火天　（接唱）回去吧，
没有伤感只有遗憾，
冷冰的电脑冰冷的心弦。

［红雨伞与黑雨伞渐渐走近，蝴蝶和冰火天相视，却不敢相认，都迟疑着，犹豫着……

冰火天　累了，请把心靠岸；错了，请不要后悔；苦了，才懂得满足；伤了，才明白坚强；醉了，才知道遗忘；笑了，才体会美丽；闲了，就请想想我吧！

蝴　蝶　芭蕉听到雨声，早也潇潇，晚也潇潇；玫瑰听到风声，聚也依依，散也依依；朋友收到祝福，看也开心，想也开心。

冰火天　蝴蝶！

蝴　蝶　冰火天！

［冰火天将黑雨伞一把扔在了地上。

［幕内伴唱：

其实网络并不遥远，

蝴蝶、冰火天

（重唱）远在天边也近在眼前。

冰火天　（接唱）亭亭玉立明亮了我的双眼，

你就像雨后彩虹挂在天边。

蝴　蝶　（接唱）雨打湿你的头发更添几分浪漫，

苍白的忧郁凝结在你的眉宇间。

冰火天　（接唱）刹那间似乎灵感闪现，

你是我动漫女主角浮想联翩。

蝴　蝶　（接唱）就好像被电击全身流遍，

就好像被轻轻拨动心弦。

难道是电脑无意网络有缘？

谁知道是缘分还是如临深渊？

［蝴蝶迟疑着，最终，她将手中的红雨伞伸过去；冰火天抓过红雨伞伞柄，两人共同撑起。

冰火天　（接唱）心里温度已降到冰点，

红雨伞再把火焰点燃。

蝴　蝶　（接唱）红雨伞——

冰火天　（接唱）红雨伞——

蝴　蝶　（接唱）将你心里阴郁驱散，

冰火天　（接唱）统统丢弃在风里边。

蝴　蝶　（接唱）露出你灿烂的笑脸，

陪伴的还有我的笑颜。

冰火天　其实，我根本就不指望能见到你，像我这样的人，别人唯恐躲避不及，可你……

蝴　蝶　我来了！

冰火天　（显得既激动又无措地）来了！真的来了！（看天）你看，你来了，雨也停了。

［蝴蝶伸出手，仰头望天。

蝴　蝶　雨真的停了。

［冰火天与蝴蝶相视一笑。

蝴　蝶　你是我的第一个调查对象。

冰火天　希望是你唯一的调查对象。

［幕内男女声伴唱：

相约红（黑）雨伞，
撑起一方晴朗天。

［伴唱声中，蝴蝶与冰火天漫步在湖边……

［灯光渐暗。

四

[女子监狱。远远地，高墙、铁丝网隐现。

[夜。夜空里挂一镰月，几点星。

[蓝睡眠轻轻地上，显得有些紧张不安地四处张望，肯定没人后，她清了清嗓子，想唱又不敢唱……最后，她终于鼓足勇气，唱了出来，声音却像蚊子叫。

[曾黎悄悄地上，在一旁默默地注视着。

曾　黎　想唱歌是吧？

蓝睡眠　曾管教，我……

曾　黎　唱吧！（见对方犹豫，亲切地）唱啊。

蓝睡眠　（哼唱着，声音仍然显得那么小声）“青春真好！月牙儿是喝彩荧光棒，麦当劳不会伤害健康。”

曾　黎　别紧张，想唱就唱，唱得响亮。

蓝睡眠　（点点头）嗯。（声音逐渐加大地哼唱）“青春真好……”

[灰靴子、高跟鞋分头上。

蓝睡眠、灰靴子、高跟鞋

（一齐哼唱着）“网聊短信是时尚，爱是爱恨是

恨……”（哽咽着唱不下去了）

曾 黎 （接着哼唱）爱是爱恨是恨没有迷茫。

［蓝睡眠、灰靴子、高跟鞋埋头哭泣着。

曾 黎 （递去丹碧丝）孩子们，这是给你们买的丹碧丝，都收好，你们都是大姑娘了，以后有些事直接跟曾管教说，不要怕难为情。

蓝睡眠、灰靴子、高跟鞋

（感动地）曾管教！谢谢您！您真好！（哭）

［蓝睡眠、灰靴子、高跟鞋扑到曾黎身边，曾黎慈祥地抚摩着三个孩子。

曾 黎 不哭，不哭了啊！

（唱）不要看带刺的铁丝网，
不要摸冷冰冰的高墙。

看！你们看天上的星星和月亮，

（接唱）那月亮就像亲人的慈祥，
那星星就像亲人的目光。
那月亮就是一轮希望，
洒下的是纯洁的光芒。
悔恨的泪水不能白白流淌，
面对改造化作内心的坚强。

蓝睡眠、灰靴子、高跟鞋

曾管教！

曾　黎　孩子们，这女监啊就是一所大课堂，你们要学会怎样做人，怎样做事，怎样承受够生活的压力，怎样改造好自己的陋习，你们还要在管教的帮助下学会种种自食其力的谋生本领，这些本领和技艺你们在娇生惯养的家里肯定是学不到的！

蓝睡眠、灰靴子、高跟鞋

在家里？

蓝睡眠　在家里，只有妈咪的惯爱！

灰靴子　在家里，只有爷爷的疼爱！

高跟鞋　在家里，只有爹的的溺爱！

[音乐起，三人仿佛回到了过去的情景。

蓝睡眠　妈咪！

灰靴子　爷爷！

高跟鞋　爹的！

[随着孩子的叫声，三位不同家庭的家长隐现在舞台后区的三个定光点，舞台时空瞬间划分为蓝睡眠、灰靴子、高跟鞋三个家庭的特定环境。

[曾黎管教的定点光暗去。

[高跟鞋的家。

[高跟鞋正在梳头。

高跟鞋　（显得有些不耐烦地）妈咪！妈咪！

［妈咪上。

妈　咪　怎么了，宝贝？

高跟鞋　我上学要迟到了，快帮我梳头。

妈　咪　好好好，宝贝！

［妈咪给高跟鞋梳头。

妈　咪　等你长大了，嫁人了，妈咪不在你身边，谁给你梳头呀？

高跟鞋　我不要长大，更不要嫁男人！像爸爸这样连妈妈连女儿都不要的男人，我才不要！我就要跟妈咪一辈子在一起，妈咪给我梳一辈子的头！

妈　咪　宝贝！

［妈咪感动地搂住了高跟鞋。

［灯光渐暗。

［社区花园里。

［灰靴子的爷爷气喘吁吁地背着灰靴子上。

爷　爷　乖孙女，爷爷实在背不动了。

灰靴子　（撒娇地）爷爷……

爷　爷　让爷爷歇一会儿，歇一会儿。

灰靴子　好吧，就歇一小会儿。（跳下来）爷爷，我要你讲故事给我听！

爷　爷　好，讲故事，宝贝！从前……

灰靴子　又是老一套。（捂起耳朵直摆头）不听不听不听……

［灯光渐暗。

［学校校门外。

［远处，一声汽车的汽笛声传来。蓝睡眠与爹的牵手上。

蓝睡眠　爹的，我的手机都过时了。

爹　的　上个月不是刚给你买过一部新手机吗？

蓝睡眠　现在又有一款摩托罗拉 9999 上市，那线条，要多酷有多酷。（摇晃着爹的的胳膊，直撒娇）爹的……

爹　的　好，买。

蓝睡眠　爹的，我还要"毒药"。

爹　的　"毒药"？

蓝睡眠　就是香水。

爹　的　好好，买。

蓝睡眠　还有……

爹　的　好好好，（从钱夹子里掏出一沓钞票）宝贝，买，都买，你想买什么爹的就给你买什么，想要什么爹的就给你什么。只要你开心，只要你高兴，爹的就开心，爹的就高兴！

蓝睡眠　（一把抓过钞票，又踮起脚尖去亲自己的爸爸）爹的，你真好！

[灯光渐暗。

[高跟鞋的家 / 社区花园里 / 学校校门外。不同的空间，相同的时间。

妈咪、爹的、爷爷

（合唱）宝贝，宝贝！

妈　咪　（接唱）你就是妈咪的最美，

爷　爷　（接唱）长在温室里的花蕾。

爹　的　（接唱）你就是爹的的安慰，

妈咪、爷爷、爹的

（合唱）就像小棉袄贴在前胸后背。

宝贝，宝贝！

妈　咪　（接唱）你就是妈咪未了的梦，

总有一天从你手上放飞。

爹　的　（接唱）你就是爹的心中的玫瑰，

永远不褪色的芳菲。

爷　爷　（接唱）你就是早上八九点的太阳，

照在爷爷心里的一缕霞辉。

妈　咪　（接唱）宝贝，

妈咪不想看你流泪，

爹　的　（接唱）宝贝，

爹的不让你雨打风吹，

爷　爷　（接唱）宝贝，

再苦爷爷苦，再累爷爷累，

妈咪、爹的、爷爷

（合唱）宝贝，宝贝，

你就是心爱的宝贝。

［妈咪、爹的、爷爷隐去。

［学校校园里。

［高跟鞋、灰靴子奔上，跟蓝睡眠击掌，嘴里喊着："Yes。"手牵手，蹦跳着欲走。

［玻璃心上，挡住高跟鞋、灰靴子、蓝睡眠的去路。她掏出化妆品、发夹等饰品，捧在手里。

玻璃心　给。这些都是我送给你们的，都送给你们！只要答应我做你们的朋友。

［高跟鞋、灰靴子、蓝睡眠先是一愣，一时间显得面面相觑。随即，诡秘地一笑。

高跟鞋　我要这个。

灰靴子　这个归我。

蓝睡眠　哎哎哎，给我留一个。

［高跟鞋、灰靴子、蓝睡眠将玻璃心手上的东西一抢而空。

玻璃心　我们可以做朋友，可以一起玩了吧？

高跟鞋　想你了，问过风儿不知道你的消息，问过朝阳也寻不到你踪影，问云儿，问绿叶，问遍身边每一个东西，最后……最后……

蓝睡眠 最后马桶告诉我，你刚刚从这儿掉下去了。

灰靴子 你醒来，枕头边躺着一只蚊子，旁边有封遗书，上面说："我奋斗了一夜也没能刺破你的脸。你脸皮厚得让我无颜活在世界上。"主啊……主啊……

高跟鞋、灰靴子、蓝睡眠

主啊，请宽恕她，我是自杀的。走喽。

[高跟鞋、灰靴子、蓝睡眠掩口嬉笑，扬长而去。下。

[曾黎伫立在远处，凝重地注视着发生的这一切。

玻璃心 你、你们为什么不理睬我？还讽刺我，耻笑我！

曾　黎 为什么？

玻璃心 到底为什么？

（唱）是不是我的口音不一样？

是不是我来自另一个地方？

爸爸妈妈打工在鞋厂，

早出晚归两头见星光。

我就想交朋友一起歌唱，

曾　黎 （接唱）她也是一个可爱的姑娘。

玻璃心 （接唱）城里人外乡人鸿沟阻挡，

曾　黎 （接唱）歧视的目光彻骨凉！

玻璃心 （接唱）没伙伴的日子独自夜空望，

看见月亮泪汪汪。

朋友在哪里？

玻璃心 / 曾黎

（重唱）能不能给我 / 她一些温暖？

玻璃心　（接唱）朋友在哪里？

玻璃心 / 曾黎

（重唱）能不能给我 / 她一些阳光？

[灯光渐暗。

五　难道……才……

［一束光柱中，曾黎背身在黑板上书写了一个造句："难道……才……"随后，她转过身来，默默地敬礼。

［又一束光柱中，蝴蝶迷茫地注视着远方。

蝴　蝶　难道只有刺下印记，才是爱？

曾　黎　不，蝴蝶，这不是爱！如果你当时的狂热也算是爱的话，那也只是一种畸形的爱。

蝴　蝶　我还是不甘心，我一定要让他脱离苦海。

曾　黎　你已经无能为力。

蝴　蝶　我还想试试，再试试。

曾　黎　难道你不撞南墙不回头？不见黄河不掉泪？难道你粉身碎骨，才能证明自己的爱吗？

蝴　蝶　爱是伟大的！我相信爱能产生奇迹！

曾　黎　蝴蝶……

［灯光暗转。

［冰火天家。

［冰火天趴在地上，紧紧地盯着一包打开的白粉。他浑身哆嗦，但强撑着……冰火天伸出手，慢慢地伸向白粉……猛地，又缩

回手，转过身走开去。随即，他又停下步子，迟疑了一下，转身扑上前去，欲抓白粉，手又停在半空中。最后，他攥拳仰头，撕心裂肺地嗷叫。

冰火天 我受不了了！我……

[冰火天匍匐着，再次伸手伸向白粉。

冰火天 不能啊，我不能！

（接唱）我不能，又怎能再去作孽？

翩翩蝴蝶是我最美的心结。

蝴蝶飞带我飞过心的荒野，

明媚的春天等我去迎接。

[冰火天抓起白粉，欲摔，又止。他轻轻放下白粉，转身走去，一步一回头，留恋、不舍地地回头去看白粉。

冰火天 （接唱）让我吸最后一口再把毒戒，

对不起，心上的蝴蝶！

[猛地，冰火天扑上前去，哆哆嗦嗦捧起白粉，吸食起来……

[幕内伴唱：

忽悠悠梦游天界，

轻飘飘心化蝴蝶。

上天入地的飞跃，
冰火九重天感觉。

[伴唱声中，冰火天飘飘然然……

[蝴蝶冲上，蓦然站在了冰火天跟前。

蝴　蝶　你！

[冰火天醉眼蒙眬地看了蝴蝶一眼，接着沉醉地吸食白粉……

冰火天　舒坦！你、你也一起来吧。

[蝴蝶冲上前去，欲夺冰火天的毒品；冰火天左闪右躲，吸食白粉……

蝴　蝶　你！你简直不可救药！

[蝴蝶一掌拍过去，将冰火天手上的白粉拍洒在地。

冰火天　那是我的命根子！我的命根子啊！

[冰火天趴在地上去拢白粉。

蝴　蝶　白粉是你的命，那我呢？

冰火天　你也是我的命！

蝴 蝶 人只能有一条命。是我还是白粉？你只能选一个。

冰火天 两个我都要。

蝴 蝶 那好，那你就跟你的白粉一起过，我走。

［蝴蝶欲走。

冰火天 别离开我！

［冰火天一把拉住蝴蝶；蝴蝶欲挣脱，被冰火天死死地拽住不放。

蝴 蝶 放手！放手！

［蝴蝶往前迈一步，冰火天趴在地上，一只手紧紧抓住她的脚。蝴蝶又往前迈一步，冰火天换只手又抓住蝴蝶的另一只脚……

冰火天 我不能没有你！不能啊！

蝴 蝶 你！

（唱）为什么出尔反尔执迷不悟？
为什么你总是让我偷偷哭？

冰火天 （接唱）一朝犯罪终生有罪，
洗刷不了的一点污。
那偏见的眼神就像利斧，
我就是人人喊打的老鼠。
那鄙夷的脸色写着厌恶，
两个字烙我心里直犯堵。

又能向谁把内心倾诉？
又有谁知道我心里的苦？
这白粉却让我腾云驾雾，
什么愁什么忧连根拔除。

蝴　蝶　（接唱）我的心你难道还不清楚，
我的爱还不能把你救赎？

冰火天　（接唱）你到底是不是我命中归属？
抱着你似真似假若有若无。
你就像翩翩蝴蝶随春天起舞，
迟早会丢下我身单影孤。

蝴　蝶　（接唱）爱的吻难道也苍白无助，
还不能滋润你心的荒芜？
温柔心难道也于事无补，
还不能给你安慰给你安抚？

我该怎么做，你才相信我对你都是真的？

冰火天　（接唱）你是天使那么光彩炫目，
我跟毒魔已签下生死文书。

我不知道！我什么也不知道！我只知道，别走，留下来！别离开我，我需要你！

蝴　蝶　（接唱）怎忍心看着他不管不顾？
怎甘心看着他继续吸毒？
我一走他也许万劫不复，
从此后毒魔做伴不归路。
他已是毒魔的俘虏，
我的爱难道就无力拦阻？

就让爱跟毒魔赌一赌，
看谁能把他拉回正途。
爱就是我生命的赌注，
我的爱不能输，
我的爱不会输。

［蝴蝶轻轻地牵起冰火天的手。

（接唱）相信你，你不会再将我辜负，
相信你，你能够远离白粉去戒毒。
相信你，你不会再让我流泪让我哭，
相信你，你给我从前的你完美如初。
只要你戒毒，我就是你心的归属，
不让你独自一人面对孤独。
如果不相信，就让蝴蝶刺青记录，
抹也抹不掉我对你爱的放逐。

你不是会刺青吗？来，帮我刺个蝴蝶。刺下爱的见证，刺下爱的印记。

［蝴蝶褪下上衣，露出胳膊。

冰火天　（震惊地）蝴蝶！

蝴　蝶　来吧！

［幕内伴唱：

失去方向的蝴蝶，
寻找爱的季节。

［冰火天颤巍巍地给蝴蝶刺青……

蝴　蝶　（接唱）点点滴滴血，
破茧血蝴蝶。
飞过残枝落叶，
飞过落日西斜，
爱在生命里超越，
寻找花的季节。
顶风哪怕风猎猎，
扑火哪惧火烈烈，
爱会不顾一切，
寻找爱的季节。
花开又花谢，
月圆又月缺。
前世今生的契约，
刺在身上刻在心里的情结。

［蝴蝶半斜着身子，一束光投在她的蝴蝶刺青上。

［灯光渐暗。

六

［草地上。高跟鞋、灰靴子、蓝睡眠载歌载舞。

高跟鞋　（唱）青春可以胡思乱想，

灰靴子　（接唱）青春拒绝化学品化妆，

蓝睡眠　（接唱）青春没有曾经和以往，

高跟鞋、蓝睡眠、灰靴子

（合唱）青春真好！

爱是爱恨是恨没有迷茫。

［玻璃心冲上，脖子上挂一条红围脖。

玻璃心　还我！都还我！

高跟鞋　你来得正好，我们还想去找你算账呢！

灰靴子　你给老师告我们的黑状，你安的什么心！

蓝睡眠　什么心？黑心呗！

高跟鞋　不光黑心，还是黑人！一个城市户口的“黑人”！

玻璃心　（痛苦不已地）你们别这样，我不是黑人，我的心也不黑！我没法子！

高跟鞋　没法子。哼，你害得我们被老师训，被老师骂，你还说你没办法！

玻璃心　是我妈妈去找的老师，不是我，真的不是我！上一次我送给你们的东西，那都是偷我妈的钱买的。现在妈妈发现了，家里急着等钱用，要寄钱到老家给婆婆看病。求求你们，把东西还给我，我好去退了换成钱，要不，我会被妈妈打死的！求求你们，求求了！

高跟鞋　是谁求着要把那些东西送给我们的，是不是就是你？

玻璃心　是我！是我！

灰靴子　什么破东西？谁稀罕！

玻璃心　是破东西，你们不稀罕！

蓝睡眠　你脑子进水了！送出去的东西，泼出去的水，你还想要回去！

玻璃心　我脑子没进水，真的没进水！我就想跟你们做朋友，跟你们一起耍！

高跟鞋　你想跟我们做朋友，想跟我们一起玩是吧？那好啊，我们就带你一起玩"转盘"。（对灰靴子、蓝睡眠使眼色）你们说好不好？

灰靴子、蓝睡眠

好啊，要玩就好好玩。

玻璃心　我不玩了，我要回家。

高跟鞋　来吧！你做"盘"，我们给你转，好好转。

灰靴子、蓝睡眠

来吧！来吧！

［高跟鞋、灰靴子、蓝睡眠拉住玻璃心，不由分说地将红围脖绕住玻璃心的脖子，一人一边扯住，另一个抓住玻璃心的手，玩起了“转盘”。

蓝睡眠　（唱）哆——

高跟鞋　（接唱）来——

灰靴子　（接唱）咪——

蓝睡眠　（接唱）发——

高跟鞋　（接唱）嗦——

灰靴子　（接唱）啦——

高跟鞋、灰靴子、蓝睡眠

（一边拉扯玻璃心的红围脖一边逼迫）唱啊！唱啊！

玻璃心　（被红围脖勒出刺耳的尖叫。接唱）西——

［高跟鞋、灰靴子、蓝睡眠边拉扯红围脖边载歌载舞……

蓝睡眠　（接唱）哆，

鸽子就是天空唱的歌，

短信就是手机唱的歌。

高跟鞋　（接唱）哆来，

天方地圆就是我的舞台，

学一学超级女声唱起来。

灰靴子　（接唱）哆来咪，

李宇春多么了不起，

她是那么叫我着迷。

蓝睡眠　（接唱）哆来咪发，

可乐雪碧冰红茶，

好像六月飘雪花。

高跟鞋　（接唱）哆来咪发嗦，

麦当劳肯德基还有必胜客，

吃起来从来不嫌多。

灰靴子　（接唱）哆来咪发嗦啦，

穿上靴子一直走吧，

走过海角走到天涯。

高跟鞋、灰靴子、蓝睡眠

该你了！该你了，唱啊！

玻璃心　（嘶哑地，气力越来越弱地，接唱）

哆来咪发嗦啦西，

天上下起太阳雨，

春雨淋在目光里，

阳光照在心底。

高跟鞋、灰靴子、蓝睡眠

（合唱）哆来咪发嗦啦西，

歌声和舞步在一起，

朋友跟朋友在一起。

玻璃心　朋友跟朋友……

［玻璃心瘫倒在地上。

高跟鞋　来，接着唱，接着跳啊。

灰靴子 来呀！来呀！

蓝睡眠 起来！起来！

[高跟鞋、灰靴子、蓝睡眠去拉玻璃心；玻璃心一动不动，高跟鞋、灰靴子、蓝睡眠似乎预感到不详，显得有些慌乱。

灰靴子 不会是死了吧！

高跟鞋 装死！

[蓝睡眠蹲下身，小心地去推玻璃心。

蓝睡眠 你、没事吧？

高跟鞋 起来，装什么装！

[高跟鞋对玻璃心仍不住地拳打脚踢……

高跟鞋 叫我还！叫我还！活该！

蓝睡眠 别踢了！她真的死了！（摇晃着玻璃心）醒醒，我们还你，都还你！

[灰靴子傻了，手捧着玻璃心的红围脖，嘟囔着。

灰靴子 死了！死了……

[一条血红的红围脖。

[曾黎上，慢慢走上前，抓起红围脖，捧在手上，浑身颤抖着。

[“嚯”地一道闪电划过。

[幕内伴唱：

如果白云能擦去悔恨，
风雨后还有没有青春笑容？

[灯光暗转。

[网吧。

[梦梦正在玩“魔兽世界”游戏……

梦 梦 杀死一个，又杀一个，又加一分，离“长老”又近一步，再多杀一些，我就可以升做长老了！杀，杀呀，杀！

[梦梦“噼里啪啦”地敲打着键盘，几近疯狂地玩“魔兽世界”游戏……

[远处，影影绰绰地出现了一个“魔兽世界”，游戏中的长老、精灵、骑士、牛头、马面群魔乱舞。

[梦梦起身，不由自主地一步一步走向那个虚幻的“魔兽世界”——他被“魔兽世界”游戏中的人物围住……

长老、精灵、骑士、牛头、马面

（重唱）我们是魔兽世界的主宰，
为你搭一个心魔的舞台。

长　老　（接唱）心狠手辣那是你男子汉气概，
精　灵　（接唱）冷酷无情那是你迷人的招牌，
牛　头　（接唱）越疯狂你越显得那么帅，
马　面　（接唱）越痴迷你越显得可爱。
长老、精灵、骑士、牛头、马面
（重唱）来吧，
这里到处都是精彩，
进来了你想走也走不开。

［梦梦被换上了“魔兽”的服装，随后，他与“魔兽”们一道刺杀……

［网吧老板上。

网吧老板　哎哎哎，到点了。

［网吧老板一声吆喝，将梦梦从“魔兽世界”里拉出来。同时，“魔兽世界”中的人也紧紧拉住他不撒手，两边一时间相持不下……最终，梦梦的“魔兽”服装被脱下，他重新回到现实。

网吧老板　你没钱了，该续钱了。
梦　梦　叔叔，让我再玩一会儿吧！
网吧老板　要想接着玩，那你掏钱啊。
梦　梦　再玩一会儿，我就要升级到“长老”了。
网吧老板　你是不是没钱了？
梦　梦　叔叔，我过年得的压岁钱早玩没了，爸爸妈妈给我吃中午饭的饭钱也玩完了，连我偷偷从家里拿的钱也玩完了。（恳求地）叔叔，让我再玩一会儿，再玩一会儿！求求你了！

网吧老板　好啦好啦，再让你玩下去我这网吧要关门了！关机！

［叶子家。

［叶子正在上网，QQ呼叫朋友……

梦　梦　（突然发现叶子在网上的QQ呼叫）叔叔，等等，我有钱了！

［叶子家。

叶　子　（念）夜幕有了星星，显得迷人；大海有了涛声，显得渊博。

［网吧。

梦　梦　（急切地）叔叔，你不是有一本写短信的书吗？

网吧老板　是不是《经典短信大全》？怎么了，你要它干什么？

梦　梦　快借给我看看。

［网吧老板将书递过去，梦梦接过书一通乱翻。

梦　梦　就这条了。（一边敲打电脑一边念）如果有一天，你感到疲倦，只要一转身，我的祝福就在你身边。

[叶子家。

叶　子　梦梦，你近来好吗？

[网吧。

梦　梦　好好好！我这几天特别想见你！我想带你到我那个神秘的快乐世界去！

[叶子家。

叶　子　想见我？带我到神秘的快乐世界去……

[网吧。

梦　梦　对对对！那里只有刺激、快乐，没有烦恼，你一定喜欢！我……我还有好多话想当面和你说。我们北门护城河边见，我在那儿等你，不见不散！

网吧老板　小屁孩儿一个，还真会泡妞了。

[网吧老板关掉电脑。

梦 梦 你等我回来，一会儿就回来。我找钱去。

[灯暗。

[叶子家。

叶 子 （沉吟地）梦梦，还真有个性！（既激动又犹豫地）他想见我！他要带我到那个神秘的快乐世界去！我、我能去见他吗？

[远处，叶子爸跟妈妈正在争吵，呈剪影状。

叶子妈 房子归我，我还要一百万青春损失费。孩子归你！

叶子爸 房子可以给你，钱也一分钱不少你的，我还可以再给你加五十万，不过孩子归你！

叶子妈 你倒逍遥快活了，还想跟那个狐狸精再生吧。不行，孩子我不要！

叶子爸 这个家我都不要了，孩子我就更不要了。

叶 子 妈妈，爸爸都不要我了！我是个没人要的孩子！是一个有爸爸有妈妈的孤儿！

[叶子趴在电脑桌上伤心地抽泣着。

[灯光渐暗。

七　与其……不如……

［一束光柱中，曾黎背身在黑板上书写了一个造句：“与其……不如……”随后，她转过身来，默默地敬礼。

［又一束光柱中，蝴蝶茫然地坐在电脑前。

蝴　蝶　与其这样活着，不如去死吧！

曾　黎　你尽力了，收手吧，回头吧！

蝴　蝶　晚了！都晚了！

曾　黎　不！回头还来得及！

蝴　蝶　来不及了，来不及了！

［蝴蝶慢慢伸出手，欲按电脑键盘。

曾　黎　住手！你正在犯罪啊！

蝴　蝶　我知道。

曾　黎　知法犯法，罪加一等。

蝴　蝶　我也知道！

［“啪”，蝴蝶一扭头，按下了电脑键盘。

曾　黎　（惊呼）蝴蝶！

［灯光暗转。

［冰火天家。

［“啊！”冰火天大喊一声。他毒瘾发作，在地上跌扑滚爬……

冰火天　给我，我受不了了！快把粉给我！

［蝴蝶冷眼旁观，显得那么漠然。

冰火天　给我！快啊！（凶神恶煞一般地）你给不给？你给不给？不给我杀了你！

［冰火天猛扑过去，一把揪住蝴蝶的头发，扯来扯去……蝴蝶在地上翻滚……最后，冰火天将蝴蝶一把推倒在地。随后，他手握一把短刀，一下子顶在了蝴蝶的喉咙口。

冰火天　给、不、给？

［蝴蝶一言不发，冷冷的目光直射冰火天。

蝴　蝶　杀了我也不给！

冰火天　那我就杀了你！

［冰火天举起刀子，欲刺……

蝴　蝶　你杀了我吧，你杀了我吧！

[幕内凄凉地女声独唱：

我给你我的一切，
换来你给我哀绝。
花一样的青春穴，
自己动手自己掘。

[冰火天举着刀子迟疑着。

蝴　蝶　我什么也没了！什么也完了……与其这样活着，还不如去死！

[冰火天一震，刀子掉落在地。
[蝴蝶捡起刀子，双手捧着递给冰火天。

蝴　蝶　（唱）杀了我一死百了又何妨？
我已经众叛亲离身心交瘁前途迷茫。
都是你害了我！你害了我啊！
（接唱）被学校除学籍颜面尽丧，
再不敢见朋友躲躲藏藏。
被父母赶出家哭到天亮，
老人心被女儿彻彻底底伤。
总抱有那么一点点希望，

我的爱就是你黑暗里的荧光。
总相信爱的执着爱的力量，
能把你从魔掌拉到爱身旁。
越陷越深走在不归路上，
不能自拔已经迷失方向。
蝴蝶折了翅膀，
我的爱我的梦再不能飞翔。

［猛地，冰火天从蝴蝶手中一把抓过刀子，飞快地往自己手上扎，一刀、一刀又一刀……

蝴　蝶　你！你想干什么？

［蝴蝶不忍卒看，扑上前抓住冰火天。

蝴　蝶　你别这样！我给你，给你！

［蝴蝶将一包白粉递给冰火天。
［冰火天简直不敢相信，呆呆地看着白粉……“啪”的一声，刀子从冰火天手上掉在了地上，随即，他抢也似的一把抓过白粉，转身跑到一边去，吞云吐雾地吸食白粉……
［蝴蝶看着冰火天吸食白粉，倏忽间，她“咯咯”笑了……随即，她捂脸抽泣起来……

蝴　蝶　（唱）破了，

梦破了，
梦破泪水淌，
淌过春红到秋黄；
梦破泪水干，
干似枯井更凄凉。
破了，
爱破了，
难道爱情像太阳，
温暖背后是火烊？
难道爱情像月亮，
温柔背后是冰霜？
破了，
心破了，
心破心碎更迷惘，
心破心痛更迷茫。
万念俱灰成绝望，
玉石俱焚去消亡。

［蓦地，冰火天跪倒在蝴蝶的跟前。

冰火天 蝴蝶，我错了！我向你忏悔。（抽自己耳光）我不是人！我已经发誓再也不吸毒了，可我一而再，再而三的食言。我对不起你！我不是男人！你对我这么好，为我牺牲这么多，可我还骂你，还打你，还想杀你！蝴蝶，这都不是我的本意，可吸上了白粉，就由不得自己了。蝴蝶，只要你不离开我，我戒毒，一定戒！你要相信我，一定相信我！再给我一次机会，最后一次机会！

蝴　蝶　机会！给你机会，谁又能给我机会？机会……

［蝴蝶笑了，那是一种奇怪的笑。

冰火天　蝴蝶，其实，我也知道我自己已经不可救药了。你以为我愿意这样活着吗？猪狗不如地活着吗？与其这样活着，我还不如去死！

蝴　蝶　（喃喃自语地）与其这样活着，还不如去死！去、死……

［蝴蝶缓缓端起一只杯子。

蝴　蝶　你是我的第一个调查对象，

冰火天　是你唯一一个调查对象。

蝴　蝶　也是我的最后一个调查对象。

［蝴蝶将杯子递给了冰火天。

［冰火天颤巍巍地接过杯子。

蝴　蝶　喝杯水吧。

冰火天　你没在水里下毒吧？不会的，你爱我，永远不可能害我！不过，哪怕你真的下了毒，我也喝。

[冰火天颤巍巍地举杯欲饮。

[突然，蝴蝶甩手打翻冰火天手中的杯子。

冰火天 （惊诧地）你……

蝴　蝶 我刚才已经把所有的白粉都放进水里了。

冰火天 （一震。随即，冷静地）你让我喝下去，我解脱了，你不也就解脱了……

蝴　蝶 解脱！（冷笑地）晚、了！来、不、及、了……还记得你曾经问过我，愿意做法官，还是做律师？

冰火天 你说，如果有一天我真的犯罪，你更愿意做法官，这样就可以审判我了！

蝴　蝶 你有罪！

冰火天 我……

蝴　蝶 （沉浸在一种幻觉之中）我现在就是法官，现在就要审判你！带犯罪嫌疑人到庭！

冰火天 （配合蝴蝶，像法警一样高声喊）犯罪嫌疑人带到。（然后，又扮演犯罪嫌疑人，低头站在蝴蝶面前）

蝴　蝶 你认罪吗？

冰火天 认罪！我认罪！

蝴　蝶 你身犯何罪？

冰火天 我吸毒，万劫不复。我跟毒魔交了朋友，最后，我也变成了魔鬼，而你就是拯救我的天使……

蝴　蝶 可魔鬼摧毁了天使圣洁的光环，折断了蝴蝶飞翔的翅膀……

冰火天 从此，天使随魔鬼一起堕落，一起沉沦；折断翅膀的蝴蝶再也不能飞翔！

蝴　蝶　再也不能飞翔……（似乎清醒过来，惨然一笑地）我怎么可能是法官？我知法犯法，才真的是犯罪嫌疑人，迟早会有真法官审判我！到时候，谁又能为我辩护？

冰火天　（莫名其妙地）蝴蝶，你说什么？我怎么听不懂。

蝴　蝶　（又陷入幻觉之中）犯罪嫌疑人，本庭宣判……

冰火天　我伏法！

［幕内，警笛声传来……

冰火天　（惊恐地）抓我来了！真的抓我来了！

蝴　蝶　你怕什么？抓的不是你！

冰火天　不是我。

蝴　蝶　（扮演法官）犯罪嫌疑人蝴蝶。（扮演犯罪嫌疑人）蝴蝶在。（又扮演法官）蝴蝶，你犯诈骗罪，现在宣判……

冰火天　诈骗罪！蝴蝶，你到底出什么事了？

蝴　蝶　你想过没有，毒品早已经让我们一无所有了，可源源不断的毒资哪儿来的？那都是我从网上诈骗得来的。

冰火天　（震惊不已）蝴蝶，你为什么要这样？

蝴　蝶　我不相信，我不能帮你把毒戒了。只可惜，从头到尾，我都错了！

［警察冲上，将蝴蝶围住。

警　察　蝴蝶，你涉嫌网络诈骗，现在予以逮捕！

冰火天　蝴蝶，你……

警　察　带走。

蝴　蝶　还记得这把红雨伞吗？

冰火天　记得！记、得……

［幕内伴唱：

相约红雨伞，
撑起晴朗天。

蝴　蝶　累了，请把心靠岸；错了，请不要后悔；苦了，才懂得满足；伤了，才明白坚强；醉了，才知道遗忘；笑了，才体会美丽；闲了，想想我！

警　察　走！

冰火天　蝴蝶！蝴蝶！

［冰火天欲抓蝴蝶，抓过了红雨伞。

［蝴蝶被警察押下。

冰火天　（仰天呼喊）蝴蝶，我一定戒毒！一定戒！

［鲜红的红雨伞。

［灯光渐暗。

八　如果没有如果

［女子监狱。

［一束光柱中，蝴蝶迷茫地注视着远方。

蝴　蝶　如果没有如果，那么，我现在可能正在大学法律系的教室里，风声雨声读书声。等大学毕业，我或许是律师，也许是法官，还可能是……可能是……

［一束又接一束光柱亮——

高跟鞋　如果没有如果，那么，我现在可能在妈妈身边撒娇呢！等我长大了，我也会结婚，我也能做妈妈，我……

蓝睡眠　如果没有如果，那么，我现在可以放声歌唱，想唱就唱，说不定还能做一个令人羡慕的超级女声。

灰靴子　如果没有如果，那么，爷爷一定又会给我讲故事，讲我耳朵都生茧的故事。我想听爷爷讲的故事……爷爷老了，很老很老了……

曾　黎　如果没有如果，孩子们，你们的父母就不会承受这莫大的悲哀，因为他们曾寄予希望的孩子，却给他们带来了巨大的失落和苦痛！看，你们的爷爷、爸爸和妈妈，他们忍着悲痛来探望你们了！

［幕内伴唱：

如果没有风，
——树不会动，
叶子怎么会随风飘零？
如果没有雨，
——心不会动，
泪水怎么会流在雨中？
如果白云能擦去悔恨，
风雨后还有没有青春笑容？

［电话亲情室。

［曾黎引着高跟鞋的妈咪、灰靴子的爷爷、蓝睡眠的爹的上。

高跟鞋、灰靴子、蓝睡眠

妈咪！爷爷！爹的！

［高跟鞋、灰靴子、蓝睡眠分别扑向亲人，被一堵无形玻璃墙相隔。他们欲抓对方不能。

［曾黎将电话分发给双方。

妈咪、爷爷、爹的

（合唱）宝贝，宝贝！

妈　咪　（接唱）你就是妈咪的最美，

未了的梦从此难高飞。

爷　爷　（接唱）你就是八九点的太阳，

消逝在爷爷黄昏的余晖。

爹　的　（接唱）你就是爹的心中的玫瑰，

一片片凋零的芳菲。

妈　咪　（接唱）宝贝，

你可见妈咪的心泪？

爷　爷　（接唱）宝贝，

你可见爷爷的白发被风催？

爹　的　（接唱）宝贝，

你可知爹的无声的后悔？

妈咪、爷爷、爹的

（合唱）宝贝，

揪心的宝贝！

灰靴子、高跟鞋、蓝睡眠

爷爷！妈咪！爹的！

［高跟鞋的妈咪、灰靴子的爷爷、蓝睡眠的爹的隐去。

［灯光暗转。

［一点火光亮，蝴蝶点燃三根香火，一一分发给高跟鞋、蓝睡眠、灰靴子。随后，她褪去上衣，露出了胳膊。

［幕内伴唱：

蝴蝶失去了翅膀，
花季里再也不能飞翔。

[冰火天奔上，手拿亲情电话。

冰火天　蝴蝶！蝴蝶！蝴蝶，我戒毒了，真的戒毒了！

[高跟鞋、蓝睡眠、灰靴子用香火将蝴蝶胳膊上的刺青一点点烫去……

蝴　蝶　（撕心裂肺地）啊！
冰火天　（痛苦不已地捂着脸）蝴蝶，我对不起你！

[蝴蝶强忍着烫伤的剧痛，在地上翻滚……

蝴　蝶　（唱）蝴蝶失去了翅膀，
花季里再也不能飞翔。
什么是芬芳？
什么是悲伤？

高跟鞋、蓝睡眠、灰靴子
（合唱）什么是渴望？
什么是迷茫？
夜幕抹去了蝴蝶的方向，
大雾遮住了蝴蝶的远方。

蝴　蝶　（接唱）蝴蝶失去了翅膀，

花季里再不能飞翔。
曾经这里有一段埋葬，
在蝴蝶翩翩飞过的地方。
埋葬的不是死亡，
那是一段青春时光。

高跟鞋、蓝睡眠、灰靴子

（合唱）蝴蝶失去了翅膀，
花季里再不能飞翔。

［曾黎上。

曾　黎　蝴蝶！

［曾黎痛心不已地摩挲着蝴蝶伤痕累累的伤口。

曾　黎　（唱）蝴蝶不曾折断翅膀，
那只是滴血的心伤。
曾经这里有一段埋葬，
在蝴蝶翩翩飞过的地方。
埋葬的不是死亡，
那只是一场迷茫。
把过去统统遗忘，
让青春再一次飞扬。
（撑起一把红伞）蝴蝶飞，蝴蝶飞！

[蝴蝶、高跟鞋、蓝睡眠、灰靴子依偎在曾黎身边，

蝴 蝶 （唱）蝴蝶飞！让青春再一次飞扬！

高跟鞋、蓝睡眠、灰靴子

（合唱）蝴蝶飞！让青春再一次飞扬！……

蝴 蝶 飞、飞……

[曾黎举着红伞，转身朝远处走去。

[一束光静静地投在红伞上。

[灯光暗转。

九

[紧接前场。夜。护城河边。

[梦梦焦急地张望……

[叶子手抱一只玩具熊上，看见梦梦，觉得对方还是一个孩子，一时间不敢相见相认；梦梦见了叶子，也不敢贸然相见。两人相对相视……

叶　子　夜幕有了星星，显得迷人；大海有了涛声，显得渊博；冬季有了雪花，显得浪漫；朋友有了你，从此不再孤独！

梦　梦　如果有一天，你感到疲倦，只要一转身，我的祝福就在你身边。不管离多远，不管多少年，祝福化为星星点点，闪烁在你生命中每一寸空间。

叶　子　你就是梦梦?！你、你还是个孩子！

梦　梦　少废话，带钱了没有?

叶　子　你要干什么?

梦　梦　钱，给我钱！

叶　子　我要回家！我要回家！

[叶子转身欲跑。

梦 梦 不能走！快把钱给我！给我！

[梦梦一只手揪住叶子，一只手去搜叶子的口袋……叶子挣扎着，最终，挣脱开来，欲跑。梦梦跃起将叶子扑倒在地上。叶子挣扎着，玩具熊从叶子怀里滚落在地。此时此刻的梦梦近似疯癫，他掏出一把水果刀。

梦 梦 （威胁地）给我，快给我！我要升“长老”了！我就要做“长老”了！再不给，我……

[梦梦举刀欲刺叶子。

曾 黎 住手！

[猛地，曾黎转身，冲上前，一边护住叶子，一边将红伞去挡；梦梦举刀扎在红伞上。

[静止。

[“当、当、当……”远远地，雄厚的钟声从远处传来，越来越响……响彻整个上空。

[灯光渐暗。

[剧终。

别了，莲花

本剧由浙江京剧团演出。

文本发表于《戏文》杂志2007年第4期。

剧名书写　曾来德

王勇剧作集

国之大臣

话剧

◎

王勇 著

中国戏剧出版社
CHINA THEATRE PRESS

图书在版编目（CIP）数据

王勇剧作集 / 王勇著. — 北京 ：中国戏剧出版社，
2022.6
ISBN 978-7-104-05123-7

I. ①王… II. ①王… III. ①剧本－作品综合集－中
国－当代 IV. ①I230

中国版本图书馆CIP数据核字（2021）第171113号

王勇剧作集

策划编辑： 肖　楠
责任编辑： 邢俊华
责任印制： 冯志强

出版发行： 中国戏剧出版社
出 版 人： 樊国宾
社　　址： 北京市西城区天宁寺前街2号国家音乐产业基地L座
邮　　编： 100055
网　　址： www.theatrebook.cn
电　　话： 010-63385980（总编室） 010-63381560（发行部）
传　　真： 010-63381560

读者服务： 010-63381560
邮购地址： 北京市西城区天宁寺前街2号国家音乐产业基地L座

印　　刷： 保定市铭泰达印刷有限公司
开　　本： 787mm×1092mm　1/32
印　　张： 42.25
字　　数： 846 千
版　　次： 2022年6月　北京第1版第1次印刷
书　　号： ISBN 978-7-104-05123-7
定　　价： 458.00 元（全 18 册）

“国之大臣，荣其宠禄，任其大节。”

——《左传·昭公元年》

时　间：清道光年间。

人物：

王　鼎——字定九，身兼东阁大学士、军机大臣。

林则徐——字元抚，又字少穆、石麟，湖广总督任上受命钦差大臣，继任两广总督。

王　沆——王鼎之子，庶常馆庶吉士。

道　光——清宣宗，爱新觉罗·旻宁，原名绵宁，即位后改为旻宁。

穆彰阿——字子朴，满洲镶蓝旗人，身兼文华殿大学士、首席军机大臣。

琦　善——字静庵，满洲正黄旗人。直隶总督任上受命钦差大臣，继任两广总督。

裕　谦——原名裕泰，字鲁山，蒙古镶黄旗人。先后任江苏按察使、江苏巡抚、钦差大臣、两江总督。

牛　鉴——字镜堂，河南巡抚。

文　冲——东河河道总督（河道总督一般简称河督、总河）。

关天培——字仲因，广东水师提督。

王　渼——下南河同知。

二女儿——王鼎之二女。

高步月——下南厅同知。

步际桐——开元道道员。

史　鱼——春秋时卫国人，出现在王鼎幻觉中。

总管太监、打更人、老大娘、亲兵等若干。

术士、小太监、兵勇、灾民等若干。

一

[道光二十一年（1841 年）二月六日。

[虎门要塞——炮声隆隆，火光冲天。

[关天培手持单筒望远镜观察战况，身已负伤十余处，屹立阵前，仍不失凛然。

[亲兵踉跄着奔上。

亲　兵　军门，镇远炮台、靖远炮台、威远炮台全部失守，英夷已经杀过来了。

关天培　援兵何在？

亲　兵　屡屡请援于琦善总督，可总督大人敷衍了事，仅遣兵二百，早已损失殆尽。

关天培　区区二百兵，杯水车薪，无济于事，大势已去！

[一发炮弹呼啸袭来，亲兵大叫一声“军门”，猛然跃起，将关天培扑倒在地，压在身下，炮弹就在不远处炸响。

亲　兵　军门，虎门要塞守不住了，撤吧。

关天培　两年前，钦差大人林则徐奉旨销烟，上下协同，军民一心，收缴鸦片二万二百八十三箱，就在这虎门海滩付之一炬，大火整整烧了二十余日，荼毒我朝鸦片化作烟尘，何等痛快！今日，也在这虎门海滩，英夷蜂拥而至，直破国门。皇上，大清朝危矣！

［又是一声炮响。

亲　兵　军门，快撤吧！

［亲兵抱关天培欲走，却被关天培一把推开。

［关天培拿出“提督大印”递与亲兵。

关天培　这是广东水师提督大印，现交与你，务必转呈皇上。

亲　兵　军门，你已经尽力了。

关天培　虽已尽力，尚未尽忠。

亲　兵　军门……

关天培　不必啰唆，快接大印。

［亲兵痛泣不已，双膝跪地，手举头顶，捧过大印。

关天培　快走！

亲　兵　军门……

关天培　（吼）走！

亲　兵　嗻。

［亲兵跪地一拜，含悲忍泪转身冲下。

[枪声大作，炮声隆隆……

[关天培环顾虎门要塞，无限感慨。

关天培 这虎门要塞，乃林则徐林大人亲自督筑，数十门重达 8000 斤的大炮，火力可封江面。在那南山与上、下横档岛间的饭箩排，江面最窄、水深流急，又安装两条拦江木排铁链。一条长达三百零九丈，安装大木排三十六个；另一条长三百七十二丈，安装大木排四十四个，可开可合，犹如“南大门”两把金锁。再北进五里，大虎山炮台、小虎山炮台相对峙，可谓一夫当关，万夫莫开。可这“金锁铜关”却被新任钦差大臣琦善尽数撤除，排链冲散，水勇裁撤，守军单弱，海防松弛，焉能不败？误国害民如此，心痛莫名！

[又一发炮弹在关天培身边炸响，将他掀翻在地。硝烟中，关天培挣扎着向炮台爬去，扶着炮台站起身。

关天培 皇上，非天培无能，只因遭遇亘古未有之敌，老臣虽回天无力，誓与虎门要塞共存亡。

[关天培点燃大炮，“轰隆”一声巨响，湮没了一切。

[一束聚光下——

林则徐 （仰天呼喊）天培！天培！“六载固金汤，问何人忽坏长城，孤注空教躬尽瘁；双忠同坎壈，闻异类亦钦伟节，归魂乡关面如生。”

［内喊：“圣旨下，琦善接旨。”

［又一束聚光下——

琦　善　奴才——琦善接旨。

［琦善跪地接旨。

［道光皇帝出现在高处。

道　光　朕，君临天下，尺土一民，莫非国家所有。琦善擅予香港，擅准通商，胆敢乞朕恩施格外，且你被人恐吓，奏报粤省情形，危言要挟，更不知是何肺腑！如此辜恩误国，实属丧尽天良。琦善着即革职锁拿，押解来京，严行讯问。所有琦善家产，即行查抄入宫……

琦　善　谢……谢皇上。

［琦善匍匐于地。

［蒙蒙中，打更人远远地走来，“咚！——咚！咚！”敲锣打三更。

打更人　（操京腔吆喝着）防贼防盗，闭门关窗，平安无事喽——

［切光。

二

［天字码头——

［雨，大雨，道路泥淖。

［琦善在差官押解下，披枷戴锁，浇着大雨，步履蹒跚地上。

差　官　天字码头到了。

琦　善　天字码头……

［琦善举目望去，雨雾濛濛，目光迷蒙。

琦　善　区区百余日，恍若梦一场。

［林则徐撑伞上，默默地望着琦善。

［差官见了林则徐，欲上前行礼。

［林则徐摆手，示意免礼，暗示不要出声，快步走至琦善身后，举伞为琦善挡雨。

［琦善回头见了林则徐，既意外又感动，一把抓住对方。

琦　善　林……

[一时间，琦善似乎不知如何称呼对方。

林则徐　就叫我则徐好了。

琦　善　（感慨万千地）则徐兄！

林则徐　琦爵相！

琦　善　爵相可不敢当！不敢当啊！

林则徐　琦善兄，我来送送你！

琦　善　戴罪之身，他人避之犹恐不及，则徐兄不计前嫌，码头相送，雨中递伞，琦善无颜以对。

林则徐　琦善兄，言重了！

琦　善　（无奈而凄凉地）变！

林则徐　变？

琦　善　唯一个“变”字，道尽人生无常，世事沧桑。想当日，身为世袭侯爵，头顶内阁大学士、钦差大臣、署两广总督之衔，就在这天字码头弃舟登岸，华盖云集，那是何等的风光。不过百余日，也在这天字码头，已经物是人非，从皇上倚信、前呼后拥的朝廷重臣，转眼间，又变成了皇上眼中的懦夫废物，最后落得个披枷戴锁的钦犯。

林则徐　彼此，我跟琦善兄一样，从湖广总督、钦差大臣，到两江总督，又到两广总督，最后也不过是免职待罪之人。

差　官　船到了，钦犯上路。

林则徐　（拱手）各位差官，能否行个方便，容我们再作片刻晤谈？

琦　善　各位差官行行好！

［琦善也向各位差官不住地作揖。

差　官　（鄙夷地“哼”了一声）钦犯退后。

［琦善以袖遮面，羞惭得诺诺退入雨中。

差　官　看在林大人面子上，再容你们片刻。

林则徐　谢谢各位差官了！

［林则徐再次走近琦善，举伞为琦善遮风挡雨。

琦　善　则徐兄，我悔啊！

林则徐　琦善兄悔从何来？

琦　善　当英舰抵津之时，愚弟任职直隶总督，曾与首席军机大臣穆彰阿大人一道上疏皇上，直书则徐兄自查办鸦片烟毒以来，奸民犯法不能净尽，兴贩来源并未断绝，致使英舰沿海游弋，福建、浙江、山东、直隶、盛京纷纷征调，靡响劳师，乃您办理不善所致。

林则徐　不说了……

琦　善　人之将死，其言亦善；鸟之将死，其鸣亦哀！则徐兄，我已是戴罪将死之人，心中有话不吐不快！自我到广州，接替则徐兄为两广总督之后，便广为收罗则徐兄挑起边衅罪状，具奏皇上，犹如火上浇油，害了则徐兄您哪!

林则徐 个人事小，国家事大。琦善兄不该自到广州，一味迁就英夷，裁除海防，裁撤水勇，以致虎门要塞失守，广东水师提督关天培殉职，国门洞开。

琦 善 离京赴粤之时，曾亲聆圣训，切勿挑起边衅。

林则徐 皇上也曾训示于我:上之不失国体，下亦不开边衅。不失国体，则徐自信已经做到，不开边衅，则徐却未曾做到。

琦 善 又不能失了国体，又不能挑起边衅，何其难啊!道光二十年夏，英舰闯入天津海口，直逼京畿重地。我遵旨派员接受夷书，屡与英夷面晤，一面送给食物，设法诱探，一面随机应变，详细开导，哄骗得英舰启航南下，也哄得皇上高兴。

林则徐 英舰确实驶离了天津，却一路南下又返回广州，而浙江定海尚在英夷手中。

琦 善 人都以为我胸有成竹，早有退夷之法，皇上更是寄予厚望。其实，我又有什么法子，不过是连哄带骗罢了。原以为到了广州，再使哄骗之术，夷舰自会离去，便可万事大吉。道光二十年正月初五，皇上下诏对英夷宣战……

林则徐 那一日，琦善兄正在狮子洋边的莲花城设满汉四筵，大宴英夷。英夷上座，署广州府余保纯，广州协赵承德于东西末座陪宴，夷兵及乐工给熟食，水手等给洋酒。食毕，英夷等俱到琦善兄帐前称谢，又大演枪炮，继而鼓吹，定明日再议之约，方登舟而去。

琦　善　我糊涂至极啊！

林则徐　最为糊涂之处，乃不该擅与香港。

琦　善　冤啊！早在正月初四日，英夷已经悍然侵占香港。我何曾在"穿鼻条约"上签字？与英夷晤面之时，又何曾把香港私相馈送？如今，真是百口难辩，悔之晚矣。则徐兄，我最后再送你一句话，快走吧！不管去哪儿，速速离去，远离这个是非之地。

林则徐　是非之地……（脱口喊出）国之大臣，荣其宠禄，任其大节。其菑祸兴而无改焉，必受其咎。

琦　善　国之大臣……

差　官　（吆喝）钦犯琦善速速登船，不得耽误。

［差官推搡着琦善登船。

［大雨中，林则徐目送琦善踉跄前行……

［亲兵上。

亲　兵　林大人，皇上有旨了。

林则徐　（心有所望，急切地）皇上怎么说？

亲　兵　英舰肆意妄为，江浙战事吃紧……（欲言又止地）皇上、皇上……

林则徐　（似有预感，强作坦然地）不必隐瞒，说吧！

亲　兵　皇上命大人以四品卿衔，迅速驰驿赴浙，驻扎镇海，协同筹办军营事务。

林则徐　（虽有预感，仍感失落地）知道了。（回首眺望，天地朦胧，沉痛地）那一日，离京赴粤上任两广总督之际，我曾发下宏愿：若鸦片一日不绝，本大臣一日不回，誓与此事相始终，断无中止之理。话犹在耳，却无力回天哪！

[灯光渐暗。

[朦胧中，打更人远远地走来，“咚！——咚！咚！”打三更。

打更人 （操粤腔吆喝着）防贼防盗，闭门关窗，平安无事喽——

[灯光渐暗。

三

[道光二十一年六月。

[河南开封北，黄河祥符三十一堡张家湾决口，大水激撞而下，奔腾肆虐。

[一片呼喊声："黄河决口了！黄河决口了！"

[洪水中，灾民们携老扶幼，纷纷奔逃……或被洪水吞没，眼睁睁地看着冲走；或陷淤泥不能自拔，狂呼不已；或老的绝望地呼唤小的；或妻子凄厉地呼喊丈夫；或孩子无助地寻找父母……

[步际桐、高步月上，沿河堤疾跑奔突，面对肆虐的洪水，面对四散逃命的灾民不知所措。

步际桐 （望河大哭，泪流满面，不住地作揖鞠躬）我不懂河务，真的不懂啊！我对不起皇上！对不起河南百姓！我有罪！罪有应得，死有余辜！

高步月 （如痴如呆，不言不语，如同木偶，木呆呆地）完了！完了！完了……

[内声："圣旨下，王鼎接旨。"

[一束聚光下，王鼎跪接圣旨。身后，王沆、二女儿也双双跪地。

王 鼎 臣——王鼎接旨。

[又一束聚光下，道光皇帝出现在高处。

道 光 河南开封北，黄河祥符三十一堡张家湾决口，大水激撞而下，直冲河南省城开封，奔腾肆虐，经行河南、安徽，共五府二十三州、县，数百万黎民百姓身处水深火热之中，情形甚为危险。天灾人祸，牵动朕心。着即军机处军机大臣、东阁大学士王鼎为钦差大臣，率员急赴河工，封堵溃堤，消弭水患。钦此。

王 鼎 臣，遵旨。

[王鼎挣扎着站起身，因背疮发作，疼痛难忍，一时间站立不稳，身子打晃欲倒。王沆、二女儿一左一右急忙搀扶。

王沆、二女儿
爹爹！

二女儿 爹爹年已古稀，七十有四，背疮又发，千里赈灾，舟车劳顿，如何承受得起？女儿实在放心不下哪！

王 沆 让孩儿代爹爹上奏皇上，因身体有恙，望皇上恩准，另派他人赈灾。

王 鼎 （不怒而威，严厉地）糊涂！

王 沆 爹爹……

王 鼎 亏你还是个庶吉士，说出这样无担当的话来。做臣子的，上为皇上，为社稷分忧；下为黎民，为百姓解困。岂能避祸趋福？《左传·昭公元年》有云："国之大臣，荣其宠禄，任其大节。"

王　沉　爹爹，孩儿知错了。

［王沉低头垂手，诚惶诚恐。

二女儿　（意欲再劝）爹爹……

［王鼎摆了摆手，示意不要再劝。二女儿欲言又止，终噤声不语。

王　鼎　（忧心忡忡，沉重地）国门已开，口门又开。

［灯光暗转。

［开封城，洪水围困。

［牛鉴上，藩台、臬台及衙役等人随上，在城墙之上巡视……

［众士绅、难民蜂拥而上，朝牛鉴渐渐围拢过来，一齐跪倒在地。

众　牛大人，为民做主啊！牛大人，帮帮我们吧！牛大人，怎么办啊？怎么办啊？

牛　鉴　乡亲们，快起来！快起来！乡亲们不要急！

一士绅　洪水危城，危在旦夕，如何不急？

众　大水都要淹没墙头了，我们能不急吗？你可是我们的父母官，不能见死不救啊？

牛 鉴 省城开封为仓库钱粮，百万生灵聚集重地，城之存亡，即牛鉴之存亡。臬台大人。

臬 台 牛大人。

牛 鉴 传令下去，立即加派官兵驻守开封城中五门，维持秩序，制止骚乱！

臬 台 是。

［臬台下。

牛 鉴 藩台大人。

藩 台 牛大人。

牛 鉴 立即在城中广设粥棚，为灾民施粥，散发馍饼，不得有误。

藩 台 是。

［藩台欲下。

牛 鉴 回来。藩台大人，立即张贴榜文，严禁哄抬物价，违禁者，严惩不贷。

藩 台 是。

［藩台急下。

牛 鉴 来人呀！

衙 役 大人，小的在。

牛　鉴　本府早已下令，派人向河督大人催要石料，加固城墙，现在办得如何？

衙　役　禀报大人，小的三番两次去催，河督大人只送来两船石料，就再也不见船的影子。小的听河督府的下人说，河督大人还说……

牛　鉴　说什么？

衙　役　小的不敢说。

牛　鉴　说！

衙　役　河督文大人说，冲死你个牛犊子！

［牛鉴一愣，僵住了。

［众人听了，议论纷纷。

牛　鉴　（强忍着不发作，嘿嘿一笑，显得无所谓地）冲死了我牛犊子不要紧，人嘛，不过是一副臭皮囊，死不足惜，可开封府的百姓不能死，一个也不能死！

众　大人英明啊！大人好官哪！

一士绅　牛大人，河督府不给石料，那就拆了我家的老宅子，都拿去加固城墙，保开封一个平安。

众　（七嘴八舌，义愤填膺地）牛大人，我家的宅子也可以拆！先拆我家的！拆我家的！牛大人，还等什么？

牛　鉴　（感动不已地）乡亲们！乡亲们的义举，令牛某感动莫名！可房子都拆了，大家住哪儿去？乡亲们现在又饥又饿，我再不能让大家无家可归啊！洪水围成，缺石料少木料，那就先拆了巡抚衙门……

衙　役　牛大人！

牛　鉴　皇上要是怪罪下来，由我牛某一人承担。巡抚衙门拆了还不够，再把孔庙也给拆了。

众　牛大人……

牛　鉴　孔圣人要是怪罪下来，我牛某人死后再向他谢罪不迟！

众　牛大人哪！

［众人一齐跪倒在牛鉴跟前。

牛　鉴　起来，大家都起来！还等什么，保住开封要紧！来，都跟我来，拆衙门！

［牛鉴向远处走，众人一齐随他走去。

［灯光暗转。

［河督衙门——香烟袅袅，灯火明灭。大堂上的公案被布置成“乩坛”，上置撒有细沙的木盘，还有木条搭成三角形作为“乩架”，由乩童扶住，乩架上悬挂一支“乩笔”，术士正在“扶乩”……

［“乩坛”前，文冲五体投地，虔诚祷告。

术　士　（念念有词地）斗柄东指，天下皆春；斗柄南指，天下皆夏；斗柄西指，天下皆秋；斗柄北指，天下皆冬……

[步际桐、高步月心急如焚地上。

步际桐、高步月

文大人！河督大人！

[衙役挡住步际桐、高步月的去路。

步际桐、高步月

下官有急事求见河督大人！

衙　役　没看见河督大人请的术士正在“扶乩”吗？去去去！

步际桐　（大呼不已）文大人，水火无情，人命关天，赶紧兴工堵塞决口！

高步月　河督大人哪，决口一日不堵，不知还将葬送多少百姓的性命！

步际桐、高步月

大人，快兴工吧，不能再耽误了！

[步际桐、高步月急得欲硬闯，被衙役推搡而下。

文　冲　大师，请问何时兴工堵塞决口为宜，还望明示。

术　士　（摇头晃脑地）朝霞不出门，晚霞行千里。天上鱼鳞斑，晒谷不用翻。鸡迟宿，鸭欢叫，大雨不久到。久晴大雾必阴，久雨大雾必晴。蚂蚁搬家蛇过道，明日必有大雨到。春雾风，夏雾晴，秋雾阴，冬雾雪……

[朦胧中，打更人从远处走来。“咚！——咚！咚！”打更人敲锣打三更，操豫腔吆喝着：“防贼防盗，闭门关窗，平安无事喽——”

[灯光渐暗。

四

[远处，天色如铅，压抑厚重，到处一片狼藉。

[董堤——距开封45里处。

[王鼎及随从上。一行人轻车简从，没有鲜明的仪仗，煊赫的仪卫，在泥泞的道路上艰难行进……

[一路上，衣衫褴褛、蓬头垢面、脸色木然、目光呆滞的灾民，步履踉跄地走着……

[王鼎穿行在灾民之中，目睹着此情此景，心如刀绞，不忍卒看。王鼎招呼随从，将随身携带的干粮分发给难民……他拉住一位面色恓惶、衣衫褴褛的老大娘，将一份干粮递去。

[老大娘拿着王鼎塞过来的干粮，先是一愣，随即，感激得欲跪，被王鼎一把搀住。

王　鼎　老人家，吃吧。

[老大娘捧着干粮狼吞虎咽，和着涕泪一起吃下。

王　鼎　老人家，慢点吃。来，坐下慢慢吃。

[王鼎搀老大娘一道席地而坐。

王 鼎 水。

［王鼎又招呼随从准备饮水，他接过随从递来的水囊，再递予老大娘。

王 鼎 来，先喝口水。

［老大娘抓过水囊，大口饮水。

老大娘 （哽咽地）好人哪！

王 鼎 老人家，家里就你一人吗？

老大娘 有老伴儿，有儿有媳有孙儿……

王 鼎 （小心翼翼地）他们……

老大娘 都被大水冲走了！就留下我这个老不死的，还留在这个世上，活着还有什么意思呢！

王 鼎 （一把拉住老大娘的手，于心不忍地）老人家，你受苦了……

老大娘 好人，我看你是个大官儿，你是不是大官儿？

王 鼎 老人家有什么话尽管说。

老大娘 反正我也是从死人堆里逃出来的人，就把我看见的、听见的全说出来，大不了就是一死。（且泣且诉地）好人哪！一开始，决口宽不过数十丈，到了二十日，大水也已经开始退落，可河兵一味欺瞒，水分三沟，只堵两沟，竟留一沟不堵。

王 鼎 为什么？

老大娘　这个你也不懂？

［王鼎摇头。

老大娘　就好向上边多要银子了。

王　鼎　难道就不顾老百姓的死活了吗？

老大娘　更可气可恨的是河督老爷。

王　鼎　你说的可是东河总督文冲？

老大娘　我不知道是谁，就知道管河的老爷根本不到工地来，眼睁睁看着大水冲走了一个又一个村庄，淹没了一个又一个活生生的人。我的老伴儿，还有我的儿、我的儿媳、我的小孙孙都……

［老大娘泣不成声。

老大娘　我听说，水发得最大的时候，这个管河的大爷还在家里请大仙做法，这哪里是天灾，是人祸啊！

王　鼎　（又气又急，一掌拍在了地上）岂有此理！

老大娘　大水很快就冲到了开封城下……

王　鼎　开封城危矣！

老大娘　全赖牛大人哪！

王　鼎　牛鉴！河南巡抚牛鉴怎么样？

老大娘　牛大人和全城的士绅和百姓，上下一心，昼夜督工。我听说，没有石料和木料，牛大人还拆了巡抚衙门，又拆了孔庙，加固城墙，这才保住了开封城。

[王鼎听着，心绪稍感些许平复，默默点头。

[文冲、牛鉴匆匆上，拜见王鼎。

文　冲　东河河道总督文冲拜见钦差大臣。

牛　鉴　河南巡抚牛鉴拜见钦差大臣。

老大娘　（显得有些后怕地）你还真是大官啊！我……

王　鼎　老人家，不要害怕。来人，好生照应老人家！

[随从将老大娘搀扶到一边。

王　鼎　都起来吧。

[文冲大大咧咧地爬起。

牛　鉴　罪臣牛鉴不敢起身。

王　鼎　何罪之有？

牛　鉴　大水围城，罪臣情急之下，迫不得已拆了巡抚衙门，又拆了孔庙，基石、木料都用以加固城墙，保开封府一方平安。请钦差大人治罪。

王　鼎　本钦差已然知晓此事。大水围城，开封告急，你为何不向东河河督求救，援送石料？

牛　鉴　罪臣也紧急求救于东河河督文大人，可文大人只送来区区两船石料，杯水车薪，无济于事。

文　冲　牛大人，此话差矣！东河石料以备河堤所需，我也是心有余而力不足。

牛　鉴　心有余而力不足？哼！（冷冷一笑地）开封城都已传遍，你曾声言，让大水冲死我这个牛犊子！

文　冲　谁说的？天地良心，我文冲岂能说出这等有辱斯文的言语来！河水漫堤，你躲在城中，迟迟不来相见，不是共同商议治水大计，却是隔岸观火，幸灾乐祸。

牛　鉴　你不懂河务，有意放水，水淹开封。我牛鉴被冲死了事小，开封百姓，芸芸众生，你置于何地？

文　冲　你……

王　鼎　住口！都是朝廷命官，在此相互攻讦，成何体统！文大人，你说东河石料以备河堤所需，我来问你，东河决口已过十余日，你可否兴工堵塞决口？

文　冲　钦差大人啊！祥符上汛三十一堡无工处所滩水漫过堤顶。下官闻信之下，不胜惊骇战栗，一面知会抚臣，一面星夜驰抵该处，察看情形。因土性纯沙，业已漫塌二十余丈，立即督饬道厅营汛赶集料物，设法筹堵，昼夜抢办，不遗余力。惟冀长水速消，始能早日完工。

王　鼎　文大人，“扶乩”怎样了？

文　冲　这……

王　鼎　大仙怎么讲？

文　冲　我……

王　鼎　本钦差深受皇恩，授予先斩后奏之权。来呀，摘掉文冲的顶戴花翎，枷号河干三月，以示惩儆。

亲　兵　嗻。

［亲兵一拥而上，摘去文冲的顶戴。文冲猛地挣脱开，冲上前去，跪倒在王鼎跟前。

文　冲　钦差大人，我冤啊！下官设法填堵张家湾决口之际，洪峰又至，势若排山倒海，由大东沟狂奔而下，黄河之水十之七八一齐奔涌而来，惊涛骇浪，汹涌澎湃。不是下官不作为，人力难为啊！

王　鼎　视河工为儿戏，厅官禀告置之不理，查历书，观星相，请术士“扶乩”，任洪水泛滥，死有余辜，枉为人臣。（厌恶地）押下去。

［亲兵将文冲拖下。

［牛鉴仍伏地不起。

牛　鉴　罪臣牛鉴，罪不容恕。大灾当前，却不能与河督大人精诚合作，有负圣恩。请钦差大人治罪！

王　鼎　河南巡抚牛鉴，虽不能精诚合作，但守城有功，口碑尚嘉，不予追究。

牛　鉴　（深磕一响头）钦差大人明鉴！

王　鼎　（关怀地搀扶起牛鉴）你辛苦了！

牛　鉴　（感动地）谢大人！有请钦差大人起驾，驻节城中。

王　鼎　此番差使乃督办河务，解决黄河水患，不是守御河南省城。驻入开封，与河工相隔二十余里，又被洪水阻断，如何亲临调度指挥？

牛　鉴　大人说的是。

王　鼎　大灾当前，当务之急，堵塞决口才对！

牛　鉴　堵塞决口谈何容易，当务之急，急需懂得河务之人。

王　鼎　言之有理。我倒想起一人。此人先任河南布政使，不久又任东河河道总督，都留下极好的口碑。当年黄河由山东入海的治河方案，正是此人为之。

牛　鉴　钦差大人说的此人，莫非是林则徐？

王　鼎　正是林则徐！只是不知林则徐现在何处？则徐，你在哪儿？

［王鼎眺望着迷茫的远方……

［灯光渐暗。

五

[浙江镇海。

[招宝山要塞。山上，有一座不大的观音庵。

[“哎唷、哎唷、哎唷……”一队兵勇或拉或拖着一架四轮驱动、配有滚轴圆盘的炮架，沿山体运往招宝山。

[林则徐在一旁指挥，喊着号子。他喊一句，众兵勇应一声，声震四野……

[裕谦上，亲兵随上。

裕　谦　林大人！则徐兄！

林则徐　下官拜见总督大人！

[林则徐欲拜，被裕谦一把搀住。

裕　谦　则徐兄如此大礼，折煞我了！道光十四年秋，我从湖北转任江苏按察使，则徐兄时任江苏巡抚，期间承蒙你颇多教诲，至今铭记于心。你此番驰赴浙江，真是喜出望外！

林则徐　抬爱了。总督大人，我来之前已闻听诸多传言。总督大人自任两江总督后，立即下令拆毁定海“红毛道头及夷馆基址”，掘开夷兵坟，将尸骸锉戮抛海，又将俘获的夷兵剥皮抽筋，制成马缰，不知是否属实？

裕　谦　（大大咧咧地）确实。

林则徐　是否太过偏执？

裕　谦　我意激励将士，与英夷决一死战。

林则徐　决绝之心，精神固然可嘉。可与英夷交手，更应知己知彼，方能百战不殆。

裕　谦　所以皇上派你到镇海助我，正是因为你素为英夷所畏惮，又为兵民所悦服。自你来到镇海，几乎每日与巡抚、提督、总兵、道府磋商军情，搜罗军事专才，还亲自研制火炮。（抚摸已经架设就位的火炮）这门四轮驱动，配有滚轴圆盘，上架新铸的重达八千斤可伸缩俯仰、四面射击的火炮，凝结了你的心血。有则徐兄在，我裕谦可以高枕无忧矣！只是……只是委屈你了，以四品卿衔屈就镇海。

林则徐　品位高低，身外之物，能为社稷出力，为皇上分忧，则徐已知足了。

裕　谦　则徐兄心胸之坦荡，令人钦敬！

林则徐　总督大人过誉了！

［裕谦、林则徐步入观音庵。

裕　谦　听说，这招宝山观音庵很是灵验。

林则徐　总督大人也信这个？

裕　谦　信则有，不信则无。则徐兄，抽支签如何？

林则徐　（直摆手）免了！免了！

裕　谦　来吧！来吧！

［裕谦一边说，一边从神龛上拿起签筒摇晃。“啪”的一声，已摇出一支竹签掉在地上。

林则徐　（勉为其难地苦笑）恭敬不如从命。

［林则徐拾起竹签。

裕　谦　我来解。（从林则徐手中拿过竹签，念）“天开地辟结良缘，日吉时良万事全。若得此签非小可，人行忠正帝王宣。”上签啊，上上之签！你听听，“人行忠正帝王宣”。帝王宣，莫非则徐兄复出有望了！

［内喊：“圣旨下。林则徐接旨。”

［裕谦与林则徐闻听圣旨下，先是一愣，随即对视一眼。裕谦显得喜形于色，林则徐则且喜且疑。

林则徐　（跪）臣，接旨。

［裕谦随跪。

［宣旨太监上。

太　监　据报，虎门之役竟有为夷匪买通者，炮门为人注水，焉能不败？思之殊堪痛恨！前任两广总督林则徐，经朕特给钦差大臣关防办理广东事件，继复令其实授总督，全省军务皆其统辖，却致广东营务废弛，弁兵怯懦，更致国门洞开，处处烽火。由此可见，林则徐难辞其咎！着即革去林则徐四品卿衔，从重发往伊犁效力赎罪。钦此。

林则徐　谢、谢皇上！

［林则徐一头磕下，匍匐于地。

太　监　林则徐接旨了！

［林则徐仍匍匐着，不能抬头，更不能起身，似乎浑身都在战栗。

太　监　还不接旨，林则徐，你想抗旨吗？

［裕谦见了，急忙替林则徐接过圣旨。

［太监“哼”了一声，拂袖而下。

裕　谦　（手持圣旨，无言相对地）林大人……则徐兄……

［林则徐慢慢地抬起头，满脸都是泪水。

林则徐　不求一官半职，只求前线御敌。皇上，难道就连这么一星半点的希冀，你也不给吗？

裕　谦　则徐兄，我即刻上奏皇上，为你请命！

[内声："圣旨下，林则徐接旨。"

裕　谦　怎么又是一道圣旨？皇上他、他他他……

裕谦、林则徐

（跪）臣，接旨。

[裕谦随跪。

[又一宣旨太监上。

太　监　黄河决口，复工艰难。军机大臣、文阁大学士王鼎保荐林则徐襄办河工，念林则徐曾任河东河道总督及河南藩司，于地方河工情形均所深悉。着免其遣戍，即发往东河效力赎罪。钦此。

裕　谦　则徐兄，王鼎王大人还惦记着您哪！

[林则徐猛地抬起头，眼噙热泪，凝望着远方。

林则徐　（既感激又感动地）定九公！

[灯光渐暗。

六

[三十一堡河堤——

[东堤上，摆放着“胡床”（马扎）。王鼎正在堤上亲自督工，不时地对堵堤工地指画，又不时地与身边的同僚随从商议，在图纸上指点……也许背疾疼痛难忍，他显得站立不稳，被随从搀扶着在“胡床”上坐下。

[西堤上，兵丁夫役和自发前来堵堤的民众挑石料的、扛木料的来来往往，一片繁复情形。文冲、高步月披发跣足，项戴长二尺五寸、阔二尺四寸、重二十五斤的硬木大枷，跪于泥泞之中，两个河兵持械看管。众兵丁夫役和民众路过，都停下脚步，对文冲、高步月或掷烂泥，或吐唾沫，任意唾弃……

[堵堤队伍中，脱去官服、脚穿官靴的王渼踉踉跄跄扛着一根木料，显得力不从心，摇摇欲倒。

王　鼎　小心！

[王鼎见了，急切地冲下河堤，一把拉住欲摔的王渼，又帮他慢慢地卸下肩上的木料。

王　渼　多谢钦差大人相助。

王 鼎 你穿着官靴，你是……

王 渼 下官下南河同知王渼。

王 鼎 原来如此。（拍着王渼的肩膀，赞许地点头）身先士卒，好！来，我们一起来！

[随即，王鼎脱下官服，撸起袖子，脱下官靴，打着赤脚，弯腰去扛木料。

[王渼与同僚随从急忙拦阻。

众 王大人，千万不可！

王 鼎 有何不可？

随 从 如此、如此……不成体统。

王 鼎 与民协力，上下同心，堵塞决口，治理水患，又有何体统可失？来来来，大家谁也不要闲站着袖手旁观，都来帮把手，出份力。

[王鼎边说边去扛木料，王渼连忙上前，与王鼎一前一后一道扛起一根木料。幕僚随从们见状，也纷纷抬的抬石料，扛的扛木料，挑的挑砂石，都卖劲地干了起来……

[工地上，官与民、官与兵齐心协力堵塞决口……

[西堤上，文冲与高步月相互指责、埋怨，更多的是悔恨不已。

高步月 文大人，我可被你害死了！你死也就算了，还搭上我！

文 冲 要恨，你该恨牛鉴牛犊子，伪君子一个！他倒是升官了，都已经当上了两江总督，我却披枷戴锁沦落成阶下囚。

高步月 斯文扫地啊，恨不得有条地缝钻进去。皇上，我又不懂什么水利河务，非让我当个管河的官，绑鸭子上架活受罪不算，到头来连乌纱帽也让一场大水给冲了！

文　冲 这都是命，认命吧！

［伙夫挑一担膳食上。

伙　夫 开饭啰！开饭啰！

［伙夫支起简易的桌子，摆上精心准备的膳食。

［王鼎显得心情愉快地走来，众同僚随从围上。

王　鼎 走，吃饭。我还真的饿了。（看着桌上丰盛的膳食，脸色渐渐凝重起来）这都是什么？

伙　夫 （不明就里地）小人看钦差大人实在辛苦，特地做了一道红烧黄河鲤鱼。（眉飞色舞地）这道红烧黄河鲤鱼呀，色泽红润，软香可口。钦差大人，待小人给您表一表。黄河鲤鱼杀了之后，在鱼身划上几道，放入葱、姜、料酒、盐，腌制十分钟；将鸡蛋、粉芡、面粉调制成糊，把腌好的鱼挂糊炸制；锅内留少许油，放入配料炒香，再下入料酒、盐、酱油，加水，放入鱼，以水淹没鱼为准，烧制五分钟时翻身再烧，待汁烧剩三分之一时，放入香油，撒上香菜即可。除了红烧黄河鲤鱼这道河南名菜，还有汴京烤鸭、洛阳燕菜、郑州烩面、大葱烧海参……

[王鼎听着伙夫的介绍，脸色变得越来越难看。

王 鼎 （不怒而威地）撤了。

[伙夫一下子愣住了。

王 鼎 全撤了！

伙 夫 （仍不明白地）大人……

王 鼎 坝上的民夫兵丁吃的什么？

伙 夫 （似乎明白了什么，不免显得心有不安，吞吞吐吐地）吃、吃……

王 渼 大人，民夫兵丁吃的馒头就咸菜。

王 鼎 当官做老爷的吃红烧黄河鲤鱼，民夫兵丁就着咸菜吃馒头。当官做老爷的是人，民夫兵丁就不是人！从今儿起，民夫兵丁吃什么，我等就吃什么，谁也不能例外，谁也不能特殊！

王 渼 还愣着干什么，赶紧撤了！

伙 夫 （连忙应声地）哎。

王 鼎 回来。

伙 夫 （紧张得直打哆嗦）大、大大 大人……

王　鼎　把馒头咸菜多拿一些来 。

伙　夫　（应声不迭地）哎哎哎。

［伙夫撤下红烧黄河鲤鱼，又端来了一屉馒头。

［王鼎抓起馒头，就着咸菜大口大口地吃起来。

［众同僚也迟疑着去抓馒头，拿在手上却显得有些不知所措。

王　鼎　（啧嘴地）香！我家乡蒲城的馍也是这个味道。（扫视同僚随从）吃啊！怎么不吃啊？咽不下去吗？

［众同僚随从听了，赶紧配合地大吃大嚼起馒头来。

众同僚随从

（应和地）香！确实香！

［步际桐抱一摞狐衣上，他从中挑出了一件貂衣，给王鼎捧上。

步际桐　钦差大人，请更衣。

王　鼎　你是……

步际桐　开元道道员步际桐。

王　鼎　（不诧异地）此为何意？

步际桐　时至冬月，河风凛冽刺骨。依成例，特为钦差和诸大人备下狐衣御寒。

王　鼎　狐衣！

步际桐　正是。钦差大人，你摸摸，都是上等的全狐皮，都是从关外购置来的。毛匠就其皮之大小，各从其类，分大毛、中毛、小毛，按诸大人品级分配，人人一袭。（献媚地）钦差大人，下官专门为您定制了紫貂之裘。

王　鼎　我穿貂皮，（指着身边诸人）他们穿狐皮……

步际桐　（不住地点头）是是是。

王　鼎　（强压怒火地）一貂群狐！难道我等都不是人，而是一群畜生！

［步际桐一下子听出王鼎不满的口风，下意识地“扑通”跪下。

步际桐　钦差大人，下官不是这个意思，下官不是这个意思！

［王鼎抚摸着河干上众夫役的衣衫。

王　鼎　大工之役，兵夫员役衣衫单薄，打桩砌石，挑引河，筑滚坝，终日浸泡于风雪水土中。我等坐而督工，劳逸已是天壤之别。裘衣而肉食，兵夫员役岂不切齿痛恨，岂不消极怠工？你身为下南河道员，不思治水之策，将功折罪，却一味献媚。来人呀！将这漏网之鱼拖了下去，与文冲、高步月一道，枷号河干！

步际桐　钦差大人，下官知罪了！下官下回不敢了……

［亲兵闻令，一拥而上，将不住呼叫的步际桐拖下。

王　鼎　诸位大人，西夷方肆，皇上宵旰宫中，战士枕戈海上，值此非常之际，非国之大臣安逸之时。拜托了，王鼎在这里拜托大家！

众　（无不感动，不禁踊跃地）干起来！干起来！

［众人投身堵堤筑坝之中……

［亲兵上。

亲　兵　启禀钦差大人，林则徐到了。

［林则徐快步奔上。

林则徐　戴罪之人林则徐拜见钦差大人。

［林则徐欲拜，被王鼎一把拉住。

王　鼎　（急切而激动地）则徐！（手拉林则徐，久久地端详着）则徐，快快请起。总算把你盼来了！

林则徐　多谢定九公惦记！定九公两次上折奏请皇上，力举我襄办河工。明里东河效力赎罪，实则暗中保护则徐，免受遣戍之苦。（感动地）定九公……

王　鼎　你历任江苏、陕西、江宁、湖北、河南等省布政使，治河治水常是各地之要务，又曾任东河河道总督，河工之道，远在我之上。由你襄办，定助我一臂之力，不辱使命。则徐，你来说说看，河工之道，难在何处？

林则徐　河工之道，最大的难处，不仅仅是汹涌的洪水，还有河工的腐败，更是难以堵御的洪水猛兽！

王　鼎　怎么讲？

林则徐　三河岁修经费，均在数百万之巨，能有十之三四用于物料人工，已经是不错了！

王　鼎　其余的钱都哪里去了？

林则徐　除各厅平日之应酬戚友、馈送京员过客之外，各级官员直至胥吏兵丁，也是雁过拔毛。

王　鼎　可恶！老臣领旨之际，皇上再三叮嘱，务祛宿弊。河道之习，河工腐败，如何除祛，只能从己做起。我不吃鱼翅燕窝，众官员谁人敢吃；我不穿狐裘，众官员谁人敢穿；我日夜巡视堤岸，众官员谁人又敢安睡驿馆？我就是一颗钉子，钉在河干之上。

林则徐　既来之，则安之。则徐愿像你一样，做一颗钉在河干上的钉子。

［王鼎与林则徐两手紧握。

王　鼎　则徐，你瘦了……

林则徐　定九公，你也瘦了，也见老了！

王　鼎　你在广州禁烟殚精竭虑，虽遭不白之冤，仍不气馁，为社稷奔波。

林则徐　你为黄河大水，不顾年事已高，千里奔劳，老骥伏枥，志在千里。

王　鼎　一个国门。

林则徐　一个口门。

王　鼎　既叫人忧心如焚，更让人忧心忡忡啊！则徐，你从浙江前线来，现在浙海情形如何？

林则徐　情形堪忧！英夷攻陷厦门之后，又逆海而上，不日可到浙江。所幸两江总督裕谦一力主战，上任即到定海、镇海及各岛屿察看地形，增建炮台和防御工事，加紧筹造大炮，不辞辛苦，以备大战在即。

王　鼎　那就好，闻鼙鼓而思良将！

林则徐　可惜我朝良将不是太多，而是太少！

王　鼎　主战的太少，乞和的太多！如今我朝可谓内忧外患。国门是外患，口门乃内忧。国门告急，口门更应加紧封堵决口，筑牢堤坝，抑制水患。先去内忧，方能集中力量对付外患。

林则徐　定九公所言极是。

[亲兵上。

亲　兵　启禀钦差大人，浙海传来最新战况。

王　鼎　怎么样？快讲！

亲　兵　定海、镇海已经失守了！

王鼎、林则徐

（震惊不已地）什么？

[亲兵递上函件，王鼎一把拿过，与林则徐同阅。

王　鼎　八月十七日拂晓，英夷乘浓雾掩护在定海登陆，定海三总兵葛云飞、郑国鸿、王锡朋身先士卒，率部抵抗。王锡朋总兵率寿春兵晓峰岭阻击，前队阵亡，后队继进，抬枪红透不能装药，即以白刃迎夷。王总兵中炮断腿，死于夷兵乱刀之下；郑国鸿总兵率处州兵坚守土城右侧的竹山，执旗指挥，最后时刻单骑冲入夷阵，中炮牺牲；葛云飞总兵统领定海兵驻守土城和东岳山炮城，迎战竹山来夷，一路厮杀，身中数十创，弹丸贯穿，尸身立而不仆。

[王鼎心如刀绞，不忍卒读。

[林则徐接过函件，接着读。

林则徐 英夷攻陷定海数日后，又复攻陷镇海。两江总督裕谦见大势已去，含泪望阙，然后奋身跃入县学前的泮池……裕谦赴水未死，昏迷之中被抬至宁波。裕谦醒转之后，又复服毒……（悲怆地呼唤）裕谦大人，必求一死啊！

王　鼎 （仰天长啸）内忧外患，老天啊！

[王鼎急火攻心，一口血喷出，晕厥在地。

林则徐、众

王大人！

[众人惊呼，冲上前去。林则徐抱住王鼎。

[切光。

七

［驿馆。

［王鼎正在公案上看折。

王　鼎　秸料怎么又涨了？昨日还只是二百五十文一斤，今日又已涨至三百文一斤，比平常价格多出两倍还多，所用远超预算……我曾奏报皇上，痛戒浮靡，力求撙节。如此下去，岂不有负圣恩？眼下，南方沿海兵火连绵，国家粮赋之地反而仰赖拨款，黄河大工只能尽量俭省。口门要钱，国门更要钱。（心中忧急，将奏折猛掷于地）这些奸商，趋利忘义，可恶至极！

［王沆、二女儿上。

王沆、二女儿

父亲！爹爹！

王　鼎　女儿……沆儿……你们来了！

［王鼎见到一双儿女到来，既意外又欣喜。

王 鼎 你们怎么来了？

王 沆 蒙皇上恩准，从京城赶来探望父亲。

二女儿 皇上还特别恩准女儿在爹爹身边服侍。

王 鼎 皇恩浩荡，令臣感激涕零！

［王鼎转念一想，又似乎觉得不妥。

王 鼎 沆儿，为父见到你们姐弟，甚为欣慰。好了，如今人已经看到了，好端端的，一时半会儿还死不了。沆儿，携你二姐回京去吧。

王沆、二女儿

父亲！爹爹……

王 鼎 大清律法载明，朝廷命官外出公干不能携带家眷！为父正主持黄河河工，不敢有丝毫差池。

王 沆 孩儿也知大清律法，但已得到皇上恩准……

王 鼎 虽是皇上格外施恩，但也不能乱了朝廷的规矩！

王 沆 （还想解释）父亲……

王 鼎 不必再说了。（责怪地）你不在庶吉馆里潜心读书，擅自主张离京，即使得到皇上恩准，理应上折谢恩才是。

［突然间，二女儿跪倒在地。

二女儿 爹啊！自爹爹远赴河南公干，女儿食不甘味，夜不能寐，无时无刻不担忧爹爹的身子，有几回噩梦吓醒，以为永远见不到爹爹了！

［王沆也跪倒在地。

王　沆　父亲，请不要赶我离去，就让儿在父亲膝前尽孝吧！

王　鼎　（既感动又伤感地）起来，都起来！（将王沆和二女儿拉起）自古忠孝不能两全。为父已知沆儿的孝心，更望沆儿为皇上、为社稷尽忠！如今是多事之秋，正是用人之际，好生读书，将来好为朝廷效力！沆儿如不放心，可让你二姐留在我的身边，你速返回京城。如此，你二姐替你尽孝，你回京尽忠，也算忠孝两全了。你回吧！

王　沆　父亲……（欲言又止，终不愿违背父亲的意愿，不舍又无奈地）孩儿遵命！孩儿现在就走！

［王沆跪地磕了一个响头，转身欲走。

王　鼎　等等。

［王鼎上前，手按在王沆的肩上。

王　鼎　沆儿，为父老景迷离，偶坐定时，恍若你姐弟在侧，无论日夜，常有此象，大不如二十年前可比。非为父不近情理，惟愿大工早日竣工，以图团聚，尽享天伦！（不舍又决绝地）回吧！

王 沆 父亲大人保重！孩儿走了。

[王沆“嗯”的一声，抹了一把泪，转身急下。

[王鼎泪眼模糊地目送王沆远去。二女儿上前搀扶王鼎坐下。

二女儿 爹爹坐下歇一会儿吧。（从包袱里拿出一件陕北羊皮袄）女儿给爹爹做了一件羊皮袄，爹爹快穿上试试，看合身不合身？

[二女儿给王鼎穿上羊皮袄，王鼎俨然一个放羊倌。

王 鼎 好！好！家乡的羊皮袄，穿上就是暖和，（一时间，眼睛湿润了，眼神也变得迷蒙）穿上也更想蒲城老家了！想一想，我都已二十多年未曾回过了。（很快又压抑内心的情感，玩笑地）你看，像不像放羊倌？

二女儿 （笑着）像，还是一品放羊倌！

[亲兵上。

亲 兵 钦差大人，有一怪事，小人不明白，不知该说不该说？林则徐……

王 鼎 他怎么了？

亲 兵 他发布消息，冬日不便施工，将暂停大工，以待来春。

王 鼎 什么？暂停大工，以待来春！

亲 兵 不知可是钦差大人的意思？

王　鼎　胡说！林则徐不与我商议，擅自决定暂停施工，是何意思？快快传唤林则徐！

亲　兵　是。

［亲兵急下。

二女儿　（搀扶着王鼎）爹爹不要急，心急伤身！

王　鼎　如何不急？国门处处告急，口门合龙在即，内忧外患，身为臣子，不能为皇上分忧，不能为社稷担责，枉为人臣！

［林则徐上。

王　鼎　林则徐，你……

［王鼎又气又急，咳得直不起腰。

林则徐　定九公……

［林则徐急忙上前欲搀王鼎，被王鼎一把甩开。

王　鼎　你发布消息，冬日不便施工，将暂停大工，以待来春。是与不是？

林则徐　（显得有些得意地）正是！

王　鼎　难道是我老眼昏花看错了你？我不顾皇上对你的迁

怒恼恨，更不顾朝中某些内阁枢垣对你的嫉恨，以深悉河工情形，遇有随时应行变通之处，详细明练，深资得力为由，遽加保奏你襄办河工，实指望你成为河南百姓之福，东河河道之福！也望你报效国家，日后东山再起！

林则徐 定九公，您为我所作所为，则徐铭记于心，感恩不尽。

王　鼎 我不图你的感恩，只望你为国效力，让黄河早日合龙。可你擅自发布消息，暂定大工，你是何居心？

林则徐 定九公，你听我解释！

王　鼎 （气得浑身发抖地）你到底是何居心？

林则徐 （急切之下，也不免大声地叫起来）定九公，你先不要激动，听我说一句好不好！

［王鼎强压激动的情绪。

林则徐 定九公，你误解我了！你为河工着急，我也一样。商人趋利乃本性，加之内外勾结，哄抬物价，以致秸料价格比平常高出数倍，且仍在上涨。因此，则徐心生一计，故意放出口风，暂停大工……

王　鼎 （疑惑不解地）故意为之？

林则徐 河工暂定，奸商所囤秸、石等料，无利可图，价格自当应声下跌。

王　鼎 （恍然大悟，转怒为喜地）原来如此。（仍将信将疑地）果能奏效？

[亲兵又上，嘴里嘟囔着“奇了！奇了！”。

亲　兵　钦差大人，真是奇了怪了！秸料、石料等物价格大跌，还在下降，比平常还低。

[王鼎大喜。

王　鼎　则徐，我真的是老眼昏花，错怪你了！疑人不用，用人不疑，我在此给你谢罪了！

[王鼎向林则徐深深作揖，随即欲跪，被林则徐一把拉住。

林则徐　定九公，如此大礼，则徐当不起！

王　鼎　则徐！

林则徐　定九公！

[王鼎与林则徐紧紧相握。

[幕内传来惊呼声：“不好了，大坝出险了！”

[王鼎、林则徐大惊。

[切光。

八

[堤岸之上。

[王渼与众兵夫员役正在水中打桩砌石，全力抢险……

[王鼎、林则徐等人急上，心急如焚。在抢险人群中，王鼎一眼看见身先士卒的王渼，他浑身泥水，与民夫一般打扮，仍显得特别打眼。

王　鼎　那不是下南河同知王渼吗？王渼，王渼！

[王渼闻声跑至王鼎跟前。

王　鼎　情况如何？

王　渼　水流强劲，东坝坝基出现裂缝，正在竭力抢险。

王　鼎　不要再说了，抢险要紧！快去！

王　渼　嗻。

[王渼应声返回抢险处。

[王鼎一边说，一边脱去官服又脱官靴，欲上坝，被林则徐一把拉住。

林则徐 定九公，你身体未愈，你……

王 鼎 （一把甩开林则徐的手）大坝不能塌，不能塌啊！

林则徐 我随你一块上。

［林则徐搀着王鼎向大坝走去。众人见状，也纷纷随王鼎冲上大坝……

［大坝上，打桩的、填石的、扛沙袋的，紧张而忙碌……王鼎、林则徐与民夫们手挽手筑成人墙。

［西堤之上，枷号河干的文冲、高步月、步际桐不住地呼号。

文 冲 大人，钦差大人！放我出去，放我们出去！让我们也去堵堤抢险。

高步月、步际桐
我们愿将功折罪，死了也认！

王 鼎 （大声斥责地）喊什么？早知今日，何必当初！

林则徐 定九公，我看就给他们一个机会吧，如堤坝崩溃，他们就性命堪忧了。

王 鼎 （略一思索，微微点头）也罢，先放了他们，让他们戴罪立功！（吩咐亲兵）来人，暂且把他们的枷锁解除了，待大坝化险为夷之后，再给他们戴上枷锁，枷号河干。

亲 兵 嗻。

［亲兵将文冲、高步月、步际桐的枷锁解除，三人千恩万谢，随即加入堵堤队伍中。

[一股强劲水流冲来，将正在堤上打桩的王渼及跟丁、兵夫打入水流中，沉入了激流，瞬间不见踪影。有人喊："有人落水了！""王同知落水了！"

王　鼎　快，快救人！

[有人跳入激流中去救人。王鼎、林则徐等人在堤坝上眺望，心急如焚地等候。

[不断有人被救上堤坝。

王　鼎　王渼呢？王渼救上来了没有？

亲　兵　钦差，一共七人落水，我等救上六人，四人得救，两人溺亡，独不见下南河同知王渼。

王　鼎　派人去找，一定要找到。活要见人，死要见尸。快，快去找！

亲　兵　嗻。

[亲兵下。

[又一亲兵急上。

亲　兵　启禀钦差大人，接陕西六百里飞报：万锦滩志桩骤涨水二尺三寸，祥符监测水位亦提升六尺四寸……

林则徐　（忧心忡忡地）桃花汛就要来了。

王　鼎　（神情凝重地）桃花汛一来，上游来水更大，祥符压力更大。

林则徐 定九公，时间不等人，赶紧合龙吧。

[亲兵捧王渼官靴上。

亲 兵 启禀大人，王渼没有找到，只找到他的一只官靴。

[王鼎颤巍巍地接过王渼遗留的官靴，不住地抚摸着。

王 鼎 你是个好官！你不该就这样走了！该死的还活着，不该死的却……

[亲兵从围拢的人群中一把推出了文冲、高步月和步际桐。

亲 兵 走，到大坝上跪着去！

[无地自容的文冲、高步月和步际桐被亲兵押下。

王 鼎 传令下去，即刻为王渼等遇难者祭奠。祭奠之时，也是大河合龙祭祀之时。

[在祭奠和祭祀仪仗之中——

王 鼎 （手捧王渼遗留的官靴，吟诵祭文）呜呼！白鸡应梦，空伤感逝之篇，青鸟使来，遽赴游仙之约。山河垂泪，天地同悲，愿渼君更进一觞；聊慰泉台，怅此别竟成千古。王渼，一路走好！

众　王渼大人一路走好！

王　鼎　合龙喽！

众　合龙喽！

［工地上，万众齐心，协力合龙……

［内声：“圣旨下，林则徐接旨。”

［太监上。

林则徐　（跪）臣，林则徐接旨。

［林则徐跪地接旨。王鼎等人也齐刷刷跪下。

太　监　上年降旨将林则徐发往伊犁效力赎罪，因东河需人委用，将林则徐调赴河工差遣。现在东河合龙，林则徐着仍遵前旨，即行起解，发往伊犁效力赎罪。

林则徐　（似乎显得很平静地）谢皇上！

［林则徐一头磕下，匍匐于地。

王　鼎　（震惊不已地大叫一声）则徐……

［切光。

九

[黄河岸边，已竣工的大坝之上。

[天际，乌云翻滚；远处，黄河裹挟着黄色泥沙滚滚东去……

[王鼎与林则徐上。

林则徐　定九公，送人千里，终有一别。

王　鼎　此一别，我回程京师，你西行戍边，相隔万里之遥，不知何日再见？则徐，黄河决口大工，艰辛凶险，如同人间炼狱。你每日黎明即赴大坝，常常三四鼓尚不能回馆舍安歇。日子一长，你身体虚弱不堪，鼻子时常出血，整日夜咳嗽，遂至音哑失声……

林则徐　是你延医诊治照料，则徐深感定九公之情！其实，我也几乎难以为继，为你亲驻苇土之中，冲风冒雪，夜以继日所激励，才不忍河工困厄之际离去。

王　鼎　我又岂能离开于你？你即便受尽委屈挫折，仅仅一个襄办，也竭尽一己之心力。你深知河工抬高预估之积弊，一心帮我精打细算，减少预算；你深知河员拖延工期之恶习，随地督工检查，随时提醒于我，不使奸人有机可乘。

林则徐　则徐不过追随定九公朝夕驻坝而已。是你坚韧挺立，以上率下，一心只为朝廷皇上，只为社稷黎民，这贪腐公行的社会才有了一个廉洁的河工工程；习惯于勾心斗角的督抚大员才有了一次精诚合作；因循疲玩的官场才有了一批夙夜在公的官员；懦弱自私的河标才有了舍生忘死的士兵。世风和士气的改变殊为不易，也绝非常人所说的那么难。关键是要人去做，关键是由主事的人带头去做，只此二三贤能之士实力任事，局面就会改观，社会风气就会渐次改变。

王　鼎　功高不赏，蒙冤长谪，我为朝廷，也为自己深感羞惭。

林则徐　自广州到浙江，我曾暗自祈祷，无官无职无所谓，但求前线御敌；从浙江到开封，我又暗自祈祷，大工一竣，即乞归里扫墓，只是、只是、只是不曾想到，就连这最后的心愿也不能啊！

王　鼎　早在上年九月间，皇上已下谕旨，“将在工人员择其尤为出力者，秉公酌保数员，候朕施恩”。我也曾上奏皇上，“林则徐钦奉谕旨发往东河效力，经臣等奏报襄理文案，稽核总局，资深得力，推林则徐首功”。报功奏折早上呈送，中午又拜收圣旨，“着林则徐仍往伊犁，即日启行”。王鼎闻听，如雷轰顶，难以承受！我、我愧对你啊！

林则徐　定九公，言重了！西行伊犁，则徐的确有过委屈，有过畏怯，却从未有过天崩地陷的感觉。我早已踏上戍边之路，中途折向祥符工次，如今再次登程，心中反添一份释然。

王　鼎　愈在困厄之际，愈显国之大臣气象。经世济民之能臣，却常遭贬抑弃置。“人情势利古犹今，谁识英雄是白丁！”

林则徐　则徐虽一介“白丁”，却始终得到定九公的倚信，心中永存一份对定九公的敬重和感念。

王　鼎　则徐，待我回京面圣之后，一定为你辩白力争！

林则徐　（自我抚慰地）达则兼济天下，穷则独善其身……定九公，不用了，真的不用再争了！（随口吟咏）“幸瞻巨手挽银河，休为羁臣怅荷戈。精卫原为填海误，蚊虻早愧负山多。西行有梦随丹漆，东望何人问斧柯。塞马未堪论得失，相公且莫涕滂沱。”定九公，您多为保重！则徐去了。

［林则徐快步疾下。

王　鼎　则徐……

［王鼎双目模糊，目送林则徐远去……

［亲兵上。

亲　兵　启禀钦差，快马来报，乍浦失守。

王　鼎　（大惊地）又失一城，又失一城！（不禁长啸）从广东，然后是浙江和福建，接着是江苏，又染至台湾岛，烽火连天，处处国门大开！皇上，国难当头啊！

［灯光渐暗。

十

[圆明园勤政亲贤殿（养心殿）西暖阁——北墙上悬挂着雍正皇帝题写的“勤政亲贤”匾额，匾下的屏文为乾隆皇帝的诗篇。

[御榻上，道光皇帝正在批阅奏章……总管太监与一个小太监凝神屏气，低眉垂首，肃立一旁。

道　光　珠江口、厦门、定海、镇海、宁波、长江海口、天津大沽……英舰肆意游弋，犹入无人之境，国门处处告急……如今乍浦惨败，无能不堪之至！无能！

[道光不禁又气又急，将案上的奏章一股脑扫推在地。

[随侍在旁的总管太监忙着去拾奏章，小太监悄悄地将一杆烟枪递来。总管太监使了个眼色，示意送给道光皇帝。小太监会意，随即将烟枪给道光皇帝递上。

太　监　皇上……

[道光见了烟枪，眼睛发亮，一把抓过烟枪点烟欲抽，旋即又止，举烟枪劈头盖脸地砸向小太监。

道 光 混账东西！

[小太监被道光皇帝突如其来的发难吓得跌倒在地，随即又爬起，跪趴在地上，捣蒜一般地磕头不已。

小太监 奴才该死！奴才该死……

[总管太监也“扑通”跪地磕头。

总管太监 皇上息怒，奴才该死！

道 光 难道你们这些混账东西不知朕平生最恨鸦片吗？

总管太监 奴才见皇上日夜操劳，吃不下，睡不好，殚精竭虑，心中不忍，所以备下一点福寿膏，只希望皇上暂时忘了烦忧，睡个好觉。

道 光 （拿着鸦片烟）福寿膏，福寿膏，听听这个名字，添福加寿，多么的好听，就像是“鹤顶红”，却是剧毒无比的东西。不仅伤了朕的身子，也害了朕的江山。正是受了你们这些奴才的蛊惑，朕才染上烟瘾，欲罢不能。为祖宗江山想，为社稷苍生念，朕毅然决然戒烟……戒烟之难，戒烟之苦，好不容易戒断烟瘾，你们不是不知，如今又想蛊惑朕，你们是何居心？

总管太监、小太监

奴才该死！奴才该死！

道 光 拉下去，杖责一百！

小太监 谢皇上不杀之恩！谢皇上……

总管太监 还不快走。

［总管太监将小太监一把推下。

［又一太监上。

太　监 启禀皇上，文华殿大学士、首席军机大臣穆彰阿，文阁大学士、军机大臣王鼎求见。

［道光皇帝一摆手，示意遗落在地上的烟枪。太监会意，赶紧将烟枪藏起。

道　光 叫起。

太　监 宣穆彰阿、王鼎觐见。

［穆彰阿、王鼎上。

穆彰阿 / 王鼎

奴才，穆彰阿叩见皇上 / 臣，王鼎叩见皇上。

［穆彰阿、王鼎跪拜行礼。

［道光下榻，亲自扶起王鼎。

道　光 王鼎回来了！

王　鼎 皇上，微臣回来了。

道 光　何时进的京?

王 鼎　臣昨日进京。

道 光　快坐下。

王 鼎　皇上，微臣不敢坐。

道 光　坐，坐下说话。

王 鼎　臣不敢!

道 光　坐。

[道光扶王鼎在御榻边的软凳上坐下，穆彰阿在一旁站着。

道 光　你病久难支，朕不是早已下旨，缓程进京，安心调理，待病体痊愈再行具折请安。

穆彰阿　是啊，王大人应安心调理才是。

王 鼎　已八个多月未曾仰圣，心中念甚，一时片刻也不敢耽搁觐见皇上。

道 光　祥符河工，由秋入冬，再由冬入春，朔风冻雨，晨霜宿雾，旧疾新病，你以衰迈之躯日夜支撑，尽心办事，劳苦功高，甚慰朕心！臣工都能如此，社稷安能不稳?

王 鼎　皇上眷注，微臣感激涕零。皇上，臣虽身处河工之上，夷情之变化亦所知晓，处处国门大开，英舰纵横于东南沿海，国愈益不堪。又闻乍浦惨败，令微臣忧心如焚。

道 光　此次逆夷攻扑乍浦，人数并不甚多。我兵果能人人思奋，勇往直前，何至遽被攻陷！可见官兵并未与英逆接战，一见英舰，纷纷溃散。此皆平日纪律不严所致，思之深堪痛恨！国事纷繁，国难当头，朕之忧愤苦衷，将谁言之！

王　鼎　微臣从河南、山东、直隶一路北上，沿途传遍百姓戏谑讥讽歌谣。

道　光　百姓怎么说？

王　鼎　“贼到兵未到，兵来贼已空。可怜兵与贼，何日得相逢？”还有更为不堪的，不知皇上是否愿听。

道　光　说！

王　鼎　“杭州娼妓最堪夸，明年养出小钦差。绍兴娼家亦有名，明年养出小兵丁。惟有宁波娼家哭不止，明年养出小鬼子！”

道　光　（不忍卒听地打断）够了！

穆彰阿　都是浙江提督余步云一味退缩，不敢应战，不战而逃，一逃再逃。皇上已经下旨，余步云着即革职，传旨锁拿，押解送京，交军机大臣会同刑部审讯治罪。

道　光　杀一个余步云又当如何？将军、参赞、督抚及内外文武诸臣，亦宜仰体朕怀，亟苏民困，勿存苟安之见，狃于目前；勿怀幸免之私，遗臭于后。至于将弁兵丁，动谓船坚炮利凶焰难当，因而见贼仓皇，望风先溃，殊不知贼之深入，早已自蹈危机。英夷肆意猖獗，皆士气不扬所致！

王　鼎　都是大清之将，同为大清之兵，为何林则徐统领之时，人人奋勇？到了琦善手中，便一触即溃。皇上，可知振奋人心士气乃在领军之人。

道 光 林则徐！不提也罢。朕以鸦片烟流毒中国，贻害生民，前岁特降谕旨，饬令各省严禁，再三剀切申诫。因广东为外夷通商之所，特令林则徐前往查办，临行再三告诫，上之不失国体，下亦不开边衅。林则徐全当耳边风，阳奉阴违，办理不善，终挑起边衅。英夷义律以烧烟土之故，借口滋事，以致国门洞开，不可收拾。如今，英夷兵临城下，逼我大清签订和约。不，求我大清签订合约！

王 鼎 合约不可签！

穆彰阿 英夷求和，不外是牟利之心作祟。如果英夷真心求和，于通商而外别无妄求，为保全沿海生灵想，也算是羁縻外夷之术。皇上，奴才保荐一人当胜此任。

道 光 何人？

穆彰阿 琦善。

王 鼎 （几乎高叫起来）琦善！

穆彰阿 钦命琦善前往广州确查核办禁烟，办事还算尽心。只因英夷狡诈反复，贪得无厌，明知琦善善意抚驭，不设防守，竟尔称兵祸首，叠犯大角、沙角各炮台，伤我提镇大员，扰我海疆黎庶。事不因琦善起，琦善代人受过了。

王 鼎 代人受过！穆彰阿穆大人所谓“代人受过”，莫非是琦善代林则徐受过？

穆彰阿 林则徐开启边衅，有负圣恩！

王 鼎 琦善出卖香港，大失国体！

穆彰阿　（一时语塞地，随即）你……

王　鼎　（长久积聚的不满激撞而出）如今国难当头，最要紧的便是启用干城之才，凝聚军心、民意。林则徐乃国家栋梁，正是干城之才，唯他才能支撑危局，才能应对、消解灾祸。穆大人，你怎么对林则徐如此看不顺眼，昧着良心在皇上面前搬弄是非，将种种启衅招祸罪名强加林则徐之身？怎么对丧权辱国的琦善如此“情有独钟”？你是何居心？

［穆彰阿从一开始还显得有些震惊，随即冷静下来，笑而避之。

穆彰阿　王大人言重了！王大人误会了！

［猛地，王鼎在道光皇帝面前“扑通”跪下。

王　鼎　皇上，微臣力主起用林则徐，以示抗夷到底之决心。杀了琦善，以谢国人！严惩议和之臣，以儆效尤！皇上，微臣泣血禀奏！

道　光　（显得有些厌烦地）好了，知道了！（仍和颜悦色一般）王鼎，祥符大工，你受累了！着再赏假一月，务必安心调摄。

穆彰阿　（幸灾乐祸地）王大人，快谢恩吧！

王　鼎　皇上！皇上……

［王鼎痛哭流涕地呼唤，匍匐着一把抓住了道光的龙袍。

王　鼎　（仍刺刺不休地）皇上，林则徐不可弃！

道　光　（恼怒地）林则徐！林则徐！朕已不愿再听到这个名字！

［道光站起身，见龙袍还被王鼎扯着，一甩，转身进了寝宫。

王　鼎　皇上……

［王鼎还想追去，被穆彰阿一把拦住。

穆彰阿　王鼎，皇上寝宫你也敢闯！（将王鼎往外推）王大人，回去吧，回去歇息吧。

王　鼎　（又一把拉住穆彰阿，喋喋不休地理论）穆大人，你不能做秦桧，不能做严嵩！

穆彰阿　（嬉笑不已，又拱手，又摆手）是是是，王大人说的是，不做秦桧，不做严嵩。

［穆彰阿将王鼎连推带拉出了西暖阁，身后的大门也已关上。随即，穆彰阿拂袖而走。

［王鼎看着西暖阁的红漆大门，又“扑通”跪倒槛前。

王　鼎　皇上啊，老臣知而不言，皇上不杀琦善，无以对天下。

［切光。

十一

［夜，天际边不时地划过无声的闪电。

［王鼎府邸——

［二女儿端一盆热水上，与此同时，王沆搀扶着王鼎从另一侧上，扶王鼎在椅上坐下。

二女儿 爹爹，让女儿给您泡脚。

王　鼎 好！

［二女儿为王鼎脱去靴袜，轻轻地给王鼎搓脚。王沆在后面为王鼎捶背。

二女儿 爹爹，水温合适吗？

王　鼎 好好！

王　沆 父亲，轻重合适吗？

王　鼎 （欣慰而满足地）好好好……

［二女儿边为王鼎搓脚，边哼起家乡蒲城的童谣："一月里好唱（就）老鼠歌，一个老鼠（耶）也不（外）多。两个眼睛两个耳朵，四个爪爪儿齐落地（那个），一个尾巴就地拖……"

王 鼎 （听着歌声，不禁哼唱起来）“二月里好唱（就）老鼠歌，两个老鼠（耶）也不多，四个眼睛四个耳朵，八个爪爪齐落地（那个），两个尾巴就地拖……”

［接着，父女、父子三人一起哼唱起来。

王鼎、王沆、二女儿

“猫咪咪，闹叽叽。娘叫女娃儿石礅礅坐，二人好唱老鼠歌。仓仓才仓，才才才才仓，娘叫女娃儿礅礅坐，二人好唱老鼠歌。”

王 鼎 （歌声似乎勾起无限的思乡之情，他目光迷蒙地眺望窗外，一道无声的闪电正划过天际）自嘉庆元年得中进士，入庶常馆，为庶吉士，一晃都已离开蒲城老家四十多年了！嘉庆三年，你们的祖母过世，我曾回蒲城丁忧。道光二年，你们的祖父过世，我扶棺返乡，归葬祖茔。此后再也不曾回去过，算起来，又已二十年了。

二女儿 爹爹想家了！

王 鼎 人愈老，思乡之心愈切，由不得自己啊！

二女儿 女儿愿陪爹爹回乡去看看。

王 鼎 （淡淡的一丝苦笑）此生是回不去了！只待百年之后，你们姐弟俩扶棺西行，归葬于父母大人身边，就心满意足了。从蒲城来，回蒲城去，叶落归根。

二女儿 爹爹，好端端的，怎么说起这些不吉利的话来。爹爹一定会长命百岁。

王　鼎　傻孩子，即便活到一百岁又当如何，人终究难免一死。

二女儿　（欲制止）爹爹……

王　鼎　（打断二女儿的话）我就是放心不下你呀！你寡居多年，一直侍奉在侧，陪伴着我这个老头子，把自己给耽误了。爹爹对不起你！

二女儿　爹爹，女儿愿意陪伴在你的身边。

王　鼎　（似临终嘱托一般）沆儿，你是家中唯一的男丁，今后不管遇见什么事情，一定要照顾好你的二姐，还有你远在蒲城的大姐。

王　沆　父亲，孩儿知道！

王　鼎　沆儿，庶常馆怎样？

王　沆　庶吉士们都在议论纷纷……

王　鼎　议什么？

王　沆　妄自非议罢了，不知真伪……

王　鼎　你快说来听听！

王　沆　庶吉士们说，朝廷已然准备与英夷签约。

王　鼎　（下意识地）合约不可签！

王　沆　庶吉士们还说，穆彰阿穆大人力荐皇上起用琦善，出任议和大臣。

王　鼎　（脱口而出）琦善不可任！

［王鼎激动地站起身，一时没站稳，将水盆打翻在地，水洒了一地。

二女儿 爹爹，我再去换盆热水来。

王 鼎 （压抑着内心的激动）不用了，你们都出去吧。我还要连夜撰写奏折，明日上殿面圣。

王沆 / 二女儿

（隐隐地似乎有些不安）父亲！ / 爹爹……

王 鼎 去吧！

［王沆、二女儿不放心地下。

［待王沆、二女儿离去，王鼎伏案疾书……

王 鼎 （一字一句，掷地有声地）皇上，口门已堵，国门却开！皇上啊皇上，口门易堵，国门难防啊……

［王鼎猛起身推开窗，窗外，一道闪电正划过天际，伴随着隐隐的雷声……

王 鼎 道光二十年五月十九日，夷舰封锁珠江口，林则徐严阵以待，并在磨刀洋等处主动出击，英夷无懈可击，只得掉头北上，直抵天津海口。皇上谕旨琦善，命他派人接受英夷书。琦善施展哄骗之术，侥幸英舰驶离，他在奏折中却称英夷"听受训谕""甚觉恭顺"。在天津片言只语退却英夷，琦善赴粤接任林则徐两广总督之后，自以为是，刚愎自用，裁撤边备，遣散乡勇，以为处理了林则徐，英夷自会怨气全消。他不思退夷之策，却广泛收罗林则徐罪状，归罪林则徐招祸启衅。皇上寄望于琦善逐除英夷，绥靖海疆。琦善一面哄骗皇上，正在积极备战，但等兵力调遣和时机，一面哄骗英夷，声言正在等待朝廷旨意。十一月十九日，英夷照会以开放厦门、定海为不割地之条件，琦善旋即奏请增加福州、厦门为通商口岸，赔款六百万元；二十六日，琦善擅自同意英夷选择香港岛为停泊地。道光二十一年，正月初四日，英夷悍然侵占香港。至此，琦善奏报英夷索求无度，难以沟通，不思一己之无能懦弱，仍怪罪林则徐启衅。正月初五日，皇上下诏对英夷宣战，而国门已然洞开。琦善，世袭勋爵，内阁大学士，钦差大臣、署两广总督，国之大臣啊！

[一道闪电霍地划过天宇。

王　鼎　琦善之后，奕山为靖逆将军被派往广州。皇上谕旨奕山，“大兵兜剿”“擒获夷酋”“务使该夷片帆不留”，调集七省之兵供其驱使，拨款三百万两白银充作军费。可事与愿违，英夷未能“一鼓荡平”，大军反而“一败涂地”。道光二十一年四月初七日，奕山与英夷签订《广州和约》，率兵退出广州城外二百余里，赔偿六百万两“使费”。明明城头挂白旗，已签下“投降书”，奕山却上奏声称英夷头目在城下“免冠作礼”，恳请“大皇帝开恩，追完商欠，俯准通商”。明明将广州城拱手相让，率兵退至城外，奕山却声称堵塞河道，整顿武备。奕山自以为瞒天过海，却已然遗祸无穷！奕山，御前大臣、领侍卫内大臣，国之大臣啊！

[一道闪电霍然划过，接着又是一道闪电霍地划过……

王 鼎 道光二十一年九月初五日，奕经为杨威将军，驰往浙江，总统军务。皇上从各地调集两万精兵，备下大量武器弹药，意欲浙东大反攻，夺回宁波、镇海和定海三城。奕经奉命浙江御敌，却在苏州一带住下，一住就是两月。前方硝烟弥漫，生民涂炭，将军府中却是熙熙攘攘，需索无度。光是行辕饭钱，每日便需白银两仟两，可谓“前方吃紧，后方紧吃”。其出门轿夫二十四名，还预备五艘一模一样的将军座船，防备歹人炮击，实则怯懦之举。道光二十二年正月初一日，奕经往西湖关帝庙求签，得“不遇虎头人一唤，全家惟汝报平安”句，遂命军中兵丁都戴黄虎头、黑虎头、白虎头、飞虎头，又拿来历书，查出正月二十八日四更，为壬寅年壬寅月戊寅日甲寅时，再选虎年生人，贵州安义镇总兵段永福为主将。虎将虎兵，四寅佳期，所谓“五虎制敌”，多么地荒诞不经！最后，浙东大反攻成了浙东大溃败，一仗未胜，一城未下，又丢了乍浦。奕经，协办大学士、署理藩院尚书、步军统领、杨威将军，国之大臣啊！

［窗外，接连几道闪电豁然划过漆黑的天宇……

王　鼎　“穆党”，穆彰阿也！自嘉庆以来，典乡试三，典会试五。凡复试、殿试、朝试、教习庶吉士散馆考差、大考翰詹，无岁不与衡文之役。国史、玉牒、实录诸馆，皆为总裁。门生故吏遍于中外，知名之士多被援引，一时号曰“穆党”！琦善误国如此，穆彰阿仍处处袒护；林则徐精忠为国，穆彰阿却事事不容。为什么？只因林则徐非穆彰阿一党。国难当头，只有一己之私欲，全无社稷国家！穆彰阿，文华殿大学士、首席军机大臣，国之大臣啊！

［夜宇间，又接连划过几道霍然的闪电，伴随着雷声隆隆地炸响……

王　鼎　老天啊！雷，愈打愈响；电，愈闪愈急。这雨怎么就是不下？

［冥冥中，史鱼走来。

王　鼎　你是……

史　鱼　我姓史，名鱼，字子鱼。

王　鼎　史鱼……

史　鱼　我乃春秋卫国人。

王　鼎　莫非是春秋卫国大夫史鱼？

史　鱼　正是。

王　鼎　子曰："直哉史鱼，邦有道，如矢；邦无道，如矢。纯臣也！"（深深地作揖）史大夫，失敬！失敬！想当年，你曾"数言蘧伯玉之贤而不能进，弥子瑕不肖而不能退。为人臣生不能进贤而退不肖，死不当治丧正堂，殡我于室足矣"。如今听来，仍振聋发聩！

史　鱼　岁月悠悠，往事如烟，都散去吧！

王　鼎　往事并不如烟。当年，史大夫进蘧伯玉之贤，退弥子瑕不肖。如今，我也要进林则徐之贤，退穆彰阿、琦善之流之不肖。

史　鱼　我不过是身死之后，不在正室治丧。国君前来治丧，问其故，才知我之用心。

王　鼎　是啊，我不像史大夫，我还活着，还活着好好的……

史　鱼　王大人，好自为之吧……

［史鱼飘忽而下。

王　鼎　（呼唤着）史大夫！史大夫！

［远远地，林则徐艰难地跋涉在远在伊犁的路上……

王　鼎　（似乎看见远方的林则徐，急切地呼唤）则徐！则徐……则徐，我对不住你啊！

林则徐　定九公何出此言？

王　鼎　我曾向你许诺，回京之后，力荐朝廷起复于你。不仅为了你，更为了社稷国家。国难当头，多事之秋，更需国家栋梁，中流砥柱。可一片丹心为小人羁绊，终不被皇上采纳。我对则徐心有愧疚，不能释怀啊！

林则徐　定九公，“元老忧时鬓已霜，吾衰亦感发苍苍。余生岂惜投豺虎，群策当思制犬羊。人事如棋浑不定，君恩每饭总难忘。公身幸保千钧重，宝剑还期赐尚方”。

[林则徐飘忽而下。

林则徐　则徐！则徐，你等着……

[又是一个炸雷，大雨倾盆而下。

王　鼎　这雨，终于下来了！那就下个透吧！

[王鼎从桌案上郑重地捧起一份奏折，双目如炬，直视前方……

[灯光暗转。

十二

[紧接前场。

[道光二十二年（1842年）四月三十日。

[北京，圆明园昨斋庭（军机处别院）。

[一个小太监端茶上，赫然看见一条人形悬挂于帘后房梁之上，骇得茶盘砸地，随即扯着嗓子惊呼尖叫起来。

小太监 出事了！出大事了！

[穆彰阿匆匆上，随小太监奔入帘后，又倒退出来。

小太监 （惊恐不安，语无伦次地）王大人一大早就来了，手上捧着一份奏折，请求皇上召见。小的不敢耽误，赶紧禀告皇上。皇上说："知道了，不必了。"皇上还叫王大人回家安心休养。王大人听了，仰天大叫了一声"皇上！"，又长叹了一口气，就瘫坐在椅子上，一动不动。先前看到王大人，总是一副慈眉顺目的样子，从来没见过王大人今天这个模样，脸如灰色，像涂了一层蜡，看着瘆人。小的也不敢多问，就出去给王大人沏茶。等我端茶进来，王大人就、就、就……

[穆彰阿显得心神不宁，来回走动……

穆彰阿 你刚才说，王大人手上还拿着一份奏折。

小太监 这不就是王大人的奏折。

[小太监从案上拿起奏折，穆彰阿见了一把夺了去。

穆彰阿 “条约不可轻许，恶例不可轻开，穆不可用，林不可弃……”

[穆彰阿倒吸一口气，“啪”地一把合上了奏折。

穆彰阿 （急切地吩咐）快！快把王沆接进园中来！

[小太监急下。

[穆彰阿急得就像是热锅上的蚂蚁，坐立不安。他拿着王鼎的遗折，手一直在发抖……最后，他似乎拿定了主意，将遗折凑到烛台处点燃……

穆彰阿 （一直看着遗折烧成灰烬，喃喃自语地）王鼎啊王鼎，你又是何苦啊！

[小太监引王沆上。

小太监 穆大人，王沆到了。

穆彰阿 （一把拉住王沆）贤侄，你来了！（欲言又止地）你……你随我来。

［穆彰阿拉着王沆走入帘后，只见得王沆一声凄厉的呼叫："父亲！"

［穆彰阿搀着痛哭流涕，几近瘫倒的王沆从帘后走出，扶着他在椅子上坐好。

穆彰阿 贤侄，你要冷静！你可知道，王大人自绝于军机要地，这可是对朝廷、对皇上的大不敬，要灭九族！

［王沆猛然抬起头，止住了痛哭，显得有些不知所措。

王　沆 （仍抽泣地）穆大人，现在怎么办？

穆彰阿 贤侄，为了王大人一世清誉，你可愿听我的？

王　沆 但凭穆大人做主！

穆彰阿 好。我念，你写。

［王沆既悲痛又慌乱，已显得六神无主，像偶人一样在案前坐住。

穆彰阿 "奏为君恩未报臣病垂危伏枕哀鸣仰祈圣鉴事"……

王　沆 （边念边写）"奏为君恩未报臣病垂危伏枕哀鸣仰祈圣鉴事"。父亲……

［王沆又不禁痛哭起来……

穆彰阿 （不怒而威地）不要哭了！快接着写！

王 沆 （下意识地应答）是。

穆彰阿 （接着口述）“窃臣关中下士，一介庸愚，自嘉庆元年丙辰科通籍后，仰蒙仁宗睿皇帝优加任使，屡典文衡。我皇上御极以来，升授尚书，与参枢密。凡非常之异数，皆梦想所难期……”

王 沆 （边写边念）“上年因河南祥符漫口，奉命前往督办工程，彼时臣已旧病复发，精神萎靡。不意风寒侵入肌骨，心气益加虚耗，内亏外感，激成怔忡，工竣复命，难以照旧任职。仰蒙召对，先后赏假数次……”

［灯光暗转。

［圆明园勤政亲贤殿（养心殿）西暖阁——

［大太监正接续念着王鼎的遗折。

总管太监 “值军务未蒇，圣心焦劳，臣具有天良，焉敢顷刻偷安，略萌退志？私冀病体渐次调摄就痊，犹可以犬马余年殚竭血诚，稍答豢养生成之厚。不料病入膏肓，灾生福薄，现在羁留园寓，心神涣散，头眼昏迷。自揣一息奄奄，万无生理。君门未远，圣世长辞，气竭泪枯，九泉赍恨。惟有嘱臣子臣孙端谨持躬，读书励品，勉求上进，勿坠家声，以竟臣未遂之志。所以微臣感激悲恋下忱，谨伏枕碰头，口授臣子缮折，叩谢天恩，伏乞皇上圣鉴。谨奏。”

道　光　昨日还好端端的，还与朕争执不休，今日就……王鼎，这遗折不像是你口授之言，你似乎还有话要对朕说。你到底想说什么？其实，朕心里也明白，可你不该以死相逼啊，你……（悲痛不已，旋即矜持起来）传旨——大学士王鼎，国之大臣，先乎人品。着加恩晋赠太保，照大学士例赐恤，入祀贤良祠。

总太监　嗻。

道　光　（无限感慨且无奈地）为君难啊！为君难……

[切光。

尾　声

［郊外。春寒料峭，一片肃杀。

［驿道上，王沆与二女儿披麻戴孝，奉王鼎灵柩归乡……

［远远地，似乎隐约传来陕西家乡的歌谣："一月里好唱（就）老鼠歌，一个老鼠（耶）也不（外）多。两个眼睛两个耳朵，四个爪爪儿齐落地（那个），一个尾巴就地拖……"

［穆彰阿上。

穆彰阿　贤侄。

王　沆　穆大人。

穆彰阿　丁忧之后，速速回京，老夫对贤侄自有安排！

王　沆　（冷冷一笑地）谢了！王沆扶灵归乡，自此弃绝仕进，为父守灵，终老一生。

穆彰阿　（一愣）你……那、那也好！

王　沆　父亲，我们回家了！

二女儿　爹爹，我们回家了！

王沆、二女儿

回家喽……回家喽……

［王沆、二女儿一边呼喊着，一边抛撒纸钱，漫天的纸钱洋洋

洒洒……

[王沆、二女儿扶灵向远处走去……

[字幕：道光二十二年七月二十四日，王鼎去世不到三个月，清政府在英军旗舰皋华丽号上签订了《南京条约》。

[光束依次亮——远处，依次出现三个打更人，敲锣打三更："咚！——咚！咚！"

打更人 （分别操京腔、粤腔、豫腔，依次吆喝着）防贼防盗，闭门关窗，平安无事喽——

[灯光渐暗。

[剧终。

本剧根据卜健历史著作《国之大臣·王鼎与嘉道两朝政治》创作。

剧名书写　高军法

王勇剧作集

民族歌剧

呦呦鹿鸣

◎

王勇 著

中国戏剧出版社
CHINA THEATRE PRESS

图书在版编目（CIP）数据

王勇剧作集 / 王勇著. — 北京 : 中国戏剧出版社,
2022.6
ISBN 978-7-104-05123-7

I.①王…　II.①王…　III.①剧本—作品综合集—中
国—当代　IV.①I230

中国版本图书馆CIP数据核字（2021）第171113号

王勇剧作集

策划编辑：肖　楠
责任编辑：邢俊华
责任印制：冯志强

出版发行：中国戏剧出版社
出 版 人：樊国宾
社　　址：北京市西城区天宁寺前街2号国家音乐产业基地L座
邮　　编：100055
网　　址：www.theatrebook.cn
电　　话：010-63385980（总编室）　010-63381560（发行部）
传　　真：010-63381560

读者服务：010-63381560
邮购地址：北京市西城区天宁寺前街2号国家音乐产业基地L座

印　　刷：保定市铭泰达印刷有限公司
开　　本：787mm×1092mm　1/32
印　　张：42.25
字　　数：846 千
版　　次：2022年6月　北京第1版第1次印刷
书　　号：ISBN 978-7-104-05123-7
定　　价：458.00 元（全 18 册）

时　间：当代。

地　点：中国。

人物：

屠呦呦——女，药学家，中医研究院“5·23项目”抗疟中草药研究课题组组长。2015年10月5日，凭青蒿素的发明获得诺贝尔生理学或医学奖；2017年1月9日，获得国家最高科学技术奖；2019年9月17日被授予“共和国勋章”。（女高音）

老年屠呦呦（女中音）

童年屠呦呦（童声）

李廷钊——屠呦呦的丈夫。（男高音）

屠濂规——屠呦呦的父亲。（男中音）

姐　姐——李廷钊的姐姐。（女高音）

院　长——中医研究院领导。（男中音）

试药者甲（男中音），试药者甲妻（女中音），试药者乙（女高音），试药者乙夫（男高音）。

同学甲（男中音），同学乙（女高音），同学丙（女中音），同学丁（男高音）。

四药商（男声），四药工（男声），姐姐的四女友（女声）。

“5·23项目”抗疟中草药研究课题组成员若干。

合唱队——由不同装扮的各行各业人等担任。

序　呦呦鹿鸣

［朦胧中，合唱队缓缓地汇集而来……

合唱队　呦呦鹿鸣，
食野之蒿。
我有嘉宾，
德音孔昭。
呦呦就是你的名字，
从《诗经》中走来。

［一束聚光之下，老年屠呦呦坐在磨得发亮的藤椅上，深邃的目光注视远方，似乎正在回忆过去……

老年屠呦呦
呦呦鹿鸣，
食野之蒿。
我有嘉宾，
德音孔昭。
呦呦就是我的名字，
从《诗经》中走来。

[远远地，就像是从历史长空中传来“呦呦……”的婴儿啼哭声。

[灯光渐暗。

第一幕　第一场　呦呦就是你的名字

[1930 年。

[宁波——教堂医院，屠濂规怀抱着“呦呦”啼哭的新生婴儿上。

屠濂规　囡囡，
我的小囡囡！
扶着妈妈的疼痛来，
爬着爸爸的煎熬来，
悄悄地，
你来到了人间。
乘着妈妈的怜爱来，
踏着爸爸的希望来，
悄悄地，
来到我们身边。

[新生婴儿“呦呦”的啼哭声不住地传来……

[屠濂规听着“呦呦”的啼声犹如鹿鸣，不禁想起了《诗经·小雅》中的“鹿鸣”，倏忽间灵光乍现。

屠濂规　（白）呦呦、呦呦……呦呦鹿鸣，食野之蒿……呦

呦鹿鸣，食野之蒿。我有嘉宾，德音孔昭。呦呦，
我的小囡囡，你就叫呦呦吧。
呦呦鹿鸣，
食野之蒿；
蒿草青青，
报之春晖。
呦呦就是你的名字，
从爸爸妈妈心里走来。

［灯光变幻——屠濂规隐。

女声合唱 呦呦鹿鸣，
食野之蒿；
我有嘉宾，
德音孔昭。
呦呦就是你的名字，
从《诗经》中走来。

［在女声合唱声中屠呦呦已步入童年，成了一个正背上书包上学的小学生。

童年屠呦呦

今末礼拜一，
我起买茶叶，
茶叶一块一；

今末礼拜“昵”，
我起买泥螺，
泥螺两块两……

[灯光变幻——1946年。

[屠家，楼顶小阁间——雅致的书柜，满柜的书籍，散发出四溢的书香；透窗望去，墙外不远处便是药行街，不时隐约地传来买卖的吆喝声。再远处，依稀可见天一阁的屋顶。

[屠呦呦已是一个青年，成了中学生，她正斜躺在床榻上，不住地咳嗽，显得心烦意乱。

屠呦呦 春天是多么地美好，
可这个春天不属于我。
再也听不见读书朗朗，
阵阵咳嗽撕扯心窝。
再也看不见校园藤萝，
寂寥的书房空空落落。
春天是多么地美好，
可这个春天不属于我。
可怕的肺病就像是恶魔，
无情地把我折磨。

[屠呦呦不住地咳嗽，屠濂规端药汤上。

屠濂规 （白）呦呦！爸爸煎了一剂汤药，良药苦口利于病啊，你把它……

屠呦呦　（白）我不吃，我不喝，你们谁也不用管我，我已经是一个废人了。

[屠呦呦闻到药味，皱着眉头一把将父亲递来的汤药推开。

屠濂规　孩子啊，
孩子啊！
你的心情爸爸懂，
爸爸比你更难过。
你的每一声咳，
都将爸爸的心牵扯；
你的每一声叹，
都让爸爸的心抽缩。
孩子啊，
孩子啊！
爸爸的汤药你要喝。

屠呦呦　你们不用管我，
我是废人一个。
你们不用管我，
我已经不想活。

[猛然间，屠呦呦从父亲手上夺过药碗，随即掼在地上。

[屠濂规震惊不已。

屠濂规　孩子啊，
孩子啊！
小小年纪不该这么想，
不想活怎能随便讲？
你像春天的花蕾，
屠呦呦　花蕾遭风雨摧残。
屠濂规　你像清晨的太阳，
屠呦呦　太阳被乌云遮挡。
屠濂规　孩子啊，
孩子啊！
人生不可能一帆风顺，
挫折再大直面命运要坚强。
不要小看这苦涩药汤，
它蕴含着天地的精华，
中国医药五千年辉煌，
救死扶伤创造奇迹希望。
孩子啊，
孩子啊！
你再看这充满芳香的书房，
这里藏着济世救人的药方。
东晋葛洪的《肘后备急方》，
把起死回生的秘密藏。
明朝李时珍的《本草纲目》，
皇皇巨著包罗万象。
你的名字从诗经中来，

它跟一味中草药有关。
呦呦鹿鸣，
食野之蒿，
这蒿草就是治疗疟疾的良方。
孩子啊，
孩子啊！
喝下这一碗药汤，
虽然苦，
莫辜负了父母的慈爱心肠。

［屠濂规悄悄地下。

［远远地，屠呦呦似乎听见儿时的童谣正传来……

［童年屠呦呦手举青蒿，与伙伴们上。

［远远地，屠呦呦又似乎听见药行街的吆喝声不住地传来……

［药行街。挑担的、卸货的，买药材的、卖药材的，熙熙攘攘；吆喝声、买卖声，此起彼伏。

［童年屠呦呦在药行街上穿行，流连忘返……

四药商　人参人发一见喜，
青蒿青黛二叶律，
山丹山茶三七草，
大蓟小蓟四季青，
甘草甘遂五加皮，
升麻升登六和曲，
木通木贼七叶莲，

牛黄牛膝八角枫，
龙胆龙齿九爪芋，
十大功劳都聚齐。

［众药商吆喝着，众人呼应着，此起彼伏……

［众药工模拟中药材切制、炮制的过程……

四药工 片丝块段好制剂，
洗漂泡渍除杂质，
炒炙煅煨去毒性，
蒸煮淬烘增功力。
煎成汤，制成丸，
做成散，糊成膏，
四气五味巧配比。
灵丹妙药，起死回生，
祛病消灾，活血化瘀，
中医药蕴藏着天地的秘密。

童年屠呦呦
中医药蕴藏着天地的秘密。

［灯光变幻——童年屠呦呦与众药商、众药工等人隐。

［屠呦呦在书柜里乱翻书，翻一本扔下，再翻一本又丢下，显得心烦意乱。当她翻到一本书，翻着翻着，渐渐地被吸引。

屠呦呦 多么的有趣，
多么的新奇。

鱼腥草里鱼腥气，
可煎药喝也当菜吃。
土鳖虫长在土里，
却可以活血化瘀。
当归当归能补血，
蕴含思念丈夫之意。
何首乌其实是人名，
专门补气又补虚。
（白）还有那青蒿，跟我的名字有关系。呦呦鹿鸣，食野之蒿——这青青的蒿草，原来可以治疟疾。
一株小草，
一朵小花，
一只小虫，
一片树叶，
多么地神奇；
土里长的，
天上飞的，
水里游的，
陆上跑的，
都有自己的价值和意义。

［屠濂规端汤药重上，轻轻地走到屠呦呦身后。

屠濂规　大自然是多么不可思议，
屠呦呦　就好像看见一片新天地。

屠濂规　中医药蕴藏着无穷奥秘，
屠呦呦　给病人信心和希冀。
屠濂规　自然万物原来一体，
相生相克和谐统一。
屠呦呦　如果我能学会中医，
既帮他人又帮自己。
屠呦呦　如果你想帮助别人，
首先就要自我爱惜。
屠呦呦　只有有了好的身体，
我才可能从头做起。
（白）爸爸，对不起，我不该摔碗发脾气。
屠濂规　（白）来吧，先喝药，让爸爸亲手来喂你。

［屠濂规给屠呦呦一勺一勺地喂药，散发着暖暖的温情。

［老年屠呦呦现身。

老年屠呦呦

那时候，
我是那么自怨自艾，
又是那么自暴自弃。
因为爸爸的鼓励，
才把信心重新拾起；
因为古老的书籍，
才从阴影中走出去。

［灯光渐暗。

第一幕　第二场　选择

[1950 年。

[宁波效实中学校园，教学楼墙体上书写着“忠、信、笃、敬”的校训。

[远远地传来“呦呦鹿鸣，食野之蒿……”的旋律。

[屠呦呦与同学们兴冲冲地跑上。

[李廷钊独自上，在一旁默默地注视着。

众同学　要高考了，
在美好的春天，
人生抉择的当下；
要高考了，
在生命的画卷上，
让青春尽情挥洒。

同学甲　我想当文学家，
像雨果一样，
像鲁迅一样，
书写人性的真假。

同学乙　我想当外交家，
走遍五洲四海，

看看世界之大，
把和平美好传达。

同学丙 我想当物理学家，
像居里夫人，
像爱因斯坦，
探索真理的伟大。

同学丁 我想当军事家，
指挥千军万马，
保卫人民 国家，
从此不再落后挨打。

众同学 要高考了，
在美好的春天，
人生抉择的当下；
要高考了，
在生命的画卷上，
让青春尽情挥洒。
要高考了，
要高考了……

［屠呦呦沉静地眺望远方，沉浸在遐想之中。

［李廷钊走近屠呦呦。

李廷钊 （白）看啊，学长们的心情多么激昂！等到明年的今天，我也会跟他们一样……学姐，你的人生理想是什么，能否让我一起分享？

屠呦呦　春天里，
花蕾梦想开放；
李廷钊　沃土间，
禾苗梦想生长。
屠呦呦、李廷钊
还记得，
你的梦吗，
是否在心里收藏？
屠呦呦　草原上，
马驹梦想奔跑，
李廷钊　天空下，
雏鹰梦想飞翔。
屠呦呦、李廷钊
还记得，
你的梦吗，
是否在心里荡漾？
屠呦呦　同学们远大理想令人向往，
我心里也有一个小小愿望。
我也曾爱好文学，
在虚构的世界里想象；
我也曾喜欢天文，
在无垠的宇宙间徜徉。
但是，那可怕的病痛，
是我至今挥不去的恐慌。
是古老的中医书籍，

帮我度过那孤独时光。
冥冥中有个声音在呼唤，
从此后立志像白衣天使救死扶伤。

李廷钊 你的志向多么善良，
像花儿吐露芬芳。
我也有人生目标，
跟你的大不一样。
我想当个工程师，
搞冶金将来去炼钢。
祖国有了强大工业，
才可能屹立在世界上。

屠呦呦 工业强国是你的理想，

李廷钊 中医济世是你的愿望。

屠呦呦、李廷钊

我们的理想虽不一样，
却都是青春在飞扬；
我们的理想虽不一样，
却都是祖国的希望！

众同学 要高考了，
在美好的春天，
人生抉择的当下。
要高考了，
在人生画卷上，
让青春尽情挥洒。

屠呦呦、李廷钊

有缘总会再相见，
但愿再见话梦想。

[老年屠呦呦现身。

老年屠呦呦

没想到一别就是十三年，
经过多少风雨，
历过多少艰难。
没想到十三年后我们再相见，
再见时话梦想，
衷肠诉不完。

[灯光渐暗。

第一幕　第三场　中药与钢铁

[1963 年。

[北京。李廷钊姐姐家——那个年代特有的筒子楼，一家一户一间房，连睡觉带吃饭，每间宿舍门上一般都挂有半截布帘子，楼道里是各家贴墙的柜子，旁边还有或煤气罐或煤油炉灶具。

[姐姐和四个女友在忙着做饭。（此段道白均用宁波方言）

姐　姐　今天是个大礼拜，
我请老乡做客来。

四女友　（白）老乡叫什么名字呀？

姐　姐　老乡名叫屠呦呦，
她研究中医和药材。

四女友　哎格咙咚咟，
名叫屠呦呦，
她研究中医和药材。

姐　姐　天下事情真是巧，
弟弟也从外地来。

四女友　（白）弟弟叫什么名字呀？

姐　姐　弟弟名叫李廷钊，
是炼钢厂的好人才。

四女友 哎格咙咚嗆，
名叫李廷钊，
是炼钢厂的好人才。
（白）一说起你那个弟弟和那个老乡，你就乐得合不拢嘴——

［四女友叽叽喳喳地用宁波方言调侃姐姐，场面很是热闹。

姐　姐 大家不要再说笑，
客人马上就要来。
擦好地，
刷好锅，
摆桌椅，
布碗筷，
忙前忙后做准备，
备下几道家乡小菜。
四女友 宁波汤团黑加白，
奉化芋头可防癌，
冰糖排骨酸甜口，
姐　姐 腌香螺是她最爱。
四女友 腌香螺是她最爱。
姐　姐 其实吃饭是借口，
另有目的在局外。
四女友 其实吃饭是借口，
另有目的在局外。

姐　姐　（白）我这个弟弟，还有这个老乡啊，唉！

他二人只知道革命加拼命，

却都把人生大事一边甩。

到现在三十多年纪也不老小，

愿他俩的爱情之花早点开。

姐姐、四女友

爱情之花早点开。

［屠呦呦、李廷钊分头上，两人迎面相遇，既意外又激动。

屠呦呦、李廷钊

（白）你！是你?!

姐　姐　（白）你们认识啊?

［屠呦呦、李廷钊显得羞涩地点头。

四女友　（白）快入座，有话慢慢讲。

姐　姐　说一说家乡话，

尝一尝家乡菜。

聊一聊过去的故事，

想一想遥远的将来。

一个学中医，

一个搞炼钢，

殊途同归双飞燕；

一个是传统，

一个是现代，
都是国家栋梁材。

四女友 老乡见老乡，
两眼泪汪汪；
老乡见老乡，
好事要成双。

姐姐、四女友
（白）你们聊，好好聊啊——

［姐姐示意四女友离开，意味深长地相视一笑，下。
［屠呦呦、李廷钊面向而坐，都显得有些尴尬。

李廷钊、屠呦呦
别来无恙，
别来无恙——

李廷钊 十三年前匆匆一别天各一方，
久别重逢就像是在梦里一样。
你可曾记得那韶华时节，
我们一起上学读书歌声朗朗。

屠呦呦 十三年来春秋辗转各自奔忙，
久别重逢恍若再现昨日时光。
我不曾忘却那青葱少年，
你依然是目光清澈旧时模样。

李廷钊 十三年前你的体格不够强壮，
今日你还是否羸弱或已安康？

几回回给你写信情高涨，
几回回又在邮筒前惆怅彷徨。

屠呦呦 十三年来你的生活是否顺当？
当年梦想是否还在心里荡漾？
多少回梦见初识在操场，
多少回你说的话语耳边回响。

李廷钊 遥想当年学习冶金如愿以偿，
大学毕业出国深造目前工作在钢铁厂。
十三年前志向远大奋发向上，
我们的憧憬梦想成真不再迷茫。

屠呦呦 遥想当年学习中医救死扶伤，
大学毕业来到北京进入药学最高殿堂。
十三年来不改初衷努力担当，
我们的理想都已实现无负时光。

李廷钊、屠呦呦

你现在还好吗，
我的少年同窗？
你现在还好吗，
我的故里同乡？
别来无恙，
别来无恙——

［李廷钊打开窗户——窗外，满天的星辰晶莹剔透，一齐映入眼帘。

［屠呦呦走到李廷钊身边，一道仰望夜空。

［幕内合唱：

今夜星辰最美，
今夜星辰最亮；
今夜流光溢彩，
今夜华灯初上。

［突然间，停电了。

屠呦呦　（白）停电了。

［李廷钊点燃一支蜡烛，一时间，房间里泛着暖暖的温馨。

屠呦呦、李廷钊

烛光映着星光，
星光闪在天上，
天上洒下温馨，
温馨暖了心房。

［幕内合唱：

烛光映着星光，
星光闪在天上，
天上洒下温馨，
温馨暖了心房。

[屠呦呦与李廷钊肩并肩地坐下，注视着远方……

[灯光渐暗。

[第一幕终。

第二幕

[朦胧中，合唱队缓缓地汇集而来。

合唱队 呦呦鹿鸣，
食野之蒿。
我有嘉宾，
德音孔昭。
呦呦就是你的名字，
从《诗经》中走来。

[一束聚光之下，老年屠呦呦坐在一把磨得发亮的藤椅上，深邃的目光注视远方，追忆着过去……

老年屠呦呦

春天里，
花蕾梦想开放；
沃土间，
禾苗梦想生长。
还记得，
你的梦吗，

是否在心里收藏？
草原上，
马驹梦想奔跑，
天空下，
雏鹰梦想飞翔。
还记得，
你的梦吗，
是否在心里荡漾？

合唱队 疟疾像凶恶的瘟神，
游荡在世界各处；
疟疾像死神的镰刀，
割下一个个生命的无辜。
只留下冰冷的魂，
在黑夜里飘忽；
只留下无声的哭，
在黑暗中倾诉。

［老年屠呦呦现身，她追忆着过去……

老年屠呦呦 / 合唱队
那一年，
国家成立抗疟课题组，
中西医结合，
攻克抗疟难关。
为解救千百万同胞的危难，

为支援战火纷飞的越南。
我服从组织的安排 / 疟疾像凶恶的瘟神，
我听从国家的召唤 / 游荡在世界各处。
我担任中医院课题组长，
成为抗疟大军的一员。
千钧重担压肩上 / 疟疾像死神的镰刀，
内心忐忑神不安 / 割下一个个生命的无辜。

合唱队 疟疾像凶恶的瘟神，
游荡在世界各处；
疟疾像死神的镰刀，
割下一个个生命的无辜。

[灯光暗转。

第二幕　第一场　第一百九十一次实验

[1971 年。

[试验室里，挂着“抗疟中草药研究课题组”的横幅，摆放着各式各样的容器，还有七口代替常规提取容器的大水缸。

[屠呦呦与课题组同事们显得沮丧不已。

众同事　第一百九十次实验，
第一百九十次失败，
何时能成功，何时能突破？
哪里是方向，哪里是终点？

[同事们太累了，太困了，或趴在桌子上，或靠在水缸上睡去。

屠呦呦　（白）三年了，实验了一百九十次……
一次次失败，
就像在黑夜里摸探，
一次次失败，
看不到曙光的出现。
困惑像块垒压在脑际，
沮丧像阴影笼罩心间。

是不是放弃？
如果放弃了，
后果将多么悲惨！
每一天，多少家庭支离破碎；
每一天，多少生命魂飞魄散；
每一天，多少孩子嗷嗷呼喊；
每一天，多少父母无助向天。
为实验，我和同事们披肝沥胆；
为实验，大家精神几乎崩溃一筹莫展；
为实验，我也是没日没夜拼着命干，
为实验，我还染上了病毒性肝炎。
如果再坚持，坚持还失败；
如果再努力，努力也枉然。
能否再承受失败？
能否再奋力向前？
是放弃？放弃不容易；
是坚持？坚持就更难！
哪里是出路？
我该怎么办？

［幻化中，屠濂规飘忽而上。

屠濂规　孩子啊，
孩子啊！
中国医药五千年辉煌，

救死扶伤创造奇迹希望。
东晋葛洪的《肘后备急方》，
把起死回生的秘密藏。
明朝李时珍的《本草纲目》，
皇皇巨著包罗万象。
你的名字从诗经中来，
它跟一味中草药有关。
呦呦鹿鸣，
食野之蒿，
这蒿草就是治疗疟疾的良方。
孩子啊，
孩子啊！
人生不可能一帆风顺，
曙光前的黑夜最漫长，
再坚持一下，
再努力一下，
黑夜过去就是曙光。

［幻化中，屠濂规飘忽而下，老年屠呦呦飘忽而上。

老年屠呦呦

再坚持一下，
再努力一下，
我应该继续实验。

屠呦呦 能否再承受失败？

老年屠呦呦

再坚持一下，
再努力一下，
梦想总可以实现。

屠呦呦 是否辜负梦的期待？
如果不成功，

老年屠呦呦

跌倒了再爬起来；

屠呦呦 如果又失败，

老年屠呦呦

失败了接着再来。
不疯魔，
不成活，
如果不成功，
一定接着来。
不疯魔，
不成活，
如果又失败，
失败接着来。

[老年屠呦呦隐去。

[屠呦呦又翻起了医书——

屠呦呦 （沉吟地，白）青蒿一握，以水二升渍，绞取之，尽服之……

青蒿治疟疾，
古已有之两千年。
从《本草纲目》，又到《肘后备急方》，
从《神农本草经》，再到《温病条辨》，
医学文献都翻遍……
（沉吟地，白）青蒿一握，以水二升渍，绞取之，尽服之……
前人已有成功实践，
我们按图索骥做试验，
后人怎么难以实现？
是不是记载有误？
是不是误入歧途，
走不出云里雾间？
（沉吟地，白）青蒿一握，以水二升渍，绞取之，尽服之……
倏忽间灵光乍现，
莫非温度是关键。
先前煎煮用高温，
何不试试低温思路变。

［屠呦呦推醒同事们。

屠呦呦　快醒来，
快醒来，
接着实验接着来。

众同事　多少次实验，
多少次失败。

屠呦呦　不疯魔，
不成活，
失败了接着再来。

众同事　失败了接着再来。

屠呦呦　先前煎煮我们求高温，
这一次咱们把温度降下来；
先前茎秆叶子一起绞，
这一次茎秆叶子两分开。

众同事　不疯魔，
不成活，
失败了接着再来。
先前煎煮我们求高温，
这一次咱们把温度降下来；
先前茎秆叶子一起绞，
这一次茎秆叶子两分开。

[屠呦呦与同事们各就各位，接着实验……（音乐）

[实验结果出来——屠呦呦双手颤巍巍地捧着实验品。

众同事　（白）经过动物试验，疟原虫抑制率达到了百分百！

屠呦呦　（白）疟原虫抑制率达到了百分百！第一百九十一次抗疟实验，疟原虫抑制率达到百分百。动物试验成功了！

众同事　（白）成功了，动物实验成功了！

［同事们兴奋而激动地相互握手、拥抱，欢呼雀跃。

众同事　成功了！
成功了！
兴奋的脚步跳起来；
成功了！
成功了！
欢乐的歌声唱起来；
成功了！
成功了！
喜悦的泪水淌下来；
成功了！
成功了！
幸福的心情飞起来。

［屠呦呦手捧一把青蒿，感慨万分。

屠呦呦　青青的小草，
山野间悄悄地生，
水塘边默默地长，
蕴含生命的美好；
青青的小草，
任凭那风吹雨打，

任凭那兽嚼虫咬，
彰显生命的骄傲。
神奇的小草，
千百次雾中寻，
千百次梦里找，
今天终于把你找到。

［老年屠呦呦现身。

老年屠呦呦

成功的喜悦渐渐过去，
新的考验又即将开始。
青蒿提取物只是第一步，
人体实验才是关键。
以身试药谁来试？
时不我待催人急。

［灯光渐暗。

第二幕　第二场　我不来谁来

［夜。屠呦呦、李廷钊的家，房间里有一架摇篮。李廷钊正摇着摇篮，哼唱着摇篮曲哄孩子。

［远远地传来“呦呦鹿鸣，食野之蒿”的旋律。

李廷钊　摇啊摇，
摇啊摇，
摇到外婆桥。
一只馒头一块糕，
宝宝闭眼快困觉，
醒了以后吃糕糕。

［屠呦呦轻轻走进房间，她步履迟疑，心事重重。看着李廷钊摇摇篮的背影，百感交集。

屠呦呦　又听见熟悉的摇篮曲，
多少愧疚翻滚在心里。
又看见宽厚的背影，
始终为我遮风挡雨。
有多少五味杂陈，

又有多少百感交集。

[李廷钊转身发现身后的屠呦呦，迎上前接过屠呦呦肩上的挂包。

李廷钊 （白）呦呦，回来了！（给屠呦呦端来一碗清汤面）饿了吧？你快吃面，不然就凉了。吃完早歇着，累一天了。孩子有些感冒发烧，吃了药总算哄着了。她想你呢，一直在喊妈妈。

屠呦呦 （鼻子一酸，感动地。白）廷钊！

我是多么不灵光，
让你吃苦受累为我忙。
我没有为你做过饭，
都是你一日三餐下厨房。

我是多么不灵光，
让你吃苦受累为我忙。
两个囡囡我没管，
都是你把屎把尿一人扛。

我是多么不灵光，
让你吃苦受累为我忙。
我不是贤惠妻子，
我不是称职妈妈，
我不是温柔女人，
多少亏欠情难当。

李廷钊　你今天怎么了？
说得我鼻子发酸心被撞。
千年修得夫妻一场，
何来亏欠情难当？
屠呦呦　今夜还有一事讲，
话到嘴边口难张。
李廷钊　夫妻之间坦诚相见，
还有什么不能讲。
屠呦呦　青蒿素虽然已发明，
药性数据却不明朗。
人体实验箭在弦上，
错过时间将错过临床。
我向组织主动申请，
愿意以身去试药——
李廷钊　（震惊不已地，白）你、你要以身试药！
屠呦呦　正要与你来商量。
李廷钊　（　白　）我不同意！
李廷钊　你自小体弱多病，
一直饱受病痛伤。
若是为了青蒿素，
以身试药多荒唐。
难道你不要命了，
非你不可亲自上？
难道你不要命了，
除了你无人担当？

别忘了，
你还是两个囡囡的娘，
就不能多替孩子想？
别忘了，
你还有一个幸福的家，
就不能多替家里想？

屠呦呦 / 李廷钊

忘不了 / 别忘了——
我是囡囡的娘 / 你是囡囡的娘，
贴心贴肉挂肚又牵肠 / 你就不能多替孩子想？
忘不了 / 别忘了——
家里还有你 / 你还有个家，
知冷知热相扶又相帮 / 你就不能多替家里想？

屠呦呦　可我是个医生，
医生的天职就是救死扶伤。
多少人正在饱受疟疾之苦？
多少人正在面对生死存亡？
怎么可以袖手旁观？
怎么可以临阵退让？
要拿到原始数据，
以身试药才不迷惘。
我不上谁来上？
我是课题组长；
我不上谁来上？
这是我的梦想。

李廷钊 / 屠呦呦

梦想！梦想 / 梦想！梦想！

就知道你的梦想 / 这是我的梦想。

什么事情都依你 / 梦想！梦想！

只有试药我决不让 / 这是我的梦想。

李廷钊 只有试药我决不让。

[李廷钊转身欲下。

屠呦呦 （白）廷钊！

[屠呦呦欲追。

[这时，从摇篮里传来孩子的啼哭声，屠呦呦、李廷钊下意识地转身奔去，俩人一道摇起了摇篮……

[灯光渐暗。

第二幕　第三场　以身试药

［病房（实验室）外，忙碌的医护人员来来往往、进进出出，正在为人体实验做前期准备……

［墙上一面挂钟，特别地醒目。

［试药者上，同事和家属们随上，依依不舍地送别。

众同事　短短的一段路如此漫长，
牵扯着多少双忐忑的目光。
以身试药义无反顾，
一步步走向那实验病房。
试药者甲　短短的一段路如此漫长，
试药者甲妻
紧紧地拉着手总是不想放。
试药者甲　代妻试药又何妨，
天塌下来男人扛。
试药者乙　短短的一段路如此漫长，
试药者乙夫
紧紧地拉着手总是不想放。
试药者乙　你自己要保重不用太牵挂，
家里的事情我已安排妥当。

试药者甲妻、试药者乙夫 / 试药者甲、试药者乙

短短的一段路如此漫长，
紧紧地拉着手总是不想放。
我在病房外面等着你出来 / 以身试药义无反顾，
我们今后的日子会更加久长 / 一步步走向那实验病房。

［屠呦呦独自上，一步三回头。

屠呦呦 短短的一段路如此漫长，
一次次回头望，望断了目光。
多么想你能为我送行，
给我一个可以依靠的肩膀。
以身试药我义无反顾，
为什么你不在我身旁？

众同事 短短的一段路如此漫长，
有多少贴心话要对你讲。
以身试药义无反顾，
等你们平安出来满载荣光。

［中医研究院院长上，一把拉住屠呦呦。

院　长 （白）呦呦！
你是科研骨干，
你是课题组长，

以身试药有风险，
稍有闪失怎担当？
试药人选另物色，
试药时间再商量。
你在外边总指挥，
同样可以大局掌。

屠呦呦 我的生命，
她的生命，
所有人的生命都一样。
人体实验箭在弦上，
患者们正经历生死存亡。
不要再商量，
不要再彷徨，
以身试药我当仁不让。

众同事 不要再商量，
不要再彷徨，
以身试药我当仁不让。

[院长神情凝重地与屠呦呦等试药者一一握手。

院　长 分别的时候，
更感到珍重的分量；
再见的时候，
更理解成功的沧桑。

众同事 分别的时候，

更感到珍重的分量；
再见的时候，
更理解成功的沧桑。

[院长和同事们百感交集地目送着屠呦呦和试药者走进病房（实验室）……

[挂钟的秒针正在跳动，嘀嗒声由弱渐强……

[病房（实验室）外，同事们焦灼不安地守候着……

众同事 嘀嗒嘀嗒……
时间在静静流淌；
扑通扑通……
心脏要跳出胸膛；
守望、守望，
亲人和同事平安；
坚持、坚持，
咱中医人的梦想。

[病房（实验室）内，屠呦呦手捧实验药物欲服……

屠呦呦 手捧青蒿提取物，
凝结多少人的心血，
寄托多少人的梦想。
服下去，
有可能生存，

也可能死亡。
服下去，
孩子可能失去母亲，
丈夫可能失去妻子。
服下去，
青蒿提取物才可用于临床，
患者才能远离死神的魔掌。

［屠呦呦第一次服下实验药物。

众同事 嘀嗒嘀嗒……
时间在静静流淌；
扑通扑通……
心脏要跳出胸膛；
守望、守望，
亲人和同事平安；
坚持、坚持，
咱中医人的梦想。

［屠呦呦又一次捧着实验药物欲服……
［病房（实验室）外，李廷钊冲上。

李廷钊 （白）呦呦！
呦呦，
可听见我的呼喊？

呦呦，
可听见我的呼唤？

屠呦呦 呼喊声回响在耳畔，
一阵阵感动在心间。

李廷钊 在你最需要我的时候，
我怎能不在你身边？
在你面对生死的时候，
我怎能不把你陪伴？

屠呦呦 虽然我看不见你的面容，
却能感觉你就在身边；
虽然我看不见你的身影，
却能感觉你的力量，
还有你给我的温暖。

李廷钊 （白）呦呦，你放心吧，大囡囡已送到幼儿园全托，小囡囡也送回了宁波老家。等你平安回来，咱们一家人就团圆了。

李廷钊 （呼喊）呦呦！

屠呦呦 （呼喊）廷钊！

李廷钊 我在外边等你回家，

屠呦呦 你的祝福与我相伴。

李廷钊、屠呦呦
今后的日子还很长久，
我们携手走向永远。

［屠呦呦第二次服下实验药物。

众同事 嘀嗒嘀嗒……
时间在静静流淌；
扑通扑通……
心脏要跳出胸膛；
守望、守望，
亲人和同事平安；
坚持、坚持，
咱中医人的梦想。

[病房（实验室）内。
[屠呦呦再一次捧着实验药物欲服……
[护士冲上，手拿一沓数据表格。

护　士 （白）组长，你的体温升高，血压不稳定，心电图紊乱……

[病房（实验室）外。
[与此同时，一个大夫正与院长耳语，报告监测情况。
[病房（实验室）内、外。
[院领导突然间叫起来。

院　长 （白）不行！青蒿提取物人体试验必须立即停止！
青蒿提取物药性不明，
人体试药随时有生命危险。
如果她们有三长两短，

我们从此将遗恨永远。
快！快把他们接出来！
快！还来得及终止实验！

众同事 快！快把他们接出来！
快！还来得及终止实验！
快！快！快！

[院长欲推实验室门，门已被屠呦呦反锁。

屠呦呦 隔着厚重的门窗，
仍感受你们关爱的温暖。
头昏眼花，
只觉得天旋地转；
手冰脚凉，
只觉得如坠深渊。
停止实验，
多少心血都枉然，
救死扶伤成空言。
我不能，
不能放弃啊，
功亏一篑刹那间。
愿学神农尝百草，
天赋职责记心间。
愿将生死置之度外。
以身试药无悔无怨。

[屠呦呦第三次毅然决然地服下试验药物。

[窗外，一轮太阳升起来，又落下去；一弯月亮升起来，又落下去……

众同事、院长、李廷钊

太阳升起来，
太阳又落下去；
月亮升起来，
月亮又落下去。
一天过去了，
像一年那么长；
一天过去了，
又一天过去了。

[一束聚光投在病房（实验室）大门上——房门被慢慢地打开了，屠呦呦等试药者慢慢地走出病房。亲人、同事和领导围上前去。

屠呦呦　（白）人体试验也成功了！青蒿提取物真的成功了！

院领导　（白）呦呦，青蒿提取物就像是我们的“孩子”，快给“孩子”取个名字吧。

屠呦呦　（白）就叫“青蒿素”吧！

众同事　（白）青蒿素！

青青的小草，
山野间悄悄地生，
水塘边默默地长，

蕴含生命的美好；
青青的小草，
任凭那风吹雨打，
任凭那兽嚼虫咬，
彰显生命的骄傲。
神奇的小草，
千百次雾中寻，
千百次梦里找，
今天终于把你找到。

[一片沉寂。

[屠呦呦静静地坐在椅子上，显得那么地沉静和安详。

[字幕：1972年11月8日，青蒿素正式问世。2015年10月5日，屠呦呦凭青蒿素的发明获得诺贝尔生理学或医学奖；2017年1月9日，屠呦呦获得国家最高科学技术奖；2019年9月17日，屠呦呦被授予“共和国勋章”。

[灯光渐暗。

尾声　梦想总是可以实现的

［在“呦呦鹿鸣”的旋律声中，老年屠呦呦从远处缓缓地走来。

［屠呦呦、童年屠呦呦向老年屠呦呦走去。

屠呦呦　（白）你得到了诺贝尔奖，又得到了国家最高科学技术奖，还有共和国勋章，高兴吗？

老年屠呦呦

那是祖国的荣誉，
颁给中医科学家的勋章。
我从未想过得奖，
只想悬壶济世、救死扶伤。

童年屠呦呦

（白）你累吗？你苦吗？

老年屠呦呦

就像登山，过程那么艰难；
攀上山顶，阅尽无限风光。
现在只想静一静，
守住内心一份安详。
天空不会留下鸟儿的翅膀，
但鸟儿曾经在那天空中飞翔。

[朦胧中，屠濂规、合唱队缓缓地汇集而上。

屠濂规　呦呦鹿鸣，
食野之蒿。
我有嘉宾，
德音孔昭。
呦呦就是你的名字，
从《诗经》中走来。

童年屠呦呦、屠呦呦、老年屠呦呦
呦呦鹿鸣，
食野之蒿。
蒿草青青，
报之春晖。
呦呦就是我的名字，
从《诗经》中走来。

合唱队　呦呦鹿鸣，
食野之蒿。
蒿草青青，
报之春晖。
呦呦就是你的名字，
从《诗经》中走来。

[灯光渐暗。

[剧终。

呦呦鹿鳴

本剧与郭蔡雪合作。

获第十五届“五个一工程”优秀作品奖

文本发表于《剧本》杂志 2018 年第 7 期。

剧名书写　高军法

王勇剧作集

民族歌剧

红船

◎

王勇 著

中国戏剧出版社
CHINA THEATRE PRESS

图书在版编目（CIP）数据

王勇剧作集 / 王勇著. — 北京 : 中国戏剧出版社,
2022.6
ISBN 978-7-104-05123-7

I.①王… II.①王… III.①剧本—作品综合集—中
国—当代 IV.①I230

中国版本图书馆CIP数据核字（2021）第171113号

王勇剧作集

策划编辑：肖　楠
责任编辑：邢俊华
责任印制：冯志强

出版发行：中国戏剧出版社
出 版 人：樊国宾
社　　址：北京市西城区天宁寺前街2号国家音乐产业基地L座
邮　　编：100055
网　　址：www.theatrebook.cn
电　　话：010-63385980（总编室） 010-63381560（发行部）
传　　真：010-63381560

读者服务：010-63381560
邮购地址：北京市西城区天宁寺前街2号国家音乐产业基地L座

印　　刷：保定市铭泰达印刷有限公司
开　　本：787mm×1092mm　1/32
印　　张：42.25
字　　数：846 千
版　　次：2022年6月　北京第1版第1次印刷
书　　号：ISBN 978-7-104-05123-7
定　　价：458.00 元（全 18 册）

时　间：1921 年 7 月 30 日到 8 月初的一天。

地　点：上海法租界；浙江嘉兴南湖。

人物：（以出场顺序、出场年龄为准）

毛泽东——男，28 岁，来自中共长沙早期组织。（男高音）

何叔衡——男，45 岁，来自中共长沙早期组织。（男低音）

董必武——男，35 岁，来自中共武汉早期组织。（男中音）

陈潭秋——男，25 岁，来自中共武汉早期组织。（男高音）

王尽美——男，23 岁，来自中共济南早期组织。（男高音）

邓恩铭——男，20 岁，来自中共济南早期组织。（男高音）

李　达——男，31 岁，来自中共上海早期组织。（男高音）

李汉俊——男，31 岁，来自中共上海早期组织。（男低音）

刘仁静——男，19 岁，来自中共北京早期组织。（男高音）

包惠僧——男，27 岁，受陈独秀个人委派。（男高音）

张国焘——男，24 岁，来自中共北京早期组织。（男低音）

周佛海——男，24 岁，来自中共旅日早期组织。（男低音）

陈公博——男，29 岁，来自中共广州早期组织。（男低音）

马　林——男，38岁，荷兰人，共产国际代表。（男中音）

尼克尔斯基——男，23岁，俄罗斯人，共产国际远东书记处代表。（男高音）

王会悟——女，23岁，李达之妻。（女高音）

陈独秀——男，40岁，中共创始人之一。（男中音）

李大钊——男，30岁，中共创始人之一。（男高音）

细妹子——女，15岁左右。（女高音）

杨开慧——女，18岁，毛泽东之妻。（女高音）

陈望道——男，30岁，《共产党宣言》的中文翻译者。（男中音）

驱张团成员若干；学生若干；工人、市民若干。

船娘；轿夫、唢呐手若干；游客若干。

法租界便衣（夾衣人）；军警若干。

合唱队（由工人、农民、市民、贫民、学生等各色人等组成）。

序

[天空之下，乌云翻滚……

[合唱队缓缓地上。

合唱队 苦难中华，
我的父母之地，
我们的祖先之地。
任人宰割的山河，
多少苦难无边无际；
任人践踏的土地，
多少灾厄无穷无期；
任人欺凌的岁月，
多少泪水无声哭泣；
任人蹂躏的身躯，
多少魂灵无所归依。
苦难中华，
我的父母之地，
我们的祖先之地，
还有多少梦想和希冀。
苦难中华/一个幽灵，

我的父母之地 / 共产主义幽灵，
我们的祖先大地 / 徘徊在中华大地。

[天边，一束光柱刺破云雾，喷薄而出……

[灯光暗转。

[1921 年 7 月 30 日，夜。

[李公馆（李书城家，位于上海法租界望志路 106/108 号），一幢具有典型上海地方风格的石库门里弄建筑，砖木结构，坐北朝南。

[一楼餐厅里，房顶上吊有一盏灯，下摆一长条桌——因抽烟抽得凶，满屋子烟雾缭绕……烟雾中，马林、尼克尔斯基、张国焘、李达、李汉俊、毛泽东、何叔衡、董必武、陈潭秋、王尽美、邓恩铭、刘仁静、包惠僧、陈公博、周佛海十五人，或站或倚或坐在长条桌前，像一幅油画，像一组群雕。

毛泽东　（说）长沙毛泽东。

何叔衡　（说）何叔衡。

张国焘　（说）北京张国焘。

刘仁静　（说）刘仁静。

王尽美　（说）济南王尽美。

邓恩铭　（说）邓恩铭。

董必武　（说）武汉董必武。

陈潭秋　（说）陈潭秋。

李　达　（说）上海李达。

李汉俊　（说）李汉俊。

陈公博　（说）广州陈公博。

包惠僧　（说）包惠僧。

周佛海　（说）东京周佛海。

马　林　（说）共产国际代表马林。

尼克尔斯基

（说）共产国际远东书记处代表尼克尔斯基。

张国焘　我从古都北京来，

张国焘、刘仁静

携雷电要把旧世界劈开；

王尽美　我从趵突泉边来，

王尽美、邓恩铭

捧清泉要把黑暗社会涤溉；

毛泽东　我从岳麓山下来，

毛泽东、何叔衡

开天辟地一腔初心不改；

李达、李汉俊

我们在黄浦江畔期待，

众代表　为共产主义走到一块。

董必武　我从黄鹤楼前来，

董必武、陈潭秋

长江水载不动中华悲哀；

陈公博　我从珠江口岸来，

陈公博、包惠僧

南海掀怒潮激情满怀。

周佛海 / 马林、尼克尔斯基

我从日本东京来 / 我从共产国际来，
不远万里漂洋过海。

众代表 一个幽灵在中国上空徘徊，
共产党宣言激荡寰宇内外。

[院子里，一盏昏暗的墙灯下，王会悟正在纳鞋底，警惕地观察四周的动静……

王会悟 这是一个平常的夜晚，
看夜色蔓延，
黑暗尽头曙光总会出现。
这是一个不平静的夜晚，
听于无声处，
惊雷隐隐天际传。
五十八个党员，
一十三个党代表，
共同的梦涌动在心间。

[一个身着灰色衣衫，头戴礼帽的陌生人上，直奔餐厅而去。王会悟想阻拦却已来不及，紧跟在后边。灰衣人推开餐厅门，看见烟雾中惊愕的人们。

李汉俊 （说）你找谁？

灰衣人 （说）我、我找各界联合会王主席。

李汉俊　（说）这里没有王主席。

灰衣人　（似笑非笑地说）对不起！走错门了。

［说着，灰衣人又转身快速离去，下。

马　林　（警觉地，说）不好！
情况突然有变，
会议必须换地点。

张国焘　是不是小题大做？
来人只是走错房间。

马　林　你们想得太简单，
缺乏革命斗争经验。

李　达　换会址如何来得及？

众代表　情况紧急事发突然。

［众代表显得焦虑不已。

［王会悟看在眼里，也是焦急万分，倏忽间，她灵机一动，似乎想到了什么。

王会悟　我想起家乡好去处，
就在嘉兴南湖边。
警察特务不常见，
民风淳朴比较安全。
租条船假装泛舟游玩，
继续开会迎接党的创建。

毛泽东　事态紧急当断则断，
事不宜迟不断则乱。

[众人点头称道。

马　林　（说）好，所有人马上转移……

[马林拉着尼克尔斯基上前一步。

马林、尼克尔斯基
我们的模样太过显眼，
陈公博　我有新婚妻子需陪伴，
李汉俊　我还要与巡捕房周旋，
马林、尼克尔斯基、陈公博、李汉俊
不能再参会深感遗憾。
众代表　去南湖，
我们分头去准备，
相约嘉兴再相见。
去南湖，
继续第一次党代会，
让我们迎接党的创建。

[众人分头下。
[灯光渐暗。

第一幕　第一场

[一九一九年五月四日，“五四运动”爆发。

[天安门——北京大学生冲到天安门示威游行，反对“巴黎和约”……

[张国焘、刘仁静走在游行队伍的前面，高呼“还我青岛！”“取消二十一条！”“民贼不容存，诛夷曹章陆！”……

张国焘　还我们青岛，

刘仁静　民贼不容存；

张国焘　取消二十一条，

刘仁静　诛夷曹章陆。

张国焘　血可流，

刘仁静　头可断，

张国焘、刘仁静

“巴黎和约”不能签。

众学生　血可流，头可断，

“巴黎和约”不能签。

[刘仁静激愤之下，拿出一把刀。

刘仁静 任人宰割似羔羊，
国将不国生灵涂炭。
东方狮还在酣眠，
中国龙困在沙滩。
就让我一死化作呐喊，
将沉睡的中国人呼唤。

［刘仁静持刀欲割颈，被惊呼的张国焘和众同学一把拉住。

［陈独秀冲上，从刘仁静手中夺下刀。

陈独秀 想死容易活着难，
活下去才是真勇敢。
让我们死得更有意义，
还有一口气就去反抗。

众学生 血可流，头可断，
“巴黎和约”不能签。

［警笛大作，军警如狼似虎地冲上，开枪驱散学生，有人被绑，有人中弹……张国焘、刘仁静等众学生散去，下。

［陈独秀撒下漫天纷纷扬扬的《北京市民宣言》传单……

陈独秀 撒下《北京市民宣言》，
像大雪洒落在苦难人间。
一字字情真意切，
中国要主权；

一句句如雷似火。
中国人要尊严。
看啊——
那纷纷扬扬的传单，
都化作六月的雪；
看啊——
那纷纷扬扬的传单，
都化作六月的冤。

[陈独秀一边撒传单，一边躲闪军警的追捕，终被军警抓住按倒在地上……

陈独秀　（挣扎着，悲怆地仰天大喊）国耻哪！

[灯光暗转。

[1921年8月初的一天，嘉兴南湖狮子汇渡口——停泊着一艘中型的单夹弄丝网船，也称画舫，内有前舱、中舱、房舱和后舱，右边有一条夹弄通道，中舱放一张八仙桌，周围放桌凳和茶几。前舱搭有凉棚，房舱设有床榻，后舱置有橱灶等物，船梢系有一条小拖梢船，为接人进城购物所用。

[画舫旁，王会悟正在等候，不住地张望。

王会悟　宁静的南湖波光闪亮，
一艘画舫在岸边荡漾。
南湖并不宽广，

画舫并不宽敞；
却承载着共同梦想，
冲破风雨驶向远方。

[毛泽东、张国焘等十个党代表陆续上，或独自出行，或三两成行……

张国焘　从上海到嘉兴一路辗转，
游山玩水不过是装模作样。
刘仁静　乘火车换洋车一路寻访，
名胜古迹来不及细细欣赏。
周佛海　化作归国侨，
王尽美　装作教书匠，
邓恩铭　扮作观光客，
陈潭秋　饰作茶叶商。
包惠僧　刚分手又聚首心照不宣，
众代表　眼含笑微颔首把路人装。

[众代表假装不相识，相互含笑点头，拱手示意。
[众小贩穿行在众代表间，不住地吆喝叫卖……

小贩甲　乌镇姑嫂饼名不虚传，
小贩乙　嘉兴肉粽滋味长，
小贩丙　西塘八珍糕松脆可口，
小贩丁　南湖红菱透清香。

毛泽东　还有那嘉兴三塔观兴亡，
众代表　更有那烟雨楼风云酝酿。
毛泽东　一派江南好风光，
果然是吟诗作画的地方。
董必武　润之莫非诗兴发，
不如和诗一首抒酣畅？
张国焘　你们哪来如此好兴致，
还有大事可别忘。
毛泽东　事再大且举重若轻，
谈笑之间把历史开创。
众代表　事再大且举重若轻，
谈笑之间把历史开创。

[王会悟笑盈盈地迎上前去。
[李达率先登船，各位代表鱼贯登船。

王会悟　叫船娘，
解缆绳，
摇船桨，
让画舫在南湖上荡漾。
众代表　叫船娘，
解缆绳，
摇船桨，
让历史从南湖边起航。

[船娘边摇橹边唱嘉兴民歌：

四个姑娘去踏车啊，
四顶箬帽手里拿。
四顶箬帽都是牡丹花，
头上却插栀子花……

[画舫缓缓地向湖心划去……

[灯光渐暗。

第一幕　第二场

［北京一监狱——陈独秀面壁而立。

陈独秀　阴风吹，
冷雨滴，
我就在这里；
老鼠伴，
蟑螂陪，
我就在这里。
这里是监狱，
也是研究室。
我在这里研究社会，
只有阴暗之地，
才可能找到光明的希冀；
我在这里研究历史，
只有寒冷之地，
才可能找到火热的真理。

［灯光暗转。

［长沙——

[毛泽东、何叔衡正散发《湘江评论》……

毛泽东　（ 喊 ）号外！ 号外！

何叔衡　（ 喊 ）号外！ 号外！

毛泽东　民主已经死去，
陈独秀关进监狱。

何叔衡　科学已经死去，
陈独秀身陷囹圄。

毛泽东　中国走向哪里？
到处都是烂泥！
我们大声呼吁——

何叔衡　营救陈独秀，

毛泽东　就是救民主，

何叔衡　就是救科学，

毛泽东　就是救中国，
于水深火热里。

毛泽东、何叔衡
救救民主，
救救科学，
救救中国，
于水深火热里。

[何叔衡下。

[毛泽东手持一份《湘江评论》，面临湘江。

毛泽东 （说）时机到了！时机到了！

世界大潮卷得更急，
洞庭湖闸门已开启，
浩浩荡荡的新思潮，
奔腾澎湃在湘江里。
时机到了，
顺他的生；
时机到了，
逆他的死。

［合唱队上。

合唱队 营救陈独秀。
我们大声抗议；
救一救民主，
救一救科学。
我们大声呼吁；
救一救苦难中国，
于水深火热里。

［合唱中——

［济南——罢工的工人打着横幅，上书“济南大罢工，释放陈独秀”。王尽美、邓恩铭走在游行队伍的前面……

［武汉——罢课的学生打着横幅，上书“武汉大罢工，释放陈独秀”。董必武、陈潭秋走在游行队伍前面……

[广州——罢工的工人打着横幅，上书“广州大罢工，释放陈独秀”。陈公博、包惠僧走在游行队伍前面……

[上海——罢课的学生、罢工的工人、罢市的市民走上街头，打着“上海大罢工，释放陈独秀”“上海大罢课，释放陈独秀”“上海大罢市，释放陈独秀”的横幅。李达、李汉俊走在游行队伍的前面……

王尽美、邓恩铭

我们大声呼吁，

王尽美、邓恩铭、董必武、陈潭秋、李达、李汉俊、陈公博、包惠僧、合唱队

营救陈独秀。

董必武、陈潭秋

就是救民主，

李达、李汉俊

就是救科学，

陈公博、包惠僧

就是救中国，

王尽美、邓恩铭、董必武、陈潭秋、李达、李汉俊、陈公博、包惠僧、合唱队

于水深火热里。

[军警冲上，棒打、驱赶着游行的人们……

[灯光暗转。

[北京。监狱外，张国焘、刘仁静及一群北京的大学生显得既

激动又焦急，正翘首以待陈独秀出狱。

众学生 终于赢得胜利，
终于迎来正义。
你即将走出监狱，
像一缕希望的晨曦。

一学生 （说）李先生来了。

［李大钊上。

李大钊 迎接仲甫出大狱，
还带来一首小诗。
我要大声地念起，
让正义的声音传递。

［李大钊将诗稿递与张国焘；张国焘激动地接过浏览，又递给其他同学传阅，都不禁肃然起敬。

［“咣当”一声，狱门被打开，陈独秀缓缓地从监狱走出，人们不由自主地让开一条道。

众学生 终于赢得胜利，
终于迎来正义。
你即将走出监狱，
像一缕希望的晨曦。

［李大钊跨步上前，激动地吟诵诗稿。

李大钊 你今出狱了，
我们很欢喜。
他们的强权和威力，
终究战不胜真理。
什么监狱什么死，
都不能屈服了你，
因为你拥护真理，
所以真理拥护你。
你今出狱了，
我们很欢喜！
相别才几十日，
这里有了许多更易。
你不必感慨，不必叹息，
很多的化身同时奋起；
好像花草的种子，
被风吹散在遍地。

众学生 你今出狱了，
我们很欢喜。
有许多的好青年，
已经实行了你那句言语——

［陈独秀感动不已，也感慨不已。

陈独秀　出了研究室便入监狱，
出了监狱便入研究室。
陈独秀、李大钊
出了监狱便入研究室，
去研究马克思主义。

［灯光暗转。

［南湖画舫上，船头——王会悟手拿一本书，却心不在焉，密切、警觉地观察四周的情况……

王会悟　时而高声，时而低语，
字字句句传到耳里。
为了一个主义，
他们愿前仆后继；
为了一个主义，
他们将在所不惜。
时而低沉，时而清激，
真真切切印在心里。
为了一个梦想，
路漫漫其修远兮；
为了一个梦想，
上下求索新社稷。
一个主义，
回荡在天地寰宇；
一个梦想，

萦绕在每个人心里。

[船舱里显现出憧憧剪影——代表们正在召开中国共产党第一次代表大会南湖会议……

[合唱队上。

合唱队 一个主义，
回荡在天地寰宇；
一个梦想，
萦绕在每个人心里。

[灯光渐暗。

第一幕　第三场

［北京北长街福佑寺。

［寺庙内外，残垣断壁，几近荒废。毛泽东带领的驱张团代表寄宿于此。他们中有工人、市民、农民、学生，也有老人，还有怀抱孩子的女人，衣衫褴褛，饥寒交迫，或和衣而卧，或席地而坐，或相互依靠……细妹子额头上还有胳膊上打着浸血的绷带，显得尤其扎眼。

群　众　驱逐张敬尧，
北上来请愿。
天下乌鸦一般黑，
潇湘儿女受尽熬煎。

毛泽东　在那新华门前，
我们像羔羊被驱赶。
所有的喉咙都已喊破，
所有的呐喊随风飘散。
在那新华门前，
我们面对的是皮鞭。
无辜血青天下飞溅，
落下无穷无尽的苦难。

[毛泽东——安抚着驱张团成员……最后，走至细妹子身边，拉起她受伤的手。

细妹子　（说）毛先生！
说什么苍天有眼，
老天爷却是视而不见。
我的爹抗暴政横尸湘江岸，
我的哥前仆后继惨死一边，
我的娘三尺麻绳梁下悬，
抛下我哭天喊地泪流干。

毛泽东　抚血迹禁不住一阵心颤，
人世间多少苦难才算完。

细妹子　说什么青天可鉴，
老天爷却是黑白不辨。
细妹子的苦比那窦娥苦，
细妹子的冤比那窦娥冤，
学窦娥临死也发三桩愿，
细妹子问天问地管不管。

毛泽东　问什么地，
问什么天，
命运从来靠自己改变。
只有把剥削阶级去推翻，
才可能换个人间。

群　众　驱逐张敬尧，
北上来请愿。

官官相护一般黑，
潇湘灾祸到何年？

［细妹子等驱张团成员散去，下。

［毛泽东目睹着乡亲们的凄楚、痛苦和悲愤，感同身受。

毛泽东　我有一个梦，
总有那么一天，
沙漠变成草原，
沧海变成桑田；
我有一个梦，
总有那么一天，
人民幸福，民族复兴，
富强民主的信念；
我有一个梦，
总有那么一天，
中国终将站起来，
挺立世界之巅。
我发下宏愿，
在天安门前，
这个梦并不遥远，
这个梦必定实现。

［杨开慧拎着一个包裹上，向背对自己的毛泽东打听。

杨开慧 （说）老乡，请问毛润之先生在吗？

［毛泽东转身看到杨开慧，不由得喜出望外。

毛泽东 （说）开慧！

杨开慧 （说）润之！

［毛泽东与杨开慧久别重逢，情不自禁地冲向对方，欲接近又情怯止步，显得腼腆、羞涩。

［众人见状，有意回避，下。

毛泽东 （说）你来了！

杨开慧 （说）来了，来看你！

毛泽东 阔别重逢，

杨开慧 阔别重逢，

毛泽东、杨开慧

阔别重逢，

清风拂面如沐春。

毛泽东 还记得曾供职北大图书馆，

你父亲极力推荐我毛泽东。

还记得杨教授教诲谆谆，

经常是茅塞顿开受益终生。

杨开慧 多少回你来到我的家中，

与父亲谈古论今海阔天空。

最喜你慷慨激昂的面容，

最喜你侃侃而谈挥手生风。

毛泽东 还记得你就在一旁倾听，
忽闪的眼睛透出闪亮清纯。
那眼神已悄悄灼伤我的心，
留下了永不弥合的印痕。

杨开慧 阔别重逢，

毛泽东 阔别重逢，

杨开慧、毛泽东
阔别重逢
清风拂面如沐春。

［毛泽东与杨开慧互诉情愫，情不自禁地伸出手攥在了一起，又旋即分开……

［杨开慧打开尴尬气氛，打开随身带来的包裹。

杨开慧 带来了家乡味道好几种，
红烧肉臭豆腐腊味合蒸。

［毛泽东欢喜地接过包裹，捧起贴近口鼻处，满足地吸吮着家乡的味道。

毛泽东 闻一闻老家味道，
就像是回到湘潭韶山冲。

杨开慧 还有你的最爱剁辣椒，

毛泽东 能吃辣才能更好去斗争。

杨开慧　这次驱张请愿入京城，
父亲虽然支持又担惊。
我也是噩梦连连常惊醒，
你的安危已将我的心牵引。

毛泽东　我的安危不足惜，
看千万潇湘儿女火热水深；
又岂止是湖南一省，
看亿万中华儿女涂炭生灵。
再不可国将不国，
再不能民不聊生，
再不要一盘散沙，
再不忍如此沉沦。
如今是主义泛滥人心乱，
哪一种才可以拨开疑云？
苦苦地思索，
苦苦地沉吟，
让中国凤凰涅槃浴火重生。
（说）开慧，这次进北京，我还要去见陈独秀先生、李大钊先生。

杨开慧　（说）你想见陈先生、李先生！

毛泽东　（说）对，我要向两位先生请教——
请教中国前途命运，
请教中国何去何从？

［杨开慧使劲地点头。

［远处，“啪”地传来清脆的马鞭声。

［灯光暗转。

［北京前门外——灰暗的城墙，阴霾的天色，苍茫的大地……

［李大钊扬鞭赶着一辆骡车上，车上载着陈独秀。

李大钊　乔装打扮出前门，
　　送仲甫逃离京城大囚笼。
陈独秀　看你像个老把式，
　　赶车人坐车人都是大先生。
李大钊　从北京到天津再乘海轮，
陈独秀　赴上海继续求索觅光明。
李大钊　地坑洼车颠簸道路不平，
陈独秀　人世间更是处处有不公。
李大钊　这世界要改变太不容易，
　　建政党聚人心救国救民。
陈独秀　早有此意萦绕于胸，
　　你我所想不约而同。
李大钊　举起共产主义旗帜，
陈独秀　团结所有劳苦大众；
李大钊　成立无产阶级政党，
陈独秀　消灭社会阶级区分。
李大钊　历史大潮滚滚奔涌，
陈独秀　顺者昌逆者亡时势造英雄。
李大钊　一言为定，
陈独秀　一言为定，

李大钊　一言为定，
你在上海多策动；
陈独秀　一言为定，
你在北京多经营。
李大钊、陈独秀
一言为定，
一南一北相呼应，
让我们把中国道路探寻。
李大钊　（勒住缰绳，吆喝牲口）吁……

［李大钊、陈独秀下骡车，眺望苍茫的大地，神情越发显得凝重。

李大钊　（说）仲甫，你看——
问苍茫大地，
生命不可承受之痛。
黄河在呜咽，
长江在呻吟，
炎黄的子孙，
五千年文明，
四万万同胞却民不堪命。
陈独秀　问苍茫大地，
生命不可承受之重。
黄山在凄恸，
长城在塌崩，
阴霾吹不尽，

愁云满眼浓，

偌大的家国却无处安魂。

李大钊、陈独秀

问苍茫大地 / 问苍茫大地，

生命不可承受之痛 / 生命不可承受之重。

陈独秀　我忧心忡忡，

李大钊　也始终笃信。

李大钊、陈独秀

总有那么一天，

李大钊　没有压迫——

陈独秀　从此国富民强；

李大钊　没有剥削——

陈独秀　从此繁荣昌盛。

李大钊、陈独秀

当家作主的是人民，

这就是我们的梦和初心。

[李大钊、陈独秀郑重地握手，随后俩人跳上骡车。

李大钊　（扬鞭吆喝着）驾！

[灯光暗转。

[南湖画舫上，十一个党代表正继续进行第六次会议，仍呈现出一幅油画、一组群雕的质感……

[船头，王会悟边看书边警惕四周动静……

张国焘　第一项议程，
为党来命名。

［众代表下意识地交换眼色，一时间显得肃穆、庄严。

毛泽东　就像呱呱坠地的婴儿，
名字预示着美好人生。
刘仁静　守常先生提名共产党，
包惠僧　仲甫先生一样也赞同。
众代表　（插话说）中国共产党！
毛泽东　中国有了中国共产党，
多么响亮多么隽永。
张国焘　请代表举手表决做定论，
众代表　期待着崭新的太阳升腾。
毛泽东　（说）我同意。

［毛泽东率先举手，董必武举手了，李达举手了，刘仁静也举手了，各位代表依次举起手，齐刷刷举着神圣的右手……

毛泽东　中国共产党，
像惊蛰春雷滚滚，
众代表　这名字叫起来喉头发紧。
毛泽东　中国共产党，
像旭日东方升腾，
众代表　这名字听起来心头一震。

毛泽东/众代表

中国共产党/中国共产党，
还有什么比你更庄重/还有什么比你更神圣。

[远远地，传来汽轮的“突突”声……

[王会悟警觉起来，重重地拍打几锤舱门，一头冲进船舱，还没等众代表醒来神来，她已拿出一副事先准备好的麻将，“哗啦”撒在桌上。

王会悟 （说）有情况！

[张国焘等人迅疾地码牌，有模有样地搓起了麻将，还有几个代表在一旁煞有其事地装作观战……

[王会悟像个老板娘似的，张罗着倒茶续水……

[音乐突变，几个军警冲上。

张国焘 （说）吃。
李　达 （说）杠。
周佛海 （说）碰。
包惠僧 （说）和了。

[毛泽东、董必武推开船窗，显得优哉游哉地吟起诗来……

毛泽东 （吟诵）江南好，风景旧曾谙——
董必武 （吟诵）日出江花红胜火——

毛泽东　（吟诵）春来江水绿如蓝——

毛泽东、董必武

（吟诵）能不忆江南？

毛泽东 / 张国焘 / 军警

江南好 / 麻将好 / 大搜查，

风景旧曾谙 / 东南西北中 / 谁也不许动。

董必武 / 李达 / 军警

日出江花红胜火 / 七对开杠饼万筒 / 他们都是什么人？

毛泽东 / 包惠僧 / 军警

春来江水绿如蓝 / 单坎单吊一条龙 / 像官像绅像先生。

毛泽东、董必武 / 众代表 / 军警

能不忆江南 / 我岿然不动 / 如何搞得清？

［一边是搓麻，一边是吟诗，一幅生动而有趣的画面……

［军警逼近到每个人面前，一一审视……

［王会悟端茶盅殷勤地给军警敬茶，却被军警摆手挡住……

［一个军警凑到毛泽东面前；毛泽东镇静自若，吟诵声声如洪钟……

［一个军警从牌桌上抓起一把钞票，张国焘欲上前理论，被李达拦住。

［最后，军警们悻悻地下。

［汽轮“突突”声响起，渐渐远去……

［王会悟及其他代表神色凝重地凝视着……

［灯光渐暗。

第二幕　第一场

[天空之下，乌云翻滚……

[合唱队缓缓地上。

合唱队　一个幽灵，
共产主义幽灵，
徘徊在中华大地；
苦苦地求索，
苦苦地探寻，
苦苦地寻觅。
你选择了历史，
历史选择了你。

[南湖之上，红船稳稳地驶来……

[合唱队缓缓地向红船走去，围绕在红船周围……

[天边，一束光柱刺破云雾，喷薄而出……

[灯光暗转。

[上海陈独秀家。

[陈望道上，“砰、砰、砰……”敲响了陈独秀的家门，显得很急切。

陈望道　（说）仲甫！仲甫……

［陈独秀身穿睡衣，睡眼蒙胧地上，显得烦躁不已。

陈独秀　（说）敲敲敲！
是谁杀死我的好觉，
面对“凶手”决不轻饶。

陈望道　我是陈望道，
日上三竿已高照。

陈独秀　为《新青年》赶稿，
从昨夜熬到大清早。
刚刚吃下安眠药，
又被烦人的敲门吵。

［陈独秀刚打开门，陈望道兴奋不已直冲进来，从包里掏出一沓书稿。

陈望道　（说）仲甫，你看。
奉上《共产党宣言》中译稿，
你望眼欲穿的心头宝。

陈独秀　（激动不已地说）《共产党宣言》！

［陈独秀颤巍巍地接过《共产党宣言》书稿，激动不已……

陈独秀　郑重地接过书稿，

那是我的魂牵梦绕。
有了你，
从此找到奋斗的目标；
有了你，
从此吹响奋进的号角。
厚厚的一摞书稿，
沉甸甸贴近滚烫的怀抱。

[陈独秀郑重而小心翼翼地翻开书稿的扉页。

[陈望道隐去。

陈独秀　（说）一个幽灵，共产主义幽灵，在欧洲大陆徘徊！

[与此同时，李大钊出现在远处高台上。

李大钊　（说）一个幽灵，共产主义幽灵，在欧洲大陆徘徊！

陈独秀、李大钊

一个幽灵，
共产主义幽灵，
在欧洲大陆徘徊，
如今登上中国舞台。

陈独秀　像清风吹走遮眼的雾霾，
李大钊　一幅蓝图正徐徐打开；
陈独秀　像清泉滋润信仰的心怀。
李大钊　一片愿景正扑面而来。

陈独秀 以共产主义名义，
无产阶级大联合，
从此阔步向前迈；
李大钊 以共产主义名义，
消灭压迫，消除剥削，
从此挺胸把头抬。
陈独秀 / 李大钊
一个幽灵，
共产主义幽灵，
在欧洲大陆徘徊，
如今登上中国舞台。
历史的选择 / 历史的必然，
从此走进一个崭新时代 / 从此埋下一片初心不改，
全世界无产者联合起来。

[灯光暗转。

[长沙青山祠（湖南第一师范附小宿舍）——

[杨开慧上，手拿一束路边采的野花，一路小跑，不时地擦拭脸颊上的微汗。

[与此同时，毛泽东边擦手边走出宿舍，显得既激动又焦急地眺望……

杨开慧 / 毛泽东
从板仓到青山心情舒畅 / 手心出汗眼巴巴眺望，
远远地就看见我的新郎 / 远远地走过来我的新娘。

毛泽东　（说）你……

杨开慧　（说）我来了！

毛泽东　怎不见我雇的花轿悠悠荡，
还有那唢呐声声喜洋洋？

杨开慧　一路上健步如飞入洞房，
没花轿没盖头照样做新娘。

［两个抬空花轿的轿夫、一个拿唢呐的唢呐手气喘吁吁地跑上。

唢呐手　（用长沙话说）国寺何改啰（这是怎么一回事）？

［毛泽东与杨开慧相视而笑。随即，毛泽东赶紧掏钱付予轿夫和唢呐手，又不住地作揖。

［轿夫和唢呐手收了钱，喜滋滋地下。

毛泽东　果然是新青年不同凡响，
毛泽东倒残存封建思想。

毛泽东、杨开慧
新青年，新气象，
新婚礼办出新模样。

［毛泽东与杨开慧手牵手走进将宿舍布置的新房，虽简单但透着温馨。毛泽东找来一个瓦罐，杨开慧将自己采的野花插在瓦罐里，摆放在已摆满菜肴的书桌上。

［毛泽东走到杨开慧身后，双手搭在杨开慧的肩上，将她轻轻地按坐在椅子上。

毛泽东　（说）霞姑！
没有富丽的洞房，
杨开慧　这里一样把风雨遮挡；
毛泽东　没有精美的家装，
杨开慧　点缀的野花也芬芳；
毛泽东　没有佳肴美味长，
杨开慧　粗茶淡饭一样香；
毛泽东　没有美酒的醇厚，
杨开慧　白开水一样醉心房；
毛泽东　我和你，
两个灵魂在夜里飘荡，
终于碰撞出爱的火光。
杨开慧　从此后，
我把自己交给你，
像云彩投入蓝天的胸膛。
毛泽东　从此后，
走在革命的路上，
生生死死等待在前方。
杨开慧　我跟你，
谁叫我如此爱你，
爱你就随你生死都去闯。

［毛泽东、杨开慧以水代酒，手挽手喝交杯酒……

［随后，毛泽东、杨开慧携手走到窗前，俩人轻轻地推开窗户，满天闪烁的繁星映入眼帘，璀璨而晶莹……

[幕内伴唱：

新人俏，
风摆杨柳摇；
新人妙，
彩云追月飘。

[灯光渐暗。

第二幕　第二场

［北京李大钊家与广州陈独秀家——

［李大钊与陈独秀正分头郑重地交代张国焘、刘仁静和陈公博、包惠僧……

李大钊　　兹事体大——

陈独秀　　兹事体大——

李大钊、陈独秀

兹事体大——

开天辟地惊雷响，

从此把历史开创。

李大钊　　就在东方巴黎上海滩，

陈独秀　　资产阶级的十里洋场，

李大钊　　召开第一次党代会，

陈独秀　　成立中国共产党。

［众人都不禁兴奋、激动不已。

［李大钊对张国焘和刘仁静——

李大钊　　国焘仁静携手前往，

代表北京去创党。

[李大钊对张国焘——

李大钊 你为人要谨慎不要太张扬，

张国焘 先生提醒不敢忘。

[李大钊对刘仁静——

李大钊 你年纪虽小有思想，

刘仁静 我将不负先生所望。

李大钊 兹事体大——

张国焘、刘仁静

兹事体大——

李大钊、张国焘、刘仁静

开天辟地去建党，

从此把历史开创。

[陈独秀对陈公博和包惠僧——

陈独秀 惠僧全权代表我，

再荐公博走一趟。

你们二人多相帮，

与各地代表多商量。

陈独秀 / 李大钊

为筹款建校舍四处奔忙 /
为同行去索薪教育部上访，
却不忘把共产主义宣讲 /
却遭到军警逞凶身负重伤。

陈独秀、李大钊

最遗憾历史时刻不在现场，
这颗心却相伴在你们身旁。
兹事体大——

张国焘、刘仁静、陈公博、包惠僧

兹事体大——

陈独秀、李大钊、张国焘、刘仁静、陈公博、包惠僧

开天辟地惊雷响，
从此把历史开创。

[陈独秀、张国焘、刘仁静、陈公博、包惠僧隐去。

[李大钊感慨万分。

李大钊 我有一个梦，
总有那么一天，
沙漠变成草原，
沧海变成桑田；
我有一个梦，
总有那么一天，

没有剥削，没有压迫，
人人平等的家园；
我有一个梦，
总有那么一天，
人民幸福，民族复兴，
富强民主的信念；
我有一个梦，
总有那么一天，
中国终将站起来，
挺立世界之巅。
我发下宏愿，
从心底祈盼，
这个梦并不遥远，
这个梦必定实现。

［灯光暗转。

［长沙湘江码头。

［毛泽东、杨开慧上，沿江岸走着。远远地，从湘江上时而传来汽笛声……

毛泽东　湘江滚滚向东方，
小别更知情意长。

杨开慧　橘子洲头水中央，
儿女情长暂且忘。

毛泽东　此番离乡奔沪上，

开天辟地去建党。

毛泽东 / 杨开慧

回头望 / 抬头望——
霞姑眼中含冀望 / 润之刚毅的脸庞。
志同道合求解放 / 心心相印逐梦想。
我走了 / 你去吧，
等我回家诉衷肠 / 早去早回诉衷肠。

[毛泽东毅然地向远处走去……

[细妹子内喊：“毛先生……”

[细妹子奔上。

毛泽东 （说）细妹子。

[细妹子上前一把拉住毛泽东。

细妹子 听说你要去远方，
拉住你就是不愿放；
你走了，
心里有话对谁讲？
谁为我们做主去奔忙？

毛泽东 细妹子已长大一定要坚强，
走再远你的安危心里装。

细妹子 你要去往何方？

毛泽东 我要去追逐梦想。

细妹子　（说）梦想？

毛泽东　我的梦，
将新世界去开创；
我的梦，
人人平等的天堂。

细妹子　我听不懂你说的话，
就知道你替穷苦人着想。
让我们不再受欺负，
不再忍受摧残和创伤。
细妹子等你回家乡，
从早等到晚，
从黑等到天光光。

［细妹子欲帮毛泽东提行李；毛泽东不让，最终被细妹子抢过去，下。

［毛泽东追细妹子下。

［杨开慧目送毛泽东远去……

杨开慧　一艘小船行驶在湘江，
也行驶在爱人的心上。
承载着希望，
承载着梦想。
不管多少暗礁险滩，
家是你永远的避风港。
遥望着远方，

始终牵引爱人的目光。
突然泪流淌，
从此思念在心底回荡。

一艘小船行驶在湘江，
也行驶在中国的胸膛。
从小船到巨轮，
从湘江到汪洋。
不管多少狂风恶浪，
劳苦民众是你坚挺的脊梁。

[灯光暗转。

[上海李达家——李达正在桌案上疾书……

[王会悟风风火火地上，推门进房。

王会悟　（说）老李。
李　达　（说）回来了！
　　　　快说说代表们的情况，
王会悟　按计划都已经安排妥当。
　　　　何叔衡已过不惑最年长，
李　达　刘仁静年龄小性格激昂。
王会悟　毛泽东诗人一般豪放，
李　达　张国焘却是好胜争强。
王会悟　王尽美身羸弱清瘦脸庞，
李　达　周佛海斯文儒雅着洋装。

王会悟　董必武还是前清大秀才，

李　达　满腹经纶也满脑壳新思想，

王会悟　陈公博携夫人成对成双，

边开会边度蜜月做新郎。

李　达　我和汉俊上海筹办，

离不开贤内助精心相帮。

王会悟　你的追求也是我的追求，

再苦再累当仁不让。

[李达感动而感激地将王会悟一把搂在怀里。

李　达　却遗憾有二人未能到场，

陈先生李先生真正把党开创。

[李达与王会悟肩并肩，遥望远方……

[灯光渐暗。

第二幕　第三场

[南湖画舫上。

[中国共产党第一次代表大会南湖会议正在进行，仍讨论《中国共产党第一个纲领》。

张国焘　党已经有了响亮的姓名，
接下来讨论决议和纲领。

[周佛海郑重地站起身，清了清嗓子。

周佛海　俄国的十月革命，
我们还需多弄懂；
德国社会党革命，
我们也要搞搞清。
不如先成立研究会，
弄懂搞清再决定。

刘仁静　（说）我坚决反对！
十月革命已经证明，
社会党改良之路走不通。
实现共产主义理想，

只有依靠武装暴动。

张国焘　（说）我赞成刘仁静同志的观点！

曾向李先生请教，

曾跟陈先生讨论——

［远处高台上，陈独秀、李大钊现身——

陈独秀　学习布尔什维克精神，

李大钊　马克思主义信仰坚定。

陈独秀、李大钊

无产阶级将资产阶级战胜，

只有依靠武装暴动。

众代表　无产阶级将资产阶级战胜，

只有依靠武装暴动。

［陈独秀、李大钊隐去。

毛泽东　我们吃过太多改良主义苦头，

改良主义更不是共产党纲领。

看俄国革命的成功，

已经给中国革命指引。

李　达　（说）润之说得好！

仲甫先生早确定，

推翻资产阶级政权，

建立无产阶级专政；

实现共产主义，
最终走向社会大同。

众代表 实现共产主义，
最终走向社会大同。

周佛海 我还以为党章太严，
条条框框管得太紧。
只要党员承认党章，
就可以承认党员身份。
共产党不做国民党的官，
我也觉得可以再讨论。

刘仁静 （说）不可以！
只有铁一般的纪律，
才可能把资产阶级战胜。

张国焘 （说）说的对！
为保证共产党的纯洁性，
无产阶级资产阶级界限要划清。

［代表们议论纷纷，有的点头，有的摇头，相互解释、相互争执、相互争论……最后，都静止不动，呈雕塑般的造型。

［王会悟从外打开船舱窗户，眼看着各位党代表，不禁感慨万分……

王会悟 多么可爱的人，
不禁感慨万分。
从来没有走的路，

你们苦苦地探寻。
寻路，
无论多少艰难险阻，
便只顾风雨兼程。
多么可敬的人，
不禁感慨万分。
从来不敢做的梦，
你们要梦想成真。
追梦，
无论多少荆棘载途，
却只有立党为公。

[王会悟轻轻地关上船舱窗户，隐去。

张国焘 （说）同志们，下面就纲领和决议进行举手表决。

[代表们纷纷点头。

张国焘 （说）好！同意的请举手。
毛泽东 我有一个梦，
消除压迫，消除剥削；
董必武 我有一片初心，
人民幸福，民族复兴。

[陈独秀、李大钊现身。

陈独秀　我有一个梦，
消除压迫，消除剥削；

李大钊　我有一片初心，
人民幸福，民族复兴。

［杨开慧现身。

杨开慧　我有一个梦，
消除压迫，消除剥削；

王会悟　我有一片初心，
人民幸福，民族复兴。

毛泽东　走向人人平等的共产主义，
走向社会大同。

［细妹子、驱张团成员、北大学生、市民、工人等现身。

众代表　走向人人平等的共产主义，
走向社会大同。

［陈独秀、李大钊、杨开慧、王会悟及驱张团成员、北大学生、市民、工人等隐去。

［众代表一一举手……

张国焘　（说）中国共产党纲领一致通过。

[代表们鼓掌……

[毛泽东在掌声中提议。

毛泽东 （说）我提议，喊几句口号吧！

众代表 （连连称道地说）好！好啊！

[毛泽东站起身，众人也不由自主地站起身。

王会悟 （推开船窗，探身叮嘱地说）小点儿声！

李　达 （说）对，小点儿声！

毛泽东 （压低嗓门，说）中国共产党万岁！

众代表 （压低嗓门，齐呼）中国共产党万岁！

毛泽东 万岁——
轻声的呼唤，
见证这一刻瑰伟。
告诉天空，
把梦想放飞，
开天辟地永不消褪。
告诉江山，
将初心滋培，
敢为人先风云应对。
万岁——
轻声的呼喊，
见证这一刻荣晖。
告诉时间，

这一瞬无悔，
从此定格年年岁岁。
告诉未来，
这一点星辉，
点亮满天星辰不坠。

众代表 万岁，
此心长相随；
万岁，
此梦犹可追。
万岁，
在南湖萦回，
在中国萦回，
在历史长空里萦回。

［万岁之声回荡在南湖，回荡在中国，也回荡在历史的长空之中……

［灯光渐暗。

尾　声

［极天边，霞光终于冲破云层，洒向大地；南湖之上，一艘红船沐浴着霞光稳稳地驶来……

［合唱队上，缓缓地向红船走去，围绕在红船周围……

合唱队　一个幽灵，
共产主义幽灵，
徘徊在中华大地。
从辛亥革命的暴风疾雨，
到护法战争的沉沙折戟；
从巴黎和会的大辱奇耻，
到十月革命的成功启迪；
从五四运动的前仆后继，
终于看到你横空出世。
一个幽灵，
共产主义幽灵，
徘徊在中华大地；
苦苦地求索，
苦苦地探寻，
苦苦地寻觅，

你选择了历史，
历史选择了你。

[王会悟上，缓缓地朝红船走去——

王会悟　临行前，
让我再看一眼，
那霞光，
将你辉映成红船。
从这里启航，
你将驶向远方；
从这里启航，
你将驶向百年；
从这里启航，
你将驶向永远。
我也许看不见，
也许等不到那一天。
只要坚持，
小船终将变巨轮，
梦想一定会实现，
红船驶向更远更远。

[毛泽东等党代表回身望向红船……

毛泽东、董必武、李达、何叔衡、张国焘、陈潭秋、王尽美、

邓恩铭、刘仁静、包惠僧、周佛海

临行前，
让我再看一眼，
那霞光，
将你辉映成红船。
从这里启航，
你将驶向远方；
从这里启航，
你将驶向百年；
从这里启航，
你将驶向永远。
我也许看不见，
也许等不到那一天。
只要坚持，
小船终将变巨轮，
梦想一定会实现，
红船将驶向更远更远。

［红船驶向远方，驶向百年，驶向未来……

［幕内伴唱：

啊，红船！
从南湖岸边，
驶向梦的彼岸。
啊，红船！

从南湖岸边，
驶向梦的永远。

[灯光渐暗。

[字幕：

毛泽东——中共一大代表，时年 28 岁。从南湖到开国大典。1949 年 10 月 1 日，在北京天安门上宣布中华人民共和国中央人民政府正式成立。1976 年 9 月 9 日，走完了 83 年辉煌、壮丽、奋斗的人生。

董必武——中共一大代表，时年 35 岁。与毛泽东一同登上天安门城楼参加开国大典。1975 年 4 月 2 日逝世。

李　达——中共一大代表，时年 31 岁。1923 年脱党。1949 年 12 月重新加入中国共产党。1966 年 8 月 24 日去世。

李汉俊——中共一大代表，时年 31 岁。1923 年脱党。1927 年 12 月 17 日，在武汉遇害。

刘仁静——中共一大代表，时年 19 岁。1929 年被开除出党。1987 年去世。

包惠僧——中共一大代表，时年 27 岁。1927 年，八一南昌起义后脱党。1949 年 11 月从澳门回到北京。1979 年 7 月 2 日去世。

张国焘——中共一大代表，时年 24 岁。1938 年 4 月投靠国民党，4 月 18 日被开除党籍。1979 年死于加拿大多伦多。

周佛海——中共一大代表，时年 24 岁。1924 年秋脱党。1940 年叛国投敌。1946 年判处死刑。1947 年被特赦，改判无期徒刑。1948 年 2 月死于狱中。

陈公博——中共一大代表，时年 29 岁。1922 年脱党。1925 年加入中国国民党。1938 年叛国投敌。1946 年 6 月 3 日被处决。

陈潭秋——中共一大代表，时年 25 岁。1943 年 9 月 27 日，被秘密杀害于乌鲁木齐。

何叔衡——中共一大代表，时年 45 岁。1935 年 4 月 24 日，在从江西转移福建长汀的路上，壮烈牺牲。

王尽美——中共一大代表，时年 23 岁。1925 年 8 月 19 日，因病在青岛去世。

邓恩铭——中共一大代表，时年 20 岁。1931 年 4 月 5 日，在山东济南英勇就义。

2021 年 1 月 1 日，习近平总书记在新年贺词中说："从上海石库门到嘉兴南湖，一艘小小红船承载着人民的重托、民族的希望，越过急流险滩，穿过惊涛骇浪，成为领航中国行稳致远的巍巍巨轮。"

[剧终。

文本发表于《剧本》杂志2020年第7期。

剧名书写　魏广君

王勇剧作集

民族歌剧

星海

◎

王勇 著

中国戏剧出版社
CHINA THEATRE PRESS

图书在版编目（CIP）数据

王勇剧作集 / 王勇著. — 北京 ： 中国戏剧出版社，
2022.6
ISBN 978-7-104-05123-7

I.①王… II.①王… III.①剧本—作品综合集—中
国—当代 IV.①I230

中国版本图书馆CIP数据核字（2021）第171113号

王勇剧作集

策划编辑：肖　楠
责任编辑：邢俊华
责任印制：冯志强

出版发行：中国戏剧出版社
出 版 人：樊国宾
社　　址：北京市西城区天宁寺前街2号国家音乐产业基地L座
邮　　编：100055
网　　址：www.theatrebook.cn
电　　话：010-63385980（总编室） 010-63381560（发行部）
传　　真：010-63381560

读者服务：010-63381560
邮购地址：北京市西城区天宁寺前街2号国家音乐产业基地L座

印　　刷：保定市铭泰达印刷有限公司
开　　本：787mm×1092mm　1/32
印　　张：42.25
字　　数：846 千
版　　次：2022年6月　北京第1版第1次印刷
书　　号：ISBN 978-7-104-05123-7
定　　价：458.00 元（全 18 册）

人物：

冼星海——作曲家。男高音。

钱韵玲——冼星海之妻。女高音。

光未然（张光年）——作家。男中音。

黄苏英——冼星海的母亲。女次高音。

小　鬼——鲁艺的勤务兵，姓秦名大河，被叫作“小鬼”。民族男高音。

露易丝——冼星海的法国女同学。女高音。

奥别多菲尔——冼星海的法国小提琴老师。男低音。

渔民、难民、纤夫、船夫、八路军战士、陕北和山西老乡、法国巴黎音乐院的同学、延安鲁艺的学生若干。

序

[1912年。

[澳门。海边。

[远处，船夫正在劳动，唱着广东劳动号子《顶硬上》。

[一艘渔船上——船头，童年冼星海正在吹笛；船尾，黄苏英在织补渔网。

船夫（合）

哟呵，

哟呵哟呵哟呵，

哟呵哟呵哟呵哟呵哟呵哟呵哟呵，

顶硬上咯鬼叫你穷啊，

顶硬上咯鬼叫你穷啊，

哎呵哟呵哎呵哟呵，

哎呵哟呵哎呵哟呵，

船夫（领）

铁打心肝铜打肺，

船夫（合）

铁打心肝铜打肺，

船夫（领）

立志心肠去捱世，

船夫（合）

立志心肠去捱世。

哟呵哟呵哟呵哟呵，

哟呵哟呵哟呵哟呵，

哟呵哟呵哟呵哟呵哟呵。

黄苏英　星空下，

海之上，

漂泊渔船，

母亲的摇篮。

摇落了星辰，

落在海心弦；

摇开了浪花，

开在星光间。

［一洋人率若干持棍棒的扈从上，吆喝着，将黄苏英和冼星海从渔船上驱赶下来。

［黄苏英携着冼星海，在海边踉踉跄跄地行走……

船夫（合）

血呵血呵，

汗呵汗呵，

穷呵穷呵，

饿呵饿呵，

顶硬上咯鬼叫你穷啊，
顶硬上咯鬼叫你穷啊，
转呀弯哪，
转呀弯哪，
抹呀角哪，
抹呀角哪，
哎呵哟呵撞下呢哎呵，
哎呵哟呵撞下呢哎呵，
哎呵哟呵哎呵哟呵，
鬼叫你穷咯，
鬼叫你穷咯，
哟呵哟呵哟呵哟呵哟呵。

黄苏英 天苍苍，
海茫茫，
何处是家园？
天苍苍
海茫茫
何日梦能圆？

［一声汽笛悲鸣……劳动号子渐渐远去。

船夫（合）

血呵汗呵，
汗呵穷呵，
穷呵饿呵，

饿呵血呵汗呵，

哟呵哟呵哟呵哟呵，
哟呵哟呵，
哟呵，
哟……

［灯光渐暗。

第一幕　第一场

[1935年，夏。

[法国巴黎——塞纳河边，冼星海与手拿各种乐器的大学同学们呼唤着，兴奋而激动地将学士帽高高抛起，在舞曲中翩翩起舞……

众　毕业了，
毕业了，
毕业了！
在塞纳河畔。
明媚的夏天里，
我们就要说告别；
埃菲尔铁塔下，
我们就要道再见。
依依不舍，
萦绕在心间，
不知何时再相见？
再见吧，
昨日的校园，
Au revoir（法语：再见吧），

相约在明天。
再见吧,
相约在明天,
Au revoir。

[同学们在法式手风琴伴奏下,跳起法式圆舞曲(Musette)……

众 啦啦啦啦啦,
啦啦啦啦啦,
我们就要讲告别;
啦啦啦啦啦,
啦啦啦啦啦,
啦啦啦啦啦,
我们就要说再见。
依依不舍,
萦绕在心间,
啦啦啦啦啦,
啦啦啦啦啦,
不知何时再相见?

[同学们舞着转去台后。

[冼星海独自面对塞纳河,心情沉郁。

冼星海 蓝色塞纳河依然平静,

我心里泛起层层波澜。
河水一直流向大海，
大海连着东方家园。
蓝色塞纳河依然平静，
我心里泛起层层波澜。
毕业的兴奋渐渐消散，
乡愁乡思涌上心间。

[奥别多菲尔、露易丝上。

奥别多菲尔/露易丝
星海，我的学生/星海，我的同学，
听说你想回中国？/听说你想回中国？

冼星海 难舍美丽的塞纳河，
更难忘长江和黄河。

奥别多菲尔
你的祖国已燃起战火，
国将不国任人宰割。
在这里有稳定的工作，
还有安宁的生活。
缪斯青睐你的才华，
留下来前程更广阔。

露易丝 （说）星海，留下吧！
你作曲，我试奏，
像以前一样谐和。

你的勤奋和执著，
已经深深打动我。
肤色不是阻隔，
相扶相携是我的承诺。

冼星海 不，我不能留下，
我忘不了家乡，
我忘不了苦难一生的妈妈，
忘不了深陷战乱的祖国。

奥别多菲尔
留下吧，

露易丝 留下吧，

奥别多菲尔
你的前程更加广阔，

露易丝 共同创造美好生活。

奥别多菲尔、露易丝
尽情创作美妙的音乐！ / 大胆拥抱幸福的生活！

奥别多菲尔
留下吧，

露易丝 Reste ici（法语：留下吧）。

奥别多菲尔
留下吧，

露易丝 Reste ici。

奥别多菲尔
留下吧，

露易丝 Reste ici。

奥别多菲尔、露易丝

音乐没有国界，

在哪儿都能用音乐思乡报国。

冼星海 音乐没有国界，

但音乐人有祖国！

奥别多菲尔

留下吧，

露易丝 Reste ici。

冼星海 再见了，

露易丝 Reste ici。

奥别多菲尔

留下吧，

露易丝 Silte plaît（法语：请你）。

冼星海 再见了，

露易丝 Reste ici。

奥别多菲尔/露易丝/冼星海

亲爱的学生/亲爱的同学/亲爱的老师同学，

奥别多菲尔

缪斯女神在召唤。

冼星海 再见了，

露易丝 幸福生活在召唤。

奥别多菲尔

Reste ici，

冼星海 祖国母亲在召唤，

露易丝 Silte plaît，

冼星海　　祖国母亲在召唤，

奥别多菲尔

Reste ici，

冼星海　　祖国在召唤！

再见了，

奥别多菲尔、露易丝

Reste ici，

冼星海　　亲爱的老师同学，

奥别多菲尔、露易丝

Reste ici，

冼星海　　再见了，

蓝色的塞纳河。

［同学们欢舞着快转至台前。

众　　塞纳河畔。

明媚的夏天里，

我们就要说告别；

埃菲尔铁塔下，

我们就要道再见。

依依不舍，

萦绕在心间，

不知何时再相见？

［一束聚光下——（中国）大海边，黄苏英正在遥望向她走来

的冼星海。

黄苏英 星空下，
海之上，
漂泊渔船，
母亲的摇篮，
那是你的家园。

[奥别多菲尔和同学们默默地目送着，露易丝掩面抽泣。

[远远地，似乎从遥远的中国传来枪炮声。

[灯光渐暗。

第一幕　第二场

[1938年，夏夜。

[武汉汉口，长江岸边。远处，万人火炬游行。

[冼星海正指挥工人和市民组成的合唱队演唱《太行山上》，钱韵玲在合唱队中担任领唱。

钱韵玲、合唱队

红日照遍了东方，
自由之神在纵情歌唱。
看吧，
千山万壑，
铜壁铁墙，
抗日的烽火燃烧在太行山上，
气焰千万丈。
听吧，
……

[光未然寻上，在一旁静静地聆听，他不禁被演唱的激情所感染。

光未然　巍峨的太行山上，
游击健儿中华好儿郎。
我随他们行军打仗，
万山丛中，从小到大，从弱到强。
他们是中华的脊梁，
屹立不倒的屏障。

冼星海　（说）未然！

光未然　（说）星海！

［冼星海与光未然紧紧握手。

［冼星海拉着钱韵玲，给光未然介绍。

冼星海　（说）未然，这是我的未婚妻钱韵玲。

光未然　（说）你好！

钱韵玲　（说）你好！

冼星海　（说）大作家，又写什么大作了？我还等着谱曲呢。

光未然　你问我的大作在哪里，
就在那救亡战场上。
那些苦难的脸庞，
那些不屈的目光，
那些牺牲的国殇，
才是创作的源泉和灵感。

冼星海　创作不能没有生活，
就像鱼儿离不开水一样。

光未然　我要去远方，

冼星海 又去往何方?

光未然 （说）延安。

冼星海 （说）延安!

光未然 跨过长江一路北上，
去抗日的烽火战场。
走入血与火的生活，
投入生与死的救亡。
还捎来一封延安来信，
鲁艺请你去当教书郎。
如果我们在一起，
我作词，你谱曲，
爆发音乐的力量。

［光未然掏出信递去，冼星海接过正要拆信，日机轰炸的警报声骤响，爆炸声接连响起，火光将长江映成一片血色……冼星海、钱韵玲紧急疏散撤离合唱队员。钱韵玲随合唱队员下。

光未然 哪里有侵略，
哪里就有抵抗。
我们虽不曾拿过枪，
手中笔跟枪一样。
作出子弹的响亮，

冼星海 谱出炮火的铿锵，
唱出民族的坚强。

光未然 还有苦难和希望。

冼星海 / 光未然

让文字插上音乐的翅膀 / 让呐喊变成磅礴的交响。

光未然 / 冼星海

一言为定 / 一诺千金，
让振奋的乐曲激扬。

[硝烟中，冼星海与光未然紧紧握手。

[灯光暗转。

[冼星海家。

[日机空袭的警报声不时地传来…

[黄苏英忧心忡忡地上。

黄苏英 警报声耳边不住地响，
黑云压城人心惶惶。
长江天堑也难阻挡，
日寇铁蹄在神州逞凶狂。
战乱何时了？
太平在何方？

[冼星海、钱韵玲匆匆上。

冼星海、钱韵玲

（说）妈！

黄苏英 （说）你们可回来了！星海，有你一封信。

［黄苏英递给冼星海一封信函。冼星海接过信看，又掏出光未然捎来的信，他脸色凝重地在手里掂量着，对钱韵玲和黄苏英欲言又止。

冼星海　面对美丽的未婚妻，
心中抉择如何讲？
钱韵玲　夫妻之间坦诚相见，
风风雨雨共担当。

［冼星海把两封信函都递给了钱韵玲，钱韵玲阅信。

冼星海　面对妈妈的慈祥，
只怕把她心来伤。
黄苏英　看星海为难模样，
又有什么不当讲？
冼星海　一北一南两封信函，
同时聘我把教授当。
钱韵玲　一封来自四川大学堂，
冼星海　远离硝烟的后方。
钱韵玲　一封来自延安的鲁艺，
冼星海　那里是烽火战场。
钱韵玲／黄苏英
我和你刚订婚／一家人刚团圆，
来不及把甜蜜品尝／来不及把幸福共享。
战火已破碎美好梦想／战火又破碎团圆梦想。

不论北上南下 / 还是南下北上，
我的爱人 / 我的孩子，
不知你是怎么想 / 不知孩子怎么想。

[冼星海陷入纠结、矛盾之中。

冼星海　你们问我怎么想。
我也犹豫我也彷徨。
自幼随妈四处流浪，
含辛茹苦把我抚养。
我何曾膝前尽孝，
又何曾床前奉养。
如今总算在一起，
谁又忍心分离去他乡？
如今已经订了婚，
谁又忍心孤伶再飘荡、再飘荡？

钱韵玲 / 黄苏英
是南下？还是北上？
我的爱人 / 我的孩子
不知你是怎么想？

[远远地，传来冼星海与光未然的约定：

光未然　谱出炮火的铿锵，
唱出民族的坚强，

让文字插上音乐的翅膀！
让呐喊变成磅礴的交响！

［猛然，冼星海迸发出心声：

冼星海 去延安！

钱韵玲、黄苏英

去延安?!

黄苏英 （说）孩子，你又要走了？再一次离开妈妈?

［黄苏英身子打晃，冼星海、钱韵玲急搀扶。黄苏英紧紧地抓住冼星海不放，怕放手就丢了似的。

黄苏英 从澳门到星岛又回广州，
母子相依为命过生涯。
你从小喜欢吹吹打打，
吹“洋箫”、做指挥，
勤工俭学挣零花。
上北平到上海拜师学艺，
又不远万里求学赴法。
留给妈妈多少牵挂，
望眼欲穿泪花花。
总算盼到你回国，
总算看你快成家。
安稳日子才开头，

又一次把妈妈撇下。

冼星海 你说起我当年留法，

眼前浮现当年的图画。

老师同学殷殷地挽留，

我心里也苦苦地挣扎。

还是忘不了妈妈，

还有苦难的中华。

从蓝色塞纳河到血色长江，

毅然决然回到家。

孩子已长大，

正是报效祖国的好年华。

黄苏英 孩子，留下吧，

歇一歇匆匆步伐，

每一次分离，

添多少白发。

天下父母都有团圆梦，

为了妈妈为了家。

冼星海 原谅我，妈妈，

国将破，何处又安家？

黄苏英 孩子志向远大，

为了国家舍小家。

不是妈妈不明理，

心里就是割舍不下。

［黄苏英拭泪欲走，被冼星海、钱韵玲拉住。

冼星海、钱韵玲

（说）妈妈……

黄苏英　（说）让妈一个人静一静，静一静……

［黄苏英轻轻地推开冼星海、钱韵玲，掩面入内室。

钱韵玲　（说）星海。

是不是已经决定，

去延安再没有商量？

冼星海　延安，

一个牵引梦想的地方，

正升起民族希望的朝阳。

我是那么地憧憬和向往，

像所有血性男儿一样，

投身历史的洪流去救亡。

去延安，

那里的生活很艰苦，

也许超出我们的想象，

没有花前月下的缠绵，

没有诗情画意的浪漫；

只有血与火的考验，

还有生与死的较量。

人生不经历风霜，

生命之花又怎能怒放。

［钱韵玲被冼星海的抱负所感染。

钱韵玲　你的憧憬令人激荡，
不由得心驰神往。
国难当头，无心求安享，
去延安度蜜月意义更深长。

［冼星海感动得一把拉住钱韵玲的手，紧紧地放在胸口。

冼星海　（说）韵玲！
钱韵玲　谁叫我如此爱你，
爱你就不会觉得迷惘，
谁叫我如此爱你，
爱你就随你走遍任何地方。
冼星海　如果有你身边相伴，
我的一切更有希望。
冼星海、钱韵玲
同在艰苦中奋斗，
同在炮火中成长。

［黄苏英从内室返上。

钱韵玲　去延安。
黄苏英　去延安？
冼星海　去延安！

冼星海、钱韵玲

走在追梦的人生路上。

钱韵玲 去延安。

黄苏英 去延安？

冼星海 去延安！

冼星海、钱韵玲

走在追梦的人生路上。

黄苏英 别忘了，

家里还有妈；

别忘了，

有妈就有家。

冼星海 原谅我，妈妈！

钱韵玲 原谅他，妈妈！

黄苏英 家里还有妈，

别忘了！

冼星海 原谅我，妈妈！

钱韵玲 原谅他，妈妈！

黄苏英 别忘了！

有妈就有家。

冼星海 原谅我，妈妈！

钱韵玲 原谅他，妈妈！

［冼星海与母亲抱头哭泣，钱韵玲不住地拭泪。

黄苏英 还是忍不住泪水洒，

冼星海 / 钱韵玲

我为妈妈轻轻擦 / 我为妈妈轻轻擦、轻轻擦。

[冼星海、钱韵玲为黄苏英擦拭泪水……

[灯光渐暗。

第一幕　第三场

[黄河岸边。

[逃难难民们扶老携幼，步履踉跄地上来。

难　民　家园被烧毁了，
祖坟被捣毁了，
女人被蹂躏了，
孩子被扼杀了，
故土家乡生灵涂炭，
背井离乡去逃难。

[合唱声中，冼星海、钱韵玲上，穿行在难民中，倾听难民的呐喊，感同身受着难民的苦难。

难　民　绝望无助的眼睛，
撕心裂肺的哭喊。
哪里才是最后一站？
哪年哪月才能回家园？

[冼星海将携带的食物分发给难民；钱韵玲脱下披肩，披在老

人身上。

难民 / 钱韵玲

逃难 / 灾难，

冼星海　心在滴血心在颤；

难民 / 冼星海

逃难 / 灾难，

钱韵玲　泪水夺眶流不断。

祖国还要承载多少苦难，

冼星海　同胞还要忍受多少悲惨。

我想吼，

钱韵玲　为这块土地怒吼。

我想喊，

冼星海　为我的同胞呐喊。

[远远地，黄河水“轰隆”的奔流声一阵阵地传来，伴随着船夫和纤夫的号子声。

船夫、纤夫

哟呵，

哟呵，哟呵，

哟呵，哟呵，哟呵，哟呵，哟呵，哟呵，哟呵，哟呵……

哟呵，哟呵，

哟呵，哟呵，

哟呵，哟呵，
哟呵，哟呵。

［冼星海、钱韵玲登上黄河岸——黄河之上，船夫在划船；黄河岸边，纤夫在拉纤。

船夫、纤夫

划哟，冲上前！
拉哟，冲上前！

船夫（独）

伙伴啊，

船夫、纤夫（合）

睁开眼！

船夫（独）

舵手啊，

船夫、纤夫（合）

把住腕！

船夫（独）

当心啊，

船夫、纤夫（合）

别偷懒！

船夫（独）

拼命啊，

船夫、纤夫（合）

莫胆寒！

船夫、纤夫　血呵血呵，
汗呵汗呵，
穷呵穷呵，
饿呵饿呵，
转呀弯哪，
转呀弯哪，
抹呀角哪，
抹呀角哪，
哎呵，哎呵，
撞下呢哎呵，
哎呵，哎呵，
撞下呢哎呵，
决一死战，
决一死战，
咳哟！

［冼星海、钱韵玲伫立黄河壶口瀑布岸边。

冼星海　黄河，
炎黄会盟在这里，
大禹治水在这里。

钱韵玲　多少历史悲欢在这里经历，
多少壮怀激烈在这里演绎。

冼星海、钱韵玲

无论子孙往何处迁徙，
祖先却埋在这里。
黄河像母亲一般孕育，
我们都是黄河的儿女。

冼星海　我站在黄河岸边，
望黄河奔腾直落九重天，
惊涛骇浪回荡耳畔，
就像苦难人的呐喊。
我站在黄土高原，
望黄河奔腾九曲十八弯，
不管经历多少曲折，
没有什么可以阻拦。
我站在高山之巅，
望黄河奔腾波涛万丈掀。
不管经历多少灾难，
不屈不挠一往无前。

冼星海　啊，黄河，
从昆仑山发源，
源远流长横贯中原；

钱韵玲　啊，黄河，
你是哺育的摇篮，
生生不息五千年。

冼星海、钱韵玲

望黄河——

黄河望不完，
中华精神永不断；
望黄河——
多难才兴邦，
总有复兴那一天。

船夫、纤夫

划哟，冲上前！
划哟，冲上前！
划哟，冲上前！
咳呦！
划哟！冲上前！

[船夫、纤夫身影渐渐远去……

钱韵玲　（说）黄河之水天上来，奔流到海不复还……星海，我们就在这黄河岸边，举行我们的婚礼吧。

冼星海　（说）让黄河见证，让母亲见证，太好了！

[钱韵玲与冼星海手牵手，双双跪在黄河岸边。

钱韵玲、冼星海

苍天在上……

[远方回声。

苍天在上……

[更远处传来村姑们的歌声……

村　姑　　苍天……

[远处传来船夫、纤夫们的歌声……

船夫、纤夫

划哟……

钱韵玲、冼星海

黄河于前——

[远处传来船夫、纤夫们的歌声……

船夫、纤夫

呦咳，呦咳呦咳呦，

[更远处传来村姑们的歌声……

村　姑　　在上……

[远处传来船夫、纤夫们的歌声……

船夫、纤夫

冲上前……

钱韵玲、冼星海

我们在河边行礼，
就像在母亲怀抱中间。
黄河水的咆哮似喜乐不断，
船夫纤夫的呐喊如祝福绵绵。

［远处传来船夫、纤夫们的歌声……

船夫、纤夫

看啊，
长江一样的新娘；

村　姑　瞧啊，
黄河一样的新郎。

船夫、村姑

爱情多么的美好，

村　姑　就像江河一样绵长。

船夫、纤夫、村姑

江河奔流在不同的地方，
都汇入爱的海洋。

冼星海　从蓝色塞纳河畔，
到血色滚滚长江岸，
再到浑厚黄河边。

钱韵玲、冼星海

黄河见证我们的百年之缘，
我们从此与黄河血肉相连。

[冼星海、钱韵玲向苍天、向黄河行礼，又相互行礼。

钱韵玲、冼星海

一对新人相守到永远，

钱韵玲　永远，

冼星海　永远。

[远处又传来船夫号子声……

船夫、纤夫

划哟……

钱韵玲　永远，

冼星海　永远，

船夫、纤夫

划哟……

钱韵玲　永远，

船夫、纤夫

划哟……

冼星海　永远，

船夫、纤夫

划哟……

钱韵玲、冼星海

永远。

[冼星海、钱韵玲紧紧相拥在一起。

船夫、纤夫

划哟……

［“一道道山来一道道水，咱们中央红军到陕北。一杆杆红旗一杆杆枪，咱们的队伍势力壮……”幕内传来陕北民歌，小鬼边唱边上。

［冼星海听见歌声，兴奋不已，下意识地掏出纸、笔记录。

小　鬼　（好奇地说）你好！你是……

冼星海　（说）我是冼星海。

小　鬼　（赶紧立正敬礼，说）报告首长，小鬼奉命前来接你。

冼星海　（说）小鬼？

小　鬼　（说）我姓秦，大名叫大河，人们都叫我小鬼。我是你的勤务员，负责你的安全。

冼星海　（说）黄河自古叫大河，你这名字多么有意义。

小　鬼　（说）欢迎你们到延安，延安就在前面。

［远远地，延河水畔，巍峨的宝塔山似乎正在召唤……

［冼星海、钱韵玲携手随小鬼走向远方。

［远方传来船夫、纤夫们的歌声。

船夫、纤夫

呦咳，呦咳，哎哟，
苍天在上，
呦咳呦……

［灯光渐暗。

第二幕　第一场

［延安。

［荒山坡上，小鬼等战士在前面弯腰锄地，冼星海和老乡们在后面播种。

众　二月里来好春光，
家家户户种田忙。
……

冼星海　二月里来好春光，
家家户户种田忙。
在延安从冬到春，
开启崭新的篇章。
这里的日子虽然清苦，
有音乐相伴心里舒畅。
这里是后方也是战场——

小　鬼　（说）首长，
你下部队，
到基层，
顶风沙，
沐星光，

教军民大众歌唱。
脚步走遍延水两岸，
歌声飞遍营房和村庄。

冼星海 在歌声中，
看见人们坚定的脸庞；
在歌声中，
闪烁大家希望的目光；
在歌声中，
呼唤我们飞扬的梦想；
在歌声中，
我找到生命的价值，
还有音乐的力量。
来来来，
各位乡党，
歇歇气，
喝口水，
润润嗓，
放声把歌唱。

[冼星海拿起地边水罐，给众人倒水。众人在土坡上席地而坐。冼星海用手指在地上边划边讲，老乡们嬉笑着，你推我，我让你，相互推让。

小伙1 你来，
小伙2 你唱，

小伙 3　　你先来，

小伙 4　　你先唱。

小伙 5　　你的声音嘹亮，

小伙 6　　你的情绪豪放。

冼星海　　我不推，我来唱，

每每唱起想家乡。

星空下，

海之上，

漂泊渔船，

母亲的摇篮。

［姑娘、小伙们被冼星海感染，争相演唱。

姑娘 1　　我来，

小伙 1　　我唱；

姑娘 2　　我先来，

小伙 2　　我先唱。

［姑娘、小伙儿们演唱山西民间对口唱，冼星海兴奋不已，先边听边记，后操起三弦跟着伴奏。

小　伙　　樱桃好吃树难栽，

有那些心思口难开。

姑娘 1　　山丹丹开花背洼洼开，

有了心思慢慢来。

小　伙　青石板开花光溜溜，
俺要比你没一头。

姑娘 2　谷地里高粱不一般高，
人里头挑人就数你好！

小　伙　沙地里栽葱扎不下根，
因为俺家穷不敢吭。

姑娘 1、2、3、4
烟锅锅点灯一点点明，
小酒盅量米不嫌你穷。

［突然间，小鬼吼起了陕北民歌。

小　鬼　你晓得，
天下黄河几十几道湾哎？
几十几道湾上，
几十几只船哎？
几十几只船上，
几十几根竿哎？
几十几个那个艄公嘞哟来把船来搬？
你晓得，
天下黄河九十九道湾哎？
九十九道湾上，
九十九只船哎？
九十九只船上，
九十九根竿哎？

九十九个那艄公嗬哟来把船来搬?

冼星海 多么质朴的情感,
听起来荡气回肠;
多么美妙的声腔,
听起来回味悠长。
人民都是我的老师,
给我创作灵感和想象。
音乐像种子,
在民间土壤里酝酿;
音乐像花蕾,
在百姓大众间开放。

众 音乐像种子,

小鬼 种子是音乐,呦呵呦,

众 在民间土壤里酝酿;

小鬼 在民间土壤里酝酿;

众 音乐像花蕾,
在百姓大众间开放。

小鬼 花蕾在百姓大众间开放。

[众人跳起了秧歌,打起了腰鼓……

[灯光渐暗。

第二幕　第二场

[延安。远处，宝塔山矗立。

[窑洞前，钱韵玲已怀身孕，正挺着大肚喂鸡。

钱韵玲　春风吹拂又一年，
绿了延河岸，
绿了宝塔山。
在这里，
边教书，边生产，
风气那么新鲜；
星海与老乡打成一片，
创作激情似涌泉。
生活虽然清苦，
精神面貌焕然。

[冼星海从窑洞里出来，拉起钱韵玲的手摩挲着。

冼星海　在这里，
你锄地翻土辟菜园，
缝旧翻新为我织衣衫，

种菜养鸡你样样干，
纤纤手长满老茧。
从未听见你抱怨，
春风一般绽笑颜。

[钱韵玲幸福地依偎在冼星海怀中。

[小鬼手捧着两个鸡蛋上，正好撞见了，赶紧背过身去。

小　鬼　（说）首长，我什么也没看见。

冼星海　（说）你这小鬼还挺封建！小鬼，让我看看你手里拿了什么？

[小鬼转过身，摊开手，捧着两个鸡蛋。

冼星海　（说）鸡蛋！

小　鬼　省下几个零用钱，
换来了两个鸡蛋。
一个鸡蛋给钱老师，
滋补身子好生娃，
在春天里生，在春天里长，
再没有炮火和硝烟。
一个鸡蛋给首长，
滋补身子写好曲。
写一写红军战士和乡党，
再写一写延安的水、延安的山。

冼星海 我说过，
一个星期给我一只鸡，
一天给我一个蛋，
我将会写出最美的音乐，
在延安的山水间流传。
小　鬼 （说）好嘞。我这就去煮鸡蛋。

[小鬼兴冲冲地下。

钱韵玲 （说）星海！
在这孕育希望的春天，
小生命已萌动在腹间。
初为人母的悸动，
一阵阵荡漾在心田。
你曾一回回翘首期盼，
你曾一次次望眼欲穿。
你们梦里还曾相见，
他咿咿呀呀把爸爸叫唤。
星海啊，
你就要当爸爸了，
让我们分享幸福无限。
冼星海 悄悄地，
他将来到人世间。
就像是我的作品，
咿咿呀呀登台上演。

我就要当爸爸了，
这名字那么神气神圣，
叫一声心里震颤。

［冼星海显得紧张、激动，他手足无措地上前去，单腿跪地，耳贴钱韵玲肚腹聆听胎音。

冼星海　分明听到你脆脆的脚步，
就像美妙的音符飞旋。
宝贝，
不管是女还是男，
你都是父母的心肝。

钱韵玲　宝贝，
扶着妈妈的疼痛来，
爬着爸爸的煎熬来，
听着抗日的炮火来，

冼星海、钱韵玲
来到艰难的人世间。

冼星海　用我的双肩当你的坐骑，
用我的双手当你的摇篮，
用我的肩膀作挡风的墙，
为你筑起人生的港湾。

钱韵玲　宝贝！
沐着惬意的春风来，
乘着我们的怜爱来，

踏着我们的希望来，

钱韵玲 / 冼星海

来到妈妈 / 爸爸的身边。
春风里，
我和爸爸 / 妈妈把你召唤，
有你的日子再苦也是甜，
再苦也是甜。

［冼星海与钱韵玲依偎在一起。

冼星海 / 钱韵玲

星空下，
海之上，
漂泊渔船 / 找到港湾，
它是母亲的摇篮。
美好到永远。

［日本飞机的轰鸣声由弱渐强地传来。突然间，钟声、梆子声一齐响起，发出空袭警报。

［小鬼冲上，众人冲上。

小　鬼　（喊）日机来了，

众　（喊）日机来了。

［小鬼疏散老乡们隐蔽。

小　鬼　（喊）快隐蔽。

［飞机轰炸，轰炸声响起。

［众人四散隐蔽、躲藏……在爆炸声中，有战士，也有老乡被炸倒下。

［冼星海搀扶着行动不便的钱韵玲，情形危险。这时，飞机的轰鸣声滚滚而来，小鬼呼喊着扑上前，将冼星海、钱韵玲扑倒在地，用自己的身子压在他们身上，爆炸声随即在他身边炸响。

［天地间一片肃穆。

［硝烟中，冼星海、钱韵玲挣扎着爬起，伸手去摇一动不动的小鬼。

冼星海、钱韵玲

（说）小鬼！小鬼！

［小鬼从怀里掏出两个已经压碎的鸡蛋，随即，歪倒在冼星海的怀里。

［冼星海、钱韵玲呼喊着摇晃小鬼。猛地，冼星海将小鬼一把抱入怀里，悲痛欲绝。

冼星海　（喊）大河！

大河，
从未把你大名唤，
现在可听见，
我的椎心喊。

大河，
你的血正在冷却，
你的魂儿正在飘散。
抱住你，
能否感觉暖？
抓住你，
能否不走远？
大河，
你唱的歌声，
还回荡在耳畔，
回旋在山水间。

［冥冥中，远方传来小鬼的歌声：

你晓得，
天下黄河几十几道湾哎？
……

冼星海　你从此拥抱黑暗，
却留下我们的明天；
钱韵玲　你坠入死亡深渊，
却举起孩子的人间；
冼星海　你的生如此短暂，
却给了我们永远；
钱韵玲　你的生如此短暂，

却给了我们永远。

冼星海 大河，回来吧，

留在我身边。

［众人缓缓地上。

众 大河，回来吧，

留在我们中间。

大河，回来留在我们中间。

大河，回来吧，

留在我们中间，

留在我们中间。

大河，回来吧，

留在我们中间，

大河，回来吧，

留在我们中间，

大河，回来吧，

留在我们中间，

大河，回来吧，

留在我们中间，

［一声孩子清脆的啼哭响起，象征生生不息的生命律动。

［灯光渐暗。

第二幕　第三场

[大窑洞里，夜。

[冼星海正领着鲁艺的学生们热情高涨地做谱架，做乐器……

冼星海　找斧子，
找锤子，
找锥子，
找把锯。

同学5　劈木头，

同学6　木头劈；

同学7　锯木头，

同学8　木头锯。

同学9　没谱架，

同学1　做谱架，

众　做了竹板做木鱼。

[同学2将煤油桶改装成低音胡琴。

同学2　煤油桶，
做低音胡琴，

［同学 2 拉煤油桶低音提琴。

冼星海　很简陋，
声特奇。
众人叹，
世界第一！

同学 1　没有锣，
冼星海　搪瓷缸代替。

［冼星海用搪瓷缸对敲仿锣。

同学 2　没有鼓，
冼星海　拿脸盆来。

［冼星海用手捶脸盆仿鼓。

同学 1　怎么敲？
冼星海　找饭勺。

［冼星海用几把金属勺在搪瓷漱口杯中晃声。

同学 2　鼓槌呢？
冼星海　树木敲。
同学 1　大锣，

同学 2　小锣，

同学 3　大鼓，

同学 4　小鼓，

同学 5　小铃，

同学 6　中钹，

同学 8　二胡，

同学 9　大胡，

同学 5　没号角，

冼星海　口琴来。

同学 1、2、3

拉琴手，

同学 6、9 作乐器，

同学 4、5、8

困难再多靠自己。

众　哆来咪发嗦呐西，

同学 7　哆来咪来咪来咪来咪来……

众　敲出万马奔腾的势气。

[光未然上。

[众同学下。

光未然　（说）星海——

冼星海　（说）未然——

光未然 / 冼星海

我的战友 / 我的朋友。

久别重逢再相见。

光未然 顶着料峭春寒，

从吕梁到延安。

一年前许下诺言，

今天终将兑现。

［光未然掏出一沓书稿递与冼星海。

光未然 自从武汉沦陷，

辗转奔赴吕梁山。

在黄河渡口圪针滩，

经历难忘的震撼。

抑制不住地激动，

写下《黄河吟》诗篇。

朋友，

你到过黄河吗？

你渡过黄河吗？

看河上，

咳哟！划哟……

乌云啊，遮满天！

波涛啊，高如山！

冷风啊，扑上脸！

浪花啊，打进船！

冼星海 （兴奋地说）太好了！光然，你能不能再多写几首？

我想谱成一部大合唱。

光未然　（说）我正在写，名字都想好了，就叫“黄河大合唱”。

冼星海　（说）黄河大合唱！
“黄河大合唱”，
这名字让我浮想联翩。
我也见过黄河壮观，
脑海里至今惊涛拍岸。

光未然　黄河水雷霆万钧，
那吼声动地震天。
黄河人不畏艰难，
战涛斗浪一往无前。
黄河号子悠长高亢，
盖过怒涛响彻天边。
走在黄河岸边，
滚滚黄河浪，
化作诗，
化作词，
诗歌化作合唱，
合唱化作呐喊。

冼星海　又好像看见黄河，
好像走在黄河岸边。
抑制不住创作冲动，
音符旋律在脑海闪现。

［光未然隐下。

[灯光暗转。

[窑洞——冼星海缓缓走向桌旁，撳亮油灯，奋笔疾书。

[一束光柱中，钱韵玲怀抱的婴儿啼哭不已。

钱韵玲 （说）宝宝不哭，宝宝不哭。爸爸太累了，几天几夜未入眠。莫把爸爸吵，莫让爸爸烦。

[钱韵玲哼唱摇篮曲。

钱韵玲 星空下，
海之上，
漂泊渔船，
母亲的摇篮。
多么美好，
梦中的家园。

[钱韵玲端一碗红糖水、一个鸡蛋送至星海桌上后，悄悄地下。

[冼星海将稿纸揉了又写，写了又揉，显得心烦意乱。

冼星海 《黄河颂》三易其稿，
写起来实在太难。
它不是教堂赞美诗，
传统中也找不到灵感。
旋律不能太轻飘，
要有力量的内涵；

歌颂黄河的坚强，
声音要悲壮，
情感要饱满。
一遍一遍沉吟，
一次一次完善。
难道我文思已枯竭？
心也烦，意也乱。

［冼星海苦思冥想……

［灯光暗转。

［远处，光未然出现在高处。

光未然 黄河！
我们要学习你的榜样，
像你一样的伟大坚强。
朋友！
看黄河上的船夫，
正拼着性命，
和惊涛骇浪搏战。

［远处，船夫们搏浪的情景——

船　夫 划哟！划哟！划哟！划哟！
划哟，冲上前！
划哟，冲上前！

划哟，冲上前！

划哟，冲上前！

船夫（独）

伙伴啊，

船夫（合）

睁开眼！

船夫（独）

舵手啊，

船夫（合）

把住腕！

船夫（独）

当心啊，

船夫（合）

别偷懒！

船夫（独）

拼命啊，

船夫（合）

莫胆寒！

划哟！划哟！划哟！划哟！

咳！划哟！

咳！划哟！

不怕那千丈波浪高如山。

行船好比上火线，

团结一心冲上前！

要和那黄河怒涛决一死战，

决一死战!
咳哟……

[冼星海从冥想中似乎灵光闪现。

冼星海 我站在高山之巅,
望黄河滚滚,
奔向东南。
惊涛澎湃,
掀起万丈狂澜……
啊,
黄河,
你英雄的气魄,
永在黄土高原。

[朝霞初现。陕北的老百姓来了,八路军战士来了,干部来了,群众来了,都来了。

冼星海 还记得——
澳门殖民地,
我出生的地方,
同胞们哪有做人的尊严;
还记得——
"八一三"淞沪抗战,
大武汉保卫战,

同胞们前仆后继奋勇向前。
还记得——
在那逃难路上，
在那黄河两岸，
同胞们背井离乡失家园；

众 多少背井离乡，
多少妻离子散。

冼星海 还记得——
小鬼的青春容颜，
多少梦魂断，
多少梦难圆；

众 多少黄河恨，
多少黄河怨。

冼星海 还记得——
母亲的望眼欲穿。
再没有离散，
再没有屈辱，
再没有战乱。
天下母亲一个心愿，
美好到永远。

［冼星海挥动指挥棒，亲自指挥。

众 风在吼，
马在叫，

黄河在咆哮。

黄河在咆哮。

河西山冈万丈高，

河东河北高粱熟了。

万山丛中，

抗日英雄真不少！

青纱帐里，

游击健儿逞英豪！

端起了土枪洋枪，

挥动着大刀长矛，

保卫家乡！

保卫黄河！

保卫华北！

保卫全中国！

众　（轮唱）风在吼，

（龙格龙格龙格龙）

马在叫，

（龙格龙格龙格龙）

黄河在咆哮，

（龙格龙格龙格龙）

黄河在咆哮。

（龙格龙格龙格龙）

河西山冈万丈高，

（龙格龙格龙格龙）

河东河北高粱熟了。

（龙格龙格龙格龙）

万山丛中，

抗日英雄真不少。

（龙格龙格龙格龙）

青纱帐里，

游击健儿逞英豪！

（龙格龙格龙格龙）

端起了土枪洋枪，

（龙格龙格龙格龙）

挥动着大刀长矛。

（龙格龙格龙格龙）

保卫家乡，

（龙格龙格龙格龙）

保卫黄河，

保卫华北，

保卫全中国！

保卫家乡，

保卫黄河，

保卫华北！

保卫家乡，

保卫黄河，

保卫华北，

保卫全中国！

［朝阳高照，远处，宝塔山矗立；山下，延河水蜿蜒东流。

众　　啊！

咆哮吧，

黄河水，

化作对祖国的爱，

还有对侵略者的恨。

咆哮吧，

黄河水，

发出我们最后的呐喊，

奔腾在炎黄子孙的心坎。

[切光。

尾　声

[紧接前场。

[钱韵玲抱孩子上。冼星海即将离开延安，不禁驻足回首，无限留恋。

[母亲黄苏英出现在远处。

黄苏英　星空下，
海之上，
漂泊渔船，
母亲的摇篮。

[众人给冼星海送行来了。冼星海与众人一一道别……

众　不管走得再远，
都牵着妈妈的视线；
不管走得再久，
都走在妈妈的心间。

[冼星海穿过众人，向母亲走去，走向远方……

众　不管走得再远，

都牵着妈妈的视线；
不管走得再久，
都走在妈妈的心间。

[字幕：1945年10月30日，冼星海因肺病逝世于莫斯科克里姆林宫医院。人已经远去，歌依旧活着。至今唱起《黄河大合唱》，壮怀激烈的民族精神像黄河一样奔腾……

[剧终。

星海

本剧与郭蔡雪合作。

由中国歌剧舞剧院演出。

获第二十二届“中国戏剧奖·曹禺剧本奖”。

文本发表于《新剧本》杂志2015年第6期。

剧名书写　高军法

王勇剧作集

民族歌剧

红色的嫩芽

◎

王勇 著

中国戏剧出版社
CHINA THEATRE PRESS

图书在版编目（CIP）数据

王勇剧作集 / 王勇著. — 北京 : 中国戏剧出版社,
2022.6
ISBN 978-7-104-05123-7

I.①王… II.①王… III.①剧本—作品综合集—中
国—当代 IV.①I230

中国版本图书馆CIP数据核字（2021）第171113号

王勇剧作集

策划编辑：肖　楠
责任编辑：邢俊华
责任印制：冯志强

出版发行：中国戏剧出版社
出 版 人：樊国宾
社　　址：北京市西城区天宁寺前街2号国家音乐产业基地L座
邮　　编：100055
网　　址：www.theatrebook.cn
电　　话：010-63385980（总编室）　010-63381560（发行部）
传　　真：010-63381560

读者服务：010-63381560
邮购地址：北京市西城区天宁寺前街2号国家音乐产业基地L座

印　　刷：保定市铭泰达印刷有限公司
开　　本：787mm×1092mm　1/32
印　　张：42.25
字　　数：846 千
版　　次：2022年6月　北京第1版第1次印刷
书　　号：ISBN 978-7-104-05123-7
定　　价：458.00 元（全 18 册）

时　间：当代。

地　点：内蒙古大草原。

人物：

胡日乌苏（蒙语意为“雨水”）——女，二十多岁，第三代乌兰牧骑队员。浩毕斯嘎拉的女儿和学生，乌云格日乐的米尼忽（孙女）。（女高音）

浩毕斯嘎拉（蒙语意为“革命”）——男，五十多岁，第二代乌兰牧骑队员，胡日乌苏的阿爸，现为乌兰牧骑队长。（男中音）

胡斯乐（蒙语意为“理想”）——男，二十多岁，第三代乌兰牧骑队员，浩毕斯嘎拉的学生。（男高音）

敖日格勒（蒙语意为“峰顶”）——男，二十多岁，第三代乌兰牧骑原队员，后离职，在南方某景区驻场演出。浩毕斯嘎拉的学生。（男高音）

乌云格日乐（蒙语意为“智慧的光”）——女，七十多岁，第一代乌兰牧骑队员，浩毕斯嘎拉的额吉（妈妈），胡日乌苏的额么格（奶奶），现已退休。（女中音）

那苏图阿布（蒙语意为“老大爷”）。

乌兰牧骑队员若干，牧民若干。

救援队队员（干部、军人、警察）若干。

序

［夜，草原上——

［玛奈乌兰牧骑来了，我们的乌兰牧骑来了。

［年轻的姑娘骑着马，上岁数的老人和小孩子赶着勒勒车，年轻而时尚的小伙子骑着摩托，从四面八方赶来观看乌兰牧骑演出……

众牧民 来了，
玛奈乌兰牧骑；
来了，
我们的乌兰牧骑。
就像红色的嫩芽，
生长在草原上。

来了，
玛奈乌兰牧骑；
来了，
我们的乌兰牧骑。
就像红色的嫩芽，
开放在牧民心上。

来了，
玛奈呼和德；
来了，
我们的孩子。
来到了牧民中间，
来到了牧民身旁。

［乌兰牧骑队员们上。

［草地是舞台，月亮和星星就是灯光，演出开始了——

［一开始，胡日乌苏演唱蒙古族歌曲《我的根在草原》……

胡日乌苏 走遍了山山水水，
美不过辽阔的草原；
听遍了四海歌声，
还是牧歌最动人。
我是父亲心爱的骏马，
永远爱恋着草原，
无论在哪里，
我的根在草原。
……

［接着，胡斯乐跳起了《奔马舞》……

［再接下来，浩毕斯嘎拉表演着“呼麦”……

［最后，两个女演员跳起了《顶碗舞》，赢得一阵又一阵喝彩……

[曼妙的舞姿倒映在草原上蜿蜒流淌的溪水里，美妙的歌声在夜色的草原上回荡……

[乌兰牧骑队员们与牧民们一起唱起了“玛奈乌兰牧骑（我们的乌兰牧骑）”之歌……

乌兰牧骑众队员 / 众牧民

玛奈乌兰牧骑 / 玛奈呼和德，
就像红色的嫩芽 / 就像我们的孩子，
生长在草原上 / 来到了牧民中间，
开放在牧民心上 / 来到了牧民身旁。

[灯光渐暗。

第一幕　第一场

［乌兰牧骑驻地，院子里。

［乌兰牧骑队员们正在练功，或吊嗓子，或压腿，或练琴，或练杂技……

队员甲　放开那歌嗓，
喊出第一缕阳光；
队员乙　拉开那琴弦，
奏出潺潺流水长。
队员甲　哆——
众队员　美丽的草原白云朵朵，
队员乙　来——
众队员　红色的嫩芽到处盛开，
队员丙　咪——
众队员　孩子见了欢天喜地，
队员丁　发——
众队员　老人见了捧出奶茶，
队员甲　嗦——
众队员　男人见了眼光灼灼，
队员乙　啦——

众队员　女人见了笑靥如花，

队员丙　西——

众队员　我们跟牧民在一起。

队员丁　哆来咪发嗦啦西——

众队员　融入草原里，
围绕在牧民身旁。

［浩毕斯嘎拉上，看着队员们情绪高涨，不禁感慨万分。

浩毕斯嘎拉

看着一张张青春脸庞，
打心眼里感到欢畅。
六十余载春秋辗转，
乌兰牧骑奔波在草原上。
就像红色的嫩芽，
在草原上开放。
春之翠，
夏之绿，
秋之黄，
冬之白，
为牧民演出和歌唱。
风里来，
雨里去，
雪里行，
霜里走，

为牧民送去欢乐吉祥。
看着一张张青春脸庞，
打心眼里感觉欢畅。
乌兰牧骑的未来，
寄托在新一代身上。

[浩毕斯嘎拉下。

[胡日乌苏上，显得无精打采，闷闷不乐。

胡日乌苏

日复一日，
年复一年，
一年四季草原奔忙。
手舞足蹈，
吹拉弹唱，
一专多能样样在行。
没有假日，
没有休闲，
白加黑五加二总在下乡。
这种生活何日到头？
只觉得前途迷茫。

[胡日乌苏直愣愣地发呆。

[胡斯乐悄悄地上，"嗨"地大喊一声，想给胡日乌苏开个玩笑，逗她开心。

胡斯乐　你为什么又独自发呆？
不好好练功好好练唱。
胡日乌苏　就是提不起精神，
只觉得压抑心里慌。
胡斯乐　不高兴，
你抬头仰望，
天上的白云像羊群徜徉。
胡日乌苏　看惯了，
早已经习以为常。
胡斯乐　不开心，
你低头眺望，
地上的羊群像白云飘荡。
胡日乌苏　看多了，
今天和昨天没两样。
胡斯乐　你再看一看周围，
都是你的伙伴多么阳光。
还有我、我、我……
我们陪伴在你的身旁，
愿你无忧无虑心里敞亮。

［胡斯乐在胡日乌苏面前表演起来……

胡日乌苏　你的心思我都懂，
背后总有你关切的目光；
你的心思我都懂，

默默地陪伴在我的身旁。
逗我开心，
给我快乐，
愿我永远不忧伤。
可这里我看不到希望，
难道就这样甘于现状？
草原的尽头，
遥远的地方，
是那么令人神往。

［浩毕斯嘎拉返上。

浩毕斯嘎拉
注意啦，
注意啦，
演出任务又来了，
去下乡，
进帐房，
草原就是舞台，
在蓝天绿地间歌唱。

众队员 草原就是舞台，
在蓝天绿地间歌唱。

胡日乌苏 （白）阿爸。

浩毕斯嘎拉
不要叫我阿爸，

在单位应该叫队长。

胡日乌苏 （白）队长！

我想请假不下乡，

不舒服身患小恙。

浩毕斯嘎拉

我看你满面红光，

哪里像是生病模样。

胡日乌苏 你怎能不把人情讲，

带病还要去演唱。

浩毕斯嘎拉

你是我的女儿不能搞特殊，

更应该以身作则成榜样。

胡日乌苏 （白）阿爸……（急改口，欲争辩）队长！

浩毕斯嘎拉

你不必再讲，

快准备，

就这样！

草原就是舞台，

在蓝天绿地间歌唱。

众队员 草原就是舞台，

在蓝天绿地间歌唱。

［灯光渐暗。

第一幕　第二场

［草原上。天苍苍，野茫茫，风吹草低见牛羊。

［在乌兰牧骑去往演出地的路上，不远处，有一座敖包，上面的哈达随风飘荡。

［乌兰牧骑队员们坐着勒勒车，行进在草原上。

队员们　天苍苍，
野茫茫，
风吹草低见牛羊。

胡日乌苏　路漫漫，
草长长，
乌兰牧骑演出忙。

队员们　路漫漫，
草长长，
乌兰牧骑演出忙。

浩毕斯嘎拉

（白）下车，就地休息一会儿再走。

［队员们下车，下。

［胡日乌苏欲下，被浩毕斯嘎拉叫住。

浩毕斯嘎拉

（白）胡日乌苏。
是不是还在生气？
是不是觉得委屈？
阿爸不是不讲道理，
你最近神情迷离。
是不是有什么隐衷？
是不是有什么心事？
阿爸早已看在眼里，
说一说你的焦虑。

［胡日乌苏躲闪着浩毕斯嘎拉的目光，掩饰着内心的真实想法。

胡日乌苏 我哪有什么心事，
阿爸不要瞎猜疑。

［浩毕斯嘎拉拉着胡日乌苏走向敖包。

浩毕斯嘎拉

眼睛是心灵的窗户，
不经意间已出卖你。
我把你带到这里，
有些事情不能忘记。
你看，
那飘扬的哈达，

是你的额吉在唏嘘。
当年下乡演出的路上，
你额吉出车祸长眠在这里。
从此你失去慈祥母亲，
我失去恩爱的妻子。
她的舞倒映在云霓，
她的歌融入草地，
她的魂绕我们久久不去，
一直保佑着乌兰牧骑。
胡日乌苏这个名字，
蕴含着雨水的意义。
这名字是你额吉取，
愿你像雨水融入大地。
你额吉教的那首歌曲，
是否还会经常唱起？

［浩毕斯嘎拉唱起《一滴水之歌》：

浩毕斯嘎拉

一滴水，
太阳把你升华，
成了天上的云霞，
又化作空中的雨花，
轻轻地飘洒。
流出山涧，

流过草原，
流入大地，
悄悄地回家。

胡日乌苏 一滴水，
太阳把你升华，
成了天上的云霞，
又化作空中的雨花，
轻轻地飘洒。
流出山涧，
流过草原，
流入大地，
悄悄地回家。

浩毕斯嘎拉、胡日乌苏
一滴水，
从大地里来，
又回归大地去，
悄悄地回家。

［幕内传来摩托车的刹车声，敖日格勒兴冲冲地奔上。

敖日格勒 （白）我回来了！
久别的家乡，
魂牵梦绕在心中；
久违的姑娘，
千万里把你追寻。

从海滨到草原，
从南方到北方，
千万里把你追寻。

［乌兰牧骑队员们上。

队员们　（白）敖日格勒回来了！敖日格勒从南方回来了！

［队员们将敖日格勒团团围住；敖日格勒在人群寻找着胡日乌苏，俩人目光相对，情不自禁地分开挡在前面的人儿，走上前去。

敖日格勒　你好吗？
胡日乌苏　你好吗？
敖日格勒　一别经年再相见，
时间抹不去思恋。
胡日乌苏　一别经年再相见，
距离隔不断想念。
敖日格勒／胡日乌苏
你好吗？
从小长大的师妹／师兄；
你好吗？
儿时学艺的伙伴。

［胡斯乐在一旁看着，心里不是滋味。

胡斯乐　就好似五味瓶心里打翻，
又好似坠入冰窟彻骨寒。

敖日格勒 / 胡日乌苏
见到你真好 / 见到你真好，
我心里燃起烈焰 / 我心里泛起波澜。

[胡日乌苏与敖日格勒欲接近，浩毕斯嘎拉插到二人之间，将他们分开。

浩毕斯嘎拉
（白）好了好了，休息得差不多了，我们该赶路了。
牧民群众翘首期盼，
精彩节目轮番上演。
乌兰牧骑的舞台，
就是那美丽大草原。

队员们　乌兰牧骑的舞台，
就是那美丽大草原。

[切光。

第一幕　第三场

[夜，繁星闪烁，晶莹剔透。

[草原上，敖包下。

[胡日乌苏小步跑上，警觉地四处张望……胡斯乐悄悄地跟上，躲在暗处。

[胡日乌苏仰望天空，既向往又迷茫。

胡日乌苏　夜色多么沉静，
月光映照着孤独身影。
看流星划过天宇，
如坠心中泛起涟漪一层层。
草原多么沉静，
溪水倒映着寂寥身影。
看着你突然闯进，
不速之客激起波澜几重重。

[敖日格勒从敖包后闪出。

敖日格勒　（白）胡日乌苏，我在这儿。
胡日乌苏　（白）敖日格勒。

[胡日乌苏与敖日格勒奔向对方，即将接近之际又停下脚步，含情脉脉地相视。

敖日格勒 来吧，
跟我走吧，
不远千里回家乡，
我要接你去南方。

胡日乌苏 南方……
充满希望的地方，
那么令人向往。

敖日格勒 在南方，
前景更璀璨，
舞台更宽广。
在南方，
我已经站稳脚跟，
实景剧中异彩绽放，
台上台下鲜花和笑脸，
像巨星一样万人敬仰。
来吧，
跟我走吧，
我们携手去远方，
把美好生活共同开创。

[胡斯乐悄悄地下。

胡日乌苏 远方……

一直把远方想象，

在更大舞台上歌唱；

远方……

一直把草原那头眺望，

在聚光灯下赢得荣光。

可阿爸一定不会答应，

连想都不能想。

敖日格勒 你阿爸是我的老师，

曾对我那么的慈祥。

当年我离开乌兰牧骑，

他却像变个人一样，

暴跳如雷似发狂，

断绝师徒关系再不来往。

现在只有一个办法——

胡日乌苏 什么主意你快讲。

敖日格勒 我们不如去私奔，

不辞而别，

远走高飞，

抛弃一切去追逐梦想。

胡日乌苏 （白）私奔！

［浩毕斯嘎拉怒气冲冲地奔上，胡斯乐随上。

浩毕斯嘎拉

（白）私奔，
胆子大得已经没底，
偌大的草原就容不下你？
竟然背弃你的阿爸，
竟然背弃乌兰牧骑。

敖日格勒（白）老师……

浩毕斯嘎拉

我已不是你的老师，
早跟你断绝师徒关系。
人都已经远远离去，
为什么还回来生非惹事？

胡日乌苏（白）阿爸！

让我走吧，
去追寻更广阔天地，

浩毕斯嘎拉

草原之大谁可比；

胡日乌苏 让我走吧，
去登上更闪亮舞台，

浩毕斯嘎拉

草原的舞台最绚丽；

胡日乌苏 让我走吧，
去获得更多的赞誉，

浩毕斯嘎拉

牧民的口碑最珍奇；

胡日乌苏 让我走吧，

去赢得更热烈掌声，

浩毕斯嘎拉

牧民的掌声最真实。

胡日乌苏 我真的不想留在这里，

远方的召唤难以抗拒。

浩毕斯嘎拉

生在草原上，

活在乌兰牧骑，

生生死死在这里。

你如果决然离去，

断绝父女关系也在所不惜。

浩毕斯嘎拉／胡日乌苏／敖日格勒／胡斯乐

难道你真的要离去／

难道生也生在这里／

师傅果然六亲不认／

原谅我偷偷去告密。

浩毕斯嘎拉／胡日乌苏／敖日格勒／胡斯乐

你真的把父亲背弃／

难道活也活在这里／

对亲生女一样严厉／

怕只怕你离我而去。

浩毕斯嘎拉／敖日格勒／胡日乌苏／胡斯乐

我们的家三代延续／

难道死也死在这里／

再也不能这样下去 /
如今闹得不可收拾。

浩毕斯嘎拉 / 敖日格勒 / 胡日乌苏 / 胡斯乐
不能在第三代终止 /
我怎能还这样继续 /
下决心不能再犹豫 /
后悔也已经来不及。

[胡日乌苏似乎已经下了决心。

胡日乌苏 我要去，

浩毕斯嘎拉
你再说一次。

胡日乌苏 我一定要去，

浩毕斯嘎拉
你再说一次。

胡日乌苏 我要去，
从此离开这里。

[“啪”的一声，浩毕斯嘎拉一巴掌打在胡日乌苏的脸上，连自己也震惊不已，看着自己发抖的手。

浩毕斯嘎拉
从小到大未曾打过你，
一直把你捧在手心里。

如今气得不能自已，
因为不想让你真的离去。

［胡日乌苏捂住脸，强忍着不哭。

胡日乌苏 我要去，
我要去，
我要去，
谁也不能阻止。

［胡日乌苏哭着跑下，敖日格勒追下。

［灯光渐暗。

第二幕　第一场

[胡日乌苏家——简单而朴素的家庭，客厅的墙上挂满的各式奖状和各种演出照片显得特别醒目。与客厅相连的是胡日乌苏的房间，充满着少女梦幻般的色彩。

[客厅里，乌云格日乐正在翻看一本画册，哼唱着蒙古族歌曲《我的根在草原》……

乌云格日乐

走遍了山山水水，
美不过辽阔的草原；
听遍了四海歌声，
还是牧歌最动人。
我是父亲心爱的骏马，
永远爱恋着草原，
无论在哪里，
我的根在草原。
……

[胡日乌苏心事重重地上。

胡日乌苏 又听见额么格的歌声，
我的根在草原；
额么格唱了额吉唱，
我的根在草原，
依然那么动人心弦。

［乌云格日乐见了胡日乌苏，忙迎上前去。

乌云格日乐
（白）米尼忽，下乡演出回来了？你阿爸呢？
怎么没有一起回？
胡日乌苏（还在气头上，白）不知道！

［胡日乌苏径直走进自己的房间，默默地收拾行李；乌云格日乐跟着进了房间，在一旁帮着收拾。

胡日乌苏（白）额么格！

［突然间，胡日乌苏叫唤着“额么格”，一下子扑入乌云格日乐的怀里，无限的不舍化作伤心的抽泣。

胡日乌苏 面对额么格白发苍苍，
心里有话无从讲？
乌云格日乐
看着米尼忽不同以往，

无尽伤感泪汪汪。
你是我的米尼忽，
还有什么不能讲？

胡日乌苏 怕只怕惹你心伤，
话到嘴边口难张。

乌云格日乐 / 胡日乌苏

说说吧 / 口难张，
是不是工作不顺利 / 离别的话怎么讲，
是不是生活不如意 / 怕只怕惹你心伤，
让我为你把风雨遮挡 / 额么格已经白发苍苍。

胡日乌苏 我想走，

乌云格日乐

去何方？

胡日乌云 去远方，

乌云格日乐

有多远？

胡日乌苏 草原的那头，
遥远的南方。

［乌云格日乐不禁一震，愣住了。

［胡日乌苏拉着行李箱走出自己的房间，乌云格日乐也跟着出来。

乌云格日乐

（白）米尼忽！
慢些走，

抬头看，
看看墙上的照片，
多少往事浮现眼前。
乌兰牧骑的岁月，
多少美好令人感叹。

[乌云格日乐牵着胡日乌苏的手，顺墙一一观看乌兰牧骑演出剧照……

乌云格日乐

你看这张照片，
那是三九严寒天，
我们在草原上露天表演，
身上只穿单薄的衣衫。
你看这张照片，
那是三伏酷暑天，
我们在毛乌素沙漠行进，
饥渴难耐到生命极限。
春夏秋冬一年四季，
乌兰牧骑到处巡演。
我们是演员，
又要做厨子，
还当搬运工，
我们什么都干。
再看这张照片，

牧民们献上哈达，
还有那哈达一样的奶茶，
一辈子忘不了的香甜。
再看这张照片，
额么格送上羊袄，
还把我们的手拉入怀间，
一辈子忘不了的温暖。
我们就像一大家子，
已跟牧民打成一片。
帮他们放羊，
帮他们种地，
帮他们割草，
我们什么都干。
还有这张照片，
我们背来老额么格，
因为她的腿脚不便。
我们为她一人表演，
看着她脸上绽放笑颜。
玛奈乌兰牧骑，
红色的嫩芽，
他们这样呼唤；
玛奈呼和德，
我们的孩子，
他们这样呼唤。
这是人世间最美好的称呼，

送给我们最珍贵的王冠。

胡日乌苏 额么格借看老照片，

话中有话，

弦外有音，

一字字一句句扣人心弦。

不能犹豫，

不能彷徨，

摇摆不定再走就难。

原谅我，额么格，

再不能围绕在你的膝前，

再不能陪伴在你的身边；

原谅我，额么格，

从此后在梦里把你想念，

从此后在梦里与你相见。

乌云格日乐

雏鹰翅膀硬了，

胡日乌苏 总有一天飞上天；

乌云格日乐

孩子已经长大，

胡日乌苏 总有一天会走远。

乌云格日乐

留得住人啊留不住心，

草原上还回荡爱的呢喃。

胡日乌苏／乌云格日乐

原谅我，额么格／别忘了，米尼忽，

走得再远 / 家在呼唤，
也走不出家的视线 / 早日回归大草原；
走得再久 / 草原期盼，
也走在亲人的心尖 / 回归乌兰牧骑那一天。

[胡日乌苏欲走。

乌云格日乐

（白）米尼忽，再陪额么格唱首歌吧？

[胡日乌苏用劲地点头。

乌云格日乐

一滴水，
太阳把你升华，
成了天上的云霞，
又化作空中的雨花，
轻轻地飘洒。
流出山涧，
流过草原，
流入大地，
悄悄地回家。

乌云格日乐 / 胡日乌苏

一滴水，
从大地里来，

又回归大地去，
悄悄地回家。

[在歌声中，胡日乌苏神伤黯然地离去……

[乌云格日乐伤感而不舍地目送着胡日乌苏远去……

[灯光渐暗。

第二幕　第二场

[草原上，一处牧民居住点。

[乌兰牧骑演出现场——浩毕斯嘎拉正在演奏马头琴《万马奔腾》……

[那苏图阿布等牧民观众席地而坐，听得如痴如醉……

[灯光暗转。

[草原上。

[胡日乌苏的额吉出车祸的地方，敖包上飘扬着一条洁白的哈达……

[胡日乌苏上，向敖包走去；敖日格勒随上。

胡日乌苏　又见那飘扬的哈达，
就像额吉在天风中挥手。
不知是轻声再见，
还是在殷殷挽留。

又见那飘扬的哈达，
就像额吉在天风中点头。
不知是默默祝福，
还是悄悄把泪流。

临行才知家乡美，
蓝天白云看不够。
分别才知草原秀，
一草一木眼底收。

说走情难走，
想留意难留。
乌兰牧骑的春与秋，
一丝丝一缕缕涌上胸口。

［敖日格勒不住地看表看时间。

敖日格勒 时间嘀嗒嘀嗒溜走，
再不走班车过时不候。
走吧，
莫踌躇停留，
走吧，
莫徘徊左右。

胡日乌苏 / 敖日格勒
难啊 / 走吧，
说走情难走 / 莫踌躇停留；
难啊 / 走吧，
想留意难留 / 莫徘徊左右。

［胡斯乐上。

胡斯乐　（轻唤一声，白）胡日乌苏！
胡日乌苏（既意外又兴奋地，白）胡斯乐！
敖日格勒（不耐烦地，白）你怎么也跟来了？
胡斯乐　我向队长请了假，
为你送别道再见。
从宿舍到你家再到车站，
到处找遍都不见。
想来想去只有这个地方，
叫辆黑车往这儿赶。
最后时刻总算追上，
不能留下永远的遗憾。
胡日乌苏感谢你总把我惦念，
敖日格勒还不是黄鼠狼给鸡拜年。
胡斯乐　都怪我不该乱语胡言，
害得你父女反目不相见。
敖日格勒祸从口出害人不浅，
胡斯乐　你才是惹是生非的根源。
就因为你的出现，
从此平静被搅乱，
就因为你的出现，
从此这里起波澜。
恨不得给你一顿拳，
解我心头恨和怨。
敖日格勒只因胡日乌苏跟我走，
你看我才那么不顺眼，

只因胡日乌苏跟我走，
你对我才又恨又怨。
来呀，
让我们决个输赢，

胡斯乐 好啊，
让我们做个了断。

［胡斯乐与敖日格勒摆出蒙古式摔跤架势，跃跃欲试；胡日乌苏冲上前去挡在俩人中间。

胡日乌苏 （白）住手！
谁也不能怪，
谁也不能怨。
是我伤了阿爸心，
要怨只把自己怨。

［敖日格勒指点着手表，显得有些不耐烦。

敖日格勒 再不走真的来不及，
你看看这个时间。

［胡日乌苏拉着胡斯乐走到一边。

胡日乌苏 临行还有话要讲，
好多话似乎说不完。

额么格上了岁数，
你多到家里去看看。
阿爸脾气不太好，
你在他身边多劝劝。

［胡斯乐不住地点头。

胡斯乐　记得常回家看看，
别忘了乌兰牧骑的伙伴。
家乡的风，
家乡的雨，
家乡的云，
家乡的草，
始终都在把你召唤，
你永远是乌兰牧骑的一员。

胡斯乐 / 胡日乌苏 / 敖日格勒
家乡的风 / 家乡的雨 / 快些走吧，
家乡的云 / 家乡的草 / 快些走吧，
始终都在把你召唤 / 我永远是乌兰牧骑的一员 / 走向远方的璀璨。

［幕内伴唱：

一滴水，
太阳把你升华，

成了天上的云霞，
又化作空中的雨花，
轻轻地飘洒。
流出山涧，
流过草原，
流入大地，
悄悄地回家。
一滴水，
从大地里来，
又回归大地去，
悄悄地回家。

[在伴唱声中，胡日乌苏采下一束野花，轻轻地放在了敖包上，又对敖包深深地鞠躬，随即，不忍地转身急下。

[敖日格勒随下。

[胡斯乐神情黯然地目送着胡日乌苏远去……

[突然间，乌云翻滚，天色如铅，胡斯乐抬头看天，神色显得不安。

[灯光暗转。

[草原上，牧民居住点。

[天空中已飘起雪花。

[浩毕斯嘎拉正指挥乌兰牧骑队员们卸台，准备转移到下一个牧民点演出……

[那苏图阿布走向浩毕斯嘎拉。

那苏图阿布

看天色风云突变，
暴风雪来者不善。
留下吧，
等天气回转，
再启程也不晚。

众牧民 留下吧，
等天气好转，
再启程也不晚。

浩毕斯嘎拉

风雪再大也曾见，
没什么可以把演出阻拦。
已安排下一个牧民点，
戏比天大决不能自食其言。
那里的人正翘首期盼，
等待着精彩节目上演。

那苏图阿布

（激动不已地，白）玛奈乌兰牧骑，我们的乌兰牧骑！玛奈呼和德，我们的孩子！

众牧民 （白）玛奈乌兰牧骑，我们的乌兰牧骑！玛奈呼和德，我们的孩子！

浩毕斯嘎拉、众队员 / 那苏图阿布、众牧民

玛奈乌兰牧骑 / 玛奈呼和德，
就像红色的嫩芽 / 就像我们的孩子，
生长在草原上 / 来到了牧民中间，

开放在牧民心上 / 来到了牧民身边。

[切光。

第二幕　第三场

［草原上，暴风雪之夜。

［乌兰牧骑演出队艰难地行进在暴风雪的路上，已经迷失了方向。

浩毕斯嘎拉

月亮不见了，
星星不见了，
草原不见了，
走在狂风暴雪的路上。

［乌兰牧骑演出队队员们纷纷拿出手机拨打电话，但始终打不通。

众　人　没有了信号，
打不通电话，
看不见前路，
狂风暴雪迷失了方向。

［乌兰牧骑演出队队员们在暴风雪中跌，仆，滚，爬……浩毕斯嘎拉与队员们你拉住我、我拽住你，你抱住我、我拖着你，相互帮扶。最后，他们将道具、行李都堆积在勒勒车旁，垒起

一堵墙，然后团团围坐在一起，相互抱团取暖……

浩毕斯嘎拉

风啊，
你歇一歇，
能否给我一个暖阳？
让我们行走在回家的路上；
雪啊，
你停一停，
能否还我一弯月亮？
让我们活跃在演出舞台上。

众　人　风歇歇，
雪停停，
风歇雪停后，
让我们活跃在演出舞台上。

[浩毕斯嘎拉与乌兰牧骑队员们隐去。

[胡日乌苏家——

[额么格正眺望着夜空……

额么格　无情的风雪，
肆虐在草原上，
猛击亲人的胸膛，
撕扯亲人的心肠。
乌兰牧骑，

你们在什么地方，
是否顺利安康？
无情的黑夜，
笼罩在草原上。
让家的灯永远放亮，
那灯就是额吉的目光。
灯光映照回家的路，
目光映照在孩子心上。

［额么格隐去。

［雪原上——

［由干部、军人和警察组成的救援队顶风冒雪上，在风雪中奋力地开辟道路……

军人、警察、干部

时间就是生命，
生命之重大于天。
时间，
生命；
生命，
时间。
刻不容缓，
咫尺之间。

［军人、警察、干部等救援队员隐去。

[雪原上——

[那苏图阿布等牧民们举着火把，顶风冒雪上。他们或用手刨雪，或使铲铲雪，或用木板推雪，奋力地开掘道路……

那苏图阿布

羊群走丢了，
迷失在雪暴，
放羊人永远不会放弃，
一定要把它们找到。
它们是我们的羊羔，
一只不能少。
孩子走丢了，
迷失在雪暴，
亲人们永远不会放弃，
一定要把他们找到。
他们是我们的孩子，
一个不能少。

众牧民 他们是我们的孩子，
一个不能少。

[那苏图阿布与众牧民隐去。

[雪原上——

[胡斯乐奔上。

胡斯乐 我来了，

找你们来了，
乌兰牧骑，
你们在哪里？
我们应该在一起，
共同面对，
共同经历。
我来了，
找你们来了，
乌兰牧骑，
你们在哪里？
我们应该在一起，
不管跌倒，
还是挺立。

［胡斯乐隐去。

［雪原上——

［浩毕斯嘎拉与乌兰牧骑队员们相互依偎，相互取暖，相互支撑，身上已覆盖了一层厚厚的积雪……

队员甲　多么想一杯热腾腾奶茶，
队员乙　多么想一件暖融融皮袄，
队员丙　多么想一顶暖洋洋帐篷，
队员丁　多么想一个温暖的怀抱，
浩毕斯嘎拉
多么想舞台上灯光照耀，

还有牧民满足的欢笑。

队员甲 多么想慈祥额吉的唠叨，

队员乙 多么想可爱孩子的嬉闹，

队员丙 多么想美丽妻子的娇娆，

队员丁 多么想强壮丈夫的味道，

浩毕斯嘎拉

多么想胡日乌苏身边围绕，

不愿你独自在外去漂摇。

众　人 多么想天下人相伴美好，

再没有不幸和噩耗。

［浩毕斯嘎拉、乌兰牧骑队员们隐去。

［雪原上——

［由干部、军人和警察组成的救援队顶风冒雪上，在风雪中奋力地开辟道路……

军人、警察、干部

时间就是生命，

生命之重大于天。

时间，

生命；

生命，

时间。

刻不容缓，

咫尺之间。

[军人、警察、干部等救援队员隐去。

[胡日乌苏顶风冒雪地奔上。

胡日乌苏 风啸啸，

雪纷纷，

茫茫天和地，

回头了，

回来了，

故土难舍弃。

风雪遮挡你们的消息，

阻隔我们生死的距离。

阿爸，

我已坐出租车离去，

却传来暴风雪信息。

没有迟疑没有犹豫，

义无反顾冲进风雪里。

阿爸，

我回来了，

这里有我的记忆，

这里有我的欢喜，

这里有我的悲泣，

这里是父母之地。

迷途知返的儿女，

一头扑入你的怀里。

阿爸，

可听见女儿的呼唤，
风刮起一千个无意。
乌兰牧骑，
我回来了，
额么格曾经在这里，
额吉曾经在这里，
阿爸一直在这里。
我怎能不在这里？
一只孤雁虽曾迷失，
终于又找回了自己。
乌兰牧骑，
可听见我的呼喊
雪落下一万个无语。
你们听不见，
可我还要大声喊，
我是乌兰牧骑的一分子。
阿爸，你在哪里？
乌兰牧骑，你在哪里？

胡日乌苏 / 胡斯乐 / 那苏图阿布众牧民 / 军人、警察、干部
亲人啊，你们在哪里？
乌兰牧骑，你们在哪里？

胡日乌苏 又想起那首歌曲，
熟悉的旋律流淌在心里。
一遍遍大声地唱起，
让歌声把你们寻觅。

［胡日乌苏唱起《一滴水》。

胡日乌苏 一滴水，
太阳把你升华，
成了天上的云霞，
又化作空中的雨花，
轻轻地飘洒。
流过山涧，
流过草地，
流入大地，
悄悄地回家。

［浩毕斯嘎拉及乌兰牧骑队员们现身。

浩毕斯嘎拉
一滴水，
太阳把你升华，
成了天上的云霞，
又化作空中的雨花，
轻轻地飘洒。
流过山涧，
流过草地，
流入大地，
悄悄地回家。

胡斯乐 / 那苏图阿布 / 众牧民 / 军人、警察、干部

一滴水，
太阳把你升华，
成了天上的云霞，
又化作空中的雨花，
轻轻地飘洒。
流过山涧，
流过草地，
流入大地，
悄悄地回家。

众　人　一滴水，
从大地来，
又回归大地去，
悄悄地回家。

［在风雪中，在歌声里，胡日乌苏、胡斯乐、那苏图阿布和牧民们及军人、警察、干部等救援队员执著地搜救着乌兰牧骑……

胡日乌苏　隐约听见歌的回应，
还有生的奇迹。

浩毕斯嘎拉

隐约听见歌的回应，
还有爱的传递。

胡斯乐、那苏图阿布、众牧民及军人、警察、干部

隐约听见歌的回应，
还有生的奇迹。

乌兰牧骑队员

隐约听见歌的回应，
还有爱的传递。

胡日乌苏 听，
歌声越来越清晰，
找到你，
终于找到你！

众　人 听，
歌声越来越清晰，
找到了，
终于找到你！

［渐渐地，他们接近受困的乌兰牧骑，最终，他们如愿找到了对方……胡日乌苏扑向浩毕斯嘎拉，父女俩相拥在一起，喜极而泣；救援人与被救援人也相拥在一起，欢呼着……

众　人 一滴水，
从大地来，
又回归大地去，
悄悄地回家。

［灯光暗转。

尾　声

［雪后初霁。

［众人再次一起唱起了“玛奈乌兰牧骑”之歌……

胡日乌苏、乌兰牧骑众队员

玛奈乌兰牧骑，
就像红色的嫩芽，
生长在草原上，
开放在牧民心上。

那苏图阿布、众牧民

玛奈呼和德，
就像我们的孩子，
来到了牧民中间，
来到了牧民身旁。

众　人　玛奈乌兰牧骑/玛奈呼和德，
就像红色的嫩芽/就像我们的孩子，
生长在草原上/来到了牧民中间，
开放在牧民心上/来到了牧民身旁。

［灯光渐暗。

［剧终。

红色的嫩芽

剧名书写　高军法

王勇剧作集

飞啊飞

儿童剧

◎

王勇 著

中国戏剧出版社
CHINA THEATRE PRESS

图书在版编目（CIP）数据

王勇剧作集 / 王勇著. — 北京 ：中国戏剧出版社，
2022.6
ISBN 978-7-104-05123-7

I.①王… II.①王… III.①剧本—作品综合集—中
国—当代 IV.①I230

中国版本图书馆CIP数据核字（2021）第171113号

王勇剧作集

策划编辑：肖 楠
责任编辑：邢俊华
责任印制：冯志强

出版发行：中国戏剧出版社
出 版 人：樊国宾
社　　址：北京市西城区天宁寺前街2号国家音乐产业基地L座
邮　　编：100055
网　　址：www.theatrebook.cn
电　　话：010-63385980（总编室） 010-63381560（发行部）
传　　真：010-63381560

读者服务：010-63381560
邮购地址：北京市西城区天宁寺前街2号国家音乐产业基地L座

印　　刷：保定市铭泰达印刷有限公司
开　　本：787mm×1092mm 1/32
印　　张：42.25
字　　数：846 千
版　　次：2022年6月 北京第1版第1次印刷
书　　号：ISBN 978-7-104-05123-7
定　　价：458.00 元（全 18 册）

时　间：第二次国内革命战争时期。

地　点：南国山区。

人物：

樟伢子——男。十四五岁，红军小战士。

细妹子——女。七八岁。背一只风筝，穿碎花蓝衫，山歌唱得津甜。一双明亮的大眼睛，虽什么也看不见，对外部世界却惊人地敏感。

满秀才——男。十一二岁。趴在学堂的窗台上识了几个字，便被人称作“秀才”。扎朝天鬏，戴银项圈。

番薯崽——男。十三四岁。父亲被白匪杀害，做梦都想当红军为父报仇。

龙应顺——男。二十八九岁。国民党飞行员。

一

[夜。 夜色如水，迷蒙中传来虫儿的浅吟低唱；夜空中，萤火点点，如繁星闪烁。

[远远地，一道稚嫩的童声飘来：

萤火虫，打灯笼，
飞到西，飞到东。
东边出太阳，
西边刮大风。
萤火虫，打灯笼，
飞到西，飞到东。
心中一个梦，
飞天摸星星。

[晒场——童话一般的草垛上，细妹子一手拿风筝，一手遥指星星；番薯崽、满秀才背靠背，一同仰望浩瀚、深邃的夜空。

满秀才　看啊，天上的星星就像萤火虫，萤火虫就像天上的星星。

番薯崽　星星好像就挂在头上不远的地方，一伸手就摸到了。

细妹子　星星长什么样子？

番薯崽　像水里的鹅卵石，滑溜溜的。

满秀才　像家里的油灯，一闪一闪的。

番薯崽　像婆婆做的糍粑，香喷喷的。

满秀才　像人的眼睛，一眨一眨的。

细妹子　像眼睛！奶奶说，摸到了星星，我的眼睛就看得见了。我想飞，想去摸星星！番薯崽哥哥，秀才哥哥，我能摸到星星吗？

番薯崽　能！细妹子，我带你去飞，带你去摸星星！

［番薯崽抱高举风筝的细妹子喊叫着从草垛上滑下。

［满秀才出现在高高的草垛上。

番薯崽　满秀才，下来呀。呜——真带劲！

细妹子　秀才哥哥，真好玩，你快下来呀。

［满秀才坐在草垛上不敢动弹。

满秀才　（紧张地）我……我还没想好呢？是这样下……还是这样下……

番薯崽　别找借口了，你就是怕死。

满秀才　我才不怕呢，我得想好了再下来。子曰："三思而后行。"

［趁满秀才没注意，番薯崽把他推了下来。满秀才哧溜滑下草垛，

摔了个屁股墩。

满秀才 哎哟！

番薯崽 满秀才，怕死鬼，摔破屁股跌断腿。

细妹子 （学舌）满秀才，怕死鬼，摔破屁股跌断腿。

番薯崽 怕死鬼！就你这个样子还像个儿童团吗？

满秀才 不好玩不好玩，我回家睡觉去。

细妹子 秀才哥哥，再玩一下子吧？

番薯崽 要不我们玩红军打仗。

满秀才 好啊！你当白狗子，我当红军。

番薯崽 （一掌将满秀才推坐在地上）去，白狗子杀了我爹，我还当白狗子？你才当白狗子！

满秀才 你打人，不跟你玩了。

番薯崽 不玩就不玩。少了你这个胆小鬼，我们还玩得痛快一些呢。

细妹子 走，到那边去玩……（欲走）

满秀才 哎——（灵机一动）要不，细妹子当白狗子，我们都当红军。

细妹子 不嘛，我不当白狗子，白狗子是坏蛋。

满秀才 （又生一计）那就咚锤，谁输了谁当白狗子。出拳无悔。

细妹子 好，咚锤！

番薯崽 咚锤就咚锤。

番薯崽、满秀才、细妹子

（咚锤）东门打铁，西门做桶，咚咚锤！

［“砰——”突然，一声枪响传来。

［犬吠声骤起。幕内大喊：“抓住他，别让这个小赤匪跑了！”

番薯崽　不好，白狗子来了！

满秀才　像是在抓什么人。

［村中火光冲天而起，鸡飞狗跳，人声鼎沸。

细妹子　秀才哥哥，我怕！

满秀才　（吓得瑟瑟发抖）不怕，细妹子不怕。

［又是一阵凄厉的枪声。

［樟伢子跑上，与番薯崽撞了一个满怀。

［幕内大喊：“抓住他！”

番薯崽　（拖住樟伢子）他们抓的是你？

樟伢子　唔。

番薯崽　你是红军？

樟伢子　唔。

番薯崽、满秀才、细妹子

你真的是红军！

樟伢子　我是红军传令兵，执行完任务，返回队伍的路上遇到了白狗子。

番薯崽　我们都是儿童团团员。走，快跟我躲起来！

细妹子　躲到我家柴房里好了。

满秀才　不行不行！躲在祠堂的阁楼上，谁都找不到。

［一阵急促的枪声响起。此刻，村中已是一片火海。枪声、哭嚎声震耳欲聋。

番薯崽　回不去了，回去是送肉上砧板。

满秀才　那怎么办？

番薯崽　跑，往山上跑。走。

［番薯崽拖起樟伢子欲下。

细妹子　秀才哥哥，等等我——

樟伢子　（一把将细妹子抱起）快！

满秀才　我、我还没和我娘说一声呢。

番薯崽　（拖满秀才）顾不得了，快走！

［四个孩子匆忙下。

［幕内歌声起：

萤火虫，打灯笼，
飞到西，飞到东。
心中一个梦，
飞天摸星星。

［暗转。

[次日清晨。山林间。

[樟伢子、番薯崽、满秀才步履沉重地爬上了山坡。细妹子已在樟伢子肩头睡着了。

樟伢子 （长长地嘘了一口气）总算跑出来了。

满秀才 （一屁股坐在地上）娘哎，这一夜走的，骨头都散了架。

樟伢子 （放下细妹子）番薯崽，满秀才，谢谢你们！要不是你们帮我，我早就落到白狗子手里了。

[番薯崽、满秀才“嘿嘿”直笑，显得憨厚。

樟伢子 这里就是牛牯岭吧？

满秀才 是啊。

樟伢子 那我们就在这里分手吧。你们早点回家，我也早点赶回部队去。

[樟伢子掏出一顶红军军帽，端端正正地戴在头上。

[番薯崽见了红军帽，上前一把拿过来，翻过来翻过去摩挲着，随后，不舍地递还给樟伢子。

番薯崽 （突然决定）我，我跟你一起去！

樟伢子 什么？你跟我一起走？

番薯崽 对，我要当红军！

樟伢子 不行不行，你还太小。

番薯崽 （伸手在樟伢子头上比画身高）你不跟我差不多嘛，你能

当，我就能当。要不我们比手劲，摔跤也可以。我随你挑，比什么都行。（几个把式把樟伢子摔到地上）

樟伢子　（对番薯崽咄咄逼人的架势有些招架不住）你，你以为打仗是细伢子打架呀，那是，那是，哼，说了你也不懂。

满秀才　还是回家吧，我们还没和家里打招呼呢！

番薯崽　你想回家你带细妹子走，反正我是不会回去的。（对樟伢子）我们走吧。

樟伢子　（傻了）我，我可没答应你呀。

番薯崽　有什么答应不答应！红军能收你，还会不收我？（对满秀才）满秀才，你带细妹子回家。走！

满秀才　（哭腔）我不认识回家的路！

番薯崽　哭哭哭，就会哭，像个妹子！

［起雾了……遮天蔽日的雾。

满秀才　走，怎么走？起雾了。天不见了，地不见了，林子不见了，回家的路也不见了。

［突然，远处隐隐传来轰鸣声，由远及近，由弱渐强……

番薯崽　你看，麻烦来了吧？

细妹子　（惊醒）打雷了！

番薯崽　不像是打雷呀。

满秀才　看，一只鸟！

细妹子　什么鸟？

满秀才　一只大鸟！

番薯崽　一只大怪鸟！

[一架飞机正从空中俯冲而下。

[飞机的轰鸣声愈来愈强……震天撼地。

樟伢子　是白狗子的飞机，快趴下！

[飞机俯冲而上。

[番薯崽、满秀才慌忙趴下。

[细妹子睁着一双大眼睛，茫然伫立。

[飞机轰鸣声大作……

[樟伢子冲过去，将细妹子摁倒在地，匍匐在她身上。

[飞机落地，发出巨大的声响。强光中，一架双机翼老式飞机从正面冲上，火光飞溅。随即，一片寂静。

细妹子　（睁着恐惧空洞的大眼睛，喃喃地）"鸡"！会飞的大公鸡！会打雷的"大瘟鸡"！

[灯暗。

二

[飞机迫降在灌木丛中，上面到处挂着撞断的树枝。

[满秀才、番薯崽围着飞机转圈圈；樟伢子这儿敲敲，那儿拍拍；细妹子抚摸着飞机，嘴里念念有词。他们显得兴奋不已。

番薯崽　嘿，这家伙比大水车还大！

满秀才　水车算什么，三个水车也抵不上。哎，你说这么大个铁家伙，它怎么就能飞上天呢？

细妹子　铁家伙也能飞上天，我的风筝怎么就飞不上天呢？

番薯崽　细妹子，你的风筝有绳子拽着，当然飞不上天。（指飞机）它不是长了翅膀吗？有翅膀就能飞。

满秀才　（难以信服地）那它怎么又掉下来了呢？

番薯崽　这个……鸟飞累了还要在树上歇个脚呢。

满秀才　（将信将疑地）真的？

番薯崽　不管什么真的假的，反正它再厉害现在也是只死瘟鸡。（“嗵嗵”踢飞机）白狗子，死瘟鸡！

樟伢子　（阻止）哎哎哎，别弄坏了，这家伙可厉害了。

番薯崽、满秀才、细妹子

厉害？

樟伢子　对，它只要这么“呜”的一声，“噌”地一下就窜上了天。一眨眼就飞了十万八千里。再“啪”的一声，就生出个好大好大的蛋，砸得死十头牛呢。

番薯崽 我的个娘，这么厉害！

樟伢子 要不怎么叫飞机呢。所以我们师长经常念叨，要是红军能有自己的飞机就好了，我们就不单能跟白狗子在地上打，还要和他们在天上干！嘿，这下好了，白狗子自己把飞机送上门来了。

满秀才 （兴奋不已地）那我们立大功喽。等我们把飞机交给了红军，就让红军把飞机发给我们，我们三个人每天骑飞机在天上飞过来飞过去——

细妹子 秀才哥哥，带上我，我要上天去摸星星。

番薯崽 星星有什么好摸的？我们要去打白狗子！

樟伢子 （作瞭望状）对呀，先收拾白狗子！番薯崽，白狗子进村了，开炮！

番薯崽 “嗵！”“嗵！”

满秀才 哈哈，白狗子见阎王了！

樟伢子 满秀才，白狗子在东村打牌喝酒！

满秀才 别着急，“呜——”我来也，我就一撅屁股，拉下两颗“蛋”——

番薯崽 “轰”，“轰”，白狗子上西天了！

樟伢子 （作开飞机状）伙计们，坐稳了，我们的飞机上天了。

［孩子们抱在一起，想象自己在天上飞翔。

众　人 （数板）好伙计，骑飞机，当红军，打白匪。飞了十万八千里，半天云上放个屁，哈哈——白狗子们全归西！

[“啪”一只手伸出机舱，“啪”又一只手伸出机舱，一个皮帽子脑袋从机舱里探出，随即又瘫没在机舱里。

细妹子　（敏感地）人，有人！

樟伢子　隐蔽！

[番薯崽、满秀才、细妹子、樟伢子卧倒在地，凝神屏气地注视着飞机上的动静。

[番薯崽小心翼翼向飞机靠拢；满秀才护着细妹子，显得紧张不安；樟伢子灵巧地蹿上树，向机舱内眺望。

樟伢子　缴枪不杀！

番薯崽、满秀才

（学样）缴枪不杀！

[机舱里毫无反应。

樟伢子　出来！（去拖昏死的龙应顺，拖不动，对番薯崽、满秀才）来，搭把手把他拖出来！

[三个男孩子七手八脚将龙应顺拖出机舱。一个菱角包从龙应顺身上掉在地上。

满秀才　（拾起菱角包一看，随手递给了细妹子）细妹子，这个菱角包给你玩。

［三个男孩子同时看见龙应顺腰间的枪套。番薯崽眼明手快将枪套抓到手，掏出一支手枪。

番薯崽　（得意地）嘿，手枪！

满秀才　（凑上前去）给我，给我！

番薯崽　去去去，见了老鼠都吓出尿来，你要枪干什么！

樟伢子　（向番薯崽摊开手掌）给我！

番薯崽　枪是我找到的，凭什么给你？

樟伢子　凭我是红军，一切缴获要归公，你懂吗！（一把夺过番薯崽手中的枪，将枪插入腰间）想要枪啊，等你当上了红军再说。

满秀才　（幸灾乐祸，起哄地）对对对，要上缴红军。

番薯崽　马屁精！（出掌欲打满秀才。满秀才跑到一边去了）你！（随即，将怨气撒在俘虏飞行员上）起来，装什么死！

［番薯崽用脚踢龙应顺。

满秀才　你这样不管用的，看我的。

番薯崽　吹牛！

［满秀才寻来几片棕叶，卷成一个锥型圆筒，跑到一边，背身往叶筒里撒尿。

细妹子 秀才哥哥，你在做什么？

满秀才 撒尿。

细妹子 撒尿？

满秀才 对。（捧着盛尿的叶筒）童子尿来喽，童子尿来喽！

细妹子 秀才哥哥，童子尿做什么？

满秀才 童子尿，真是妙，活人喝了蹦蹦跳，死人喝了哇哇叫！

番薯崽 （认真地）秀才，真有这么灵吗？

满秀才 我也不知道，反正喝不死人。

［满秀才给龙应顺喂尿。一开始，龙应顺没有反应。满秀才索性将叶筒里的尿"咕噜噜"全倒给龙应顺喝下。

［龙应顺被呛，咳嗽。

众　人 活了，活了！

［樟伢子、番薯崽、满秀才如临大敌。

细妹子 （摸索着）我来摸摸！

满秀才 （制止地）细妹子，不能摸！

［龙应顺挣扎着站起，不支，跪下，但极力挺直身板。

樟伢子 举起手来！

众　人 举起手来！

龙应顺　（昏昏沉沉地）我在哪儿？

樟伢子　在中华苏维埃的地盘上。

龙应顺　赤匪区！

樟伢子　胡说，是苏区！

龙应顺　你们是……

孩子们　（异口同声地）我们是红军！

龙应顺　（迷惑地，继而不屑地——扫视眼前的孩子，冷笑）就你们？乳臭未干！

樟伢子　乳臭？什么乳臭？

满秀才　（得意地）乳者，奶也；臭者，气味也！

樟伢子　（急了）说话像拉稀，干脆点儿，到底什么意思？

满秀才　意思就是……就是刚刚吃完了娘的奶，嘴上还没擦干净。

众　人　啊?!

樟伢子　白狗子，你竟敢如此……如此地……反动！你，你跪下！

孩子们　跪下！

龙应顺　男儿膝下有黄金，让我给你们下跪，笑话！

番薯崽　嗬，还挺有骨气！

樟伢子　不是骨气，是反动。

满秀才　对对对，反动。

樟伢子　把“反动”绑起来！

满秀才　好嘞。

［满秀才找来一根藤条上前去绑，龙应顺太高，满秀才跳起蹿

到龙应顺身上。龙应顺一甩身，满秀才跌坐在地。

［樟伢子、番薯崽见状，冲上前去，与龙应顺扭打在一起……龙应顺终因体力不支，被制服。

樟伢子 “反动”，你听着！你现在是红军的俘虏，要是敢乱说乱动，别怪我不客气。

满秀才 对，你要老老实实。（顺手给了龙应顺一掌，又迅速跳开）“反动”该打！

细妹子 （跟着起哄）“反动”该打！

樟伢子 让“反动”游龙示众！

［满秀才牵龙应顺游龙。龙应顺不走。

满秀才 （猛拉绳子）你走不走？

［龙应顺被摔倒在地。

龙应顺 （痛苦而屈辱地）老天爷，你看见了吗，我龙应顺虎落平阳遭犬欺啊！

满秀才 （煽动地）樟伢子，他骂我们是狗。

樟伢子 （又气又急地）什么？

龙应顺 你们这些野崽子，你们就是一群小疯狗！

番薯崽 你才是狗，你这个白狗子！（一把抢过樟伢子的手枪）你再说，我一枪打死你！

樟伢子 不，番薯崽，不要开枪！

［樟伢子挡在龙应顺前面。

番薯崽　你让开，我要杀了这些杀人放火的白狗子！

樟伢子　红军不杀俘虏！留下他还有大用处。

番薯崽　留着他杀人，留着他放火，留着他打红军吗?!

樟伢子　不，留着他开飞机。

满秀才　还让他开飞机？

樟伢子　对，为红军开飞机，开飞机打白狗子。

龙应顺　哼！想得好，做梦吧！

番薯崽　（急得大叫）你听到了吗，你听到了吗？

龙应顺　（歇斯底里）让我给你们开飞机，我宁愿去死！

番薯崽　（一把推开樟伢子，朝龙应顺举起枪，愤怒地）那你就去死吧！

樟伢子　不！

［樟伢子猛地跃起，扑上前，一把托起番薯崽手中的枪。

［“砰——”，枪响了，空打在天上。

［众人都傻了。

细妹子　（不知情地摸索着）“反动”打死了吗？

樟伢子　你混蛋！你想把白狗子引来吗？

［蓦地，天空中传来飞机的轰鸣声，声音由远及近，由弱渐强。

细妹子　听！

满秀才　飞机！

樟伢子　不好，白狗子的飞机找伴儿来了。

龙应顺　（突然兴奋起来，仰空呼喊）我在这儿，我在这儿。

樟伢子　不准喊！

［樟伢子冲上前，欲制服发狂的龙应顺。

［龙应顺挣脱开，狂奔，狂喊。

［孩子们上前制止，被龙应顺一一推开。

［飞机在空中盘旋……

龙应顺　（仰天大喊）我在这儿。

［番薯崽发狠，拦腰抱住龙应顺，欲将他板倒；满秀才极力想堵住他的嘴。

［龙应顺拼命挣扎着。

［樟伢子举起手枪冲上前，用枪托朝龙应顺头上砸去。

［龙应顺“哼”了一声，“哧溜”瘫倒在地。

［飞机的轰鸣声渐渐远去……

樟伢子　白狗子到处在找这架飞机。

满秀才　你说白狗子还会找到这里来？

樟伢子　这是迟早的事。

番薯崽　来吧！白狗子来了，我正好给我爹报仇！

樟伢子　不能让他们找到飞机和俘虏。

番薯崽　那你说怎么办吧？

细妹子、满秀才
是啊，怎么办呢?

樟伢子 （略沉思）好，现在我们必须马上派人下山，把飞机和俘虏的事报告红军，赶在白狗子到来之前，让红军来接应我们。

满秀才 （急忙摆手）我可不认识下山的路。

番薯崽 我把白狗子引来的，那就我去吧。

满秀才 对对对，将功补过，你去最合适。

番薯崽 算了吧，胆小鬼！要我去，行！不过有个条件。

满秀才 你快说。

番薯崽 我要带上那把枪。

满秀才 没问题，我同意。

樟伢子 我不同意。一路上你要通过白狗子的封锁线，身上带着枪更不安全。

满秀才 对对对，樟伢子说的有道理。

番薯崽 你想赶我走是吧，我偏不去了！

满秀才 不是……我，我是说……

樟伢子 这是纪律。

番薯崽 （指手枪）……能让我摸摸吗?

[樟伢子迟疑着递过枪；番薯崽抚摸着枪，恋恋不舍地将枪还给樟伢子。

番薯崽 那我走了。

樟伢子 路上千万小心…… 要是万一……

番薯崽　万一让白狗子抓住了，也不能说出飞机和俘虏的下落，我懂。

樟伢子　这支枪给你留着……早去早回。

番薯崽　唔。我走了！

［番薯崽转身跑下。众人目送番薯崽离去。

［远处传来清亮的山歌声。

哎呀嘞——
哥哥你好走，
天上有日头。
路上莫停留，
早早打回头。

［歌声在山林间久久回荡。

［灯光渐收。

三

［黄昏。太阳西下，血一样的余晖流泻过林隙，给飞机抹上了一层绚丽的色彩。

［龙应顺被绑在飞机上。

［细妹子在放风筝，不小心碰到了龙应顺。

龙应顺　哎呀，你没长眼哪？

细妹子　我，我……

龙应顺　还有人呢，都死绝了啊。

细妹子　“反动”，你骂人。

龙应顺　骂人？我恨不得打人！落在你们这帮红毛小鬼手里，还不如去死！

细妹子　樟伢子哥哥说了，你不能死。

龙应顺　（苦笑一声）生不如死啊！

细妹子　你怎么就不愿给红军开飞机呢？红军是好人，奶奶说，他们都是菩萨兵。

龙应顺　（烦躁地）渴，我渴，我要喝水。

细妹子　樟伢子和秀才哥哥找吃的去了，你等等。

龙应顺　（歇斯底里地）我现在就要喝水！

细妹子　好，我去给你找水喝。

[细妹子聆听山泉的叮咚声，磕磕绊绊循声而去，在一壁山泉前并掌接山泉，随后，捧水返回，站在山石上给龙应顺喂水。

细妹子　好喝吗？

[龙应顺歪着脖子去喝水，但水全漏了。

龙应顺　喝，喝个鬼！全漏了！

细妹子　（委屈地）我……我……

龙应顺　你是个瞎子啊！

细妹子　（抽泣地）我什么也看不见。

龙应顺　（大吃一惊）你……你真是个瞎子！

[樟伢子快步奔上。

樟伢子　细妹子，是不是白狗子欺负你了？

[细妹子哭得更加伤心。

细妹子　"反动"要喝水，可我看不见，我……

[番薯崽怒目直视龙应顺。

龙应顺　（色厉内荏地）看、看什么看？

樟伢子　（冷冷地）想喝水是吧！

［樟伢子从地上随意找了一节竹筒，在山壁前接上泉水，返身走向龙应顺。

［龙应顺伸长脖子凑向竹筒，欲喝水。

樟伢子　给你喝！给你喝！不要以为只有番薯崽想要你的命，我比他更想！告诉你“反动”，再叫我看到你欺负细妹子，哼！

［猛地，樟伢子“咣当”一声将竹筒重重地砸在地上。

龙应顺　我——

［静场。

细妹子　樟伢子哥哥，你别发火。不怪“反动”，是我把水漏了。我是瞎子，我没用。

樟伢子　不，细妹子最能干。（掏出两个山梨）这是我刚摘的山梨，快吃了吧。

细妹子　山梨，好吃！（欲吃，突然想起什么，走到龙应顺跟前）给你吃。

［细妹子将山梨给龙应顺递去，因为看不见，手拿山梨在龙应顺脸前晃来晃去。

樟伢子　不要给他！（抢过山梨）

细妹子 “反动”一定渴坏了，饿坏了。樟伢子哥哥，你不是说过红军优待俘虏吗？“反动”吃吧，吃吧！（递山梨）

[樟伢子、龙应顺均被震动了。

龙应顺 细妹子——

[暗转。

[樟伢子、细妹子伫立在山头，凝视着远方。

细妹子 奶奶说，我生下来的时候，眼睛就像山里的泉水那么清，就像天上的星星那么亮。后来，我得了一场大病，没钱吃药，眼睛就看不见了。天上飞的鸟，我看不见；水里游的鱼，我看不见；树上开的花，我看不见；山里到处跑的兔子，我看不见。冬天里，下雪了，漫天雪花开。大家说，雪花好美好美。我捉住了一朵雪花，想摸摸它是什么样子，可雪花在我手里……化成了水。

樟伢子 细妹子……

细妹子 奶奶说，天上的星星，就是细伢子的眼睛。瞎眼的人摸到了星星，眼睛就亮了。樟伢子哥哥，奶奶的话，你信吗？

樟伢子 信，我信。

细妹子 我要让风筝飞得好高好高，飞得比雕子还高，飞得比白云还高，飞到星星住的地方去，替我去摸星星。

樟伢子 行，一定行！细妹子，我们现在不是有飞机吗？飞机飞得更高。有了飞机，我们就能摸星星了。

细妹子 我能坐飞机去摸星星吗？

樟伢子 来，我带你去坐飞机！

［樟伢子将细妹子抱上飞机的机翼。

樟伢子 飞起来了！

细妹子 飞起来了，真的飞起来了。飞呀、飞呀飞！樟伢子哥哥，你想飞吗？

樟伢子 想，做梦都想。飞啊，飞起来吧。飞到云上去，飞到天上去，飞到好远好远的地方去！

细妹子 飞到星星住的地方去！

樟伢子 飞啊飞！

细妹子 飞啊飞！

［众山回应着：“飞啊飞……飞啊飞……”

细妹子 亮了！亮了！亮了！

［幕内山歌声起：

三两红丝四两线，
我放风筝到天边。

风筝飞到云端里，
满天星子笑开眼。

[歌声中，樟伢子、细妹子奔跑着，欢笑着放飞风筝。

[一只只风筝在蓝天飘飞，像自由翱翔的鸟儿……飞啊飞……

[灯光渐暗。

四

[清晨。雷声隆隆，大雨瓢泼。

[樟伢子从睡梦中惊醒。

樟伢子 快起来，快起来，下雨了。（对满秀才）快起来，就你会睡。

满秀才 （睡眼惺忪地）哎呀，这老天爷存心不让人睡个好觉。（不小心碰到龙应顺）

龙应顺 哎呀，你轻点……

细妹子 樟伢子哥哥，我的风筝都淋湿了。

樟伢子 （招呼）到这边来，到飞机下躲躲。

[众人躲入飞机下，那情景就像一群小鸡躲在老母鸡的翅膀下。

樟伢子 番薯崽也不知道找到部队没有。

满秀才 走了一天了，该找到了。

樟伢子 这雨下的，今天怕是要饿肚子了。

龙应顺 （瓮声瓮气地）我昨天就已经饿了一天了。

樟伢子 哪个叫你不吃。

龙应顺 那些树叶草根又粗又涩，根本不是人吃的东西。

满秀才 我们都能吃，你就吃不得，就你的命金贵！

[龙应顺无言以对。

细妹子 番薯崽哥哥怎么还不回来呀？

满秀才 说不定番薯崽能带点吃的回来呢！

樟伢子 嘿嘿，他怎么叫这么个名字？

满秀才 从小吃番薯长大的，就叫番薯崽呗。

樟伢子 他家里还有别的人吗？

满秀才 就剩他娘和他两个。他爹去年冬天牺牲了。

樟伢子 牺牲了？

满秀才 他爹是我们村里的赤卫队队长。去年冬天，快过小年了，一队白狗子进了村，把他爹抓了起来，要他说出县苏维埃主席藏在哪儿。他爹不肯说，白狗子就把人吊在村口的大樟树上——

[满秀才停住了叙说，仿佛是恐怖的记忆扼住了他的喉管。

满秀才 白狗子放狗咬他爹，咬一口，问一句；问一句，咬一口。就这样，他爹被活活咬死了！

[远处传来山歌。

满秀才 ……番薯崽恨白狗子恨到了骨头里，他做梦都想当红军，给他爹报仇。

[樟伢子掏出缴获的手枪，若有所思地擦拭着。

[少顷，番薯崽跑上。

番薯崽　人呢？（发现躲在飞机下的众人）嗨，你们还真会想办法。

樟伢子、满秀才、细妹子

（惊喜地）番薯崽！

樟伢子　（迫不及待地）找到队伍了吗？

番薯崽　（得意地）我去了还能找不到？哪里枪响炮响我就往哪里去。

满秀才　呃，你还蛮聪明。

樟伢子　见到师长了吗？

番薯崽　（不好意思地）嘿嘿，我……

樟伢子　什么，你没找到队伍？没见到师长？

满秀才　原来是吹牛皮啊！

番薯崽　不是的不是的！我紧赶慢赶，可队伍早就转移了。不过，我见到了农会会长。

樟伢子　农会会长说什么了？

番薯崽　他听我把情况一说，高兴得哈哈大笑。他说，番薯崽同志，你可为红军立了大功啊。

满秀才　（急不可待地）那你没跟会长说起我们？

番薯崽　说了，说了，会长说，樟伢子，满秀才，细妹子，都了不起！

满秀才、细妹子

真的？

番薯崽　（处在亢奋状态）会长还陪我吃饭呢。

满秀才 你吃什么了？

番薯崽 辣椒炒米粉，这么满满的一盆，油乎乎，喷喷香。我从来没吃过这么好吃的东西。

［满秀才、细妹子“啧啧”有声，羡慕得不得了。

满秀才 嗨，早知道我就去了。

樟伢子 （着急地）那飞机、俘虏的事呢，会长怎么说？

番薯崽 会长让我给你带了一封信。（从鞋里拿出一张纸条交给樟伢子）

樟伢子 （接过纸条，这才想起自己并不识字，又交给满秀才）念！

满秀才 （神气地先咳嗽了一声，拿腔拿调地）樟伢子：你们为红军立了一个大功！红军终于有自己的飞机了！现在部队已经转移，正在东山打仗。我们农会会把飞机的事尽快报告红军。你们要想尽一切办法保护好飞机和俘虏，克服困难，不怕牺牲，坚持到部队前来接应。

［“飞呀飞”的音乐起。

［四个孩子激动地拥抱在一起。

樟伢子 不管红军什么时候来，我们要想尽办法保护好飞机和俘虏，把飞机完完好好地交给红军。（热血沸腾，兴奋地跳上飞机）列队！

[番薯崽、满秀才、细妹子列队。

樟伢子　红军战士番薯崽！

番薯崽　到！

樟伢子　红军战士满秀才、细妹子！

满秀才、细妹子

到！

樟伢子　师长的命令你们都听到了。什么是命令，就是哪怕丢掉性命也要去完成的事情。现在我宣布，保护红军第一架飞机司令部正式成立了。

满秀才　（捅了一下旁边的番薯崽）嗨，司令部！

樟伢子　满秀才同志，严肃一点！

[满秀才嘿嘿一笑。

樟伢子　我宣布，樟伢子同志当总司令，满秀才同志当参谋长，番薯崽同志当突击队队长。

细妹子　（急了）还有我。

樟伢子　细妹子……细妹子当宣传委员。

满秀才　宣传委员是干什么的？

樟伢子　宣传委员就是宣传嘛。不要打岔！现在我们宣誓——哎，把手举起来。

[番薯崽、满秀才、细妹子学着樟伢子的样子举起了右手。游戏中似乎有几分庄严。

樟伢子　跟我说：我们宣誓——

番薯崽、满秀才、细妹子

我们宣誓。

樟伢子　为了红军的第一架飞机——

番薯崽、满秀才、细妹子

为了红军的第一架飞机。

樟伢子　执行命令，完成任务！

番薯崽、满秀才、细妹子

执行命令，完成任务！

樟伢子　克服困难，不怕牺牲！

番薯崽、满秀才、细妹子

克服困难，不怕牺牲！

[雷声隆隆。

番薯崽　报告总司令！

樟伢子　有什么事说吧。

番薯崽　我下山的时候，你答应了我一件事。

樟伢子　你是说手枪？

番薯崽　现在我任务完成了……

樟伢子　这个——现在我是总司令了，总司令总不能没有枪吧，等你当上了红军，你就会有枪了。

番薯崽　可你说是的……你，你要赖……我不同意你当总司令！

满秀才　番薯崽！

番薯崽　不关你的事！

［一声惊雷在天空炸响。“咔嚓——”，一棵大树被狂风折断，砸到飞机上。

满秀才　娘哎！

［大雨倾盆，天昏地暗。狂风暴雨中，飞机被刮得乱摇乱摆。

细妹子　（依偎着樟伢子）樟伢子哥哥，天要塌了。
满秀才　（恐惧地）你们看，山也要塌了！

［在狂风暴雨的侵袭下，山崖松动，摇摇欲坠。

樟伢子　不好，山要塌了！快，快保护飞机！

［番薯崽和满秀才还没有反应过来。

樟伢子　你们还愣着干什么，快把飞机拖开！

［孩子们冲向飞机，推的推，拖的拖，但飞机一动不动。
［绑在飞机上的龙应顺正在死劲地将飞机往山崖拖去。

樟伢子　“反动”，你在干什么！
龙应顺　（疯狂地）我不能当俘虏！不能当你们的俘虏！我不

甘心！

[飞机纹丝不动。

[山崖上的树木在剧烈地抖动。

樟伢子 番薯崽，满秀才，用力啊！

满秀才 樟伢子，推不动啊！

龙应顺 哈哈哈，你们别想得到飞机，你们也别想得到我！（拍打着飞机）老伙计，前面就是万丈深渊，不成功，便成仁，让我们同归于尽吧！

[山石和泥沙不断地滚下山崖。

满秀才 樟伢子，不行了！

樟伢子 坚持住！

[龙应顺狂笑不已。

满秀才 樟伢子，"反动"想死就让他去死吧！

樟伢子 不能让他死，他死了谁开飞机？

细妹子 "反动"，"反动"你在哪儿？

[细妹子摸索着上前，抓住了龙应顺。

细妹子 "反动"，你为什么要这样做？

龙应顺　你闪开！闪开！

细妹子　你这个坏蛋！你的良心都让狗吃了！

番薯崽　“反动”，你等着！

［番薯崽冲向飞机尾部，用肩膀顶住飞机，奋力往后推。

番薯崽　用力啊！

满秀才　用力！

樟伢子　用力！

［飞机终于向前移动。

番薯崽　“反动”，你想死是吧？我恨你不能死得早一点。可我现在偏不让你死！你不想为红军开飞机是吧？我偏得让你活着，让你为红军开飞机！我看谁犟得过谁？

樟伢子　番薯崽，危险，快走开！

番薯崽　（大喊）你们可要用力啊！保住飞机要紧。

满秀才　番薯崽，你脚下的山石撑不住了。危险！快躲开，山石要塌了！

龙应顺　哈哈哈……

［猛地，番薯崽将龙应顺推翻在地。

番薯崽　（以全部的生命发出最强烈的呐喊）白狗子，飞机属于红军！

[番薯崽用全部的力量推飞机。飞机被推动，脱离险地。番薯崽脚下一滑，跌仆在地。番薯崽滚下了山崖，山崖轰然倒塌，也淹没了番薯崽最后的呼喊。

樟伢子、满秀才

番薯崽！

细妹子 番薯崽哥哥！

[林涛阵阵，回应着孩子们揪心的呼喊。

樟伢子 （手里捧着那支手枪，痛不欲生）番薯崽，这是你要的手枪，我给你！（泣不成声）我给你——

[樟伢子瘫坐在地。

[切光。

五

［夜。一弯新月挂在树梢，如水的夜色下，飞机像一只展翅欲飞的大鸟。

［龙应顺被绑在飞机上，脑袋耷拉着。

［樟伢子在擦拭着手枪，他默默无语，擦得特别认真，特别仔细。满秀才一直在樟伢子身后转。

满秀才　你看月亮，像镰刀。

［樟伢子似乎没有听见满秀才的话，仍继续用力地擦拭着。

满秀才　镰刀里面有个小兔子，在向我们招手。

［樟伢子依然沉默。

满秀才　樟伢子，我求你了，你就开口说句话吧，你擦枪都已经擦了一天啦。

樟伢子　（瓮声瓮气地）你想说话，你就对石头去说，对着树去说。

满秀才　飞机不是还在吗？

樟伢子　番薯崽不在了！

［满秀才无言以对。

樟伢子　我怎么就这么糊涂，本来我该在后头的。

满秀才　樟伢子——

樟伢子　（掏出番薯崽带回的信）这是番薯崽带回来的，你再念一遍吧。

满秀才　信上的每句话我都记得，我背给你听。

樟伢子　叫你念你就念！

满秀才　（一边念一边观察着樟伢子）樟伢子：你们为红军立了一个大功！红军终于有自己的飞机了！

樟伢子　大声点！

满秀才　你们一定要想尽一切办法保护好飞机和俘虏，克服困难，不怕牺牲，坚持到部队前来接应。

樟伢子　克服困难，不怕牺牲，坚持到部队前来接应。三天了，队伍也不知道什么时候才能来。

满秀才　番薯崽说了，队伍打完仗就会来。快了吧。

［山林静谧无声，似乎能听见两个孩子不平静的心跳。

樟伢子　（郑重地）满秀才！

满秀才　唔。

樟伢子　我就担心，在红军找到这里前，还有什么事情要发生。细妹子眼睛看不见，三个人等于就是我们两个。

要是我万一有什么事——

满秀才 （恐惧地）不会，你不会有事。

樟伢子 要做最坏的打算！满秀才，你一定要答应我，哪怕就剩下一个人，哪怕就剩下一口气，也要保住飞机。

满秀才 （猛然间懂了许多事情，庄严地）唔！

［细妹子内喊："樟伢子哥哥！"

樟伢子 我去看看，小心着点！

［樟伢子欲下。走过龙应顺身边，他停住了脚步。

满秀才 樟伢子，你要干什么？

樟伢子 我真后悔没让番薯崽一枪崩了他！这个混蛋！

［樟伢子下。

［虫鸣声声，林涛阵阵。

［满秀才显得百无聊赖。他走到正在瞌睡的龙应顺跟前。

满秀才 （压低嗓门）"反动"，"反动"！

［不远处传来蛙叫声。

［满秀才扑住一只青蛙，上前把青蛙放进龙应顺的衣服里。

［龙应顺大呼小叫。

龙应顺　哎，哎，什么东西？

满秀才　哈哈哈……一只大蛤蟆。

龙应顺　哎……去！你……秀才，我看你们几个，你的脑子最聪明，你该去念书，不该跟着他们打打杀杀。

满秀才　念书？饭都没有吃，哪里念得起书！我认的这几个字，都是趴在学堂的窗子上偷听到的。为这，我没少挨财主的板子……（少顷，变戏法似的拿出一根玉米）想吃吗？

龙应顺　（垂涎三尺地）想。

满秀才　给。（又收回）你要先答应我一个条件。

龙应顺　什么条件？

满秀才　你……算了，你先吃了再说。

龙应顺　真的？

满秀才　真的。

［龙应顺顾不上其他，狼吞虎咽地啃起玉米来。

满秀才　好吃不好吃？

龙应顺　（已顾不上说话，直点头）唔。

满秀才　这个玉米我自己都没舍得吃，现在你给吃掉了。

龙应顺　谢谢！

满秀才　好了，东西你吃了，见面礼算是收下了，现在可以教我了。

龙应顺　（莫名其妙）教……教什么？

满秀才　（拍了拍飞机）咯，教我骑飞机。

龙应顺　骑……飞机？

满秀才　对，骑飞机。

[龙应顺忍俊不禁。

满秀才　你笑什么？

龙应顺　那不叫骑，叫开。

满秀才　（不服地）大牛牯叫骑，为什么飞机就叫开？

龙应顺　（语塞地）这……

满秀才　我不管是骑是开，反正你要教我把这铁家伙弄上天去。我要开飞机去打白狗子。

龙应顺　这不行。

满秀才　你不肯？

龙应顺　不是我不肯，是……

满秀才　别跟我耍滑头！你不要以为我们不杀你就拿你没办法。（从树上随手抓了一只山蚂蟥）刚刚你尝了青蛙的味道，我再让你跟这山蚂蟥亲热亲热。只要我往你这衣服里放上个十条八条，哼哼……

[龙应顺瑟瑟发抖。

满秀才　（放了一只“山蚂蟥”在龙应顺身上）小家伙，快快爬，脖子在这边。一条，两条，三、条……

龙应顺　（崩溃）我、我答应你。

满秀才　（哈哈大笑）哈哈哈……（从龙应顺身上捉下“山蚂蟥”，摊开手给龙应顺看）树叶！

龙应顺　（又羞又气）你……你！

满秀才　（爬上飞机）驾！快说，这飞机怎么骑？哎，先跟你打招呼，你可要一心一意地教。说实在的，你那点本事，也不怎么样，要不也不会把飞机开到山上来。

龙应顺　那是因为有雾。

满秀才　快说，飞机怎么骑？

龙应顺　这个……唉，三句两句说不清楚。总之，开飞机不是使力气，开飞机要有知识。

满秀才　不就是识字吗，我会！“人之初，性本善；性相近，习相远……”

龙应顺　开飞机也不光是识字，还要懂科学。

满秀才　科学？科学是什么？噢，我明白了，就是这些花花绿绿的铁丝丝。

龙应顺　别小看那些铁丝丝，合在一起就是科学。

满秀才　科学就能飞？

龙应顺　科学的本事大得不得了。它能在地上跑，能在水里游，还能在天上飞……

满秀才　我的个娘，这么厉害！那，那很难学吧？

龙应顺　当然。

满秀才　比骑大牛牯还难？

龙应顺　比骑大牛牯难。

满秀才　那……那我也要学，再难我也要学。

龙应顺　教可以，可我怎么教你？

[龙应顺摆了摆身子，示意自己被绑。

满秀才　（自作聪明地）你想叫我给你松绑，然后你就乘机逃跑，别耍花招。

龙应顺　我两眼一抹黑，能跑到哪里去？

满秀才　明白就好，这大山里到处都有恶狼毒蛇，你要是乱走一步，小心你的狗命！

龙应顺　我知道，快给我松绑吧，我好教你开飞机。

[细妹子上。

细妹子　秀才哥哥。

满秀才　（豁然地）有办法了，这点小事难不住我满秀才！

[满秀才将藤条一头绑住龙应顺的腰，一头绑着细妹子的腰，然后，给龙应顺松了绑。

满秀才　细妹子，你过一会儿就拉一下藤条，别让“反动”跑了。（对龙应顺）好啦，现在可以教我了。

龙应顺　这是机头，这是机身、机翼、机尾，（越说越快）起落架、发动机、仪表盘……

满秀才　（被弄得云里雾里）慢点儿，慢点儿，我一句也没听清。

[龙应顺扯着藤条到处走，细妹子被扯得亦步亦趋。

龙应顺　再到飞机底下看看。

满秀才　（躬身欲下机腹，又回头警惕地）别耍花招！

龙应顺　（抖了抖藤条）你满秀才这么聪明，我还能从你手里跑掉？

满秀才　你知道就好。

［满秀才放心地钻入机腹下。

细妹子　（念念有词地）“反动”，老实点！

龙应顺　老实，老实。

［龙应顺将自己身上的藤条解下，系在一块石头上。

满秀才　（在机腹下喊）“反动”，你也进来呀。

龙应顺　就来，就来。

［龙应顺答应着，慢慢后退，突然狂奔而下。

满秀才　（在机腹下嘟囔）死“反动”，怎么还不进来嘛？

细妹子　（扯藤条，扯得石头在地上乱滚）“反动”，叫你哩！

［满秀才嚷嚷着从机腹下钻出，发现龙应顺不在，再看见绑着的石头，傻了眼。

满秀才　“反动”，“反动”跑了。

细妹子　（扯藤条）没跑，在这儿呢。

满秀才　（大喊）混蛋！（气得一脚踢在石头上，又疼得哇哇大叫）哎哟！

细妹子　（摸索到藤条捆住的石头）哎呀，“反动”真跑了！

满秀才　完了，这下完了。没有了会飞的“反动”，留着飞机有什么用！不行，我一定要把他找回来。

［满秀才急得没头苍蝇似的冲下。

细妹子　樟伢子哥哥，快来呀，“反动”跑了。

［樟伢子急冲冲上。

樟伢子　“反动”呢？秀才呢？

细妹子　“反动”跑了，秀才哥哥追……

樟伢子　这个憨宝！

［切光。

六

[紧接前场。

[山林深处，夜色四合。

[远远地，狼的嗥声传来，在林中久久回荡……

[龙应顺跌仆踉跄上。

龙应顺 这是什么鬼地方，难道我就要困死在这荒山野岭？

[龙应顺掏出指南针查看。

龙应顺 北，北在哪儿？

[龙应顺一阵慌乱，指南针落地，连滚带爬地下。

[满秀才上，四处寻找。

满秀才 这个白狗子，死到哪儿去了！

[满秀才踢到龙应顺遗失的指南针，捡起塞到怀里。

满秀才 死“反动”，你就是上了天，钻了土，我也要把你找出来。

[满秀才欲下，突然“哎哟”大叫了一声。

[满秀才停住了脚步，缓缓地，缓缓地拉起裤管。

满秀才　蛇！

[满秀才身体似乎被魔咒定住了，脸上现出极度痛苦的表情。

满秀才　（恐惧地）樟伢子，我——

[满秀才的声音戛然而止。他略一思索，“哧啦”一下撕开裤管，略做包扎，毅然循踪追下。

[樟伢子牵细妹子上。

细妹子　樟伢子哥哥，我们能追上“反动”吗？

樟伢子　能，一定能。细妹子，快走！

[樟伢子牵细妹子下。

[龙应顺逃上。

[满秀才内喊：“‘反动’，你站住！”

龙应顺　这些野崽子，怎么就像影子一样甩也甩不掉。

[龙应顺情急之下猫腰钻入灌木丛中。

［满秀才气喘吁吁地追上。

［樟伢子牵细妹子上。

细妹子　秀才哥哥，是你吗？“反动”找到了吗？

满秀才　（羞愧地）我……

樟伢子　什么也别说了，找到“反动”要紧。

［樟伢子趴在地上，仔细拨弄着脚下的杂草。

细妹子　樟伢子哥哥，你在做什么？

樟伢子　嘘！（认真观察，突然兴奋地）这边草上没有露水。（拾起一截枯枝，闻了又闻）树枝的味道是新鲜的，刚刚肯定有人来过这里！

满秀才　是“反动”吗？

樟伢子　深更半夜，谁会到山里来，肯定是他！

［“咔嚓”一声，传出枯枝折断的声音。

樟伢子　谁？

细妹子　“反动”，“反动”就在这里。

［死一般的寂静。

樟伢子　（悄悄从地上拾起一根木棍）“反动”，出来！

［林中寂然无声。

满秀才　别躲了，我们看见你了！

［樟伢子向满秀才比画示意：包围起来。

［樟伢子、满秀才向龙应顺躲藏的地方搜寻过去。

［龙应顺蹑手蹑脚地从树丛后溜了出来。

樟伢子　（一声断喝）站住！

［龙应顺吓得魂飞魄散，慌忙趴倒在地，大气也不敢出。

细妹子　（侧耳谛听）樟伢子哥哥，我听到了，有人在喘气。

［龙应顺在地上爬行，瑟瑟发抖。

［龙应顺几次险些和孩子们相撞，终又擦肩而过。

［满秀才抡起一根木棒一阵横扫，呼呼有声。

［龙应顺狼狈地躲过一次次攻击。几个回合下来，已是冷汗淋漓。

满秀才　“反动”，这味道不好过吧！乖乖地出来，你逃不掉的。

［龙应顺摸索着，摸到一块石头，略一思索，将石头抛向远处。

细妹子　在那边！

樟伢子　追！（欲追，猛然停住脚步）慢，白狗子想调虎离山。

这点鬼把戏，骗得了谁。

[龙应顺叫苦不迭，壮起胆子向前摸去。

樟伢子 （似乎龙应顺的一举一动都在其预料之中）怎么，想溜？你最好站着别动。这山里到处都有猎人捉野猪的机关，要是掉了进去，嘿嘿，那就是死路一条。

满秀才 不，死猪一条。

[孩子们大笑。

[正欲迈步的龙应顺被电击般怔住，像是踩在地雷上，充满了恐惧。

樟伢子 跑啊，你跑啊！

满秀才 （一唱一和）跑得快，死得快。

[龙应顺的身体因恐惧开始神经质地摇摆，滑稽可笑。最后，精神终于崩溃，蹿下。

[幕内传来龙应顺的惨叫：“啊！”

樟伢子 老天有眼，白狗子真的掉到陷阱里去了。满秀才，快。

[樟伢子、满秀才冲下。随后，两人推上一个木笼。笼子里的龙应顺困兽一般。

樟伢子 （一屁股坐在笼子上，拍打着笼子）跑啊，跑啊！你能从这山里跑出去，算你有本事！

满秀才 （云山雾罩地调笑）这地界叫什么你知道吗？八卦山。当年太上老君到王母娘娘家去吃蟠桃，路过这里，不小心掉了一张八卦图，就变成了这座山。进了八卦山，不要说你，鸟都找不到窝。

龙应顺 放我出来，放我出来！（越来越有气无力）放——我——出——来——

樟伢子 （拍笼子）这是什么？

细妹子 笼子。

樟伢子 笼子里是什么？

满秀才 野猪。

樟伢子 野猪怎么办？

细妹子 烧水，刮毛，剥皮。

樟伢子 剥皮做什么？

满秀才 蒙鼓。（模拟鼓声）咚！

孩子们 咚咚咚……

[孩子们笑得抱成一团。

[远处传来狼嚎。

细妹子 狼！

[狼嚎一声高过一声。

樟伢子　不好，狼冲我们来了。一定是我们有人受了伤见了血，狼闻到了气味。

满秀才　跑，快跑！（音乐起）

龙应顺　快放我出去。

细妹子　樟伢子哥哥！

樟伢子　到我后头来。满秀才，背靠笼子，别怕！

［狼嗥声四起。

［樟伢子找来两根木棍，递给满秀才一根。

樟伢子　秀才，拿着。

满秀才　（紧张得直哆嗦）我……

樟伢子　别害怕！

满秀才　（硬撑着）不、不怕。

细妹子　秀才哥哥不怕，我也不怕。

龙应顺　放了我。

满秀才　让“反动”出来吧，多一个人多一份力。

樟伢子　放出来容易，跑了怎么办？

龙应顺　到处都是狼，我能往哪里跑。

樟伢子　你说你不跑，狗改不了吃屎！

［一只狼扑上。

［樟伢子举棍打去，一声狼的惨叫。两道绿光熄灭。

［孩子们奋力搏杀。

［狼嗥响起，扑向茫然不知的细妹子。

[危急之时，满秀才奋力冲上前，将狼逼退。

细妹子　秀才哥哥，你把狼赶跑了，我听见了，你真勇敢。

[狼嗥叫着扑向龙应顺。

龙应顺　救我！

[樟伢子跃起，挡在笼子前；狼一口咬在樟伢子腿上。

樟伢子　哎哟！

[樟伢子跪地，举棍奋力将狼逼退。

龙应顺　让狼吃了我，你们不就省心了。

樟伢子　我要一个活俘虏，一个能开飞机的活俘虏！

龙应顺　我早就说了，我是不会为你们开飞机的。你怎么这么死心眼！

樟伢子　番薯崽不能白死！

[狼嗥声再起。

细妹子　（惊恐地）狼又来了！

[樟伢子单腿跪地，拔出枪，“啪、啪、啪、啪”朝狼群连放五枪。

[狼群发出一声声惨叫，暂时被逼退。

[樟伢子再扣扳机，子弹已经打光。

[狼嗥声四起……

满秀才　（猛地站起，手指着远处）狼，狼又来了！

[只见满秀才在颤抖，摇晃，突然，他倒了下去。

樟伢子　秀才，你怎么啦？

满秀才　（极力想支撑起身体，但最终只能靠手中的木棍勉强坚持）快，点火。

樟伢子　秀才，你到底怎么啦？

满秀才　（迸发出全部的力量）别废话，快点火，再晚就来不及了。

龙应顺　我这里有火。

[龙应顺将火柴递给樟伢子。

满秀才　到处都是狼，现在到哪儿去找柴火？

龙应顺　还不快把笼子劈了！

樟伢子　你……

龙应顺　现在都什么时候了，我还能跑到哪儿去？

[樟伢子犹豫、迟疑了片刻，蓦地，举砍刀将笼子劈开。

[龙应顺几乎不敢相信，傻愣愣地站在那儿。

樟伢子　还等什么？（将洋火扔给满秀才）秀才，快点火！

［群狼嗥叫着，再次扑上。

樟伢子　拼了！

［樟伢子左右开弓，与群狼搏杀……

［龙应顺拾起一根木棍，与狼搏杀……

［满秀才将笼子支起，划洋火，因为紧张，总也划不着。

樟伢子　秀才，你快点！

细妹子　秀才哥哥，我帮你。

满秀才　别动。你越帮越忙！

［一根划着的洋火又熄灭了。

［满秀才越紧张越划不着……

［樟伢子与群狼对峙。一只狼扑上，樟伢子奋力刺去，将狼击退；又一只狼扑上，樟伢子用棍子扫去，将狼击退。

满秀才　（拿着最后一根洋火）只剩下一根洋火了。

细妹子　不要……不要……

［满秀才划洋火，火苗跳动着。

［细妹子趴在地上，用手护着火苗。

［群狼嗥叫着，扑上。

［柴火点燃了，燃烧着……

满秀才　（兴奋地）着了！

［狼嗥凄厉。

［一点火光亮起，继而一堆篝火照亮了山野。

［狼群嗥叫着退却了。

满秀才　哈哈，跑了，全跑了，什么事也难不倒我满秀才！

［满秀才力竭倒下。

樟伢子　（抱住满秀才）秀才，这到底是怎么啦？
满秀才　我让蛇给咬了。
樟伢子　什么时候？
满秀才　先前追“反动”的时候。
樟伢子　（拉起满秀才的裤管）哎呀，腿全肿了。
细妹子　那怎么办？快救救秀才哥哥！
满秀才　没有办法……
樟伢子　不，一定会有办法的。
满秀才　你忘了我是做什么的，我是药铺里的学徒。这种蛇叫三步倒，让它咬了，一动也不能动，乱动一下，毒气攻心，神仙也救不了。
樟伢子　那你为什么要动？
满秀才　“反动”是在我手上跑的，我要把他追回来。总算追回来了。

樟伢子 （感动地抱住）秀才——

满秀才 ……我真想读好多好多书，认好多好多字，还有（极度虚弱地）……科学。

细妹子 秀才哥哥，读书要被先生打手心，你不怕疼吗？

满秀才 不怕。我愿意天天被先生打手心。（伸出手）来，现在就打我的手心！

细妹子 不！

满秀才 樟伢子，你来。

樟伢子 （卒不忍听）满秀才！（举手欲打，打不下去）我、我下不了手！

满秀才 “反动”，你告诉我，为什么叫开飞机，不叫骑飞机？

龙应顺 （无言以对）秀才！

满秀才 （嘿嘿一笑）我不懂。你打我手心吧！

［龙应顺有些感动地上前，情不自禁地拍打满秀才的手心。

［静夜里，很清晰地传出龙应顺打满秀才手心的声音……

［火，噼里啪啦地燃烧着……

细妹子 秀才，你累了，你睡一会儿吧！我给你唱歌。

细妹子 （唱）小喜鹊哎，

尾巴长，

望天光哎，

上学堂。

飞过山来飞过河，

学堂就在大树上。

[满秀才在樟伢子怀里闭上了眼睛。

[灯光渐暗。

七

[清晨。山林格外宁静，薄雾飘飘忽忽。

[天际泛起一层薄薄的红晕，一轮红日即将跃出地平线。

[龙应顺被绑在飞机上；细妹子在不远处摆弄着风筝。

龙应顺　细妹子！

[细妹子不搭理龙应顺。

龙应顺　细妹子，你也不愿跟我说话吗？

细妹子　你害死了番薯哥哥！害死了秀才哥哥！

龙应顺　不，不是我……

细妹子　是你，就是你！

[龙应顺无言以对。

细妹子　就剩下我和樟伢子哥哥了，你还要跑吗？

龙应顺　现在我只想回家……

细妹子　不准你回家。

龙应顺　细妹子，天黑了，小鸟会去哪儿呢？

细妹子 小鸟要回窝睡觉。

龙应顺 是啊！现在我只想回家。可这里不是我的家，我的家在很远很远的地方。那里有我的妻子，还有我的女儿。

细妹子 你女儿？

龙应顺 是的，长得跟细妹子一样聪明、一样好看！来，来，帮我个忙。

细妹子 （走到龙应顺跟前）你要干什么？

龙应顺 （努嘴示意）我上衣口袋里有一个菱角包，那就是女儿送给爸爸的礼物。来，帮我拿出来。

［细妹子从自己身上掏出一个菱角包。

细妹子 是这个吗？

龙应顺 对，就是它！

细妹子 你女儿一定比我好看，因为她的眼睛看得见。

［龙应顺望着细妹子怦然心动。

龙应顺 （少顷）细妹子，你不是说摸到了星星，你的眼睛就会亮吗？来，到飞机上来，我带你去飞天。

细妹子 “反动”，你，你又要骗人。

龙应顺 （沉重地）我再也不会骗人了。我们去飞天，去摸星星！

细妹子 真的？拉钩。

［二人拉钩。细妹子解开了绑住龙应顺的藤条。

［龙应顺将细妹子抱上飞机。

龙应顺 细妹子机长——

细妹子 到——

龙应顺 我们一起飞。

［樟伢子拖树枝上。

樟伢子 你干什么？放开她！

细妹子 樟伢子哥哥，“反动”要带我去飞天。

樟伢子 你下来！

细妹子 不嘛。

樟伢子 （发怒）下来！（把细妹子拉到一边）

细妹子 樟伢子哥哥，“反动”说他再也不跑了，他就想回家。

樟伢子 不要理他！

龙应顺 樟伢子，我真的……

樟伢子 离我远点，离细妹子远点！番薯崽说得对，你是个祸害。没有你，番薯崽、满秀才都还活着。

［少顷，天空中传来飞机的轰鸣声。

细妹子 飞机，飞机又来了！

樟伢子 我知道它迟早要来的。细妹子，快躲起来。

[樟伢子忙着用树枝遮盖飞机。

[龙应顺下意识地张望。

樟伢子 你又想干什么?

龙应顺 ……是轰炸机，卧倒——

[随着一声尖啸，“轰隆”一声巨响，炸弹在飞机附近爆炸，飞机着火。

樟伢子 飞机着火了，

龙应顺 快扑火。飞机粘上汽油就会爆炸。

[樟伢子奋力扑火。龙应顺也抓起了树枝奋力扑打。

细妹子 樟伢子哥哥!

樟伢子 细妹子别怕!

[炸弹尖啸着下落。

龙应顺 你们瞎了眼啊，看看老子是谁!（话音刚落，响起一声爆炸声）我是英国皇家军事学院毕业，国军十三飞行大队少校飞行员龙应顺——

[回答龙应顺的是一声又一声更为猛烈的爆炸。

[又一颗炸弹尖叫着落下。

樟伢子 你不要命了？（跃起，将龙应顺扑倒在地）

[炸弹在樟伢子身边轰然爆炸。

龙应顺 （近乎疯狂地）你们这些六亲不认、不得好死的家伙，我是自己人呀，你们没看见吗？你们看见了。你们分明是想要老子的命。好，拿去！反正老子也不想活了！炸吧，来呀！有本事炸死我！你们这些混蛋！

樟伢子 （跳起来，"啪、啪"给了龙应顺两个耳光）你们都是混蛋！他们炸的就是你——

[又一颗炸弹炸响，将樟伢子炸翻在地。

细妹子 樟伢子哥哥！樟伢子哥哥！

[细妹子呼唤、寻找着樟伢子。

樟伢子 细妹子，你快躲起来！

龙应顺 为什么？为什么？

[龙应顺"呜呜"地哭了起来。

细妹子 （对风筝）风筝，我的好朋友，白狗子要炸我们的飞机，你说怎么办呀？（似乎正在倾听风筝的回答）……你说……你是说……放风筝引开白狗子？好，我们去飞天，去摘星星！

［细妹子向着山坡跑去，放飞了风筝。

细妹子 风筝飞飞，风筝飞飞……

［天空上飘着一个风筝……

樟伢子 细妹子，危险！

细妹子 快、快，飞高点，飞远点……飞呀飞，飞呀飞！我的风筝飞起来了，飞起来了！它飞得比雕子还高，飞得比白云还高，飞到星星住的地方，飞呀飞、飞呀飞……

［敌机吐出了罪恶的火舌。

［细妹子中弹倒地。

樟伢子、龙应顺

细妹子！

［风筝的碎片从空中缓缓飘落，化作一颗颗闪亮的星星。

［一阵肃穆的寂静，一片时空的空白。

樟伢子 （爆发地）姓龙的，你现在可以走了，再没人能够拦住你了！……你走，让我永远也看不到你，你走——细妹子！细妹子！

[樟伢子将风筝碎片一片片收拢，匍匐着下……

[龙应顺傻愣愣地倚在飞机旁，脑海里回旋着孩子们的声音：“反动，你老实点”；“我们要保护好飞机”；“你说飞机为什么不叫骑叫飞？”；“我要去飞天，去摸星星！”

龙应顺 （下意识地脱口而出）细妹子，我带你去摸星星！

[一束光柱里，细妹子高高站在飞机上。

[龙应顺、细妹子分别站在两个空间。

细妹子 飞起来了……飞起来了……

龙应顺 星星住在好高好高的山上，他们闪闪发光。

细妹子 ……风姐姐，别亲我的眼睛……

龙应顺 它们的身子轻得像雪花……在河上，不，在好大好大的湖上飘来飘去，细妹子云婆婆，别呵我的痒痒。

龙应顺 他们都在笑，像花儿一样的笑。

细妹子 奶奶，我看到星星了。

[弥漫的硝烟化作了满天的星辰。

[暗转。

[如洗的蓝天下，一架熠熠的飞机。

[樟伢子、番薯崽、满秀才、细妹子围着飞机上高爬低，笑声

飘荡在天宇……

[童声伴唱：

萤火虫，打灯笼，
飞到西，飞到东。
东边出太阳，
西边刮大风。
萤火虫，打灯笼，
飞到西，飞到东。
心中一个梦，
飞天摸星星。

[歌声中，龙应顺面对着孩子们，庄严地敬礼。

[画外音：后来，在飞机落下来的地方，长出了好多好多杜鹃花。星星出来的时候，总能听到番薯崽、满秀才吵嘴的声音，还听见细妹子津甜的山歌。后来，飞行员龙应顺参加了红军。在延安，他还当上了红军大学的老师，培养了新中国第一代飞行员。樟伢子就是他最好的学生。噢，对了，告诉你们一个秘密：樟伢子就是我太爷爷。

[剧终。

本剧与任永新合作。

分别由江西省九江市话剧团和湖南省话剧团演出。

获第五届全国儿童剧优秀剧目展演“优秀编剧奖”。

文本发表于《影剧新作》杂志2002年第1—2期合刊。

剧名书写　魏广君

王勇剧作集

人偶剧
鹿回頭

舞剧
紅高粱

◎王勇 著

中国戏剧出版社
CHINA THEATRE PRESS

图书在版编目（CIP）数据

王勇剧作集 / 王勇著. — 北京 : 中国戏剧出版社,
2022.6
ISBN 978-7-104-05123-7

I. ①王… II. ①王… III. ①剧本—作品综合集—中
国—当代 IV. ①I230

中国版本图书馆CIP数据核字（2021）第171113号

王勇剧作集

策划编辑：肖　楠
责任编辑：邢俊华
责任印制：冯志强

出版发行：中国戏剧出版社
出 版 人：樊国宾
社　　址：北京市西城区天宁寺前街2号国家音乐产业基地L座
邮　　编：100055
网　　址：www.theatrebook.cn
电　　话：010-63385980（总编室） 010-63381560（发行部）
传　　真：010-63381560

读者服务：010-63381560
邮购地址：北京市西城区天宁寺前街2号国家音乐产业基地L座

印　　刷：保定市铭泰达印刷有限公司
开　　本：787mm×1092mm　1/32
印　　张：42.25
字　　数：846 千
版　　次：2022年6月　北京第1版第1次印刷
书　　号：ISBN 978-7-104-05123-7
定　　价：458.00 元（全 18 册）

目录

人偶剧

鹿回頭

时　间：久久、久久以前。

地　点：海南岛。

人物：

阿　月（花鹿）——美丽、善良的鹿姑娘。

阿　凯——正直、勇敢的黎族猎手。

峒　主——黎族头人。

阿　娇——热情、大方的黎族姑娘。

阿　婆——黎族老人。

木　瓜——黎族青年。

椰　仔——黎族青年。

黎族男、女青年若干人。

老水牛——深沉、深厚。花鹿的老朋友。

汪　汪——阿凯的猎犬，忠实的伙伴。

麋鹿、坡鹿、斑鹿等鹿姐妹若干。

火公鸡、火母鸡——叽叽咕咕，吵吵嚷嚷。

鹦　哥——活泼、伶俐。

山　猴——淘气、机灵。

三角梅——丰腴、高贵。

槟榔树——挺拔、高傲。

哼哼爷——五指山中山猪妖。

肥头猪、尖嘴猪、大耳猪、短脚猪、塌鼻猪等小猪喽若干。

一

［五指山中。

［晨，薄雾飘浮……

［“久久、久久以前……”远远地，原始、朴素的黎语（大意）隐隐约约地传来，似乎诉说着什么。

［花鹿的剪影，仰头望天，发出长长的一声“呜……呦……”一片云飘过，花鹿踢了踢脚；又一片云飘过，花鹿回颈……

［雾，渐渐散去……

［蓝天白云，青山绿水。

花　鹿　春到了，

［三角梅从花丛里探出。

三角梅　花开了！

花　鹿　春到了，

［麋鹿从岩石后闪出。

麋　鹿　草绿了！

花　鹿　春到了，

［斑鹿、坡鹿从树后跃出。

鹿姐妹　水暖了！

花　鹿　春到了，

［山猴从高枝上荡来荡去。

［鹦哥在空中盘旋。

山猴、鹦哥

风顺了！

花　鹿　春到了，

［槟榔树从树丛中移步而出。

槟榔树　槟榔熟了！

花鹿、群鹿、鹦哥、山猴、三角梅、槟榔树

春到了，

花　鹿　来到我们的家。

天之涯，海之角，

五指山高又高，

彩云飘啊飘，

彩云不见了，

山鹿过山腰。

三角梅　　春到了，
花　鹿　　花开了；
坡　鹿　　春到了，
花　鹿　　草绿了；
群　鹿　　春到了，
花　鹿　　水暖了；
鹦哥、山猴
　　　　　　春到了，
花　鹿　　风顺了。
槟榔树　　春到了，
花　鹿　　槟榔熟了！
　　　　　　春到了，
花鹿、群鹿、鹦哥、山猴、三角梅、槟榔树
　　　　　　带来了美好，
　　　　　　带来了欢笑。

[鹿姐妹、山猴、鹦哥、三角梅、槟榔树嬉笑着，在草地上，花丛里戏耍……

[“哞……”老水牛哞叫着，晃晃悠悠地上。

老水牛　　春天发出邀请，
　　　　　　三月三就在明朝。
　　　　　　春风对你招手，
　　　　　　等待你的来到。
花　鹿　　节日多么热闹，

森林里充满欢笑。

鹦　哥　舞蹈伴着叮咚跳。

槟榔树　歌声随着云儿飘。

花　鹿　心儿已经像小鸟，

麋　鹿　飞到黎寨把阿哥瞧。

鹿姐妹、山猴、鹦哥

羞！羞！羞！

臊！臊！臊！

［花鹿追逐鹿姐妹、山猴、鹦哥……下。

［老水牛哞叫一声，晃晃悠悠地下。

［一阵妖风起，音乐突变。

［树林深处，短脚猪、塌鼻猪、肥头猪、大耳猪、尖嘴猪鬼鬼祟祟地闪动，似乎从地里钻出一般，一直在偷窥。

［哼哼爷哼哼唧唧，摇摇摆摆从地里升起。他抽了抽鼻子，似乎闻到什么气味，匍匐在地上拱，这儿闻闻，那儿嗅嗅……

［猪喽模仿哼哼爷，也抽了抽鼻子，在地上乱拱……

［花鹿与鹿姐妹嬉戏着，追逐上。

［花鹿正好撞在哼哼爷身上。

花　鹿　（惊叫地。白）啊！

哼哼爷　（白）哈哈……

［猪喽一哄而上；鹿姐妹被猪喽冲散而下。

［花鹿转身欲走，短脚猪、塌鼻猪从树后跳出，挡住花鹿的去路；

花鹿掉头再走，肥头猪、尖嘴猪、大耳猪从花丛里跃出，将花鹿团团围住。

哼哼爷　美丽姑娘千千万，
花鹿比花更漂亮！

［哼哼爷举手一挥，变出一大束鲜花，讪笑着递给花鹿。

花　鹿　鲜花开在谎言下，
再美再艳也无香。

［花鹿从哼哼爷手中夺过花束，一把砸在地上。

哼哼爷　今天见了你，
腿软心发慌。
山猪做新郎，
花鹿做新娘。

花　鹿　你休想！
西边不会出太阳！
你做梦，
白天不会走月亮。

哼哼爷　（恼羞成怒地。白）猪孙子们，抢啊！

［哼哼爷嚎叫一声，扑向花鹿。

［花鹿躲闪开去。

［猪喽将花鹿团团围住。

哼哼爷　（白）花鹿是我的！

［哼哼爷跃起，抓住了花鹿，仰脖嚎叫。

［花鹿哀鸣。

花　鹿　（白）呜……呦……

［“汪汪”一声犬吠，汪汪蹿上；阿凯头系红巾，手持弓箭，跃立在岩石上。

阿　凯　（白）汪汪，上！

［汪汪、阿凯扑向猪喽。

［哼哼爷将花鹿扔下，与阿凯搏击……

［短脚猪、肥头猪和大耳猪溜下。

［尖嘴猪欲下，被汪汪咬住不放。

尖嘴猪　（白）哎哟，别光咬我呀！要咬就咬它们去！

［尖嘴猪挣脱开，一瘸一瘸地逃下。

［阿凯、汪汪合力与哼哼爷激烈搏斗……

［老水牛、鹿姐妹、山猴、鹦哥上。

［老水牛顶哼哼爷，鹿姐妹踢哼哼爷，山猴抓哼哼爷，鹦哥啄

哼哼爷……

[哼哼爷狼狈不堪，怪叫一声，抱头下。

阿　凯　（白）汪汪，追！

[汪汪、老水牛、鹿姐妹、山猴、鹦哥追下。

[花鹿匍匐在地，阿凯上前扶起花鹿。

[花鹿感激地用头摩挲着阿凯；阿凯也爱怜地抚摸着花鹿……

花　鹿　（白）呜……呦……

[花鹿蹦跳着跑开去……

[阿凯在后面追逐着……

[猛地，花鹿回头，把目光投向阿凯。一团烟雾腾起……待烟雾散去，花鹿已经化作一个漂亮、清纯的黎族少女。

[阿凯一震，呆呆地望着花鹿。

[幕内响起“鹿回头”主题歌，深情而悠长地……

鹿回头，
回头看不够。
山回头，
海回头，
人回头，
回头尽风流。

[灯光渐暗。

二

[五指山下。

[“三月三”的夜。

[天边，一镰钩月冉冉升起……

[峒主仰首张臂，似乎正托举起月亮。

[幕内伴唱：

呜……
海上生明月，
爬上五指山。
上天的月娘，
恩泽撒人间。
相约在春天，
相会“三月三”。

峒　主　（白）孩子们，鼻箫吹起来，叮咚敲起来！唱吧！跳吧！

[黎族少女们翩翩起舞……

[阿凯与木瓜、椰仔等黎族小伙子们分头上，欢呼起来。

众　人　唱吧！
唱出黎人的心愿，
这里是我们的乐园；
跳吧！
跳出黎人的祈盼，
幸福吉祥永远。

［幕内伴唱：

想与妹相配，
愿同哥比飞；
两心相牵引，
歌儿就是媒。

［歌声中，黎族男女青年，成双成对，或牵手，或送槟榔，或窃窃私语……

［阿娇疾步奔上高台。

阿　娇　哎咯喽……
长大不曾做过篮，
不知几多竹篾编？
篮口不知哪样结，
不知哪样结成篮？

［木瓜与椰仔相互争先。

［鹿姐妹、汪汪、鹦哥、山猴、火公鸡、火母鸡上。

木　瓜　（白）我来！

椰　仔　（白）我来！

木　瓜　（白）听好了！

哎咯喽……
山里荫荫好种竹，
竹尾弯弯来做篮；
做篮不忘结个耳，
送给情妹洗衣衫。

阿　娇　（又羞又气地。白）谁是你的情妹了！你……

［“哦！”木瓜、椰仔等小伙子们兴奋地欢呼起来。

［火公鸡、火母鸡一蹦一跳地走上前来。

火公鸡　咯咯咯……

火母鸡　咕咕咕……

［众人饶有兴趣地观望着。

火公鸡、火母鸡

两只火鸡坐平排，
一样高矮一样乖。
谁是雄来谁是雌？
要你给我认出来。

［汪汪蹿上前去。

汪　汪　汪汪汪……
两只火鸡坐平排，
难分高矮难分乖，
难分雄来难分雌——

众　（白）哦，对不上喽。

［火公鸡、火母鸡得意地打鸣，抖动翅膀。
［汪汪跑到阿凯身边，又蹭又推，向阿凯求救。

阿　凯　原来一对双胞胎。

众　（白）哦，对上了！对上了！

［汪汪得意地“汪汪”直叫。

阿　凯　哎咯喽……
想要抽烟没有火，
想吃槟榔没有灰，
想吃酒来没人陪，
想要交友没有媒。

［黎族姑娘们将阿娇推上前。

姑娘们　（白）阿娇，你来。

［阿娇欲对，迟疑了一下，转身跑开去。

木　瓜　（白）哦，对不上了！

椰　仔　（白）输了！阿娇输了！

阿　娇　（白）我……我……

［阿娇又气又急地直跺脚。

［幕内传来花鹿（阿月）的歌声：

哎……

哥抽烟来妹送火，

［众人为之一震，寻声望去。

［阿凯又惊又喜，寻找对歌人。

［歌声中，花鹿（阿月）骑老水牛上。

花鹿（阿月）

哥吃槟榔妹送灰，

哥吃酒来妹作陪，

哥想交友妹作媒。

众　人　（交口称赞地。白）好！对得好！

花鹿（阿月）

哎……

哥看妹来妹看哥，

中间隔着一条河。

阿　凯　阿妹唱歌把哥叫，

竹排做船过大河。

花鹿（阿月）

阿哥过河又上山，

上山砍柴做什么？

阿　凯　造起轿子给妹坐，

架起大桥给妹过。

众　人　（齐呼地。白）好啊！

［阿凯走向花鹿（阿月），花鹿（阿月）走向阿凯。

阿　凯　你像凤凰花一样好看，

花鹿（阿月）

你像椰子树一样强壮。

阿　凯　眼睛那么明亮，

花鹿（阿月）

心地那么善良。

阿　凯　可爱的阿妹，

你就像一股山泉，

从心中流过。

花鹿（阿月）

善良的阿哥，

你就像一颗星星，

闪烁在心上。

众　人　阿哥阿妹两岸瞧，

中间隔着河一条；

情歌起落心相交，
歌做竹排口搭桥。

［阿凯与花鹿渐渐走近。

［幕内伴唱：

（男声）好像一场梦，
　　　　又见天涯海角人。
（女声）是梦不是梦，
　　　　又见心上人。

阿　凯　（　白　）美丽的姑娘，你是谁？
花鹿（阿月）
　　　　　（　白　）我是……我……
阿　凯　（　白　）从哪里来？
花鹿（阿月）
　　　　　（　白　）天涯海角来。
阿　凯　（　白　）叫什么名字？
花鹿（阿月）
　　　　　（　白　）我叫……叫……

［花鹿（阿月）看见天边的月亮，灵机一动地。

花鹿（阿月）
　　　　　（　白　）叫阿月。

［阿月（花鹿）一个转身，羞涩地下。

阿　凯　（白）阿月！多好听的名字！

［阿凯欲追；一黎族猎手呼喊着“峒主”，跑上。

猎　手　（黎语。白）不好啦！不好啦！山猪袭击山寨啦！

［峒主示意阿凯，吹号。

阿　凯　（黎语。白）兄弟们！吹起号，擂起鼓，迎击山猪。

［号声响起：“呜……”

［鼓声中，众猎手上，聚集在阿凯身边。

［灯光渐暗。

三

[逍遥洞里。

[阴风森森，绿火点点.

[哼哼爷闷着头，大碗地喝酒。

[尖嘴猪领舞，肥头猪、大耳猪、短脚猪、塌鼻猪等猪妖伴舞，跳起笨拙、滑稽的猪舞蹈。

肥头猪　又贪又脏多可爱，
大耳猪　又懒又馋多幸福，
尖嘴猪　又肥又胖多美丽，
短脚猪　又凶又残多威武。
猪　喽　山猪，
快活的山猪；
山猪，
可爱的山猪。

[“啪”，哼哼爷将酒碗掼在地。

哼哼爷　（白）好啦。

[猪喽战战兢兢地退缩到一边，大气不敢出。

[尖嘴猪小心地凑上前去。

尖嘴猪 （白）猪爷，天下美女千千万，何苦偏偏想花鹿呀？

哼哼爷 （白）你懂什么！

有一个天大的秘密，

猪　喽 猪的秘密就是吃。

哼哼爷 （白）就知道吃！

一个天大的秘密，

花鹿太神奇。

如果喝了她的血，

我就会威力无比，所向无敌！

如果血涂箭头对付我，

我就会化成一股烟，一摊泥。

秘密，天大的秘密。

猪　喽 秘密，天大的秘密。

哼哼爷 天知，

猪　喽 天知；

哼哼爷 地知，

猪　喽 地知；

哼哼爷 你知，

猪　喽 你知；

哼哼爷 我知，

猪　喽 我知。

哼哼爷、猪喽

秘密，天大的秘密。

[猪喽围拢在哼哼爷身边，嘿嘿直笑。

[灯暗。

四

[夜。

[一镰弯月悬挂天宇。

[槟榔园——花鹿独自徘徊、惆怅。

[幕内伴唱:

美丽的花鹿,
你在想什么?
可爱的花鹿,
为什么不快乐?

花　鹿　听啊,
他们唱得多开心,
像大海扬波;
看啊,
他们跳得多快活,
像白云飘过。
我不能跟他们一样跳舞,
不能跟他们一样唱歌?
只有默默的月亮,

悄悄陪伴我。

[鹿姐妹、山猴、鹦哥、三角梅、槟榔树分头上。

[“哞……”老水牛上。

老水牛 知道吗?
人有人的烦恼,
鹿有鹿的快乐;
知道吗?
人有人的难处,
鹿有鹿的生活。

花　鹿 老水牛,
我的好朋友;
一个结在心尖,
听我对你说。
日出日落想阿哥,
想在心窝窝。

[“哞……”老水牛摇头晃脑,无奈地哞叫。

[幕内传出一阵阵鼓声,夹杂着猎手们狩猎的呼喊声……

[“呜……”阿凯出现在高台处,正吹起号角,随后又隐去。

花　鹿 (深情地呼唤地。白)阿凯哥!

[鹿姐妹、老水牛、山猴、鹦哥、三角梅、槟榔树隐去。

花　鹿　阿凯哥……
你可听见我心跳？
像小鹿撞心窝。
阿凯哥，
我有话对你说，
话比星星还要多。
阿凯哥，
多想牵你手，
阿哥阿妹来对歌。

[阿凯像云一样飘上。

阿　凯　想要抽烟没有火，
花　鹿　哥抽烟来妹送火；
阿　凯　想吃槟榔没有灰，
花　鹿　哥吃槟榔妹送灰；
阿　凯　想吃酒来没人陪，
花　鹿　哥吃酒来妹作陪；
阿　凯　想要交友没有媒，
花　鹿　哥想交友妹做媒。

[花鹿欲牵阿凯的手，阿凯像云一样飘去……

花　鹿　多动听的歌，
一人唱来一人和。

可惜我是一只鹿，
人鹿不能和。
我要做个人，
从太阳升唱到太阳落；
我要做个人，
从月上山跳到月下坡。
（白）呜呦……

［花鹿哀鸣着，一次次仰起身子，又一次次匍匐在地。

［老水牛、鹿姐妹、山猴、鹦哥、三角梅、槟榔树分头上。

老水牛 去吧！
可爱的花鹿，
众 去唱吧！
从太阳升唱到太阳落；
老水牛 去吧！
多情的花鹿，
众 去跳吧！
从月上山跳到月下坡。

［花鹿在老水牛、鹿姐妹、山猴、鹦哥、三角梅、槟榔树的簇拥中旋转，一团烟雾腾起……花鹿变化成一个亭亭玉立的黎族少女——阿月。

众 （惊呼地。白）哦！

［从幕内传来阿凯的呼喊：“阿月姑娘，你在哪儿？”
［鹦哥在空中盘旋。

鹦 哥 阿凯来了！阿凯来了！

［老水牛、群鹿、山猴、鹦哥、三角梅、槟榔树下。
［阿凯疾步上。

阿 凯 （白）阿月姑娘！
阿 月 （白）阿凯哥！

［幕内传出黎语（大意）：“河对岸的阿妹哟，不要害羞躲在树旁，阿妹哟，不要思念我拔掉路边的野草，阿哥我会乘着春风，踏着清波来到你的身旁……”
［阿凯、阿月含情脉脉地走向对方……
［幕内伴唱：

弯弯月亮两头尖，
又似镰刀又似船。
是镰莫割连心线，
是船载我到天边。

［阿凯和阿月依偎在一起，倾诉着……
［幕内传出黎语（大意）：“他们好好哟，如同蜂蜜一样甜，如同菠萝一样香，如同石头一样硬，如同天地一样久长……”

[天边，阿凯、阿月依偎着，与明亮的月牙儿叠印在一起，就像坐在月船上，在夜宇里摇啊摇……

[灯光渐暗。

五

[春光明媚的午后时分。

[巨幅黎锦前，阿月正在飞梭走线织黎锦。

阿　月　太阳的金丝，
织天上一片云，
云里流着地上的水，
水潺潺，水长长；
月亮的银丝，
织地上一条水，
水里飘着天上的云，
云飘飘，云霓裳。

[老水牛、鹿姐妹、汪汪、山猴、鹦哥上，你推我搡，在黎锦前争相织锦……

老水牛　哞……
青青的草场，
任我溜达来往；
鹿姐妹　呜呦……

高高的山上，
云中散步走四方；

汪　汪　汪汪……
深深的大海，
喊出水淋淋的太阳；

山　猴　叽叽……
绿绿的森林，
遮风挡雨的地方。

鹦　哥　咕咕……
蓝蓝的天空，
让我自由飞翔。

阿　月　天上的云流着地下的水，
地下的水飘着天上的云。

老水牛　哞……

鹿姐妹　呜呦……

汪　汪　汪汪……

鹦　哥　咕咕……

山　猴　叽叽……

阿月、老水牛、鹿姐妹、汪汪、鹦哥、山猴
好大一个家，
这是我的天堂。

［火公鸡追逐着火母鸡，上。

火母鸡　叽叽叽……

火公鸡 咯咯咯……

[鹿姐妹、汪汪、山猴、鹦哥看热闹。

火母鸡 世上只有鸡生蛋，
有乜理由蛋生鸡。
铁树开花没见过，
公鸡下蛋更离奇。
火公鸡 世上只知鸡生蛋，
不知缘由蛋生鸡。
盘古开天只有蛋，
蛋到后来方生鸡。

[阿婆寻鸡，上。

阿　月 （白）阿婆，来啦！
阿　婆 （白）来啦！（逗火鸡）咕咕咕……
火母鸡哎火公鸡，
生蛋功劳归自己。
要是没有公鸡配，
繁衍后代无道理。

[阿月给阿婆递上一碗水。

阿　月 （白）阿婆，喝水。

阿　婆　（白）哎。

［阿月上前劝解火公鸡和火母鸡。

阿　月　火公鸡哎火母鸡，
生蛋如同我织锦。
没有纺纱怎样织？
纺纱织锦不分离。

［两火鸡不住地点头。

阿　婆　（逗鸡。白）咕咕咕……
阿　月　（白）阿婆，你慢走！

［阿婆笑呵呵地逗火鸡下。
［鹿姐妹、汪汪、山猴、鹦哥随下。
［阿月回身织锦……
［哼哼爷鬼鬼祟祟地上，一股烟雾腾起……待烟雾散去，变成了阿凯。

哼哼爷　（白）阿月，我来了！
阿　月　（又惊又喜地。白）阿凯哥！
哼哼爷　哎咯喽——
今日出门哼哼哼，
遇见阿妹哼哼哼；

妹有简裙织日夜，

哥无阿妹——日哼哼来夜哼哼。

阿　月　（质疑地。白）你……

哼哼爷　（　白　）我是阿凯哥呀！

阿　月　（旁白）怎么不像……

哼哼爷　（　白　）阿月！

［哼哼爷猛扑过去，欲抓阿月。

［阿月躲闪。

阿　月　（　白　）你……

［阿凯上。

阿　凯　（　白　）阿月，我来了！

阿　月　（大吃一惊地。白）阿凯！又一个阿凯？

［阿凯与哼哼爷面对面，相互打量。

阿　凯　（　白　）你是谁？

哼哼爷　（　白　）我……我是阿凯！

阿　凯　（　白　）我才是阿凯！

哼哼爷　（　白　）我是阿凯！

［幕内伴唱：

一刀不砍两山柴，
一女不配两个郎。
唱支山歌把郎探，
不是阿哥不搭腔。

阿　月　哎咯喽——
什么最早见太阳？
什么嘴大吃四方？
什么如同弯弯月？
什么短来什么长？

哼哼爷　哎咯喽——
肚皮痒痒晒太阳，
我的嘴大吃四方，
牙齿如同弯弯月，
前脚短来后脚长。

阿　凯　哎咯喽——
农家早起赶太阳，
铁犁嘴大吃四方，
镰刀如同弯弯月，
锄头短来锄把长。

阿　月　哎咯喽——
想要抽烟没有火，
想吃槟榔没有灰，
想吃酒来没人陪，
想要交友没有媒。

（白）阿凯哥。

阿凯、哼哼爷

（齐声答应。白）哎。

阿　月　（白）还记得那首歌吗？

哼哼爷　（白）记得！记得！

哎咯喽——

你是干柴我是火，

坐地打滚粘身灰，

美女陪酒平生乐，

女儿嫁人娘做媒。

［哼哼爷猛扑向阿月，阿月闪身躲开去。

［阿凯挺身挡在哼哼爷面前。

阿　凯　哎咯喽——

哥抽烟来妹送火，

哥吃槟榔妹送灰，

哥吃酒来妹作陪，

哥想交友妹做媒。

阿　月　（白）阿凯哥！

阿　凯　（白）阿月！

［阿月朝阿凯奔去，两人相拥在一起。

阿　月　（白）你才是真的阿凯哥！

哼哼爷 （白）我才是你的阿凯哥！

［哼哼爷扑过去；阿月、阿凯被哼哼爷分开，很快又相拥在一起。

阿　凯 （白）你是谁？你到底是谁？

哼哼爷 （恼羞成怒地。白）我！哼哼……我，我是哼哼爷。

［一团烟雾腾起……烟雾散去，哼哼爷恢复了原形。

［老水牛、汪汪上，分头直扑向哼哼爷；哼哼爷躲闪不及，跌坐在地，狼狈不堪。

哼哼爷 （白）好啊！你、你们等着瞧！

［哼哼爷连滚带爬，逃窜而下。

［“哞……”“汪汪汪……”老水牛、汪汪追下。

阿　凯 （白）阿月！

［阿凯递给阿月一个槟榔。

［阿月羞涩地转过头去，背身伸出手，接过槟榔。

［阿娇、木瓜、椰仔等黎族小伙子和黎族姑娘上。

众 （白）哦！哦！哦！

［众人将阿凯和阿月往一块推，一分开，又被推到一块。

[峒主、阿婆笑呵呵地上。

木　瓜　（白）喝喜酒啦！

[两个黎族青年抱酒缸上。

[鹿姐妹、老水牛、汪汪、山猴、鹦哥悄悄地上。

阿　凯　（白）酒来了。

阿　月　（白）喝吧！让你们醉个够！

众　（白）喝喜酒喽！

[峒主、阿婆吸酒……

[众人轮番地吸酒，醉得东倒西歪……

[鹿姐妹、老水牛、汪汪、山猴、鹦哥轮番地吸酒，醉得东倒西歪……

[幕内伴唱：

亲家来到无乜待，
菜园里面拔菜苗。
青青菜苗都拔了，
留下一棵日后来。

[阿凯和阿月依偎在一起吸酒……

[灯暗。

六

[逍遥洞，妖雾弥漫。

[尖嘴猪、肥头猪、大耳猪、短脚猪、塌鼻猪手持长矛、大刀来回巡视……

[哼哼爷背向而坐，正在修炼，浑身上下放出红光，身子也渐渐膨胀起来……

[猪喽狂呼乱叫，顶礼膜拜起来。

[哼哼爷漂浮起来，在空中游荡……

哼哼爷　（白）月亮呢？月亮在哪儿？我要吃了你！吃了你！

[天边，一弯月牙。

[一头硕大的山猪剪影——山猪的大嘴慢慢地伸向月亮，一点儿一点儿吃月亮，最后，一口吞下了整个月亮。

[天地间一片黑暗。

[哼哼爷狰狞地狂笑……

[切光。

七

[紧接前场。

[五指山下。

[峒主，阿婆、阿凯、阿月、阿娇、木瓜等黎人祈祷上苍，呼唤月亮。

[幕内伴唱：

啊……
好黑好黑的天，
不见上天月娘。
歌唱失声了，
舞蹈停歇了，
笑容流失了，
灾难来临了。
风啊！
不要吹走了月娘，
让月娘带给我吉祥；
雨啊！
不要淋湿了月娘
让月娘照在我心上，

众　人　月娘啊！
我们呼唤你，
你在何方？

[“哈哈哈……”幕内传来一阵狂笑声，哼哼爷从天而降，悬空而立。

[猪喽分头上。

哼哼爷　天大地大不如猪肚大，
五指山就踩在脚下。
哼哼，哼哼，月亮我吃了，
哼哼，哼哼，实在不消化。

众　人　山猪妖，
还我们月娘，
还我们皎洁的光华。

哼哼爷　快把花鹿交出来，
我用月亮交换她。

众　人　（疑惑地。白）花鹿！花鹿是谁？

[哼哼爷指花鹿。

哼哼爷　她就是一只鹿，
花鹿就是她。

[“咚”一声鼓声响起。

［众人的目光齐刷刷地凝视着阿月。

哼哼爷　时间不多了，
好好想想吧。
用花鹿换月亮，
这是起码的代价！
你们要是护着她，
那就让黑暗——
笼罩海角天涯，
笼罩你们的家。

［哼哼爷隐去。
［“咚、咚、咚……”急促的鼓声一阵阵响起。
［众人随着鼓声，慢慢地走向阿月……

众　人　从天降下大祸，
灾难打乱了我们平静的生活；
从天降下大祸，
黑暗从此笼罩在每一个角落。
现在怎么办？
怎么办？
怎么办？
何时再见上天的月娘？
何时找回从前的欢乐？
把她交出去？

交出去！
交出去……
不能交出去，
不能交，
不能交……

［阿月显得无助，惊慌地注视着。

［阿凯冲上前，张臂挡在阿月身前。

阿　凯　不能交出去，
不能这样做。
不论她是人还是鹿，
她都是我们其中的一个。

［老水牛、鹿姐妹、汪汪、山猴、鹦哥分头上。

老水牛、鹿姐妹、汪汪、山猴、鹦哥
不能这样说？
不能这样做？
不论是我是你还是他，
我们大家是一伙。

峒　主　不能交出去，
不能这样做。
我们大家是一伙，
人人都是其中一个。

众　人　我们大家是一伙，
人人都是其中一个。
阿　月　不论我是人还是鹿，
也是你们其中一个。
你们用宽阔的胸怀接纳我，
给了我难以忘怀的快乐。
是我惹的祸，
给你们带来了黑暗的生活；
都是我惹的祸，
就应该把我交给猪魔。
把我交出去，
换你们平静的生活。
众　人　不能交出去，
你是我们其中一个。
阿　月　把我交出去，
让月光洒在每一个角落。
众　人　不能交出去，
不会交出去，
我们同顶一方天，
我们共踩一片地。
这里是我们共同的乐园，
你是我们其中一个。
阿　月　头上一方天，
脚下一片地，
天高地厚包容我，

深情厚谊充满心窝。
这正是我向往的家园，
梦一样的生活。

阿　凯　（白）山猪妖，我跟你拼了！

阿　月　（白）拼了！

［猛地，阿凯举起长叉向哼哼爷掷去。

众　人　（白）拼了！

［哼哼爷喷火，阿凯左躲右闪……阿凯不敌哼哼爷，摔倒在地。

［阿月挥舞长绸与哼哼爷开打……

［老水牛、汪汪、山猴与猪喽开打……

［哼哼爷飞上天。

［阿月飞上天。

［天空中——阿月从口中吐出一个红球，红球飞向哼哼爷。

［哼哼爷从口中吐出一个绿球。

［绿球与红球在空中相撞，火光迸裂，发出巨大的撞击声。

［阿月被震得从空中跌下山崖。

众　人　（白）阿月！

哼哼爷　哈哈哈……

［哼哼爷不住地喷火……

［黎人们、动物们在火中挣扎……

［灯光暗转。

［山崖后，阿月探出头，艰难地爬上来。

阿　月　（白）阿凯哥，你在哪儿？

［阿凯从山崖后艰难地爬出。

阿　凯　阿月，你在哪儿？

［阿月、阿凯挣扎着向前爬去，一把抓住了对方的手，相互搀扶着站起身，紧紧地相拥。

［幕内伴唱：

鹿回头，
回头看不够。
……

阿　月　我是一只鹿，
天涯海角我的故乡。
阿　凯　不论你是人还是鹿，
你还是我的阿月姑娘。
阿　月　要想打败山猪妖，
我愿意把血献上；
要想再见上天的月娘，
我愿意把血献上。

献出了我的血，
从此不能把人当；
献出了我的血，
从此不是你的阿月姑娘。

阿　凯　不论你是人还是鹿，
你还是我的阿月姑娘。
我们永远在一起，
直到地久天长，地老天荒。

阿　月　好短好短的梦，
梦醒回味长。
我的好阿哥，
多想跟你倾诉衷肠；
我的好阿哥，
多想做你永远的新娘。
让我们相会在梦里，
风作笛，
雨作琴，
浪作鼓，
在梦里歌唱；
让我们相会在梦里，
星儿当灯笼，
月牙儿当船，
风儿当船桨，
在梦里徜徉。
好阿哥，

不要把我忘；

好阿哥，

让我们在梦里徜徉。

阿　凯　想吃槟榔没有灰，

阿　月　哥吃槟榔妹送灰；

阿　凯　想要交友没有媒，

阿　月　哥想交友妹做媒。

阿凯、阿月

（泣不成声地）……

［猛地，阿月从阿凯身上拔出一支箭，奔向高崖，使劲地用箭划破了自己的手腕。

阿　凯　（惊呼地。白）阿月！

［幕内无字伴唱：

啊……

［天地一片血红——

［阿凯与阿月难舍难分……

［阿月将沾血的箭递给阿凯，示意射死哼哼爷。

［阿凯接过血箭，悲痛不已，迟疑不决……

［阿凯张弓搭箭，射向哼哼爷。

［“啊！”幕内传出一声惨叫，哼哼爷中箭落地，化作一股青烟，

随风散去……

[天尽头，海尽头，月亮冉冉升起……

[切光。

八

[晨。

[雾，飘飘忽忽……

[梦一般的海南岛——椰树林、槟榔园、万泉河、五指山，天涯海角。

[花鹿跑上。

[阿凯箭步追上。

[花鹿在前面跑。

[阿凯在后面追。

[黎人、老水牛、鹿姐妹、汪汪、山猴、鹦哥、槟榔树、三角梅分头上……

众 慢些走，
回回头。
回头山也美，
回头水也秀。
快点追，
别停留。
从夜追到昼，
从春追到秋。

慢些走，
回回头。
椰风牵衣袖，
海韵涌温柔。
快点追，
别停留。
追上飘去的云，
追上远去的情，
啊……
情悠悠。
追啊！
追过五指山，
山高坡也陡；
追啊！
追过万泉河，
水深浪也骤。
慢些走，
慢些走，
慢些走，
回回头！
快点追，
快点追，
快点追，
别停留！
不论天涯与海角，

山回头，
海回头，
鹿回头。

［花鹿跑过椰树林，阿凯追过椰树林。

［花鹿跑过槟榔园，阿凯追过槟榔园。

［花鹿跨过万泉河，阿凯涉水追过万泉河。

［花鹿跑到天涯海角，阿凯追到天涯海角。

［天涯海角边，海浪拍天，涛声依旧。

［花鹿仰头长鸣："呜……呦……"

阿　凯　阿月！

［花鹿回头。

［"鹿回头"造型。

［幕内伴唱：

鹿回头，
回头看不够；
鹿回头，
回头尽风流。
山回头，
海回头，
鹿回头，
人回头，

生命中所有。

[灯光渐暗。

[幕内传出黎语（大意）：“久久、久久以前……”

[剧终。

鹿回頭

本剧由海南省民族歌舞团、海南省人偶剧团联合演出。

获第八届“五个一工程”优秀作品奖，第九届文华奖“文华大奖”“文华剧作奖”，第六届中国艺术节“大奖”。

剧名书写　高军法

舞剧

红高粱

时　间：一九三九年古历八月。

地　点：中国山东半岛一隅。

人物：

九　儿——大名“戴凤莲”，小脚。

余占鳌——打棺抬轿“吃杠子饭的”。

刘罗汉——烧酒锅伙计。

单老板——烧酒锅老板，九儿的男人。脑翘豆角辫，槁木死灰一般。

孙　五——杀猪匠。

九儿爹、王文义、刘大号、痨痨四等轿夫、乡民若干。

孩童九儿、孩童余占鳌。

鬼子军官、鬼子兵若干。

序

远处，墨水河蜿蜒东流……

堤岸边，高粱红了，咣洋血海，辉煌、激荡。

霍地，两股鬼子车灯从高粱地深处射出，似利斧将茂盛的高粱劈开。余占鳌、王文义、刘大号、痨痨四等如从高粱地底爬出，雕塑般伫立。

唢呐声苍劲，高粱地里游荡……

一

九儿擅长剪纸——

剪一只挣脱笼子的蝈蝈，跳入草丛快活地蹦跶；再剪一头梅花小鹿，在草地上腾跃；又剪一只鸽子，想象着天空里自由地飞翔……

驴嘶，将九儿从梦幻中惊醒，在一声紧似一声的驴叫中，九儿爹欲给女儿戴盖头，九儿躲闪、奔逃，一顶花轿横在她面前。

九儿终被强行戴上红盖头，临上轿，她撩巾回眸，无尽的悲愁……

驴长嘶。

二

高粱地，高粱汹涌。

余占鳌挡住花轿的去路，误会轿内人嫌贫爱富，弃自己而去，又气又恨，不能自已。他推开一个轿夫，站定轿前，放嗓大吼。

众轿夫齐吼，身子一蹲，轿杆上肩，抬起花轿。

“拇咚”，大喇叭吹;“猛咚”，余占鳌模仿喇叭声。“拇咚”，喇叭吹得更响;“猛咚”，众轿夫一齐模仿喇叭声。喇叭声粗壮，唢呐声尖厉。

余占鳌等轿夫迈步“踩街”，粗犷而猛烈。

高粱像波浪起伏，花轿像波浪颠抖，九儿在轿内翻腾……众轿夫轿杆抛起，错步换杆，九儿被悬空颠起，脚踮左轿杆；众轿夫又错步换杆，九儿又被颠起，脚踮右轿杆；众轿夫再换位，九儿被颠出花轿，跌坐在地，红盖头飘落。

九儿“哇”地大哭；余占鳌等轿夫开怀大笑。

高粱地里蹿出一个醉醺醺的鬼子，踉跄着跌倒在九儿跟前，他伸手拿捏九儿的小脚，再一点一点往上摸，抓住九儿的手，将九儿推向高粱地。

余占鳌瞪着鬼子，蠢蠢欲动。九儿被鬼子推搡，鄙视地看着无动于衷的余占鳌。余占鳌被九儿的目光激怒，冲鬼子笔直地走去。鬼子似酒醒，欲举枪，却被余占鳌按住，王文义、刘大号、痨痨四等轿夫围上来。

鬼子大叫一声，抱头欲跑。余占鳌跃起，将鬼子扑倒，王文义、刘大号、痨痨四一拥而上，对鬼子拳打脚踢……

九儿缓缓地走入轿厢，又回头粲然一笑，随后，自个儿将红盖头盖在了头上，端坐轿内。

余占鳌与众轿夫将鬼子尸首掩藏在高粱地里后，又站定花轿边，身子一蹲，轿杠上肩，花轿被抬起。

高粱在摇摆。

三

夜。单家庄。

长红绸牵出了九儿，她挣扎着，似被无形的力拉向幽暗的深处。

洞房里，当红盖头被揭，面对槁木死灰的新郎，九儿惊呆了。单老板手摇铜钥匙串，向九儿步步逼近；九儿似见鬼魅般不寒而栗，跌扑在地，从怀中掏出一把剪刀。单老板一震，摇着铜钥匙丢给九儿，随即隐去。

九儿抓起铜钥匙串，恨恨地砸去。

四

高粱地里。

九儿爹哼着茂腔小调，九儿侧骑小毛驴，捂耳朵不愿听。

蒙面人从高粱地里蹿出，将九儿从毛驴上扛起，迅疾隐没在高粱地里。九儿爹面对茂密的高粱，连蹦带跳地咒骂不已。

蒙面人在高粱地里蹿行。九儿挣扎着，捶打着。蒙面人将九儿扔在高粱地上。九儿翻身欲跑。蒙面人扳住九儿，扯下蒙脸布，露出余占鳌真面目。九儿震惊之下，目光迷离了。

余占鳌疯也似的拔高粱，踩高粱……九儿仰躺在高粱秆上。

余占鳌向九儿走去……粗犷地歌声："妹妹你大胆地往前走 / 铁打的牙关 / 钢铸的骨头 / 通天的大路九千九百九十九 / 妹妹你大胆地往前走 / 从此后高搭起红绣楼 / 抛撒着红绣球 / 正打着我的头 / 与你喝一壶红殷殷的高粱酒。"

远处，高粱地里——孩童余占鳌与孩童九儿拜天地，童言稚语远远地传来：一拜天地——二拜高堂——夫妻对拜，送入洞房。

高粱大开大合，迎风摇摆着。

五

单家庄。月黑风高。

“啊!”传出单老板的惨叫。

余占鳌持刀从屋里冲出，一道闪电划过，映照他愤怒的脸；又一声炸雷响起，刘罗汉持铲挡住了余占鳌的去路，俩人对峙相持……

九儿从屋里冲出，护在余占鳌身前，向刘罗汉哀求：放余占鳌一条生路。

突然，刘罗汉闪开身。余占鳌又惊又喜，冲刘罗汉抱拳，疾步消失在黑夜里。

六

单家庄。烧酒坊。

刘罗汉与伙计们正袒胸劳作——或上高粱坯子，或添柴，或换水……九儿来了，在蒸腾的雾气里，时隐时现充满生命张力的劳作。

出酒喽——刘罗汉舀酒递九儿品尝。九儿捧酒瓢，先嗅，后舔，又嘬，品咂着，再喝小口含嘴里，溜溜滑进肚肠，最后，一饮而尽。

刘罗汉和伙计们兴奋得欢跃，或瓢或碗或手捧高粱酒敬九儿。醉了，都醉了，醉得酩酊，醉得东倒西歪……

余占鳌闯了进来，九儿酒洒瓢落。

余占鳌径直上前去，抚摩着九儿的肚腹，又附耳聆听。九儿雨点般的拳头砸在他身上；余占鳌将九儿一把扛起。

七

夜。单家庄。

一扇透着暖暖烛光的窗，叠印着九儿与余占鳌颠鸾倒凤的剪影……

刘罗汉背行李欲离开庄子，内心是那么地不舍，又自觉那么地多余。

两股鬼子车灯从高粱地深处射出。

刘罗汉意识到不妙，抄起一面锣敲打，引来了余占鳌、九儿和伙计们。

两股鬼子车灯像眼睛一样扫射着，最后胶着在一起，投射在刘罗汉身上。

八

高粱地，刘罗汉被绑缚在木桩上。

鬼子枪口下，众乡民黑压压一片，敢怒不敢言。

杀猪匠孙五在鬼子刺刀的逼迫下，颤巍巍地举刀去锯刘罗汉的耳朵……

刘罗汉凄惨地大叫，战栗着，木桩晃动不已。众乡民不忍卒看。孙五哆嗦着举起一只耳朵，痛苦地扭动，几欲瘫倒，但被鬼子揪起，逼迫着再锯另一只耳朵，“吱吱”声就像锯在心上。

刘罗汉挣扎着，木桩被撼动。众乡民齐跪在地。

孙五给刘罗汉一点点剥皮。刘罗汉扭曲了。众乡民匍匐在地，都扭曲了。

当孙五转过身，手举一张人皮，嘿嘿直笑，他傻了，疯了。

刘罗汉猛挣，连木桩拔起，仍伫立不倒，随后，轰然倒下。

众乡民哭喊着，在地上翻滚。孙五笑着，傻笑着。

霍刺刺，大雨倾盆而下。

一面日本军旗前，矗立着无声的木桩。

九儿扑向木桩，那木桩就像是刘罗汉，她欲唤醒木桩，不住地摩挲着、呼喊着，最后，她跪地抽泣着。

猛然，九儿举起剪刀，一刀又一刀刺向日本军旗……

枪声骤响，九儿中弹，软软地倒下。

九

单家庄。

余占鳌、王文义、刘大号、痨痨四等乡民，各捧海碗举过头。

余占鳌粗犷地吼，众乡民和：“高粱红了 / 高粱红了 / 东洋鬼子来了 / 东洋鬼子来了 / 国破了 / 家亡了！”

余占鳌等乡民一饮而尽，酒碗掷地有声。

尾　声

高粱地里。

余占鳌等乡民匍匐着，两股车灯在扫荡，卡车轰鸣声远远地传来。

雄浑的歌声响起："妹妹你大胆地往前走 / 铁打的牙关 / 钢铸的骨头 / 通天的大路九千九百九十九 / 妹妹你大胆地往前走 / 从此后高搭起红绣楼 / 抛撒着红绣球 / 正打着我的头 / 与你喝一壶红殷殷的高粱酒。"

余占鳌从堤下跃起，朝河对岸、桥那边冲去，众乡民紧随其后。

枪声……炮声……喇叭、唢呐声……

硝烟渐渐消散，王文义、刘大号、痨痨四等乡民横七竖八地躺在高粱上。

余占鳌从尸堆里挣扎着爬起……

高粱地，高粱如血。

余占鳌坐在倾覆的高粱秆上，抓过酒坛，仰脖痛饮……

远处，孙五疯癫地喊着："高粱红了 / 高粱红了 / 东洋鬼子来了 / 东洋鬼子来了 / 国破了 / 家亡了！"

剧终。

红高粱

本剧根据莫言同名小说改编。

由青岛歌剧舞剧院演出。

获第十四届文华奖“文华大奖”；

第十三届“五个一工程”优秀作品奖。

剧名书写　曾来德